第一卷

父亲的肖像

父の肖像

（日）辻井乔 著

王新新 译

作家出版社

（京权）图字：01－2011－5853

图书在版编目（CIP）数据

父亲的肖像／（日）辻井乔著；王新新译. －北京：作家出版社，2011.9
（辻井乔文集：1）
ISBN 978－7－5063－6069－2

Ⅰ.①父… Ⅱ.①辻…②王… Ⅲ.①长篇小说－日本－现代
Ⅳ.①I313.45

中国版本图书馆 CIP 数据核字（2011）第 192256 号

父亲的肖像

作　　者：【日】辻井乔
译　　者：王新新
策 划 人：铁　凝　何建明
责任编辑：李宏伟
装帧设计：任凌云
出版发行：作家出版社
社址：北京农展馆南里 10 号　　　　邮编：100125
电话传真：86－10－65930756（出版发行部）
　　　　　86－10－65004079（总编室）
　　　　　86－10－65015116（邮购部）
E－mail：zuojia@ zuojia. net. cn
http：//www. haozuojia. com（作家在线）
印刷：三河市北燕印装有限公司
成品尺寸：165×240
字数：383 千
印张：24.75
版次：2011 年 9 月第 1 版
印次：2011 年 9 月第 1 次印刷
ISBN 978－7－5063－6069－2
总定价：200.00 元（全 5 册）

1

每想到父亲的故里，我眼前定要浮现出这样的光景：一条细窄曲折的胡同，四周是低矮的土墙，灼热的太阳毒辣辣地晒着，周遭一片死寂。可尽管如此，还是感觉有人屏住呼吸，向外窥视。

这幅情景怪就怪在，不知道看到此情此景的时候我身在何处。我是待在圈着土墙的家中？还是独自走在被太阳烤炙的路上？

我被稠血淤塞的墙内的人们孤立着。我甚至不知道我是为什么来到这个村落的。造访离父亲出生的地方有段儿距离的金刚轮寺时，走过一条长长的参拜甬道，或许是那时的印象，而今出现了些许变形？可我小时候却并没有去过那家寺。

可以确定的是，我并未打算加入到墙内的人们中间去，而且，我讨厌他们。当然，我也知道，这是无法用一个"讨厌"就可以了结的。毕竟，那是父亲的故里，更何况，如果真正从外人的角度来看，我也是墙内的人之一，我有这个自知之明。而之所以有稠血淤塞之类的认识，也无非是因为，我晓得，"这里"、抑或说"那里"，是父亲生长的村落。说"这里"的时候，我是在土墙之内，而说"那里"的时候，我虽不是一个游客，却是一个局外人。

只是，我在幻觉中看到的果真是父亲的故里吗？

他是滋贺县东畑郡六个庄人。他出生的时候，那里不过是有一片耕地和十几户人家的小村子，在后来百十来年的时间里，才发展成现代化的庄园，合作社的筒仓鳞次栉比，农耕机械轰鸣着在田间穿梭，人们都是开车到农场来。那情形，似乎只有形式上可以套用"上班"这个词。土墙已不复存在，也闻不到肥料的味道。所以，我看到的绝不是现如今的父亲的故里。可是，我看到的难道是过去的情景？我从来没看到过父亲出生的明治二十二年前后的六个庄的模样，不论是图画还是照片。

父亲在虚岁三十九岁时有了我，我上面有一个同父异母的姐姐和一个同父异母的哥哥。姐姐良子是父亲和发妻、同乡山东友梨所生，大我十八岁；哥哥孙清，是父亲到东京后边上大学边经营邮局那会儿和在那里工作的岩边苑子所生，长我十四岁。

孙清这个名字很少见，取父亲最为敬爱的曾祖父楠清太郎的曾孙之意，但我们无从知道，对于给长子起了这么个名字的父亲来说，当时，维持和壮大楠家的想法有多么清晰。

我对关于家族规矩的言论的最初记忆，是上中学三年级的时候。那时我已经偶尔会流露出反抗的姿态，父亲大概是要预先教导我"正确的"想法，就说："有些家伙说我品行不端，但是，能守住你爷爷传下来的楠家，可是非同小可，等你长大就明白了。"这前后的原委我已经记不得了，只有父亲说这番话时罕见的思前想后一般吞吞吐吐的语调和阴郁的表情，清晰地留在了我的记忆中。

父亲曾参加过早稻田大学雄辩会，在东京学生辩论赛上争得过冠军，在外面可谓口才凌厉，在家中，也惯常是用断然的命令口气说话，所以这种劝说的语气着实令我吃了一惊。或许，是我说想上海军学校时父亲说了这番话的。我能想到的，再就是父亲和新女人的关系被养母发觉，他内心惊惶，求我哪怕不站到他的一边，就算中立也好。

那正是"年轻人要奔赴战场"、"要自觉成为天皇陛下的赤子"之类的思想宣传大行其道的年代，为了不论什么时候孩子充军、家中的香火都不断，父亲心里很自然地会有"生吧养吧"的理由。但是，这种劝导对我却并不奏效。

首先，我还不懂"品行不端"是什么意思。那时候，我正在读樋口一叶、森欧外等作家的小说，以"信使"同样的感觉，把这个词听成了"品信"，以为是指四处送信的人呢。明白父亲说的是"品行不端"，是在上大学之后，而且，弄明白这个词的意思的时候，我却直觉地感到父亲是在瞎说。

一想到父亲，我总是会在世人对楠次郎的印象和我自己亲眼所见的父亲形象的差异前止步，同时，在这种困惑之中，还有这样的困难纠葛其间：因我自身年龄和立场的变化而对父亲的评价产生的动摇。

我对父亲产生强烈的敌忾心，是上大学的时候，那时我醉心于马克思主义，认为必须打倒资本家和大地主这些万恶的根源。回首那个时代，莫如说是对父亲在思想上的反感和生理上的反叛，让我开始接近马克思主义的。然而，不可思议的是，当时，我是比以后的任何时候都纯粹地面对父亲的。

我动议整理父亲的传记，是因为年过花甲、从公司和业界团体的要职上退下来以后，我自觉得已经站在了人生最后一段路上，心中生出这样一种感觉：自己也开始朝着七十六岁这个父亲离世的年龄迈进了。

我为何物？我是谁？每每探究这个问题，我最先意识到的，都是父亲之于我究竟是什么这个问题，作为解决这个问题的首要工作，我觉得客观地检验楠次郎是十分必要的。关于叙述的样式，我犹豫了一阵子，最终决定以作为政治家的父亲和作为事业家的父亲为主要内容，使用楠次郎这个个人名字，而尽量不使用体现家族血缘关系的"父亲"这个称呼。我不断告诫自己，传记是要求有极大客观性的，而且，我是要从父亲的故里写起，才绕不开赤日炎炎的细窄胡同，绕不开偷窥者的迹象的。

在历史上显示出其重要存在的楠次郎的故乡——近江，曾是从关东、三河或甲信越起兵的势力攻向京城的途经之地，那些路经东海道、沿着中山道从若狭、福井、石川一带南下的势力都要分别经由长浜、草津、大津等地逼近京城。此外，县内城镇到处都留有"朝鲜街道"的称呼，则是因为即便是锁国时代，滋贺县的很多城市都位于朝鲜信使经过东海道去往江户的路线上。

通常，数月之前就有传言说要有信使经过，主要街路上便会热闹非常，聚来一些要一睹文化先进的异国使节的人们，文人儒者则会蜂拥来到他们下榻的地方，以期与他们进行接触。可以想见，既为农民又为商人的楠次郎的祖先们，也一定混迹于这些看热闹的人中间，眼里闪出好奇的光。然而，除去德川时代，飞马扬鞭、蹄声嘚嘚地途经这里的武士和无赖势力，对他们所经地域的居民来说，都是些需要藏起身来注意观察的对象。特别是经过离街道路线稍远一点的六个庄的，多为追随攻打京城的主力部队的别动队的那些徒步武士或落魄武士，所以，人们都一边严加防范，以免他们闯入自家，一边紧张地观望。

将楠次郎养大成人的祖父清太郎之所以一度想送开办小学以来一直成绩优异的孙子去彦根上中学而临了又犹豫着打消了这个念头，似乎就是因为他在街道沿线的危险和望子成龙的希望之间动摇了自己的判断。尽管清太郎对此的解释是："把你放到城里去，我不放心啊。我也上了年纪，干那些农活儿，身体也一年不如一年，吃不消了……"

清太郎中年丧子，出于减少吃喝开支的考虑，他把次郎的弟弟裕三郎送给了姓广田的亲戚做了养子，又把寡妇儿媳送回了娘家，对清太郎来说，养育孙子次郎和次郎的妹妹阿房就成了自己的重要任务。次郎小的时候，清太郎会寻机带孙子到净土真宗的莲照寺和被称作"湖东三山"的古刹金刚轮寺去，那里有与他相熟的住持。清太郎觉得送给广田家做养子的裕三郎的性格可谓人见人爱，可对次郎，则似乎是粗暴与疼爱的不规则交叉，认为必须要趁早训育。

莲照寺的和尚能说会道，年幼的次郎也听得懂他讲的因果报应啊他力本愿^①的思想。次郎最喜欢在金刚寺让祖父牵着手看十一面观音像了，这并不是出于信仰之心和对美术品的观赏之心，而是因为这尊后来与阿弥陀如来佛坐像一起被指定为重要文化遗产的平安时代的作品，能让他想起回了娘家的母亲，那副圆脸盘、那半睁半闭的眼神和微肿微厚的眼泡、那将中指轻轻抵至胸前的手形，都会在次郎心中唤起被母亲抱在怀中的更幼年时的记忆。

次郎一直记得和五岁的阿房一起目送母亲回娘家那天的事情。她是清太郎无法舍弃从经纪业向批发业发展的梦想那会儿从认识的商家娶过来的，当时年纪尚幼。自年轻时开始经纪业以来，由于清太郎人品出众，麻线批发和销售向农家订购的麻织品的生意就很红火了，可是没多久，随着和其他各国的贸易的活跃，物美价廉的棉织品大量涌入，情形便有些不妙，于是，清太郎渐渐脱离了商业，将

①　指佛教中依赖阿弥陀佛普度众生的本愿而成佛。

重点转向了农业。从这方面讲，把死了丈夫、自幼生长在富裕人家的儿媳送回娘家，也不失为良策。

母亲回娘家的那天早晨，次郎的直觉告诉他，这将是一次长久的别离。虽然祖父母说母亲只是回去四五天，但直觉敏锐的次郎却看出，那是他们在糊弄他。同时，他又感到，身为哥哥，在妹妹阿房面前，自己的这个判断是不能说出来的。兄妹在放置农具的仓房旁目送了母亲的离去。时值初秋，后庭的鸡冠花在朝阳中燃成一片火红，菊花还没有开，却不知从哪里飘来了金木犀的味道。母亲提着小包袱走过的小路上，石蒜发了疯似的盛开着，仿佛要用红霞遮盖住她的去路。也许是被人一直盯着背影有些不自在，她无数次地回过身，把手移到嘴边，从远处高喊："快回去吧——"

此后，直到她和近江商人发祥地之一——五个庄的和服商小林金兵卫再婚的三年间，次郎和妹妹阿房都会在盂兰盆节、岁末和春分秋分之类的日子，到五个庄的松前屋去看母亲。松前屋就在东海道线能登川站旁边。母亲的娘家做海产批发生意，有次郎家三倍大，还有众多雇工忙里忙外，白底镶黑十字接缝的生铁墙壁的大仓库就有三座。孩子们在这样的家里受到了款待。平素没有沾过嘴边的京都点心，让阿房吃起来没够，而次郎的行为举止，则不知不觉地像是在代表着楠家。看到母亲在这样的家里比在六个庄自己家里时还年轻快乐，次郎生出一种被出卖的感觉，便觉得母亲爽朗的笑声以及笑时以手掩口的动作都令人生厌。

吃够了，玩腻了，次郎就把阿房留在母亲那里，自己去能登川车站看火车。站区内货车转轨调车，在次郎是很少见到的，他怎么都看不够。从松前屋走个五六分钟，攀上护堤，就能从用旧枕木做的栅栏外面一心一意不厌其烦地眺望到喷吐着蒸汽的火车头、换路牌的作业和因扳道岔的操作而突然在眼前轰响震动的铁轨。戴着卷有红条子制服帽的站务员挥旗吹哨还叫声连连的样子，深深地吸引着次郎。这完全是另外一个世界，与在金刚轮寺看到的曼陀罗展现出的世界全然不同。这都是在六个庄的家里所没有的东西，尽管他觉得接近它们或许有些危险，却又正因如此才更加被它们吸引。在次郎幼小的心里，比起受母亲那令人颇感意外的青春模样的伤害，还是看火车更有趣些。

次郎的祖父有一种振兴家业的使命感。他也是幼年丧父，在日渐衰败的家庭里长大，以亲身体验知道了什么叫做没落。幕府末期，江户有三十三万多贫民需要救济粮食，又发生了大火灾，地方则农民暴动四起。就在这种境况之中，楠清太郎终于长到了可以加入村里青年小组的年纪，他发誓绝不因贫穷而受辱，于是开始经商。动乱年代，危险倍增，生意的自由也大增。楠清太郎的父亲猝死四年后，发生了席卷近畿一带的"大盐平八郎之乱"①，所幸的是清太郎尚幼，未受到什么冲击，但大盐之乱使得欲动用幕府权力大赚一笔的豪商失势，他就开始了自己的经纪业：与近邻的商家合伙，每天一大早就出去，拿着麻线挨村发给农家，求人家在家里织制，估摸着快织好了，再回收了来，交给能登川和八幡的商家，一天下来，回到家里往往是大半夜了。

到了明治二十年代后期，清太郎曾打算让儿子继承户主，专心从事农业，而自己则继续做辛苦颇多的经纪业。可是，他又看好了东京的变化，拿定主意上了京。时代变化之快出人预料，他为此感到惊讶，也感到困惑。在怀着复杂心情回乡的途中，顺便在后来成为次郎母亲再婚对象的远亲、资本家小林金兵卫家落脚时，接到了儿子患伤寒病危的电报。命运的突然袭击，使清太郎进退维谷。农民最重要的就是继承祖先的家业。决定结束经纪业，清太郎花了一些时间。很快，他决定，就像当初家人耐心等待自己长大一样，自己也要等待孙子的长大，他要教育次郎，勤俭持家，专心务农。

把儿媳送回娘家、又把二儿子裕三郎送出去做了养子以后，清太郎几乎每天晚上都在哄次郎睡觉的时候给他讲自己各种际遇和困苦经历，其中还有一段夜里遭狼袭击的故事。他给孙子讲道："要给它可乘之机，它就会扑上来，所以得气收丹田，瞪着它看。跑可不行，那就等于告诉它，你怕它。行李啊，要前后分开，扁担，要时不时地抡几下给它看，好像随手就能用。"他还说，有天晚上，他看见水獭变成个女人跳进姊川支流了："水獭和狐狸一样，也会骗人呢，可人上当是因为有邪念哪。次郎啊，这点你可要记牢啊。长大你就明白了，它变成美女就是要勾起男人的情欲。我是坐怀不乱，所以，'哈'地一运气，它就翻身跳到河里去了。"

---

① 天保八年（1837年）2月农民因不堪饥荒而举行的起义。

在清太郎的这些故事里，缠在三井寺的大钟上的蛇报恩啦，有"比良八荒"①传说的坚田②渡口等悲惨故事也掺杂其中。清太郎巧妙地把年轻和尚与少女凄惨的恋爱故事变成报恩或人情世故的教材，讲给次郎听。有些故事让小次郎听得目瞪口呆，有些传说则让他懵懵懂懂地在一种安心感中进入梦乡：我虽然失去了父亲，母亲又离我远去，可祖父是疼爱我的⋯⋯

过了很多年，次郎都还记得祖父为他描绘的与动物们打交道的情景和那些故事所唤起的情感，即便是到了相当的年纪，也老是被这样的梦魇住：遇难后为了从湖上逃命而向波涛汹涌的对岸眺望，却看不见本应映入眼帘的灯火。等一身透汗地睁开眼睛，才会明白过来，梦里见到的是祖父曾经讲给自己的"比良八荒"的光景。这样的梦境往往出现在无法安然入睡的夜晚，比如得知公司的破产近在眼前或担心某次选举落选的时候。3月末到4月中旬，琵琶湖上多会狂风肆虐，依照惯例，比良山麓的寺院每年也多在这个时候举行僧人们讲经的集会。很显然，次郎的梦，就是被与此有关的故事唤起的。经祖父改编的童话虽然传授了一种人间之道，但是后来，次郎却还是在青年小组的讲座上了解到，那些童话原本都是些凄惨的爱情故事。

次郎上了年纪后还做的那些梦的根源，除去祖父讲的童话和亲身经历，还有莲照寺正殿的佛龛后面闪着金光的佛像、金刚轮寺曼陀罗上画的宇宙图。次郎曾有些惶惑、又有些恐惧地想，本来光明辉耀的世界和无间地狱般痛苦的梦境世界，为什么会一同出现？

既然如此——为写传记，我在阅读资料、整理父亲留下的大量信件和与政界财界巨头们的往来书简、浏览几度开始又几度中断的类似日记的片断记录时，便会带着几分抗议的情绪陷入沉思——活着的时候，你为什么不让家人看到你真实的形象？随着资料阅读的深入，我感到我心目中楠次郎的形象开始扭曲、变形，又渐渐变得混浊模糊起来，随之，我的混乱也加深了，因为，看似刚强自信的父

---

① 每年阴历2月24日到28日在滋贺县白须神社举行的法华八讲法会，据说，八讲法会前后，琵琶湖周围通常会刮起凛冽的寒风，即"比良八荒"。

② 地名，位于滋贺县大津市琵琶湖西南岸，近江八景之一。

亲，竟是个踌躇不决、有失果断的人。然而，事情并非至此就可以得出结论。父亲楠次郎，是一个极其不可思议的人，这可以理解为不可思议的性格决定了他不可思议的举动；可另一方面，每一个单独的侧面又是那么地平明易解——有时是几近无情的理性主义者。但接下来的瞬间就成了一个心软的人情主义者，优柔散漫，当断不断——而且，父亲在任何一个侧面所展现出来的姿态都恪守着当时的职责。

为了了解世人是怎样看待父亲的，我通览了《雷神楠次郎》、《巨星楠次郎》、《手枪楠次郎》、《泥腿子土地王》等传记和人物评论，可我认为，它们甚至连父亲的一个侧面都没有表述清楚。

想想这也是理所当然的。即便是自己的父亲，也是无法描绘出清晰明朗的真实形象的，更不消说因知之甚多反而难以下笔的情形了。同时，恕我直言，我也听到了发自内心的一种声音：想写尽一个人？这种想法岂不太过傲慢?！在经营公司的空闲时间里，我还在大学讲授经济思想史，我曾试图以人文科学的方式对人物形象加以透彻的分析，却又为担心这样会离楠次郎的真实面貌更远而感到不安。然而，在因退休辞去大学讲师工作的今天，留给我做的，恰恰就是完成父亲的传记，我是在蜂拥而至的忐忑不安当中，阅读资料、坚持摘记的。

曾祖父楠清太郎的形象对于我来说是清晰可见的，对他一手振兴起来的楠家的赤胆忠心，贯穿了他的一生，为此他曾不惜一切坚韧的努力。父亲在以谈话笔录的方式编纂的自传中记述道，是由于曾祖父的担心，父亲才打消了去彦根中学进学的念头的，但对此，我却多少有些疑问。这次进学是读完小学高等科①之后的事情，那时父亲已经十四岁了，令我耿耿于怀的是，我很想知道曾祖父担心的究竟是什么。父亲有的是力气，还是寻常科②学生的时候，就能轻松地将装米的草袋子举过头顶，他要是动起武来，就有打伤对方的危险；另外，清太郎大概也担心早来的青春期会让父亲学坏。曾祖父阻止十四岁的父亲上中学，却又在四年后容许父亲上了京都的海军预备学校，这种互相矛盾的决定更加深了我的疑虑。

---

① 旧制高等小学校或旧制七年制高等学校的后三年。
② 旧制寻常小学校或旧制七年制高等学校的前四年。

父亲是在那里获得大学预科考试资格的。或许，父亲十四岁那年，也就是明治三十五年，或是因为有粮食歉收的征兆，或是因为不景气，祖父绝对需要次郎这个劳动力？不管是哪个原因，我都对这个体贴祖父的美谈起了疑心，认为此间祖父和父亲的关系有些混乱，而且我觉得，这种混乱，还体现在父亲获得了资格却放弃读大学预科而回到六个庄、受雇于东畑郡衙门这件事情上。

在此期间，父亲倡导实行六个庄的耕地整理，在大阪劝业博览会上亲眼见识了化肥的效力后，就求见生产化肥的大阪硫曹株式会社社长，就在滋贺县独家经营的事宜进行交涉。据说，出面接待的创业社长阿部市三郎得知对方是个少年，大为吃惊，他为父亲的热情所打动，以批发价把两大马车过磷酸钙卖给了父亲。我想，曾祖父可能也一同去了，因为，我成为父亲创办的公司的一个经营者后，也曾在父亲的陪同下去通产省交涉过。那时出来接待我们的通产大臣一定会认为，父亲是要教育儿子才带他来的。回到村里后，父亲在家门前竖起一块牌子，上书"硫曹肥料独家经营"，落款是"楠清太郎"。这也似乎可以证明，曾祖父的确是一同前去的。自传中还记载说，父亲将卖剩的肥料施在二茬作物紫云英上，还将往田里灌水的稻田耕作法改成了现在的干式耕作法，创意和行动力具现其中。

父亲万分敬仰的楠清太郎，是次郎铁定被郡衙门雇用的那年4月去世的。据说，父亲不离曾祖父的旁侧，直到入殓，都一直和曾祖父的遗体相伴而眠。由于祖母在父亲十五岁的6月已经过世，所以，父亲十九岁上就不得不一个人生活了。

关于父亲的经历，这里还记录着令我产生新的疑虑的事实，那就是，曾祖父去世的第三年1月，父亲和一个名叫山东友梨的女人生下了长女良子。结婚申请是那年10月提出的，可对此前的那十个月，该如何考虑呢？如果按时间推算，就很难认定父亲和小他两岁的山东友梨是经曾祖父和亲戚们同意结婚。莫如说，在为曾祖父的猝死而悲伤的同时，父亲的心里就有了一种解放感，那个山东友梨便粉墨登场了。

不管怎样，为什么父亲留下的资料里，对二十岁的青年和十八岁少女的恋爱、结合绝口不提呢？我搜索自己的记忆，也找不到父亲提及山东友梨容貌性格的只言片语。她死得早，应该是可以在回想中提到的。但是，我曾经听到过老家的人们毫无不解和紧张地说起山东友梨，所以，可能是由于虽然晚了些但也是正式结婚的，也由于独生女培养得好，便不再追究了吧。虽说人们做各种随意的想象是一种自由，但从作为人生大事的初婚的记忆中看不到、抑或说完全消失了父亲的身影，这对我来说还是有些放不下。

曾祖父清太郎去世后的第三年1月，长女良子出生了，紧接着，4月，父亲上了早稻田大学高等预科。匆忙上京、仓促进学，究竟是什么让父亲如此勇往直前呢？青年小组中有去京都或大阪发展、开始经商的，也有上师范学校的，是他们刺激了父亲的竞争之心？不过，我倒觉得，四年的农民生活让父亲感到落后于同辈人了，如果按照传记的写法，这是不是应该记述为"不论身处何种环境，对学问的热情都不曾减退"？我认为，出人头地，是此时父亲的最大动力。

提交了结婚申请，父亲就卖掉了从曾祖父那里继承的田地，只留下房产宅院。如果是为了学费，他的求学之心可谓强烈了，但他飞也似的离开故乡，单用一个求学之心怕是说明不了问题吧。难道父亲心中全然没有辜负曾祖父教诲的罪恶感？在我所做的传记准备过程中，"楠次郎是一个终生没有罪孽感和负疚感的人"这种形象很早就消失了。这样，我便注意到，在当时的世道之下，求学之心和出人头地似乎是一回事。日俄战争胜利后的社会空气和现在不同，学问显然是为出人头地、飞黄腾达而存在的。

来到东京后，父亲倒卖棉线、购买南满洲铁道股票，却连连失手，我推测，这并不是因为变卖田地所得的资金不够在东京生活，而是他想从投资方面下手，伺机出人头地。

随着对父亲行动的调查，我发现了他的一个特性，即在追求一个目标时，他往往动用几种手段。学生时代，为了发财，他身为邮局局长又收买了铁工厂便是一例，而为了出人头地，他既当政治家又当实业家，就更是一个再明白不过的例证。对于父亲来说，"鱼和熊掌不可得兼"的古训似乎是不存在的，他曾对我说过这样的话："搞政治需要金钱，可一旦拿了人家的钱，就没法不屈节，我就是因此要自己创造财富，开始搞实业并越做越大，一发而不可收拾的。"听话茬儿，他好像对发展实业有些后悔。他在自传中也这么说过，但我却无法相信这种说法。我亲眼看见从壮年到晚年的父亲把当农民时的习惯保持到数十年之后，每天早上五点起床，在电话里对他的职员下达指令，然后摊开地图，推敲斟酌收购土地和分售工程的计划。这绝不是作为创造政治资金的手段而事必躬亲的姿态。父亲似乎将一切情念都倾注到了实业上，所以我才对父亲缘何如此热衷实业的问题持有关心。这个问题也可以换个说法"为什么如此之大"。在我看来，这仿佛是对什么的赎罪。虽然看上去父亲通过几种方法接近目标是出于缺乏自信，但那并不是一般的没有自信，而是由于强烈的热情在驱使父亲采取行动。也许，父亲一直都在为统一心中分裂的自我而奔走斡旋，他的一生都是在这种热情中度过的，而且，分裂的一端是金刚轮寺的曼陀罗，另一端是大口大口喷吐着蒸汽的火车头。我不知道这种想法是不是过于跳跃，但有一点是十分明确的：父亲自己并没有觉出内心的分裂。

2

楠次郎结束了早稻田大学高等预科的学习、进入政治经济学科后，在雄辩会的同时，还参加了柔道部，因为他知道，腕力也是活下去所必需的。

让楠次郎领教其有效性的是后藤毛纺的股东大会。三年前死去的祖父楠清太郎为了让孙子有所体验，也为了试图获取资金，从他十七八岁时起，就建议他购买股票。满铁是通过战争弄到手的特权，能拥有满铁的一股和日本水力发电的十股，也都是祖父教诲的结果。想到这些，已成了大学生的次郎，试着买了后藤毛纺公司的股份。他想，自己虽是穿着和服木屐上学的，可学生们中穿学生服的却日渐增多，毛纺织工业以后或许会兴盛起来。接到通知，他出席了股东大会。这是他有生以来的第一次。

一个身着洋装、职员模样的年轻人带他进入会场后，他竟有些惊呆了。大约有四百左右股东济济一堂，使会场的空气显得有些森严窒闷。次郎头一遭见这种阵势，不禁心生敬意：股东大会原来如此令人肃然！然而，当事实上的所有者、常务董事后藤先生宣布开会，并开始朗读事先准备好的营业报告时，会场响起了"主持人"、"提议！提议"的喊声，还有一个人站起来大叫："印好的东西我们都看过了，没必要在这儿重复！"于是，会场上又有十几个人高声附和："对！赞成!"随后,有人发言:"为什么报告上说的利润这么少啊?! 是不是经营者乱花乱用了?! 请对此予以说明!"发言过程中,"就是"、"没错"、"回答清楚了"的喊声不断。

每次都是相同的股东。楠次郎想,这里一定有什么奥妙。常务董事后藤,也是创业者,颇具工程技术领域出身的人应有的耿直,拼命做着技术开发需要资金之类的解释,可他的话却马上就被股东发言的非难、攻击打断了。后藤一边揩着额上的汗,一边说制造部门增设的机械是从英国的格拉斯哥①进口的,可马上就响起了奚落的叫声:"没人问你这个! 认真回答问题!"

楠次郎终于无法忍受了,他站起身来,大声说道:"各位看到了,我这个股东不过是一介书生,我非常赞赏后藤先生认真的技术开发姿态。这个报告很清楚地表明,为了不远的将来的腾飞,公司正进行着适宜而大胆的基础投资。我希望后藤先生更加自信地继续经营!"

他抑扬顿挫的发言立即招来了"闭嘴! 愣头青"、"什么东西"、"公司的内奸"的谩骂,这反倒激起了他的勇气:"公司的经营应该委托给后藤先生,这是有益于全体股东的道路!"话音一落,掌声四起,"赞成! 赞成"、"相信后藤"的叫声也混杂其中。一些股东早已厌倦了压根儿就是以攻击为目的的发言,听了次郎的发言,都有了主意,来了精神。结果,试图轰走后藤的人们不得不沉默了。

大会临近结束的时候,他开始思忖着如何离开。一个方案是提早起身,快速退场,还有一个方案是混在众多股东中间悄然离去,可是,次郎穿着斜纹哔叽便装,既没有穿和服外罩,也没有穿和服裙裤,估计这样反倒会很抢眼,便断然选择了留到最后的办法。当然,这里面也自有他的小算盘——如果一直留到最后,攻击派会把他当做是公司的一员,从而打消报复他的念头吧。

楠次郎双手抱着胳膊,盯着前方,发现有两三个人起身要走的时候,突然将上半身靠过来,仿佛有点要揍他的意思。他尽量不与对方对视,这时又分明有人啧啧地咂着嘴离去。大概是他那腕力很强的样子救了他吧。

很快,人都走净了。就在次郎站起身来,准备回去的时候,等在走廊角落里

---

① Glasgow,英国苏格兰商贸中心城市。

的三四个男子，在会场出口处叫住了他，个个点头哈腰，毕恭毕敬："对不起，后藤说，非常想见您一面。这边请。不会耽误您太多时间的。"

楠次郎断定这样更安全，便顺从地进了接待室。接待室里摆着厚面儿的皮椅子，椅子后面的墙上挂着中国书法家的字幅，窗子对面的装饰暖炉前，放着绵羊标本。在这样一个房间里，楠次郎从清瘦的后藤常务董事的嘴里，知道了横滨钢铁批发商和石川岛造船公司的社长要合伙吞并后藤毛纺的来龙去脉。后藤看上去中规中矩，深陷的眼窝深处，目光炯炯。实业界还有这等事！这让楠次郎听得有些兴奋。

"我不知道您是什么人，但您能站到我们一边，可是帮了我们的大忙。这也许有些失礼，但请您务必收下。"说完，后藤递过来一个装着厚厚一沓钱的信封。

楠次郎犹豫了。从信封的厚度看，似乎足够五年的学费。次郎想，这可要不得。要是收下了，自己的行动就是以获取报酬为目的了，那就同攻击后藤的家伙们是一丘之貉了。次郎一下就想起了那些斜视着他、脚下的木屐踢踏作响的男人那卑劣的表情。

"不，我只是把我认为对的事情说出来了而已，况且我还是个学生。"次郎说着，推回了信封。

这样一来，后藤拿出技术人员的固执，坚持认为这样他会很过意不去。相执不下之时，次郎想出一则妙计。

"那，就用这笔准备给我的资金买公司的股好了。不然，我不要。我不是职业股民，也不是那种持股敲诈的，我一直做稳定股东。"

股东大会当天才两日元的后藤毛纺的股票价格渐渐升值，超过了二十日元，成了次郎本该接受的谢礼的六七倍的金额。他心里惴惴不安，觉得怎么着都有一种不劳而获的感觉。几分钟的演说，竟赚得了自己种庄稼时的几十倍的钱！这么着，人可是要变坏的。次郎这样告诫自己，盘算着把这笔钱用到一个健康的事业上去。于是，他想起了自己每月拿六日元工资、在郡政府当雇员时听到的一个说法——德高望重的有资产者可以购买特定邮局。随后，他又从后藤毛纺的总务部长那里得知，有家邮局有可能到手，那家邮局位于日本桥附近蛎壳町二丁目，就在去后藤介绍的兜町①证券公司的路上。

当时的次郎充满了活力，有了想法立即就会付诸行动。他打听到东京邮电通信管理局是窗口单位，就去了。这一去才知道，学生想买邮局，即便有资金有地皮有楼，如果没有可靠的保证人也是不行的。虽然这个结论很是没劲，可想想也是那么回事儿，于是，次郎出了管理局，就直奔后藤毛纺，说明了原委，把从管理局领来的材料交给了后藤。后藤再次感到眼前的楠次郎是个思想坚定的青年，便一口应承下来，并立马让秘书拿来了笔墨。

身份保证书

东京邮电通信管理局长　栋居喜九雄殿下

兹同意为日本桥区蛎壳町邮政局长楠次郎提供身份担保，并保证遵守三级邮政局长身份保证人的规定，诚尽其责。特此证明。

明治四十年3月

东京府荏原郡大井町　平民　后藤恕作

后藤的楷书一如他的人，郑重其事，规规矩矩，一个个字仿佛都是用格尺打出来的，这使得这份文件的分量一下子就变得重了许多。反复看了两遍，次郎感到，由此，自己就在腾达之路迈上了一个台阶。于是，一种终于有资格跻身名士行列的感觉在心里蔓延开来，便不由得向后藤深深地低头致谢。

出了建于日本桥二丁目一条小路旁的后藤毛纺总部，楠次郎想从外面再看看已经决定收购的邮局，就迈步向蛎壳町走去。一边走还一边想，当了局长，可就得蓄起胡须了呢，发型嘛，就现在这样的平头好不好呢？今天穿的是和服裙裤，可要是当了局长，就还是穿洋装合适了吧。想到这儿，次郎忽然记起，裕三郎这家伙倒是说起过，向岛一带有很多家卖二手洋服的店铺。

当年母亲不得不回娘家的时候，把次郎和阿房留给了祖父，而弟弟裕三郎，则早早被亲戚收养了去。也许是养父母家的疼爱，使他形成了一种依赖的性格，

---

① 地名，位于东京都中央区日本桥，东京证券交易所所在地。

次郎上京后，他还就一些事情给次郎写过好几回信。在考了几次师范学校均遭失败后，裕三郎在信里诉苦，次郎就回信鞭策鼓励他："只要奋然而起，只消两年时间，达到初中毕业程度只是决心问题，并非难事。"结果，裕三郎觉得还是想在哥哥身边求学，就来到了东京。

然而，裕三郎上京后，却很快就发生了变化。他似乎很依仗同乡，却又胸无大志。对于同乡会，次郎觉得交际应酬太多，开销太大，可裕三郎却经常一个人出入同乡会事务所，还请人家斡旋找了份工作，在横山町一家纤维批发商店帮忙。那家店离次郎的住处很近，裕三郎走着就可以去上班。工作之余，裕三郎也上了夜校。

次郎担心，这样一来，工作势必成了生活的中心，而进学的努力就成了应景之举。不出次郎所料，裕三郎上学的次数越来越少，晚上的时间都用在出入台球馆学打台球啊和朋友四处喝酒上了，而且好像还交了两三个女朋友。

"人靠衣服马靠鞍哪，衣着可是大事，得给对方一个好印象才行。"裕三郎就哥哥的服饰提出建议的时候，哥哥总是回以"你这是以衣貌取人嘛，内心不充实，一下就露馅儿了"之类的说法，予以反驳。次郎朝蛎壳町走着，就想起了裕三郎说过的估衣街，决定这个周六让裕三郎带着去一趟，买点衣服。

很快，邮局就在眼前了。从人行道对面望去，这栋涂着白漆的三层小木楼，显得相当时尚，次郎感到很满意。次郎就这么双手抱着胳膊，直挺挺地站在那儿看了半天，忽然觉察到两三个过路人正表情怪异地看着他。他们大概还以为他是个打手，正要冲进去呢吧。次郎放下胳膊，向前走去，心里玩味着对自己说，从下个月起，这就是俺的地界喽。于是，次郎便觉得过往的行人个个都朝他看过来。

父亲当上邮政局长，是在明治四十四年，也就是1911年，那年父亲二十三岁。过了没多久就是大正时代了，举国上下都在为与他国平起平坐而努力，父亲也燃起向学、向上之念，一心只想向前冲，所以，可以说，这一时期的传记是比较容易整理的。这一时期，在中国大陆，这块在父亲一生的各个方面投下影子的土地上，正是辛亥革命兴起、清朝开始退出历史舞台的时候。

　　我的大学时代正值日本战败时期，十五年战争^①结束，日本向盟军无条件投降，国家和个人都对未来感到迷惘，而父亲的大学时代却与此正好相反。究竟生活在哪个时代是幸运的？这种讨论几乎是没有意义的。我们各自生活的时代依旧是各自的时代，留下的只是各自性格的差异。同时，我还觉得，我必须设身处地地理解生活在那个时代的父亲，哪怕一次。我知道这是一项很艰难的工作，但对我来说，这也是一种义务，因为在兄弟姐妹当中，我对父亲是批判最多的。

　　即便如此，我想，在各种人际关系中，家庭成员之间的关系究竟是个什么性质的东西？人们通常会说，自家人，没什么对与错，都是彼此相互理解的同质的人，起码，连长相不都是一个模子里刻出来的？可是，真是这样吗？

　　父亲对我们几乎没有讲起过他当邮政局长时的事情。只有一件事，他给我们讲过三次：老资格职员中有个冒失鬼，有一回，父亲骗他说，某某人和某某人关系微妙，现在正在邮局后身的鳗鱼店二楼幽会呢，那家伙当了真，趿拉着木屐就奔过去了，父亲忍着笑，也跟在他后面跑去了，那个冒失鬼咔啷啷打开拉门，却发现特地来见父亲的前任老局长坐在那儿。我能记住这个段子，是因为我不知道父亲到底要传达一个什么意思。这个段子并没什么意思，也并不可笑，他为什么要单把这件事拿出来说呢？尽管养母也跟着笑，可从她的眼神里可以看出，她内心里一点都不认为这有什么好笑。

　　家人应该是尊敬自己、顺从自己的，既然是长辈人，就不应该流露出寻求理解般谦恭的态度，因为，这大概会被认为是卑下的。可是，我却觉得，似乎也不完全是这样。我总想，父亲或许认为，说了家人也不懂，也没有意义，况且女人和孩子见识太浅，和自己不是一类，于是父亲就往这样的意识中，填塞了很多不想说给老婆孩子听的事情。而越是这样，自己在家里就越孤立，这一点，父亲并没有觉察到。我觉得，父亲似乎在潜意识里一直认为孤立是他的天性。

　　关于选择做邮政局长为第一份职业一事，很多传记都解释为，当时，邮局是唯一的信息集散地，了解大众的心理及与之相伴而生的资金动向是易如反掌，而且收入也很稳定。

---

　　① 在日本，通常指1931年柳条湖事件至1945年日本无条件投降的十五年时间。

我知道，人在选择职业的时候，"偶然"会起很大作用，比如老师的偶然推荐，朋友的偶然邀请等等。父亲不就是吗？那会儿他常去的兜町附近有一家可以到手的邮局，而他心里也正感到一种不安——要是不尽早开始正经生意，就会离农民时代的自己越来越远，这不就是他的"偶然"吗？作为一个拥有辩才和胆量的人，自然会对能够标榜上正义这个名分的职业心动的。与在人际关系上缺乏感性形成对比的是，父亲对某种职业及其在社会上所起的作用，是极为敏感的，这铸就了父亲的性格。

邮局里有二男、六女八个职员。楠次郎把弟弟广田裕三郎以特约职员的身份安排在邮政储蓄部门，还给他订出一个一年增加四成存款的目标。

在六名女职员中，有一个叫岩边苑子的，芳龄十八。她父亲曾是个焰火工匠，很早就过世了。作为一个"老东京"，她的性格显得太过娴静了。也许是腺病体质，一到下午，脸颊就红得跟苹果似的。看人的时候，她总是习惯地把上眼皮睁成抛物线形，使她平添了几分可爱。

时年二十又三、仍是独身一人的楠次郎很快就对她产生了爱慕之心。次郎听说前任局长对她很是偏爱，就想到了一个约她的借口——向她打听邮局的规矩习惯。为避人耳目，次郎把岩边苑子约到了邮局后身鳗鱼店的二楼。这是楠次郎上京后的第一次约会。

"我虽然在这儿工作三年了，可还很不成熟，总是给大家添麻烦。"岩边苑子侧身而坐，郑重其事地说着，用戒备的眼神看着次郎。

楠次郎按着老套子，说自己平生头一次做这种工作，很想向你求教一下邮局的规矩习惯，请帮忙等等。接着，还谈到了每个职员的喜好和生活状况。说到没有正经的身份保证人就当不了邮局职员的时候，岩边苑子告诉他，她的保证人是她父亲因爆炸事件去世时的焰火协会负责人，还说："所以，每年纳凉焰火晚会的时候，我总能在最佳位置观看。局长，下次咱们一起去吧。"她的语气渐渐缓和下来，谈话也渐渐融洽起来。

那天，他们约定一个月见一次面就告别了，可不知怎么回事，他们的事很快就在邮局里传开了。就这么几个人的工作单位，气氛骤变，让楠次郎很感为难。

因为大家谁都没有明白说出来他和岩边苑子的事，所以他也不好从自己这边解释什么。他给苑子家拍了份电报，约她星期日到庄园的船员旅馆来。自己和苑子之间还什么都没有过，流言却已经满天飞了，次郎很愠怒，觉得糟糕透了。

在船员旅馆的二楼，就他们两个人的时候，次郎惊异地发现，几乎相同的苦恼也同样困扰着苑子，于是他开门见山地问："他们怎么知道咱们的事儿的？"

苑子歪着头，天真地看着他，说："我想大概是副科长吧。她好像看不惯前任局长偏袒我，一直在挑我的刺儿。"苑子说的副科长年近五十，至今单身。在女职员里，副科长是最高职位了。

次郎说："前任局长，从年龄上讲大概都能当你爷爷了吧。"说着，就讲起了疼爱自己的爷爷清太郎的一些事，后来还谈到，父亲在他虚岁五岁的时候就突然去世，而母亲又回了娘家，自己唯一敬爱的祖父四年前也撒手人寰之后，自己就孑然一身了，所以，如果邮局的经营失败了，自己就没有退路了。

次郎在谈话中详细描述了自己和小自己一岁的妹妹一起送回娘家的母亲走到田间小路的情景。次郎说，自己虽还是个孩子，可心里明明白白地知道母亲再也不会回来了，也知道不能把这话讲给妹妹，"我竭尽全力要做出一个哥哥的样子"。说到这儿，次郎很动情，声音低缓，语调也抑扬顿挫。他在心底暗想，这得益于在雄辩会学到的辞令技巧。

次郎脑海里回响起母亲的话："好了，你们两个都是好孩子，快回去吧，啊，好好听爷爷奶奶的话，快点长大，啊，注意别生病啊。"于是他接着说，可是，我们依旧难舍难分。路上开满了红艳艳的石蒜花，母亲的身影就要消失在红霞中的时候，我们就叫喊着又追上去。母亲知道这样下去没有尽头，就横下心来，跟我说好，到我们兄妹无法过去的小河边就停下来，然后一步一回头，消失在东京被叫做彼岸花的那一片红霞之中了。

这里面，一半以上都是次郎添枝加叶、加工润色的。最后，次郎以"时值秋季，仓房旁边开着鸡冠花，后门那儿开着飘香的金木犀"结束这段描述，看见苑子正眼里噙满泪水看着自己的时候，目光就再也移不开了。

可是，接下来该如何进展呢？次郎正犹豫着，苑子开口了："局长既然跟我说了这么多，我是不是也该说了呢？"

"都跟我说了吧，咱们应该了解彼此的全部。"次郎试探着苑子，可她还是有些犹豫，在次郎的再三催促下，苑子终于"招"了："裕三郎约了我很多次了，可是，我，局长跟我说了这么多话，我该怎么办呢？"苑子仍旧用闪着泪花的眼睛仰视着次郎，好像要说什么，微微动了动嘴唇。

次郎听了这话，不禁妒火攻心，头晕目眩，他绕开桌子，走近苑子，声调几近诘问："你跟他睡过了？你们到什么程度了？"

苑子慢慢地摇了摇头，好像是对次郎的质问表示否定，也好像是对喘着粗气奔过来的次郎表示拒绝，良久，才小声嘀咕了一句："我，跟他，连茶，都没喝过一次。"

"你是我的，我不容别人碰你一手指头！"次郎不容分说，推倒苑子，将自己的身子压了上去。

没过多久，次郎就让岩边苑子退了职，和自己同居了。次郎从原来在下落合①的住处搬出来，两人在涩谷道玄坂②右侧刚一上坡的一条小胡同深处租了一处房子。为了使因苑子的事情而懈怠下来的工作气氛紧张起来，次郎加倍地将精力投入到了邮政局长的工作中。为此，周日就住在三楼宿舍的时候多了，去学校也怕浪费时间而雇人力车了。

此前，次郎一直认为大学里的课程实在没有必要认真去听，期末考试之前买来印好的课堂笔记，看上个把小时，就能拿到学分。看到同学们，次郎总是要啧啧慨叹：他们是多么悠闲地享用时间，逍遥玩乐啊，我可是没有像他们一样悠然度日的余裕，我是卖了祖父留下的地，从乡下来到这里的，要是不干事业当资本家或者当政治家获得地位，可对不起他老人家。

坐在人力车上摇晃着进校门的时候，这些想法就会出现在次郎的心中。车夫叫人让路时总是吆喝"哈哟伊欸嗬"，学生们看见吆喝着奔跑的人力车，知道坐在车上蓄着胡须的学生是楠次郎以后，都会投以冷眼，还要冷言相待："这家伙怎么回事儿？""喂，那家伙有毛病啊?！"

楠次郎对此类恶言恶语一概无视。他清楚得很，好评以及为获得好评而进行

① 东京地名。
② 东京地名。

的交际，除了浪费时间和金钱，没有一丝一毫的好处。所以，对慈善事业的捐助，次郎也一概不做。次郎坚持认为，同情弱者，弱者也不会因此而成为强者，结果会适得其反。他告诫自己，有钱人或许是为了自我满足才做的，可是自己却没有这种余力，与其那样，倒不如自己做一些对国家有益的事情。

这些想法，次郎是从永井柳太郎①那里学来的。永井先生刚刚结束在牛津大学的留学生活，被聘为大学的教授，主讲社会政策和殖民政策，他亲眼看到了英国成功地大举进攻海外并以此支撑国内民主主义的实际情况，所以在宣讲民主主义理想的同时，也阐述了殖民的重要性。永井柳太郎抑扬顿挫的语调近乎演讲，但他的口才深受学生欢迎，很快就和坪内逍遥讲授的莎士比亚、大山郁夫讲授的政治学一道，被并称为三大人气讲座。

次郎闻讯去听了一堂课，就立即被永井教授的雄辩吸引住了，因为他不单是靠讲课技巧吸引学生，他还很有格调和品位。第二天晚上，次郎就给永井教授写了一封信。之所以隔了一天，是因为他让弟弟裕三郎去买上好的红芜菁需要时间。次郎在信中写道："我是一个来自滋贺县乡下的学生，变卖了祖父的田地来到东京，希望成为一名政治家。听了您的课，我深深感到，真正的雄辩背后，必定有深邃的思想。我的故乡滋贺，与先生的故乡石川，都有着极为相似的风土人情，我想，我对您的课共鸣振幅之大，或许也有点地缘的关系吧。对您讲的民主主义和殖民政策的关系，小生深表赞同。小生热切希望能有机会拜见并接受指教。"最后还添了一句："小生另行寄上湖国出产的红芜菁腌菜，请笑纳。"

这是当上邮政局长前一年的事。永井柳太郎接到楠次郎的信和红芜菁礼物，觉得这个学生能准确抓住讲义的要点，信的文笔也很老到，就决定见见这个学生。永井教授能去牛津留学，是获得了资助神学研究的奖学金。由于他在学期间就得到了大隈重信②、安部矶雄③教授的赏识，在恩师的推荐下，中途又获得了早稻田大

---

① 1881~1944年，政治家，早稻田大学教授，因雄辩而闻名，曾任拓务大臣、邮政大臣、铁道大臣兼邮政大臣。

② 1838~1922年，政治家，历任维新政府要职下野后，成立改进党，1898年任宪政内阁首相，1914年再仟首相。东京专门学校（现早稻田大学）创始人。

③ 1865~1949年，社会活动家、政治家。

学的留学生资格。他在伦敦学习社会政策和殖民政策期间，坚定了为遏制欧美帝国主义，就有必要将外交政策和国内政治民主化的思想，决心回国后一边做学问，一边在恩师手下进行政治活动，也正想为扩大今后的活动范围寻找左膀右臂。

接触永井教授后，次郎才领略到人生的未知领域，那就是信仰和学问的世界。次郎和永井先生相差八岁，可是永井教授却拥有可以自由使用的英语、在伦敦习得的社会政策和殖民政策的理论，还有雄辩背后的信仰。于是次郎就觉得自己真是个乡巴佬，得自己赚取学费和生活费，今后也没有条件去海外留学，连像别的同学那样，每天听各种课，拿个好成绩之类平凡的学生生活都过不来。

由于当过农民，所以楠次郎比别的同学要年长一些，这就让他更没有理由闲晃。然而，换个角度想，不利条件反而会变成优势。永井柳太郎不就是吗？他那在伦敦坏掉的一条腿离不开拐杖，可那不反倒给了他一种风格吗？

永井教授在此前的课堂上讲道："虽说日本在日俄战争中获得了胜利，但我国人民的生活和文化水平较之欧美诸国还极为低下。今后，必须积极推进民主主义和中产阶级的产生。"

农业生产力提高了，中产阶级一定会直线增加。次郎想起自己十五岁时挂起独家销售化肥的招牌，想起卖给农民却惨遭失败的往事，就想，农民的疑虑是与生俱来的，还是在不断被骗的历史中为明哲保身而不知不觉间养成？这让次郎又想起了祖父清太郎讲的七十三年前大盐平八郎起义。

按理说，只有有过农村体验的人，才能找到提高"落后民生"的方法。理论应与现实结合，自己如果承担现实这部分，是会派上用场的。上了大学以后，次郎头一次想要学习了，他开始读书，读有用的书。他买来经济学原理、宪法、国家学原理、伦理学等方面的书，在赞同的地方画线，写上自己想到的意见，以书为笔记，大读特读，时间不够，次郎就用缩减睡眠时间的办法来弥补。

3

楠次郎想找机会接近创办了早稻田大学的大隈重信。大正二年春天，次郎刚上大三不久，永井柳太郎带他去过一次大隈府上，仅此一次。他感受得到大隈的魅力。虽然大隈被叫做"早稻田第一吹"，可人家毕竟是经历过农民与武士平等的明治维新的幸存者。次郎从图书馆借来有关大隈的书，才知道他出身于佐贺藩炮术长之家，曾因反抗藩校旧习被勒令退学后，开始研习兰学①，明治维新时，他三十岁上下。他的发迹，始于明治元年的耶稣教徒迫害问题。他同谴责镇压的英国公使针锋相对，寸步不让，于是让正为这个问题头疼的三条实美②、岩仓具视③知道了肥前④有大隈这么个年轻武士。

楠次郎在《大隈兄昔日谭》中读到这些的时候，热血澎湃，觉得这样的机会就要降临到自己身上了。他想起了在后藤毛纺股东大会时的表现，可那个舞台实在是太小了，要是有朝一日，能在撼动日本的大舞台上……想到这儿，他就又觉得，必须得先接近大隈重信。

在楠次郎看来，大隈重信的身姿长相都魅力无穷。个子并不太高，却让人感觉很魁伟，连阔鼻梁、宽额头、偏低却具有穿透力的声音等等，都是为他自由洒脱的气质所生。次郎甚至觉得那是自己所没有的美德。一天，次郎听说大隈要去户冢球场看棒球比赛，就改变了预定，也来到球场。据说，比赛的对手，是横滨的洋人俱乐部。次郎装作是大隈校长秘书的模样，若无其事地坐到了本垒后面的特别席位上。环视球场，楠次郎发现，来看球的不光是学生，还有很多外面的观战者，这让他大吃了一惊。他首先想到的就是，闲人还真是不少。

拉拉队周围的席位几乎都是早稻田的学生。棒球原本是在横滨的美国人兴起的体育运动，所以渐渐形成了一种印象，即有棒球部的大学才是先进大学。早稻田的棒球队，是身为基督徒的社会主义协会会长安部矶雄于明治三十四年倡导成立的。

网子后面的观览席上坐着十几个外国人，只有那里遮有顶棚。除永井柳太郎外，还有在早大教书的英国教授，使得这里有一种社交场所的气氛。这是楠次郎

---

① 指经荷兰传入日本的西洋科学。
② 1837~1891年，幕府末期、明治时期的政治家。
③ 1825~1883年，幕府末期、明治时期的政治家。
④ 旧国名，今佐贺县、长崎县一带。

所始料不及的，因为此前他一直认为，傻瓜才看比赛。没有人盘问他，也没有人跟他搭讪，不得已，次郎只能专心看比赛了，可糟糕的是，他并不懂得棒球的规则，除了用身体应和着拉拉队和观众的呼喊声，没有别的消磨时间的办法。看着看着，他明白过来，比赛似乎进入了白热化阶段。

早稻田开始进攻，好球不断，时机到来，拉拉队开始一声接一声地高喊："远远地打！远远地打！"次郎听不清观众嘴里呼喊的选手的名字，觉着没劲，便瞄着大隈校长。校长也似乎对棒球本身并无兴致，一直和旁边的洋人说着什么话。校长左一个"安巴萨达"右一个"安巴萨达"，对方大概是英国或美国的大使。永井柳太郎也被叫了来，三个人就撇下棒球，窃窃私语开了。从谈话中出现的固有名词推测，他们讨论的似乎是统治了中国主要疆域的袁世凯的军队在山东、汉口、南京一带危害到了日本人的问题。

这时候校长的秘书进来了，次郎认识这人。看到秘书递上来的纸条，大隈的神色大变，对安巴萨达耳语了几句，就和永井柳太郎一起出去了。此时，次郎看到，球场上响起了欢呼声，选手们拼了命地在跑垒。后来他才知道，那张纸条，报告了反对软弱外交的右翼打手刺杀外务省财政局长的消息，而结果就是，楠次郎被留在了他看不懂的棒球观众席上。

比赛终于结束了。拉拉队的狂喜，让次郎明白了早大的胜利。楠次郎默默地离开特别席位，走向学生们业已离去的三垒旁边的观众席。他坐下来，环视着空空荡荡的球场。不知什么时候，太阳已经偏西了。他又来到外场席位的草坪上，坐下，旋即想起了小时候去母亲的娘家，在能登川岸边玩耍的情景。

大隈喜欢跟见到的年轻人打招呼，带他们到家里谈谈，一块儿吃吃饭什么的，不管他是谁。第一次见他的时候，次郎正和永井教授在走廊说话，他从校长室出来，对永井说："永井君，我想听听你的意见，能不能到我家来一下？"永井要跟楠次郎告别的时候，大隈却又说："没关系的，你也一起来吧。你的井伊直弼①研究做得非常好，这也是个我想听听年轻人意见的问题。"

得知自己在雄辩会上的表现得到如此承认，楠次郎心里很是感激。当时，大

---

① 1815～1860年，幕府末期的"大佬"（执掌幕政之人），彦根藩主。

限正就如何对抗以桂太郎①为首的藩阀内阁的问题，广泛听取人们的具体意见。

永井说到政友会中也有人对桂太郎依仗藩阀势力的做法很是反感时，极力主张："遇到不顺心的事，就随意让国会停止活动的做法，是无视立宪政治的根本。"

楠次郎这时坦白了自己参加过桂太郎组织的立宪同志会的事情，还强调了政治运动中舆论呼吁的重要性："那根本不是真正的护宪运动，是藩阀势力的遮羞布。可是，如果考虑到参加者很多都是像我这样不知情的人，我认为对国民的解释说明是十分要紧的。"

大隈从正面看着楠次郎的眼睛。那是一双温和的眼睛，让人想不到它曾是首相的眼睛，是在与藩阀势力的较量中败北下野后积极推进护宪运动的斗士的眼睛。楠次郎觉得奇怪的是，从大隈的眼神中，看不到丝毫对参加过桂太郎组织的运动的人的不信任与怀疑。次郎甚至想，怎么可以这样率真开放、信任别人?!

自己是农民出身，可大隈却是出身士族，且是炮术长这样的名门。——这个想法掠过坐在外场席位上眺望夕阳的楠次郎的心头——所以人家才不怀疑别人哪。接着，刚才自己无法加入其中的大隈和永井、洋人的谈话场面又一次浮现在眼前。他们选择了借看棒球之名、可以不顾世人耳目的办法啊，在他们恳谈的背后，欧美与日本对中国新政权是多么紧张啊，可学生们却对此浑然不知。他们也没有能力知道这些，只顾着一个劲儿地呼喊："远远地打！远远地打！"次郎觉得，自己也是该划到无知的"远远地打"之流的。

据说，大隈三十岁上和英国公使发生争执的时候，曾经对自己的主张寸步不让："我在读圣经，也读祈祷书。基督教有功也有过。对单方面主张迫害基督教是恶，我无法接受。这是我国的内政。"

这是《大隈兄昔日谭》中记载的。为了活跃在国际舞台上，至少要会点儿英语或是德语才行。永井柳太郎虽然不是士族，但毕竟是多年留学伦敦的"海归"教授。可那会儿，自己还是个农民，半工半读上了大学，却比普通学生年长许多。次郎又一次想到，以自己现在的身份，今后也是无法出去留学的。

想到这儿，楠次郎想起了长子孙清也许正在涩谷苑子家里哭闹，继而又想起

---

① 1848～1913年，军人、政治家，曾三次担任首相。

了留在滋贺县的长女良子及其母亲山东友梨。他认识到，自己在腾飞之前制造了两个包袱，可奇怪的是，自己并没有失败的感觉。对身为孤儿的人来说，累赘越多，反倒越感温暖。次郎又想，参加桂太郎的立宪同志会的收获，就是经他的介绍，得了一知己——后藤新平①。

今天，次郎想自己激励一下如果放任自流就会消沉下去的心情。抬头望去，插在一垒前面的旗杆的影子已经落在了运动场上，逼近了自己的脚边。

"哎，哎，哎，要关门了啊！"

次郎转过头去，看见一个管理员模样的男子正用诧异的目光看着双手抱膝的自己。

"哦，是吗。关门之前我得跳出去呀，是吧？"他故意开了句玩笑，说着，站起了身。

我想大概就是这一天的事，我从养母那里听到过类似的情景。据她说，六所大学棒球赛的早稻田大学对庆应大学的比赛结束后，父亲独自在棒球场伫立到日暮，眺望着渐渐西沉的斜阳，思考未来。她说："无依无靠的，好可怜哪！他平时那么要强的一个人。"

说这话的时候，她的语气就像是她亲自拯救了可怜的父亲。事实虽有些出入，但那是她的润色，还是父亲的改编，就不得而知了。养母之所以这么说，大概是因为我曾经问过她，是怎么和父亲走到一起的之类的问题。如果是这样，这应该是我与父亲尖锐对立、投身于革命运动后，中途因咳血而不得已开始疗养生活之后的事情。同对革命信仰一样，我对这些美谈也同样投以怀疑的目光，这样，我对养母讲述的拯救故事也应该是没有表示共鸣的。即便不是这样，出于对这个年轻时曾经是一线女政治记者的才女甘为楠次郎老婆的不满，不知道从什么时候起，我一直保持着一定距离，采取观望的态度。

大概我是这样回答她的："噢，难怪，难怪。"我不记得从我的话里听出了不

①　1857～1929年，政治家，曾任台湾总督府民政局长、满铁总裁，后历任邮政大臣、内务大臣、外务大臣、东京市长等职。

信任意味的养母的眼睛里是不是闪动着憎恨的光芒，也许，也就是对我与众不同的回答感到了轻微的不满而已。除了把楠次郎比作光源氏调笑之外，养母并没有特意在与父亲的生活中对他们的关系加以调剂，但这对当时的我来说，是没有能力理解的。

出于写传记的需要，我翻阅了父亲在早大就读期间的资料，得知早大、庆应赛在明治三十九年秋至大正十四年之间是停止了的。也许是拉拉队的较量过于白热化的缘故吧，父亲向养母说起一个人留在球场的事情时，大概选用了对待知识女性不是晓之以理、而是动之以情的方法吧。讲述过程中，他还会看对方的反应而一点点改编梗概和情节，使内容更加丰满，这是雄辩术的蕴奥。当然，对此秘笈，父亲是决不会向我坦白的。

晚年，父亲曾向记者这样讲述他一边立志政治，一边涉足铁厂的经营，后来又开始做房地产的理由："我想当政治家，可那是需要钱的。如果是仰仗他人的金钱，势必说话不硬气。于是，我就想，得自己赚钱。我把这种想法和当时的桂总理讲了。总理说，这是个好主意，就介绍了后藤新平给我。"

这种说法我也听到过几次，可我很难认为这是事实，我倒是觉得，他是随着与学者、言论家、永井柳太郎这样的国际派政治家的交往，才开始认识到在政界自己所能发挥的长处就是创造财富的。

从大正二年7月早大毕业前夕开始，父亲就在永井教授的建议下开始学习俄语了。父亲是十七岁那年在他的出生地——六个庄，听到日本战胜了俄国的消息的。父亲当时正致力于农民的土地改良和耕地整理，他感到日本就要腾飞于世界了，并在这种激动中萌发了不能再这样下去了的念头。

明治三十九年，父亲到京都上了海军预备学校，除了取得参加大学预科考试资格的目的，其实还另有原因，那就是，父亲对因日本海战而名扬四海的东乡平八郎①元帅的印象太深了。

上了大学之后，中国和俄国的局势成了父亲经常关心的对象，他还计划着，大学毕业后写一篇日俄财政比较的论文。这也是一种野心。接触大隈重信和永井

①　1847~1934年，海军元帅，因在日俄战争的日本海海战中英勇善战而成为国民英雄。

柳太郎后，父亲就认为，要想成为一流政治家，没有学术著作是不成的。他的这个野心，在毕业翌年年末由博文馆出版《日俄财政比较论》时，终于得以实现。这本专著的自序，是这样开头的："风云变幻的欧洲战局，如今急转直下，造成了空前的大动乱，可谓惊天动地，悲惨至极，和平之神已不复存在，文明能带来永久和平的说法终成一帘幽梦。事已至此，有谁还会相信牵强附会的和平论调！"

我后来才知道父亲还曾著书立说，立即找来阅读，见到这样的开头，大受感动。使我感动的并不是他的美文，而是美文背后的二十六岁的父亲的野心，我似乎都看得见年轻的父亲脸上蓄着胡须，伏在一张简陋的漆桌前，桌子上方吊着一只灯泡，房间昏昏暗暗……

这本书出版前的7月，第一次世界大战爆发了。孙文在东京成立中华革命党①，也是在这个7月。从写下《日俄财政比较论》的父亲的表情里，我看得见野心，却未曾看见后来的谎言。

对父亲来说，世界大战的爆发，是个好消息。8月，日本向德国宣战，父亲由此期待着，难以为继的涩谷铁厂会有所好转。

父亲和苑子同居的地方，位于每天必去监督的铁厂附近，上了道玄坂，走一会儿，右拐，胡同的尽头就是。顺这条坡道拾级而上，高度每增加一点，寒酸的房屋就增加一间，但如果上到顶尖，眼前就会豁然开朗，这是已经置身于西乡山的缘故。此处之所以得名西乡山，是因为比明治维新时期领袖西乡隆盛年幼十五岁的弟弟西乡从道的宅基地，就建在这里，傲视四周。

尽管从道的亲哥哥曾是西南之战的领袖，一度被称为逆臣，是大久保利通②、岩仓具视、木户孝允③、伊藤博文④等的敌对分子，但从道隐忍自重，最终成为海军元帅，受到重用。西南之战过后，世上的正义派纷纷谴责从道，说他不跟从哥哥西乡隆盛，还见死不救，但父亲对从道的生活方式却十分敬服。从道明治三

---

① 此处实则应为"中国同盟会"，即黄兴的华兴会、蔡元培的爱国学社、张继的青年会联合而成的组织。

② 1830～1878年，幕府末期、明治维新时期的政治家。

③ 1833～1877年，幕府末期、明治维新时期的政治家。

④ 1841～1909年，明治时期政治家，曾任首相，1905年任韩国统监，在哈尔滨被朝鲜独立运动家安重根暗杀。

十五年过世，现在，他继承爵位的后人居住在西乡山。

再说井伊直弼，置幕藩内大多数人的意见于不顾，坚持海外雄飞论，在德川家的后继问题上，也为拥立德川庆福（家茂）而征战不已。他坚决镇压反对派，强制实行"安政大狱"。而西乡从道则彻底屈从，担了一世骂名。井伊一改滋贺县人的阴柔，作风强硬，而从道也完全不像个萨摩①人，选择了隐忍服从的道路。父亲认为，这两个人的共通之处在于，他们都有全然无视周围舆论的勇气，并暗自决心自己也要照他们的样子生活。父亲将利害置之度外、固执坚定这点，就是很多滋贺县人所不具备的。对此，我们从小就领教过了。

拍板购置和苑子同居的房子时，父亲就想，什么时候要经大隈或者后藤新平的介绍，拜访西乡家。虽然他不指望自己有朝一日也会住上坡顶西乡宅邸那样的大房子，但梦想大一点也没什么不好。只是，这个野心，他对谁也没有说而已。

苑子从庶民区的娘家搬到涩谷来的那天晚上，父亲想早一点拥抱苑子，就脚步急切地回到家里。可是，进门的刹那，他却突然不知所措起来。没来由地，就是觉着新住处很寒酸。这条胡同上尽是些濒临倒闭的店铺，而这处胡同尽头的房子，当初并没有什么感觉，如今却觉得它活像个大杂院。

的确，岩边苑子身上既没有文化气息，也没有乡土气息。离开邮局这个工作岗位的她虽然年轻可爱，但仅此而已，而且身体看上去也是弱不禁风的。那天晚上，她侧身坐在矮桌旁，抬头看着父亲。离开住惯了的庶民区，难免心头孤寂，而且恋人回来得又比自己预想得晚，所以心里很是别扭。父亲抑制着内心的不安，扔下一句"饿了饿了，吃饭吃饭"，就进了准备做书房之用的隔壁房间。房间里的漆桌上，除了英日日英辞典、汉日词典、辞海，还有日俄俄日词典。

尽管和岩边苑子的同居生活就这样充满危机地开始了，父亲还是在第二年的1月，和仍在滋贺县的友梨离了婚。

了解了父亲后来的生活方式之后，我便很难认为父亲的离婚是为了与苑子的爱。我原本对父亲和山东友梨的婚姻，也是持怀疑态度的。父亲敬爱的楠清太郎去世，是在明治四十年4月，那时父亲十九岁，而第三年1月，友梨就生下了一个

---

① 亦称萨州，旧国名，今鹿儿岛县西部。

女孩。对此，一个健在的亲戚是这样对我解释的——家属亲戚是以尽早安身、做好继承楠家家业准备为条件才准许父亲上京的，所以就草草成了婚。听到这种解释，我越发能够想象出因德高望重的楠清太郎的葬礼而显得杂乱无章的老宅、昏暗的装农机具的小屋、土坯仓房，还有置身其中的山东友梨和父亲。据老家人讲，友梨身材矮小，小眼睛，肿眼泡，嘴还有点儿"地包天"，可这些反倒突出了她的女人味。她大概是那种外柔内刚型的女人。我不想过多地想象父亲是否对十七岁的友梨施加过暴力，因为，有时候，比起温柔的说服，暴力更显得人性一些。

和友梨离婚的事情，父亲避免了直接的交涉，委托给了资本家小林金兵卫的儿子小林银兵卫，他的生母也是再婚了的。父亲答应支付赔偿费和良子的抚养费，答应女儿成人后把她接到东京过好日子，而那些钱则先由老好人小林银兵卫垫付，待父亲将来发迹后再还。

或许，同友梨离婚，是出于父亲的一种昂然的想法——自己就要成为撼动日本的人了。然而，好不容易一身轻了，却又发现还是和苑子生活在这么个大杂院似的地方。这种想法使得他对苑子的态度很是严厉。开始同居不久，父亲就拿出一家之长的威严，说："我讨厌奢侈，只要有酱汤和咸菜，别的什么都不要。都说买酱料是一家之耻，所以我希望你自己做酱料，可你大概也不行吧?!"见苑子怯怯的样子，父亲又缓和了语气，告诉她："不过，你早上必须要比我早起，晚上我回来之前你不许睡觉。楠家的媳妇代代都是这样的。"

可是，父亲在雄辩赛上得了一等奖的第二天，从铁厂回来，就看见矮桌上早已摆好了烤鱼、煎蛋和咸菜。父亲不由得面带微笑，问道："哎，这可是豪华版哟! 都是你张罗的?"

"哪儿啊，涩谷站旁边的市场上什么都有的卖。你得了一等奖，我想庆贺一下。"苑子说，语气里多少有点得意。当时她的肚子已经很显眼了，走下坡去到市场买东西，还要提防摔倒，着实不易，可对父亲来说，更多的，是发现自己是和连咸菜都要到街上去买的女人生活在一起时的惊讶。他条件反射般地想起了刚刚离婚的友梨，却并没有和苑子讲起他曾经结过婚和已经离婚的事情。

父亲朦胧记得，六个庄家里的厨房地板下摆着咸菜坛子，快入冬的时候，母亲就不断地把堆放的白菜腌进去。除了白菜坛子，还有红芜菁坛子、腌着梅子的酒坛子，有的人家还会储藏把琵琶湖的鲫鱼腌在曲子里的鲫鱼寿司。那是战乱时期为避难时能够长期躲在家里所做的准备。"我们家是农民，吃的东西几乎都是自己家做的。"父亲按捺着波动的情感说。

"我也得慢慢儿地学学了。什么时候你带我去你的出生地看看呗。"苑子抚摸着挺起的肚子，请求父亲。这也是一种宣言：我是楠家的媳妇。

"就是啊。"父亲答道，心中却翻江倒海。苑子只知道自己一边上大学一边经营邮局，涉足铁厂，立志做政治家，看到苑子就凭这些将一生都托付给了自己，便感到她的天真、顺从，还有东京人所独有的果断，都是那么地可爱。可另一方面，还有一种判断在他心里涌动——和这个女人一直生活下去是很勉强的。

"什么时候真得带你去看看啊，可那得是衣锦还乡的时候，在这之前不大合适。"父亲像是要甩开自己和苑子似的说。

明治天皇驾崩前的选举中，楠次郎参加了中桥德五郎[①]的声援演说。当时，中桥是作为来自大阪的政友会的一员参加竞选。虽然阁僚级的领导人都来为中桥声援，可听听他们的政见，无非就是降低电费、架桥修路之类的不足道的东西，涉及到国家经纶，也无非就是一味强调富国强兵而已。一想到政治家不过如此，楠次郎就下决心，无论如何要站到国政的大舞台上去。当时，桂太郎首相成立了叫做"立宪同志会"的新党，楠次郎就火速加入了。他越来越忙，那天从关东地区游说回来，苑子告诉他，她怀孕了。

对楠次郎来说，这是个值得高兴的消息。他想，要是生了男孩，自己就有脸面对祖父清太郎了，苑子则将次郎喜悦的表情理解成了爱情的标志。另一方面，次郎心里也嘀咕着：自己想要参与国政，却和情人在这样的陋室里自认为"真幸福"，这是那么回事儿吗?!

"我今年二十五岁了。近江商人二十岁之前克己奉公，其间三年才能回一次家，过了二十岁，要一点点地偿还预支的工资，一年能回一次家。"次郎把从祖父那里听来的稍加整理，说给苑子。

---

① 1861～1934年，实业家、政治家，曾历任文部大臣、商务大臣、内务大臣。

"他们可真能忍啊!"苑子一副事不关己的样子，好像在听遥远世界的逸闻，毫不理会次郎的认真。

"有家有口的商家不出徒也不行呢!"次郎不禁喋喋不休起来。每当说起这类的话题，次郎就焦急地想，苑子怎么就理解不了自己的话呢!

说到"酒宴游兴宜禁奢，留意长寿俭为先"的"富商誓词"的话题时也是如此。祖父清太郎曾多次跟自己的孙儿们讲起江州日野出身的第一代豪商中井源左卫门的这句话。有道是"子女贵贱由父母"，自己的精神得不到光大也没什么，只要生个好孩子，祖父就会高兴的。可和苑子正式成家，就是另当别论了。楠次郎想，那样的话，可就坑了小林银兵卫了。他在转达离婚意愿的信中说："我决心为国献身，想甩掉后顾之忧。我认为，我丝毫不能为儿女情长拖累，不能消磨革新日本的斗志。为此，我已得出应该放弃今生幸福的结论，务请原谅我的任性。"这封信看似言简意赅，仔细读来，却云山雾罩。即便如此，舌根子还没干呢，就和别的女人结婚，是万万不可以的。如果自己参加选举，由于是小选区制，所以六个庄是中心阵营，这就无论如何必须避免自己是个不可靠的人之类的评价出现。为此，和苑子的孩子一个就够了，眼下还是不正式结婚的好。有为这种事情分神的工夫，还不如在下次选举到来之前，致力于和政界财界巨头加强联系呢。于是，楠次郎再一次来到世人广泛瞩目的演讲比赛上，想要提高自己的存在感。虽然在早大已经毕业了，还是可以参加青年组比赛。

他瞄准了秋末东京府青年雄辩赛，决定以前一年为明治天皇殉死的乃木希典①夫妇为主题。他甚至想好了结束语："曲终奏雅，这里盛开着明治精神之花。"然而，准备过程中，他又发现，现在选这个主题怕要吃亏。不管一部分知识分子怎么说，殉死事件还是在全国范围内引起了轰动，人们对此历历在目，任何雄辩也无法与事实带来的冲击力匹敌。而且，经私下打探得知，呼声很高的选手中，有四个人以乃木希典为题。原本，演讲比赛上，在野精神的强弱是评分的一大重点，既然如此，就拿山本权兵卫②内阁的扩军政策当靶子吧。于是，论点就又浮

---

① 1849～1912年，陆军大将，明治天皇大葬之日，在家中和妻子一起殉死。

② 1852～1933年，军人、政治家，曾任首相。

现在眼前了："眼下的政策无疑是错误的军国主义。让列强刮目相看的日本，应该拥有与充实的民生和文化的军事力量。"

晚上，次郎拼命为《日俄财政比较论》做笔记，还要为东京府青年雄辩赛做准备，白天，要在铁厂指导经营，要去邮局看看，有时候还要和永井柳太郎一起参加政治家集会，商讨倒阁运动的秘策。这时，楠次郎喜得一子，这让他感到很骄傲。他从祖父的名字中取了一个字，给孩子取名为"孙清"，意思是说，这是你的曾孙哟。孩子很爱哭，次郎气急了，大吼"烦死了"的时候，小家伙会通过更加激烈的哭泣强调着自己的存在，就像是在反抗。这对楠次郎来说，这种任性是不可饶恕的。

回想幼年旧事，楠家也总是以自己为中心的。有一年冬天，大雪过后的第二天早晨，次郎正一个人对将雪块扔上屋顶后等它自行滚落成雪人的游戏乐此不疲，有一个雪团正砸在刚好经过这里的祖父清太郎头上。他正僵着身子等着挨骂，祖父却只是嘟囔了一句"这种恶作剧，也就是次郎想得出"，就像什么事都不曾发生过一样，朝装着扫雪工具的小屋走去了。

在这种环境下成长起来的次郎，是无法容忍家里这个啼哭叫唤的存在的，可苑子却丝毫不怕孙清的哭闹。次郎以写论文为借口，在早大附近的学生宿舍找了个住处，暂时住下，并决定雇人力车往返于铁厂与住处之间。

4

大正二年10月举行的东京府青年雄辩赛上，次郎以"改革财政，坚守明治伟业"为题，发表了热情洋溢的演说。

萨州的山本权兵卫内阁，和受到国民批判而倒台的桂太郎内阁一样，都是藩阀内阁。"凭借款之功当上男爵的大藏大臣高桥是清，借制造军舰之机大敛财富的山本总理，正是这两个人，把我国一步步推向了暗礁。"次郎首先对山本政权摒弃减税案，准备推进两亿两千万日元的海军大扩张计划的事实，进行了激烈抨击。最后，他这样收尾："我们必须依靠尊重舆论、排除制造内阁的元老们的操纵、遵守宪法、提高民力，来建设强盛的国家。"

这些论点是以大隈重信的《论山本首相的施政方针》为主旨的，大隈的这篇文章发表在4月号《新日本》杂志上。除了在演讲比赛上取得好成绩，以此举加深大隈对自己的信赖，也是次郎的目标之一。在准备的最后阶段，《日俄财政比较论》也日渐成书，这使次郎自信大增，倍感满足。

就在这时，被指责为内阁制造者的元老们慌张起来，他们开始担心，批判之声如此高昂，这样下去，山本内阁恐怕要难以为继了。这些元老原本是由出身于维新中的有功之臣、萨长的武士阶级构成的，如今都年事已高，就算加上新加入的公卿出身的西园寺公望①，也只是极少数人，其权限也并不十分明确。他们彼此之间对时代的感性认识和国际感觉虽然多少有些差异，但在日俄战争后讲和条约问题上表现出的对民众爆发的恐惧情绪上，却是相同的。

民众是愚蠢的，他们脑子里全然没有财政吃紧一类的概念，只是一味地认为讲和条件太过宽松而奋起火攻。从结果看，煽动民众的报纸也是个难对付的主儿。为跻身列强，制定了宪法，导入了立宪制，但如果可能，人们还是希望它只是流于形式，而采用君主制。毕竟，我国的民生比起欧美来还很低。这些判断，元老们在缄口不语之间，早已达成了共识。

在这些元老中，以国内问题为己任的山县有朋②、松方正义③、井上馨④三人，经常聚在一起，时而商讨政友会对策，时而商讨如何控制大隈重信。

"那也是炮术长的儿子、体面的武士啊。"井上说。

松方立即附和道："在这种情况下，被叫做萨长阀，简直就是莫须有的猜疑嘛！"

"西园寺君能加入进来是件好事。不过，以后的事慢慢再说，眼下该如何是好呢？"山县说道。他百分之百地厌恶政党，主张趁现在决定出代替山本权兵卫的人选，可到了年末，也没有选定一个人，让大家都认可"就他了"。

---

① 1849~1940年，政治家，曾二任首相。
② 1838~1922年，军人、政治家，曾任首相。
③ 1835~1924年，财政家、政治家，曾任首相。
④ 1835~1915年，政治家。

"官员都可靠了，即便总理啊大臣很平凡，只要没有失误和失言就不要紧。"山县这么一说，井上和松方都沉默了。二人隐约地感觉到，现在已经不是依山县的主张平定天下的时代了。明治维新后新政府陷入财政危机时，大隈接了井上的班，当上大藏省事务总裁，发表了明治六年国家财政收入支出预算表，奠定了预算公开制度的基础，消除了国内外的不安。井上深知大隈的政治才能，所以暗自关注着大隈最近的言行，做好了关键时刻起用大隈的准备。

那年12月下旬，井上将大隈请到柳桥的料理亭。虽然名义上是"叙旧"，聊聊年轻时的往事，但实际上，井上是想试探一下大隈对政局的看法，掌握一些紧要关头向山县和松方举荐大隈的材料。另外，井上还想亲眼看看这个就要迎来七十七岁喜寿的人的健康状况如何。

如果是自由党的板垣退助①，也许会确认一下是不是只有两个人见面、要谈什么话题之类的问题，而大隈却不怀任何戒备之心，只身一人出现在了料理亭。

一落座，井上就切入了政局的话题："现在的内阁能维持到什么时候，各位元老也时时在担心。你怎么看呢？"井上做出襟怀坦白的样子，征求大隈的意见。

大隈马上回应道："那是因为让政友会做执政党的缘故。没有不安定分子，哪怕是少数，政权的基础才能稳固。"他的回答，对井上来说，无疑是难得的意见，因为井上也正希望动摇（如有可能，还要分裂）政友会，使护宪运动土崩瓦解。对起用大隈、抑制民众护宪运动高涨的做法，井上曾这样向山县和松方解释："说来不过是以毒攻毒罢了。"

大隈说起他一贯的主张："如果不是在考虑与财政协调的前提下充实国防，谁做都不会长久。本人没辙，国力也会凋敝。所谓国力，是财政、外交、国防和文化的总和。"

井上断定，大隈重信干劲十足，且有些霸气。

大隈认为，强化、发展同中国的盟友关系才应是国家的一大政策，如果日本支持中国摆脱列强的统治、独立出来，中国定会同日本建立稳固的亲密关系。大隈大谈特谈他拿手的亲和殖民论，井上却听得心不在焉，这不是他所关心的。他

---

① 1837～1919年，政治家，自由党创始人，曾任内务大臣。

哼啊哈地附和着，佯装一副倾听的样子，心里却思忖着如何判断大隈对民权主义思想的看法。井上想起从报社记者那儿听说的东京府演讲比赛的事，就试探着说："听说，前一阵子的青年雄辩会上，有人意见相当激烈呢。"

"年轻人嘛，总还是得有点儿血性啊。"

见大隈说得若无其事的，井上就问道："那个叫楠次郎的，是什么人啊？"井上听到过永井和楠次郎是大隈的得意门生的说法。

"那可是个相当不错的青年。他是永井的学生，不太理性，但很有干劲。"大隈说这话的时候，还想着该怎样让楠次郎知道理性的重要。于是，他想起了自己的爱徒、女政治记者田之仓樱。

"是士族吗？"

"不是，他应该是个农民，大概滋贺县一带的。"

"那还是小心一点吧，啊，农民总是要起义。"

"就是哈，不过楠没关系，他好像自己经营着邮局、铁厂什么的呢。我还想让他在我手下干呢。"大隈似乎对井上的担心并不放在心上。

我未曾想象过年轻的父亲因无缘无故的歧视而痛苦不堪、咬牙忍耐的样子。这说粗心也是粗心，不过也不是什么太难的事情。对小孩子来说，从懂事的时候起，父亲就是一种权威性的存在。要是有孩子看到自己的父亲被警官或者围观的人们推搡着赔不是，那孩子一定会很伤心。所谓革命，就是这样的事情成为家常便饭的一种事态。所幸的是，与我的希望相反，在我生活的时代没有发生革命。然而，这能让我幸福吗？

父亲小心地珍藏着早稻田预科、本科期末考试、升级考试的卷子。这给我这样一个印象：父亲在意想不到的方面心细如丝。然而，在看到一篇像是预科结束时写的小论文《忍耐论》之后，我的想法改变了。文章开头是这样的："有有为之材，有有为之常，时机未到之时忍为上，此即所谓忍耐。有有为之材而无有为之常，常逡巡而未能前行，此即所谓卑屈。"

这篇文章大约是父亲二十一二岁时写的，当时是否旁边放着原典，不得而知。开头之后，文章比较了龙和蛇，继续写道："时不利，故自屈自忍，然时至，必奋然而起，猛然而进，此乃忍耐之所以然。卑屈则不然，依然常屈服常踌躇。其中自有缘由。忍耐有主动性、进取性、膨胀性，故而可立身、起家、宜于国家社会。忍耐功绩斐然。"

从这篇文章中，我看到父亲在极力鼓舞着受到挫折的自己。是不是写这篇文章之前，父亲因为一些什么理由受到过歧视？如此想来，父亲一入大学就进了雄辩会和柔道部的目的便似乎有些不对头了。

按当时的社会常识来看，农村出身的人上大学是特例，在学校里也被人看做是不合时宜的人。为打消这种屈辱感，父亲才参加了雄辩会和柔道部。我想，他保留期末考试的试卷，就是保留了一种证据。父亲看着试卷，就会感觉到自己在学业上的优势。他所尊敬的永井教授，也许曾在无意间流露过歧视言论呢。

父亲后来常把"知识分子弱者"一词挂在嘴边，这便是早年间自卑感的另一面。他深知实际社会所必需的东西以及实现它的手段和方法。"知识分子弱者"这个词里其实隐含着这样一种心情——在这点上，自己和那些在空洞理论上浪费时间的知识分子以及上流社会的家伙们不是一路。对此，我是在父亲去世二十年以后才注意到的。

然而，就是这样的父亲，也曾有过一心想成为知识分子的时期。和永井教授一起学习俄语便是一例，而为了借第二届大隈内阁成立之机建立新的政治势力基础，父亲还曾做过《公民同盟丛书》的责任编辑。这套丛书，最初把作为新民权政治象征的大隈重信的演说，按财政、外交、国防、经济政策几项进行分类、编辑，价格低，销量大，很受群众欢迎，后来，又加上了早稻田大学教授的法律论、社会政策论以及关于外国共和政治等文献的翻译。大隈能同意父亲的请求，除了认同父亲对打倒山本内阁的突出业绩，大概也不排除通过将其置于理性环境进行培养的想法吧。

父亲攻击山本内阁的势头很猛，这连井上馨这样的元老也有所耳闻了。正如父亲所批判的那样，进入大正三年，海军机械材料供应商、德国西门子公司，给海军高官大量行贿的丑闻就败露了。

在国会预算委员会上，有人对此事进行质疑，山本内阁就此陷入困境。元老们的担心比预想的更快地成了现实。一时舆论沸腾，大隈出山的呼声日益高涨。

记者们甚至召开以《万朝报》的黑岩泪香①为代表的全国记者联合会，呼吁大隈内阁的出现。呼吁书先发制人："此事早已存于素来明智的阁下心中，外人不应干涉"，接着，就要求起用对推翻藩阀政府功绩卓著的尾崎行雄②和岛田三郎③。

对元老们来说，这是不可饶恕的越权，是破坏国家存立的恶行。于是，有人主张彻底镇压，还有财界人士和官僚想以此取悦元老，甚至有人后悔地说："不是说过嘛，宪法对我国来说是太早了。"在愤怒、烦躁的元老及其周围人中，经历过维新的长州藩长老三浦梧楼，向山县有朋进言："为扑灭这场大火，只有使用早稻田的水泵。"这位长老的忠告，使山县茅塞顿开。

父亲觉得时机已到，精神振奋。因年纪尚轻，在每天的倒阁演说会上，他多是扮演垫场的角色，但如果不是永井提醒他"大胆干吧，不过，你也不要忘了，这类运动总有退潮一样走向低谷的时候"，他也许早就成了断了线的风筝了。

运动的性质不知不觉间由护宪运动变成了倒阁运动。然而，事情却出人意料地很快有了结局。元老们太老奸巨猾了。

大正三年4月16日，西门子事件表面化大约三个月之后，大隈重信内阁成立，拥立大隈运动朝成立大规模后援会的方向转化。六十七名发起人中，最年轻的楠次郎被任命为后援会青年部负责人。

2月里寒冷的一天，次郎上京后第一次在家乡附近的彦根进行演讲，他情深意切地讲到自己自幼尊敬井伊直弼，讲到是祖父告诉自己井伊的存在，讲到当今日本需要井伊这样的领袖。与其说是雄辩技巧，不如说是想起了已经过世的楠清太郎，次郎动了感情，只能缓缓道来。

次郎的话吸引了听众，人们觉得，大隈重信通过楠次郎，把自己与井伊直弼联系在了一起。小林银兵卫带着离婚后恢复旧姓的山东友梨和女儿良子，也来到了会场。次郎与大受感动的听众们握手后正要离开，小林银兵卫叫住了他。

次郎朝着声音的方向看去，发现了山东友梨，不禁上前抱起了良子。虽也有

---

① 1862～1920年，新闻记者，文学家，创办《万朝报》。

② 1858～1954年，政党政治家，被称为"宪政之神"。

③ 1852～1923年，新闻记者，政治家。

些顾忌周围的目光，但还是眷恋之情占了上风。

"长大了啊！还记得不？我是爸爸呀！"

次郎说着，和良子贴着脸。良子觉着痒，就用小手推开次郎的脸。次郎便放下良子，郑重地向小林银兵卫致谢。

"你看这样子，我已经没有私生活了，为这个国家要做的事太多了。"

"家里的事就交给我吧。"小林还沉浸在对次郎演讲的感动中，他看了山东友梨一眼，说："你也看到了，友梨挺好的，你就加油吧！"

次郎因倒阁运动每天忙于在近畿、山阴一带演讲，其间，与女政治记者田之仓樱经常接触，这实属偶然。

两人第一次见面，是在早稻田的大隈府上。田之仓樱大次郎两岁，毕业于大隈曾奔走呼吁终于得以成立的日本女子大学。她才华横溢，深得大隈喜爱，还被选为大隈创办的《新日本》杂志的编辑委员。梳着娃娃头，穿着短裙，步履活泼轻快，这样的女性，次郎头一次接触。

她是福岛县小名浜一个医生的女儿，打小就比当地的任何人都熟知外国文化。在这种环境下长大的田之仓樱的父亲，曾对自由民权运动显示出近乎共鸣的关心，他的书斋里，就摆放着刚刚被译介过来的西欧社会思想家的著作。诊疗室隔壁的客厅里，有当时很罕见的立式钢琴，阿樱小时候曾为了学习弹奏而到福岛市去听课。

这样一个人，也同次郎一样，来到东京后，学会了不服输和不让人。她努力让自己挺胸抬头走路，掌握伶牙俐齿的技巧。做编辑工作的时候，她不得不经常拉开架子，面对因性别而招致的歧视。幸好，因工作关系拜访大隈府上时，她还是因刚强态度和温顺性格间的不协调才更显可爱的年龄。

大隈重信总是以最初时的印象待她，她也一来到大隈府上就回到了二十出头的年纪。然而，眼看到了三十，还是独身一人，这在当时，作为那个阶层的女性是极个别的。是独身主义者？要不就是平冢雷鸟①麾下的青踏派女性吧？人们经常会这样询问或推测。看看周围，她的同学几乎都稳坐妻子宝座，当上两三个孩

① 1886～1971年，女性解放运动家，曾创办《青踏》杂志，号称"新女性"。

子的母亲，幸福地生活了。就在这时，比她小两岁的楠次郎出现在她的面前。那会儿，与她同岁的挚友刚和永井柳太郎结了婚，而次郎正是永井教授的弟子。

阿樱经常以《新日本》编辑的身份去约稿取稿，很多大学教授和作家虽然嘴上提倡扩大民权，反对一切歧视，但他们却感觉不到在生活感觉和日常情感中俯视女性的矛盾。对这种进步派知识分子和社会活动家不设防时陈腐的真实面目，阿樱一直看在眼里。在这点上，楠次郎身上虽然有粗野的地方，令她有些担心，但他似乎很纯情。不管怎么样，他是在拼命活着。

正月过后不久，阿樱在大隈府上又见到次郎，这是那年的第一面。年末年初，阿樱回了趟小名浜，而次郎元旦在大隈府上露了一面，2号就去柔道讲习馆慰问，接着又和裕三郎一起参加滋贺同乡会的新年聚会。自从立志政治，次郎改变了方针，开始重视滋贺同乡会了。到了第三天，才回到涩谷家中，以一家之长的身份祝贺新年，看看儿子孙清。避免在家久居，是为了让苑子培养起一种认识——政治家的生活是忙碌的。

阿樱从大隈重信那里拿到给黑岩泪香的介绍信和写有"务请为《新日本》杂志就时事问题投稿"的信笺，正要出门，天下起了雨。雨中夹带的雪粒，让她想起天气预报说过，今天大概会有雪。阿樱很后悔没穿长筒靴。她是觉着穿长筒靴拜访大隈府上不大合适，而且长筒靴总能和渔港城市小名浜的印象联系在一起，她讨厌这种联系，所以即便是雨天，她也总是穿女学生们常穿的短鞡鞋。

她在门口抬头看天的时候，楠次郎从出来相送的永井柳太郎后面叫她说："田之仓，你用我的人力车吧。"

她打算拿着刚刚到手的介绍信去黑岩的事务所，这样她必须走到高田马场车站去坐电车。她家里还在给她寄零花钱，人力车的费用还出得起，但出于自己的主张，她一直尽量不用人力车。可是，天不作美。建议是好的，只是，现在借用次郎的车去黑岩家，至少要一个小时以上车才能回来。

"没关系的，我一直等在这儿不就行了。我也有借口可以在这儿多待一会儿了，正好。"

听了次郎的话，永井笑了："到底是楠君啊，真会说话。我们刚开始讨论中国的对日要求，从山东撤军是不太可能了，这可是内阁最重要的外交政策。阿樱，就这么着吧，你滑倒了可不得了。"永井说着，一副呵护新婚妻子挚友的样子。

说话间，雨雪中的白颜色骤然增多了。"那我就不客气了，谢谢你的美意。"阿樱说着，朝永井鞠了一躬，走出门去。次郎不知什么时候已经来到了外面，正吩咐车夫去送阿樱。他拉着阿樱的手，把她拽上车。阿樱先若无其事地伸手给他，接着又用手捂着脸颊，神情慌乱地说："啊呀，这可怎么好，瞧我，太熟不拘礼了吧。"

次郎也为自己做出西洋人一样的举动而大感吃惊，觉着脸上火辣辣的。这倒是稀罕事。

次郎回到大隈重信的客厅，大隈正跟永井说："也该给她找个合适的人儿了。上了大学，结婚就困难了，这也是我们为难的喽。"

"的喽"是大隈的口头禅，他本人也知道现在人们都在议论他的这个口头禅，有时候还故意用一下。的确，对大隈来说，如果经他斡旋、力排"大学教育对女子有害无益"的论调而创建的女子大学毕业生，没有幸福的婚姻，确实是很为难的。

也许，正是这样的地方，才是他人气旺的原因吧。次郎用自己很难理解但又不得不承认他厉害的目光，看着大隈重信。不管怎样，对女人，他多是持不可大意的态度。

次郎慢慢坐下，大隈就问道："楠君，你还是独身吧？"

"啊，我现在也没这个闲心。"次郎受到突然袭击，只好这样逃避。

讨论告一段落，要回去的时候，雪下大了。次郎无心回到冷冰冰的住处去。刚才大隈跟他说"吃了饭再走吧"，是在问他是否独身之后，所以当时就不由得言不由衷婉拒道："不了，今晚约了朋友了。"现在，他有些后悔了。他很想念孙清，可又厌烦苑子的唠叨和婴儿的哭闹。大学毕业后，次郎只是在想起来的时候才回趟家，苑子不能不责怪他。次郎上一次回家的时候，就动了肝火："你和我生活在两个世界，你要是心怀感激，就别讲歪理少费话！"而且，从那以后就再也没回去。

他想起高田马场车站后身的一条小路上，挨着有几家土窑子，中间还有一家小面馆，弟弟裕三郎带他来过两次。那会儿裕三郎正为是否继续求学而烦恼，与次郎不同，他交际广泛，白天上班晚上上学颇有些勉强。

"这类事，你自己想好了，决定了以后再来跟我商量吧。"次郎曾一度准备放手不管了，可看到裕三郎快要哭鼻子的模样，又觉得他可怜，毕竟，次郎是代替父母尽管教弟弟之职。于是又说："当商人，专心进行商人的修炼，也是个办法。爷爷要活着该怎么说呢?"

听到次郎变成了江州口音，老板娘插嘴道："你们，是近江人?"

二人回答说是，老板娘就坦白道："我是长浜的，我都离开家二十年了。"说完，还拿上了红芜菁腌菜。

雪还在下个不停。走近一看，雪中写着"松平"店名的灯笼正将昏暗的光亮渗透到四周的雪地里。

"太好啦! 今儿晚上特别，我正要关门打烊呢!"老板娘说。

次郎要了份大碗加油炸豆腐泡和葱花的清汤面，意识到自己是想今晚一个人边吃饭边清理一下思路，可是，当他往冻僵的双手上哈着气，想尽力想起到底要清理什么思路的时候，却又发现自己也并不清楚。这到底是怎么了呀?! 次郎很惊讶。他历来都是目标明确地往前走的，还未曾这样，心中茫然，且茫然的内容又不确定。次郎想宽宽心，就问："店名为什么叫'松平'呢?"他觉得这名字和这家店不太相配。

"是我分手了的丈夫的名字。"老板娘一边在菜板上切着水菜腌菜，一边若无其事地答道。

"噢，是吗。"次郎说着，重又打量了一番老板娘。不知道她是先和她丈夫分的手，还是先离开的滋贺县，但在开这家店以前，一定是发生了很多事情吧。然而，次郎的思想又马上转到了分析今晚自己不安的心绪上来了。他转过头去，透过关得严严的玻璃拉门，看得见飘飘洒洒的雪花。雪花沙沙地斜着落下来，和同伴们分离、飞舞，再粘合成踌躇的雪片。店里的灯光映着雪花，离开灯光地带的，就立即还原成白色的小雪片，消失在黑暗之中。只要一下雪，次郎就会想起老家东畑郡的样子。虽然不会像湖北那么严重，但一年当中也会有那么几回大雪阻隔交通的时候，稀稀拉拉的房子会被大雪覆盖。他甚至可以看到山东友梨抱着良子，蹲在草屋檐下。而女儿良子冒着大雪连滚带爬地去上学的身姿，又不知不觉地和自己鼓励着妹妹阿房、拉着她的手走路的自己的身姿重合在一起。

次郎家虽然在东畑郡六个庄是名门望族，但因没有父母，所以时常会在意想不到的时候受到同学的嘲笑。次郎腕力十足，没人敢当面挑衅，可阿房却经常是挨了欺负，哭着回家。每到这时，次郎就会冲进学校，给妹妹出气。

次郎撇开浮现在眼前的儿时雪景，对老板娘说："一到这样的大雪天，我就想起我和弟弟头一回去米原吃清汤面的事儿。"

"是吗。"老板娘随声附和着，把切好的腌菜递到他面前。

"那是上高小那会儿，弟弟四年级，我五年级，好像是爷爷打发我们去干什么。"次郎接着讲起他把一直攥在手里的零钱数了又数，然后点了一份清汤面的事。当冒着热气、飘着香味的大碗面端上来时，他看见了桌上的作料瓶，就问伙计："这是什么呀？"伙计说："啊，爱吃多少吃多少，不要钱。不过放太多了会辣的。"他只听见不要钱了，没听见人家说辣，说："说是不要钱呢，来吧！"就可劲儿放了个够。

老板娘又随声附和了一句"是吗"，接着说："真可爱啊，那会儿。现在也挺可爱的哟。"

次郎心里一动。老板娘的语气中，混杂着一种沉静的感觉和一种诱惑的音响。次郎像受到老天的启示一样，迅速掠过这样一种想法：老板娘和丈夫分手的时候，没准儿也把孩子留下了呢。真是少见，东京的雪天居然会打雷。如果是留下了孩子，她和母亲倒是挺像的。

老板娘正躬身在柜台上写着什么，次郎注意地看着她。她的年纪比母亲要年轻得多，约莫比自己大十岁左右。相形之下，圆圆的脸上却看不到显示着操劳的皱纹，眼圈上也看不到黑影。只是，看到和自己留下的孩子年纪相仿的年轻人，她是不是有时候也很烦心呢？

这是次郎第一次站在回了娘家的母亲的立场上想问题。

又打雷了。

"你能走回去吗？要是不行，就住下好了。"老板娘挽留道。

"不了，就在车站对面。要真不行，找就回来，敲门就是了。"次郎回答着，站起了身。看着飘落的雪花，他想，不管心里怎么想的，把自己留下可就是既成事实，事实是重要的。

5

本以为打了雷，雪很快就会住了，可那天晚上的雪却并非如此。两旁的都是土窑子的小路完全被雪覆盖了，次郎打消了回家的念头，折身回了"松平"。老板娘可能早料到了他会回来，马上就把次郎引进店里，关了门。咯吱咯吱踩着雪上了楼梯，就是老板娘的起居室兼卧室了，房间只是朝小路那面向西开了一扇窗。

"坐那儿看路才有意思呢。傍晚的时候，这一带不是土窑子吗？有人左顾右盼的怕人看见，也有的主儿，挺胸抬头威风凛凛的。有时候，还有先生模样的人来呢。从走路的样子，就能看出来职业啦，啊啊这个男的不一般什么的。"老板娘说。说这些话的时候，她顾目流盼，仿佛体味着一种复仇的快感。

她叫平松摄绪，仍然使用着分手了的丈夫的姓氏。店名是把"平松"给颠倒过来用了。

"唉，十七八的时候招人喜欢着呢，就像花儿，啪的一下就开了，"她挑逗着次郎，"好了，你过来，我给你暖暖身子啊。"

次郎有些磨蹭。门外，雪似乎还在下，刷拉刷拉、沙沙沙，在枕边也听得见。

摄绪的被窝让次郎想起了让祖父搂着睡觉的情景。他无法确定到底是什么制造了这种气氛，可能是以吃米为主、用酱料和酱油调味、用一片冬鲗腌三天水菜、围锅而食的生活使然吧。这是让次郎上京后第一次想起故乡的被子，上面有他几乎遗忘了的母亲的气味。抱着摄绪，次郎感到，以前在演讲里说的思恋家乡和反复强调的乡土之爱，不说是假的，也是暂时的，这个发现让他有些感动。

尽管已经登临了顶峰，可年轻的次郎体内，仍有强烈的欲望在打旋。在沉醉于漩涡一般的心情中，他沉吟道："你就是我的故乡，一直无法相见的故乡。"他反复嘟囔着，又想起自己和生母离别的时候才不过六岁。

听次郎讲了生母回了娘家的事，摄绪断定："那呀，是你爷爷相不中儿媳妇儿啊。在咱们那儿，家里要是不容她，女人可是没辙啊。"

从摄绪说到近江风习，次郎猜测，八成摄绪在婆家也和公婆处得不太融洽。她在这条街上开"松平"之前，肯定发生过很多事情，以后慢慢听就是了。眼下，他只是想沉浸在托大雪的福才得以相逢的故乡里。即便如此，把平松这个姓氏颠倒过来用在店名上，是不是与对拒绝自己的婆家的怨恨有关呢？如果是，现在改名叫"小林美奈"的母亲又是怎样的呢？

次郎记得，回了娘家的母亲，比在楠家时显得更年轻。幼小的次郎曾觉得母亲的变化对自己是一种背叛。

"扔下孩子一走了之的母亲是一种什么状态呢？我还是有些想不通。"

"那倒是啊，再怎么说也是当妈的啊，一定挺难过的，虽然我没有孩子。"摄绪马上说。

次郎觉得"没有孩子"不像是真的，便不作声了。一个念头浮上心头：自己的母亲是被祖父赶跑的吧。仿佛是为了排除这个念头，次郎跟摄绪讲起祖父清太郎如何如何和善。说到祖父去世时自己伤心地在遗体旁睡着了的时候，当时的光景竟又浮现眼前。那是一种很像土墙仓房略带霉味、满是尘土的空气，其中，不知为什么，还混有风干的血腥味、打磨生锈的镰刀锄头时的铁锈味。它和母亲的被褥不同，但正因了这不同，混合在一起才让他觉得到了故乡。

"那是你爷爷觉着对不住你，"摄绪断言，"肯定是，没错儿。"

次郎陷入沉思，于是又听得见雪落的声音了。那声音听上去像是风正吹落屋顶的积雪，有时候又像什么块状物落到积雪上。

"可是，把这么招人喜欢的孩子生生给扔下，真是造孽呀。多可怜哪。"摄绪说着，伸出胳膊，用手指肚抚摸着次郎的嘴唇。

"痒得慌。"次郎晃着脸，说。让摄绪这样一撩拨，次郎就又来了劲头。

"有人吮过你吗？"几番云雨过后，摄绪问道，词尾的发音带着爬上了舌根的几分纠缠。见次郎一脸不解，就接着说："也是的，净骗那些小姑娘了。你是缺乏教育呀，来，我教教你吧，别动啊。"说着，摄绪坐起身，将脸埋进了次郎的股间。当做棉袄披在身上的丝绸睡衣蒙在脸上，和女人下半身的气味一起，冲击着次郎。那是铺满干草的农田的味道，令人怀念。然而，另一种感觉却立刻超越了这种怀念。舌头爬上次郎勃起的东西的触觉，让次郎欲罢不能。他想避开舌头，使劲扭摆着腰肢，很快，就射了精。这已经不知道是第几次射精了。

第二天早上，刺眼的阳光从木板套窗的缝隙照射进来，次郎才醒。街路似乎还在睡着。次郎一直保持着当农民时的早起习惯，这让他觉得这条路很是懒惰。他决定，在人们开始活动之前，离开"松平"。

下楼梯的时候，他考虑了一下，包了一点钱，作为住宿费，悄悄放在摄绪枕边，然后悄没声地出了门。外面是厚厚的积雪，店铺的拉门都要打不开了，房檐上掉落的水滴映着朝阳，亮闪闪的。

对次郎来说，这一夜的事情印象太深了，这种印象还和另一种实感紧密相连：自己太不了解这个世界了。滋贺是自己生长的土地，自己也在那里劳作、生活过，所以，次郎曾自认为对滋贺有着相当的了解，可自从和摄绪过了一夜，他才知道，那不过是流于泛泛的浅见。

次郎问摄绪是滋贺什么地方人，是北面、东南还是西江州的时候，摄绪竟好像笑了一下，回答说："我家呀，在桃源乡。"

次郎头一次听说这个词。"桃源乡"，听起来不像是地名，可又不知道是什么意思。

"不知道就好，走光明大道的人儿，没必要知道这些。不过呢，你还是往里面走走吧，能看到很多东西。我呢，就是桃源乡出身。"摄绪重复道。"桃源乡的人架子大着呢，要么是惟乔亲王的亲戚，要么是淳仁天皇的后裔，穷也穷得威风。"她的解说里，甚至还有一种出身高贵的自负。

"那么说，那事儿也厉害喽，农民出身的得甘拜下风吧。"

说到性事，她好像从心底里觉着好笑，满不在乎地笑着说："越是高贵的人那事儿越厉害，你这才刚刚开始啊。"

能在摄绪面前轻松自然地说出"农民出身"，次郎感到很不可思议。

几天后，次郎突然记起桃源乡的事，就去了图书馆，查到"不为人知的仙境"、"常人不易到达的富贵自在的仙境，他界观念的一种"之类的解释，次郎反倒糊涂了：这是不可一概而论的非日常世界吗？更有甚者，有的解释只有一句：

"平家落败逃亡者居住地。"次郎查着查着，想到，也许，那个大雪天，自己迷失到的"松平"才是桃源乡呢。他甚至想，下次平常日子再去的时候，会不会就无影无踪了呢？于是就觉得，"松平"二楼摄绪房间的样子，和以前母亲用过的房间是那么的相似。

雪后第二天，次郎回到早稻田的住处，在舒服的疲劳中，睡了一整天。他想，在梦幻和现实中间，故里的母亲的境遇是不是有什么变故？然而，这些不安也没能战胜睡眠的诱惑。

次日，次郎又恢复了往日的习惯，早早起了床，去大隈府上看望雪情，又顺脚坐电车来到涩谷。

因交通网还只是部分恢复正常，铁厂处于闲散状态。将购入的铸锭做成建筑用钢筋的作业无法进行，机器都显得冷冰冰的。次郎的这家铁厂主要生产钢筋混凝土建筑用的棒料钢材，客户多是建筑公司、土木工程公司，所以，必须按时交货。如果因资金周转不灵、无法购得做原料用的铸锭而最后延误了交货，就不光是要赔偿违约金，严重的是以后就不会有订单了。

站在车间，次郎不禁叹了一口气。他想，这就是我的现实啊。去大隈府上探望时，围绕日本军队出兵山东一事，关于日本与俄国的关系和日本与中国的关系究竟应该重视哪一个的问题，进行了激烈的讨论。这样的场合，尾崎行雄偶尔会在场。次郎就是同主张"近攻远交"的司法大臣尾崎行雄进行辩论之后，来到铁厂的。这里，有下个月如何生存等迫在眉睫的问题，也有对次郎关于国际问题的展望漠不关心也拿不出意见的老实人在劳作。

这公司只有关门了。次郎站在有风吹过时会卷起尘土的车间，想。想到日本的未来，这可不是被渺小的日常现实绊住脚步的时候。

也许是休息结束了，铃响了，从玻璃门里，走出五六个男子。那间屋子里有一个嵌在地下的暖炉，可以烧些柴火取暖。

"哎呀，头儿，您来啦，这可是的……"领头的男子鞠了个躬，其他人也都参差不齐地弯了弯腰。

关了工厂，他们可就失业了。次郎心里突然升腾出一种对他们的连带感。次郎想，可不能干这种事，便打消了关厂的念头，而想到是不是以接受员工为条件整个卖掉的时候，不知为什么，他居然想，道玄坂那处和苑子同居的房子也得处理掉。于是，前年出生的孙清的面庞又浮现在眼前。这孩子的眼睛像他妈妈，很可爱。

一想到长子应该继承家业，次郎就感到自己被命运死死地控制着。自己一直是同农村出身的孤儿这个宿命抗争着走过来的，无法成为桃源乡人。认识到这些，他就生出一种实感：眼前还有很多选择人生的办法，而且在户籍上自己还是独身。次郎想起苑子的模样，觉着有些对不起她，可这自由实在是太珍贵了，他不想失去它。从这点上讲，自己一咬牙和山东友梨离了婚，无疑是正确的选择。

母亲美奈离开楠家后，和小林金兵卫再婚，友梨是小林亲戚的女儿。祖父清太郎的葬礼时，她来帮忙，彼此产生了好感。但现在想来，这里面似乎有生母美奈想把次郎放在自己够得着的地方的意愿。从为祖父守夜到举办葬礼，山东友梨一直被吩咐要照顾好次郎。那时是4月初，春寒料峭，端茶倒水，做甜米酒，都是友梨的事，而吩咐友梨的，大概就是生母美奈吧。

次郎想起摄绪的话："再怎么说也是当妈的啊。"要么就是母亲因一手包揽了楠清太郎葬礼的幕后工作而雪了被赶出家门之耻？而且，还用让山东友梨和次郎结婚这样不显眼的方式夺回了儿子。如果是这样，这种情缘还是一刀斩断为好。次郎感到胸中鼓荡着对母亲的复仇之心，其结果，就是和友梨的离婚。这是次郎的独立宣言，他要当家做主，当一个活跃在中央的领导人。

然而，事与愿违，次郎想得越清楚，就越觉得长女良子是那么的可爱。对孙清也一样，心情和意志总是背道而驰。次郎承认自己现在思绪十分混乱，但也认为不应该因这种混乱而畏惧退缩，反省自己要回归朴素但安定的日常的想法。那种生活是不可能的，那种保守的态度，更对不起七十七岁当上总理的大隈重信。次郎的想法发生了飞跃性变化。不仅如此，那还是对永井柳太郎的背叛，他是那么关照自己这个后辈，还对自己给予了那么大的期望。如果说要追究造成这种混乱的责任，那便是自己的鲁莽——在对未来的展望尚未打好基础之前，就急着奔跑起来了。

次郎还感到有必要将问题进行梳理，重新确立未来的路线，就决定徒步回一趟道玄坂的家，步行的节奏一定会有助于思路的整理。

从前天起就一直走在雪里，虽然在"松平"铺在褥子底下烘干了，回到住处也用暖炉烤过了，可裤子上还是溅满了泥点，脏不堪言。不过次郎觉得这样更好，这可以让苑子看到，自己如此辛劳，还是回到了苑子的地方。

其实倒不是因为这个原因，次郎在走到车站这段路上，摔了两个屁股蹲。人力车和步行者都不少，只有稀稀拉拉的店家将门前的积雪扫到了大路上。关键是过了站前广场之后那段路。道玄坂因为午后的阳光照射不到，刚融化的雪又很快会结冻的，而且环状线以外的风刮得还很怪。

为数不多的砖瓦房和无处不在的草房的屋顶上，还有厚厚的积雪。也许是雪停止了融化的关系，刚才还滴滴答答的水滴已经不见了，有的背阴处的屋檐下还挂着冰柱，但总没有六个庄的大。光顾着看这些风景了，次郎失去了平衡，脚下一滑，正摔进了泥水坑里。这下，连上衣都湿了。这让他想起了小学时走路连滚带爬的情形，甚至产生一种错觉，仿佛自己又回到了当年。

从六个庄的家里到小学校很远，孩子走要三十多分钟。途中有几条小河，学校附近有姊川的支流，桥就架在稍高一点的河堤上。站在桥上，四周的田地可以一览无余，一片白茫茫的，晒稻穗的架子只露出一个头，吹过那里的风极大，刺得耳朵生疼生疼。

次郎拉着妹妹阿房的手，顶风冒雪去上学。任性的阿房一会儿说冻手，一会儿要撒尿的，让次郎很为难。对没有母亲的阿房来说，次郎是唯一可以撒娇的人，他必须对她尽不熟练的母亲的职责。

这记忆中的光景，就是刚才在铁厂车间时告诉自己必须毅然舍弃的故乡，那里不仅有阿房，还珍藏着弟弟裕三郎的模样，和关于祖父的记忆，他哄自己睡觉时总是讲"比良八荒"啊缠在三井寺大钟上的蛇报恩的故事。

这些记忆以及这些记忆所唤起的情感不是那么容易舍弃的。想到这儿，让自己嗅到了十年前故乡气息的平松摄绪的面庞，连同她说过的几个词汇一起，就又复苏了。所谓桃源乡人，也许就是沉浸在回忆里、恬静生活的人吧。如果是，次郎想，对必须大展宏图的自己来说，最好把故乡的记忆全都作为桃源乡珍藏起来。至少，在衣锦还乡之前，不应该为老婆孩子之类婆婆妈妈的事情分心或烦恼。对次郎来说，"衣锦"的第一步就是当选国会议员，这是一切的开端。

次郎在大隈府上得知，大选的准备已经在悄悄进行。为稳固大隈内阁的基础，打击与藩阀政治勾结、背叛政党政治的政友会，有必要进行大选。关于这一点，次郎也是赞成的。他提出，届时，他要再次奔赴近畿和山阴地区，进行游说。他的这个想法得到批准，令他很高兴。这回，他想走遍滋贺县的角角落落，还想成立一个楠次郎后援会，为日后成为候选人做些准备。

当时，他很担心，怕和山东友梨的离婚会成为不利条件。女人没有选举权，这还不错，可对立面的候选人一定会抓住不放，猛烈攻击的。但是——次郎踏着开始结冻的雪路，想，参加选举之后想离也没离成不是？倒不如把不利条件反其道而用之，虽然因为各种原因不得不分手了，但如果积累些对女儿视若掌上明珠的实绩，没准儿还能成为美谈呢。所谓政治家的资质，就是将一切不利条件转化为于己有利的条件的能力。为此，向前看是最重要的。这么一想，次郎的脑子又活泛起来。

夜晚很快就降临到了站前广场，街灯在寒气中发出昏暗微弱的光，照着到处是像要结冰的坑洼的路面。一股恶寒从次郎湿漉漉的裤腿蹿上来。这样会感冒的，不，也可能已经感冒了。次郎心里一缩，加快了脚步。待命游说的现在，可不能躺倒。

他想快些回到和苑子的家，暖和暖和。可他用力拉开格子门，招呼着"哎，我回来了"的时候，却无人应声。

次郎粗手粗脚地反手关上门，冲进屋里时，苑子正慌忙起身，刚刚两岁的孙清吓得大哭。苑子侧身坐在出于节约目的的三十瓦昏暗电灯下，抬头看着次郎。因为是趴着睡的，眼泡有些肿。见苑子这个模样，次郎在这一天里又一次知道了这就是自己的现实，便不得不闭上眼睛，压压火气。

中午已经打电话说今天回家了，那苑子睡着了就是不可原谅的了。他大声吼道："你这样子像什么话！丈夫一身雪一身泥地回来了，你却在家睡大觉，你什么意思！"

"对不起，我没想这样，给阿孙喂奶，喂着喂着就……"苑子嗫嚅着，好像突然觉察到一样，抓住前襟，遮住了乳房。次郎想换个心情，提出"洗澡！洗澡"，可浴缸里也没有烧好的热水。次郎脑子里冒出这样一个判断：这个女人生了儿子之后，就误以为没事儿了，因此才变得厚脸皮，现了原形。

这么一想，次郎冷静了下来。还是得尽早和这个女人巧妙地分手。愤怒的反作用力冲击着次郎，让他面无表情。次郎突然想起一个词：家庭不幸的命。那是说完桃源乡的话题后，平松摄绪双手捧着次郎的脸时说的。

"你不幸福可不行噢，照现在这样，做什么什么不成，命啊，你要是不想改变是改变不了的。"

她是这么说的，可她却并没有说要帮忙，完全是一副那是你自己的事、不是桃源乡人的工作的姿态。

进入3月份，次郎去彦根作大选演说，这是继前一年2月之后又一次去那里。因为是第二次了，所以没有像上次那样，情绪激昂得几乎说不出话来。他讲了讲在六个庄当农民时的经历，极力主张，如果不提高农业生产力，日本就无法获得对外关系的强势，为此也需要让农民受惠的制度、特别是粮食价格的稳定。接着又指出，像山本权兵卫内阁这样的藩阀政府，会走向勾结军阀、压迫民生、扩充军备的道路，十分危险。最后，他当然也没有忘记强调，再也不能允许藩阀政府的出现。

也许是去年的演讲评价不错，来听次郎演讲的人很多，从鼓掌的声音来看，甚至让人产生一种候选人的存在有些模糊的印象。这次选举是第二届大隈内阁诞生后的头一回，因为有否决了陆军要求加强两个师团的预算才决定选举这样一个过程，大隈内阁便陷入了无论如何要大幅度增强执政党势力、稳固政权的悲壮情绪之中。

这次选举以大隈麾下的立宪同志会、原敬①刚刚成为总裁的立宪政友会两大势力为中心，此外还有中正会、立宪国民党、无党派团体等参加竞争。远离第一次世界大战灾难的亚洲国家日本，在如何稳固一流国家地位的问题上，政党政治首先面临着极大的政策选择，二十七岁的楠次郎为此热血沸腾。

演讲结束，把候选人送回宿舍后，去年成立的滋贺县大隈后援会筹备组的主要成员，来到了过去井伊老前辈经常光顾的料理亭"仲月"。

---

① 1856～1921年，政党政治家。

"刚才来到会场的，是您女儿吗？"后援会一个大津市的干部，以趁着开会之前聊聊家常的语气问道。

这是次郎未曾料到的话题。次郎依去年的经验，这次也让小林银兵卫带上已经上了小学的良子来听演讲。"啊，和我前妻一起来的，"次郎做出一副为难的表情，坦白道，"开始搞政治的时候，我想必须做好没准儿会进监狱、会没命的精神准备，这样，如果因为拖家带口而消磨了意志，可就对不起井伊老前辈了，所以，虽然觉着我妻子挺可怜的，但还是和她分手了。幸好小林先生很关照她们。"次郎又把话题转向了小林银兵卫。

纯情的小林眨着眼睛，补充道："不，我也没做什么。次郎可是个让人钦佩的人哪！他自己也不宽裕，可每个月都如数寄来医疗费，从没拖欠过。"

"有什么病吗？"有人又问。

"啊，有点儿……"小林的话有些含混。去年年末，次郎接到小林的信，信上说山东友梨好像得了结核病。

这时，次郎改变了话题，说："先不说这些了，接着说后援会的事。"

一切都在以好于预想的情形进展。

这天晚上的聚会上决定，将大隈后援会筹委会作为选举后正式的政治组织，然后再依选举结果，对是将其作为立宪同志会滋贺县支部，还是以政治改革为目标的滋贺同志会的问题进行讨论。

第二天，结束了白天在长浜的演讲后，次郎决定去金泽。北陆地区是在永井柳太郎领导下，所以对他来说，这形同阵地慰问。

大隈重信将其声援演说灌成唱片，发给全国的大隈派候选人，每当火车进站，就把身体探出窗外，进行数分钟的"车窗演讲"，在群众中人气蹿升，选举获得优势。但政友会的中桥德武郎也正在金泽苦战。大隈派的候选人是横山章，他出身于加贺藩家臣头之家，是金泽工商联合会会长。据说中桥的地盘很牢靠，次郎打算视察一下战况，听听永井柳太郎的演讲，再去山阴。

虽然在以农民为主的滋贺县，自己的演讲获得了称赞，可次郎还想知道，在金泽这样的大城市，该以什么样的说话方式演讲才好。次郎心里一直觉得在彦根之前的大津市演讲时，听众的反应比较迟钝，而永井的演讲则比自己更多一些理性的成分。尽管有时候听上去挺讨厌的，但因留学英国时落下的腿病而经常拄拐的身姿和剃成光头的脑袋，却并没有给听众留下"留洋"的不协调的感觉。还是学生那会儿，次郎常去听义太夫①，痴迷于年轻女性演唱的义太夫，和永井教授一起拜谒深川回向院的竹本义太夫墓地，都是为了磨炼自己的演讲技巧。

见到次郎，永井柳太郎天真地兴高采烈。对摆出一副杀入敌人根据地的架势的永井来说，楠次郎虽是后辈，却也是斗士，所以，次郎的到来令他十分高兴。他马上说："对了，今晚横山君的演讲会上，你能说两句不？短点儿也没事儿，批判山本权兵卫就成。"

大感意外的次郎正要提问，一个开朗女性的声音传进来，这声音听着很是耳熟。应声而入的竟是田之仓樱。大隈重信当了总理，永井成了《新日本》杂志的主笔，也成了阿樱的上司。次郎喜出望外，仿佛突然点上了明亮的电灯。

"咱们都和雪脱不了干系啊。"阿樱快活地搭话。她还没有忘记两个月前次郎借给她人力车的事情。那天金泽虽然没有下雪，但直到前一天，都有积雪。

"我也是刚从滋贺来。不过这儿的雪真挺深的啊。"次郎应着。能在这里遇见阿樱，令他万分喜悦，全然没了在大隈府上时的惊慌失措。

这时永井回来了。"啊啊，这太好了。我现在去几个支部干部那里，五点钟去演讲会场。兼六园②入口处有家店，豆腐非常好吃。我先打个电话，你们俩去就是了。兼六园的雪景也很好看哟！晚上就有劳楠君啦！"一口气说完，永井就走到墙上贴着的一览表前，那上面记着常去的店家和干部们家里、还有报社的电话。

6

父亲第一次参加选举并当选，是在大正十三年5月。还是早稻田大学的学生时，他就为政治家声援演讲，锤炼了技巧，还不失时机地参加演讲比赛并获得优

---

① 日本传统戏剧之一。
② 日本三大名园之一。

胜。重新整理他的资料时，我产生了一个印象——这个机会对他来说来得太迟了。

大学毕业后的第二年，第二届大隈内阁成立，大隈重信时隔十六年重又当上了首相。父亲因此突然就任以出版政治小册子为主的《公民同盟丛书》的总编。即便可以认为大正三年是他正式参加政治组织的年代，可他是在第十年头上，才能够衣锦还乡。再度确认了这个事实的时候，我推测，在普通选举法实施以前，父亲可能是没有候选资格的。

当时那个年代，残留着严格的身份制度和严重的歧视观念，只有交纳一定数额税金的人，才获有投票权，所以，事实上，如果不是大地主、资本家、名门贵族，当候选人简直就是天方夜谭。然而，深入调查后我却发现，我的推测并不准确。实施所有男性均拥有选举权和被选举权的《普通选举法》，是父亲第一次当候选人的次年，即大正十四年，那么，父亲为什么在身份障碍颇多的限制选举时代，硬是要当候选人呢？当时他还不是三十六了、等不得了那样的年纪。要么是因为他感觉到有必要显示他在限制选举时代也能当候选人的身份，并获得动辄制造歧视的因循守旧的社会的信任？还有可能就是，也许父亲早有打算，即便不能当选，也不能让自己将来在身份上出什么说道。

大正十三年，以宪政会、政友会等为中心的第二次护宪运动如火如荼。其导火索，是因讨厌政党而闻名的元老山县有朋所支持的、三度成为司法大臣的清浦奎吾①，在贵族院研究会的强制拥立下就任首相一事。护宪派认为，这样的政治运营，终将导致宪法成为一纸空文，于是护宪运动轰轰烈烈开展起来。多数参加了政党的众议院议员，都把清浦内阁叫做无视宪法所保障的民权的元老们操纵的"超然内阁"，而投身倒阁运动了。

在这种境况之下，父亲自然会想起大正三四年间。那时，为实现第二届大隈内阁，他曾攻击作为藩阀政治象征的山本权兵卫首相；七十七岁的大隈重信当上首相之后，他又为了巩固政权基础而勇猛奋斗。然而，这十年间，父亲身边的环境大大改变了。

生下长女的妻子离婚后恢复了旧姓，现在已经因肺部疾患离开了人世。父亲

---

① 1850~1942年，政治家，曾任首相。

虽有些犹豫，但考虑到上了小学的女儿，还是在游说途中，绕到山东友梨的娘家，烧了一炷香，扔下一笔钱。支持永井柳太郎的一个金泽政治家，曾以希望父亲转达给教授的口吻说："永井先生要是也留意一下红白喜事之类的习俗，我们就轻松多了。"永井曾拒绝出席某选区一个权威人士家的女儿的结婚仪式，理由是"我不认识新娘，也不认识她父母"，他便因此而得到了一个留洋回来的人太冷淡的评价。

父亲还去了一趟母亲再嫁的小林金兵卫的家。父亲料想到，去了以后，对他离婚的事情，生母小林美奈会埋怨他说"你要不那样，友梨也不会死"什么的。只是，他还有求他们收养长女良子的打算，很多地方要请资本家小林父子关照。他在友梨的牌位前双手合十祭拜，想起曾有一个在大隈府上见过的政治家说过："去守夜也有规矩呢。在门口，鞋要这样斜着脱，还要依偎着遗体痛哭。守夜花言巧语可不行。"父亲应该会想到，要当一个政治家，不独演讲技巧，仪态举止等等也轻视不得。感觉敏锐的父亲，一定听得到小林金兵卫夫妇关于自己的对话——

看到金兵卫、银兵卫父子想方设法帮助父亲，美奈说："你替我着想，我很感激。这孩子任性，可别弄来弄去都成应该的了，那可不行。"善良的金兵卫父子也许会解释说："等他出息了再还我嘛，他将来一准会出息的。"于是，对这句想象中美奈的话，父亲不觉怒向心头生，他想反驳母亲："到底是谁任性！"

大正六年，父亲经后藤新平的推荐，在轻井泽沓挂地区花三万日元买下了八十万坪①的土地。这里的先驱者野泽源次郎开始了大规模开发，德川庆久、细川护立、大隈重信、后藤新平，还有后来当了总理的加藤高明②等人都从野泽源次郎手里买了地、建了别墅。父亲从大正时期开始，就多次前往轻井泽，有时是受一心想要在大隈重信和后藤新平之间建立盟友关系的永井柳太郎的指派，去后藤的别墅，有时是去拜访大隈重信，商量《新日本》杂志的编辑事宜。

一天，后藤新平回答了父亲的问题之后，说起明治三十九年起做过三年满铁

① "坪"为日本土地的面积单位，一坪约为三点三平方米。
② 1860～1926年，外交家、政治家，曾提出对华二十一条，第二次护宪运动后任首相。

总裁的经历，表明了自己的想法。他认为，应该加强利用通过日俄战争获得的在中国东北铁路上的权利，并通过这种经营实行殖民政策，然后他还说了些殖民政策的要诀就是"文装武备"之类艰涩的话题。

"经营满洲的唯一要诀，就是表面上要假装经营，暗地里要实行各种手段"，后藤新平换了一种腔调，以宣告的口吻说。"这是我给儿玉源太郎元帅的意见书的开头。"他解释道。接着，他又说："那时候，以儿玉源太郎元帅为代表的伟丈夫还有一些，可现在的领导人，小人物居多。即使是经营者，也找不出气宇轩昂的人来。这轻井泽一带，要是有一个像你这样的年轻人，能拿出一个五十年的开发计划就好了。"

我想，从后藤新平的话里，父亲没有学到"文装武备"一词里包含的殖民政策思想，只是对轻井泽开发的部分产生了兴趣，但因此而将楠次郎视为小人物，就未必是正确的理解了。父亲这时二十九岁，还没有当上众院议员，而当过八年多台湾总督府民政长官、功绩卓著并被委以经营满铁的重任的后藤新平六十一岁，以父亲双倍的年龄，成为殖民政策的第一人。父亲那时为将来的发展可谓处心积虑啊。

在伦敦学习过社会政策和殖民政策的永井柳太郎则与父亲不同，他理解后藤新平有可能参考了英国东印度公司经营思想而提出的主张，正在想办法把后藤和作为大众政治家活跃在前线的大隈重信拧成一股绳。

然而，在当时的政界没有理解永井想法的土壤，甚至有传言说，永井是预见到上了年纪的大隈没有前途，才要接近后藤的，而那些对政策、思想毫不关心，只知道追踪事件的报社记者，又进一步扩大了这些传言。

对永井来说，还有更不走运的事情。早稻田大学发生了校长和反对派之间的对立骚乱，永井想进行调停，却被误解为要排除大隈的影响力，结果，永井被赶出了《新日本》杂志。失去收入来源，尽管他意气用事地坚持"雄鹰饿死不拾落穗"，但前途一片黯淡。学生时代的朋友们四方奔走，拿着后藤新平的介绍信去找被称为"虎大臣"的财界领袖山本唯三郎，终于使永井获得了二度出国的机会。

三个人轮番讲述永井柳太郎的窘境，一再说明永井是前途有望的年轻领导人，山本便说："我知道了，为和欧美列强比肩，有必要下决心学习他们的做法。

永井君的能力我早有耳闻，让他去欧美各国转一圈吧。"并答应为永井柳太郎出一年的生活费和旅费。

大正七年6月，永井柳太郎拖着疲惫的身心，从横滨经美国去往欧洲，名目是考察欧美先进国家的选举制度和政党政治。

那天，次郎和《新日本》杂志的几个职员，还有刚刚结婚的永井外吉和阿房二人一起，去横滨送行。永井外吉是柳太郎的侄子，所以，这桩婚事意味着永井家和楠家的联姻。阿樱因为梅雨期气温下降得了肾炎，没能前来。

永井柳太郎乘坐的大型美国客船缓缓离开了埠头，一出港就改变了方向，滑行一般驶向了大海。这时，次郎想，自己和永井的分工就这样定了，永井分担民权政治思想和制度方面，自己就承担资金方面。于是，次郎意识到，这个想法已经一点点地酝酿很久了。它最初来自对包括永井柳太郎在内的周围的自卑感，但他接连落选的窘境，使得这种因素渐渐变淡，而掺入了豪侠之气。

受到后藤新平的知遇后，次郎调查了一下他的出身，很感失望。他是从源赖朝为统治东北而设置的陆奥留守处出来后统治水泽城的大名的儿子，和自己的出身全然不同。自己出生的家庭是富农，虽说相当于村长，但还不都是一回事？

次郎常常眼前浮现出船影朝水平线方向渐渐远去的横滨港的风景，想：这种自卑感的根基发生变化，与田之仓樱的结合起了极大作用。

火车在黄昏中向新桥驶去。

楠次郎对阿樱产生想法，是大正四年大选的时候。这次选举是第二届大隈内阁成立后的首次选举，来金泽声援的次郎，在永井使用的为运动而设的事务所听取当地权威人士说明选举情况时，田之仓樱来了。

次郎虽和她在早稻田的大隈府上见过几面，彼此熟识，但如果没有这天的相会，二人的关系会不会有进展，就不得而知了。这也是因为，她比次郎年长两岁，而且大学毕业的女记者，在那个年代和短发发型一样罕见，在次郎心中，向往的成分和胆怯的成分是并存的。另外，阿樱和前一年同永井柳太郎在恋爱马拉松之后结婚的三浦贵久代，从学生时代就是朋友。

晚上，演讲会开始之前，二人去了永井预约好了的兼六园入口附近的豆腐料理店。

"啊，我犹豫了半天，没吃车站的盒饭，真是太好了。不过，女人嘛，切忌肥胖噢。"一落座，阿樱就把脖子上的黄围巾摘下来放在椅子旁，以工作时的欢快语调说。

"是吗，为什么？"次郎问。

"哎？不是吗？"阿樱说着，眼睛略微从下向上仰视着次郎，仿佛要试探次郎的真意。她的存在让次郎感到与以往不同的魅力。他想，和年轻女人这样说话，可是头一遭。以前，都是喜欢或讨厌的情感先行一步，而且还和性有着直接的关系。次郎还感到，女方来见他或者他去见女方的时候，就已经心里有数了。

"不过，大部分男人都会在意身材是不是苗条、臀部曲线是不是漂亮吧？他们用看观赏用生物的眼光来看女人，完全与主义主张无关。"

"你不是反对这样吗？"

听次郎这么说，阿樱又翻着眼睛盯着次郎，仿佛在问：那你呢？

于是次郎慌忙说道："当然，我也是。"

"你瞎说，说真话没关系的。我也快三十了，作为生物的男人和作为思想的男女平等的矛盾，是没法子的。我现在认识到，不这么想，就结不了婚了不是？"阿樱坦率地表达了自己的心境。这个想法开始是现在姓了永井的三浦贵久代说的，不知不觉地也成了阿樱的心境。她说的话乍听像是很泄气，但其态度和表情却给人一种积极的感觉。这让次郎感到很奇怪，尽管后来次郎曾想，也许，这时自己站在了从未涉足的新世界的门口。

阿樱那方面，自从大雪天借人力车之后，她就对次郎产生了一种对待弟弟一般的好奇心。对阿樱来说，次郎是与她以编辑身份经常接触的学者、政治家、知识分子不同类型的人。也许是因为年轻，他身上没有有失体面或死要面子的地方。他言辞直率，虽然说得不好听一点是有些粗野，但从他能写出难懂的财政学的书来看，又像是努力要做知识分子。

阿樱想，如果次郎来跟她商量，就说出自己的想法："知识分子也有很多种，大致可以分为两类。"她认识很多虽然嘴上笔下提倡男女平等，但实际上心胸狭隘、并非平等主义者的学者和记者，和他们比起来，次郎很现实，很正直。不管怎么说，他有干劲，永井柳太郎夫妇、特别是刚结婚的贵久代，前些天见到阿樱的时候就说起了楠次郎。贵久代关于次郎的信息多是从丈夫那里听来的，但其中也不乏贵久代直接接触的第一手材料，比如，一大早跑到人家新婚的家里来，美美地吃了人家三碗茶泡饭；看不下去他袜子上的大窟窿，虽有些失礼，还是把丈夫的旧袜子拿来让他换上……

尽管如此，还是觉着有些孤零零的意思。虽然不是出身士族，但也算名门，而没有累赘这点，让阿樱觉得他是一个可以交往的对象。即使从贵久代提供的线索来看，也可以知道，次郎身边没有照顾他的人。这样分析下去，她甚至觉得，他态度举止中乡下人气的部分，都可以看做是弟弟那样尚未长大成人的缘故。

阿樱和次郎的话题很快转到了这次选举上。

"各家报社政治部的人都说，从整体上看，大隈先生的执政党和大隈后援会的联合十分有利。"前天离开东京的阿樱说道。

"不过，永井先生说，这里的情形很叵测。"次郎把刚听来的情况说给阿樱，又小声附加道："在过去的城下町①，大概还是跟人一种和老爷有关系的印象才有利啊。"

次郎想起自己前一天晚上在彦根强调立宪同志会候选人秉承井伊直弼重臣血脉的声援演讲，以及故里听众们那些黑羊一般的面孔，他们并不是出于自己选择的目的，而是要找一个值得信赖的领导人。

"所以，虽然明治维新给国家带来了变化是不争的事实，但有时候我常常怀疑，世道是不是真的变了？"阿樱说。接着，她讲起了正月回老家小名浜时，亲戚朋友们都还和以前一样，跑来看一个女人家竟在东京干记者行当的田之仓医院的轻佻姑娘。

"和我小时候完全一样，一点没变。田之仓医院在那儿像海里的一座孤岛，我父亲还在那里孤军奋战。不过我母亲放下了心，说大逆事件②之后，人们的言

---

① 以封建领主的居城为中心向四周发展的市街。

② 1910年，因部分社会主义者暗杀天皇计划未遂而导致大批社会主义者及无政府主义者被检举、二十六人以大逆罪受到起诉、二十四人被判处死刑的事件。

行都更加慎重了。看见父母这样，我就想，应该像平常人一样结婚，好让他们安心，针砭时弊的矛头就好像也钝了……"

阿樱的语气很平静。今年冬天回老家时听母亲说，她父亲的体力衰弱了很多，这对阿樱打击很大。次郎想鼓励一下阿樱，就说："有可以担心的父母，这在我这样的孤儿看来，就是很值得羡慕的了。"

次郎回答了阿樱的提问，讲了虚岁五岁时和父亲的死别、和母亲的生别、祖父母的过世等等，接着，又实言相告："亲戚们一致摆出条件，要我在老家娶了亲成了家才能去东京，所以我二十一岁时结了婚，还有一个现在正上小学的女儿。但我立志从政时，就离婚了。"

"到底是嘛，我看你有时候好像很寂寞孤单的样子，还瞎胡乱猜呢，到底怎么回事儿啊。哎，夫人当时多大？"

次郎坦白地告诉她，比他小两岁。他也是这时才想起来，阿樱比自己大两岁。

"哦，还是小两岁啊。"阿樱慢慢地重复着，要取出正在铺着海带的锅里乱颤的豆腐，可豆腐碎了，拿不出来。

次郎动了动嘴唇，想要说什么，可又不知道说什么好，只好沉默不语。在这种沉默中，次郎感到，阿樱离自己已经很近了。

春天临近，金泽的白天也长了，外面还很亮堂。石崖间、大树洞、屋顶背阴处，到处都还残留着冬天的积雪，他们说话的时候，也一直听得见什么地方有水滴掉落的声音。

"永井先生也说了，咱们在兼六园走走吧，就是路可能还有点泥泞。"

阿樱立即答应了他的邀请："我今天穿了长筒靴了，我知道要来雪多的地方。"

"我也是，滋贺县的山谷里还有很多积雪呢。"次郎说着站起身来。阿樱想，我是海边乡下的，他是山里乡下的啊。

进入5月的兼六园，还要再过些天树木才能长出新叶，因为是平常日子，又是傍晚的缘故，鲜有游人。水池太阳照不到的部分结了冰，像一层薄薄的雪。

太阳落了山，一下子就寒气袭人了。树丛掉光了叶子，看上去像枯色的疏林，中间只有松树还看得见一点浓绿。次郎和阿樱被树丛深处传来的歌声吸引，向池畔看得见建筑物的方向走去。

"在东京，可没法这样子和男人一起在公园散步啊。"阿樱说。次郎想，所以她才能挺胸抬头地活着啊。要让这个阿樱放松下来，大概太理论的做法恐怕不行。

次郎有心无心地想着这些事，几乎是被阿樱拽着，来到了传出歌声的纪念馆模样的二层小洋楼前面。这儿好像是兼六园中举办小型展览会和进行排练的会馆。歌声间歇时，有鼓声响起，好像有人合着谣曲在舞蹈。街里，对立双方候选人及各自的工作人员正围绕宪法实体化和军事扩张问题挥舞拳头、口沫横飞地进行讨论，可这里，加贺百万石的前田家统治以来的游艺却大行其道。次郎想，难怪金泽没希望了，永井的努力不见成效啊。可阿樱好像是有些累了，听了这古典的歌声，也许会放松下来吧——他这样揣测阿樱的心思。

"街上忙选举，这里忙游艺，这么安静地……"阿樱刚开口，头上就发出了什么东西滑落的声音。次郎二话没说，保护阿樱一般，搂过她的肩膀，躲到房檐下。这时，冰块擦着次郎右肩哗啦啦落下，砸得树丛里的满天星直晃。

次郎的嘴里没有发出"危险"之类的声音。没来得及。阿樱就那么让他搂着肩膀，一动不动。

选举结果可谓大获成功。立宪同志会一百五十三席，政友会一百零八席，中正会三十三席，国民党二十七席，大隈后援会十二席，无党派四十八席，尽管主张稍有不同，但反藩阀联盟获得了压倒多数的席位。成为在野党的政友会也表面上反对藩阀政府，标榜自己是立宪政党。大隈内阁坚如磐石。一路苦战的金泽，也因永井柳太郎不懈的奋战和雄辩的口才，而使横山章取得了绝对的胜利。次郎和阿樱比别人更加高兴。对他们来说，这是值得纪念的胜利。

5月初，当选后的横山章第一次上京，永井柳太郎在家里开了一个极私密的内部聚会，大隈首相也赶了来，让到场者大为惊喜。阿樱帮助新婚的贵久代，穿梭在厨房和将三个房间的隔扇打开而成的会场之间，忙得不亦乐乎。永井主持聚会，五六十人的客厅中，思想家有安倍能成①和《中央公论》杂志编辑主任、和

---

① 1883~1966年，哲学家、政治家。

永井同期的相马由也，文学艺术方面有坪内雄藏（逍遥）、歌人佐佐木信纲等等。贵久代的哥哥三浦太郎长得极像他父亲，是个热心的基督徒，他也从三岛特地赶来。永井夫人向大家介绍了次郎。

在聚会即将结束的气氛中，贵久代在走廊一角逮住了阿樱，用姐姐对妹妹说话的口吻指示道："今晚让次郎送你吧，我刚才都跟他说好了。"

从金泽回来后，他们俩多次找借口见面，这些贵久代应该是知道的，而看到对方善意的鼓励的目光，阿樱便答应了。

"我再过五六分钟就悄悄地到后门去。这么晚了，就拜托你啊。"阿樱对次郎说。

次郎表情紧张地点点头，又回到了刚才说话的同党派众院议员中间。

出了永井家，两个人在山毛榉树下默默地走了一段。夜很深了，山毛榉的新绿似乎都闻得见。

对次郎来说，这样的紧张还是头一次。他承认在心里很喜欢阿樱，所以，他知道，今晚，该对阿樱表明自己的心迹了。永井夫妇也为此给他们制造机会。越想这些，不知为什么，"结婚吧"这句话就越无法说出口。这对他来说是全新的体验。以前是心领神会一般，有了肉体关系，一切就都开始了，所以没有必要说什么爱不爱的。可这次不一样了。对方是大隈也偏爱的女性，是永井夫人的挚友，还是知识分子。次郎深信，彼此确认平等的正规手续不可省略，于是一遍又一遍地告诫自己，要控制急躁情绪，但对如何打开缺口，却找不出头绪。

的确可以断定，阿樱对自己有好感，但次郎又找不到不通过肉体接触使之得以确认的办法。他甚至想，到底她能否接受农村出身的自己？如果能和她结婚，可比当个邮政局长更能提高外界对自己的认识。在次郎脑子里，就没有为飞黄腾达而施展手段不好的概念。那是理所应当的。这理所应当的事情如果不去做，就是有悖常理。如果这种算计没有客观性，那么做这种算计的人就是个蠢蛋。换言之，不喜欢也好，算计着行动也好，都没关系，只要在一起，爱情会慢慢涌现的。

然而，这回是真的喜欢上阿樱了。这可以说是一个错误。可是，永井夫妇却在鼓励这个错误。即便如此，次郎也没能将自己的心情换成语言。过于率直，会意外失言。这个时候，几经锤炼的雄辩术全然不起作用了，这让次郎继续混乱着。

走着走着，阿樱的手碰到了次郎的手。他握住了它，阿樱也没有缩回去。手上传来的阿樱的体温给了次郎以勇气，可他嘴上说的却是："咱们的事儿，能跟永井君谈谈吗？"

阿樱在树影中停下脚步，仰脸看着次郎，默默地点点头。

第一次吻过之后，次郎的冲动并没有像往常一样直奔性而去。他长出了一口气。一种安心感紧紧地抓住了他，让他动弹不得，而他还必须让这种安心感变得更加确切才行。

"今天，贵久代夫人的哥哥也从三岛来了，你是不是也想听听他的意见，看他怎么看我们哪？我面试合格了没？"

听了这话，阿樱笑了起来。次郎不善玩笑，他不明白她为什么笑，多少觉得有点受伤害，便不作声了。阿樱见状，赶忙说："你这么费神，都不像是你了。不论谁说什么，阿樱都不会变的。"

次郎高兴得要晕了，接着问道："谢谢。小名浜那边怎么办呢？不去行不行啊？"

阿樱慢慢地走着，宣言般地说："没那个必要，我已经独立了，一切等决定之后再说。"然后，她像是要接着自己的话茬说，又像是要否定自己的说法，声音难过地说："啊啊，父亲……"

她是想起了父亲得知大逆事件后打消继续在东京开医院的念头、决定回小名浜时的表情。

7

田之仓樱的父亲和大逆事件没有关系，只是同比他年轻十岁的、曾在美国俄勒冈州学习医学并获得博士学位的大石诚之助有过通信往来。大石和阿樱的父亲一样，也是基督教徒，出于信仰之心，曾经远赴印度进行传染病研究。阿樱父亲总想有朝一日回到故里，为当地的卫生事业做点贡献，所以，和大石的通信，也都是请大石介绍美国和印度卫生思想的差异，以及有关对策的文献等。

而这个大石诚之助，被当做是大逆事件的主谋之一，同幸得秋水等人一起被处以死刑，完全是冤案，这使阿樱父亲对随意捏造事件、无条件地受权力舆论操作操纵的报纸和民众的愚蠢大感失望。已经年过五十的他，决定回到小名浜开家医院，同时，出于原先的兴趣，写写俳句，再钓钓鱼什么的，悠然自得地度过余生。

留在东京的阿樱的住处也定了下来。为和大学毕业的儿子一起搬到小名浜新田之仓医院而回乡的那天早上，阿樱父亲把阿樱叫到生活了十年的东京家里的客厅，说："从明天起你就一个人了，要保护好自己，坚持学习。我已经把你托付给了大隈先生和永井先生，可不要太任性啊！"

那时阿樱刚刚从日本女子大学毕业，进入《新日本》杂志社。现在，阿樱想起父亲当时的表情，说出"我已经独立了"这句话，莫如说是对自己的再确认——我是以我自己的意志接受你的，但这丝毫不会改变"我是个独立的人"这一点。

一种说不出缘由的难过涌上阿樱心头，她确定自己真是喜欢上次郎了。

此前也有过几个男人对自己表示过关心，私下里约她，有一次她甚至和强行求吻的大学教授撕扯起来，最后，对方的眼镜甩到地板上摔碎了。可次郎也许是有意和自己保持距离，从来没有动过手脚。阿樱想，虽然是间接引语，但听到次郎的心声，高兴之情溢于言表亦不为过，可那难过又从何而来呢？她突然很想念父亲，同时，一种背叛了父亲的情绪，毫无根据地弥漫开来。

她意识到已经说出"啊啊，父亲……"这句话的时候，泪水涌了出来。次郎见阿樱落泪，吓了一跳，慌得不知所措。

"和我在一起，也许你会很累的，这最让我担心……"阿樱好不容易止住了泪水，一副丑话说头里的样子。

"没有，我昨晚睡得很好。"次郎呆呆地说。

第二年春天，二人在早稻田大学附近的餐馆举办了婚礼，永井夫妇以介绍人的身份，站在次郎和阿樱两边，迎接客人。

次郎这边的亲朋好友，只有生母再嫁的小林金兵卫、弟弟裕三郎、两年前上京后在家政学校学习"新娘修学"①的妹妹阿房。按程序，阿房和永井柳太郎的

---

① 女子为结婚而进行的各种学习，包括家务、插花、茶道等。

佷子永井外吉订婚的事情，是要通过次郎和阿樱的介绍人永井柳太郎之口公布的。次郎是作为间接与永井柳太郎结缘的青年，同阿樱结婚的。

那是樱花盛开季节里一个淡云蔽日的下午，天气预报说，傍晚前后可能有雨，刚刚开放的樱花也可能会被雨打落。可次郎心里，却充溢着脚下生根的喜悦。他一边用余光追随着裕三郎和阿房的身影，看他们是否不露乡下人痕迹、举止优雅、手脚麻利，以便接受着客人们的祝福。阿房虽有点任性，但永井外吉一定会好好调教她的，次郎也就放心了。

让次郎感到意外的是，阿樱出人意料地表现出柔顺的性格。尽管她说过"我已经独立了"之类的话，但她还是在事情决定的当天夜里，就悄悄给父母写了信，请求他们同意自己的婚事，过了一周左右，她还制造机会，让次郎和在小名浜的父亲进行电话交谈。到底是良好环境中长大的活泼女孩啊，次郎用欣赏贵重物品的目光看着阿樱。

次郎想起和阿樱一起去永井柳太郎夫妇家征得他们同意、请他们做介绍人那天的事情。永井夫妇从心里替他们高兴。

永井把目光朝向阿樱，说："太好了，我正希望你们能这样呢。田之仓君也很果断。"

"阿樱是个很可靠的人，次郎，她会帮助你的。"贵久代看着次郎，叮嘱道，"不过，要是你见异思迁的话，后果就很可怕喽。"

"互补的关系是最理想的婚姻了。"永井柳太郎说他虽然结婚时间不长，但夫人帮了他很大忙。最后还说："男人，特别是和政治一沾边儿，就容易变得世俗，所以最重要的是得有一个净化灵魂的场所。"

"这可是和你平常对我说的大不一样哦。"贵久代挖苦道。

永井柳太郎用手摸着他的光头，说："啊，我刚才说的才是真心话。"于是，次郎和阿樱、永井夫妇一齐出声地笑了。

这是次郎第一次加入到家庭的团栾之乐中。他附和着阿樱他们的笑声，却觉得坐在一个不相称的地方，同时，他也还觉得永井夫妇家有点儿没规没矩的。一个家，没有可以让别人毕恭毕敬的家长是不成的。

他知道，永井柳太郎和贵久代花了十二年时间才结成婚。贵久代的父亲是水野藩的家臣之长，维新后，立志做外交官，在跟牧师学英语的过程中成了基督教徒，他热心传道，很快成为三岛教会的牧师。永井柳太郎在富士山脚下的小出度假时，每天去三岛教会，和贵久代的哥哥成了朋友。永井曾对次郎说过，这是一切的开始。次郎听了，还劝永井，如果真心喜欢她，就可以无视双方家长的反对。

他想，说一些"超越宿命的爱才是真正的爱"之类演讲辞一样的话抓住贵久代不就行了？他也不知道永井是不是一切都按英国方式来，基督教是不是以所有人在神前都平等为前提，但不管怎么说，次郎无法否认，永井他们选择的地点还是非常好的。隐居在桃源乡的人另当别论了，既然走上了这条路，即使心里有不舒坦的地方，也必须要向前走才行。因此，和阿樱结婚意义就大了。次郎重又环视了一下会场。

来宾中的学者、文化人多与阿樱相熟，而直奔次郎表达祝福的，多是政治家和生意人。后藤新平介绍的综合商社陵墓商店的顾问藤田谦一、铁厂的主要客户和金融机关、帮助自己成为邮政局长的后藤毛纺的董事长、常务董事等人，都是次郎可以轻松谈话的对象。

只要是她熟识或邀请的客人一出现，阿樱就会拽着次郎的胳膊，一一介绍。其中，有神进市子、山川菊荣、平冢雷鸟等女领导人，也有田山花袋、佐藤红绿、秋田雨雀、坪内逍遥等文学戏剧界人士，他们都为《新日本》杂志写过稿子。

可是，即便是阿樱介绍说"这位是诗人三木先生，和你同龄哦"，如果对方不自报家门说"恭喜恭喜，我是三木露风，请多关照"，次郎便不知道姓氏后面的名字，即便知道名字，也不会知道他就是与白秋势均力敌、出过《废园》这部诗集的诗人。

阿樱认识的人和交友的范围远远超过次郎的估计，这个发现让次郎心中充满感慨和骄傲的同时，也搅起了一种近乎嫉妒的不安的情感。对自己是否能够完全融进永井夫妇和阿樱他们的世界，他没有自信；对自己是否能够以家长身份调教好阿樱，他也没有把握。次郎的那种情感正是由这些不安构成的。

次郎从体质上就刻有强烈的嫉妒因素。对方如果是男人，它就表现为竞争心和猜疑心，而对女人，更多的时候则表现为占有欲。一想到自己心仪的女人在自己视线之外的地方自由行动，次郎就无法忍受，他不能容许曾经以身相许的女人在自己不很了解的领域和无法涉足的世界畅游。即使大隈重信和后藤新平带他赴宴时，艺妓讨好客人的样子也定会让次郎心里不舒服。

记不得是什么时候了，次郎带弟弟裕三郎去听过单口相声。为锤炼演讲技巧，他常去听义大夫、浪花曲①和单口相声。节目中有这样一句台词："你这样掰不开的家伙还吃香，可没有先例。谁要不信就吃个香试试。快去瞻仰一下那个女人吧……"次郎琢磨着这句台词，回家的路上问弟弟："掰得开是什么意思呢？"

"你这种问题，真让人挠头。"裕三郎做出受到哥哥责备的表情，模糊答道，"就是适当随波逐流或者逃避一下，通达世故人情。"

"是说敷衍？"

"不是啦，反正不是像你这样。"裕三郎看着次郎的脸色，避重就轻地说，"'松平'的老板娘，也许能解释得更清楚些吧。"

次郎的这种"掰不开"的性格，在对生母美奈的反感中也有所体现，而这只是因为她在次郎从未住过的家里似乎生活得很幸福。

能和阿樱结合的确很好，可今后该如何调教有点儿忘乎所以的阿樱？这两个想法在次郎心中交织在一起。这时，传来活泼欢快的祝福声："啊呀，楠君，恭喜啊！"

次郎抬头一看，是从预科到大学毕业一直在一起的宫泽胤勇。他相貌堂堂，性格温顺，也想当政治家，回到故里后当了县议员。他出身山村地主之家，所以才能走上这条路。

作为学生时代的朋友来参加婚礼的只有他一个人。虽然朋友少的原因可以解释为上大学后忙于经营邮局、铁厂（当然现在已经转让出去了），很少去上课，但次郎自己最清楚，也不完全是这么回事。四年的农民生活使他的年龄比同学们大，又有岩边苑子这边家室的拖累，他没有时间像他的同学们那样，下课后喝着咖啡争论人生，也没有闲心去保龄球馆或围着麻将桌一比高低。

---

① 以三弦伴奏的一种说唱艺术。

然而，这只是表面上的理由。次郎逐渐认识到，要发展事业，只有全家齐上阵，巩固经营。从政党间的聚散离合和选举时支持者面孔的变化中，次郎看到，友情啊同伴的支援之类，没有能可以指望的。次郎的结论是：前辈关照自己，这固然值得感谢，但那也不过是因为年龄不同，领域不同，和前辈之间产生不了竞争关系，所以才可以充满信任地加以利用。

不过，虽说用家族来巩固经营，但至关重要的弟弟却似乎靠不住，为此次郎很着急。一有机会，次郎就会教训他"游手好闲可不行"，或者用"古人云，作诗不如造良田"等，对他参加横山町批发商们组成的俳句会并以此为名遍访名胜等提起注意，但也许是体弱的缘故，他缺乏向上之心，这也是他给人一种不可靠的印象的最大原因。既然如此，说得太严厉也觉着他可怜。就在次郎以宽容的心情重新考虑时，妹妹阿房的婚事提上了日程。

永井外吉和他叔父永井柳太郎不同，很有商业头脑。就在刚才，充当介绍人角色的永井柳太郎在介绍新郎新娘时，向在场的人们披露说，侄子外吉和次郎妹妹阿房也订了婚，准备明年举办仪式。现在，身材高大的外吉正被几个客人围在中间，接受着祝福。大概是有人问到事情的经过，圆脸中央的鼻子头上渗出了大颗大颗的汗珠，他一边不停地用手帕揩拭，一边说着话。看到这些，次郎想，或许他可以代替裕三郎，成为自己的左膀右臂。

这个想法一直在次郎脑子里转悠，也是大约一个月前，藤田谦一跟他说到这样一件事的缘故。藤田说："咱俩开个橡胶制造公司吧。我出一半钱，但绝对不插嘴经营上的事儿。就是分红，我也三四年以后再拿。看到你我就想，按照自己的想法自由自在地发挥，可能结果会更好。"次郎早已经接到藤田也是大股东之一的千代田橡胶关于经营方面的邀请了，可这个公司里都是些曾是农商务省官员或银行要员的人，不论怎样做藤田的代理，也不可能是次郎随心所欲进行经营的地方，所以一直没有回话。

次郎有过千辛万苦经营铁厂的体验，一旦开始经营公司，同时再进行政治活动就很难了。尽管如此，没有制造资金装置的政治家，只要不是大隈重信那样的大人物，必然要辛劳忙碌。即使永井柳太郎和政治渊源很深，但迟迟不参加选举，也就是这个原因。这样一想，次郎一方面感谢藤田谦一的美意，另一方面也下不了决心，便一直拖着，没有回复。

现在，次郎看到永井外吉，滋生了一个想法：如果平时能让他代替自己在新公司顶着，藤田的提案就可以考虑了。

不久，新公司的名字都决定了：东京橡胶。进入准备阶段时，大隈内阁集体辞职，原因是为了在议会上通过增设两个陆军师团这个长年悬案，内务大臣收买了十七名在野党议员的事情败露了。这个内务大臣原是一直对政党政治持反感态度的元老山县有朋的嫡系，于是，考虑到自己的年龄、已经打算引退的大隈的目标，就成了将根据没有法律权限的元老们的协议决定继承人的政治风习改成"宪政的常规"。但这也同样受到了山县有朋的阻碍，天皇还任命长州军阀之一、朝鲜总督的陆军大将寺内正毅为总理。

次郎目睹了这个政治事件的全过程，他认识到，为了实现大隈的思想，只有实行彻底的普选。

翌年4月20日的选举在寺内内阁露骨的干涉下进行。永井柳太郎中途突然代替候选人出马，与执政党的中桥德五郎进行了激烈的选举战，最后以微弱之差败北。

这回次郎也去金泽声援了。虽是和两年前阿樱偶然来访时同季的选举，但因医生禁止她做长时间旅行，所以未能同行。

使次郎和阿樱结缘的《新日本》杂志的发行情况一落千丈，前一年的大正五年10月，一直负责发行的富山房退出，无奈，大隈命令有编辑发行《公民同盟论丛》经验的次郎负责经营。次郎能得到新婚的阿樱的鼎力协助，深受鼓舞，便接受了大隈的请求，与富山房的社长坂本嘉治马交换了"备忘录"。

《新日本》杂志曾因呼吁"宪政的常规"、主张扩大民权、批判攻击藩阀及元老政治而销量大增，但大隈当上了总理，不久又获得大勋位菊花大绶章①，并接受侯爵爵位后，批判的枪口迷失了方向，经营也陷入了赤字。

次郎虽然认为要想挽回局面，只有再次大肆鼓吹执政党的言论，但这样做如果惹得大隈不快，那就本末倒置了。大隈大正六年8月因胆结石一度病危后，便

① 日本最高勋位。

经常听信身边亲信的谗言，所以不得不谨慎行事。

次郎就编辑方针和如何增加发行量等问题，同主笔永井柳太郎进行了再三的商量。因早稻田大学内部产生校长和反校长两派的对立，尽管永井柳太郎殚精竭虑地寻求和解方案，事态却进一步恶化，这是次郎最为担心的。而且，对立双方都想把大隈拉入自己的阵营。感到不安的次郎和妻子阿樱商量，认为对早稻田大学的问题还是不要介入太深为好，学者们正是因为不谙世事才不懂得妥协，但永井柳太郎的态度却没有丝毫改变。结果，永井受到大隈的误解，大学教授的椅子和《新日本》杂志主笔的位子都没有坐稳。

看见得到消息后飞奔而来的次郎，永井的声音哽咽了："太遗憾了，被大隈先生误解，也许是本人无德无才所致，但这完全是莫须有的，我无话可说……"

即便选举失败时，永井柳太郎都以一派"来了，见了，失败了"的风度，朗声维持论阵，攻击不正当选举，甚至旁人无法看出究竟是哪一方落选。次郎见这样一个永井眼窝塌陷，形容枯槁，吃了一惊。他鼓励、安慰道："这是老早就对你的声名感到不安的人们的嫉妒。过一段时间，误会一定会解开的。"

经二人商量和后来加入进来的阿樱的建议，决定请新渡户稻造担任主笔的后任。次郎和阿樱一起去见新渡户，热心地说服他道："尽管大隈先生尽了全力，但藩阀元老政治的墙壁实在是太厚了，'宪政的常规'依然难以实现。先生上了年纪，他自己也正在考虑寻找领导人、坚守言论自由主张以利继续战斗的问题，所以，想以比他小两轮的新渡户先生您为核心，大力倡导民权。如果单单是将其作为政策论而不是作为思想问题搞清楚的话，政党最终就会被用作藩阀政治的遮羞布。"

新渡户从札幌农校毕业后向美国学习，在活用传统的基础上宣传基督教的作用，用英语出版过《武士道》一书，作为独特的思想家，而深受年轻人信赖。作为台湾总督府农业工程师，他与后藤新平也有过多次谋面，正在东京帝国大学执教。

次郎这时才感到学生时代在辩论部学过的表达方法派上了用场，阿樱也在后来如此评价次郎当时的表现："面对面的时候你也挺会说的啊，没看出来。"语气中带了一层"对我说话的时候可并非如此"的意思。

新渡户要求让他考虑一周，并要重新阅读以前的《新日本》杂志。次郎想，这样的地方正体现着他的性格。

约好的日子到了，他们再去的时候，新渡户将他准备作为主笔在半年内写出的文章的主题——"阶级斗争与人道的经济主义"、"世界格局与日本经济的三大难题"、"从国家心到国际心的转换期"等——一个个给次郎看，说："我想把'何谓民主'当做每期论文的隐形主题，如果您同意，我就接受。"

次郎默默地点了头。回来的路上，阿樱感激地说："以前请他写随笔时见过面，但真还不知道，新渡户先生这么了不起。"

"执笔方面虽然这就差不多了，可杂志的发行销售就不好办了。很多地方都在这种繁荣和民主风潮中考虑办综合杂志的计划，但咱们不能增加太娱乐的成分。"次郎以教诲的口吻说道，"杂志好和经营状态好未必是一致的。"

"可杂志必须要好，这才是根本。"阿樱以一贯的语气回答。

次郎只答了句"那倒是"，就不作声了。他觉得阿樱没有明白他的话。

大正三年开始的战争，因同年日本应英国之邀参战和大正六年4月美国参战而清晰地显示出世界大战的性质，不直接受战争之害的日本和美国经济一派繁荣，趁乱推进对邻国利权的要求。那时，到处充溢着一种梦想的气氛：日本能扩展到任何地方。于是，出现了为此更需要民主的主张和遵循日本自古以来的美德才能成为亚洲稳定势力的主张之间的论战。

然而，此间永井柳太郎的处境却越发不济了。他告诉次郎，自己不能以政治家的工作为职业了。次郎由此得出一个教训，就是，即使一般看来比较有利的环境中，个人也会陷入困境。

有关杂志经营的一些事情告诉次郎，世道开始大变。在各种信息中，他没有放过住宅区从庶民区越过山手①、向郊外延伸的事实。有意见认为，人们聚在一起看戏看电影看曲艺，不光是因为景气好，还是因为人们要寻求新的表达方式，这大大地刺激了次郎。他政治上是一个民主论者，但生活感觉上还是一个农村出身者味道十足的刻板而"掰不开"的人。然而，思想和感性的矛盾构造，也是当

---

① 东京地名。

时活跃分子的公约数。这时，适合次郎这种体质和皮肤感觉的事业，就是在信州沓挂等地开发大众观光地和别墅群。

向次郎推荐这个事业的后藤新平也这样鼓励自己儿子一样的次郎说："依我看，这样发展下去，我国一定会迎来一个中产阶级拥有别墅来避暑避寒的时代。对老年人讲这些也许白费，但你一定行。"

次郎听了后藤的话，为收购沓挂区八十万坪土地，同当地村长展开了交涉，价格总计三万日元。可是，将沓挂一带变成观光地，得引水、利用河水发电，还得先修道路。他做好了一份设计，拿给后藤看时，后藤指出："这条路太窄了，现在能跑人力车就行了，可这个计划实现的时候，就是汽车时代了，所以至少需要二十间①、三十六米的宽度。"次郎佩服地回来，却总觉得三十六米太宽，就请求改成了二十米，保证两侧停有车辆时两辆车可以并排行进。为了发电，次郎建了一个将河面虽窄但水量丰富的汤川水引落山谷的水力发电厂。地皮只有三万，可为了建成别墅区的投资却高达十万多。尽管资金吃紧，准备工作除了想法也需要时间，加之还要到各监督官厅领取许可等等，相当麻烦，但这种开发事业无须讨好股东、看财界人的脸色，所以能将自己的想法付诸实施。而且，如果再用家族势力加以巩固，也就不会有费神调解出身、气质各不相同的职员间的矛盾的烦恼了。

次郎从不知道还有这样的事业，所以每当脚上穿着胶底袜子走在施工现场时，他都觉得山谷里吹来的凉风是那么地让人感到愉快。

次郎送折戟沉沙般离去的永井柳太郎回来，就启动了刚刚开始的事业，并又在心里盘算，得过多长时间，资金才能回来呢？一起去横滨港的永井外吉和成为他妻子的妹妹阿房，觉着好不容易来此一趟，就去中华街吃饭了，所以回来时只有次郎一个人。他想，选举失败后连遭厄运的永井柳太郎，如果活动资金再多一点，也许结果会大不一样的吧。

至少，自己在依靠自己的力量创造出大量资金之前，还是不要参加选举吧。

---

① "间"为日本长度单位之一，一间约为一点八米。

71

不，如果不尽快用手头的钱开展运动，就会放掉机会的。次郎的想法很动摇。他为沓挂的土地签约时，承诺"两年内建成五十户以上别墅"。他太心急了。

次郎眼里浮现出一齐发芽的落叶松林、散布于白桦林深处的原木建造的小别墅的模样。同已经开发了的轻井泽不同，沓挂地区湿度低，属高原性气候，所以，庭院日照好的地方理应还有（块）种着圆白菜和虎豆的农田。

次郎想，无论怎么富裕，丢掉了制造东西的习惯是不行的，国家是会灭亡的。于是他想到菜园别墅这个词。

即便将新的橡胶公司委托给了永井外吉，可土地开发的事业还是得自己做，别人不行。可这和政治活动如何取得平衡呢？

这时他想起了还寄养在滋贺县小林银兵卫家里的良子。什么时候找个好女婿吧。次郎还想起了在事业上像哥哥一样的藤田谦一说过，比起没出息的儿子，还是女儿好。因为女婿可以由父母选择好男人来当。次郎还想，应该趁良子还没长得太大，把她接到东京来，她现在大概上三年级了吧。这事儿和阿樱已经说过了，是在她答应了的基础上结的婚。

被诊断为慢性肾炎时，阿樱哭了，说："暂时要不成孩子了，对不起。"

一想到在婚后的生活中阿樱不知帮了自己多大的忙，次郎就安慰地说："就算生不了孩子也不用介意。"接着，她好像要说"子女贵贱随父亲，在别处要个孩子也行啊"的样子。次郎好不容易才打消这个念头，他注意到，这和阿樱一直以来的言论大相径庭。

大正六年春，和阿樱结婚后大约过了十个月左右，他对岩边苑子宣告："由于各种原因，我和田之仓樱结婚了，但我绝没有瞧不起你的打算。只有你给我生了个儿子，希望你好好抚养孙清。"

岩边苑子表情僵硬，垂着眼睛不看次郎。过了一会儿，她哭了一下，由于反应比预期的要轻很多，次郎总算松了一口气。

"生活费我会和以前一样按时送来，当然，抚养费也一样。"说完，次郎离开了道玄坂的家。

苑子甚至没有点 下头，定定地坐着，石膏人 样。

8

一进房间，一股冰冷潮湿的空气就包围了次郎。房间里没人。他叫道："苑子！苑子！"可没有一点声音。

一种不祥的感觉袭上心头。她带着孙清失踪了。也许发生了更糟糕的事情。他慌乱地四处查看，从厨房出来，正要进那个曾经用作书斋的房间时，一张贴在隔扇框上的字条映入眼帘，上面写着"有事请联系房东"。次郎不由得怒气上冲。房东是这条胡同入口处的一家米店，他们借这处房子时去过几次。老板娘五十来岁，有点儿发福，看上去人很好，当家的是个商人，年过半百，老是一边怀疑地眨着眼窝深处的眼睛，一边要发现对方的谎言似的看着你。

次郎急忙跑了去，房东夫妇先是一副一块石头落地的样子，说："噢，您来啦！"可接着，当家的就立即换成一种非难的表情，责备地说："到底怎么回事儿啊，把孩子扔在别人家，三四天没个信儿。"

次郎听了，不禁上前握住了他的手，说："啊，孙清没事啊。太好了，太好了，感激不尽哪。"

于是，老板娘好像有所预料一样，回到里屋，拉着六岁的孙清走了出来。

"孙清，难过了吧？"次郎说着，要去抱孙清，可孙清却怯怯地哭着，抓着老板娘的衣襟不放。

"你们扔下他不管，他害怕了不是？"当家的又贫嘴薄舌地说，"我正想明天上公司找你去呢。"

从他的话来看，苑子失踪的时间并不很长。

"给您添麻烦了，对不起。我一直在西边游说，这会儿回来了。我刚到东京站，就直奔这儿来了。"次郎一边半真半假地解释着，一边考虑对策。即便现在就把孙清领走，也不能马上带回下落合的家里，至少，今晚要把事情和阿樱好好讲清楚。

他打定主意，说："我刚出远门回来，明天来接孙清吧。实在对不起，能不能再收留他一个晚上？哦，贱内叫阿樱，她会来的，当然也可能是我来。"

　　次郎觉着自己的话前言不搭后语，心里涌上一股懊悔之情。在他脑子的一角，闪过这样一个判断：和苑子的问题就此了结了，但因此而产生的愤懑情绪却丝毫没有减轻。又是女人跑了，还扔下孩子。

　　次郎朝搂着老板娘不松手、用眼角仰视自己的孙清伸出手去，见孩子这回有一点想靠近过来的意思，便抱起他，贴上脸去。"好了好了，受委屈了啊。"次郎说着，想起了自己的祖父。不知不觉地，他成了楠清太郎。记不得是什么时候了，祖父给次郎讲过一件事：一个漂亮女人站在桥畔勾引挑逗，他假装受骗，靠上前去，"嗨"的一声，来了一个"双手割"①，那女的就一下子四脚着地，夹着尾巴逃跑了。次郎想起祖父讲的故事，感到回顾和苑子的关系逐渐加深的经过时，原本模糊不清的一种什么东西的原形，变得清晰可见了。

　　苑子和弟弟裕三郎之间虽然什么都没有发生，但次郎觉得，她是把裕三郎的存在当做兴奋剂来诱惑次郎了，这让次郎断定她长于耍手腕，也让次郎怀疑在自己之前也和别的男人交往过。适龄男女之间，耍耍这种小手腕是当然的，只是次郎不熟悉罢了。况且，享受恋爱的过程之类不认真的想法，更是超出次郎的理解范围的。对他来说，有意义的事情，只是自己和岩边苑子的关系以及自己和阿樱的关系，而不是别的什么。

　　在人力车里想着想着，他的愤怒又膨胀起来。不搜她出来、狠狠打她一顿，真出不了这口气。同时，不知如何同阿樱解释的迷惘，也和愤怒的情感掺杂在一起。只有今天一个晚上可以和她说。

　　可是，她会同意接受孙清吗？祖父为了抚养自己，曾决定放弃做经纪人，一心务农，这对一身霸气的祖父来说，定是一种巨大的牺牲。想到这儿，次郎的眼睛湿润了。他觉得，如果是祖父，这样的情况下，是会放弃政治活动的。

　　这种不安和困惑，一直持续到次郎到家。他用力打开门，看着阿樱的脸，首先问候她的健康："怎么样了，你的身体？"

　　从脸色看，阿樱好像比次郎早上出门时心情好了一些。看到阿樱稍稍恢复了血色的面颊，次郎忽然受到什么启发了一般想到一个事实：自己和岩边苑子的关

---

　　① 柔道招数之一。

系都是在认识阿樱之前发生的。他把在横滨买的烧麦盒子递给阿樱，说："今天，有点话要跟你说。"

丈夫的样子不同以往，阿樱很吃惊。

"坐下说会轻松些。"次郎把阿樱接到客厅，以"有件事必须先跟你道歉"开场，讲了他与岩边苑子的事情，然后痛陈苑子的出走以及孙清的可怜，最后说，如果阿樱同意，他想把孙清接到下落合的家里来，并再一次解释说："我是想等搬家告一段落、你身体恢复得差不多了再跟你说，所以才说晚了。"

阿樱表情凝重地挺直身子坐着，在次郎讲述过程中，只抬头看了次郎两眼。沉默少许，她问："孩子几岁？"

次郎立即作答："七岁，啊，不，现在还没上学，是六岁吧。"次郎有一种想法，觉得孙清年龄越大，越能证明他自身的清白。

之后又是短暂的沉默。

"还有别的什么需要我知道的事情吗？"

次郎对阿樱的问话感到很奇怪。阿樱的这种反应是次郎完全没有预料到的，次郎无法把握这是一个好征兆，还是一种轻蔑。

"让我考虑一个晚上吧，你说，饭怎么吃？"阿樱平静地问。

次郎低声回答："随便吃点好了，还得跟你说说永井的情况呢。"

翌日，次郎改变了主意，和阿樱一起去道玄坂接孙清回来。那天早上，阿樱等次郎坐到餐桌前后，以朗读大学笔记的语调说："昨晚说的事我答应你，多亏是在孙清上学之前，我拿他当我的孩子来养。不过我有一个请求，关于孩子的教育请你全交给我，我觉着你不适合教育孩子。"

阿樱没和永井夫人商量就独自做出了决定，次郎很高兴，但又想，这回在阿樱面前可就抬不起头来了。

大正七年入夏之后，国内外形势就开始动荡起来。领导日韩合并、成为第一任朝鲜总督的陆军大将寺内正毅，因元老山县有朋的举荐，成为大隈重信下台后的首相，他的政治任务就是镇压主张扩大民权的势力。这时又发生了西伯利亚出兵问题，富山县兴起的米骚动①正向更广泛的地区扩展。

寺内正毅只有一个想法，就是群众运动要靠军队和警察的力量进行镇压。现在，他正陷入困境，近畿、关西记者大会通过了弹劾内阁的决议，这个动向也波及到了东京。

得知这个消息后，次郎血往上涌，但大隈已经早没了往昔的精气神，永井柳太郎也正在国外旅行。次郎不是众院议员，在政界也没有根基，所以他没有办法动作。三十岁上得了个经营者的头衔，但没人能给他一个施展辩才的场所。虽然后藤新平才六十二岁，且还很健康，但在中国政策问题上又与大隈激烈对立。作为寺内内阁的大臣，后藤也曾为打倒亲近大隈的宪政会而奔走呼号，所以，虽然次郎为接受公司事务方面的指教而与其保持着良好的关系，但政治方面的话题还是不涉及为好。

政治上不得施展的次郎把全副的心思都倾注到了沓挂的别墅开发和东京郊外的城市建设上了。为推进这些开发事业，他必须亲临现场进行指挥，为此，下落合的家常常是空的。这反倒给了次郎一种解放感。接回孙清后，阿樱对孩子显示出了惊人的深厚母爱，即便不是这样，次郎对孩子也是束手无策。

所谓"关于孩子的教育请你全交给我"，就是这样的啊。次郎心里犯嘀咕，却不好说什么。不知是孩子也有分辨好坏的能力，还是生母的照顾不周到，孙清已经跟阿樱彻底接近了，不论阿樱在家里的什么地方，他都"妈妈，妈妈"地跟在后面。也许，孩子的心里还有担心这第二个母亲会不会走掉的不安。想到这些，次郎就会心生爱怜，同时，对扔下孙清消失了踪影的苑子的愤恨和嫉妒混杂在一起，让次郎胸中燃起熊熊大火。

然而，他也只是最初的一两个月才在这种错综复杂的心境中守望孙清的。虽然是亲生父亲，可孙清却对次郎保持着距离，仿佛是在谴责次郎，自己的不幸是"父亲"一手造成的。次郎想抱抱他，两次中也有一次会搂住阿樱，用惊恐的目光看着次郎。只有附近鬼子母神秋季祭祀上骑着次郎脖梗走在杂沓的人群中时，孙清才会抱着次郎的头欢闹不已，次郎期待着孙清跟他也许会就此亲近起来，但

---

① 1918年因米价暴涨而导致的苦于生计的人们袭击、抢劫米店、富豪等的事件。

是，在回到家里的同时，就又一切照旧了。

那天晚上，孙清睡下以后，次郎想起祖父清太郎领着自己去看多贺神社祭祀时的事，就讲给阿樱听。因为是著名神社的祭祀，所以参观者参拜者从四面八方聚集而来，街上还摆出许多摊床，十分热闹。清太郎有一处从做麻线和麻织物经纪人时起就一直利用的旅馆。那还是煤油灯时代的一家商人旅馆，集体客房一个房间住二十多个人。次郎至今记得，那会儿，自己和现在的孙清差不多大，对房间之大、客人之多感到十分兴奋。很快，次郎就发现房间角落里有一个中年男人，默不作声地重复做着同样的动作，好像是在练习舞蹈动作。次郎被勾起了兴趣，很久不愿把视线移开。就在男子停止动作、将手伸向放在手边的小旅行箱时，次郎拽着祖父的袖子，问道："爷爷！那个人干什么呢？"清太郎顺着次郎手指的方向看去，说："那啊，那是出家人啊。"

"什么啊，什么是出家人啊？"次郎追问。

"就是不用拼命干活挣钱，玩儿着向那边儿去的人啊。"祖父小声地解释道。次郎虽然不大明白祖父的解释是什么意思，但祖父认真回答的样子很让他满意，他又继续看着那个男人，看他还要干什么。那人解开行李上的绳子，打开盖，从便携式笔筒里拿出笔，往取出的纸上写着什么。

"哎，那是干什么呀？"次郎缠着祖父问。

"大概是要作俳句什么的吧。那个人哪，原来是日野名家的孩子，一心游玩，把继承权都让给了他弟弟，去大阪了，他说想当俳谐宗师的弟子，所以一定是在写俳句。"祖父抚摸着次郎的头，把他悄悄拉到身边，训诫道："次郎啊，古时候有句话，叫'作诗不如造良田'，农民种粮食受人们欢迎，可诗啊那是玩的啊。你好好记着，只是自己玩乐，就什么都不是，谁都不尊敬你啊。"

还有一件事，不知道也是多贺神社祭祀那天晚上的事，还是别的时候的事了，但还是祖父带着他，在住处，次郎听到了猝死的父亲的一个朋友的情况。

"那儿那个头上缠毛巾的大叔，叫市太郎，和你爹一般大。聪明，是最早当上西阵大批发商的，可他迷上了宫下町那个地方的女人，还动了店里的钱，没被抓起来算他万幸，可现在就只能各处转悠着，有个什么热闹的时候给人帮帮忙而已。这样，大伙儿都会用到他，却没人尊敬他。还有人哪，让大阪的艺妓搞得神魂颠倒的，闹什么情死呢。次郎啊，长大了，对女人可得加小心哪。"祖父告诫他。

讲完这些往事，次郎说："对祖父来说，农业生产第一，他认为政治是辅助工作。从伦理上讲，最重要的是楠家的复兴、继承和发展，这是一种使命感。我经常会想起祖父的训诫，检点自己，所以非常感谢你能喜欢、教育孙清。"这是坦白自己还有个儿子之后，次郎第一次对阿樱直率地吐露心声。

"没什么的。"阿樱尽量轻松地说，"阿孙很可爱，我会像对自己孩子一样抚养他的。"接着，她又换了一种语调，说："永井先生在和贵久代结婚之前，好像也失败过很多次呢。据说他也是再婚的，是大隈先生做媒，可不到一个月就分手了。我没和你说，我把孙清的事儿跟贵久代讲了。对不起，我想你早晚会知道，再说阿孙也一定会好好长大的。"阿樱双手合十，插进膝间，前后晃着身子，露出一丝笨拙的笑容，说："我挺受鼓舞的。"

对孙清的事情，阿樱终于能想通了，那是他们认识之前的事情。但是，如果和寄养在滋贺县亲戚家里的女儿的事情联系在一起看，便不能不对丈夫对女人的态度感到不安了。尽管或许是因为太年轻，但不排除把女人只当成性欲对象的可能。自己不具备近来出现在自然主义作家的作品中女主人公们的媚态，对那种以性的魅力吸引男人的女人们的生活方式也很拒绝。自己有信心安排好自己的人生，但自己的身体却不能生孩子，这个事实是阿樱内心深处的伤痛。而且自己又比丈夫年长。这些事实用世俗的眼光来看，都是不利的、也是令人不安的条件。

阿樱看到了得知自己不能生育时次郎的失落，尽管他嘴上说"这事儿不是问题"。

接回孙清一个月后的一个早晨，阿樱知道自己无意地照了照镜子，吃了一惊，因为是想看看自己还有多大魅力。阿樱仿佛受到侮辱一般，生气地给镜子苫上一块布，就去给孙清读画本了。

在自己对丈夫的发展还算有用的时候还好，但对自己的知识和交际关系究竟能顶用到什么时候，阿樱缺乏自信。她想起母亲对这桩婚事很担心，说关西人的算盘打得精的时候，父亲还责备她说按出生地给人分类不好。次郎对大隈重信和后藤新平的区别利用，也许就是一个很好的例子。

但丈夫也有非常天真可爱的地方。为讨阿樱喜欢，会说些见到山川均、菊荣夫妇的事情，关于大阿樱一岁的平冢雷鸟，次郎说："对女人可能有无穷魅力，但我老觉着恶心。"这种说话方式很多时候流露出次郎的粗糙，但阿樱却看到，丈夫从本质上就不是一个男女平等论者。然而，丈夫又有特别神经质的地方。他受不了牙缝里塞东西，在衣襟缝线的地方夹了好几根牙签，阿樱说他脏，他也改不了这个习惯。

思来想去，阿樱不能不承认，自己是爱他的。结婚前，阿樱就感觉到，次郎心里有一个封闭得牢牢的芯儿，她想，只要获得真正的爱情，就应该可以跨越过去，但是一起生活了整整两年之后，她仿佛看到了问题的复杂性。虽然对阿樱的挂虑次郎总是回以笨拙却又和善的态度，但他心中那个只能称之为芥蒂或者疙瘩的东西，却不是一般的难对付。而且，正是由于有那个疙瘩，他的心总是好像强烈地渴求着什么。

那，对政治的野心、事业的成功能解这个渴吗？一到这样的地方，阿樱就觉得这超出了自己所能理解的范围，便不再去想了。

"受到贵久代的鼓励"，就是在这样的背景之下。次郎听到贵久代的名字，只是现出有些羞怯的样子，并很快换了话题，带有几分汇报的语气，告诉阿樱："说到贵久代我想起来了，最近《新日本》的销路不太好了，新渡户先生挺拼命的，但我觉着现在这个时代，用大隈那一套，满足不了人们对政治的关心了。"

这是很让两个人难过的。婚后退出编辑第一线、认养孙清后，阿樱越来越感到，要改变政治并非易事。行政在生活的角角落落支配着人们，为抓住生活在其中的人们的心，只有抽象的扩大民权、主张正义是不够的。可以说，阿樱与《新日本》杂志曾是融为一体的，她对《新日本》十分留恋，但她心里还有一种退一步、批评地看的意识。阿樱重振精神，鼓励次郎："可寺内首相是不可救药了，以后，批判政府的言论会越来越活跃的。"

俄国发生的革命给欧美各国带来了强烈的不安，形成了一种为推翻标榜社会主义的政府而派遣军队的国际动向。这是日本对远东西伯利亚和中国东北确定权益的绝好时机，但不利的是，如果决定过早出兵，就彻底暴露了日本的野心。只知道武力镇压的陆军大将、寺内首相的外交是够差劲的。

　　"不过，后藤当着外务大臣，我也不好动作啊。"次郎晃着脑袋说。对决定和后藤新平不发生政治关系的次郎来说，《新日本》对外交政策的批判不很干脆，而一些反对派杂志，都在畅所欲言地批判挞伐，认为4月份口碑极好的和子夫人的去世是因为后藤新平的判断失误。阿樱一说起这种看法，次郎立即按照自己的理解说："不论多么大的政治家，夫人的存在也是那么的重要。我最近去他家，总觉得他身上已经没有先前的霸气了。正是因为有夫人的帮助，他才能那样活跃啊。永井先生不也是这样吗？"

　　在维持了两年多的第二届大隈内阁时期，以前一直提倡扩大民权的斗士，也都和行政高官关系密切，对体制表示理解，并同元老们有所瓜葛，所以，已经打下了批判政府的矛锋不利的底子。次郎也和经大隈介绍会晤的贵族院研究会的大木远吉①脾气投合，在他大正九年被任命为原敬内阁的司法大臣时，从滋贺县送来特等桶装红芜菁。虽然改变政治的方法逐渐向大众运动倾斜，但《新日本》提出这些运动的方针却颇为超世脱俗。次郎不止一次地想，这个时候没有永井柳太郎是很难办的。

　　但一进入9月，舆论的确变得十分严厉，不再容许寺内内阁执政，还在东京召开了弹劾寺内内阁的全国记者大会。元老会议急忙请藩阀色彩淡薄、贵族出身的元老西园寺公望组阁，但聪明的西园寺拒绝了，政党领导人原敬被任命为首相。在某种意义上，这种变化有大隈的主张已经实现的一面，但出身政党的性质却和大隈完全相反。

　　鬼子母神庙会那天晚上的对话，使次郎和阿樱之间因接孙清回家的事而产生的不自然多少归于平静了，可这样一来，次郎又不得不很强烈地意识到孙清在家里的存在了。

　　习惯了新环境的孙清一在家里乱跑或是缠着阿樱，次郎就觉得心里乱得慌。孙清出生时，他怕影响写稿子，搬到了早稻田附近的宿舍去住。这虽然是和苑子分手的导火索，但身为经营者的次郎是不能一个人住的。在次郎和阿樱之间起到桥梁作用的《新日本》杂志，终因资金周转不灵（当然也有战后不景气的影响），于

---

　　① 1871～1926年，政治家。

年末停刊了。

为处理善后，次郎大年三十和过年期间都不得不四处斡旋。他拜访了正在热海静养的大木远吉。大木为次郎介绍了一个1月份办理《新日本》财产清理等法律手续时能干的律师，次郎此行也是为了当面致谢。次郎是头一次来热海。

谈话结束后，大木远吉体恤地说："楠君，到这儿来了，就好好泡个温泉吧，否则就对不起热海了。之后如果有时间，翻过十国岭去箱根更好，这对你这样的事业家也许有帮助。三四天前下过雪，不过道路可能不要紧的，我查一下。"

次郎听从地进了温泉，擦去浴室正面大玻璃窗上的热气（冷却形成的水珠），对面就是几乎能把人吸进去的湛蓝的大海。

次郎想，贵族就是这样奢侈的啊。为了避寒，大木远吉每年冬天都要到这里来。外面寒风凛冽，海浪滔天，可他却泡在热水中观赏海景。

湛蓝的天上没有一片云彩，但它的色调不同于大海的蓝。向远处延伸的海角的棱线上，积雪辉映。从浴槽里升腾而出的热气将次郎围裹住，他看得发呆，忘记了说话。因为今天可以住在小田原，所以他听从了大木的安排，翻过十国岭，来到箱根，并决定去往小田原。

问题是车是否能到箱根。洗完澡，跟等在门口旁边的别墅看门人和人力车夫一打听，才知道大木已经交待过了。他们说路是在山谷，雪又是风吹得动的小雪，所以只要注意路面的结冰，就没问题。最后又告诉次郎："不过，先生要是赏景，就得从路上爬高了。"

次郎向大木致了谢，坐上了他为自己叫的车。车来到热海岭，视野豁然开朗。前面是丘陵般的山峦，披着薄雪，没有棱角。斜前方，富士山在待命。上午的太阳照在雪面上，仿佛光的铃铛叮当作响。两三只小鸟豆粒一般飞过天空。次郎屏住呼吸，欣赏着仿佛不是人间风景的广袤而辉煌的景致。

次郎嘀咕，这究竟是怎么回事啊，在离东京只有半天路程的地方，会有这样一处风景。不让更多的人看到，简直就是政治家和实业家的怠慢。

道路从那里开始缓缓地下坡了。"十国岭就从这儿上去，可现在太危险。要看全景，鞍挂岭比较安全，行吗？"

次郎听从了司机的忠告，驱车来到鞍挂岭。在这里，次郎也看到了不亚于热海岭的景观。他仿佛被彻底征服了，前后左右看个没够。鞍挂岭是离箱根最近的山岭，隔着芦湖与驹岳、神山遥遥相望。从高度上看是十国岭稍高一点，但如果想领略箱根的性格，还是这里最合适。刚才从浴槽里看见的相模湾在左手边铺开，前面是三浦半岛，活像老牛伏地。大海也变宽了，仿佛张开了深蓝色的绸缎。右边是骏河湾，波浪发出无数细细的碎光，像是金色的石子路。次郎想，上午和下午，这两个湾正好交替着。周遭静悄悄的，次郎陷入一种幻觉之中，仿佛有什么东西从远古时代回来。

次郎想起儿时和祖父一起走在伊吹山麓时，祖父告诉他说，伊吹山上有灵验的神灵，草药漫山遍野。祖父那天还劝导他说："传说这座山哪，是大国主命被他的哥哥们杀害的地方。你记住啊，长大了，亲戚朋友什么的都不得不防啊。"

然而，如今展现在眼前的景观却让次郎感到，祖父的训诫简直太小家子气了，这个发现让次郎大吃一惊。以批评的眼光看待祖父的训诫，这是第一次。为了从祖父那里获得自由，实现真正的独立，只有开发这座山。这其实是对祖父的报答。他感动得令人惊呆地想。

那天晚上，次郎没有赶到小田原，他决定在箱根芦汤的据说创建于江户时代末期的旅馆住下。他打算体验箱根的温泉，在吃饭、按摩的过程中，了解箱根一带人们的想法。

第二天早上五点，次郎就起床了。他在刺骨的寒风中走了两个小时。他想确认一下，过了芦汤，上个小坡，是不是有个被称作"汤之花泽"（温泉花海）的秘境，据说那里温泉喷流成河。坡上到头，次郎发现，开路并不是件很困难的事情。他想，旅馆附近有因报仇而闻名的曾我五郎、十郎兄弟的墓地，又靠近源氏勃兴之地，还曾是位于辽阔的富士山脚下的狩猎根据地之一，所以，有各种各样的历史传说。这和位于京都附近的滋贺县的史迹不同，粗糙的东西居多，但这反倒可以成为无拘无束地进行开发的条件。

在去小田原的车里，次郎想，如果有财力，还想开发"汤之花泽"一类的腹地，可在那里开山铺路，需要相当大的投资。首先，要购入附近半开发的土地，以收益快的别墅买卖为主，获得当地人的信赖后，再开始实施真格的事业计划比较好。

然而，想到起领航员作用的当地权威人士，次郎想起了昨晚按摩时听来的芦湖畔年轻的村议员的事儿。他的名字叫大田金兵卫，让人联想起老家的资本家亲戚小林金兵卫。他是芦湖上的渔夫，客人来了，就放下钓船，或者在湖上赏花。按摩的人说，因为年轻，他积极向上，村里的元老也处于劣势，这让次郎联想到自己，感到心满意足。

次郎又一次改变计划，决定在关卡遗址附近的箱根町下车，如果大田金兵卫在就打个招呼，可能的话一起吃个饭，并以此结束最初的现场调查。至于东京那边，今天之内到达就行。

9

随着父亲身体健康时的身影隐约浮现在他留下的众多信件、字条、《新日本》杂志的目录、编辑后记、在此发表的主要论文、滋贺县的出版物等资料中，我越发不安起来，我要写传记的想法是不是错了？

楠家的历史只能追溯到父亲的祖父楠清太郎那里。可是，中间夹着明治维新，起初整个地区都变得慢慢向革新倾斜，维新后，村里发生了以前意想不到的剧烈变化。

为了不被激荡的时代吞没，祖父做出了拼死的努力。他明治四十年去世时，楠次郎十九岁。次郎当时悲痛不已，执意和遗体睡在一起，显示出幼稚和刚毅混在的性格。而我的祖父，次郎的父亲的父亲楠犹次郎，生于庆应元年，在我父亲次郎五岁时就死了。调查中，我首先得到的，就是和当时的人相比他死得相当早这样一个平凡的印象。

或许可以认为，对楠次郎来说，生父犹次郎的早逝是悲剧（也许应该说成是喜剧）的开始。当然，是悲剧还是喜剧，关键在于将视点置于何处。以准备写传记的我为中心来考虑的话，也许是喜剧，但如果以父亲为轴来看的话，悲剧色彩就强烈一些。只是，本人如何评价自己的一生，与传记本身并没有直接的联系。楠次郎这种性格的男人，是决不会承认自己是失败者的吧。虽说如此，他也不是一个英雄的男人。至少我是这样认为的。

各种资料读得越多，我越强烈地认识到，我还没有完全理解楠次郎。我开始觉着要写传记的计划太欠斟酌，也就是在这个时候。对于这种迷惘，我无法将其归咎于一般论的认识——人无论是谁都无法正确理解对方，而且，关系越近的人越不易将其客观化。

我出生于昭和二年，阿樱不能生育，我是父亲在外面的孩子。我有两个弟弟、一个妹妹，还有异母的姐姐良子和哥哥孙清，是兄弟六人中的一个。我最初不姓楠，而是叫广田恭次，这也是上中学后，听阿樱说的。据她讲，我曾是给广田家当养子的、父亲的弟弟广田裕三郎的独生子。可是，我出生后的第三年冬天，流感肆虐，我的父母感染上以后相继去世，楠次郎便收养了我。这样，加上成人后来到东京的良子和孙清，阿樱要抚养三个非亲子女，而这三个孩子的生母又各不相同。

太平洋战争开始后举国狂热的时代，中学二年级的我想上军校，却遭到养母的反对。那时，我说过这样的话："这样的非常时期，已经没有什么楠家不楠家的了，这儿不就是个托儿所一样的地方?!"每当想起这件事的时候，我都仿佛看得见当时阿樱那种悲戚中夹着探寻这孩子都知道什么的表情。不管怎么说，她一动不动地盯着我，一言不发。她像对待亲生孩子一样抚育不太结实的我，却没有结下任何果实，她大概被这个发现压倒了。如果养母没有将事态迅速客观化这种在当时的女性来说十分珍稀的美德，可能会出现更加激烈的悲叹场面。那时，孙清应召入伍，正驻留满洲，父亲一个月只回家四五天，家里只是养母和我两个人生活。

一想到阿樱，我记忆中就会浮现出身材娇小的她梳着短发，手持棒球手套，站在明亮的草坪上的身姿。这是一个非常少见的身姿，所以对刚上小学的我来说，印象十分鲜明。或许是因为疾病，她平素举止安静，总是坐在靠窗的椅子上读书，正因如此，有时她会努力制造快乐的空气，大概就是为了不致使家里的气氛过于凝重。期末考试取得好成绩的日子，她还特地叫车，带我去早稻田大学——那昙有她青春回忆的地方——附近的西餐厅，说是"要请吃好吃的作为奖励"。

我被阿樱的沉默吓住了，立即觉察到了自己的失言，向她道了歉，可她依旧沉默。午后微弱的阳光透过隔扇，照进我们对峙的家里。那大概是发生在位于国立的家里。我有中学到旧制高中时代曾在上目黑西乡山居住过的记忆，可具体年代却记不清了，说来这也是因为，我们曾经那么频繁地辗转搬家于市区和郊外的分售地之间，尽管其中印象最深的是国立的家。而记忆之所以留有西乡山的名字，是因为从资料中得知这里是年轻的父亲燃起居住于此的野心的地方后，它以追认的形式回到了记忆中的缘故。那里曾是比西乡隆盛小得多的弟弟西乡从道的宅邸。

一般来说，对真正适合自己的事情，人会发挥惊人的持久力。对楠次郎来说，真正适合他的事情，就是拥有土地。我认为，西乡山就是一个清楚地体现出楠次郎对土地病态执著的性格的事例，但我并不是要说楠次郎因此就不是个好男人。最近，每当伏案读写时，我就会告诫自己，只有抑制性急的价值判断，贯彻客观性，才能增加传记的说服力。而之所以事事都需要这种自诫，我想，是因为对父亲的不确切的、更多时候是向抗拒倾斜的感觉已经根深蒂固了吧。

没有人能够从正面否定我是早逝的广田裕三郎的独生子这种说法。如果没有发生东京受到美军空袭、阿樱只身疏散的事情，我其实就是楠次郎的儿子的传言，也许就不会那样扩散了。

日本也许会战败这种危机感让次郎胆子大了起来，在和阿樱商量去哪里疏散为好的那天晚上，他向阿樱坦白，他和另一个叫石山治荣的女人还有一个家，并生有两男一女三个孩子。

关于去哪里疏散的问题，阿樱也考虑过去小名浜，她父亲在和太平洋战争爆发后的第二年去世，她哥哥田之仓悟一接手继承，成了院长。次郎原以为妻子乐意去小名浜，可阿樱却说："这种时候我跑去了，太给哥哥添麻烦了。再说了，我一直生活在东京，讨厌乡下人那种好奇和探寻的目光。"

阿樱不愿意去小名浜，其实另有原因。田之仓医院从前任院长时期起，被认为不积极配合国策。阿樱自己侧眼看着次郎的变化，却没有改变在《新日本》杂志工作时的姿态。战败前，治安维持法被扩大解释，预防拘禁横行，当局认为比较危险的人，不管是否犯了法，随时会受到警察拘捕。随着战局日益紧张，预防拘禁的范围越发扩大，只是批判一下东条英机首相，都会被警察带走。

和阿樱年龄相差不多的山川菊荣[①]、作家平林泰子[②]也遭此厄运，被释放后来看过阿樱，阿樱还召开过几次庆祝平安出狱的聚会。阿樱和楠次郎结婚不久后发现得了慢性肾炎时，就决心作为扩大民权和妇女解放运动的后卫，为为此做出努力的人们做一些事情，并坚持至今。因此，她担心，本来就已需要小心的田之仓医院，会因为自己回去而给哥哥添麻烦。

次郎只是一周回阿樱家一趟，看看他们是不是还好。阿樱的这种想法令次郎很感意外，但得知妻子不愿意去小名浜而希望去自己的势力范围所及的轻井泽时，次郎反倒很高兴。对他来说，阿樱一直是理智者的象征。只要和她的婚姻维持着，即能证明从前的楠次郎还活着。因为在参加大政翼赞会的问题上疏远了永井柳太郎，所以阿樱能依赖自己，让次郎心里一亮，他也盘算着利用和阿樱的关系与永井恢复旧日的关系。次郎觉得自己对阿樱的心情有所了解了，才说起他和石山治荣的事。

有一个把药学介绍到日本的博士，次郎也曾经受过他的关照。为纪念这位打下在几所大学成立药学科基础的先生，有一个财团，理事长也是一个著名的医学博士。为将这个财团连同财团所在的建筑物一起纳入国立市开发计划用地，次郎多次与之进行过交涉，就在这个过程中，他和理事长的女儿渐渐亲密起来。——对自己和石山治荣相好的过程，次郎如是解释。

"她性格非常温顺，我想你也能和她相处得很好。"次郎偷偷看着阿樱雕塑般的表情，说，"我太想要孩子了。两个男孩、一个女孩。"

阿樱沉默着。次郎想起说出孙清的事的那天晚上，那天也是这样的场面。不久，阿樱应道："我就想到是这么回事儿了。我有一个请求。"

上次也是这样，次郎有些紧张。在他的想法中，用意志力斩断一旦出现的缘分是不可能的，也是不可以的。虽然有时候可能是自然疏远，或是男人之间因主

---

① 1890～1980年，女性解放运动家。
② 1905～1972年，小说家。

义主张对立而绝交，但男女关系却不同。如果是女人另有相好，那是有悖人伦，所以当然得一甩了之，可是，男人有了情人，却没有必要离婚。如果阿樱要求分手，那无异于向世界宣布，自己让她骑在脖颈上了。她究竟会要求什么呢？次郎拉好了架势，等待阿樱开口。

"我决定在轻井泽生活，你过你的，请不要管我，只要你高兴就行。恭次就拜托你了，他一直是我带的，有感情了。平时他挺老实的，但也很耿直倔强，太强制了，就有走上邪路的危险。"阿樱恳切地说。

次郎像被人背起来摔倒了一样，也只有沉默。在这种静默中，次郎想起阿樱曾说过他"不适合教育孩子"。次郎不太明白阿樱的"请求"的意图。两岁时收养他后的十四年间，阿樱的慈善恐怕亲生母亲都有所不及，恭次能长大成人都是阿樱的功劳，加之还有孙清，次郎在教育问题上是无法不感谢阿樱的，可到了恭次这儿，她又要"请求"，葫芦里卖的什么药就不知道了。听起来有点儿像"这就和你分手了"。大城市的粮食问题日渐紧迫，住在轻井泽，可能就回不了东京了。另外，生活状态恶化，阿樱对健康也许会失去自信，她的肾病也会加重的。

"知道了，恭次的事儿你放心吧。他已经不是孩子了，这个年龄，父亲的存在更重要了。我就是跟着祖父的嘛。只是，我很担心你的健康。你就一个人，要是不知不觉间恶化了可不得了，到时候别耽误了，你可告诉我啊。"

看到次郎有意识地语言表情双管齐下来表达诚意，阿樱不作声地笑了。她似乎不像是在蔑视次郎，但也不像是感谢次郎，硬要说的话，那仿佛是一种对带有善意的异质生物的微笑。

"生活费请你按时寄来。"阿樱的叮嘱可以让次郎稍加放心了些，但阿樱这个女人也有自己管不了的地方，次郎反倒心里没底了。

过了一会儿，阿樱问道："你打算怎么着呢？一个人，什么都不会不是？"这年年初，日本军队从所罗门群岛的瓜达尔卡纳尔^①撤退，就在前几天，北边阿图岛^②的守备队也全军覆没了。败局已定。次郎打算到了紧要关头，就把石山治荣

---

① Guadalcanal，所罗门群岛东南部火山岛，太平眼战争中，日美在此激战。

② Attu，阿留申群岛西端火山岛，1942年曾被日军占领，次年美军经过激战收回。

和三个孩子疏散到箱根去，而恭次，则想托付给阿樱。阿樱答应了之后，如此问道。

"就是啊，到那时候，我就是在东京也没辙啊。不过，还有作为政治家需要做的工作，我住议员宿舍就是了。"

进入今年之后，次郎突然小便困难起来，有一天甚至一滴未出，被连忙抬到医院。医生的诊断为前列腺肥大，病情严重，迟早要手术。那以后，次郎总是害怕尿闭症，因为一旦发生尿闭症，就不得不在尿道里插入导尿管进行人工排尿，而且就算是两三天的旅行，也必须要带上治荣当护士。次郎跟阿樱说过这件事，是想给她一个印象：自己在性事上已经不行了。那时候把石山治荣的事说出来就好了，可次郎到底没说出口，只是暗示了一下石山治荣的存在："要是没有人当护士陪我，我都没法子出远门。我是真不想变老啊。"

我是一边说明为写传记而开始查阅资料的过程，一边无视时间的流逝和时间的顺序，讲述战败临近时楠次郎和阿樱的关系，以及石山治荣及其三个孩子的出现的。这是不得已，因为，我认为我必须首先搞清楚自己在这个家里（这个家的家长是楠次郎，可不论到底是出生在哪儿，这个家都有些怪怪的）的位置，以及楠次郎和我的关系。如果不这样，在描绘大正十二年以后开始有计划地脚踩政治、事业两只船时，就会带有多余的揶揄和批判，失去传记的客观性和说服力，而且，我已经暗暗地感觉到，我内心里就有朝着那个方向倾斜的不安定因素。

我对自己是广田裕三郎夫妇的遗孤这个说法一直持有疑问。的确，如果看户籍，在楠次郎和阿樱收养我之前，我的名字叫广田恭次。

我上小学的时候，父亲当过政务次官。这次一查才知道，是现在不复存在的拓务省的政务次官。作为年轻的众院议员，这是一个没有先例的成功，老家"楠次郎后援会"的干部还曾特地上京，在下落合的家里召开过私密的庆祝会。小林银兵卫亦在其中。

他把手掌放在我头顶，说："你爸爸出息了，我们高兴啊。将来不是博士就是大臣哪，孩子，好好学吧。"

"将来不是博士就是大臣"是当时意味着出息发迹的惯用说法。

户籍上，楠次郎是我的父亲，所以，小林银兵卫当然要说这些。可是当时，包括养母在内，人际间有一种微妙的空气在游动。这样的场面一多，我渐渐知道，很多人都认为楠次郎不是我的养父，而是我的亲生父亲。而我自己，在当父亲相关公司的专任董事或董事长时，也暗暗地利用了这个传言。我是具有绝对支配权的创业者楠次郎的亲生儿子，这个暗示，对我这个没有实力的经营者来说，是很方便的。

小时候，有几回，我差点儿挨楠次郎的打。原因已经记不得了，只记得当时他真的很生气，是养母一溜小跑从厨房出来训斥我，替我向次郎道歉，才使我免遭毒打。这样的事情发生过好几次，我想，他的行动证明，在他的意识中，我是他亲生的孩子。

我曾和小我四岁的清明、小我六岁的清康，以及在一般认为已经生不了孩子的年龄时生下的峰子，一起生活过一段时间。阿樱疏散到轻井泽以后，我和他们一起疏散到箱根，在那里，到我独自住到耳房之前，我们都在一起。虽然不过是很短一段时间，但不知为什么，我总感到自己和他们性情不投。对清康和峰子倒没觉得那么合不来，但和清明就不行了。至于理由，是无法用语言来表达的。这种合不来，是气味、呼吸、瞬间的表情变化等等的差异，换句话说，只能说成是直感上的东西。那时，正值战败之前，由于从下落合搬到上目黑的楠家宅邸被政府接收了，所以，想来那应该是住在麻布时的事情。

在东京山手①受到毁灭性打击的那天晚上，我们和楠次郎都躲在麻布家院子里挖得很深的防空壕里。数名学生在各自的岗位上进行警备，一有危险就到同一个防空壕里避难。

当时，我读旧制高二，属于帝都防卫队这个组织。这是一种因消防队员都被征兵充军而建立的制度，目的是补充人手的不足。一有空袭警报，我就必须全副武装，穿过麻布笄町、霞町、青山墓地，跑到四谷三丁目的消防署去。这个制度也随着东京焦土化面积的扩大而有名无实了。3月15日，庶民区一带被烧的晚上，在我这个"片儿长"的指示下向下谷、江东、深川出动的三辆消防车都没有回来。其中有三个人是我的同学，一个直接挨了燃烧弹，另两个在灭火过程中被浓

---

① 东京文京区、新宿区一带的高岗住宅区。

89

烟窒息而死。死，就在我们近旁。

然而，5月大空袭时，听说敌机的目标是山手，我就没有去消防署。正如预料，一进防空壕，远处就传来了打着旋的风吼，中间还混杂着大树裂开的声音、人的叫喊和悲鸣，如间歇的巨浪一般回响。

"恭次！"父亲唤道。也许是为了不让别人听见而压着嗓子，父亲的声音很小，但还可以听清："恭次，你母亲是个了不起的女人，你要好生记住，她是个佛一样的人。"

那时，我毫不怀疑地点了点头。又有巨浪般的声音传来。

当时，父亲是不是做好死的准备了？我不这么想。他一定是在想，自己也许要死了，所以才打算在恭次还活着的时候告诉他真相。

"你母亲是个了不起的女人。"这应该是说我死去的生母、广田裕三郎的妻子。如果我的生身父亲是楠次郎，我不会是他和广田裕三郎的妻子的孩子吧？也许，那个当了裕三郎妻子的人"是个佛一样的人"，在和父亲有了很深的关系后才和裕三郎结的婚？作为交换条件，裕三郎将楠次郎和那个佛一样的女人所生的孩子当做自己的孩子收养，而次郎答应照顾弟弟一辈子，裕三郎就是这样娶到了"赏"来的妻子？另外，或许我的亲生母亲完全另有其人，这种想象中的可能性也是有的。

次郎的误算在于，没有想到在我生下还不到两年的时间里，先是裕三郎、三个月后是我的生母都去世了。父亲把我带到下落合的家里，不得不让阿樱来训育我。

我想去海军学校、升入旧制高中时想去松本，是因为向往披雪的阿尔卑斯山的风景，想加入山岳部登山；如果父亲允许，我想去鹿儿岛的第七高中；如果他说太远，就选择夹在富士山和太平洋之间的静冈高中，是因为我想待在无边无际的大海旁而远离楠次郎，想让想象在黑潮的流动中和直插云霄的棱线上飘泊。那时的我也感染上了吸引年轻人的浪漫主义。

我不知道什么时候就会给拉上前线，毋宁说我甚至将其作为一种干净的生活方式心向往之。我在防空壕中听到父亲这些关于生母的话，也没有想追究下去，那个佛一样的女人到底是谁。

对真正的孤儿楠次郎来说，很早就成了孤儿的我也许和其他孩子有点不同。也许，比照自己，他也在我身上看到了孤儿这种人的危险性。尽管如此，在空袭频繁的时候，父亲看到死神的影子已经靠近了我。对战争的走向，他是怎么看的呢？

我总觉得，父亲的眼睛大概就是从土墙里面窥视穿过街道的武士们的、祖传的眼睛。这种旁观者的姿态，一定是楠次郎没有列入辅弼议员第一批推荐名单的原因。只有永井柳太郎和其他众多众院议员一起入选，这对楠次郎来说，是永井柳太郎的背信行为。父亲理应懂得，自己作为一家之长的任务，就是保证家里不出一个受政府蛊惑而参加战争、丢了性命的冒失鬼。

从阿樱那里听说我要去军校而被说服时，次郎得知阿樱的想法和自己的想法久违地取得了一致，很是高兴。原本对日本与中国的战争持批判态度的阿樱，是顺着去请新渡户稻造做《新日本》杂志主笔时的想法，来说服我的。

决心写传记时，据说不论年轻人还是中老年人，自杀人数都有所增加。听到这些，我发现，在多愁善感的少年时代，表现为战争这种形式的死亡从对面迫近，反倒剥夺了我想要自杀的余裕。如果不是那样，自己生母的形象只存在于动荡中这个事实，会更加气势汹汹地威胁我。我想坦白地说，战争结束后，"活着也是无奈"的想法不止一次地袭上心头。这回，是革命的理想拯救了我，然而，一辈子不知道倦怠、怠惰、安逸为何物的楠次郎，究竟是用什么样的眼光看待我的呢？

好了，我必须要回到传记的正路上来了。

大正十一年1月，以前一直立志从政的楠次郎的靠山大隈重信去世。这使得次郎的心境有了很大的转变。结束了为期一年的第二次出国学习回到日本的永井柳太郎，于翌年大正九年在选举中当选。与他的信条比较接近的宪政会虽然受到了原敬麾下的政友会的压制，但永井还是以其天生的雄辩而当选了。在第一次议会演说中，他就对原敬的独裁加以批判："当今世界中，尚在主张阶级专政的，西有俄国过激政府的尼古拉·列宁①，东有我国的原敬总理大臣"，因绝大多数执

---

① 此处译者尊重了原文。尼古拉为俄国沙皇，而非列宁的真实姓名。

政党议员的动议而受到停止登院的处分。报纸杂志群起支持永井，他的处女演说获得了巨大成功。这是不受元老控制的第一个政党内阁，原敬的独裁政策受到舆论的反对，永井柳太郎站到了批判原敬的旗手的位置上。

楠次郎看到永井的活跃，尽管多少混有一些嫉妒的成分，但还是热血沸腾。后藤新平从国政转而成了东京市长，也让次郎的政治言论获得了自由。

次郎在箱根、伊豆描绘的开发构想，因收购了三岛至修善寺间的骏函铁路，而搭成了大的骨架；沓挂方面，汤川的发电厂已竣工并开始送电，别墅分售也顺利进行，资金上比较乐观。沓挂的事业已经是第五年了，他渐渐认识到，这样的工作很适合自己。经营出版社、铁厂、橡胶公司，需要为撰稿人、银行以及提供原料的大企业和产品销路费神，还得低下头去，扼杀自己的主张，搞得筋疲力尽，但开发事业却能和自己的理想直线联系在一起。在同地主的谈判中，十多岁在滋贺县进行耕地整理时与农民交涉的经验就起了很大作用。麻烦的是与官厅衙门之间交涉许可，但他发现，如果求政治家打个招呼，结论就下得出奇地快。在庆祝后藤新平就任东京市长的宴会上，次郎脑子里还闪出一个新构想：和新市长合作，在郊外建一个让人恍若身在外国的大学城。这种事业和政治家是可以两立的，毋宁说，政治家的身份是必要的，这种判断引诱着他不断走向政治。

大正十一年1月17日，大隈先生的国葬在日比谷举行。那天，小林银兵卫领着已经十四岁的良子，从滋贺县来到了东京。傍晚，回到下落合家的小林银兵卫说："哎呀，人真多啊，我从早稻田大隈府上附近走到日比谷公园，前后左右都是人，什么都看不见，只能从远处看见有仪仗队护卫的灵柩。哎呀呀，人多极了。"银兵卫天真地讲述着，他的兴奋还没有退去，因喝酒过多而变红的鼻子头油光锃亮的。

次郎就走在灵柩的后面，时而还替换一下疲惫的长者。一边走，一边回想着自己和永井站着说话时被大隈叫住的情景，回想着和阿樱的婚礼上大隈的祝词，回想着他比起红芜菁来更喜欢甜煮颌须鲍鱼，回想着他结束讲话时"是……的"的句尾的幽默，回想着他在车窗演讲中锤炼出来的任何人也无法模仿的鼓动力……

据说，这一天，灵柩经过的沿途上有一百五十万人。次郎想，元老们惧怕这"早稻田第一吹"，也不是没有道理啊。

"伟人一个个都走了。"听到大隈去世的消息，阿樱哭着说。以前从未掉过泪的阿樱，第一次在次郎面前流泪了，次郎于是知道，她对大隈的精神依赖是多么地深。

由于预想到了行人之多，她原本打算尽量待在家里，可最后还是坚持不住，便带着刚刚来到东京的良子和孙清，从音羽冈上目送灵柩在仪仗队护卫下缓缓向日比谷方向移动。

"目送队伍行进，我觉得我的前半生也走了。也不知道以后会怎么样，但还有那些孩子……"阿樱说的"那些孩子"也包括良子在内，次郎听到阿樱这么说，会意地点点头，意思是，良子和孙清就拜托了。这两个孩子对他来说，是初期人生的遗产。结婚六年，阿樱是唯一一个征服了次郎的女人，这一点毫无改变。次郎想让阿樱和自己的故乡联系得更紧密一些，才让小林银兵卫来到自己家里，五个人一起吃了饭。当然，其中也不乏对他养育良子的感激。当时孙清上小学三年级，时而会有一些令人惊讶的自我主张，但还是很温顺，对阿樱来说是一个比较容易教育的孩子。

遗憾的是，我没有和孙清在一起的记忆。这大概是十四岁的年龄差异所致。尽管我还依稀记着仿佛在上目黑西乡山家的客厅见过穿军装的哥哥。如果这个记忆是对的，那是哥哥要去满洲之前请假回家时的事，还是平安回国时的事？

"在咱老家，最近也兴起护宪运动了。"银兵卫说。

"这么说，崛部久太郎的地盘就更坚固了。"

听次郎说到护宪派无党派人士崛部，银兵卫摇着头，说："不，不，这就是乡下的有趣之处喽。"接着，他解释说，实行小选区制度的滋贺县第五选区的犬上郡、东畑郡的人，多认为崛部众院议员出身上流阶级，和自己种族不同，他们坚信护宪运动是为民众的运动，所以崛部的人气不会很旺。然后又补充道："说起来，次郎，你当过农民，这很有利啊，乡下啊，讲道理不行，得对脾气啊。"

听了银兵卫的话，次郎大受鼓舞。次郎本来就和永井柳太郎一起属于护宪派，如果参加选举，不能从被批判为特权阶级内阁高桥是清内阁的势力出马，只能从脱离了政友会的自称政友本党的这边参加竞选。这让次郎有点郁闷。

银兵卫的话让次郎燃起了希望。

"啊，对了，明年是清太郎的十七年忌日吧，几月份来着？"银兵卫又问起次郎祖父、楠清太郎的忌辰。

满脑子选举的次郎，思路一下子给拉回到现实，答道："是4月份，4月4号。"搭话时，一个计划倏然穿过他的脑际。

10

楠次郎决定将祖父的十七周年忌辰大大操办一番。当初上京之际，作为在故乡扎根的见证，他结了婚，可和发妻的离婚以及她的早逝，使人们产生了他是个冷酷男人的印象，甚至还有人批判他说，次郎脑子里只有升官发财。次郎具备感知这种气氛的能力，这也是以前从未参加选举的原因之一。

留下年幼的次郎回到娘家的母亲和小林金兵卫再婚，金兵卫前妻之子小林银兵卫收养次郎和山东友梨的女儿良子，成为次郎和故乡之间的联系人。他太过善良，不适合有计划地改变次郎陷身的冷淡氛围的作战。也许是对自己和资本家小林金兵卫的再婚感到歉疚，每有什么事情，次郎的生母总是向周围流露出对次郎的不满，这也是一个不利环境。

次郎慨叹"女人这种东西"时，头脑里一定闪现着生母只顾自己感情宣泄而不计后果的言行。前妻友梨去世的时候，自己正在东京恶战苦斗，至今未能正儿八经地吊唁一下，对此，次郎打算在祖父清太郎十七周年忌辰致词时提一提。于是，次郎又想到，比祖父早四年死去的祖母，比祖母还早十多年、二十八岁就死去了的父亲犹次郎，也都没有给他们好好上供祭祀。就把祖父的十七周年忌辰办成和祖母、父亲、发妻以及生前跟自己有过关联的人们的共同安魂祭礼吧，这会成为宣告自己再次为故里献身的仪式。先祖之灵啊，亲人们哪，你们安息吧，鄙人楠次郎将尽力不辜负你们的托付！

次郎早就来了亲临现场般的心情，他盯着小林银兵卫，说："银兵卫君，我想选个日子，把忌辰的法事办得像样一些。就是会场的问题……"

银兵卫问道："是莲照寺好，还是金刚轮寺好？"

次郎犹豫了。他本打算请京都的高僧的，可马上又想到这次办法事的目的是要挽回自己的评价，于是决定还是以楠家原来常用的莲照寺为主，再请本愿寺的高僧帮个忙，至于会场，就定在了原来他和祖父居住的房子，那里现在由金兵卫的公司负责管理。

"家里能容纳多少人？"次郎问银兵卫。

次郎回乡游说时，为使后援会的成员们有个集会的场所，三年前特意在门旁辟出一间大客厅，银兵卫想到这个大客厅，答道："嗯，挤一挤，三十人左右吧。"

次郎想在这个时候将自己的计划清楚地传达出去，也想得到银兵卫的呼应，就宣告般说道："啊呀，我想请一千人呢，东畑郡、爱知郡、犬上郡是当然的了，我想让全滋贺县都知道。"

"啊？一千人？"银兵卫吓了一跳，立刻说，"那开销可就大了，得给每个客人准备礼物不说，地方也没有啊。"

"搭帐篷啊，从现在起，那里就不要再种什么了，要不看不见大客厅里的祭坛，椅子就用折叠的好了。"次郎说着，脑海里不光闪现出了即将到来的法事的情形，甚至浮现出了法事的名头——楠清太郎十七周年忌辰及楠家代代先祖祭奠法事。

还要马上决定会场的设计，向京都帐篷专门店定做帐篷。他想，要从准备阶段开始，就埋下人们谈论的种子。

"帐篷倒是行，可要是下雨可怎么办呢，路上都是泥。"

"不，不会下雨的，我不让它下。"

"啊，那……啊……"银兵卫泄气地点点头。

银兵卫是和服商小林金兵卫的儿子，他母亲因生他时难产而死，美奈是续弦嫁到小林家的。他不是美奈的亲生孩子，让次郎见到银兵卫时心情轻松很多。明治二十五年出生的银兵卫，感觉上有点像小自己三岁的侄子。

为大约一年后的这个日子，次郎还计划，在从家里可以步行前往的地方建造可容纳楠家代代先人的墓地，在法事地点的北侧建一个练武场，供当地的孩子们学习柔道。建在北面，即便刮起"比良八荒"，这个练武场也会遮挡一些。

　　与此同时，更重要的是，实施这个计划时，要组织青年活动家。在这点上，继承父业从了商、又没有政治野心的银兵卫，是个可以让人放心的商量对象。他告诉次郎，青年团长草野良介为人不错，又掌握着年轻人。可现在的问题是年轻人中有多少人有选举权，因为，按当时的制度，只有在选区内居住一年以上、缴纳直接国税三日元以上的人才有投票权。

　　"嗯，这个，不调查调查可不知道。三日元，可是一个月二十五钱的纳税额呢。一个包子按五厘算，二十五钱，得五十个呢。这对农民来说可是不容易啊。"对次郎的疑问，资本家银兵卫的回答显得很没有自信。

　　1月17日大隈重信国葬三个月之后的4月，楠清太郎十七周年忌辰法事青年执行委员会开始工作了，成员包括目标直指县议会议员的鲶江彰、浦部新太郎、草野良介等。

　　虽何时举行选举尚不得而知，但要求彻底实施宪法、制定普通选举法的呼声，却因前一年原敬首相被暗杀而日益高涨起来，次郎是想做好即便在现行的限制选举法制度下也能随时出马的准备，所以，他希望选举能在法事之后举行。

　　次郎清楚地知道，村里的人们对自己被看做"农民"怀有一种扭曲的不满，但对同样被低看的人却不予支持。大阪硫曹公司生产的化肥的独家经销之所以没有成功的原因之一，与其说是因为他是个十五岁的毛头小子，不如说是因为他不是一个高人一头的人物。为使农民们对自己的从政予以切实的支持，有必要让瞧不起人的人改变看法。和普通选举法实施后当选比较而言，如果在限制选举的时代都能当选，巩固地盘的办法是不一样的。如果是这样，就不会因中央政界地图的一点小变动而受到动摇。次郎深知，中央的大部分政治家从本心来讲是讨厌普通选举的，就像元老们惧怕大隈重信一样，既成势力都想尽量避开普通选举。成为永井柳太郎"舌祸事件"起因的列宁革命的成功，已经投下了令人毛骨悚然的影子——不断有工会成立，神户去年还发生了不得不出动军队的造船厂大罢工。远方国家工人也掌握权力的事例，让他们越加大胆起来。每有社会问题发生时，次郎都收集详细的情报，观察他们的情绪对普通选举法的制定是有利还是不利。

　　永井柳太郎是年轻的众院议员，但在英国学到的文明论和天生的辩才，使他起着普选活动代言人的作用，他登台的日子，次郎总是尽量前去旁听。

普选法案提交的2月23日，政府出动了七千被称作国会警备的警察。永井等人的普选促进派和以执政党政友会为中心的反对派之间的争论，就是在这种气氛中进行的。国会上的亢奋随着时间的推移而越发高涨，抽出了军刀的警察大撒反对普选的传单，近卫军团也接到了准备出动的命令。多数派即执政党的反对理由是，为时尚早。

争论继续进行，负责赞成派第三论阵的永井开始发言："如今，民本思想以史无前例的势头充溢全国。下级官吏、公司职员，还有工人，和贵族富豪一样拥有独立的人格，这已经成为一种自觉，而且这种自觉正在兴起。"

永井厉声指出，普选法是现代政治伦理化的要求，尽管选举权资格降到三日元，但只要不丢掉以纳税主义限制选举权的思想，作为伦理的普选制度就无法实现。

次郎虽然对永井柳太郎一贯的辩才佩服不尽，但心里也依稀觉得，他的观点是不是有点太理想化了。特别是永井说到"拿所有的人当人待，这就是普选的思想"时，次郎想，永井不是想说将来也要给女人选举权吧？

不论怎么降价，不付钱，花盆也是不会卖的。这种思想，在"不是渐进主义，而只能说是庙会商人主义"的段落里，没有了不和谐的感觉。次郎差点儿拍手称快，只是，旁听席上禁止大声喧哗、喝倒彩，连鼓掌都是不可以的。

次郎想，自己也要参加选举，胸前佩戴上议员的徽章。这时，永井柳太郎拿手的美文体传入次郎的耳鼓："不论是天上闪烁的一颗星，还是地上盛开的一朵花，没有一样东西是毫无意义地存在于世的。今天，高桥内阁及执政党诸君，一方面为多数人的困难生活感到难过，但另一方面，又不给他们将生活的困难诉诸政府的机会，这实在是天理难容的罪孽。"永井的演讲就此结束了，次郎想，这回就算给轰出去也无所谓了，于是尽情地鼓起掌来，不想旁听席上几乎所有人也都鼓起掌来，警卫人员也无可奈何，只得从远处大喊："肃静！肃静！"

不独国会，为配合普选法案的提出，一些青年团和农业团体也从地方上京，举行集会。永井在这些集会上也会热情洋溢地发表演说，次郎则为其垫场。以《国民新闻》、《报知新闻》为首的九家主要媒体的记者，联名要求立即实行普通选举制度。这种政治情形，同大正三年极为相似，那时，山本权兵卫内阁因西门子事件倒台，大隈重信如不上台，各地护宪运动的燎原之火就无法扑灭。

看到这样的动向，次郎感到自己心里重又燃起了对政治的热情，但三十四岁的他，已经在很多方面和二十多岁时不同了。

首先，变化的最大原因就是，他已经开始创办广泛的实业。听到民本主义政治家的主张，有时，他在私下里会注意到自己的意识比较靠近体制，便想修正自己的轨道，但有时，他也会从要求普通选举的人们的行动中感受到非现实的狂热，而心中别扭。

听永井柳太郎演讲的日子，次郎回家后就有很多话想和阿樱说。他是想以此确认阿樱和自己的联系，使之再一次认识到作为一个政治家的妻子的作用。上小学三年级的孙清，有时会听听，也有时会在自己的房间里安静地用功。这段时间，也许是次郎一生中家庭生活最稳定的时期了。

有时候，次郎会说："永井渐渐露头角了。他登台的时候，连政友会的家伙们，都竖着耳朵听他说什么呢。"有时候，还会谈谈感想："那些有点儿不受听的地方没准儿对记者来说更好呢。"

阿樱的肾炎会随季节或年景加重，或者减轻到几乎觉察不到的程度，但不会彻底治愈。次郎并不想带阿樱回滋贺县，他本人都不想去，而且次郎也认为她根本不适合乡村。

阿樱经常跟次郎讲起孙清的情况，有时是充满骄傲的汇报："阿孙总算进全年级前十名了，这样下去，上中学就不用担心了。"有时又会现出一副吃惊的样子，说："我老觉着他再淘气点儿就好了，那可是你的孩子哟，也许慢慢就好了。"

次郎在家的时候，有时会叫公司的干部来开会。和次郎妹妹阿房结婚的永井柳太郎的侄子永井外吉是必到的，看到他受重用，阿樱便会感到放心一些。

一次，次郎对阿樱说："永井总是在演讲里插一些英国政治家传记或诗人写的东西，要是当了国会议员，大概也需要这样吧。你要能帮我找一些可用的东西，可太好了。"

阿樱推测，丈夫是真打算参加选举了。

对阿樱提出这个只顾自己的要求之后，次郎直率地承认："本来我应该凭自己的力量当选，但我还兼着搞实业，太忙，哪有时间读那些书啊。俄语也忘没了。"

阿樱听了，说："是啊，不过，不是你合适的引用也不行吧。我要不要和贵久代商量一下？"阿樱很久没有提及永井夫人的名字了。

二人围绕华盛顿裁军会议后很多军人会失业、西伯利亚派遣部队的撤回已成定局之类的话题继续谈论着。阿樱拿出她一贯的主张："本来嘛，派兵本身就不对劲嘛。"可次郎却虚怀若谷地说："那是军人缺乏想象力，不知道西伯利亚冬天的厉害。让寺内当总理就是一个错误。不过，大隈先生去世那年，他的宿敌山县有朋也死了，也许这就是命运吧。"

大操大办的法事的准备活动，以楠清太郎十七周年忌辰青年执行委员会为中心，从秋冬开始正式启动了。负责人鲶江一个月去一趟东京，汇报准备工作的进展情况，并请求次郎的指示，有时候，小林银兵卫和草叶良介也会同来。

每当偶尔听到丈夫和他们的谈话，阿樱心里都一清二楚，那些关于政治的内容，和自己从大隈先生、永井贵久代那里听来的不一样。她无法判断是丈夫他们的政治思想是异质的，还是以前自己对政治的看法太理想化了。

他们商量的更多的是，如何将竞争对手崛部久太郎一派的人拉入楠派，他们为此要商量和目标发生联系的手段，亲戚朋友的线索、在校学习时上下年级的关系、有人情往来的关系，似乎都很重要，而政策啊主义主张等等就是次要的了。

一次，好不容易找到关系的犬上郡的一个有权人物突然死了，小林银兵卫垂头丧气地说："真是的，要是知道他要死了，就不花那些钱了，都是我估计错误啊！"

次郎安慰他说："谁知道啊，这是命。好了，别太在意了，再找别人不就行了。"

阿樱听到这话，觉得很不可理解。两个人谁也没有说出一句为死者惋惜的话。阿樱想起贵久代说过，永井柳太郎曾说："做上政治这样的买卖，人会变坏的。"阿樱感到次郎离自己越来越远了。没过多久，她见到贵久代的时候，就直截了当地跟贵久代坦白了自己的不安。

"这也许就是男人和女人活法的差别吧，"贵久代说，"即便不是政治，实业也是一样，也许实业方面更是以成败论英雄。至少，自己小圈子以外的都是敌人这种感觉是一样的吧。"

"可是，这点，女人不也一样吗？"阿樱反驳道。

"那倒也是，女人也一样。"贵久代笑着说。"没有理想还是不行啊。人哪，区别就在这儿。"贵久代边想边说，看着阿樱。

"柳太郎先生的理想是什么呢？"阿樱小心翼翼地问挚友，心想，如果答案是当大臣或是掌握政权，可如何是好。

"他啊，罗伯特·欧文①！很多人说他的目标是做日本的迪斯雷利②，其实才不是呢。"贵久代自信地说。永井的目标不是英国的旧日著名宰相，而是社会思想家，阿樱听了，就想，次郎会是谁呢？可一想到次郎都说不出外国首相的名字，就有些失落。也许，以后得给次郎列出一些书目让他读了。自己的人生选择是不是错了？这么一想，阿樱就看见一丝恐惧在心底晃动，仿佛远处的模糊的影子。

现在，如果硬要在次郎心中找出理想一类的东西，那就是和东京市长后藤新平商讨策划的、在中央线国分寺和立川之间建造一个西洋式的学园都市这件事吧。

就在一周之前，次郎还把永井外吉、美奈和小林金兵卫生下的女儿的丈夫川田四之助叫到家里说，为使这个计划成功，有必要建一个国铁车站。当时，外吉提议站名可以叫做"国立"，次郎听了立即拍着大腿叫好，说："好极了好极了，国分寺和立川的中间，所以叫国立，嗯，好名字！"次郎用兴奋的声音重复了好几遍。见他这样，阿樱觉得小自己两岁的丈夫蛮可爱的。他身上有些地方像个天真无邪的孩子。这个楠次郎，和那个将犬上郡当权者的死讯只是当做浪费了在他身上花费的金钱的坏消息的楠次郎，两者之间有着很大的差异。阿樱想，人，就是这样的吗？

大正十二年4月4日，东畑郡六个庄，以楠清太郎十七周年忌辰为主祭奠先祖

---

① Owen（1771～1858年），英国社会主义运动创始人。

② Benjamin Disraeli（1804～1881年），英国政治家，保守党领袖。

的法事如期举行。春光明媚。前两天一直下雨，鲶江、浦部、草野等青年委员会的干部们，在为两天后的活动开碰头会的时候，曾多次出去查看天象，十分担心。所以，草叶感慨地说："还是头儿运势强啊！"鲶江也附和道："我还用今天是阴是晴赌次郎的政治运来着呢。"不知从什么时候起，他们开始叫次郎"头儿"。至于僧人，经莲照寺住持的提议，请来了京都本愿寺的高僧，并用三辆车，将僧侣团拉到了会场。

县议会议员、出身滋贺县并在东京或大阪获得成功的冢本、市田、西川等富商、田村驹、饭田高岛、伊藤忠等商社要人也受到东京同乡会的邀请，都露了面。六个庄一下来了四十多辆车，这是村里有史以来的第一次，而从国铁爱知川站有近一个小时的时间行人络绎不绝，这也是第一次。

"不管怎么说，楠头儿的想法就是不一样啊，他让我做包子，我问做多大的，他说做五钱的，一般可都是五厘啊，十倍呢。可包装太漂亮，会被人骂太浪费，所以只好做茶盘那么大的特大包子。"草野对邻村的青年团长自豪地说。

令客人们吃惊的还有铁骨大帐篷群，周围甚至还建了一个专供人力车在此等候的停车场。

天上还有云雀在叫。用在次郎带领下变齐膝深的水为浅水的耕种方法种的田里，放水前种的紫云英，开了红彤彤一片。还有油菜花。在这田园之中忽然出现一片满是白色校园的现代村落，给来宾一种印象：以后的日本大概都是这样的。

诵经是从两点开始的。祭坛设在增建的集会用大房间，坐在折叠椅上的与会者，都是一边仰望祭坛一边听诵经的姿势。

坐在最前排的次郎垂着头，浮想起祖父去世后这十六（是十七）年间自己的生活方式。它绝不是平坦的。三十五岁时才成为实业家，渐渐考虑清楚了今后自己前进的方向。其间有了孩子，但他们将如何成长尚不得而知。父亲的容貌已经记不得很多了，所以没有很深的感慨，可次郎又不得不承认，对再嫁成了小林夫人的母亲，自己还是觉得有些别扭。为了避免她对儿媳妇瞎说一气，次郎这次又让阿樱留在了东京。

生母美奈和小林金兵卫之间也生有二女。大女儿与比她小两岁的川田四之助结了婚，川田最近上京来给公司帮忙，他稳重、聪明，和永井外吉一起分担制造业的东京橡胶和开发业的楠房地产公司。

　　川田四之助加入自己的实业以后，次郎对母亲美奈的心情和以前相比也温和多了。也可以认为，母亲以赎罪之心，派来了能干的川田四之助。

　　然而，在政治上，还至少需要两个心腹。而且，还必须让这四个人互相牵制，关系微妙，以不致阴谋颠覆。次郎听着庄严肃穆的诵经声，不断地考虑着自己走上政界后的事情。

　　我从父亲留下的资料里，发现了应邀出席这次法事的人的记录。因附有详细的出、缺席记载，足见这次法事对父亲来说有多么重要。

　　记录上，有平松摄绪的名字，和父亲的亲弟弟广田裕三郎列在一起。从被写在亲属栏这点上看，关系应该相当近，但我却从未听说过。

　　这个未知人物的发现，让已在我胸中安眠的疑问再次燃起了大火——我的母亲究竟是谁？裕三郎去广田家当了养子，在户籍上是我的生身父亲，从这个人能和裕三郎并列在一起这点上看，她会不会就是我的母亲？

　　裕三郎在我出生两年之后去世，他的妻子，户籍上原名为青山莲的女人，也于同年去世。在头顶上响着整个日本都要给烧掉的声音的防空壕里跟我说"你的母亲……"的父亲，也已经不在人世。那时，楠次郎说我的母亲是"了不起的女人"、"佛一样的人"，但他说的并不是一直抚养孙清和我的楠樱吧。阿樱也在父亲死后追随而去，不久就去世了，所以，我问谁才能知道这个和我生父广田裕三郎一起被记入法事参加者名单的平松摄绪呢？从顺序看，她可能是和我父亲并肩坐在法事会场上的，可理应了解当时情况的公司干部们，也都不在人世了。

　　这么一想，一种只有我一个人还活着的实感在我心里扩散开来。这是为什么？是我活得太久了？还是命中注定我和血亲的缘分就是这样淡？

　　在为写传记做笔记时，虽然觉得过去的人死得早，但这种印象现在似乎应该更正为：我身边的人都很短命。如果硬要找出可以了解一点平松摄绪的人，那大概就是楠次郎后援会成立之前的支持者、目前尚健在的鲶江彰、草野良介了。可是，如果我的出生中隐藏着巨大的秘密，我即便去了，他们也不会告诉我的。我又想起从土墙的窟窿里向外界窥视的村民们的眼睛。那些战国时代的眼睛，变成了投向外人的眼睛，至今尚存。而且，在他们看来，我不就是个深入乡里会令他们为难的外人吗?!

在我的记忆里，一个满脸通红、戴着宽檐帽、疾步走过枝繁叶茂的树下的少年的身影，就像另一个我在树丛高处下望一般，总是清晰可见。我确信，那是少年时代的我的身影。这虽有些奇怪，但应该不会是别的什么少年。我不知道那是我多大时在哪儿的身影，只是，我不知为什么大发脾气。

在我小时候生活过的下落合附近，没有记忆中浓绿的树木。现在是早就无影无踪了，但如果寻找当年的可能性，或许是目白溪谷？那里曾经有繁茂的老树，溪谷中不知从哪儿涌出泉水，水声潺潺。

可我为什么要发脾气呢？前前后后的事情都消失了。似乎并不是因为挨了养母的骂，从家里跑出来。从下落合到目白溪谷，小孩子走显然太远。所以，现在我想，我是在为自己来到这个世上而生气。

而那触发了我这个记忆的女人平松摄绪，如果向楠次郎后援会里如今还健在的干部们打听有困难，就只有小心地取出父亲留下的资料，那尚未开封的两个陈年大旅行箱里装得满满的资料，从那里探寻关于平松摄绪的东西。本来，做完这种整理后应该做一些笔记。因为，只是依靠这些半公开的资料和代替日记所做的记录字条就执笔，对我这个有过研究经历的人来说，可以说是太草率了。只是，这种草率也有其理由。

在感到父亲向死亡直线迈进的时候，我特别想知道自己是谁，并打算由此撰写父亲的传记。然而，我却很惧怕自己的身影赤裸裸地出现。我之所以一直没有打开那个绑着写有住宿饭店和去处的行李签、破旧而耐用的大行李箱，大概也正是因为这个缘故。

我以穷追不舍的心情，一脚踏入父亲留下的文山字海，费力地寻找开锁的钥匙。当然，我是沿袭撰写我那本《日本产业结构变迁史》的著作时的要领，在设定几个整理项目的基础上，开始作业的。我将这些资料分为幼年时代（那里面还有以前的资料里没有的学年成绩表）、作为政治家的初期资料、当时新闻界的论调、楠房地产、东京橡胶等可以显示作为实业家的楠次郎的行动的资料等。还有为数甚众的书简，我将其分为政治关系、经营关系、家族关系、异性关系。尽管这和其他这类作业一样，随着资料阅读的开展，会出现项目细分化的需要，以及新出现的支系和既有项目发生抵触或需要对资料重新分类的情况。

那是开始这项工作第三天的事。我在像是亲戚关系的一捆书信中，发现了一封只能认为是前后都丢失了的信件，信纸是滋贺县生产的独特的日本宣纸。

　　对此，因性情刚烈，今后也无法保证不再劳烦，委实于心不安。然退居桃源乡后，心绪渐渐平静，对和歌萌生兴趣，如是无缘于贵处的境地，愚以为尚可修身养性。贵处既是前途无量之身，万望保……

而相同纸质的另外一页纸上，只写有两首短歌，但笔迹和那封信不同，上面没有说明，也没有注释。

　　时哭时笑　断肠人不堪混世　独撑生涯
　　世上谁人无烦恼　一切尽在虚空中

也许，书信是写在成卷的信纸上，头尾都丢失了。至于短歌，是谁写给谁的、为什么写的，不得而知。

成为我父亲的广田裕三郎和平松摄绪一起参加楠清太郎十七周年忌辰的法事，如果是知道这一事实之前，对这封信笺和这两首短歌，我可能会把它们当做废纸放过去，然而，在疑问一度复苏之后，它就显得弥足珍贵，以至于让我无法判断它的价值。

如果大胆地推测，写这封信笺的人，曾将一个年轻女子领到自己的"桃源乡"。父亲辜负了那也许尚年轻的女子，或侵犯了那女子，总之发生了一些事情，才被写信人收留。

从这封信的字面上"贵处"这个或许可以让我父亲放心的用词背后，我还能听出形同威胁的警告的声音。写这封信的女人是平松摄绪，还是被收留的是平松摄绪，而给父亲送信的似乎是身为姨母的女人？再有就是，我的生母，她潜藏在这些资料里吗？

11

调查父亲三十多岁时的往事时，我发现了对我来说完全陌生的名字——平松摄绪，还找到了可以想象却无法断言是她或者是她身边的女人写的信件片断和两首短歌。这时，我感到我眼前出现了一道无法逾越的深渊。

这似乎与我的出生有关，但又不很确切。想来，这种不确切，似乎与人的生存本身的暧昧性是相通的。另外，也可以认为是对男人爱女人、女人爱男人这类事的担心的体现。这封信里所说的事情，无论我怎么调查，恐怕都不会水落石出，莫如说，资料越多，谜团也越多。然而，除了正确地沿着父亲的足迹一步一步接近历史，没有别的什么办法能搞清楚我是谁了。这也正是对我来到人世这个事实的一种挑战。

对于可谓是不知读者的短歌，情况也是相同。开头的"时哭时笑"这句比较好懂，估计谁都会对自己的人生抱有同感。人在不同的人生舞台上，有时哭，有时笑，有时还会愤愤然，但是，"不堪混世"这句，是说吟咏这首短歌的女性居高自傲，无法和他人一起生活在这个烦恼的人间苦海呢？还是说在桃源乡也是如此呢？

我有一种奇妙的印象。在不知作者的信笺里，虽表示出自己身在桃源乡，却又劝告、威胁父亲。但这也许是正常的，因为，虽说住在桃源乡，但未必就能彻悟，没准儿反倒更加愤懑或者感伤呢。

我有一个同学，因对政治家行贿被治罪而过起了隐居生活。他辞职回到京都嵯峨野老家时，大约五十左右岁。我还记得，我去看他那天，是9月台风经过远方后的一个晴日，竹林里竹竿互相碰撞，那声音就像帆船的船身在彼此倾轧。那天，我轻描淡写地说："真羡慕你啊，我还得在老爹的公司里干，整天价辛辛苦苦、忙忙碌碌……"可他听了，却对我说："说隐居了心就静了就亮堂了什么的，都是扯淡。脑子里还老是波涛汹涌的，晚上还有睡不着觉的时候。读西行①的作

---

① 1118~1190年，日本平安时代末期、镰仓时代初期的歌僧。

品也好，读鸭长明^①写的《方丈记》也好，要是明白了这一点，能读出好多东西来。"他平静的语调让我发窘，他的话和干竹竿互相碰撞的声音浑然成为一体，融入我的记忆中。

想起那位朋友的话，住在桃源乡里的那个女人斥责、威胁父亲，也就可以认为是很自然的了。

还很年轻的时候，我有几次跟着同去参加父亲的选举。那是战败后占领军解除开除公职处分以后的事，当时我是父亲的秘书。

这次选举中，整个滋贺县为总括为一个选区的中选举区，也是明治以来妇女第一次拥有选举权。为在世道大变的情况下重新建立地盘，我是要助他一臂之力的。

父亲预计到当时保守势力的联合，就和数名同志一起，从所属的改进党中出来，参加吉田茂领导的自由党。主张两党合一的名义是，在东西对立的严峻形势下，今后的日本需要一个强有力的举国一致的势力，但这究竟有多少是出于本心呢。

如果善意地来看，我认为，从这个举动中虽然可以看到一个政党的框子里容纳不下的大隈思想的反映，但不能不说，实业家楠次郎已经是一个相当务实的人。

这件事虽然是我担任秘书期间发生的，但在我看来，政治动向这种东西，从明治、大正时期起就没有什么变化或者进化。

滋贺县围在琵琶湖四周，西侧土地狭窄，东侧有层峦叠嶂的山地，也有山脚下广阔的平原，一个个山间古刹都有其历史渊源，一个个峡谷村庄里，流淌而出的溪流上都有水车吱扭作响。

选举时，我乘坐小型卡车，在曲折的山路上连喊楠次郎的名字，请求人们为他投上一票。有时会有三两个孩子并排挥着手，有时会有一个老年妇女从草屋顶下走出来，激励我们说："我支持你，加油！"但更多人的反应都是继续默默地干着农活，至多撩开遮脸的毛巾，朝这边眺望。

---

① 1155（？）~1216年，日本镰仓时代前期歌人。

现在想来，在这样的村落里，能有与寺院领地成为一体的桃源乡吗？也许，所谓桃源乡，并不是根据地理区域划分的，而就是指立志隐居的人移居的地方吧。如果是这样，就很难寻找了。

　　据说，桃源乡的起源，是古代战败的势力（据我所知有平家败逃者、南北朝廷之争中败北的部族、被毛利所灭的中国武将、败于信长的武田一族等）夺路而逃后藏身、居住的地方。但也有和这种通行的说法唱反调的人认为，所谓桃源乡，就在街边插进去的一条小道上，就在没有任何新奇之处的乡村山野，行人如果不知道，就是从它前面经过，也不会看到它。

　　我不晓得哪种说法才是正确的，但不知道为什么，我总觉得谣曲中"化作无形的鬼"、"突然消失"、"只留下面影"之类的词汇，和桃源乡这个名字指的是同一种情景。

　　是阿樱培养起我对谣曲、能乐、狂言的兴趣的。一个比她大两岁的闺房密友，和夏目漱石门下的东京帝大研究古典艺能的教授结了婚，她也就不知不觉地对能乐、狂言什么的亲近起来了。

　　有一天，她带我去了能乐堂。那时我上小学，是一个读过啄木的诗和短歌、读过正宗白鸟的短篇小说（虽然读不大懂）的任性少年，看不懂以前没见过的能乐，觉得十分无聊。我不记得那天是不是跟已经成为著名女作家的养母的女友在一起了，只记得那是一个身材娇小、戴着眼镜的妇人，但这也许是用后来学到的知识加以补充的情景。那大概是昭和十二三年的事吧，那天晚上的剧目我也不记得了，只有一个戴着年轻女人面具的演员手拿扇子缓缓移动的身影，给我留下了极其深刻的印象，还有结尾部分反复吟唱的那句"露水、树叶都落了"，一直留在我的耳鼓。于是，冥冥中我从能乐所描绘的空间中，感受到了塞满强烈情感的"桃源乡"一般的气氛。

　　战争让世道变得更加紧迫，拥有自由思想的人都不得已被迫住进桃源乡。在这样的时代氛围中，女作家也许在能乐的世界中找到了一点可以呼吸的空间，我的养母阿樱大概也是同样的心境。如果是这样，她和父亲就已经生活在完全不同的世界了。在那个愚劣的年代里人所能够去的地方，也许就是能乐所象征的桃源乡了吧。然而，我感到不可思议的是，在从父亲留下的资料里发现不知读者的短歌和信笺片断之前，这种想法就在我心中形成了。阿樱长期潜移默化中给我的某种暗示，还有楠次郎关于母亲的提示，也将这种印象刻在了我的心中。

坐着选举用的小型卡车走村串户时，父亲说过："下面就是桃源乡了，过门不入也未尝不可，可那也不行啊。"

我当时有些心不在焉，只是想，这村子大概是对政治不太关心吧。事到如今，我只是可以想想那个村子在哪儿、父亲的话有什么用意，但关于地理的记忆却早已彻底消失，这实在是太遗憾了。

大正十三年5月举行的普选法施行前的那次选举，是在各个小选区势均力敌的激烈竞争中进行的。楠次郎挑战的对象是崛部久太郎，他出身于彦根藩家臣之长家庭，是父亲读早稻田大学时的前辈，早父亲四届。他原属护宪派，所以，持有同样思想的次郎不得不从脱离了政友会、欲与护宪派联合的政友本党方面参加竞选。在次郎的想法中，主义主张不能从根本上改变，但稍稍一点点的话，但改无妨，毕竟，当选才应该是第一位的。但问题是，这么一来，永井柳太郎就必须要站在崛部一边了。

次郎给永井柳太郎写信说明了选区的情况，并保证当选后一定合流。当时永井不在，夫人贵久代等他一回来就把信给了他，所以回信也很快就到了，信中说："前略。阿樱夫人贵体如何？我非常理解此时无法活动的阿樱的心情和次郎兄的担心，在此企望阿樱夫人早日痊愈。

"次郎兄此次因诸般事情受到执政党的支持，小生作为在野党一员，不得不战，实乃一大痛心之事。多年以管鲍相许之人，一朝战场相见，诚为断肠之事。然兄既为政战初阵，小生焉有不以辩才之最大武器相助之理？此确为悲惨之事。

"奉公者之去留进退，首先必以大义决定之。"

永井柳太郎在对自己不徇私情、无法前去声援的做法进行了晓之以理的解释之后，又郑重地补充道："切望次郎兄不必为小生自身的军费问题而烦扰，亦望能助兄一臂之力，敬请关照。"

次郎想，永井柳太郎的诚实在这封信中体现得淋漓尽致了，而婉拒实业家次郎的资金募集，显示出了他学者的一面。毕竟，作为政治家，认为两者可以泾渭分明、能得就得的人是多数。

　　在准备向政界进军的过程中，次郎被反复地告知，关于政策的论说只是获得选票的一个小小的因素。于是，如何创造对有投票权的人具有影响力的权威人士、县议会议员、村议会议员、农会干部、工商联合会会长等都支持楠次郎的局面，就变得至关重要。如果是在掌权之后，办法多得是。可是，对一个将要成为众院议员的人来说，有什么办法可想呢？资金虽然是可以调动的，但那是自己出大力、流大汗挣来的钱，同大隈重信那样的大政治家们一个电话钱就到的情形可不一样。这就是次郎的想法。而且，公司状况又不太好，无法为选举提供太多的资金。可不使用资金，又怎样稳定团体方面的选票呢？

　　次郎打算将多贺神社法会团体、近江神宫在东畑郡等地的同族团体、农会、工商联等开拓为可望获得大量选票的"票田"。在寻找可以巴结到这些组织当权者的人脉的过程中，次郎意外发现，弟弟裕三郎，在想方设法亲近核心人物方面有着独特的才能，他能接近对方，并不让对方产生任何戒心，可次郎就不行。

　　次郎让裕三郎和东京同乡会干部、自己经营证券公司的岩田助八作为幕后人员，帮助自己进行选举活动。岩田助八是小林金兵卫去世的前妻的弟弟，是银兵卫的舅舅，十分便于代替次郎去滋贺县活动，且能弥补弟弟裕三郎魄力不足的地方。

　　祭奠祖父清太郎的法事的准备阶段的一天，次郎问裕三郎："你那会儿常去的'松平'的老板娘怎么样了？我听说他和滋贺县出身的有权人结婚了，现在她还开店吗？"

　　"啊，那个老板娘啊，次郎你不是更了解情况吗?!"裕三郎立刻答道。

　　次郎暗想，这家伙是不是以他游手好闲者的第六感，知道我和老板娘的事儿了？但他马上若无其事地说："什么呀，说正经的，我是想知道她跟有多大权的人结婚了，这都是为了选举，可不是胡说八道的哟。"次郎说这话的时候，表情严肃，一本正经。

　　也许是跟东京的滋贺县同乡会的什么人打听的，裕三郎很快就得到消息说，平松摄绪很早以前就关了那家店铺，现在在濑田的石山寺附近过着隐居生活。她撤回东京后，好像还在尼姑庵住过一段时间。汇报完毕，裕三郎说："我想上一趟滋贺，去个四五天。"

见裕三郎一反常态，目光灼灼，次郎想，他大概抓住什么了吧。如果按她曾经说过的话来推测，从婆家跑出来、来到东京的平松摄绪，在再次落户乡里之前，可能吃了很多苦。

次郎从裕三郎的报告中注意到一点：她曾在尼姑庵住过一段时间。于是就想了解一下，滋贺县有多少尼姑庵，有多少尼姑，尼姑庵和普通寺院之间关系如何等等。

次郎知道，很多寺院和城镇每年都有集日，多贺神社亦然。特别是挨着彦根的长浜的集市规模尤其大，鱼商、豆腐店、年糕店、点心店、绸缎庄等等从各国聚集而来，编席子的匠人、铁匠、吹玻璃的、卖烟袋杆的、卖花的、耍杂耍的、变魔术的，会大大吸引人们的眼球，除此之外，还要搭戏棚子，热闹非凡，就算逗留几天，也会觉得时间不够用。只有在这个集市上，农民也成为客人，年轻男女也才别有天地。

次郎记得自己让祖父买了棉花糖，吃惊地盯着转得眼晕的红风车看。那大概是父亲死后第二年的记忆。糟糕的事情一件接着一件，所以清太郎尽量带次郎去那些令人高兴的地方。也许，祖父在集市上也有户头，兼做经纪买卖吧。仿佛是被次郎记忆中的红风车转出来的一般，次郎接着又想起了一个男人的身姿，集市隔断马路的空地上，他站在空箱子上，进行着他的演说。跟祖父一问，才知道是在叫喊着"打倒清国"。按照集市的规定，不得在市上进行政治演说。连孩子次郎都觉得他的解释很不可思议，所以，回家的路上，祖父也没忘了训诫次郎："老话说，有喜有忧，有乐有苦。次郎你可不要忘了啊。"

次郎一边接连从记忆中取出长浜集市的光景，一边想，自己要是成了政治家，一定要让老百姓过上这种节日般自由、热闹的日子，然后再挥鞭子。糖块和鞭子就是政治。这样，人们定能在劳作中感受到人生的价值。

次年的法事那一天，裕三郎按照次郎的吩咐，带着平松摄绪出现了。法事按既定安排结束后，人们对次郎的孝行交口称赞。待客人们都散去之后，在次郎出生的老屋，分别了近十年的次郎和平松摄绪面对面地坐到了一起。

刚才也许是因为人多杂乱，次郎并没有注意到她还带着一个十七八岁的姑娘。

"久违了。你终于成功了。"摄绪谦恭地问候道。接着，回头看看带来的姑娘，说："这是我侄女，最近要到东京来念书，有什么事的时候，还请你帮她一把啊。"

那个姑娘一直注视着次郎，这时马上接过话，低头说："我叫平松佐智子。"虽然稚气未脱，但她的长相却很惹眼。

"啊啊，是吗，是个好姑娘啊。"

听到次郎老练的问候，佐智子"咻"的一声耸着肩膀笑了。次郎顺着她的视线看了看自己的膝下，这才注意到，刚才送客人们走后，想放松一下，就解了裤子纽扣，松了腰带，现在，前面敞开着，露出了白衬衣。

"哎哟哎哟，这……"次郎很少这样尴尬，急忙系上扣子。

法事开始，平松摄绪和裕三郎一起进入帐篷时，次郎瞥了她一眼。不知是因为过去了近十年的时间，还是因为回乡后住过尼姑庵，次郎觉得她更加稳重了，可面对面这样一看，印象就有所不同了。略微有些凹陷的眼睛，目光锐利，嘴唇和脖子周围赘着厚肉，像个诡异的女巫。

等她侄女寒暄过后先回去了，次郎急急开口道："什么时候想好好和你聊聊呢。"然后告诉她，自己正在为参加下次选举做准备，顺便想听听她有没有什么好主意。

"我可帮不上什么忙。"平松摄绪嘴上虽这么说着，但次郎问到具体问题时，却对滋贺县寺院间的横的关系、谁在宗教界最有影响力、尼姑庵的数量等问题一一阐述了自己的意见。

"石山的管长①人品很好，要是和你对脾气，会不问宗派，为你跟各个寺院打招呼的。神社这边，嗯，还是近江神宫吧，多贺神社的信徒团体倒是比较有凝聚力。"摄绪开始带有教诲的语气了。

次郎问到睿山如何时，摄绪以"太特别"为由不予推荐。她的回答，有些地方与次郎的大致想象是一致的，但也有很多不一致的地方。其中，一个新的发现就是，世上的评价和在僧侣中的影响力大相径庭，甚至是正相反。

---

① 神道教和佛教中掌管一宗一派之长。

对平松摄绪，次郎觉得，还是住在桃源乡里看问题才能不受欲望左右而看得清楚，但他又觉得，不对，一看那锐利的目光和有什么事时叽里骨碌转的眼睛，就知道她可"不是一般战士"。

临走的时候，她留下一堆鼓励的话，有些词次郎都听不大懂了，大意是说："东京啊大阪什么的就不用说了，在生你的故土，村民们走在大街上就很不易了。你也下了很大决心，可一定要发奋啊。"

选举于翌年5月举行。竞争对手崛部久太郎的出身和次郎迥然不同，在权势主义之风颇为强劲的滋贺县，对手占有利地位。次郎左思右想，反复推敲，最后一咬牙，采用了非此即彼的战略——"选家臣之长的后代，还是选土著居民的后代？"如果不是对普通选举的热望日渐高涨的时代，这种冒险简直是不可想象的。

"特定的大地主所有的土地，应该分配给热心于农业生产的农民。只有减少佃耕制度，增加贫农、中农，才能培养他们的爱国之心。保卫自己土地的热情，就是捍卫自己家族、家庭的热情，也正是爱国的热情。"次郎运用在大学辩论部锻炼出来的口才，在每场演讲中都要讲到这段。

只是，如果光是这些，会给人一种过激的印象，所以，次郎还使用了请东京实业界和学界顶尖人物每天用电报发来推荐信和鼓励信的战术。第二届大隈内阁时，发行《公民同盟丛书》，作为《新日本》杂志的社长兼总编向进步经营者约稿，曾起了很大作用。

次郎的选举事务所里，张贴着早稻田大学校长高田早苗、劝业银行总裁尾原仲治、山下汽船社长山下龟三郎、日本兴业银行总裁小野英二郎、神田银行行长神田镭藏、伯爵小笠原长干、东京电灯公司董事长若尾璋八、实业之日本公司董事长增田义一、东大教授、林学博士本多静六等各方面的领导、名人发来的鼓励电报和关于楠次郎的人物评介，事务所墙上贴不下，就贴到了临时揭示板上。专门为楠次郎三天发行一次的宣传报纸《琵琶湖新报》上，刊登着这些人的谈话、座谈会实录以及《大隈重信与楠次郎》之类的评论。

这种宣传战术，是崛部阵营所没有料想到的。他们急忙研究了半天，看这样做是不是违反了选举法，但由于次郎从两年前开始成立会员组织，会报分发给每年缴纳六钱会费的人，所以，这种做法无可厚非。为避免与选举法发生抵触，会报不发给非会员，在这一原则下，《琵琶湖新报》都是大家传阅的。次郎以《我的农民时代》为题，每期连载农民的尊贵、工作的辛苦、土地改良的辛劳、农民的喜悦等。

在大津、草津、近江八幡、守山等城市，除了"给农民以土地"之外，又增加了"要牺牲农村的工业化，还是要获得农村支持的工业化"、"走向富国强兵的两条路"的话题，并在青年会主办的、看似与选举无关的演讲会上，请来新渡户稻造、高田早苗以及《新日本》时期关系走得很近的学者做演讲。

如果是明治时代，这样的活动在农村可能没什么成效，然而，始于大正三年的世界大战之后，日本因未成为战场而有幸得以发展，教育得到普及，言论也变得活跃起来。

另一方面，一如既往、以挨家访问为主的选举活动到了短兵相接、剑拔弩张的地步。为对付楠次郎阵营的新战术，崛部强化了历来的战术，以及和工商联合会、农会干部的宴会战术，加强了挨家访问的力度。

在这样的宴会上，几乎每天晚上都会有崛部的支持者提出这样的意见："楠次郎有危险思想。据说他是提出'西有列宁，东有原敬'的永井柳太郎的别动队。""警察难道对这种不稳定分子放任自流吗？"还有人愤慨地说："我国自古以来就有淳风美俗，制定宪法之类，本身就是错误的。"其中还有苦口婆心的认真的国学家和歌人认为："没有士族一定要败给土著居民后代的道理，农民归根到底只是农民，他们没有资格谈论天下经纶。"

楠次郎在这方面也必须攻击、反驳。不擅长宴会请客的次郎，将全副精力都投入到了个人演讲会和挨家访问上。次郎的安排多是这样的：无法参加也不想参加崛部派的县议会议员为其垫场，楠次郎演讲，政友本党的著名政治家声援演讲，但次郎将县议会议员推崇为政治上的前辈，对方讲话的时候，他务必下台到听众席上认真倾听。虽然和永井柳太郎风格不同，但次郎对自己的口才充满自信。问题就是晚上的走家串户。

演讲会上，警察也不是中立的，常常在次郎演讲过程中警告他："演讲人注意！"当时，集会时警察有在场的权限。因实施了"过激社会运动取缔法"，选举之际，这个法律往往被扩大解释，警察则常常对在野党候补者拿出威压的态度。

这都是因为次郎的演讲威胁到了由天皇和财产私有制构成的国体。而且，从选举法来看，挨家访问介于合法与违法之间的情形比较多。起初，工作人员在村子入口处就受到警察盘问、只得沮丧地回来的事接连发生。

次郎动了脑筋，将楠派一百八十名青年团员两个人一组分成小组，让他们带着手电和哨子。这不仅是对付警察的策略，也是遭遇崛部派工作人员时的战斗准备。每天晚上，三四个小组进入同一个村庄，他们约定，只要哨声一响，大家就都飞奔而去，那时，手电画着圆圈的地方就是和敌人遭遇的现场。政府执政党方面的工作人员即便对对立面的工作人员施加暴力、使之受伤，警察也只是将其当做村里年轻人打架，不予理睬，这已经是司空见惯的了。崛部久太郎在中央尽管属于在野党方面，但也是出身于家臣之长的家庭的现任众院议员，所以对待警察的方式和政府是一样的。

在开发实业上也是一个地道的现场主义者的次郎，也成为青年团团员之一，加入到了选举活动中。那天晚上去的村子有很多当权者，是被定为重点的犬上郡的一个较大的村庄。走完两家、正要进第三家的时候，次郎他们听到了哨声。他们找准方向跑了过去，在夜色中也看得见，人群中有手电在画着圈。伙伴们似乎被大批敌人包围了，还听得见争执的声音。

"你们上这儿干什么来了?! 这是我们的村子!"吼声如雷。

"怎么了，怎么了!"和次郎一组的青年团员为通知同伙来，大声喊道。

因当上候选人的次郎比较脸熟，所以他决定站在人群后面观察一下事态。对方有七个人，其中还有一个巡警。他们中了警察设下的埋伏。

次郎心里燃起了熊熊怒火，他要一争高下。他想，先要制服巡警。他迅速看了周围一眼，见两边是刚刚上水的浅水田，便盘算着，如果把他扔进去，让他陷到泥里，自己就没有被认出来的危险了。次郎突然从后面抱住巡警，腿上使绊，可那人到底是警察，似乎早有准备，一边忍受着次郎的攻击，一边一点点沉下身子，想要背起次郎甩出去。他身强体壮，次郎一抱住他，就感觉到了。

次郎想在他沉下去之前钻到他前面，就来了个拿手的"跳腰"①，巡警没有

---

① 柔道中将对方拉近自己，然后抓着脚部和腰部跳起扔下的技法。

防备，军刀甩向了半空又跌落在田里，可他在落水的同时死死地抓住次郎的脖领，两人一起摔到水田里。次郎想，不能让他看见自己的模样，就把自己的脸埋进水里，使足了力气抓住巡警双腿间的要害。干过农活的人，对自己的握力还是有自信的。对方再次受到意想不到的打击，仰到泥里。次郎连忙摸索着找巡警的腰带，他下身要是没了遮盖，肯定会在泥里爬着到处找裤子的。

地面上，敌人们见给自己壮胆的巡警和什么人一起掉进了水田里，拔出的军刀也甩到了半空中，都准备逃跑了。次郎的一个伙伴绊住要逃的敌人的腿，骑上去挥拳便打，一个敌人折回身想帮助同伙，被次郎的另一个伙伴撞进对面的水田里。

次郎一边留意着岸上的情况，一边拽下快要昏迷的巡警的裤子，可裤子挂在鞋带绑得结结实实的鞋上，怎么也脱不下来。幸好对方穿的是丁字形兜裆布，很容易就脱掉了。借助月光看到他缩成一小团的男根时，次郎突然感到自己的斗志也萎靡了。这家伙也是一家之长吧。次郎仿佛看得见他梳着发髻的朴素妻子、等着父亲回来的几个孩子。

对方似乎回过神来，抓住了次郎的胳膊。次郎想起来，战斗中斗志的瞬间萎靡是最危险的，还有谁也曾经说过"必须痛打落水狗"，不能心慈手软。次郎重又燃起斗志，照着巡警的脸用力一拳，他就再次沉入了泥水里。次郎登上田埂，问伙伴们："没事儿吧，敌人都跑了吗？"确认安全了，次郎又说："巡警掉水里了，这么着他可能得呛水，把他捞上来，好好照看着点儿。"接着，次郎喘着粗气叮嘱道："就说巡警不知道让谁给打到水田里去了，是咱们救了他。"

"您没事儿吧，满身是泥，我有亲戚，就在那边住，还是去洗洗，换件衣服吧。"一个伙伴说。

"好吧。哎呀，今晚来得太好了，这下，警察一时半会儿不会干涉我们了。"次郎说。

次郎在伙伴的亲戚家洗了个澡，从里换到外，痛切地想，自己的选举也就是一场泥水里的战斗啊，无论如何，都不能失败。政治家必须赢得胜利，落选即意味着成为人下之人。次郎反复回味着，斗志仿佛渗透到了身体的各个部位。

投票结果，次郎获得四千四百一十二票，以超过崛部久太郎三百一十八票的票数当选。

大正十五年1月，次郎经永井柳太郎介绍，加入了宪政会。

12

户籍上，我的母亲是一个婚前叫青山莲的女性。可是，她有过什么经历、和养父楠次郎的弟弟广田裕三郎是在哪里认识、又是怎样结婚的，次郎留下的资料里并没有可以了解的记录。我虽然没有把握认为，我把现存的资料都准确无误地读到了，但我总觉得，没有记录本身就是在意味着什么。

然而，我停止了寻母。因为，即便发现了记录，我也不知道那是不是正确的。而且，理应是基于正确的资料所写下的历史，也有两种或三种写法，记录正确也未必就等于传达了真实情况。想来，自己决心撰写父亲传记的目的就在于搞清楚"我是谁"的问题，所以，父亲的事情和母亲的事情，都是为了明确我这个存在的背景才有必要了解的。我告诫自己，重要的是要抓住作业的正题，不要迷失在岔道上。这也是写学术论文时的心得。如此一想，我才能将楠次郎——我暗自确信他就是我的生父——的传记坚持下去。

就在我要描绘这个在选举中当选、踏出了他作为政治家的第一步的楠次郎时，我注意到一件事。

一般来说，当上国会议员，今后的方向也就基本决定了，可父亲却不然，这体现出他生活方式的暧昧。

世上也有几个佩戴着议员徽章的实业家，但楠次郎身上却有着同"政商"这个通行概念不能完全重合的地方。尽管如此，也无法断言，追求政治和实业两立的人就必须要忍受内心的不安。楠次郎并不是那种"有良心"的人，至少，我是这样想的。就是说，次郎的生活方式中，有很多有悖常识的部分。

换个说法，如果他像永井柳太郎那样专心于政治，他就有下大赌注失败后在历史上留下污点、犯下滔天大错的危险，而如果他要专心于实业，也会有为实现自己的计划而无视法律法规、走上犯罪道路的危险。我认为，这种暧昧的原因在于，他所追求的东西的性质，是活跃在政界、埋头于实业也无法满足的，但那并非理想主义，而是他自己也意识不到的浪漫的内心活动。

楠次郎不擅长和他人合作。独自思考，独自决定，不跟从自己的人都是敌人。让次郎保持这种姿态的能量，大概就是内心的缺失感。他的渴望决不是一条路能够满足的，所以，我认为，他只能选择两条路。

那应该是每天不得安生的日子，但这并不是因为走了两条路，而不过是因为，从精神结构上讲，他原本就是那种不安分的人。因此，政治家和实业家哪个是他的根本之类的问题毫无意义，这个叫楠次郎的人，是从哪个楠次郎是本质的楠次郎这种二元对立的问题中游离出来的。

然而，实际考察一下他的足迹，就可以看到，他的这两个世界是矛盾的，他也是进退维谷。事业上处于逆境时，他就会反省自己太热衷于政治；没能成为大臣，他又对家人解释说，为了集中精力搞实业，就不能当大臣。而政党的同志似乎也并没有期望楠次郎成为政界的领导人。战争年代，尽管最终当了东条内阁旗下的翼赞会所属议员，但人们认为他过去一直是主张革新的，战败后受到了美国的宽大处理，他又转而成了亲美派。这些举动甚为纯真，与老奸巨猾、城府颇深的政治家的印象相去甚远，与作为实业家的楠次郎也大相径庭，显示出完全判若两人的性格。

在对父亲的一生进行调查的过程中，我不能不得出这样的结论，世上普遍认为的成功与否的尺度，与个人感觉到的安定、满足和充实之间，有着无法测定的落差。

在世人看来功成名就的人，到了撰写自传的年龄，写下"我的一生是战斗的一生"时，读者总是会理解为那是努力的一生，从中寻找鞭策自己的教训，对作者顿生尊敬之心，可对作者来说，所谓"战斗"，很多时候也包括与自己的痛苦战斗。只是，不知道他本人是否能觉察到这种战斗的性质，有时候，他也会在意识中将"战斗的一生"误解为"努力的一生"，至少，楠次郎就是这样。

祖父楠清太郎传授的古训，便是次郎努力的指针。从"敬神崇祖、报恩感谢"到"早起三分利"，训诫多多。随着次郎年纪的增长，经验渐渐证明，按照这些古训去做，就不会有太大的失败。

也许是因为当农民时的习惯，次郎起得很早，所以公司的干部们也被要求早起，家里人也必须比他起得更早。唯一的例外就是阿樱。虽然这里有健康的原因，但不知从什么时候起，她只是在次郎出门前梳洗停当、目送他出门就可以了。

次郎早晨起来后，饭前要朝着故乡所在的西南方向击几下掌，接着给佛坛点蜡上香，敲钲念佛。佛龛是吩咐裕三郎在旧家具店找到的。据说，宗派不同，佛龛也不同，但次郎觉得，能把祖父母和双亲的牌位摆上就足够了，所以看到裕三郎搞到一个比预想的便宜很多的，还夸奖他能干来着。到底是便宜货，没有下层，但由于做了一个像模像样的台子，反倒显得非常华丽庄严，而每天换水、不致让佛龛的花儿枯萎，也成了阿樱每天必做的功课。也许是习惯了的缘故，做完这一连串早上的仪式，次郎才能静下心来，开始着手前一天晚上计划好的这一天的工作。

当上国会议员，将次郎从早上要留心不弄醒阿樱的不便中解救了出来。议员食堂不到八点不开门，买着吃又是次郎最看不上的浪荡行为，所以，他都是带着让女仆早起做好的饭团来到议员食堂，就着茶水吃下去。回到议员会馆后，从那里给两个房地产公司的干部打电话，检查分售施工的进展情况、销售情况、同准备收购的地皮所在的当地村镇的交涉情况。因此，次郎的议员会馆的墙壁上，贴的不是选区的海报和世界地图，而是轻井泽、伊豆箱根地区的图纸，有时候，冒失的来客还给搞糊涂了，不知道他的选举区是长野县还是静冈县。总之，不论与其他的众院议员举止有什么不同，只要是实用的，他就不会在意别人好奇的目光，这和每天坐人力车去早稻田大学上学那会儿没有一点改变。

走上政治和实业两条路后大约过了一年左右，有坏消息传来。从一个月前起，别墅分售地的预约和咨询就突然一个都没有了。

次郎在选举演讲中曾这样批判过政府的无谋："世界大战已经结束六年了，可政府对经济状况仍然是态度不明，政策不力，从而错过了解除黄金出口令的时机，致使不景气的状况越发严重。"但是事态不幸言中，更具讽刺意味的是，恰恰是自己的公司受到了影响。

"这种状况如果持续到夏天，可就有资金周转困难的危险了，因为秋天起就得开始偿还公司债务了。"负责财务的川田四之助低声说。

"那怎么办好呢？"次郎表情严峻地坐在椅子上，看着川田。

"在没有资金周转的目标之前，只有停止施工了。"川田急忙眨着眼睛，试探地主张道。

"不行，那不行。"次郎坚决地否定了。在开发别墅的同时，他还计划在郊外建造一个大学城呢。

前年，次郎去后藤新平那里表达参加选举的决心时，后藤新平在关东大地震后成立的帝都复兴院总裁办公室接待了他，海阔天空地说："我留学时，俾斯麦①刚刚下台，但思想上对德国国民的影响依然很强。我就是在那里学到了什么叫'治国'。这可以追溯到费希特②，那就是自治、独立的思想。其中，具体的城市规划、卫生制度的建立、地区财政的确立都是必需的。楠君，这才是文化啊。海德堡了不起，给琴根亦然，以大学为中心，保持了中世纪以来的都市传统。我们必须创造新的传统。三百年、四百年，很快就会过去。楠君，你一定要建一个大学城！"

听了后藤新平的一席话，次郎想起，这位前东京市长发表了一个以两条环状公路和数条放射状街道为中心的东京改造计划。次郎打算派最近给公司帮忙的中岛聪去一趟德国。他是阿樱的外甥，大学学的是工学，毕业时因持续的不景气而找不到工作，临时来次郎的公司帮忙。次郎相信中岛的性格，虽然他还年轻，但还是把刚刚成立的多摩湖铁路的经营交给了他。

这条铁路是从中央线国分寺站到多摩湖的短途郊外铁路。次郎估计，倦于都市生活的人们一定想看看与大海不同的水域风景而来多摩湖游玩，多摩湖四周是绿色的多摩丘陵，规模虽比不上琵琶湖，但这一带作为东京的内庭，理应成为最优越的住宅地。

次郎从未想过自己要出国。再怎么快的船，来回也要两个星期。如果在德国停留三周，就要有一个月不在日本，这期间公司不知道会发生什么事情。而且，不懂外国话，就算请翻译，但那翻译若和洋人合伙，自己还不知道给骗成什么样

---

① Otto von Bismarck（1815～1898年），德国政治家，1871年统一德国，有"铁血宰相"之称。
② Johann Gottlieb Fichte（1762～1814年），德国哲学家。

呢，这也让人不放心。次郎还相信一句话"去者日以疏，来者日以亲"，一个月不见面，公司职员没准儿就起了谋反之心呢。苑子那样的女人不就是吗。再说了，和金融机构的斡旋，也是非自己不可。

在这些不安的另一面，次郎对自己的想象力充满了自信。他相信，只要中岛拿回重要的资料，比如市街地图、明信片、有关城市规划的说明等，就比一般人待上一年还能抓住本质。

决心参加选举后不久，大隈重信去世一年半以后的一个早晨，次郎刚到已搬到原宿的公司，就叫来中岛，说："有点儿事儿跟你商量。今天天儿好，高兴，咱们外边说吧。"

中岛丈二和尚摸不着头脑，表情紧张起来。平时有事，次郎要么简单扼要，三言两语，要么暴跳如雷，张口就骂。要是被问到和阿樱分不分手的事儿，可就更糟了。中岛越加担心起来。

"我想让你出趟国。"一走出去，次郎就单刀直入。"想让你去德国大城市考察一下，柏林、法兰克福、给琴根，还有海德堡。"然后，次郎把从后藤新平那里听来的有关大学城的特征等，对中岛解释道："不是有个词叫'门前町'①吗？都是以有名的寺院啊神社为中心的。我也计划建一个。这也就是大学和车站、道路的关系。德国恐怕和古城堡有关系的城市很多，和城市相连的公路也是，后藤先生说叫高速公路。"

中岛很感动。他听川田四之助说过，公司情况不那么乐观，头儿（不知从什么时候起，他也开始这样叫次郎了）也许总有办法渡过难关，可这种时候竟能派一个刚参加工作不久的人去德国一个月。正直的中岛想，自己要给这个人干一辈子。

中岛觉得必须表明自己的感激之情，头儿喜欢爽直的人。

"太感谢您了。我虽然没有什么信心担此大任，但你指向哪里，我肯定打到哪里。"

"嗯，"次郎盯着中岛，点点头，补充道，"另外，你也要调查一下德国的公

---

① 指寺院、神社门前附近形成的街市。

路是不是全部都是国有，有没有私有公路。"此时，次郎脑子里已经有一个以车站广场为中心、呈放射状发散的公路图了，广场要转盘式的，中央要有一个仙鹤、水禽戏水的水池……

问题是能让这个计划付诸实现的土地和迁移至此的大学，这些不定下来，就什么都定不下来。然而，次郎不这么想，他的逻辑是，只要有意志，就有可能。

起初，次郎将已经到手的多摩湖铁路的起点国分寺站周边地区列入了考虑范围，可站前已经有了商店街，没有建广场的余地了。至于途中的小平站或东村山站周围，经调查发现，这里从地形上看不适合修建宽敞笔直的公路。另一方面，就早稻田大学的可能性的问题，次郎向永井柳太郎征求了意见，但有过卷入校长风波的痛苦经历的永井却不太积极。

"还是不牵扯学校为好，"永井说，"学者大多不谙世事，对实业家都持有戒心，而且，他们觉得接受赞助是应该应分的，特别是同窗会，对自己曾经就学的地方有一种留恋，所以他们第一个要搞运动，反对迁址。"永井如此摆出不能赞成的理由之后，还难得地提出现实的建议："要建大学城，要么就新建大学，要么就配合后藤的城市规划，把位于繁华地段的国立大学迁到这儿来。"

永井柳太郎关于大学城建设的意见是很有说服力的。此前，次郎只是将其作为政治家来敬重的，并没有太看重他关于实业的意见，这天，他对教育的看法令次郎心服口服。

如果顺着永井的意见来考虑的话，应该从神田周围扎堆的大学中，寻找周边太过热闹、校园太过拥挤的学校。然而，大学当局、特别是校长，都有各自关于对未来的展望和办学理念，而且还得是能带动教授们的人物，次郎想，那些教授总是在空论上耗费时间，但在对世事的了解上只能说是小孩子水准，如何说服他们将是最为艰难的事情。

他想起后藤新平常说，要干事情就要先调查研究，便对国立的东京大学、东京商科大学、私立的明治大学、中央大学、专修大学等学校的实际情况着手进行调查。调查结果，无论从校内意见还是从周围的评价上看，东京商科大学校长佐野善作都是一个合适人选，而且，这所大学的面积是最小的。

为了请后藤新平将佐野校长介绍给自己，次郎再次造访了帝都复兴院总裁办公室。后藤和以往不同，只是抱着胳膊，什么都不说，良久，像是突然想起什么一样，睁大了眼睛，说："楠君，有一样你很早以前让我写的东西，一直忘了给你。"说着，他站起身，打开写字台后面书柜的门，取出一个纸筒，展开，说："这是小早川隆景的座右铭，我写了好几遍呢。"

次郎很感激，绕到后藤身后，只见上面写着一大排自戒格言："春雨宜人，勿至花落；酒宴宜人，勿至丧志；美色宜人，勿至灭身；利欲宜人，勿至丧理；权势宜人，勿至忘他；佛教宜人，勿至忘世。"

后藤收好纸筒，说："小早川隆景是毛利元就①的三儿子，重义气，常能看破天下大势，却从不为眼前利益所驱。自制是他的哲学。身为武将，他本领堪称天下第一，但他却尽量不使用武力。"

次郎虽觉得有的地方有些刺耳，但想到后藤那么繁忙，却抽时间给自己写了这么长的字幅，心里更多的还是感激。后藤又站起来，仍旧抱着胳膊，踱着步说："至于介绍佐野校长的事，首先我认为不用我的介绍，你自己去见他更好，有很多时候，有独立心的人，讨厌位居权位的人居中介绍。"

次郎好像学到了一样重要的事情，连忙致谢，默默地鞠了一躬，退出了办公室。

次郎渐渐认识到，各个领域都有一些和自己不同的人。起初，他对价值观不同的人只是怀有强烈的反感，但为了推进开发事业，便不能一概而言了，特别是参加选举，只要利害关系一致，即便是自己讨厌的人也得联手合作，所以，他慢慢觉得，思想上和自己有共同点的人固然重要，但因利益而纳入伙伴关系的人也十分重要。

次郎制订了作战计划，首先决定给佐野善作校长写一封长信，描述自己计划建造的理想大学城的蓝图，阐述对日本学术研究的认识、振兴产业的重要性以及学识自由的重要性，最后表示，自己虽为一介势单力薄的少壮实业家，但自己的想法如果受到肯定，务赐一见以期倾谈。次郎将这封信留了一个备份，如果一个月后没有回复，就打算改写一下，寄给东京帝国大学校长。

---

① 1497～1517年，日本战国时代的武将。

然而，佐野善作校长很快就有了回复，并以回信的速度，定下了面谈的时间，且语气非常客气："如果需要，还请允许我们副校长和事务长一同出席。"

次郎犹豫了一下要不要带上中岛，但最后还是一个人去了。

进了大学所在的办公楼，校长室的窄小昏暗让次郎大吃一惊。佐野善作的第一个问题就是，地点在哪儿？

次郎肯定地说："还没有决定，我想先了解一下您是否有迁移的意思，看看大学方面认为什么样的地方好，然后再找地皮。我不是想让您用我现有的土地，但如果您有迁的意思，土地一定会找到的。"

佐野善作深深地点了点头，副校长和事务长中间也洋溢着轻松的气氛。事务长说，希望地点最好在离大学现址电车四五十分钟左右、不用换车即可到达的地方，还说如果离车站近些就更好了。佐野善作接过事务长的话茬，说："嗯，这样的地方也许很不好找，但面积最小也得两万坪。现在是四千坪，要增设学科，地方解决不了，非常挠头。至于争取国家预算方面，我们负责。"

次郎对佐野校长能与自己在大学城的构想上产生共鸣，感到很高兴。谈话间，次郎真心希望要按照大学的期望寻找地点了，这时的次郎是一个充满善意的人。

可是，如何能够找到合适的地皮呢？在东京近郊，寻找长野县的沓挂区、箱根周围这样的公有地和尚未开发利用的村镇共有地，是十分困难的。去奥多摩、秩父那边的话也许会有，但作为大学所在地，又嫌太远。

次郎想，要是用飞机从天上找，大概就快了，于是就和川田四之助、中岛聪商量能够搞到飞机。川田惊讶地反复问了好几遍："飞机？"

"对，就是世界大战时大派用场的飞机。据说侦察什么非常方便。"

"这我知道，可您用它做什么？"

"找地。我要从天上看看哪块地儿适合建大学城。这对轻井泽、箱根的开发也很方便啊，还可以用在分售地的宣传上。"

川田沉吟了一下，认真地反对道："那可不成。那么大个家伙在天上飘着，太不可思议，万一掉下来可怎么办，公司可不能没有头儿。您的祖先也会叹息的。那太冒险了。"

"飞机不行吗?"次郎又叮问了一遍。

这回,有土木工程师资格的中岛也毫不让步地说:"是的,不好搞到手不说,附近没有可以起飞和着陆的机场也不行啊。还有,这是我听了您的话以后想到的,从国分寺到立川之间有一块平原,夹在中央线和南武线中间,现在已经是一片荒草。"

次郎关心的焦点一下就转移到了国分寺和立川之间的平原上,对飞机再也提不起兴趣了,便立即作出了决定。"是吗。那这就去看看国分寺和立川之间的那块地吧。现在走,中午也到了吧。我坐国铁到立川,中岛君坐车去国分寺,这样坐车和坐电车的时间也搞清楚了。"

电车过了国分寺,穿过凿开的水渠,正如中岛所说,一片草原映入眼帘,次郎不禁发出一声感叹。他为视察多摩湖铁路到国分寺站来过多次,却从未向前多走一步。这种感叹很像受贵族院大木远吉指点、在热海到箱根的路上发现从鞍挂岭眺望伊豆半岛的景致时的惊叹。如果从小田原去,虽然要考虑道路拥挤情况,但距东京五个小时的地方有避暑地,到了热海,那里又是避寒地,而且途中还可以眺望相模湾和骏河湾。而今,掐表计算,从新宿走四十分钟都用不了。次郎想,这次,也是神灵在命令自己开发呢。

稍微有点不放心的就是,不知道是谁拥有这么大一片地。次郎独自点点头,想,即使是个人,看他如此闲置土地的情形,应该是有办法说服他的。如果是公有地、村镇共同管理的情况,杳挂区的交涉是令次郎积累了充分的经验的。

尽管同佐野善作校长缔结的《大学城建设协作意向书》要获得教授会和同窗会的同意需要两年左右的时间,但因是如此费力才有些许进展的计划,所以,次郎想以资金周转形势所迫为由,推迟计划实施。首先需要的是在与地主签订买卖合同时支付的首付金。川田四之助认为,这笔钱要十万日元,杳挂区和箱根的施工费也需要支付,所以无法两下同时支付。

次郎决定请理解自己理想的神田银行行长神田镭藏到鳗鱼店,求得他的指点。次郎成立楠房地产公司时,他是大股东之一,关系近如亲属,常在报纸上谈及次郎"是旷世奇才。帮助这样的人搞实业,是金融机构的职责",毫不避讳。

听了次郎关于大学城的话，神田镭藏用看自己儿子的目光看着次郎，说："知道了，银行也和我的个人公司差不多，缺点是资金量太少，但足够支持你的计划。储户也会理解我们的。不用担心，大胆干就是了。另外，川田君和中岛君，你的手下都不赖啊。"

次郎在饭桌上合掌垂首，再次体味到神田镭藏和自己的缘分是如此让人感慨。十五年前，神田作为大股东之一，出席了后藤毛纺的股东大会。那是神田继承父业、成为行长几年前的事，他在那里听到了当时还是学生的次郎那些拥护常务董事的激辩。那个年代，融资不仅要看企业、还要看人的思想还很时兴。

计划为楠房地产公司增加投资、调整局面时，神田镭藏就爽快地答应了成为股东的请求，那时他才向次郎讲起后藤毛纺股东大会的事。打那以后，次郎就暗自把神田银行当做了关键时刻可以跑来求救的地方。在神田镭藏看来，三十七岁的次郎，只比死于日俄战争的小弟弟小五岁，对总是以豁出性命的姿态跑来大谈实业理想的次郎，他有一种不可理喻的亲近感。

"对了，今年的纳凉焰火大会，你可一定来啊，融资的事，让我们的常务董事和川田君谈就行了。"神田邀请道。因为前年发生了大地震，所以去年没有放焰火。

"我伯母也震亡了，"神田镭藏平静地说，"他们住在向岛的小梅町，去买东西的路上发生地震的，结果去向不明……"

神田镭藏也是庶民区长大的，一看到夜空中盛开的大朵大朵的花儿转瞬即逝，神田就会产生一种与生俱来的感伤情绪。刚才听到次郎说他的大学城建设规划，神田想起了后藤新平就任帝都复兴院总裁时的讲话："天灾不可避免，这次震灾之所以受害严重，是因为没有实行考虑到灾害的城市规划。东京公园绿地的人均面积还不到伦敦的十七分之一。"如果大学迁到郊外，旧址用作绿地，庶民区的老百姓就不会拥到被服厂而死伤那么多人了。

而次郎却想起了父亲是焰火匠人的苑子。如果在纳凉焰火大会上偶遇丢下孙清的苑子，自己会在众目睽睽之下谴责她弃子之过，可他马上又想，那是过去的感情了，如今，孙清成长得健康苗壮。说到底，岩边苑子这个女人是与自己无缘哪。这时，他又一次想到，孙清能健康成长，多亏了阿樱，如果那天她身体状况允许，也一定带她去看看。于是，次郎请求道："谢谢。您既然这样说了，那我就不客气了，我带贱内去看行吗？"

听了这话，神田心里一惊，他未曾想到次郎已经有了家室。同时，他感觉到楠次郎是真的亲近自己了，就答应道："行啊，那我也带个人去吧。"神田镭藏那会儿在深川和柳桥的花柳界各有一个情人。

然而，次郎回到家里，一说纳凉焰火大会的事，阿樱立刻回以冷淡的拒绝："我不去了，都说晚上的风不好，况且我受不了人多的热气。"

13

夏季的资金紧张因神田镭藏的支持和施工费的支付延到了年末而总算得以缓解。然而，楠房地产公司却无法回应翌年3月到期的第二批公司债务的偿还，神田银行也在景气长期低迷的境况中陷入资金困境。承担公司债务的其他金融机构和迟迟收不上欠款的债主都缠着楠次郎，催他尽快还款，而且这种交涉渐渐地开始带有威吓的味道。

楠次郎无法让自己销声匿迹，却不得不让阿樱和孙清躲到债主及其雇佣的暴力团找不到的地方。阿樱曾为孙清学校的事头疼，正好赶上那年孙清上中学，住进学校宿舍，阿樱则借居在孙清宿舍附近的大学同学的耳房里。

在这种困境中，国会议员的身份对保护楠次郎是很有利的，可是，本应是国民中的佼佼者却欠款不还，这种道义上的谴责，反而将他逼进了窘境。自己是在追求理想，搞实业也不单单是为了私利私欲。这个时候，需要这种坚强的姿态，而楠次郎的性格，正适合采取这种态度。作为担保债权人，神田银行认同次郎的主张，还说服其他债权人继续支持楠房地产公司，待土地获得更大价值后再还款，这帮了次郎的大忙。

陷入困境的次郎对宗教更加深信不疑了，他每天早晨给祖父清太郎的牌位上香时都在心里默念："感谢您将神田镭藏这样的人引见给我。"只是，这话次郎对妻子并没有说。他怕她会笑话他。关于公司的困境，他也只是在批判若槻内阁的言论中一带而过："政府的政策不对头，景气就不会好转，原因就在于，只有日本没有机构改革的勇气，还在继续散漫的财政。楠房地产公司也深受其害啊。"

决定暂时腾出下落合的房子时，次郎有些犹豫，不知道祖先的牌位该如何处置。可如果连牌位都拿走了，债主用房子作抵押时自己就不好强调居住权了，于是决定依旧放在这里，自己时不时地来上上香就是了。最近闹市区的分售工作刚刚开展，自己就轮番住在工地吧。这不同于以十年为单位的观光地开发，一年的施工结束后就要售出去，而这闹市区的销售行情停滞不前，正是资金周转不灵的重要原因，所以，次郎也有必要住在工地，鼓舞职员们的士气，监督职员们的工作。

次郎首先选择了上大崎的池田山的分售地。这里位于丘陵地带，大约七千坪，曾是大名的别墅地。原计划铲平丘陵，铺设道路，使之成为容纳五十户左右的住宅地，但由于资金问题，从施工途中就开始卖了。由于也采用了建房出售的方式，便建了三栋样板房，但没有卖出去。次郎一个人住在其中的一栋中，打算在监督施工的同时，将去丸之内一带如何方便、环境如何好之类的居住体验用作宣传。

早饭和晚饭，次郎请给工地施工人员做饭的大婶帮忙做，每个月和施工人员一起吃一两次饭，也是想听听他们的意见。平素讨厌宴会、喜食粗茶淡饭的习惯此时派上了用场。

无人居住的家总是很冷清，但每天白天周旋于银行、官厅，回来以后再叫来一些干部简单地碰碰头，有时候还要亲自带上客人去工地，完事后总是筋疲力尽，只剩下睡觉了。从一个工地到另一个工地，次郎频繁移动着住地，他想，自己今后这种到处推销分售地的生活，和沿街叫卖的小贩毫无二致。滋贺县出身的商人，直到前一阵子还扛着秤杆子在全国走街串巷，有人卖纺织品，有人卖杂货，还有人卖药，但从习惯上看，商人们在建立全国性客户网之前，一般都没有家眷，因为，一想到家人，在需要再加一把劲的时候就会想回老家，行动半径就会小得多。

沿街叫卖的小贩都不会集体旅行，总是一个人一个人地单独行动。如果在目的地遇到同乡，也会相互鼓励一下，交换一下信息，但如何理解这个信息、如何行动，就要靠各自的判断了。因为本质上彼此都是竞争对手，所以，互相帮助是不太可能的，也是不行的。正因如此，也十分忌讳抢人生意、欺骗别人的做法。小贩们就是在这种情况下，将自己的才智赌在买卖上的。

时而从祖父清太郎那里听来的小贩们的这种生活方式，在次郎看来是极其自然的。住到工地后，次郎就将自己比作小贩，激励自己。在住处兼办公室的建房出售式住宅的墙上，贴着请永井柳太郎写的方形美术纸签，上书"常在战场"，除了鼓励自己，也是为了让被叫到这里的干部职员们都能看到。

参考当时的政治、经济状况考察父亲的行动，我发现，在这苦难的时期，他被迫面临决断的事情至少有两件，其中之一就是是否参加下一次选举。父亲犹豫不决的一个重要原因是楠房地产公司的困境，但事实上不仅如此。看多了政界的分裂抗争、聚散离合，便依稀产生了对自己参加政治活动的疑问。

昭和二年6月，脱离政友会创建的政友本党，和宪政会合流，成立了立宪民政党，滨口雄幸任总裁。第一次选举时，父亲从政友本党出马，成为候选人并当选，后又在永井柳太郎的介绍下加入了宪政会，所以在这一点上，两派的合并对他来说更易于行动了。

让次郎的政治热情大大减退的是，不论执政党还是在野党，在金钱面前、在政策主张上没有气节的政治家太多了。永井柳太郎曾自嘲地对妻子贵久代叹道："所谓政界，就是骗子、强盗和小偷乌合的地方。"让永井发出这般慨叹的事件一个接一个，用学者的话说，"由于日本社会整体现代化尚不发达，所以政党政治有些牵强，这样下去，有良知的国民就会变得讨厌政治。"从现在的状况看，这种意见已然成为主流。发行《新日本》杂志那会儿，父亲是为了净化政界激起斗志的，可他对言论和思想的热情，却在开始实业之后烟消云散了，而对身为政治家对社会意味着什么，则越加看得明白了。那是位居权力中枢的人。如果不是众院议员，楠房地产公司一定会受到金融机构更为苛刻的对待。如此想来，次郎重新认识到，决不能放弃政治。

即便是支持他的神田镭藏，也没有忘记在说服其他金融机构，主张与其着急收回欠款，不如让楠次郎充分施展的时候，加了一句："总有一天，他这样的人领导政界的时代就会到来!"父亲能够想象得出,神田镭藏退席后,会有"可神田君那边不要紧的吗"之类的对话,他看透了人间的世态炎凉。

然而,父亲并不是感到了世态炎凉就消极悲观的性格,相反,他的可贵之处在于,他会重新确立自己的目标,靠专心致志、勇往直前,来驱赶心中的凄凉。他此时的目标,就是在不远的将来,开发出日本第一家大规模大众观光地,并在东京近郊建设一座欧洲风格的大学城。开发观光地需要时间。地皮放在那里不会烂掉,经济发展了,还会升值。这和树木只要有太阳雨露就会成长是一样的。这段时间,可以致力于其他的开发和建设。

如此多种房地产开发的组合,正适合他有见异思迁的一面的性格。他所担心的只是此间资金能否有保障。他的结论是,神田银行和兴业银行鼎力相助时总会有办法,其他债权人的追究只是有点麻烦而已。家人的避难,使次郎没有了后顾之忧,喷发出勇往直前的能量,结果,他反而有心情在国会的几个委员会上露面了。

海军出身的加藤友三郎、陆军出身的山本权兵卫、机要顾问清浦奎吾,分别是大正末期无视政党存在的三届内阁的首相,他们均为仰仗山县有朋鼻息的门阀出身,可谓"死人统治政界"。这从另一面看也是元老们的失策,拥护普通选举的运动在社会上扎根,而站在第一线的,正是尾崎行雄、永井柳太郎。大家都期待着,如果以这些人为核心,贪污事件也许就会杜绝。次郎首次当选的大正十三年的选举中,护宪派大获全胜,是显示出时代变了的第一次选举。正因如此,新当选的众院议员中,想趁势转为护宪派获得利益、大干一场的人,和目不识丁却唯有投机感觉超级敏锐的人,都大有人在。

昭和二年,立宪民政党成立五个月后的党总务会后,次郎来到议员会馆永井的房间里做了一番倾谈。楠房地产公司在陷入形同破产的局面后,几经恶战,尚得不到根本的解决,但国立的大学城建设的展望也已经开始,永井对此颇为担心,次郎的这番倾谈也带有一点中期汇报的意味。

次郎解释完了,永井低声说道:"我虽不懂实业的事,但也知道你挺不容易的。阿樱身体怎么样了?贵久代也很担心。"

"有道是胜败乃兵家常事，实业界也一样。我们也有足够的抵抗力了。"次郎回答道。随后又补充了一句："阿樱也经得起考验。"说着，次郎想起了年轻时想要兴实业、从财政方面支持政治活动的干劲。而今，他忽然怀念起那时的年轻和幼稚了，而不知道自己今后该不该置身于腐败的政界的姿态，简直就是一个"知识分子弱者"。次郎常常以此批判那些大事当前时只会讲大道理的大学毕业的干部。

在暗自决定仍然参加下次选举的延长线上，次郎唐突地说："那，得开始做一些选举准备了。"

"不用了，你也不好过不是？你不用担心我，要是有余力，都用到党上去吧。"永井说。

次郎明白过来，事关资金时，永井已经铁定是接受的一方。他点点头，试探地说："这次选举从程序上看对我们很有利吧。"

谁知永井表情突然严肃起来，抱着胳膊，仿佛在说一件不想说的事情："你也知道，若槻内阁辞职，是因为枢密院推翻了内阁上奏的台湾银行救济案。只要有天皇、有枢密院这样的超然组织的存在，即使选举获胜，也是有限度的。"

推翻若槻内阁、被元老们推为总理的是田中义一。此人陆军出身，山口县生人，山县有朋死后作为长州藩领导人亲自指挥侵略中国，对币原喜重郎及其麾下当上外务参与官的永井柳太郎，一直以"软弱外交"为由进行非难。田中经常对同伙肆无忌惮地主张："欲征服支那，必先征服满蒙；欲征服世界，必先征服支那。"这种人掌握了权力，说出"这次选举，政府机关是要大加干涉的。像你这样有战斗力的人，不当选可不行"的话来，次郎虽可以天真地赞同，但似乎会让今天说这番话的永井的内心深处更加郁闷。

"议会上获得多数是先决条件，但进行国家大改革才是要务啊。"永井继续说。

他的样子让次郎想起了永井经常挂在嘴边、也写在了方形美术纸笺上的"一身温饱愧天"这句话。这是大盐平八郎的一句诗。幕府末期，大盐反对幕府勾结土豪劣绅垄断农产品，在近畿一带领导农民起义。永井柳太郎年轻时曾有一个时期十分敬仰大盐平八郎，在《新声》杂志上写道："思现实社会之状势，胸中不禁燃起种种殷殷同情同感之火。"二十五年后的今天，永井说的国家大改革指的是什么内容呢？次郎感到很纳闷。

关于大盐平八郎，次郎从祖父清太郎那里也曾听说过，永井的文章次郎也还记得。大乱起时，"幸好我还是个孩子，没受太大影响，可要是小伙子，就不好说了"。祖父说着，又改变了语气，训诫道："次郎，不要过于相信自己的力量，以为能撼动天下，要抑制自己的血性，认真观察大势。"

一想到说这话时祖父的声音，次郎眼前就会随之浮现出晒成古铜色的脸，下垂的白眉毛，略略凹陷的下颌上长出的长髯。这张脸和次郎的下颌略鼓的方脸不太像，次郎总的说来还是有些像离开了楠家的母亲。

永井柳太郎究竟是在用大改革这个词构想什么呢？次郎很想知道。撇开政界的战略政策不谈，次郎觉得永井柳太郎是个比自己浪漫得多的理想主义者。

这天，永井没有讲明自己的构想，也许他还没有考虑周全，次郎也就没有再问。临走的时候，永井说："你读读这个吧，也许有点参考。"说着，递给次郎一本油印的小册子，《国家改革案原理大纲》，作者是北一辉。接着，又叮嘱道："读的时候注意点，除了你，我只给了松村君一本。"他说的松村谦三，是报社记者。

次郎一回到议员会馆自己的房间，就倒在床上，打开了那本小册子。最先映入眼帘的"绪言"是这样的："而今，内忧外患，大日本帝国面临着史无前例的困难，大多数国民生活不安定，欲步欧洲诸国破坏之后尘，僭取政权军权财权者，唯隐于龙袖，惶惶然维持其不义之举。"

次郎哗啦啦翻了几页，见第一卷《国民之天皇》中写着"废止华族制度，拆除历来阻隔天皇和国民之屏障，弘扬明治维新精神"、"废止贵族院，设置审议院，以审议众院之决议"、"审议院可以一回为限，否决众院之决议"。

次郎起身，坐在桌前读了起来。他感到，文章中仿佛藏着磨得飞快的凶器。

第二卷《私有财产限度》的标题下，写着"日本国民一家之所有所得之财产限度为一百万日元"，下面的《土地处理三则》中，规定"日本国民一家之所有所得之私有地限度为时价十万日元"，第五卷则为《大资本的国家统一》。

将各卷主要内容匆匆过目之后，次郎心头掠过一丝不快，仿佛听到一个没劲的玩笑，读到一首不知所云的诗，他想，这可不成，这是社会主义。于是，他心里嘀咕起来，永井为什么要把这本北一辉这个自己不认识的人写的小册子绝密文件般地交给自己呢？

次郎决定立即打电话约见松村谦三。他也应该读了这本小册子。

"永井先生用心何在呢？"次郎问。

"你也知道，永井先生对政党政治的水平很绝望。"

的确，不论是执政党还是在野党，很多政治家的目的是接近政权，政策的实现和政治理念的渗透只是第二位的。在通过普通选举法的过程中，也出现了私通处于反对立场的贵族院的人，和得知政友会势力渐强后便舍弃推进普选法的立场、转而欲与政友会提携的集团。

在政治家们东奔西窜之际，不景气的现状越来越严重，列强对日本的控制也越来越严。在国民看来，政治家们置不景气、破产、失业等大事于不顾，整日专注于利己的争斗，这对永井柳太郎这个对人世间的空气比常人敏感的人来说，不能不让他感到情绪低落。这种情形被认为是政府无能之故，若槻内阁因此辞职。对永井来说，辞职与其说是反对党内阁的辞职，不如说是政党内阁因枢密院而溃败。其结果，长州藩的代表田中义一当了首相，永井柳太郎的挫折感便也越发加重。

"理想主义成分越多的人，挫折感也越深。振作起来的最好的良药，就是在这次选举中我们真正的普选法能大获全胜。我也很茫然，但最后决定辞去报社记者的工作，参加选举，从永井先生旁边的富山。"松村说。

"北一辉是什么人？"次郎问道。

松村谦三刹那间现出很惊讶的表情。

北一辉和次郎是同一代人。他曾作为早稻田大学的旁听生，学习哲学和史论。这个天才在论坛上轰动一时的《国体论及纯正社会主义》最后被禁止发行，但他主张应该支持中国革命统一，曾出版《支那①革命外史》献给大隈重信，所以，次郎不知道北一辉，简直令人无法相信。

楠次郎关于学问和政治的知识中时不时地会有这种漏洞。一边听松村谦三关

————————

① 日本江户中期至二战期间对中国的蔑称。

于北一辉的解释，次郎一边想，关心政治的青年们聚在一起听北一辉讲话时，自己大概是出席东京橡胶的董事会或是去工地了，连报纸也没能好好看。

"拿明治维新来说，他相当于吉田松阴吧。"松村说着，结束了对北一辉的解释。他谦和的回答令次郎很高兴。

"如此说来，永井先生想知道我们的反应喽。"次郎说。

"对，而且，也许他是想警告那些枢密院和贵族院的老爷子，如果继续做出违反常识的举动，愤怒的人们会投向北一辉的。对了，永井先生也许是在寻找这个方法呢，无论怎么禁止发行，也不能蒙上眼睛啊。"松村主张道。他记者的才能可见一斑。他像想到什么一样，将目光斜上天井，用左手无名指轻轻敲打着膝盖，陷入沉思。很快，他回过神来，说："啊，对不起。我在想，像北一辉这样的人，有没有什么办法可以用在确立议会政治的权威上呢？也许永井先生想让我们读的就是这个呢。先生说过，常把对手分成敌方我方的思考方法本质上是不符合议会政治的。"

"这我明白，可这个人如果用错了，咱们也有烧伤的危险哪。"次郎的意见很消极。

"确实是这样。"松村肯定地说。接着，他又说了一些难懂的话："永井先生不应该直接接触，政治中的浪漫主义和现实主义的配合必须慎重。"然后，他向次郎说了一件令次郎很感意外的事情：永井先生的希望不是做外务参与官，而是陆军参与官。

"我也理解不了，就刨根问底地追问。我当过记者，这种时候的追问是我的拿手好戏。他说，他判断，如果推行日本的改革计划，就得有一个不得不使用现役部队和在乡军人的阶段。他说，他做了他不希望做的外务工作，是党的人事安排。我听了，感到他觉得很不妙。"

松村的话让次郎很吃惊。次郎感到，永井柳太郎和自己之间不只是前辈和晚辈的关系，在政治上，还有着职业选手和门外汉的差距。然而，对自己来说，立马成为一个职业选手的搭档，也是不可能的。次郎将这个发现归咎为，在自己埋头抵抗公司危机时，永井柳太郎作为职业政治家越走越远。自次郎初次当选后第二年起的三年间，除了重要法案的委员会和全体大会上进行表决的时间，已经很久没有出席议会了。而且，党的会议几乎都是缺席的，对干部的人事分配也未曾关心。即便是有人提议说"让楠君干如何"，也会不知从什么地方冒出"他不是正忙着公司的事儿呢吗"的声音来，结果，他被政治扔在了后面。

次郎确认，这并不是因为被有意识地当做了排挤对象。他不愿意这样想。他眼前又浮现出对自己很好的早稻田大学时代演讲组的同伴们的模样。可是，除和永井前辈外，平时自己轻视和伙伴们的交往，也是事实。

次郎一直认为，没有什么特别的事情，就是聚在一块儿饮酒作乐，练几首小曲，下几盘围棋，这都是有钱的闲人做的事。在有志于政治的学生时代，次郎也曾经常去看年轻女性演唱的义太夫，想学习筑前琵琶，虽然名义上是为演讲做发声练习，但是次郎自己最清楚，实际上不过是舞台上演奏的女演员很有魅力罢了。次郎也时常反省自己，并为扩大个人的交际范围，和永井、木暮武夫（此人是太郎和永井共同的朋友，同为众院议员，经营旅馆）去一去料理亭，可他只是盘腿坐着，露出质地很厚的棉毛裤，不喝酒，不知道西鹤，也不懂得近松门左卫门，很难加入到他们混有女人的谈话中。木暮这样的人很会说些轻松的俏皮话，大家都笑得东倒西歪的时候，次郎也不大明白，只是慢一拍地附和着笑笑而已。宴席上的侍女们意识到次郎的孤立，偶尔会过来搭几句话，但这更给他一种被可怜的感觉。

同松村谦三见过面后，走在刚刚吹起的寒风中，次郎忆起了很多事情，忿忿地想，我反正是个乡下人，是个杰出的农民。

秋风扫着落叶，次郎想，儿时也是一样，现在自己有真正可以叫做朋友的人吗？回想一下自己的人生道路，他不得不承认，自己一直是孤立的。只要按一种生活方式生活，这种孤立就在所难免。然而，却不能说事业会因此就过得去了，搞实业可不是那么简单的事情。

莫如说顺序正好是相反的。既然这样，一段时间内，就必须得在确保议席的同时，集中精力扭转公司困境，发挥作为楠氏家族一家之长的作用。这得用三年还是五年，需要依景气情况而定，此间，只好请几个朋友研究一下政界的动向、日本和外国关系的变化，让自己不至于太落后于时代。为此，交两三个高水准的报社记者朋友，也是很重要的。

公司的境况如此严重，使次郎不得不承认，自己一直强调的政治和实业是自己车之两轮的结构崩溃了。次郎思前想后，慢慢回到了很少回去的上大崎的家。

入夜，寒风越发强劲起来。虽然是新盖的房子，但跑上坡道的风声，会把次郎从睡眠中惊醒。半夜里，他坐起身，想，见到松村谦三后自己内心的摇摆和不安还是不要跟阿樱讲了吧，北一辉的事大概也是不讲为好。关于《国家改革案原理大纲》，可能永井也没有和贵久代夫人说起。政治就是这样子的，越是职业的政治家，越有一些和父母兄弟都无法言说的东西。这样一想，次郎就能将自己在家族中的孤立、和阿樱的距离合理化了。

自次郎和松村谦三深谈之后，到昭和三年2月第一个男子普选法实施的那段时间，次郎跨政治家和实业家两个领域的生活方式，出现了被迫做出某种选择的转机，同时，也发生了另一个不可放过的变化。

我被申报为昭和二年3月30日出生，为广田裕三郎和广田莲所生，取名为广田恭次。此后，昭和四年，父母因患流行性感冒先后去世，我便被楠次郎、阿樱夫妇收养，改姓楠。升入中学时，我从阿樱那里听说了这些。正式的申报登记时，出生年月、姓名、父母情况等都一直是户籍上的父母的名字，公布考试结果时，揭示板上当然也是以楠恭次的名字出现的，这在楠次郎、阿樱二人去世后的今天也未曾改变。

然而，最近，我决定撰写父亲的传记并着手准备时，才知道这与事实不符。让这件事水落石出的材料不在父亲留下的庞大资料中，而是出现在养母阿樱的遗物里，就藏在装有阿樱年轻时写的随笔、朋友的来信等的大旅行箱中。我发现了一个用布卷着的白色包裹，打开一看，是一个印有礼签、礼绳的封筒，上面写有"寿"字，里面是几张证明材料。

大正十五年11月10日　上午十一时五十五分生　恭次

东京至诚病院产室

父　楠次郎

母　青山莲

同这份材料在一起的，还有像是脐带的一个又脏又干的硬块，和一份接种证明。

第一期种痘证　广田恭次　昭和二年3月30日生

昭和三年1月种痘（第一回）正常四颗右　第一期种痘完了

特此证明

昭和三年1月30日　医学博士　冈本孝

当时，为预防可怕的水痘，幼儿有接受种痘的义务。这份证明书的栏外还印有"注意事项"："此证应保留至接受第二期种痘时。如有相关人员查验，需出示此证。若无可以替代之证明，应课以十日元以下罚款。"

第二期种痘证明是昭和十一年4月23日由新宿区下落合的医生本山三郎开具的，但这时的名字就变成楠恭次了。大概，大正十五年我在至诚病院出生时，还没有姓。如果说有，也许就是青山吧。

14

发现关于我出生的资料纯属偶然，并不是踏破铁鞋终得见那种。

在泡沫经济崩溃后的严重不景气中，原楠房地产公司、现综合房地产公司迫不得已缩小规模，这对我来说是引退的好机会。楠次郎创下的企业集团的总部职能集中到有着埼京电铁控股公司地位的楠观光公司，由异母弟弟清明继承。综合房地产成为另立门户的公司，且综合房地产销售为其子公司，所以我一个人完全可以拍板。我记得不知谁说过，一个人能够不失热情地将同样的工作干了二十年以上，不是因为钝感，就是因为天才。一旦决定，我就想尽快从生意上抽身。

有一种意见认为，我的引退，是临阵脱逃，是想从经营的劳苦中逃跑脱身，也有同行和财界领导人真心忠告我说，创业者家族的人不能轻易不干。我决定将归综合房地产销售公司所有的楠次郎的一处宅邸卖掉，以返还银行贷款。我想这样日后就能自由了。这处宅邸叫六庄馆，名字取自老家东畑郡六个庄。楠次郎的遗言中写着"我死后一直由阿樱居住，再后作纪念馆之用，使之成为楠家一族和合交欢之场所"，但我的做法是违背了遗嘱的。父亲死后，它一直由综合房地产销售公司管理，但考虑到战后因一些不好理解的原因被剥夺继承权的长兄孙清，我便将养母阿樱的遗物都归拢到一个房间，委托他保管。

想卖掉六庄馆、关掉综合房地产销售公司等一连串决定的背后，或许有我对楠次郎的扭曲的感情吧。因为并没有可以说"确实有"的自信，所以在此只能采用"或许有"的说法。这虽然是自己的事，但却又搞不大清楚。

决定下来，和孙清碰头的时候，有关阿樱的遗物，他说："我也上了年纪了，又没有孩子，所以，养母的遗物你就适当处理了吧。我记得也没有什么可说是财产的东西，那些妇女运动的资料捐给相应的财团啊图书馆什么的，她会很高兴的吧。"

孙清比我年长十四岁，看上去十分显老，对从小养大自己的阿樱的想念应该比后来的我深得多，但却如此想得开，我不禁以颇羡慕的心情看着他。有关我出生过程的文件，就是从阿樱的这些遗物中找到的。

阿樱的三个旅行箱中，多是大隈重信、新渡户稻造、永井柳太郎、山川均、荒畑寒村等人的来信，平冢雷鸟、远藤清子、神近市子等妇女运动家给她的信件和资料。此外还有日本女子大学的毕业证书、和同学照的照片，以及姓田之仓时从小名浜她父母那里来的信等等。另外，坪内逍遥、三木露风、田山花袋等文人、学者的书简也在其中，正如孙清所说，这些东西捐给近代文学馆之类的地方，她会很高兴的。

另一个旅行箱里，收藏着战后不久的昭和二十九年和楠次郎离婚前后的有关材料，其中有这样一封信。

　　我完全领会您的意思了，那么，如果您走在了我前头，关于留下的财产，亦即遗产，我没有任何希望，即我不参与遗产分配。只是，我希望详情请向奈间岛先生问询，拜托。谨此回复。

　　这封信大概是楠次郎去世后又回到阿樱手中的。奈间岛曾是埼京电铁的律师，为人温厚，离婚时次郎就是请他做代理，进行的协议离婚。当时，楠次郎热衷于坚守实业，一定是做了很大努力，才让阿樱完全放弃了遗产继承权的，同时也说好，在达成离婚时，支付给阿樱八百万日元的精神赔偿费，这在当时是相当一大笔钱了。

　　看到这些文件和记录、信笺，时间忽而跳回到过去，又忽而返回到现在，使我不由得感慨，人生的各种约定和烦恼是多么优柔且虚幻的东西啊！而关于我身世的记录，以及为证明这个记录而留下的脐带，就混在（抑或可以说是被隐藏在）这些资料中。

　　对我来说，这个发现令我惊奇，但也仅此而已。我只是想，原来如此。

　　过了一段时间，我开始怀疑，这份资料为什么出现在养母的遗物中。从资料的性质来看，这些东西应该在生母手里才对。

　　答案似乎可以考虑为生母的早逝。或者，为让其将来也无法自称是恭次的生身母亲，楠次郎给她施加压力，她才不得不把所有物证都交给阿樱的？围绕广田裕三郎和青山莲的婚姻，与我以前的推测正相反，楠次郎和亲弟弟之间存在着严重的意见分歧。

　　不论哪种情况，作为出生的孩子，都与幸福无缘。就算双亲早亡，我本可以作为青山恭次成长、出世，可我偏偏在与己无关的地方，姓起了楠。如此想来，人的名字、身份、贫富差距都是偶然的了。

　　如果还是青山恭次，我恐怕就不会是综合房地产销售公司的董事长了。如今，虽然觉得这样可能更好，但由于事实上作为经营者的每一天都过得十分充实，所以我没有资格发牢骚。

　　尽管如此，我的生母青山莲到底是个什么样的女性，俨然成了我最新最大的关心点。这个名字是我要写楠次郎传记而开始调查后新出现的名字，关于她的资料几乎无处可寻。

　　我不止一次地望着写有"东京至诚病院产室、父楠次郎、母青山莲"的出生证明，思忖着养母阿樱瞒着我保管它的意义，但想不出任何清晰的记忆。户籍上最为明了的是"广田恭次，昭和四年10月30日成为楠次郎和楠樱的养子，更名为楠恭次"以后的事情，以前的事用历史术语来说是"史前"。而另一个依稀可见的就是，关于我的身世，有不好公开的情况。虽然有医院的出生证明，但上面记载的青山莲是不是她本人，却没有证据。

当然，也可以推测成这样，即楠次郎说服亲弟弟广田裕三郎让他将恭次当做自己的孩子抚养，其妻青山莲也同意了此事。可如果没有青山莲不能生育的条件，这种结果不是也太不自然了吗？

围绕着几件事情的几种推测的可能性中，很容易想到的一件事就是，阿樱明明知道恭次是楠次郎的孩子却为什么又二话不说继续抚养他？了解到事实的那会儿不正是战争越发激烈的时候吗？这些问题在那些大事中是相当容易得到解决的。如果认为父亲在防空壕中说"你母亲是个佛一样的人"，也正是由于有了这些事情才得出的结论，便很好理解了。当时，父亲所说的"你母亲"指的是阿樱。从我的立场来看，比较自然的推测只此一处。阿樱想总有一天会告诉我生父是谁，才在旅行箱中深藏着这份资料的吧。然而，关于我母亲，大概阿樱也不太了解。而青山莲，或者说生下我的女人，楠次郎对阿樱可能也没有进行清楚的说明。

楠次郎的失误在于，他没有想到广田裕三郎和阿莲都染上了流行性感冒，留下年纪尚幼的我，相继去世。如果换个想法，说成是领养亲弟弟的孩子，对阿樱也好讲一些。手足情深的楠次郎，也许在悲痛中也是一拍大腿，觉得这下恭次的事情可在应该解决的地方解决了。可次郎与生俱来的手足之情使他总想留下恭次是自己亲生孩子的证明，于是才将一直珍藏的我的出生证明交到了阿樱的手里吧。

战况恶化，女人孩子都被迫离开东京的时候，即将一个人疏散到以前被叫做沓挂的新轻井泽地区的阿樱，对父亲说起和他一起留在东京的我的事情时，向楠次郎叮嘱道："恭次就拜托你了，他一直是我带的，有感情了。平时他挺老实的，但也很耿直倔强，太强制了，就有走上邪路的危险。"

那时，阿樱已经知道了和楠次郎有了三个孩子的石山治荣的存在，所以对丈夫在女性关系上的随便应该是有清楚认识的。然而，无论此前还是此后，"恭次的生身父亲就是你吧"之类的话却从未出口。

尽管在这样的背景下，楠次郎把阿樱说成是佛一样的人，但当时跟我说起的时候用的是过去时，又是为的哪般呢？对这些不透明的事情，还得细读各种资料才行。

从阿樱的旅行箱中找到的离婚协议书上，继"关于上述当事人的离婚，协议如下"的前言之后，有这样的记述："楠次郎和楠樱自昭和十五年4月1日起分居，丈夫楠次郎每月支付给妻子楠樱一定额度的生活费，但双方均认为事实上已经为离婚状态。"

至于为什么是昭和十五年4月1日这个日子，不进一步调查是不会知道的。但养母只身疏散到轻井泽是昭和十八年的事，和这个日期没有直接的联系。可因为事实上的离婚状态而用过去时说起妻子的事情，也很难成立，因为说到"你母亲"时，父亲用的是那种考虑到万一，起码要对此有所交代的被逼无奈的语气。这可以理解为楠次郎是想说：虽然没有说、也没打算说，但如果你在战争中幸存下来，并想知道生母的事情的时候，可能会出现各种各样的说法，但是最重要的是，她是个佛一样的人。但我并不认为这是一个率真的理解，因为，当时战争是如此紧张，父亲和我都不知道什么时候就会死掉。

不管怎样，昭和初年，楠次郎面临选择的两个问题中，在政治家还是实业家的选择上，他决定对公司困境置之不理，参加第一次男子普选。可以认为，因这个决定，楠次郎选择了作为政商的姿态，而抛弃了学生时代以来的对政治的纯粹。

对另一个我的身世，楠次郎策划让弟弟广田裕三郎和青山莲结婚，从一开始就作为他们的孩子进行申报，使问题得以解决。

叔父从小在成绩又好、臂力又强的哥哥次郎面前就抬不起头来，长大后又在哥哥的帮助下开始了在东京的生活，所以，可以充分地认为，因景气不好而一时半会儿无法结婚的他，有一种"如果自己的承诺能帮助哥哥"的心理。从父亲对我讲过的叔父的性格（不论做什么都没长性、意志不坚强、讲究打扮、能说会道、为人和善等）来看，这种可能性很大。可青山莲是怎样的呢？

混杂在楠次郎亲属关系的信件等中、带有责备意味的信笺片断和两首短歌，让我想象她是一个近乎青山莲的稍有点年纪的女性。如果短歌是青山莲本人所作，信笺片断是平松摄绪所写，那么我的生母多半是个和滋贺县渊源颇深的人了，而且还是个性情刚烈、具有艺术家气质的人。

两首短歌虽然很难想象为年轻女性所咏，但我猜想生母的生活环境应该是国文学和桃源乡相关的领域。另外，我还从阿樱保管的资料中发现了一本薄薄的文库本《和泉式部歌集》，上面附有赠言："谨将此吟咏过往浓烈痛苦恋情之歌集赠与楠次郎先生。您的少女。"

写下这话的绝对不是阿樱，有可能是石山治荣、青山莲、平松摄绪，或者是也许是我生母的第四个女人。如果没有发现这个资料，我也许直到现在都不能拂去这种妄想：我是我生母被楠次郎强暴的产物。

然而，为什么是《和泉式部歌集》呢？她正如被紫式部批判为"和泉正因下流无耻才存在"的那样，是为奔放恋情而焚身的一生，所以，少女捧献的歌集可以是建礼门院右京大夫的，如果她是了解楠次郎曾编过《新日本》杂志，歌集也可以是与谢野晶子的。

打开那本歌集，我看见上面到处画着圆圈，记着三角符号。在画着双圈的短歌中，我发现一首"山谷萤火虫　仿若灵魂出窍来"，让我想起滋贺县有几处萤火虫名胜地。她大概去捕过几次萤火虫，见到这首短歌，才想到将《和泉式部歌集》赠与恋人楠次郎的吧。可是楠次郎却没有读，对他来说，只要把对方的身体占为己有就足够了，余下的就只是让她生孩子，不需要读什么不知所云的短歌。他同公司破产的危机抗争，在资金不足的情况下为推进选举的准备，每天恨不得飞也似的走路，哪里有心情读那些恋爱短歌？

我最大的疑问是，这本歌集为什么和出生证明等一起收在箱底？也许是养母阿樱打算时机到了把知道的事情都讲给我，只是有些地方没有自信、不够清楚，才在一拖再拖之中错过了机会。在这个过程中，阿樱和楠次郎事实上已经处于离婚的状态，而且战争形势迫使我必须住在疏散地家中的耳房里，那时和次郎已经一起生活的石山治荣及其孩子们也住在那里。我转移到石山治荣家里是因为，为逃避征兵而开始上班的军需工厂疏散到了箱根，石山治荣那里更方便些。那家工厂主要生产防毒面具，是楠次郎原来的橡胶公司转型而来的，事后想来，那可能是楠次郎的有意策划。

在分居、离婚期间，阿樱能放心见面的只有被剥夺继承权的孙清。

围绕我身世的另一个推理就是，我出生前，将其当做广田裕三郎和青山莲的孩子的想法就已经决定，我的生母冒充青山莲住进了产院。但是，了解这一时期事情的人几乎都过世了，如果说或许有可能听说过一点什么的人，就只有小林银兵卫的孩子们了。

兼顾准备选举，次郎回了一趟老家，他亲眼看到，农村的经济状况更加困难。通过与楠次郎后援会干部鲶江、浦部、草野等人的接触，次郎得知，现在正有一种情绪在弥漫开来——只要能挽救这种状况，什么样的政府都无所谓。次郎为了公司一路苦斗，所以乡间的这种情绪他是能够理解的。

反对党的政友会滋贺县支部出的会报上这样写道："我们之所以陷入如此悲惨的境地，应归咎于将亚洲殖民化又不给日本以权益的欧美。我们应敦促支那的觉醒，但他们不具备统治能力。共产主义因此渐渐兴盛，故已非同盟。为不负于欧美，应先取支那。"

政友会对自己的失败避而不谈，却将祸因转嫁给外国，次郎对此很感气愤，但从眼下的空气看，的确是这种说法较为盛行。可以认为，田中义一取代若槻礼次郎当上总理，就是枢密院嗅到了这种空气的结果。

回到乡里，次郎感到自己有点明白永井柳太郎的绝望了。政界置整个国家的困境于不顾，不断重复着为追求眼前利益而进行的离合集散。血气方刚的青年团的草野和浦部就表达过这样的意见："这种状况如果持续下去，可能会出现新的大盐平八郎。要是这样，就只有先在这里掀起革命了。"

"为此，我们首先要在这第一次男子普选中取得胜利。选举什么时间进行还不知道，但内阁则是矛盾重重，不论什么时候倒台都不奇怪。任凭枢密院和元老们怎么计划，藩阀政治终将在田中义一这里结束。时代变了，我们得把基础打牢。"次郎以楠后援会领导人的口吻说，"不过，行动不能过激，过激的想法等于急躁。"

说话时，次郎脑海里浮现出永井柳太郎推荐给他读的北一辉的小册子。他告诫自己，眼下的要务就是巩固在乡下的地盘，等待刀空的一刻，此间，要把公司重新搞好。

这次回乡，次郎除了作为新进众院议员进行国会报告演讲、巩固楠会组织之外，还有其他目的，一个是将一直寄养在小林银兵卫家里的长女良子接到自己东京的家里，一个是请小林银兵卫从财政方面对今后在滋贺县的政治活动予以支持。另外，次郎还考虑见见平松摄绪，说明一下恭次出生的经过，以不致产生误解。这被人知道了会有些不妙，所以这次也还要拜托裕三郎。

和死去的山东友梨生下的良子已经十九岁了，到了该谈婚论嫁的年龄。次郎在来滋贺之前，和阿樱谈得很充分，在领回良子的事情上征得了她的同意。至于出嫁的时期，要等到楠房地产公司的公司债务偿还问题得到解决，不再有债主上门催债的时候，次郎估计至少需要半年左右。他盘算着，先让良子在阿樱身边学做一年家务，再给她找个好对象，女婿可以让他加入到楠房地产公司的经营中。

良子也给次郎写过两封信，表明了来东京的意思。她的信文笔不错，次郎想，这也许是继承了山东友梨的好脾气的缘故，便俨然一副甜蜜爸爸的样子。问题是，到时候对小林银兵卫养育之恩的谢礼该怎么办。次郎想，这笔钱早晚要算作自己的政治活动费，便打算一咬牙多给一些。让次郎放心的是，对方也是讲求实际的滋贺县同乡。

与良子相见，亲眼看到她的成长，是令人愉快的，可与平松摄绪的相见就不那么轻松了。平松摄绪曾为恭次的身世给次郎写过一封近乎斥责的信，而且次郎还接受过她性的入门辅导。不论怎么说她都很让人感到棘手，但次郎鼓励自己，只要不显示出多余的亲热，共同的体验自会化作信任感。这是一种不同于雄辩技巧的交涉技巧，是不知不觉间在和金融机构艰难的交涉过程中掌握的。裕三郎传来话说，摄绪指定了地点，要在石山寺附近的尼姑庵和次郎见面。摄绪在那家尼姑庵里做住持。

在东畑郡六个庄的老屋里听到这个消息时，次郎有些忧郁，他担心摄绪要借助寺院的威力对自己进行说教。

"可能要稍晚一些，回去的时候我给你打电话，你在坂本旅馆休息休息吧。"次郎对司机说完，就穿过石山寺的庭院，沿着篱墙，顺着小道，来到摄绪指定的尼姑庵。他在正殿旁边的厨房入口处打了声招呼，平松摄绪的声音就从后面的正殿传了出来："您来了，好找吗?"

正殿出人意料地大，中间安放了三尊映着微光的等身大阿弥陀佛，烛光摇曳。室内昏暗，勉强能看得清两侧的观世音菩萨和大势至菩萨。

"让您特意驾临寒寺，失礼了。这里能避开人们的耳目。哦，请允许我先参拜一下。"

平松摄绪习惯地起身，敲着放在猩红色坐垫上的钲鼓，往后面的大香炉里上了一炷粗香。她每一动，僧衣就反射出烛光。诵过短经、念过南无阿弥陀佛后，她回过身，用手指着自己刚坐过的厚坐垫，仿佛在说，请吧。次郎学着她的样子上了香，敲了三下钲鼓，合掌移向摄绪对面的坐垫。

"阿弥陀原意是指不可测的、无量的意思，佛名叫做无量寿佛，"摄绪开口说道，"在佛前不好讲吗?"

"啊，还是有点拘束，不过也没什么道理。"次郎答道。

摄绪突然灵便地站起来，说了句："那到我屋里来吧，就是有点儿小，还有点儿乱。"便走了出去。

次郎不由得想起了那个大雪之夜，面馆那踏上去积雪吱咯作响的楼梯。摄绪的房间只有西面开有窗户，用板门和正殿隔开，隔断的上半部分是可以遮蔽的格子扇。

"不用担心那个姑娘，我总跟她说，我这有点儿自卖自夸了，那姑娘很有才能。你大概不懂得短歌，可你要让她吟咏，可能会成为一流的，这很危险，在喜欢上之前没有一点办法，但要和你在一处，恐怕就有一方会被杀掉了。"

次郎这才好不容易了解到，愤怒、烦恼得想自杀的她回到乡里后突然没了音讯，是摄绪说服了她的缘故。

和面馆的二楼不同，正殿西侧房间的窗户很低，开在了齐腰的位置。天空映着落到山对面的太阳的残光，让她的身影依稀浮现出来。对面正殿一侧大型落地座灯发出昏暗的光线。次郎想起她曾经说过，桃源乡人都是惟乔亲王或淳仁天皇的后裔，品性高雅，可现在的摄绪身上却没有难以接近的高贵，只有一种奇怪的、能让对方丧失戒备之心的沉静的光辉。

"挺好的吗？都安顿好了吗？"次郎问道。

"你好生养育孩子，就算你成了天子也永远不要见她，这是条件。"

"我就是想报告一下，才打算占用一点时间的。"次郎说完，一一进行了报告：孩子已经作为弟弟裕三郎的孩子报了户口，将作为普通家庭的孩子长大，这些事给裕三郎添麻烦了等等。

"那太好了，裕三郎真是个好心人哪，和我们不一样啊。"摄绪说着，稍稍放松了一下身子，倚在墙上，问道："你知道阿修罗道吗？"

见次郎不做声，摄绪说："这是六道之一。人都有修罗道，就是掉进嫉妒、猜疑、自己无法控制的欲望里去之类的事情。修罗道不是能糊糊弄弄就过得去的，通过的方法只有一个，就是毫不畏惧地进去。"

次郎从刚才起就无法以平素的语调说话，再加上不大懂所谈的内容，所以一直沉默着，盯着摄绪看。她很自然地把左手伸给次郎，小声说道："到这儿来，我请你进修罗道。"

摄绪说着，随手关掉了身旁那盏昏暗的照明台灯。这下，只剩下从隔断正殿的板门缝隙里泄进来的一点烛光了。天不知道什么时候已经黑透了，宽敞的正殿里大概不时有风吹过，蜡烛摇曳着，映在旁边墙壁上的摄绪的影子好像和格子扇的影子一起呼吸一样，不停地晃动。

次郎感觉自己是在一个怪异的洞穴里。哗啦啦流水般的声音让次郎回过神来，只见摄绪正毫不忌讳地脱着僧衣，雪白丰满的肢体尽现眼前。接着，她再一次把手伸给来不及反应、只顾盯着她看的次郎，耳语道："快，过来呀！"

次郎又想起十三年前那个雪夜，她说的是同一句话。那个夜晚对他来说，是举行了一个跨过门槛的仪式。仪式结束，他才得以和阿樱结婚。而今，是要再跨一次门槛不成？

长久以来一直受到压抑的欲望从心里猛蹿上来，一脚踢开了这些回忆。和那个雪夜不同，次郎迅速地宽了衣解了带。室内昏暗，为了完事儿时不致找不到地方，他把丁字形兜裆布叠好，放在了刚才一直照着摄绪的台灯旁。

满足了，次郎在她身旁躺到她脱下的僧衣上，语言才重又苏醒过来："天意这种东西啊，是谁也阻挡不了的，所以才叫天意啊。你母亲，你，还有我，身、口、心都不能想什么做什么。只有了解天意，从正面接受它啊。"

这是和摄绪抱在一起之前说的，还是云雨之间嘟囔的，还是以前说过的，次郎已经搞不清楚了。

沿着石山寺旁边的小路慢慢走向大路时，次郎还沉浸在摄绪才真正理解自己的感觉中。也许，"您的少女"也对摄绪坦白了吧。只有一点很清楚，那就是，如果两个人生活在一起，要么是一方自杀，要么是杀了对方，有这个天意。

至少摄绪是这样判断的，所以才把两个人分开。如果在一起，"您的少女"的纯粹、刚烈，以及短歌作品中忽隐忽现的才华，会伤害次郎，这与次郎是否能够理解她的短歌无关。次郎想起祖父曾训诫过自己："天意是前世就定下的，小聪明啊抖机灵什么的不管用，人生啊，最要紧的是自量啊。"

走着想着，次郎感到，摄绪是在用整个身体说：让我来代替那少女接受次郎的修罗吧。这固然可以批判地认为是她在找理由为自己辩护，但否定之后，它依然是作为一种存在感留存下来的确定或是不确定。而且，稍微换一换角度，就会让人觉得，平松摄绪就代表着乡里女人的天意。

相反，在她看来，楠次郎离开乡下，正气喘吁吁地跑在大路上，但总有一天他一定会回到乡下的。也许他看上去还是那个典型的任性男人。她至今记得，次郎在那个雪夜的沉吟："你就是我的故乡，一直无法相见的故乡。"

15

尽管楠次郎已经参加过三次选举了，被认为是擅长"运动"，但昭和七年2月的大选，对他来说也还是有着太多的不利条件。前一年，爆发了满洲事变①。第二届若槻内阁因内部分裂而全体辞职后，犬养毅接任首相。此人是与永井柳太郎、楠次郎所属的民政党对立的政友会总裁，虽然有在大隈重信手下当过文部大臣的实绩和被称为"宪政之神"的时代，但后来转而成为陆军出身的寺内藩阀内

① 即中国所称日本侵华的"九一八事变"。

阁的顾问，提倡国家总体战略构想，主张革新腐败的政党政治，显示出反对机构改革者可以脱离政友会的强硬姿态。这是个棘手的家伙，他长于笼络人心，加之他也同样出自大隈门下，所以，通过批判他而将民心收归民政党是十分困难的。而且，在野的民政党内部还发生了曾为内务大臣的安达谦藏的造反，使民政党作为一个政党的人气急剧下滑。而其背景是，欧美列强想抑制日本的抬头，导致日本全国上下一派决一死战的愤慨，狂热的听众已听不见和平主义、民主主义的主张。

对为重振公司而奔走、通过参与政治实现理想的立场日渐暧昧的楠次郎来说，能够当选才是他的首要目标，因此，他断定，主张"满洲事变是陆军自己炸了满铁，又装作是受害者进行进攻的"，减少深信"支那无耻"的大众的票数是愚蠢的做法，于是他决定把话说成：欧美那样做了，日本也不得已要进攻支那，只是应该更巧妙地尽量减少牺牲。幸好，他知道靠政策论争得不到选票，便细致入微地进行选区的活动，更加留意如何购买便宜肥料、如何改善农村的生活，还帮助农民商量税金事宜。次郎决定，如果有人问到对满洲事变的看法，就这么回答："战争如果打得激烈起来，牺牲的都是我们农村的人。必须保证不发生这种情况。只要是为了乡里，我什么都豁得出去！"

在选区巡回，和身在东京、为无法解决的筹款问题耗费精力、为卖不出去的分售地绞尽脑汁的日子不同，次郎时常想起祖父、再嫁的母亲、早逝的裕三郎。并不是按照时间顺序，逐一唤起记忆，而是在进行游说的旅馆里一觉醒来、或是如厕时被脚步声吓跑的鼯鼠叫着逃向后山的时候，杂乱无序地想起和裕三郎一起在满月的晚上用弹弓射鼯鼠，想起训斥着哭鼻虫裕三郎、自己也十分难过地望着上弦月的夜晚，只有仓房墙壁上挂着的镰刀的刃闪着寒光……想来，祖父、祖母、父亲、发妻友梨、裕三郎，这些亲人都是在滋贺县送走的。

在小林银兵卫家听说裕三郎病倒的消息时，次郎首先的反应就是，糟了。

他和阿莲结婚是在死去的两年以前。次郎本打算让弟弟娶一个在公司经营上可以借点力的人家的女儿，所以弟弟跟他说自己想和在庶民区做调料批发生意的人家的女儿在一起时，次郎没回什么好话。那姑娘的父亲或许是滋贺县出身，但全家住在他们行商的江户。人们一定会说，是次郎与美貌但弱智的青山莲有染，然后强加给弟弟的。大地震的时候她十九岁，往外逃时，附近木材店的珍贵木材和木料成捆地倒下来，她的父母就在眼前求救着死去。从那以后她就痴痴呆呆的，不管对方是男是女，只要几句话，她就跟人家走。裕三郎在同乡会上见到她时，她正跟熟人的批发店的大少爷在一起。

起初因一时冲动而染指阿莲的大少爷，也对她过度的顺从和无邪感到负担，正考虑找人把自己替出来。从同乡会领导人那里听说青山莲的事情后，次郎改变了想法。在即将出生的婴儿的处理上，平松摄绪刚狠狠地骂了他一顿。

换个角度来看，决定和掉进不幸深渊的阿莲结婚，是裕三郎心地善良的体现。这次（只有这次）他意志坚决，次郎的反对意见也丝毫动摇不了他的决心。既然如此，次郎就决定，如果他答应把自己即将出生的孩子当做他们二人的孩子抚养，就同意他们结婚。

想出这条妙计，次郎觉得真是天无绝人之路，便想对着佛龛合掌拜上几拜，尽管他后来才知道，阿莲有震灾后遗症，不能生育。裕三郎和阿莲都同意了次郎的条件，他们甚至还很高兴这样。

葬礼的时候，还有这次因游说住在小林家的时候，银兵卫都对次郎说过："裕三郎真是个好人啊，强的地方都在哥哥身上了，裕三郎是个神一样的人。"而次郎则同样回答说："真是给你添麻烦了，良子的事不说，裕三郎病倒了也回到这个家来，你真是菩萨心肠啊。"

"阿莲走的时候，我们都说她是找裕三郎去了。她那会儿护理得可精心呢，让人佩服啊。"晚一些在银兵卫和儿子谈话中露面的生母美奈大概是想说她自己也是同样的好心肠，可次郎却装作没听见。

次郎想到自己好不容易才赶上见了最后一面的弟弟，想到留在记忆中的人们的死，便感到自己被紧紧地捆在了故乡，觉得在东京为事业奔走时，心就离开了本应在的地方。

将户籍上成为我生母的青山莲的事情告诉我的，是川田常由。他是小林银兵卫的异母妹妹的寸夫，在综合房地产公司工作的川田四之助的长子，经营学教授。成为名誉教授之后，他计划出版对我国经济发展做出卓越贡献的经营者传记丛书，楠次郎便是他要尝试的人物之一。

由于学者们绵密的考察和旧文书的解读已有定评，所以我写父亲的传记时，就打算让学者去写那种相当于正史的传记，我只是想自由地发挥想象，写一写从内部看到的楠次郎。我也正是出于这种想法才见他的。

他也似乎正想得到我的协助，毕竟，资料是由我保管的。虽然是初次见面，但谈话进行得很愉快。法律上继承楠次郎事业的石山治荣的孩子们中除了女儿峰子之外，对这类事情都毫不关心。川田常由是作为经营史研究所早有定评的中央经营史研究所的学术带头人，能得到研究所的协助，对我来说也无异于雪中之炭、渡河之舟。

楠次郎留下的与政界、财界领导人的大量往来书简中，记载着很多事情，如果不比照他们当时的举动分析所记事件的意思、内容，如果不了解陆军、海军以及元老们的想法、领导能力、人际关系等背景，就无法准确解读，因此需要专业技术和解读资料的学术态度，多亏了他，我才得以在牢固的史实上放飞自己的想象力。

川田常由名誉教授仔细调查了东京滋贺县同乡会成立后的历史，在可称之为前史的近江商业会明治末年的名簿上，发现了青山连藏的名字。从年龄和调料批发的记载上，可以知道他就是青山莲的父亲。死亡日期为大正十二年9月1日，正是关东大地震的日子。

从这件事中我学到了一个浅显的道理，如果不先比照资料确定准备调查的人物，那么一切调查都将成为不确定的东西。

很快，研究所的工作人员就在青山连藏的家人中查出，他弟弟的儿子曾在水户市政厅工作过。听取调查的结果，获得了他听父亲说过伯父在庶民区经营调料批发、大地震时身亡的证言。他在市政厅曾被称为水户的活字典，如今已经九十高龄，虽已远离公务，但记忆力非常好，还记得那是小学高年级参加堂姐婚礼时父亲说的。上中学后，他随父亲上京，见到大他很多、刚成为广田莲的堂姐，他记忆之深，大概和阿莲的美丽在一个孩子心上打下了深刻的烙印有关吧。

据说，他父亲在旅馆对他说："真可怜哪，要是她脑子没问题，什么样的幸福找不到啊。不过那个广田真是个了不起的人哪，好像对她照顾得挺好的。"后来，在报纸上看到楠次郎的名字，他才知道自己那个漂亮堂姐的丈夫就是楠次郎的弟弟。他见到裕三郎的新婚妻子阿莲，大约是在裕三郎夫妇先后去世的一年以前。

我不知道该不该告诉诚心诚意帮助我的川田常由及其助手，原姓青山的阿莲好像不是我的生母。

按照川田常由和研究所的调查能力，总有一天，事实会水落石出。在我心里，一方面热切希望能尽快查明真相，但另一方面，这个比喻也许不太恰当，还有一种日渐感到侦查范围在缩小的犯人的心情。不论我的父母是谁，我就是我，作为人的价值还是取决于本人。我的这种态度看似傲慢，实则近乎不负责任。

或许，这种被追踪的犯人一般的心态，源自生母的存在是个未知数。人对不知本来面目的东西总会抱有一种不知如何防备的不安。

在探查青山莲的过程中，我对叔父裕三郎有了一些亲近感。在彻头彻尾的出人头地主义者、至死追求合理性的楠次郎看来，叔父也许是意志薄弱、没有长性的大玩家。次郎的性格被石山治荣生的两个男孩完全继承了。我虽尽力设置了距离，但还是发现，裕三郎才真是一个温情之人。

我想，如果生活在今天这个时代，他也许比楠次郎更加被世人接受。但是，那时的世道，是举国都想出人头地的时代，不是心无旁骛地迈向目标的人不会赢得好评。周围的人们都惧怕楠次郎，但之所以大家又都认同他那蛮不讲理的主张，则是因为时代需要那样的铁腕。

次郎从大正九年前后起，在他的事业清单中又加进了金融机构，开始悄悄地收购高田农商银行的股份。次郎认为，神田镭藏虽亲如骨肉地帮助综合房地产公司，但仅以神田银行的资金力量，伊豆箱根地区和沓挂的大规模开发以及国立学府都市的建设都无法充分展开，于是，他计划将丰岛郡地主们设立的高田农商银行作为另一个资金供给源。在他看来，以保护储蓄者为支撑的银行法和以此为基准的大藏省的行政指导都形同虚设，他也一定以为，如果受到妨碍，武力解决即可。

高田农商银行的注册资金为十五万日元，第一任行长是丰岛郡高田村村长。这家银行为增加资本增加了很多股东，但大正十一年时，近百万日元的资本金中的百分之七十五，都成了楠次郎所有。说来不愧是楠次郎，他严禁把别人的存款误以为是自己的钱而散漫经营，并为此设了内部规章，规定没有阿樱的外甥中岛聪和小林金兵卫的女婿川田四之助两个人的同意，不得为系统的公司融资。

准备第四次选举的过程中，上一次和上上次都在地方仔细游说的楠次郎，不知是因为经历过普选，还是因为爆发了满洲事变，得知选民的意志发生了很大变化后，心里反倒紧张起来。进军亚洲会让自己的生活好起来的看法令人吃惊地渗透到社会各界，人们对自己或者自己的儿子被征兵入伍的危险置若罔闻。比较现实主义的妇女没有参政权的现实，使此时的讨论渐渐变得武断。想到这些，次郎很狼狈。他没有对阿樱讲，但和永井柳太郎不同的是，他从心里就反对妇女参政。

这一次，次郎也在游说的间歇，见缝插针地拜访了平松摄绪的尼姑庵。以前都是裕三郎先行联系，此时，便很怀念弟弟的方便使用了。和她的枕边话里，也有了裕三郎的话题。

"裕三郎可是你得力的弟弟呀。"摄绪的话让次郎很败兴。

回东京前一天晚上再见面时，摄绪说："阿樱是在那方面很淡漠的人，你也够寂寞的啊。可你也不能老来拜庙啊。"说着，还呵呵地朗声笑起来："下回给你找个品性沉静、雍容华贵的女子吧，头脑不太僵就行啊，你也不年轻了，不发生冲突就好啊。"

"怎么这么说，"在摄绪面前，次郎能够装腔作势地说话，"我可是个笨家伙。"

听了这话，摄绪又笑了，但这次却没说什么。

正如人们所说，这次选举对在野党不利，政友会占有三百零一席位，民政党跌落为半数以下的一百四十六席位。时值国家非常时期；民政党不要光是反对，协助一下犬养如何；机构改革便免不了牺牲等等主张占了上风，党内也因主张举国一致内阁的安达谦藏退党而受到影响。楠次郎和第二位的票数差虽然比上一次有所缩小，但不可否认，楠次郎后援会年轻干部的努力和事先巩固地盘的行动功不可没。

看到政党的贪污渎职事件接连发生，离合集散反复进行，和军部勾结的右翼在前一年的3月，计划由高举国家改革大旗的少壮将校集团——樱会和大川周明等组建陆军大臣宇垣一成为首相的新内阁，准备一鼓作气推进改革，在武装政变前夕被镇压。同年10月，桥本欣五郎中校等准备成立以陆军中将荒木贞夫为首相的军部内阁，也败露事发。陆军中有人放言："政党组织的政府如果抑制军队在满洲的行动，关东军就准备在满洲从日本独立出来。"也有人有意识地扩大这种传言。

在这种气氛中，选举后的5月15日，一些海军将校和陆军士官候补生，同右翼领袖橘孝三郎麾下的爱乡塾的打手一起，分成六个班，袭击了国家核心部门，犬养首相被射杀。

这个时期，次郎虽已尽量不将政治置于活动的中心，但他和作为政界少数派恶战苦斗的永井柳太郎、松村谦三、尾崎行雄等人是多么地密切合作啊。

据川田常由调查，当时少数派之间的联系、聚会非常活跃，楠次郎虽然政治态度略为暧昧，但他的名字还是四处出现，其结果就是，海军军人斋藤美接替被射杀的犬养毅组成内阁，永井柳太郎因重视政党而被任命为拓务大臣，楠次郎则位居其下，就任政务次官。

我还记得楠次郎四十四岁时当上当时被叫做副大臣的政务次官那天晚上的事情。那时我和养母阿樱一起住在上大崎池田山卖剩下的建房出售的住宅里。

那天晚上，窄小的客厅里，运来了成桶的日本酒、鲷鱼做成跳跃状、四周摆有鲍鱼等各种鱼的生鱼片的桶和腌鲫鱼寿司，还有从有名的鱼店和酒店运来的东西，楠房地产公司的职员们抱来的东西，我们住的地方一下子就洋溢着热闹的气氛了。

想来，那幅光景就像是暗夜里遥远的节日狂欢一样。那天晚上，得知楠次郎当选为拓务政务次官，是事后记忆的填补。而且，在那幅光景中，我听到的是阿樱略显疲惫的声音："这下，你父亲可不得了了。"

我感到有些奇怪的是，那天晚上的记忆中，找不到楠次郎的表情、动作。也许石山治荣已经出现了？可是，异母弟弟清明是昭和六年出生的。楠次郎有了相好的，会马上有孩子，甚至可以说是为了生孩子才选相好的，所以，那天晚上，他在石山治荣那里的可能性不大。那就一定是他的同志们搞庆祝，回来的时候我已经睡下了。留在我耳朵里的阿樱的声音是那天晚上的声音，还是后来知识熏染下的所想，也已经搞不清楚了。

那时，日本的发展和他们年轻时的殖民政策已融为一体，解放亚洲的政策也在满洲事变以后开始变成侵略性质，楠次郎和阿樱大概都生活在这样的夹缝里。

不得不命令自己停止判断是令人郁闷的。动手撰写传记后，我开始觉得，对阿樱来说，这种郁闷和对丈夫的不信任纠葛在一起，化作心理阴影表现出来，而对次郎和乡里的楠后援会干部们来说，这种郁闷则变成了单纯的出人头地的喜悦。

注意到这一点之后，重新回溯历史就会发现，为收拾犬养毅首相遭暗杀的异常事态，曾为稳健派的海军军人斋藤美被元老、重臣任命为首相这件事情本身，就是对政党政治的否定，也是在和跋扈的军部进行斗争之前就土崩瓦解了的政党政治领导人妥协的产物。成为政友会总裁的铃木喜三郎和民政党总裁若槻礼次郎都相约协助元老和重臣推举的斋藤内阁，政友会的高桥是清、三土忠造、鸠山一郎和民政党的山本达雄、永井柳太郎入阁。

阿樱含混的声音反映出对未来的不安，而小林银兵卫和乡里楠会的鲶江、浦部、草野他们的喜悦，则是那种不考虑日本和列强及亚洲人民的摩擦、天真地相信一个时代前殖民政策可能性这个背景下的满门家眷的喜悦。

如果比楠次郎经验丰富、有自己作为政治家的一定之规的永井柳太郎认为因这种妥协而动摇的政党政治还守得住，就很容易受到这种看法太过乐观等批评。这也可以说是永井的浪漫主义惹的祸。然而，事实上，永井和松村谦三、尾崎行雄商量认为，只要有一点可能，也不能放弃。拓务省本来就和中国、东南亚各国交涉颇多，并有很多议案需要和军队讨论。

在事务次官的人选上，永井起用了河田烈。河田曾在大藏省工作过，很有能力。永井调整了阵势，让河田处理和军队势力对抗的事务，希望楠次郎充当强硬角色。政治评论家马场恒吾评论道："日本的法西斯独裁政治虽然标榜推翻政党，但斋藤内阁是接受政友会、民政党的支持才成立起来的。因而，议会政治是推不翻的，它也因此而得到拯救。"这让永井放下了心，也为自己的努力得到正确的评价而感到满足。尽管马场的评论和严厉批驳为"总之是法西斯独裁政治的赝品版"的社会主义体系报纸的意见形成了鲜明的对比。

然而，既然一直战斗在普选斗争第一线的大隈重信的后继者永井入了阁，那他就一定会抑制法西斯主义，怀有这种期待的新闻界，却没有将巩固拓务省内部，推进和其他省厅的协调，尽量减少摩擦，在争取舆论的同时准备改革等行政操作纳入思路的姿态。

另一方面，军部把永井柳太郎的入阁看做是出现了阻碍国策名义下的（侵略）亚洲侵略政策的人，也开始了通过财界、贵族院以及政友会将其拉下马的作战，极力反对永井柳太郎凭借拓务大臣的权限革新历来就是军部特权巢穴的桦太长官的更迭和台湾总督府的人事。

在最辛劳的时候，新闻界又体现出了呼应驱逐永井派的煽情诱导的一面，摆开了批判的论阵，认为"永井甚弱"，"看不见他战斗的姿态"。

永井就任大臣的第二年1月27日，社会主义者堺利彦的葬礼在青山殡仪馆举行。永井想起在早稻田大学时听过他的课，就去参加了告别仪式，而这，正中了驱逐永井派的下怀。

"永井这人不是糊涂吗？听说他还是社会主义者呢。"首相召集的早餐会上，财界领袖这样说。这个消息也传到了政务次官次郎耳朵里。很快，三室户子爵在国会上公开质疑，逼迫永井大臣辞职。此人即便在贵族院议员中也因亲近军部而著名，将自己比作明治维新时革新七公卿之一。这是真心想让永井辞职的阵营所没有料到的行动，于是他们以时机不成熟为由提醒三室户撤回质疑，但作为政治家尚不够老成的三室户却并未听从。

永井看出这种动向，悠然作答："正如劳动争议，或曰佃耕争议，如果当事人的任何一方身上再有一点血有一点泪，不就容易得到解决了吗？这类事情屡有发生。"

对这种意外的反驳，愤怒的三室户情绪亢奋得说不出话来。永井的答辩事实上带有火上浇油的意味。

如果对永井风波放任自流，可能会招致更大的麻烦，次郎很担心。为了争取舆论，他首先拜访了时事新报社社长武藤山治。

武藤曾受到三井的中上川彦次郎的知遇，二十八岁时当上了佳丽宝①的工厂

---

① 日文汉字为"钟纺"，读音为"kanebo"，现为日本著名化妆品品牌，中文通常音译为"佳丽宝"。

经理，世界大战中使佳奈宝发展成为四大纺织之一，大正十二年，他从为防止阶级斗争激化、首先必须杜绝政界腐败的思想出发，成立了以中小企业为根基的实业同志会，是一个实业家，也是一个热血汉。他的这种经历，让楠次郎顿生亲近之感。

向了解武藤的经营者一打听才知道，虽然他看上去温和敦厚，且高举"温情主义"旗帜，但有着强烈的自信，有一旦闹了别扭就会成为敌人的危险性。

在社长室一见面，次郎就开门见山："今天，我撇开所有的政治家头衔，是以永井柳太郎的一个后辈的身份来见您的。因此，我即将要说的事情，绝对不会对《时事新报》造成任何影响。"次郎说明了来意，希望只是传达正确的事实，以供参考。"我怕因为紧张说错了话，就写下来了。"次郎说着，递过去一封信，上面写着：

"桦太历来被称为特权的渊薮，每年本应处理一千万石①的公物，实际上却要采伐两千五百万石的木材，这样下去，桦太的森林就会消失，永井柳太郎便以公开招标制度斩断了腐败的根源。

"关于硫酸铵肥料，如果使用抚顺的煤炭，比内地要便宜三成，满铁工厂虽有十八万吨的生产能力，但因财阀的压力只能计划生产九万吨。永井认为，满洲的利权是在全国农民努力下得来的，所以，向水深火热的农村供给廉价肥料是国家的义务，并从这个想法出发，对满铁下达了生产十八万吨的命令。这证明，他并不懦弱。"

等到武藤山治看完，次郎又对自己的来路进行了说明："我是滋贺县农民出身，在十九岁成为孤儿之前一直当农民，对肥料的重要性感受最痛切。祖父曾领着我去过大阪的劝业博览会，我十五岁就开始学着做肥料生意了。"

随着谈话的深入，武藤山治不断地颔首称是。次郎自信地认为，自己的诉说正撞上了他热血汉的脾性，就更加侃侃而谈起来。但当次郎说到自己很受大隈重信赏识时，武藤山治说："我知道了，可是，参加堺利彦的葬礼算怎么回事啊。为应该斗争的敌人合掌祈祷，就是懦弱的证据啊。"他问道，目光重又变得犀利

---

① 木材体积单位。

起来。

这是预料到了的，次郎正了正姿势，做出一副沉着的样子，答道："啊，这是永井柳太郎在英国学到的，我想，他是想提示一个绅士般斗争方式的样本，正因为把对手当成敌人才能这样。"然后，又报告说，是事务次官河田烈一大早跑到次郎房间，说大臣去参加堺利彦的葬礼了。这时次郎想起，当时自己就觉得不妙，甚至还想啧啧咂嘴：永井的少女嗜好又来了。

大臣来了以后，次郎马上跑去提了意见。听到次郎的抗议，永井的声音也流露出不满："在《新日本》的时候，你不是也和山川夫妇、荒畑寒村他们发表侃侃谔谔之论来着？还用了草稿。"

"可你现在是大臣哪，再说，时代也不同了。"次郎也不肯罢休。

"所以我想展示一下绅士风度。我去了，共产党的人也会有好感的不是吗？我想这对举国一致内阁有好处。"尽管这样辩解着，可永井的表情还是像个挨了骂的孩子。

次郎在和武藤山治探讨问题时想起这些，心里一惊。不知不觉间，自己和武藤山治的想法是一致的，和永井柳太郎却是不一致的了。武藤愉快的笑声，打破了次郎的困惑。"哈哈哈，好了，永井柳太郎有个好后辈啊。"于是次郎知道，自己的说服工作成功了。

楠次郎告别了武藤，在车上，次郎一直在想，自己到底为什么、在哪儿，和永井柳太郎想法不一样了呢？

次郎一边和公司的困境斗争，一边不屈不挠地致力于将箱根、轻井泽的名胜地向大众开放的事业，以备定会到来的中产阶级时代的到来。他还在东京郊外建造既不奢侈也不寒酸的文化住宅地，建造理想的国立大学城。这种想法应该是和永井一起学到的大隈重信的思想，然而，对现实政治的应对就不一样了。

次郎想换换心情，便回想起煞费苦心写出的分售地宣传文章。最近成名的剧作家都把它引用到剧本里了。

"一日，美国弗拉建材公司的塔纳经理造访目白文化村时说：'噢，这是洛杉矶的缩影啊。'如他所说，目白文化村如今已成为优雅美观的住宅地。"

剧本中，这段广告词出现在婚后一年多的某个星期日，丈夫出声地读着广告的场面。"什么呀，那是？"坐在走廊下打着毛活的妻子问。丈夫不理，继续念道："四万坪的地区内，有整齐的道路、卫生的上下水道、电热供给装置及网球场等设施，众多精致的小木屋和庄重的莱特式建筑，以及优雅的别墅式日本建筑等，坐落在远眺富士、近览林中高地的愉快环境中……"这简直就是综合房地产公司请岸田国士在做宣传。

16

楠次郎看了这出戏，想："为我们宣传目白文化村固然值得感谢，可都写了些什么烂东西啊，一个年轻人，早早就结了婚，对人生毫无热情，和主人公产生共鸣的人，成不了什么大器。"

这出戏说的是一对年轻夫妇在一个晴朗的周日下午的事。二人对无奈的倦怠感束手无策，也许可以说是在暗示闭塞的时代。结尾处，邻家女孩玩的纸气球落到了这对夫妇家的院子里，使他们的沉郁稍稍得到一点缓解。目白文化村被用作他们倦怠生活的舞台，让次郎心生抵抗：自己为居住在城市的优越的工薪阶层建造住宅地，可不是为了让你们这么吊儿郎当过日子的！

我认为，次郎将看演出的感想如此记录下来，背后一定有这样一种昂扬的情绪：自己已经四十四岁了，作为政治家还算年轻，是在认真地为国家工作。

我在父亲的遗物中发现岸田国士的戏剧小册子，很是意外，同时，对父亲也关心过戏剧和文化而多少感到松了一口气。演出地点虽然不是筑地①小剧场，但因戏剧本身很现代，所以在这个意义上还是留有进步的年轻时代的痕迹。尽管我知道父亲自己修改多次的广告词只是在开头作为道具使用的，但还是想把楠次郎和岸田国士联系起来考虑。

然而，看到"年轻女人就是轻浮，那么无聊的戏居然一直看得那么起劲"这样的记述，我感到很吃惊。楠次郎原来是为了看"年轻女人"和纸气球的。

---

① 东京地名。

　　如果和我养母阿樱一起看的话是很自然的事情，可那时她已经四十六岁了，不能说是"年轻女人"。有可能是石山治荣。她在次郎的人生中抛头露面是在昭和六年，即异母弟弟清明出生那年，可我所了解的治荣是生了清明、清康、峰子这三个孩子，并全身心照顾他们的主妇形象，如果考虑当时的社会氛围，她和岸田国士的戏剧有些不搭界。

　　即便如此，是我那没有出现过的生母的可能性也很低。因为，第三四次选举之前，次郎和平松摄绪交往的背后，虽有大概是我生母的年轻女性的影子时隐时现，但也许是因为和父亲之间的爱憎纠葛已经解决，她最终也没有现出身姿，就消失在时间的黑暗里。

　　或许，是阿樱陪着熟人的女儿三四个人一起看的？这也很难想象。记忆中，阿樱像疼爱自己的孩子那样疼爱我，全心全意养育我，但其中却断没有和楠次郎一道全家一起去看戏、游玩或是赏花的光景。这也许同父亲在实业上和在政治上都要不停地恶战苦斗有关系，但更主要的还是楠次郎的性格同阿樱的思想和生活态度大相径庭，无法享受家庭的团栾之乐，所以，如果说我们是一家人，那也是孤寂无聊的一家人。

　　我这样一想，便不再追究了。我开始觉得，不论父亲和什么样的女性去看戏，都与我无关。

　　刚当上拓务政务次官的楠次郎，一边辅佐大臣永井柳太郎，一边雄心勃勃地要让南桦太、朝鲜、台湾及满洲的殖民地、占领地的运营走上正轨。

　　事务次官河田烈也来自大藏省，得以用新奇的目光审视历来的殖民政策。正如次郎在时事新报社社长武藤山治面前激情演说时所指出的那样，在殖民地的运营上，存在着很多问题，只能说是军队和财阀、官僚互相勾结，成为人们谈论的对象。次郎必须查阅资料，听取局长、科长的情况汇报，以此判断对方和腐败有多深的关联、是否还没有丧失正义感。

　　桦太、台湾这一块，同有利害关系的企业的瓜葛很单纯，情况分析比较好把握，但朝鲜和满洲这　块因和军部关系密切，有一些以"国防的需要"为借口就可能避而不谈的问题。特别是满洲，满铁、军部和中国既有的军阀势力纠缠在一起，为判定利权行为的范围和基于国防大义的行动的范围，十分有必要赶赴实地进行视察。次郎准备届时以认真的满铁干部为依据，探讨一下满蒙开拓团之类的组织该如何发展。

"我这就算是给你打个前站吧，我想，军队里也有好人。另外我也想从当地领导人中选拔一下优秀人才。"次郎解释道。

永井柳太郎用力点点头，说："走前，找几个了解中国情况的人，大致有个方向才好吧。"说着，把放在桌上的砚台拉过来，研了墨，探探笔，想了一下，写了两封介绍信交给次郎。

其中一封是写给农林次官石黑忠笃的，另一封是写给陆军兵工厂的石原莞尔的。

次郎听过石黑关于农本主义的演讲，有很多产生共鸣的地方，所以去次官办公室拜访他时，话题很快就开始涉及满洲应该实行什么样的农业政策这种具体问题了。

"我觉得，中国大陆的辽阔，不亲身去当地看看是不会知道的，不可能像军人说的那样去镇压。我认为，我们能够做的效果最好的政策，就是帮助农民，领他们过好日子。不能拿支那人当傻瓜，他们也许比日本人还聪明呢。"接着，石黑极力强调，日本的小范围稠密农业方式不适合那里，应该导入大型拖拉机、康拜因等机械，并将成果大幅度地给当地人分享。听到他那种类似协同组合主义的意见，次郎想起了后藤新平有关台湾政策的一席话。他当台湾民政长官的时候，不断提倡原住民的自治、生活习惯的尊重和卫生条件的改善，与开进朝鲜半岛的军队、警察的镇压政策形成了鲜明的对比。

次郎问到大型机械能否在日本制造时，记忆里自己少年时为耕地整理而奔忙的经历又仿佛复活了。田间小道的位置哪怕错了五寸，农民们都要挥舞镰刀，拼死相争。他们的愤怒是贫穷的象征，次郎只觉得一种苦涩的东西在胸中翻腾。

石黑断定："只有从美国进口，革命后的俄国也一直提倡农业机械化，但他们无视农民的习惯，只想着要改造人，所以进展得不顺利。"

"畜牧怎么样呢？我觉着粗放农业和畜牧是近邻。"次郎试探着问。

"对呀！就是的呀！"石黑把两只手放在膝盖上，向前探着身子说，"先要提高整体生产力，使当地受惠。这是前提。虽然有人认为要压制内地的农业，但不成问题，因为亚洲是饥饿的。"说着说着，石黑的声音渐渐高了起来，也有了抑扬顿挫。"农作物有大豆和棉花，只要利用好气候、风土的差异，满洲和内地就会建立互通有无的关系。内田外相主张'焦土外交'，真是岂有此理。非沃土外交不可，这是我的信念。"

这次会见之前，外务大臣内田康成，为表明列强如不承认满洲独立、日本就算脱离联合国也要贯彻国策的决心，提出"焦土外交"的说法，这是继币原喜重郎、永井柳太郎之后与欧美的协调路线相对立的。

"要说畜牧，首推绵羊。现在的产量只够满足军需，无法满足民需，让当地受惠。只要农民知道了在日本统治下能过上好日子，生产力一定会成倍地增长。"石黑的话里，洋溢着一种只要农业政策成功，就会稳固乐土基础的热情。

见石原莞尔的时候，次郎经过考虑，决定请他来拓务省谈。最近飞扬跋扈的军人增多，特别是田中义一担任总理时昭和四年成立的新机构拓务省，常被看做是军队的驻外机构，次郎的决定就是考虑到了这种风潮。石原满洲事变时是作战主任参谋，立下汗马功劳，但现在却落在陆军兵工厂这个怎么说也是受冷遇的地方，据说是因为他敏锐的头脑和不肯妥协的性格不受军队高层待见。

约定的时间到了，石原不佩军刀、赤手空拳地到来让等在房间里的次郎大吃了一惊。他还记得自己就任政务次官后不久，关东军参谋长小矶国昭求见永井柳太郎时的情景。当时小矶国昭是来要求迅速扩大满铁路线的，他主张，满洲已成为独立国家，作为国家发展基础的铁路网，应该迅速遍及全土。

"要想成为国家发展基础，必须好好经营。作为前提，要求有健全的财政。关于这一点，我们在请楠君进行分析。"

次郎接过大臣的话，说："满铁现在刚刚吸收了张学良建成的铁路，我认为，这是一个我国对抗满铁的政治路线色彩较浓、应该废止非核算路线的时期。而且，延长至哈尔滨以北的齐齐哈尔、满洲里或者佳木斯，一定会出现巨大的赤字，从而刺激俄国。这可算不上是个高明的提案吧。"

次郎的最后一句话让小矶国昭怒火中烧，站起身来叫道："什么？你是想愚弄军部吗？喂，大臣，怎么可以用这样的政务次官！"

见永井柳太郎无言地坐在那儿抬头看着他，小矶国昭大喊一声："你怎么不说话！"又用军刀使劲敲着地板。

对自己的腕力充满自信的次郎也站起身来，毫不让步地瞪着他说："小矶先生，你还是好好珍惜你的刀吧，这么敲会弄坏的。"

在这种威吓的背后，有关东军想借国防之名掌握满洲统治权的意图。小矶还为此制订了计划，想把原本就心怀不满的和平外交派永井大臣逼进穷境，于是这个四方脸、一撮胡的小子才说出这等混账话来。

有了这种经历，今天石原莞尔不佩军刀而来，难怪次郎要吃惊的。

"本来是我向您求教，却特意让您前来，实在不敢当。"次郎客气地寒暄着，打量了一下初次见面的石原。长得真是很端正，次郎想。

"哪里。为使满洲国作为一个国家巩固地位，政治必须要扎实可靠。军队是保障这种政治得以实现的机器。今天我也是想听听您的意见，才到您这儿来的。对您说的政策，我也要发表自己的意见，但那只是我个人的意见，一个在满洲待了三年的人的意见。"

石原盯着次郎的眼睛，仿佛在解释为什么没有佩刀。次郎很吃惊。

石原说话时，细细的眼睛几乎不眨，因此给人一种能看到他心里的感觉。他接着说："今年，满洲袭击日本人和与日本有关的设施的事件到年底已经两万多件了，虽然有说法认为是因为共产党在鼓动反日，但如果大环境要是好的话，是鼓动不起来的。我认为，是我国的对满政策推行得不够好。"

石原的语调从容镇定，他认定，自己的意见不论在哪儿都能理直气壮地表达出来，于是次郎也想认真地说说自己的看法了。"我也有同感，以前的对满政策不够好，和列强对中国的政策在本质上是一样的，没有考虑对方的繁荣和对方的心情。"接着，次郎又说明了自己的滋贺县农民经历，继续阐述道："首先，要稳定民生，要让他们亲身体验到多劳多得的好处，在此基础上，要坚持我们同为亚洲人、应该共同反对欧美帝国主义的立场，另外，只靠发展农业和畜牧业来提高收入毕竟是有限度的，所以，还要开办化肥工厂和开发煤炭等矿山资源，开发使用便宜能源的钢铁制造业、制铝业，使之作为独立国家在经济上站得住脚，这也很重要。"

石原深深地点点头，说："为此，应该排除国内那些无聊的财阀和政治家的干涉，这些政治家已经成了财阀们的爪牙。"

"没错，永井和我正是为此才入阁的。"次郎大声说。这一次，次郎接得毫不犹豫。

谈话气氛从容而轻松。这是次郎第一次和军人对面而坐，两个人同年出生，月份不差两个月。

次郎这是想对石原说实话了，就报告道："前几天，你们参谋长把我骂了。"

"是小矶吗？没什么大不了的，您不用介意。"石原若无其事地说。

次郎又吃了一惊，想，都说他是因为脑子转得太快、对前辈也不会掩饰一下就发表意见才被疏远的，想来大概就是这么回事。

石原莞尔也似乎在心里决定，跟眼前这个男人坦率地讲出自己的看法，以求得理解，就从出门时夹在腋下的纸袋中取出了一份打印好的文件。

"这是关于满洲国政治组织的个人设想，希望您能参考一下。"说着，递过文件来。

文件上，在"前提"的这个题目下面写着："满洲国的生成发展是亚洲复兴的中心课题。昭和维新不只是日本自己的问题，东亚各民族力量团结起来，做好同西洋文明的代表者进行决战的准备，才是目标。"而在《关于满洲国的政治组织》的正文的开头处写着："满洲国的政治组织不应模仿复杂而落伍的日本样式，而应该适合满洲国国情，且简单明了。"下面，还绘有组织图——皇帝下面设协和会会长和建国大学，协和会中央事务局长和国务总理同级，协和会中央事务局配置企划局，国务总理下设总务厅协助工作，企划局下设政治部、经济部、教化部、监察部，总务厅下设民生部、经济部、外交部、司法部。

这份组织图的关键内容在于，根据日满议定书，将满洲国皇帝和关东军司令官并列表记，但次郎却并不涉及此处，只对经济部既出现在协和会中央事务局，也出现在国务总理名下的安排提出了疑问。对此，石原的回答是："最初的经济部负责筹划满洲国的财政及中长期经济规划等，国务总理下面的经济部则负责监督、执行具体的产业政策和贸易等。"关于农业，石原认为："由横向结合的协和会全国联合协议会伞下的协和会中央委员会来负责。换言之，农业和教育的重视是眼下满洲国的课题，要有相应的组织。在目的还不十分明确的情况下建立西欧式的组织，是因为忘记了现代国家这个概念是一种舶来文化。我们国家应该考虑基于天下一统、世界一家精神的国家组织。"

然后，石原对袭击官邸、射杀首相、只顾讨论兵变的橘孝三郎和樱会领导人进行了不屑一顾的否定："他们的行为，完全与国体思想无关，百害而无一利，只能说是法西斯主义。"

次郎边听边想，真是个了不得的人物。虽然听说他是个热心的日莲信徒，但他还有哲学。谈吐因稍有点下垂的眼角上始终挂着微笑而显得很柔和，但这柔和之中又楔入了撒手铜一般尖锐犀利的指摘。和石原莞尔比较起来，小矶国昭、荒木贞夫不过就是个凡庸的军事官僚。

对日本来说，需要石原莞尔这样的人物的时代，是现在呢，还是国家陷入更深刻的危机时呢？次郎心想，永井柳太郎对这种类型的人会很欣赏，说见石原也不会很勉强。

最后，石原圈定了五个人，希望次郎去满洲时见个面，这五个人中除了满铁调查部长，其余四个都是中国人。这一点也和小矶、荒木不同。

次郎送石原到拓务省大门时，正好永井回来。永井和石原在等在那里的车前，很西式地握手，亲密地并肩而谈。次郎看到，石原虽曾驻德三年，但没有把手臂高举向前方，而是伸手相握，这大概是在顺应永井的英国式礼节吧。二人的谈话中不断出现"利顿"①这个固有名词，这个人这年春天作为联合国满洲问题调查团团长来过东京。过了一会儿，石原行了个举手礼，上了车，永井和次郎并排回到了大臣办公室。

"怎么样？这人挺有意思的啊。"一坐下，永井就问。

次郎回说："啊，我看，可比我想的是个人物呢。和所谓的陆军军官可不是一回事儿。"说着，把写有石原告诉他的、在满洲需要见面的要人名字的纸给永井看。

---

① Victor Alexander Lytton（1876～1947年），英国政治家，1932年作为联合国调查团团长写出关于"九一八事变"的报告，否认了满洲国。

永井扶了扶眼镜，看了看名单，说："难怪啊，不愧是石原君啊。"然后抬起头，说："我知道了利顿先生报告的概要，刚和内田谈回来。"

永井提到外务大臣的名字，次郎也紧张起来。如果利顿提交的报告是谴责日本的，而联合国大会又通过了，那么日本就有可能脱离联合国。

"怎么样？到底是对日本不利？"次郎迫不及待地问。

"也没有，还挺认同日本的立场的。报告的结论是，不应该反对日本对满洲的支配。不过，听说报告上写着，满洲事变是日本带着侵略意图发起的。列强争夺殖民地时，用的是同样的手段，内田说，报告认为，虽然满洲事变是个阴谋，但满洲国是可以承认的。"

"要是这样，就没问题了。"

然而，永井却出人意料地摇了摇头，说："报告看似对日本很宽大，但里面有的段落认为，以日本的力量，不可能管理、发展那么辽阔的土地。日本方面也没有只要承认满洲国就行了这种功利思想。国民被充分煽动起来了，现在正想发火呢，有这样的国民，外交可不好搞。"说着说着，永井柳太郎的表情渐渐忧郁起来。

"按日本人的认识结构，比方说被告发说做了坏事，但要是有人说，偷的东西没办法，就给他吧，日本人是不会同意的。如果结果是退出联合国，人们大概都会拍手称快。这样，没了车闸，军部就会一意孤行。可是，能看到这一步的政治家太少了。"

听了永井的分析，次郎能说的话只剩了一句："审议利顿报告的联合国大会什么时候来着？"

"明年春天。此前必须尽最大努力，但还是不容乐观哪。"永井柳太郎的声音越来越低，最后陷入沉默。

楠次郎在日复一日的政务次官生活中渐渐感到，一个全新的世界出现在了自己眼前。年轻时，受大隈重信的知遇，开始编辑《新日本》杂志时也有过同样的感觉，但这次却是以具体的形态出现的。在这个新世界里，次郎搞不清自己到底是民众派还是民族派了。把民族挂在嘴上的人是否真的在考虑日本的事情？整天价民众不离口的人是否真的理解农民、工人和苦于经营的中小企业主的心情？次郎很奇怪自己想到这些问题。结识了石黑忠笃、石原莞尔后，他发现了这样一个事实：在众院议员和国会等政治以外的领域居于领导地位的人，长相要好得多。

次郎感到有点理解永井柳太郎的忧郁了。对永井来说，他的那些政治家同事，不具备那样的水平，配不上被给予的权力，他一定是看到了这一点，又觉得没有办法。幸好，次郎决定政治活动的钱自己赚，开办实业，虽有经营公司的劳苦，却没有筹集资金的艰辛。身居要职后，资金筹集更容易了，可地位之争愈演愈烈，金钱也渗透到政治家同事之间，自然会出现派系的消长，对非政策中心的政治动向也看得越来越清楚。追根溯源，产生这种现象，是因为政治家若不对当地施以恩惠，就有落选的危险。人们不是把政治家当做自己选出的人，而是当做给自己带来实惠的人，这种想法不改变，政治家是不会改变的。

这样一想，次郎就总是感到掉进了恶性循环的陷阱，找不到解决的突破口。就任政务次官以来，让次郎吃惊的是，来自土木建设业者的邀请越来越多。次郎知道，目的都在于满洲、桦太、朝鲜的工程承包。如果公司的工程订货负责人吃客户的回扣，徇私订货的话，成本就会增加，而品质也会下降。次郎凭经营公司的经验直觉地感到，这样不好。也许，他们的目标很明确：大臣是基督徒，又学者气十足，而政务次官是个实业家，而且做得似乎不太好，所以为了得到更多，只有接近楠次郎。一想到如果自己有一个土木建设公司，可能也会这么想，便切实感到，这很危险。以前自己没太介入政治家之间的交往，这等于把政界的内幕藏进了次郎的眼睛里。但是，就任政务次官，意味着无法再保持距离旁观眺望。既然如此，就只有站在这个立场来看待满洲了。次郎于是又被撩拨起了斗志。

昭和八年元旦，次郎来到大连。赶在这个日子，是因为楠房地产公司拖欠支付，为筹集资金一直忙活到腊月二十九。船慢慢驶离横滨栈桥时，次郎想：哎呀呀，这回总算能睡个好觉了。

上了岸，次郎就对前来迎接的满铁干部道歉："各位好不容易过个年，却让我给搅了……"却接着又说："不过，这也许就是非常时期的体现吧。"对市内发售日银国债的意义，次郎说明了不景气情况下却有一部分资金过剩的严重性，并在从石黑忠笃、石原莞尔那里学来的东西的基础上，表达了自己的见解："拓务省的职责就是搞好日本人及满人的民生安定，振兴农业和矿工业，强化满铁经营基础，从未考虑过建设新线。"然后，又对职员们近乎训诫地问候道：无论有来自哪方面的强烈要求，拓务省都不会不顾自己的职责而改变这个政策，所以希望诸位安心工作，提高业绩。大部分满铁干部都鼓了掌，但混迹其中的军队有关人员中，却有人露骨地现出了不快的表情。

次郎顺脚还视察了旅顺的日俄战争遗迹，为战死者纪念碑献花，登上被称为二〇三高地的土丘。在东京听说这里的温度后准备的外套、鞋子根本不管用，寒风刺骨，全身裹着在满铁借的棉衣，也无法抵御寒冷。次郎再次认识到，不亲临现场是不行的，自己的想法太正确了。

这种现场主义的再认识，在他逗留满洲的两个星期里，一直紧抓住他不放。这也是一连串强烈的印象使然。

列车从大连出发去往奉天（今沈阳）时感觉最强烈的就是辽阔。几乎所有的风景都被大雪覆盖，让人感到无论走到哪儿风景都一样。从大连到奉天的距离和东京到大阪差不多，但到哈尔滨就比东京到青森长，如果要到满洲里，哈尔滨就正好位于铁路的中央了。次郎想，来要求把铁路修到满洲里的小矶，大概没有亲自在这里跑过。

列车在不见人烟的原野上飞驰。在车上，次郎想起前一天晚上在大连的市场遇到的那位老人。年纪约莫七十有余，虽然穿着中式衣服，但总好像在哪儿见过。

视察市场是计划外的活动。次郎提出来以后，一个满铁的年轻人带他前往。为防御寒风，市场围得活像一个巨大的蒙古包，里面却出人意料地暖和，那个老人靠在火墙上，抽着长长的烟袋锅。昨晚，次郎想了好一阵子，老人到底是谁？究竟在哪儿见过？想着想着，就因旅途劳累睡了过去，可他的身影浮现在白茫茫一片的雪景中的时候，次郎一下子想起来了。

他就是很久很久以前，祖父清太郎领着自己去多贺神社赶庙会那天晚上，在住宿的商人旅馆里见过的那个男人。祖父说，他叫市太郎，和次郎的父亲同岁，因迷恋女人，在学徒的地方出了事，现在挨村挨镇转悠，给庙会、集市帮忙。要么就是为外那个住在客人很多的商人旅馆、动作像跳舞的出家人？要是他，可是不知道名字。

不管是谁，他都是从本土来满洲的人们中的一员，一定是长期持续的不景气使他在本土待不下去，又无处可去，迫于生计才来到这里的。

次郎这样推测着，仿佛看得见成群的人们精疲力竭、衣衫褴褛地渡海而来，而在这块土地上爬行一般的人群之上，"满洲是我们的生命线"的口号像雪成云一样笼盖四野。

次郎不知如何是好。正如永井所说，必须阻止军队的鲁莽。石黑忠笃的理想很好理解，王道乐土的建设也是很能打动人的借口。然而，在当地人看来，这些都是日本的侵略。哪怕有一点国际感觉的人，当然要做出这种反应。但是，尽管全力主张和平，强调国际合作，这一旦点燃的火——被成为强国大国是自己生活安乐的唯一途径这种煽动点燃的火，能灭得掉吗？如果是基于石原莞尔的国体论提出的亚洲复兴论，也许还有可能将火从外面包住，将其转化为建设的能量，可这大概不会受到认同。列强不认同也罢，生活于斯的人们也不会接受的。

次郎知道，自己是动摇了。这不是源于来自外部的压力，而是因为心里怀有对强大国家的向往和对殖民政策的憧憬。

雪原向无边无际的远方延续。那里，倚着火墙抽烟袋的老人、在本土无法生活而来满洲寻找自己王道乐土的老人、紧随其后的农民们、饥饿的孩子们……他们的身影永远不会消失。

次郎想换换心情，便让在满期间一直陪同自己的满铁青年拿出地图。展开这幅陆地测量部绘制的地图，再一次确认了一下，哈尔滨的确正好位于这个新国家的正中央，如果从那里不去满洲里、而是去佳木斯的话，离朝鲜国境就很近了。

次郎想象的地图上浮现出开拓地的光景：道路笔直，绵延不断。他想，要在自己活着的时候，建造一个有笔直的道路伸向远方的城市。这么想着，故乡的老人消失了踪影。

17

载着次郎的列车傍晚抵达新京（今长春）。由于路轨很宽，又几乎是直线地穿过平原，所以感觉比日本的火车快得多。郑孝胥总理等众多要人前来迎接，并在车站贵宾室进行了恳谈。次郎不能不感到，在国会上或是在乡里称支那人时脑海里的印象，和眼前的领导人的举止、谈吐，完全是两样的。次郎觉得他们是在以悠然的态度，接待着远方的客人，既不低三下四，也不妄自尊大。次郎还感到，在国会上讨论对支政策时，众院议员们把满洲假想为属国是危险的。次郎打算回国以后，要把这种印象清晰地传达给大臣，便在视察旅行期间常用的笔记本上，写下了"要人的态度"。

晚宴上，次郎就产业政策、从日本派遣技术员、工长级经验丰富的人员的可否等问题，和相当于日本的大臣的经济部长以及外交部长等交换了意见。经营过类似街道工厂的经验，此时也派上了用场。来这里以前，次郎曾同拓务省的官员探讨过将满铁的资本金增为八亿日元的必要性、为防止利权横行而暂称"日满棉花协会""日满绵羊协会"的组成、"满洲航空株式会社"的设立等问题，对方似乎对次郎的话很有好感，因为次郎不是大谈特谈日本政治家解放亚洲之类的空论，而是拿出了利于提高满洲经济和民生的具体政策案。

在新京待了三天，次郎来到距西伯利亚的沿海州①不远的佳木斯。为从这里折回哈尔滨回国，他打算再坐一次满铁。佳木斯没有西式旅馆，次郎住的是由地主家改建而成的迎宾馆。到达佳木斯那天晚上，次郎和数名被称作自卫移民的、来自日本的开拓农民共进了晚餐。这个时候，滋贺县的农民生活经历又起了作用。次郎深入听取了本土和满洲农民耕种法的差异，对农业机械化也有强烈的关心。他们不约而同地谈到了冬天的寒冷和夏天的炎热的强烈反差以及慢性缺水等本土无法想象的严峻现实，然后说："不过，不知道这么说是否妥当，这里最可怕的就是土匪。"

吃过日式饭菜，啜着中国茶，次郎问道："是俄国人还是支那人？"

"他们大概是白天和我们一起干活的农民。"一个相当于他们代表的、晒得黝黑的男子回答说。

次郎不知该如何理解，默不作声的时候，那人又说："这些家伙目的不是要

---

① 普里牟尔斯基的日译名。

杀伤我们，只是把我们干活收获的东西抢走。"

"是不是他们觉着自己才是主人哪？"坐在那个晒得黝黑的男子旁边的农民补充道。

会餐结束回到寝室后，次郎想，这些人抱着建设亚洲共荣圈的理想来到佳木斯，遭遇了和预想完全不同的现实，他们坚信日本人会受到欢迎的理想，支那人还没有认同，他们在本土时，想象不到这种虽然一起劳动、但敌对意识却丝毫没有减弱的关系，而这种事态，又似乎不是以教化或者诚意就能轻易打破的。

钻进让火炕烤得热乎乎的被窝，次郎又想起了石原莞尔的那幅满洲国组织机构图。次郎觉得有点明白石原为什么把协和会会长和建国大学的地位抬得那么高了，高得超乎常识。石原大概认为，居民的教化需要一代三十年的时间，但即便这样也无法保证成功。考虑这个国家的事情时，除了考虑辽阔的面积，还必须把时间延长为本土的几倍才行。次郎想着这些问题，进入了梦乡。

大约过了两三个钟头吧，次郎被一阵刺耳的铃声惊醒。有人急急地敲门。次郎摸索着找到开关，却按不亮电灯。

"对不起，有敌人袭击，今晚情况有些不妙。"

听到这样的说明，次郎借着豆子一样小的手电光穿上裤子，披上上衣，在警卫员带领下下了楼梯，来到地下室。远处传来枪声，警卫员小声说："这里是钢筋水泥的碉堡，绝对安全，也可以换气，对不起，在守备队到达之前，您就在这儿睡吧。"

次郎三年前为迎接出席伦敦裁军会议的若槻礼次郎去过上海，目的在于要在若槻回国前，对其讲明关于裁军会议的国内舆论动向和政治形势，那时留下的唯一印象，就是从旅馆看不到对岸的长江之大令人吃惊。这次旅行由于是以政治家身份进行的，次郎每天都会痛切地感受到满洲国这个异国的统治之艰难。过了很久，守备队也没有来。

在拂晓前的这段时间里，次郎在这个只点着一根蜡烛的洞穴般的空间中，想了很多事情。

天井被昏暗的烛光照成拱形，次郎想起了被祖父领着住宿过的滋贺县商人旅馆的大房间的情景·那如同贫穷日本的缩影，无论是出家人，还是住在桃源乡的人，都得活下去，所以，才有那么多的日本人流入满洲，他们没有余裕考虑将来会怎样。他们当中，可能有人做了对不起客户或店铺的事情而逃出来，再也无法回到日本；可能有落魄的右翼分子，也可能有逃避思想镇压，用把列强的帝国主义赶出亚洲大陆的目标鼓励自己，忠诚于某种思想，千辛万苦来到这里的原左翼分子；还可能有追随他们而来的女人们。

"有很多女人来大连了，有人是被强行带来的，也有人跟着情人来了，结果不行了，就破罐破摔的。您要不要视察一下？"次郎极端惧怕性病，所以，有人私下里邀他去妓院时，他便不假思索地一口回绝："不不，就算了吧。"然后又问满铁负责接待的年轻人："大约来了多少这样的女人？"年轻人答道："没有具体统计，大概有三千左右吧。"这个数字让次郎大吃一惊。

日本连年歉收，特别是东北的低温灾害很是严重，去年，次郎曾作为民政党农业问题委员视察过宫城、岩手，留下痛心的记忆，其悲惨情景为关西地区所不可想象，受灾面积也渐渐扩大，甚至有人主张卖儿卖女和弃婴。这种情况下，提倡水稻的品种改良和整备灌溉用水网，也是远水不解近渴，况且财政资金也拨给了增强军备上面。

又传来枪声。一起到地下室避难的青年蹙起眉头，很自责地挠挠头，说："还没完了，我还以为一会儿就过去了呢。"

奇怪的是，次郎对袭击本身并不害怕，因为他感觉到，这种袭击是要传达一种意思：这是中国领土，统治这里的是我们中国人。次郎倒是强烈地感觉到一种压力——统治这个国家并非易事。顺着刚才的解释来想，敌人白天一定是在干农活。正如大盐平八郎之乱从倒幕运动到明治维新时渐渐平息下去一样，日本的侵略进攻也许反而会成为中国人建设崭新、强大中国的促进剂。石原莞尔正是了解到这些情况，才有了设立协和会、在日本援助下建设新中国的构想，这个构想会成功吗？石黑忠笃的协同组合的振兴案不也面临同样的问题吗？

次郎陷入一种恐惧之中，是那种准备克服困难时困难突然出现在眼前的恐惧。自己命名为现场主义的方法，对石原莞尔的构想和永井柳太郎的浪漫主义、石黑忠笃的理想主义都充满赞佩，但自己毕竟已经养成了不亲临现场就无法从心里赞成的习惯，这也许是因为自己继承了农民文化的缘故吧，所以才亲自来到满洲，并遭遇了与国内议论完全不同的满洲和现实。

所幸的是，民政党提出了一些贴近现实的政策。然而，这和军部及政友会对中国的认识没有太大差别，五十步笑百步而已。困境面前，陆军为所欲为地印了很多小册子散发，意在将舆论拉向对自己有利的方向；政治家为抵抗政党政治的危机，摸索着主要政党的合作案，还成立了全国一致内阁，连永井柳太郎都从他的浪漫主义出发，汇入到这股洪流中。

然而，来到满洲以后，次郎发现，国内的这些尝试都是很虚无缥缈的。这里面有国土辽阔的原因，也有次郎感到中国人气质、文化深不可测的原因。这里居住着超出日本十倍以上的人口，生活着语言、习惯各不相同的众多民族，但"中国人"的意识又似乎是相通的，对此，次郎不太理解。轻视自己理解不了的对手是危险的。不能再扩大战线了。民政党虽然就是这样主张的，但却无力阻止军队对政党的粗暴干涉。国民狂热地坚信把列强赶出亚洲自己就能过上好日子，也许就是想忘记痛苦的现实吧。

次郎在蜡烛的光亮里思索着，到底是什么地方错了呢？

又有枪声响起。这次的枪声和刚才的枪声来自不同的方向，一共三声。

是日俄战争胜利就得意忘形了这点不对吗？是认为因为世界大战中参加到战胜国一边获得了成功，所以国际关系就不成问题了的想法有问题？还是普通选举给愚昧的群众以权利的做法不行？然而，正因如此自己的选举地盘才能安定，早稻田大学的恩师安部矶雄才提出应该承认妇女参政权的议案。

次郎越想越觉得前途令人绝望。他想起阿樱，就很怀念年轻时代。如同反作用力一般，石山治荣的面庞也浮现在了眼前。她是纪念日本药学大家的财团理事长的外室女儿，次郎曾活动让这个财团和一桥大学一起搬到国立去。据银行推测，这个财团的基金有一个无法公开的空洞，理事长正忙于事后处理。转制的交涉已经到了楠房地产开发公司如果能填上这个窟窿，财团就同意转制的地步。

次郎每次去财团时，都能看到一个稳重、可爱的年轻女性，好像是理事长的秘书。一天，理事长坦白地告诉次郎，这个女孩姓石山，虽然和他不同姓，但是他的亲生女儿，还说自己上了年纪，拜托次郎有事的时候多多照应。

石山治荣低头答应了亲生父亲的安排，次郎再一次注意地看着她，想起平松摄绪说过的话："要强、聪明的女人不太适合你，还是稳重老实的姑娘才好。"也许是父亲做了那番介绍的关系，那以后，次郎再去财团时，她总是兴冲冲地跑出来，一副一日三秋的模样。很快，石山治荣生下个男孩，次郎还是从祖父的名字中取了一个字，叫他做清明。

次郎想，平安回到日本后，要抱抱她。这么一想，对治荣的欲望就一下子迸发出来。经历过几次之后，次郎就想明白了，男女之间的关系，说到底就是性的关系。

次郎在佳木斯的地下室里感到的绝望，随着时间的流逝，终成现实。

尽管永井柳太郎拼命地说服，3月27日，日本还是发出脱离联合国的通告，发布了天皇的诏书。多家报社不约而同地刊登文章，赞赏天皇的英明决断和政府的决心，以国粹主义者自居的贵族院议员和文部大臣鸠山一郎等政治家的言论压制活动越发嚣张，通过了京都大学泷川教授驱逐令和强化治安维持法的决议，文部省甚至还设置了思想局。

虽然次郎想抵制这种动向，但如果军队方面有人质问说："不强化国防，能保卫我国的生命线满洲吗?!"次郎便不能不承认，自己思想上的软弱，致使无法自信地反驳他。

在令人忧郁的事件接连发生的境况中令次郎精神为之一振的，是石山治荣又生下了第二个儿子。次郎高兴得顾不得理会婴儿的哭闹，抱了一次又一次。次郎又从祖父名字中取一字，给孩子起名为清康。

话说上了大学的孙清，反抗的态度越加明显。每到此时，次郎都严厉地斥责，甚至动手打他。一天，孙清说他想当电影导演，吓了次郎一跳。长子这般吊儿郎当，次郎就觉得，只要是男孩，有几个都无所谓。那时次子恭次还没上小学。

去满洲之前，次郎考虑到阿樱的健康，决定在国立大学城的分售地给她和恭次盖一处房子。阿樱很高兴，长子孙清又住在本乡的宿舍，所以他打算时不时回一趟国立就可以了。这是个次郎预测到时局日渐吃紧的决定。

除去学生时代的一个时期，次郎都是个不太受书籍或同事的议论影响的人，但他却能够被自己经历过的事情深深地、长久地打动。通过和丢下他回了娘家的生母，为自己进行性启蒙的平松摄绪，长女良子的母亲、早逝的山东友梨的交往而得出的对乡村女性的印象，决不能说是品格高尚。在此，只靠性关系维持的女性蔑视和与之矛盾的憧憬，以不可分割的形式同时并存。也许，同恭次生母的争执，就是次郎掉进这对矛盾的夹缝里的结果。为此，平松摄绪的调停才变得不可或缺。

次郎同阿樱相安无事，是因为二人的关系是次郎对女性的向往颇为强烈的时期建立的，而且次郎想确保在政坛发展的位置这一判断也有关系，再有就是因为，次郎表面上对阿樱非常珍视。如果这种态度只是一种算计，阿樱一定会有所避讳的。然而，二人都想将青春好时光的痕迹以夫妇的形式留存下来。可就任政务次官，踏进决定现行政策的位置以后，才发现政治这种东西是在自己的体质接受不了的地方被议论、决定和运作的。安部矶雄和政治立场本应相同的永井柳太郎，在深入介入现实政治的同时，还提倡妇女解放论，主张应该给妇女以参政权，次郎对其中的理由无法理解。

他想将具体的政治活动场所同阿樱的世界割离开来，并不是为了蒙混过关，而是想要保存自己和阿樱的世界。为此，在现实主义的次郎看来，有必要将住宅分开，于是这才有了"为了阿樱的健康"这样的借口。考虑到不远的将来，又在充满危险的满洲之行前夕，秉承该事先决定的事情都事先做好决定的想法，把阿樱和恭次的家安在了国立。

阿樱很高兴。夫妻生活和日常会话已经在二人之间不复存在了，但心情总是相通的。此前他们一直辗转于闹市区的分售住宅，所以，能在武藏野的原野豁然开朗、虽没有大海却能让人想起家乡小名浜的地方安安生生住下来，对健康状况不太好的阿樱来说，是非常难得的。

唯一的留恋就是和永井贵久代、曾经共过事的女记者、妇女解放运动的熟人们的往来，不过，坐中央线去新宿，也快得很，没有了次郎这边的来访客人的干扰，反倒能和她们从容见面。加之恭次领养来时就因腺病体质而体弱多病，稍一着凉就会感冒、发烧、咳嗽，阿樱想，武藏野的空气对恭次也许更好。

对恭次是丈夫英年早逝的弟弟的孩子这一说法，阿樱是不相信的，可她早就知道，就算弄个水落石出，也不会出现什么好结果，所以，就采取了这样一种态度：如果是个好孩子，就不用管他的母亲是个什么人了。

这也可以分析为出于她心里对丈夫的轻蔑乃至憎恨。年轻时的恭次是亲近养母的，他一直这么认为。男女关系不是用爱或者恨就能说得清的，恭次在明白这个道理之前，也不得不经历了几次相遇和离别。

从满洲回来后，次郎看待政治的眼光似乎发生了变化。虽然只有两周的时间，但他开始觉得日本不太可能统治满洲了。在大连、奉天和佳木斯遇到的中国领导人，远比次郎所了解的日本众院议员们有城府，甚至让他觉得有些深不可测。

同满洲旷野上的严酷现实相比，政友会和民政党的联系活动等就像是毫无价值的努力，而政界的离合集散，在摇晃着沉入地平线的大出本土一倍的夕阳面前，不过就像是为争夺阵地而排成队列的蚂蚁之争罢了。

在议员会馆吃饭时，次郎把自己的满洲经历一点点讲给了宫泽胤男。宫泽和次郎从学生时代起就是彼此无话不谈、毫无戒心的朋友。次郎感慨道："也许这就是大陆痴迷症吧，不过到了国外，尺度就变了。"

宫泽胤男也将其稍显庞大的身躯向后仰着，说："我跟奶酪畜牧视察团出访过澳大利亚，同感同感哪。那里的牧场没有栅栏，据说做栅栏的费用可以再买一个牧场了。"

次郎虽然觉得他们说的有些不是一回事儿，但有一种感觉是一样的：在不同于日本的尺度下，另有一个辽阔、跃动的世界。一旦出现了迷惘，次郎便再也无法像从前那样对满洲的殖民政策侃侃而谈了，也无法简单地下结论说，政治是以赢得选民的心为先决条件的。

第二年春天，发生了被称为"帝人事件"的贪污事件。台湾银行持有的帝国人造绢丝的股份被年轻实业家组织"番町会"以不当的低价抛出，被疑为股票的不正当交易。斋藤内阁因此集体辞职，次郎也和永井一起离开了拓务省。

次郎认为，台湾银行成为一方当事人，如所疑事实成立，理应有些风声传到拓务省，但从毫无迹象这点来看，事件也许是检察机关的捏造。虽然据说背后有蛊惑检察机关的政治家，但次郎感觉到，整个事件和世界的大多数人是无关的，尽管这种看法有些对不起被疑为犯人的"番町会"的各位。和辞去大臣职务的永井柳太郎就妇女参政权问题进行磋商时也是如此。

深受安部矶雄熏染、同为基督徒的永井柳太郎，和过去对普通选举一样，也对妇女参政权倾注了极大的热情，但现在的女人有了选举权，日本的政治是会变好，还是会变成群愚政治？想到这些，次郎对妇女参政权就积极不起来。

一讨论到女性的人权，次郎眼前就会浮现出以生母为首的和自己有过具体关系的女人们的面孔，却想象不出能够看清世界潮流、从大局出发思考政治的有选举权的妇女形象。尽管永井一直认为："女人要是有了发言权，就不容易发生战争了，他们会成为抑制军队的巨大力量。"

父亲楠次郎的传记在一点点进展，我之所以在这一节中对容貌不定的生母（而非养母阿樱）做了一些想象，是因为我断定，从父亲同亲戚们的往来信件中找到的信笺片断上，有关于我生母的记载："因性情刚烈，今后也无法保证不再劳烦。"

在对养母的记忆中，她是一个寡默的、与活动型女性反差较大的人。尽管我知道她年轻时有过当女记者的经历（这在当时可是极为罕见的），但这和呐喊着反战、主张扩大女性权利的形象联系不上。在这个意义上，算不上"性情刚烈"。也许是与谢野晶子的印象在起作用，我一直认为，热情洋溢的女和歌诗人更适合各种运动。

然而，这归根结底是我随意的推测。对主张政友会和民政党两大政党联合以对抗军队压力的永井柳太郎来说，妇女参政权的主张是可以毫无矛盾地加以强调的。可是，大概是因为想起了平松摄绪的侄女平松佐智子，次郎丝毫没有心情深入想这个问题，并从捍卫政党政治的现实出发进行分析。

次郎和永井讨论时提到他在《中小商业新报》上发表的文章《从整顿议会看第一党竞争》。文章认为，选举中第一党掌政的原则，会带来为成为多数派而进行的收买选举，滋生选举中使用的经费掌政后抵补的利权政治性质，因此，应该建立这样一个规则：只要合适，即便不是第一党的成员，也可以成为总理。这是一种加进了总统制长处的主张，也是永井柳太郎开始认真思考的联合内阁的理论准备。尽管次郎对永井的主张也是持怀疑态度。

道理可以理解，但它能否对抗得了现实？面对次郎的疑问，永井毫不让步地认为："如果两大政党一直对立下去，就会在军队和元老操纵下进行不得已的竞争，结果正中他们的下怀，政党政治将有名无实。"

次郎觉得自己所说的"现实"是指在满洲等地见到的现实，却无法清楚地表述出来。

讨论到最后，永井说："楠君，政治这玩意儿啊，往往会呈现出'来自谎言的真实'这种动向哦。"

次郎想，话已至此，就不应该再说什么了，便住了嘴，抱着胳膊，闭上了眼睛。

从前一年开始蓄的上边的胡须总算长齐了，它征服了表现出意志坚强的、稍嫌固执的下颌，凸显出楠次郎万事认真的韵味。次郎个子虽然不是很高，但体格健壮，有着农民特有的宽肩阔背，坐下时总是取蹲坐姿势，很有威慑力。

永井柳太郎感觉到次郎和以前不一样了，心里像是有什么疙瘩。他甚至想到是不是对自己不满，但又不像是这样。今天的讨论比较深入，永井是想听听他的心里话，所以才争论意见的。

过了一会儿，次郎放下胳膊，双手拄着膝盖，身体前倾着说："去了满洲之后，我搞不懂什么是政治了。那里的人们，即便军队想用武力进行压制也压制不了。我看，日本真是跨进一个了不起的地方啊。"

"退出联合国是重大失误。"永井说。

"无可挽回了吗？"

"我们所能做的就是不让战线再扩大到比满洲更远的地方。"

"这可能吗？军队可是有天皇啊。"

"不知道，不过只好试试看了。楠君，联合政权论就是其中的一种尝试啊。"

"我知道。可是，没准儿会出现事与愿违的效果啊。"

二人之间重又陷入了沉默。

永井很不理解"事与愿违的效果"的含义，其实说话人次郎也不清楚会出现什么样的"事与愿违的效果"，只有一种事态是明确的——军队和政党要对抗生活在大海一样的大平原上的中国人的现实是牵强的。

最后，次郎说："您的想法我明白了，我自己也稍微再想一想，我不会反对的。"说着，轻轻低下头去。

贵久代夫人送出来的时候说了句"给阿樱带好"，可次郎却出了永井家门就奔了治荣的住处。

阿樱和恭次搬到国立去两年以后，次郎在涩谷代官山的分售地盖了一栋房子，和治荣一起生活。那时清明已经五岁了。

和治荣在一起的时候，次郎很轻松很随便。治荣脑子转得并不快，也不是懂得政治和经营的辛苦，因为在财团事务所帮过当理事长的父亲的忙，所以有一些医学和药学知识，但又十分内敛、稳重，从不惹次郎生气。

每周日次郎住在代官山的时候，都会想起平松摄绪的话来："下回给你找个品性沉静、雍容华贵的女子吧。"正因为有过和恭次母亲激烈争执的痛苦经历，摄绪的忠告才能如此入耳入心。

第一个晚上，也许是因为父亲交代过了，治荣没有一丝一毫的抵抗，以至于让一直认为女人都要对性关系反抗一下的次郎感到有些败兴。

认识治荣后，次郎回头想了想，自己和阿樱在一起时，总是很逞强。现在看来这也许是自私任性的判断了，自己一直在做出一副进步青年的样子。就算把女性关系看做是身为楠家一家之长为繁衍后代而不得已为之的行动，那种被阿樱批驳的心情也挥之不去，这大概是因为自己的行为一直不是出于本心的缘故吧。恭次的母亲瘦长脸，弧形眉毛，眼睛像镶上去的大枣，可治荣却正相反，一看到她的那张圆脸，次郎就觉得放松很多。他把自己的这种心情差异私下里分了类：阿樱是神，治荣是女人。至于说恭次的母亲，还算不上是鬼，但叫她发火时万分可怕的观世音菩萨她也会不高兴，所以也就只好推到一边去了。

治荣从一开始就知道阿樱的存在，但不知道是因为她认为只要有爱情就可以不考虑其他的事情，还是因为从自己的成长环境看可以认为这样做是幸福的，她没有显示过一丝对阿樱存在的介意。这种表面看得见的性格能持续到几时？对女人怀有很深的不信任感和蔑视的次郎，是决不会彻底安身安心的，但可以确定的是，和治荣一起生活的家，才是次郎唯一的无需客套的休息场所。

一身疲惫地等待晚饭的时间里，次郎十分难得地哄着清明，想，如果可能，想和治荣再生一个男孩，只有一个孩子的话，就会发生孙清母亲岩边苑子那样的事情，万不可大意，但如果生了两个孩子，治荣就可以让人放心了。因为是众院议员，一年得回滋贺县几趟，选举前后，最短也得有一个月左右不在东京。把只有一个孩子的治荣一个人留在东京，嫉妒心极强的次郎会很担心。

永井热心推崇的以民政党和政友会的政党联合为基础的联合内阁构想，尽管有冈田启介首相的推动，却还是因政友会总裁的拒绝而流产了，他断定，即便和民政党联合，也得不到什么好处。昭和十一年1月，政友会提出冈田内阁不信任案，内阁解散了议会，选举于2月20日举行。民政党议席大增，成为第一党。然而，昭和会二十二议席，国民同盟十五议席，标榜革新的社会大众党也跃而进为十八议席，反映出对既成政党的不信任。永井柳太郎认为这对两大政党联合构想来说是绝好时机，非常高兴。民政党和政策主张比较接近的昭和会，以及中立派中的赞同者加在一起，肯定会超过半数。2月25日，庆祝胜利的午餐会上，高桥是清提议干杯。第二天拂晓，近一千五百名将校、士兵揭竿而起，提出"清除元老、重臣、财阀、军阀、官僚、政党等破坏国体的元凶，以正大义"的口号，袭击了首相官邸、内大臣官邸、侍从长官邸、高桥是清宅邸等。此前也曾有过几次恐怖计划和兵变计划，但真格的军方行动还是第一次。

18

在次郎看来，"二·二六"事件以后，政治陷入了黯淡无光的状态。与素来重视和英美的和平关系的币原喜重郎站在对立立场的广田弘毅继冈田启介成为首相后，容许军部的要求，承认了陆军大臣、海军大臣的现役制度。这样，陆海军拥有不为军部不满意的内阁输送大臣的否决权，这对推举陆军出身但主张和平的宇垣一成成为首相的次郎他们来说，仿佛是未来的希望被斩断了，形势颇为严峻。广田内阁第一次议会上，民政党的斋藤隆大批判了军部的政治介入，但因事件而半途而废的政党，已经没有能够呼应他的勇气的斗志了。

次郎已经是五次当选的中坚政治家了，可还是不知道该如何应对这种政治变化。十八岁时，为取得考大学的资格，他曾进入海军预备学校，这只是因为考大学的合格率较高，并没有打算当海军。他像讨厌官僚一样讨厌军人，但在视察满洲之后，他开始觉得，成功与否要取决于政策，但军事力量则是不可或缺的。只是，这种军事力量的前提必须是，正确认识外交、经济问题，国家整体具有能够让国民认可的综合国力。

在反对军队插嘴政治这一点上，次郎是赞成斋藤隆夫的主张的，但为了让它更有说服力，他认为必须提高政党的素质和见识。次郎认为，如果是得不到多数人赞成的反对言论，终归是没有效果的。在这一点上，次郎是众院议员，也是一个对舆论持怀疑态度的现实主义者。

具有讽刺意义的是，随着战争在中国大陆的扩大，景气渐渐恢复，次郎的公司有所好转。次郎力排众议开始动工的连接元箱根①和热海之间的公路，在"二·二六"事件之前的1月份开通了。楠房地产公司和一个叫做东京土地的公司合并，重新改组，成为中坚企业。大股东除了次郎以外，还有小林银兵卫、永井外吉、川田四之助、中岛聪等，都是家族成员和亲戚。合并后，楠房地产公司更名为综合房地产公司。

在将房地产和观光业结合在一起的同时，次郎还计划统治成为东京郊外住宅地开发动脉的电气铁路。

埼京电铁由于无法支付电力费用，被东京电灯公司降了电压，电车只得慢腾腾地走，车内昏昏暗暗，被称为"幽灵电车"。在各方势力围绕埼京电铁争论不休的情况下，次郎迫使大多数债权人同意强制和议，在发生"二·二六"事件那年的10月，通过临时股东大会，成功地决定了资本金的减少及其后的增加。次郎为增资的大部分由刚刚更名的综合房地产公司承担，由此打通了一条支配电铁的道路而感到高兴。紧接着，富士、箱根一带又依据数年前制定的法律被指定为国立公园。此前购买了土地的地主，理应因这个指定而资产价值大增。

11月13日，在元箱根举办"富士箱根国立公园祝贺会"那天，次郎不顾近四

---

① 神奈川县地名，为箱根町的一部分。

十度的高烧，激情洋溢地描绘着富士箱根地区的未来。讲话时他神志有些不清，不得不用双手撑住身体，讲话结束后，他草草地同始终具有献身精神并大力协助的、现元箱根町长大田金兵卫以及从东京特地赶来参加祝贺会的贵族院议员大木远吉等握了握手，就回到了汤河原的别墅。次郎每次来都住在这里。

在车里，次郎想起，自己最初开始关心箱根，就是源于清理《新日本》杂志账目时帮了大忙的大木远吉的一句话："如果有时间，翻过十国岭去箱根更好。"对大木远吉应该再客气一些，好好感谢他一番。次郎反省着自己，却又迷糊起来，不管怎样，还是想躺下来，好好休息一下，便一遍遍地问司机："还没到汤河原吗？还要多久啊？"

刚到别墅，次郎就晕了过去。翌日宴会时，大田金兵卫注意到有些不对劲，就和医生一起到汤河原来探望他。那时，次郎正满口胡话，在被子上翻来滚去。

阿樱接到大田金兵卫的通知，迅速请到永井柳太郎的熟人、庆应病院的内科主任前去诊治。诊断结果，是来自大陆的病毒引起的、被称为"满洲伤寒"的恶性伤寒。次郎五岁时，二十八岁就去世了的父亲楠犹次郎也是死于大肠伤寒，那时的伤寒是死亡率极高的可怕病症。

次郎在不知病名的情况下，往来于梦幻和现实之间。他顶着无形的泥河走着，前方，鬼火样青白色的火焰噗噗地闪烁，四周黏湿阴冷，黎明开阔的旷野上，有层次的黑暗勉强让人能看得出来哪儿是路，这条路无所依靠地左右摇摆着一直伸向远方。不管怎么苦，不管怎么累，只有这一条路可走。次郎喘息着，鞭策自己一般往前走着，却又有一股污泥般黏液样的风，阻碍着他的行走。

就像佛教故事里冥河河滩上的垒石子儿游戏一样，无数次返回原点、重又出发，却又被中断，这样的苦役持续了多少天啊，突然，一个身着紫衣的女人出现在次郎面前。

"请在此慢慢歇息。"她目光温润仁慈且深邃，在路旁向次郎发出邀请。次郎看不清那个女人，也听不清她的声音，虽然后来有很大部分是记忆的补充，但确实是有人在邀请他，只是，次郎没有自己接受邀请的记忆。当次郎把她想作是母亲的化身时，他已经跟在她身后了。次郎应该是没有被请进家里，但不觉间却站在了浴室里，只留下那种死死抓过干毛巾的手感。

次郎把脚伸进浴槽时，发现里面竟是凉水。想到可能是有人想让生病的自己洗凉水澡而害死自己，他的斗志一下子迸发出来。

"你是成心骗我害我！"他大叫，赤裸着，面向站得影子一样近的女人，拉起了柔道里叫做"双手割"的招数的架势。这一招是这样的：双手像高呼万岁一样上举，用身体撞压，当对方要回推时顶回去，在对方腿脚并拢的瞬间，沉下身子，用双手横扫对方的脚。

对方被推倒，发出不像人声的声音，次郎看见一头野兽一溜烟地沿着田间小道飞跑而去。

次郎苏醒过来，远远地听见周围"啊啊"的惊叹声，睁开眼睛。

"野兽跑了。"次郎低声说。

"哎？什么？"石山治荣把耳朵贴近次郎的嘴唇。她是接到阿樱传来的消息，前一天来到汤河原的。见治荣似乎很习惯看护病人，阿樱就回国立的家里去了。由于是法定传染病，除了住在家里的护士，只有阿樱和治荣能够接近次郎。

次郎知道苏醒过来以前自己一直在做梦，便没有重复野兽的话题，只是问护士："我生病了吗？睡了多久？"

"从元箱根回来以后您就病了，我是第二天来的，总共四天了。"

"阿樱一直都在，昨天才回去。"治荣告诉次郎。听到这些，次郎放心了。他又感到深深的疲惫，便闭上眼睛。很快，一股强劲的力量又把他拉入睡眠，但这一次却没有做梦。

过了大约两周，次郎总算能起床喝点稀粥了的时候，他说出了用"双手割"打退附在自己身体上的魔性的经过。"那头野兽一身黑毛，有小牛犊那么大。"他对护士和时隔一周从国立赶来的阿樱说。可这时，次郎说谎了——沿着田间小道逃走的野兽没有一身黑毛，而是类似鹿一样的生物，有着令人吃惊的柔和光泽，它的肤色像孔雀翅膀一样，闪着青绿色的光。但意识到自己洗冷水澡是受骗上当而大声叫喊的情节，则是真实的。不过，那声叫喊与其说是对对方的，不如说是对相信了对方、听从了对方的自己的。

一度住进东京医院的隔离病房，年末回到汤河原，进行大病过后的调养，直到恢复普通生活，次郎花了两个半月的时间，因为麻痹大意，使病情在汤河原再度复发。此间，为事件的善后而出现的广田弘毅内阁辞职，天皇对和平派宇垣一成下达了组阁的敕令，但由于军部认为他是赞成裁军、令他们不满的人，所以陆军拒绝输送大臣，而推举林铣十郎就任总理。

如果身体健康，次郎应该是在鞭策激励民政党的干部、发动政友会、同贵族院议员中的可亲近之人恳谈，可遗憾的是，身体不听使唤。在焦虑的心绪中，一种近乎达观的心情油然而生：不管自己是否能动弹，天下大势自是向着该去的方向在动，且永无止境。尽管次郎警惕着在身体变弱的同时意志也变弱，但他还是无法拂去那种失败感。

在高度评价宇垣一成这一点上，永井柳太郎也和次郎同感，他曾为实现宇垣内阁而施展三头六臂之本领。这个情况也传到了病床上的次郎这里。永井的作战方案是，通过石原莞尔，发动坚持军队立场而不顾国家未来的军队主流。

"二·二六"事件发生时，石原只身闯入反叛将校们占领了的陆军大臣官邸，对着反叛部队的领袖们怒吼："决不允许将天皇陛下的军队变成私人军队！马上归队！"然后，虽然没有任何权限，却扔下一句"明白了就到九段的军人会馆集合！我在那儿"扬长而去。在反叛部队中也算强硬的安藤大尉和栗原中尉也为石原的气势所压倒，而没有射杀他。

石原的活跃让永井柳太郎很高兴，他认为，长期以来自己苦心经营要在军队内部制造的理解政党政治的内核就此形成。然而，永井请他到星冈茶馆、希望他帮助实现宇垣内阁时，他却没有给永井一个满意的答复。

石原先是来了一句开场白："军队不应该干涉具体的政治过程，这是我的信念。"然后，拒绝了同特定政党或政治家的共同行动："非常抱歉，按目前的政党的危机意识，即便宇垣当上了首相，也无法实现昭和维新。"

也许是看到自己的固守原则让永井柳太郎很沮丧，想给他鼓鼓劲，临别时，石原说："军队里没什么像样的人，小官僚增多，这样，年轻人想反叛也是自然的事情。现在的领导人一味地想利用他们纯粹的心情，并不是要沉下心来埋头于思想。永井先生，我认为，必须要从教育兴起。关于这一点，今后也请多多赐教。"

素来雄辩的永井，这一天也几乎只是扮演了听众的角色。怀着失望的心情离开星冈茶馆的永井回到党本部,揶揄地想,在优柔寡断这点上,自己这个党的总裁町田忠治和宇垣可是不相上下。

心里犯愁时能和自己轻松相谈的楠次郎正卧病在床,永井感到很孤寂。回到议员会馆里自己的房间,永井立刻铺纸研墨,开始给次郎写信:"每日公务繁忙,虽心中挂念,却无法前去探望,甚感遗憾。"信中说,你比我更加看好宇垣,想必你在病床上也会切齿扼腕的。信中没有提及同石原莞尔的会面,却说他自己也有过在英国卧床八个月的痛苦经历,自己将其看成神赐予的考验而终于熬了过来。信上描述了当时的心境,说他认为在和疾病斗争的过程中,自己的生活内容也多少充实了一些。

写完这一段,永井想起贵久代说过,为恢复健康,阿樱住在郊外国立。一个念头掠过永井脑海:血气正旺的楠次郎对病恹恹的阿樱一定不会满足。于是,他用自己拿手的俪句写下对次郎的鼓励:"一只麻雀,上天未可,老练猎手亦无法射落;一茎野草,天时未到,经年累月亦不会枯萎。"最后,他以惯常的笔调结了尾:"请奉天命专心做好卷土重来的准备吧!"

接到永井柳太郎的信后不久,父亲在汤河原的别墅里又发起了高烧。那时,伤寒的复发几乎是无可救药的。

我还记得在国立的家中听到这个消息时的情形。那天,养母的身体状况不错,正在厨房准备晚饭。电话铃响了,但没说几句就挂断了。厨房里再次传来切菜声的时候,我没来由地挂念起来,便来到厨房。

"你爸爸啊,情况又不好了。"养母把菜刀剁得更响,告诉我说。

"不要紧吗?"我问。

她停顿了一下,说:"还不是因为不注意身体吗……"语气虽然如同叹息,可我总觉得她的表情看上去是明快、甚至是高兴的。

"今晚住在下落合吗?"我问养母。有什么与父亲有关的事情时,阿樱就会使用下落合的家,因为那里不论是见人还是着急乘火车都很方便。

4月,我应该上小学四年级了。在少年时代的记忆中,有一些关于大人们的态度、神情变化的光景,我对这些光景因不可思议的介意而记忆。阿樱接到父亲伤寒发作的电话时的表情便是其一。然而，现在，这些光景，即使我想要记起，也不再出现。我只能认为，当时的不可思议，就像由于一个什么机会，一些长期埋在泥里的气泡浮出水面一样。其中的一个气泡，就是关于"二·二六"事件的。

那天，国立下起了大雪，早晨开始上课后雪下得更大了。上课没多久，担任班主任的女老师先让我们在教室里等着，出去后很快就脸色苍白地回来，告诉我们说："东京发生了事件，今天的课就到这里，同学们赶快回家吧。"一个半月后一个暖和的日子，那个女老师在校园的草坪上搂过我，对我说："我一直以为，那些军人，也都是为了国家……"她听凭眼泪流下来，一拭不拭。她也许是认为，即便从家庭环境来讲，我也该懂得这些事情吧。那会儿，与国立邻近的立川有一个陆军航空队的飞机场，很久很久以后的同窗会上，我才听说，我们班主任老师的恋人就在那个飞行队里。

对于这个事件，我还记得父亲表情严峻、一言不发地回到家里的情景。门外是不是还在下雪，是事发当天还是第二天，我已经不记得了，只有父亲那有点苍白的脸色留在大雪纷飞的背景中。养母迎着父亲，说了三两句话，父亲也不作答，立刻回到自己的房间，压低声音打了一些电话。他不停地打电话，也有电话不断地来。难得我们三个人一起吃饭，已经是那天很晚以后了。

不记得是那天晚上，还是两三天以后的晚上了，我们吃的是日式火锅。可是，看到桌上煮开了的锅时，父亲很不自然地大声说："这可是够奢侈啊，来啊，今晚好好吃！饿着肚子可没法儿战斗啊，是吧？"父亲说话的时候还拍着手，我记得我当时就感觉到父亲在强做样子。

是将起义部队看做叛军，还是看做为维护正义而采取行动的昭和维新势力？那天晚上，大概军队和政府的态度都还没有定下来。冈田启介首相奇迹般地幸免于难，但受到袭击的重要内阁成员死了几个，政府职能已经瘫痪。悬而未决的状态至少持续了三天。如果起义部队的行动受到政府的承认，那么楠次郎就不会因其后的事态发展而平安无事了吧。此后的一个星期，父亲一直都待在国立的家中，这也是少有的事情，所以他和我们一起吃火锅，一定是这段时间里的一天。

那些天，父亲的心情也许和躲在土墙重围的家里，从窥视孔观察阔步街道或匆忙跑过的武士团的祖先们差不多。不过，我推测，即便在这种心境之下，父亲也在告诫自己，不能逃进土墙之中，不应该闭门不出。

记录表明，自近卫文麿拒绝当首相、完全听信军队要求的广田弘毅内阁成立之时起，父亲就预料到了日本在国际上的孤立，开始摸索发展石油、矿山等资源开发产业。父亲看到，民政党斋藤隆夫的主张军队要克制自己介入政治的演说，也受到了忙于迎合时局的大报社的冷落。

然而，即便看到了这些世道变化，父亲也还在忍耐。这也许还是祖先的血脉吧。同时，父亲仿佛在勉励自己，又开始计划开发被称为"时局产业"的新兴产业了。

时局产业的核心首推军需产业，但有过铁厂经营失败经验的父亲，对飞机坦克制造及其相关零部件产业却不屑一顾，因为他知道，这些行业必须要取悦军部才行，如果没有财阀那样的根基，作为下属企业，只能被迫屈从。可他认为，矿产资源开发就是另外一回事了。稍微学过一点财政的父亲知道，战争会引起通货膨胀，金子的价值就会上涨，他还知道，日元失去信用时，国际决算手段只能依靠金子，所以，他才做出了顺应国策的判断。大分县的鲷生金山，三菱矿业是大股东，从重视核算的坚实风格来看，似乎没有在增产上花气力。次郎想，资源开发事业即便不起用很多优秀人才也可以维持，很适合自己。于是，他第一次考虑以军队为背景，把谈判推向有利的方向。父亲认识到，在政府劝说国民要艰苦度日的情况下，以"给中产阶级一个富人的生活"为目标的别墅地和住宅地开发事业只能是一点点地进行。

另一方面，就算次郎口才出众，但在作为批判军队暴行的政治家进行活动的同时涉足时局产业，也是十分困难的。埼京电铁终点附近武甲山一带的水泥用石灰资源的矿区收购进行得很顺利，过去经营的东京橡胶增设军需用工厂的增资也取得了成功，唯有鲷生金山的收购遇到了麻烦。

父亲认为，不管怎样，作为一个实业家，有必要和军队建立良好的关系，时局就是这样的。他想到一个主意：把为闹市区的再度开发购入后一直闲置未用的、麻布的船业暴发户成濑正行的原宅邸，改装为招待政府要人的宴会场所，加以活用。幸好，六千坪左右的面积，只要拿出一半来作为军人和高级官僚的住宅，资金问题就解决了。

在伤寒愈后生活中对今后做出计划的父亲，一恢复健康，就立刻去视察了原成濑宅邸。他发现，东侧贴着大理石的三层西式建筑和紧挨着它的三层日式建筑，似乎不用做任何改动，即可以用于宴会。他从家里给现在更名为综合房地产公司的董事长中岛聪打电话，指示他伐掉茂密的杂木林，铲除绕在建筑物上的藤蔓等等。结果，珍贵的建筑物终于露出庐山面目。

父亲想起他十分敬重的实业家久原房之助宅邸改造的八芳园及其附近的般若苑，便打算把据说带有灯饰的洋式建筑用作面向外国人的饭店式服务场所，问题是能够统筹两边的经理。老板娘要稍微年长一些的女性比较合适，但认识的人当中却没有合适人选。石山治荣太过老实，不太合适；阿樱自打住在国立后虽然健康状况有所好转，但因招待的客人多是军人和高级官僚，次郎就犹豫了，因为她对时局的批判比自己还要激烈。

父亲决定把这事儿先放一放，装修工程得花上近一年的时间，这期间总能定下来。

当时和阿樱一起住在国立的我还记得，司机推开院子尽头有两根柱子的木门，父亲风风火火地进来，我看着他们，就像看着一个闯入者。司机跟在父亲后面，捧着大大的果篮，和装着新打上来的鱼的桶。在我的记忆中，父亲每次来国立的家，都要给阿樱带一些探望病人用的东西，不知道这是因为他觉得这里就是阿樱疗养的地方，还是因为他要向妻子强调这种意识。

见了面，父亲就问道："身体怎么样？好点没？"

养母则常常回答说："嗯，托您的福。又让您操心了。"

这种对话几乎成了一种仪式，所以，从升入小学高年级的时候起，每次看到这种仪式如期举行，就总觉得有些不对劲了。习惯早起的父亲通常是上午过来，一起吃过午饭后，就去检查国立大学城的开发进展情况和国分寺、东村山周边的分售情况，然后回东京。有时候是公司的川田四之助和中岛聪等干部陪同，有时候是年轻的监工跟从。可这一天，父亲却是一个人来的。他想把新建的迎宾馆六庄馆经理推荐给阿樱，这也是考虑到和永井柳太郎的关系。

谈话快要结束时，养母对丈夫说，"那，和贵久代也商量一下吧。"

"就这么办吧，有那种你出面接待一下为好的客人时，还是希望你能出来一下，所以，装修完了以后，你到全馆来转转看看吧。"父亲补充道。

之后，养母说："恭次已经四年级了，也该考虑考虑上什么中学了。"说着，回头看看我，命令道："快写作业去，爸爸的想法回头我告诉你。"

后来才知道，就在这一天，父亲和阿樱商量：恭次上了中学就到了多事的年龄，既然他是父亲的弟弟的孩子这件事他早晚都会知道，那就还是在听别人说之前，主动告诉他的好。

三点多，父亲匆匆忙忙回去以后，养母把我叫去，告诉我说，我是父亲的弟弟裕三郎的孩子，原来户籍上的名字叫广田恭次。

"可是，养母不就是妈妈吗？"我说。

"对呀，当然是的呀！"阿樱用力答道。然后又告诉我："上了中学，你总会知道的，再说，也不是什么改变你本质的事情，所以我们觉着还是早让你知道些为好。还有，你爸爸说，要能考得上，府立中学不错。他好像觉得，大学毕业以后，有一点当官员的经历也不赖。"走上社会后，我觉得父亲的这个意见反映出他在如何动员官员接受自己的主张上付出的辛劳。

真正的父母在我出生后不久就死了的事实，对我没有丝毫冲击，我告诉自己，养母说得对，我还是我。

"我知道了，没什么大不了的。"我很唐突地说了些意思不明的话，来到院子里。

我们在国立的家有五百坪左右的院子，南面有两座不大的假山，从大门通往门厅的路蜿蜒着穿过假山之间，两旁是杜鹃花丛。从门厅望去，左边是草坪，尽头的庭院边缘种着花柏树丛，算是与外界相隔的围墙；右边深处种有栗子树和柿子树，这边是菜地和带状花坛。庭院的配置和东畑郡六个庄父亲的老家并不相似，所以，我想这大概是小名浜养母家的气氛吧。

房子是朝南的，右侧低矮的树篱笆的远处是三国山脉。我第一次听说自己最初的名字叫广田恭次后来到院子里时，夕阳正要沉下山去。我看了一眼，走上草坪，把穿在脚上的木屐甩向空中。我想，两只都面朝上为吉，面朝下则为凶，可结果却是一正一反，太平凡了。事后每每想起的时候，我总要想，当时我到底是要占卜什么呢？那是5月末，梅雨还没有开始，气候还很清爽，杜鹃恣意地开着红花，而栗子树和柿子树的新绿则鲜艳夺目，我记得，很快，淡淡的晚霞便在高天上舒展开去。

虽然是大病之后，但父亲还是在4月30日的选举中第六次当选。他被看做是民政党中最有未来的政治家之一，在正式会议和预算委员会上代表民政党进行质问的机会一下子多了起来。

这时，政党政治的形态已经发生了变化，即使在选举中成为第一党，也不会产生民政党内阁或是政友会内阁，而是军队和重臣、贵族院商量（有时会有政党首脑参与）组阁。次郎当时年近五十，不再做意气用事地上街演讲之类的事情了，可政党政治受到轻视的状况，尽管可以说一部分责任在于政治家的腐败，但对次郎来说也是无法忍受的。

"二·二六"事件过后不久的广田内阁时，次郎在预算委员会上对陆军大臣寺内寿一提出异议："外交问题现在是由陆军大臣、海军大臣、外务大臣三个人协议处理，这在国民看来，就是好战的军人强行引领事态。今后的战争不只是军部的战斗，而是全民的总动员战，如果国民有那种这是军人出于喜好发起的战争的感觉，我认为事情就严重了。"

两年后的昭和十三年1月，次郎在正式会议上代表民政党指出中国抗日情绪的高涨，并指责当时的近卫文麿首相：明知如此，却宣布"不以国民政府为对手"，究竟意图何在？这难道不是自己绝了谈判之路吗？

次郎原本就讨厌端着架子、官气十足、遇事"教养"不离口的近卫文麿，这种政治姿态，一直持续到昭和十五年2月，那时，斋藤隆夫的反战演说使得政界一派骚然，而次郎则在预算委员会上也发表了演说："满洲事变以来，对言论、文章的管制已苛刻、严厉至极，尤其为批评政府政策的主张而烦恼。我坚信，对反对意见的严格取缔，势必将政治推向愚政。"对开除斋藤隆夫的主张，次郎从民政党的立场出发，进行了庇护同僚的演讲。对此，主张扩大运用治安维持法、指挥进行言论管制的儿玉内务大臣，却满不在乎地回答："我也认为，言论的压制百害而无　利。"

然而，次郎的反政府言行也仅限于此，作为民政党议员，他最终还是赞成开除斋藤隆夫了。

"整顿军队纲纪的演说之前都很好，但反战演说确实有些过火，我如果在此反对开除，只会对民政党不利。"次郎的说法里兼含着对自己的辩白。自次郎投了赞成票的昭和十五年3月7日以来，阿樱就一直蜗居国立，未在麻布的六庄馆露面。这件事在次郎记忆中就是离婚协议书上写的"昭和十五年4月1日以后分居"。

和长年的盟友、尊敬的前辈永井柳太郎之间的关系，也在次郎靠近近卫文麿、为实现电力的国家管理而奔走不停时起，开始冷淡了。次郎思想的底里，暗藏着对以近卫为领袖的辅弼政治体制构想的不信任感。

昭和十七年4月，曾经反抗时代风潮的次郎，在辅弼政治体制协议会的推荐下，第七次在选举中当选。

19

昭和十五年7月末，永井柳太郎来了一封信。次郎通过秘书接到这封信的时候，想，终于来了。对永井为实现本该成为国家总动员法继承人的第二届近卫内阁而构建新体制、热衷于大政翼赞会运动，次郎感到很别扭。然而，反对把人们引向战争的报纸和军队、主张重视生活的一方，也缺乏看清世界动态和日本国力的冷静判断。民政党总裁町田忠治，虽然对永井柳太郎的反感不绝于口，并宣告说"坚决反对树立独裁主义的单一政党"，但却无法组织具体的政治行动。次郎看不下去，就和松村谦三商量，将永井的理想主义从大政翼赞会转向和平方向，同时，准备向町田总裁进言，希望他努力和永井柳太郎建立良好关系。

"你的心情我理解，可我的目标和你一样，都是和平。但现在的形势下，只有进入近卫文麿的活动圈子，来抑制军队。楠君，理想之星同样闪烁在你我的头顶啊。"说着，永井伸出了手，想和他握手。

这次握手永井握得很有力，常握拐杖的手掌一无面孔和遣词造句的柔和印象，粗糙生硬。不知为什么，次郎想，这也许就是最后一次握手了，眼睛就有些湿润。现实主义者次郎深深感到，既已随波逐流，就无法再改变这洪流了，只能被这洪流冲走，这样，关键就在于必须分清敌我。

另一方面，松村谦三约见了民政党总裁町田和干事长，劝说道："不管怎么说，永井柳太郎掌握着青年层，对党的当家花旦还是不要放手才好。只要你们诚心诚意地跟他说，他会停止分裂党、投向翼赞会的举动的。"

松村话没说完，身材矮小的町田总裁那油光光的圆脸上就泛起了不快的表情，对干事长看也不看一眼，冷淡地拒绝道："啊，那个人只顾眺望天上的星星，忘记了脚底下，我只能认为他缺乏当政治家的适应性。他那国家管理电力案是个什么玩意儿？不比近卫还右？我们可没打算和他谈，没那个心情。"

不久，民政党内部不知从哪儿兴起一股传言，说松村谦三和楠次郎正策划町田和永井的和解。不仅如此，甚至还有人观察认为，松村和楠的政治主张现在已经和永井不靠边了，但又想留在党内，避免落伍于时代潮流。这样一来，松村谦三和楠次郎二人也就无法再有什么举动了。

有这些铺垫，次郎拆开永井柳太郎的来信时，仿佛是要翻阅一个讨厌的通告。信上一反常态地用公文体客套生硬地写着：

"楠次郎兄：谨祝清光辉耀。今因众所周知之由脱离民政党，无奈与承蒙关照多年的仁兄诀别，甚感遗憾。鄙人参加民政党长达二十余年之久，其间承蒙仁兄公私与共的特别厚情，实在感激不尽，在此衷心献上谢意。"

开头部分如此老套的诀别信，让次郎心里堵得慌，渐渐地又觉得无趣。

"与多年的同志分手，于情难忍，然留党却又于小生之良心所不容，敬请谅解。"

如果这一句的后面没有下面这段文字，次郎也许就会以为和永井了结了，并将来信揉成一团。

"恳请日后念及私交，不计前嫌，时常垂顾。内外时局严峻之时，衷心祝愿仁兄健康、自重。最后请问候夫人。小生不敢取以书中，谨此拜启如斯。"

这个结尾让次郎再次认识到，阿樱和贵久代的友情，同丈夫们的政治立场是截然不同的东西，于是就有一种被妻子背叛了的感觉。但一想到这个关系说不定什么时候还得用得上，就决定尽早和阿樱说说这封信的事情。3月初，次郎因为民政党斋藤隆夫的退党问题大骂过阿樱，至今还有些发窘。这回尽早报告永井来信的事，也是次郎要言归于好的信号。

次郎最近一段时间去过几次工地，但因时间紧，都没有见到阿樱和恭次。

自从大学搬来后，起于车站的笔直大路的两旁，绿树间遍布砖瓦建筑，国立町完全成了一个大校园，但前方依然是一望无际的武藏野的夏天。阿樱和恭次居住的房子，位于从车站向斜右方延伸的富士见大道上新成立的国立学园小学旁。阿樱在厨房里准备午饭时，次郎坐在廊下面向西南而置的藤椅上，眺望着树篱围起的院子和院子对面能看到的原野。远处的守护森林浓翠欲滴，被一种近乎青紫的颜色所笼罩。偶有都市里决不曾有的凉风吹拂而过，让次郎想起故乡六个庄的老家和后院仓房旁从田里吹来的风。恭次已经上中学二年级了，虽然正放暑假，但因参加特别军事训练，不在家里；长子孙清被敦贺的连队召集入伍，正在牡丹江守备队服役。

次郎再次感到，战争的洪流不分青红皂白地席卷了人们的生活。在这样的时代，作为政治家要尽力保卫和平，同时，也不能对天下大事太过较真，也要作为一家之长，作为其延长线上的企业之长，完成自己的使命。

次郎望着炎日高照的原野，一阵风吹过，芒草的叶子波浪般从三国山脉向次郎这边涌来，他想起乍暖还寒时翻地和同为重体力劳动的盛夏除草的情景。这些活计连小孩子也要干，次郎送走一大早出门去做经纪生意的祖父清太郎，就和年幼的妹妹阿房、弟弟裕三郎一起追逐着跑进自己附近的田里。那稻田，望不到边际。

次郎回想到，就是从那时起，自己成了一家之长的。如今，进入战争年代，一家之长的职责，就是在适当地附和大东亚共荣圈和辅弼政治这种大义的同时，尽可能地防止家族人员的损伤和产业的减少、散佚，在战争结束时家人团聚、家财无损。日本虽然打败仗的可能性不大，但似乎也不能就此认为一定会打赢，而且，如果赢得很拙劣，军部就会得意忘形，那就也许会招致更大的灾祸，所以，最理想的就是日俄战争型的赢法：差不多就行，还能带来和平。但令人担心的是，现在没有一个像日俄战争时那样的政界领袖，而让人无法原谅的，便是近卫之流有公卿根性的政治家。自古以来，公卿总是一方面投靠武力高强者一方，以保性命，但另一方面又在心里蔑视他们。他们自恃自己的教养，但对隐藏在贵族架子里的软弱和优柔寡断是多么丑陋的东西却不予理睬。想到这些，对勾结军部、将国家赶进困境的近卫文麿，次郎就从嗓子眼儿里涌上来一股类似倒酸恶心的不快。因为这个家伙，次郎甚至失去了永井柳太郎，尽管他身上有着自己所没有的东西，自己是那么的尊敬他。

次郎想，该怎样向阿樱解释和永井柳太郎的过节呢？于是他离开和石山治荣一起生活的位于目黑的家，来到国立。可想来想去，也没想出一个好办法，所以次郎索性决定，就直接讲出来，等阿樱有什么疑问提出来时再回答。

吃完饭，次郎把永井月末寄来的信件放到阿樱面前，说："啊，你看看，"然后又补充道："上面也写了，我们最后不得不分道扬镳了，实在是太遗憾了。可他也说了'恳请日后念及私交，不计前嫌，时常垂顾'。"

阿樱浏览了一遍，然后把眼镜放进眼镜盒里，说："贵久代很久没来信了，大概也是因为有些事不面对面地不好谈吧。不过，就算说私交是另外一回事，但往往也不是那样啊。"阿樱看着次郎，又说："永井总想要感觉到是自己在推动时代潮流。我也是反对辅弼政治的，和你一样。"阿樱一脸寂寥地说完，又浮起微笑，汇报道："跟你说啊，恭次从二年级起当上班长了，刚开始的时候还有点不知所措，现在好像好了。前几天，还在整个二年级面前领着做'朝礼'①来着呢，这可真是楠家的血统啊。"

这是让次郎高兴的一个话题。远在满洲的孙清曾经给次郎来信，流露出对自己被派到边境地区的不满。次郎想，真是个没有主见的家伙，看人家恭次，虽然八字还没一撇，但没准儿能更有出息呢。所以，这个消息委实让他这个一家之长高兴一番。心情一放松，次郎便问阿樱："孙清去满洲多长时间了？"

"两年零三个月了。"阿樱立即回答。

次郎感觉到，孙清大概也给阿樱写过同样内容的信，便换成征求意见的口吻，说："我亲身去过那里，觉得学到了很多东西，才让孙清去经历一下的，不

---

① 学校或公司里，每天正式开始学习、工作之前，学生或职员们都聚拢在一起进行的早会仪式。

过也该让他回来了。"

"就是啊，那地方有点偏僻，现在也许是个机会。可这事儿能行吗？"

"不知道，我求求人看嘛。"次郎很直接地感觉到，阿樱至今仍然把孙清看做是自己的孩子。

难得慢慢吃过午饭，次郎困了，就问："对不起，能让我在这儿睡会儿觉吗？"

阿樱意味深长地说："请吧。这儿是你的家啊。"

次郎觉着好像输了一分，可身子一躺倒，就睡着了。

回去的车上，次郎盘算着该如何让孙清回来，也想起来，永井带领三十多名志同道合的党员参加了新体制运动，军队对此十分赏识。于是他决定，先放下自己的想法，利用自己和永井历来都是同心同德的印象，和联队长进行谈判。在这种时局下，为了履行捍卫家族这个作为一家之长的职责，是有必要要一点狡猾手段的。想到这儿，次郎脸上竟泛起了一丝微笑。

东京橡胶株式会社在解除孙清的早期服役上起了很大作用。次郎写了一封请愿书，称自己正在计划充实经营管理层，以实现被指定为军需产业的公司的运营强化和生产扩充，为此，身为公司所有者的长子，孙清需要常驻公司。写完，次郎只身去见敦贺的联队长。

见曾在永井拓务大臣下面做过政务次官的楠次郎拿着请愿书面见自己，联队长很感激，说好立刻就办手续，并请次郎到敦贺市内的料理亭吃饭，以示款待。除了石原莞尔那样的，次郎原本是十分讨厌军人的，可看到木讷寡言的联队长诚心相邀，且还要在孙清的事情上求助于他，便做出高兴的样子，接受了联队长的邀请。

联队长年长次郎几岁，眼窝深陷，前庭饱满，他的父母都是会津人。"维新那会儿，藩主判断失误，反叛了官军。因为反叛的是萨长军，所以就是胜者王侯败者贼了。为此，直到现在，一有事儿都是会津倒霉。我就是想靠在战斗中立功受奖来证明，会津魂就在此！"吃饭的时候，联队长强调了两次。他似乎从心里厌恶山县有朋，所以次郎就说，自己是佐贺出身的大隈重信的门下，很了解大隈一生都为山县所阻。

在越发投合的气氛中，次郎想，支撑军队的，就是这些无论在政治上还是在外交上都生疏、木讷的军人，自己平日里见面说话的都是穿着军装的官僚，官僚只是把带有一点思想味道的话挂在嘴边。

从敦贺进入滋贺，在老家落下脚的次郎非常想知道，选区的人们是如何看待最近的新体制热、永井柳太郎脱离民政党的。

次郎对鲶江、浦部、草野等楠次郎后援会的干部说："我不了解情况，想听听你们的意见，再下结论。"

"谢谢，太难的事我们不懂，但我们想，能不能和永井先生一起行动。"年长的浦部首先开口。草野也接着说："可不完全是那样，还有年轻人觉得挺遗憾的，说楠头儿为什么不领头呢。反正说法不一嘛。"

最后，楠会首领鲶江对他们的行动进行了说明："近卫是公卿吧，京都人都精明啊，总是把近江控制得很好，这一点可得看透了。"

上了年纪的人的意见差不多是在预料之中的，但和青年团碰过几次头之后，次郎的心情变得沉重起来。

在政党政治的改革上，辅弼推进派居多。以前次郎提倡普通选举运动、扩大民权时，他们曾怀着和聚集而来的学生、年轻人同样的热情，纷纷主张："我们相信，楠先生早晚会和永井先生一起行动的。"这些青年们比次郎第一次当选时年轻七八岁，在五十二岁的次郎看来，他们的年龄跟自己的儿子差不多。尽管政党政治处于初始阶段，尚未深入灵魂，但青年们叫嚣着舍弃政党、采取举国体制，甚至还希望次郎也朝着这个方向发挥领袖力量。

"问题是，究竟什么是辅弼体制。这种体制能让我们的村庄富裕吗？我们不能让轻佻的报纸的主张搞昏了头。"次郎不禁变成了说服的语气。

这次回乡，次郎看到，这两年间，田地荒了许多。干活的人都让军队征了去，很多年轻人经不起景气颇佳的京阪神地区军需产业的诱惑，离开了村庄。

"大东亚共荣圈的建设，也是要在我们农村富裕了之后，才有可能。"接着，次郎还结合自己在满洲的经历，谈到满洲那让人意志恍惚的辽阔。关于永井柳太郎的行动，次郎用上了说话技巧，对应有的政治方向进行了解释："他是想打进辅弼政治的中枢，抑制不考虑后方乡村、只想扩大战争的军部。为达到这个目的，·我们必须从正面提倡不扩大战争。我们不想送你们上战场。"

此前，次郎曾不止一次地感觉到，自己处于必须要进行辩解说明的位置，政党正受到众人批判而陷入困境。对政治家来说，风浪是不可避免的，这时，就看你能忍耐多久。次郎也不止一次两次地告诫自己，要说服，但不能喋喋不休，如果不是不辩白、不盛气凌人地阐述正当性，就不是一个一流的政治家。然而，即使有这些经验，这一次情形也似乎很严峻。次郎知道，就在自己这样打探乡里人意见期间，人们正以排山倒海之势，推进着他们对辅弼体制的热情。上个月，社会大众党解体，紧跟着，政友会久原派、政友会中岛派解散，为与辅弼体制联合做好了准备，而至关重要的民政党也陷入了一种不得不通过解体决议的气氛之中。就算自己不落在最后就行，但他心里却无法平静。的确，不管政友会还是民政党，现有的这些政党，都有着太多的丑闻。次郎想，也许，哪怕是胡说八道也好，但如果不主张政党政治的根本改革，就不会得到选民的信任。于是，他冒出一个想法：就说搞了事业就没必要知道丑闻了吧。这是事实，况且以前还有人起哄说"你先把公司搞破产了，看你还说什么"，只是，幸好近年来公司业绩不错。

想到这些，次郎才注意到，这次在乡里的政治活动汇报会上，也没有见到生母再嫁的对象小林金兵卫。在六个庄老屋的起居室里，次郎独自点点头，想，大概还是为"那件事"想不开吧，当然是的。他突然想起来，便来到隔壁的佛龛前，点灯敲钲，对着清太郎的牌位合掌默念：我会尽全力守住家财，不让家人在战争中有所损伤。

我为写楠次郎传调查资料时，有很多次，不得不在"守家"的想法面前停住脚步。这个想法总是在人生获得重大转机时，和幽灵一样出现的祖先崇拜纠集在一起。年轻时，我曾经激烈地反对这个思想，认为这种理论是自私、任性的，不过是想让家族制度统治时期的自我放浪和公然的一夫多妻制合理化而已。

可在我渐渐接近父亲去世的年纪的今天，这种憎恨虽然还看得见一鳞半爪，但我却觉得，我想象中尚未现形的生母的怨恨似乎在我身上附了体。回想起来，在这种感情的起伏和爱憎瞬息万变的环境中，我之所以能够有所把握，是因为我只是一味地坦白。

较我而言，父亲则不擅长坦白，应该说，他缺乏坦白的才能。如果可以称之为才能，父亲是不具备侧着身子冷嘲热讽的能力的。也许正因如此，父亲晚年曾几次在采访中谈及自己时说："真是个天真无邪的人。"至于这种天真、无邪毁了多少身边的人，又如何毒害到了别人的心灵深处，便不放在心上了。

小林金兵卫的儿子小林银兵卫称之为"那件事"的事件，发生在父亲金兵卫和善良普通的资本家之间。因为这个普通资本家是楠次郎生母再嫁的对象，事情才变得有些严重。

直到得了被叫做死病的伤寒之前，父亲都在推进扩大实业范围的计划。父亲甚至把卧床期间订的计划也付诸实施了，那就是，为正式开展东京郊外宅地开发事业，他要把埼京电铁置于自己的统治之下。和过去的楠房地产公司、如今的综合房地产公司一样，无法偿还公司债务、濒临破产状态、被称为"幽灵电车"的埼京电铁，在满脑子宅地开发、郊外的都市建设的父亲看来，却是一块埋在泥里的钻石。父亲出席金融机构为主要债权人的会议，提出议案：这样下去，开多少会也还是无法改善经营，不如一咬牙一跺脚，采取拿到法庭上强制和议的办法。他还主张，这样，只要减资有法律支持，就能开辟出新的经营之路。

另一方面，在埼京电铁减资后，父亲为认购势必进行的增资新股，将综合房地产的资本减至五百五十万日元，减轻了财务结构。他想通过这个办法使自己离支配埼京电铁的想法更近一些。

这个计划刚上轨道，父亲就病倒了。在他和几乎置他于死地的疾病搏斗正酣时，作为综合房地产公司大股东的亲戚们中间还弥漫着一种不满情绪："咱们要跟次郎走到哪里去呀？要是他一下子没了，损失可就大了。像你这样的资本家，可得好好用你的钱啊。"这个动向的核心人物，是自己经营证券公司的、东京的滋贺县同乡会干部岩田助八。在户籍上为我父亲的广田裕三郎还健在时，岩田助八负责对滋贺县资本家的活动，我父亲负责青年团等，他们曾是共同支撑楠次郎后援会的伙伴。

看到父亲开始了支配埼京电铁的操作，岩田助八说："看，照我说的来了吧，次郎只想着要实现自己的构想，跟着他的人可就要吃亏喽。综合房地产公司的股票就交给我吧，我会把它们巧妙地变成现金的。"见小林金兵卫还在犹豫不决，他又劝说道："用长远眼光来看，这也是为次郎好啊。事情啊，不能光是往前走啊，关键是得早些明白这一点。当然了，我会跟次郎好好地说清楚的。"

从川田四之助那里听说自己创业、管理的综合不动产公司一半以上的股份可能都到了岩田助八手里的消息时，次郎气得眼前直晃，陷入了幻觉。

小林金兵卫的儿子银兵卫曾对同父异母妹妹的丈夫川田四之助若无意间说到"综合房地产公司的股份好像也要有好价钱了，岩田说的。那可是头儿的努力的赏赐啊"时，川田听者有意，去问岩田助八，岩田的回答却很含混："啊，我正想这两三天跟头儿商量商量这事儿呢。"可川田一说那你就把股票都拿到公司来吧，岩田竟面露怒色，说："干吗，难道我还信不过吗?!"等川田一调查才发现，岩田已经收购了一大半股份了。

"找律师商量一下，提交一份股票遗失登记。"次郎指示道。可刚一开口，又改了主意，说要向警署报告被盗。

银兵卫无意间的一句话，虽然证明了其父金兵卫和岩田之间的交易，可金兵卫毕竟是自己生母再嫁的对象啊。如果告到警署，这罕见的盗窃事件立马就会成为新闻，而嗅到内讧气味的股东会上的小混混，就会像爬到蜜糖上的苍蝇一样，蛊惑敌对双方，使综合房地产公司的股份变成大批投机对象的股票。

这么一想，次郎渐渐感到，一种不同于刚才的、想让母亲及其丈夫烂肠子烂肚子的憎恶，正在体内弥漫开来。他又看看来报信的川田四之助。小林美奈对川田来说，可是岳母啊。次郎想，他的报告真是太及时了。昨天晚上他大概也是斗争了很久，脸上还留有黑魆魆的疲惫。次郎不禁体恤地说："四之助，你汇报得太及时了。"

川田却一下皱起脸，从嘴里挤出"这也是叛乱吧"这句话，还把"叛乱"两个字咬得一字一顿的。因为，岩田是综合房地产公司负责监督检查的人。

次郎心里涌起一种健康的斗志：要让岩田助八当不成专门做股票生意的人，至于小林金兵卫的成败以后再说。

次郎想起一个人，原敬内阁时的司法大臣大木远吉。他不仅在《新日本》杂志最后清账时给自己出主意，帮着介绍能干的律师，还在自己去热海的别墅报告清账结束并致谢时，建议自己绕道箱根。在这点上，可以说，他是让次郎在观光实业开发上开了眼的大恩人。而且，综合房地产公司的顾问律师也是大木介绍的。

次郎和那位律师一起去找大木商量，并取得了一致意见：负责监督检查的人收购自己公司的股票，违反了商法规定的监督检查人员的忠诚义务。

这件事直到昭和十二年年末才得到解决，但进展得还算顺利、圆满。岩田助八的行为原本就不是帮助什么人侵吞综合房地产公司之类的事情，只是利用了小林金兵卫模糊的不安和不满，所以，岩田叫次郎的铁腕气势给吓住了，马上表示出恭顺之意。

交涉过程中，次郎心里也曾再次燃起怒火，想彻底击垮他，但每当这时，考虑到川田四之助的处境，加之出于怕美奈难过这种对生母的、与往日的憎恨相反的感情，便将最后的步骤委托给了妹妹阿房的丈夫永井外吉。这是要避开与滋贺县有瓜葛的人。结果，次郎又把岩田收购的自己公司的股份收买了回来。为筹集资金，计划中的麻布六庄馆的工程延期，同时大幅度增加分售面积，以加快资金回笼的步伐。

完成股份交接，已经是第二年即昭和十三年的3月末了，大约过了一周左右，生母美奈来了一封长信。

"久疏问候，敬请原谅。想必您生活无恙，谨此致意。"

给自己儿子写信的美奈，接到一直在东京的丈夫的来信，知道了事情的经过，"非常吃惊"。在强调自己一无所知之后，又写道："尽管您理应大发雷霆，表示全然不知，但您却和颜悦色，全力挽救，您是多么宽宏大量、多么亲切和善之人啊。务请将此当做孝行，做些力所能及的事情。"

次郎丝毫没有想到，生母会写来这样一封信。事情处理好以后，次郎回乡时还想，干吗还要牢骚满腹地说"金兵卫好像做了对不起你的事，真过意不去"之类的话呢。其实那就是尽力夸奖次郎，让他以"孝行"之心做一些力所能及的事情。但这不免有些强加于人，如果次郎心气儿不顺，可能会带来完全相反的效果。

次郎想象着长着一撇小胡子、活脱一个乡巴佬模样的小林金兵卫，将一只手掌竖在面前，求妻子跟生气的次郎求情的样子，心里的愤怒才稍微平静了些。美奈自次郎五岁时分别以来，没有一同生活，各自环境也有所不同，对次郎的事情似懂非懂也情有可原。这种心情，和回到乡里、见到小学同学时的感觉是一样的。

接着，美奈又写道："为母诚心相求。看到金兵卫的信，不知是梦幻还是现实，高兴之余，马上拿给置于内室的如来佛祖过目，感激不尽。今天在此让金兵卫头朝下脚朝上倒立着跟您道歉，您若接受，为母死亦足矣。"

对这一部分，次郎感到很奇怪。在同样情况下，如果阿樱像美奈写金兵卫那样写自己，次郎是绝对不答应的。这种写法不明明是轻看一家之主的表现吗?!也许正因为这一点，美奈才不讨祖父清太郎喜欢，在犹次郎死后就把她给送回娘家的吧。次郎只能认为，她娘家是有钱人家，经营批发业，家风和小林金兵卫家异曲同工，但与楠清太郎持守的富农美德却大相径庭。

我越往下读越觉得，父亲接到这封信后，对生母的那种模糊的生疏感，一定是反倒更加具体清晰了。对生母的反感和思念交织在一起，这种复杂的情感，并不只是在自己五岁时丢下自己回了娘家这么简单。生活的世界的不同，决定了人与人之间的差异。可并不擅长客观地看待自己的父亲，能分析到这一层吗?

面对自己十九岁时生下、二十四岁时离别、如今已经年届五十、成为具有相当实力的堂堂男子的儿子，美奈硬着头皮写下上面那些肉麻的文字后，又立刻换上了若无其事的表情："为母能身体无恙，平安度日，想来也是托信佛的福，实乃为母最大的幸事。"

我想，读到这里，父亲一定有一种被巧妙甩开的感觉，仿佛她搅乱儿子的心绪后，却倏然回到信仰的帘子后面一样。

最后，美奈写道："百忙之中，股份之事敬请放心。有事还请一报。祈愿工作顺利，事业有成，此乃为母最大心愿。为母衣食无忧，生活宽裕，心满意足。想你、为你高兴的母亲　致楠次郎。"

写这封信的时候，小林美奈已经年近七十了。读过这封信后，我想，她大概是很讨男人喜欢的那类女人。也许，这也正是她让我的父亲焦躁的原因之一。因为，父亲是一个忌妒心很强的人。于是我想起，在我还是单身的时候，父亲曾几次训诫我说："滋贺县的女子用情很深的，也许是因为血浓的缘故吧，但是江州女子，可不能娶了当媳妇儿。"

然而，血浓的只是女子吗？只是滋贺县人吗？我时常想，这是日本这座岛子上居住的所有人的特征，而且，我还时常很迷惘：对方的血浓还是淡，不也是根据这方的举动而变化的吗？

20

孙清结束了在苏满边境为期两年半的兵役，回到日本，在下落合的旧居安顿下来后，就上了簿记会计学校，因为虽然他大学是从经济学部毕业的，但对公司的会计业务却并不熟悉。同时，他还就任了东京橡胶的董事，这家公司的社长是他同父异母姐姐良子的丈夫高岛。

我很清楚地记得孙清到国立的家里来那天的情景。去满洲之前、在敦贺部队上时，他利用休假上京，到下落合的家里来过几次，我应该见过他，但我没有记忆。大概我那时年纪太小，还跟他说不上话吧。

他用力推开父亲经常出入的院子最前端的那扇门，出现在我们面前时，在我看来，他是一个仪表堂堂、威风凛凛的青年。

尽管那段兵役曾经让他捶胸顿足、归心似箭，但回到本土后，他作为一个为国奉献、完成使命的青年，一定觉得自己很英武可敬吧。每当有为数不多的大学同学和异性朋友们问到的时候，孙清所讲述的讨伐土匪战斗的规模和激烈程度似乎都在不断扩大。

我和养母让他在父亲常坐的位置上坐下，便开始体恤地犒劳他，问一些满洲的情形、牡丹江的风景、两年半间有什么事最受不了之类的事情。

"不是发生诺门罕事件①了吗，真是担心死了，以前还没和苏联直接打过仗

① Nomonhan，中国东北的西北边境和蒙古国边境相接之地，1939年5月 9月，日苏因边境纷争交战，日军在此大败。

呢。"阿樱问道。

"啊，虽说是苏满边境，但我是在符拉迪沃斯托克附近，诺门汉是在蒙古那边，离得远着呢，就像东京和旭川①那么远吧。我们那儿，除了打土匪以外，反倒是很平静。不过，开始那会儿，5月份战斗结束后的桌上演习时，我们也被叫到了新京，开会分析为什么会打得那么艰苦。"

"结果怎么样呢？"阿樱一边往碗里盛饭，一边问孙清。

"不行，你轻视对手，肯定无法做出客观的分析。那个姓辻的参谋，就会对自己说的话自我陶醉。"孙清说。

"所以就打败仗啊，送命的不是还有皇族吗？"阿樱接着说，"你爸爸好像也求人把你调到安全的地方去来着呢。"阿樱这么说，是想让孙清记得，这次解除征兵，也是次郎活动的结果。

可孙清却立刻回嘴道："既然如此，我想，当初也不是没有办法不让我去啊。"

养母皱了一下眉，嘴唇动了动，像是想说什么，却又止住了，然后用平静的语调开导他说："话可不是这么说呀，孙清，你爸爸也吃了不少苦啊。"

于是，良久，大家都不做声，只是默默地吃着。

阿樱教导孙清时，可能是想起了3月份众院议员斋藤隆夫被除名时她对次郎的态度进行批评并与次郎发生口角的事情。国会上，斋藤隆夫的问题，是从他2月2日在众院所做的"关于支那事变②等的质疑"开始的。他质问政府是如何考虑在中国大陆进行的战争的、要把战争打到什么时候、打算如何收场、国民牺牲的生命和财产如何处理等等，在那种时局之下，他的质问无异于反军宣传，于是，引得陆军青年军官们纷纷起来声讨。同属一个政党的父亲在五天后的预算委员会上，就被视为政府文件之一的《旅行者》杂志将"天下一统"译为"The Univers One Family"一事提出订正请求，说："这会被认为是日本企图征服世界。"接着，又展开议论，拥护斋藤隆夫："满洲事变以来，政府对言论、文章的

---

① 日本北海道地名。
② 中国之所谓"抗日战争"，当时日本称之为"支那事变"或"日中战争"。

管制已苛刻、严厉至极，但对这样的错误却视而不见。我认为，严格取缔批评政府政策的反对意见，势必将政治推向愚政。"

如果次郎是专心于政治的众院议员，这种态度至少应该贯穿斋藤隆夫问题的始终，然而，在7日预算委员会上的质疑后，大藏省银行局的干部找到了父亲，说："内务省对与您7号的质疑有关的事项，有两三处需要向您往来的银行发出询问。我只是出于一片婆心，通告一声而已。"

来电话的干部称，自己是尊敬楠次郎的、通过国家公务员考试而进省工作的人之一，所以，对自己所说的话可以不打折扣地相信，他还说，这件事可以求次郎任拓务政务次官时的同僚河田烈调查一下。次郎有些茫然。这是那种很低级的茫然，但既然身处活动于两个领域所带来的矛盾之中，就不能置之不理。

和永井柳太郎的断绝关系，让次郎痛切地感受到，自己在政界已经没有可以倾心相谈的盟友了。思索之后，他做出判断，即便自己拥护斋藤隆夫，大势也不可能因此而得到根本改变，民政党会越发动摇，结果只能变得更加不利。

经过激烈的争论，惩罚委员会对斋藤隆夫问题下了"根据议会法第九十六条第一项第四款予以除名"的结论，并向全体大会提出议案。结果，赞成除名的二百九十六票，反对的只有七票，还有一百四十名缺席。

父亲投了赞成票。虽然也有弃权或者缺席的办法，但他认为，政治家应该明确地表达自己的意志，作为一个现实主义者，如果不能反对，就应该是赞成。

对父亲的这个举动，养母少见地从正面予以了反对。

"如果斋藤是因为言论而被除名的，那政党政治就完了。大隈先生在九泉之下也会叹息的。"

父亲不顾我也在场，吼道："说什么呢你！你怎么不想想我的苦处！烦透啦！真是烦透啦！"

养母便低下头，说："让您生气，真对不起，可我的看法不会改变！"

阿樱想起半年前的那个夜晚，孙清好不容易回国了，却毫不掩饰地对父亲投去讥讽的目光，自己批评他时，也和次郎起了冲突。也许是自己话说得有点儿过火，那天晚上，次郎的怒颜有些可悲，阿樱一想到这些，心里就很难过。连儿子也慢慢地背叛丈夫了。可自己别无选择，只能那么说呀。阿樱甚至想过，如果这样不行，就回小名浜算了。但是，那次冲突之后，次郎每个月都会送一些东西来。

"你也进公司干干吧，不成个家也不行啊。"阿樱换了个话题。可她预期的一般年轻人的回答却没有出现。

"就是啊。不过，不知道什么时候又给军队拉去了呢。"孙清的搭话似乎说明他心里有什么事情放不下。

难道是……阿樱凭直感追问了一句："是不是有意中人了？如果我能帮得上你，就说说看啊。"

"是，可是头儿不同意，况且，我在满洲的时候，人家已经结婚了。"

听了孙清的话，阿樱想起了一个熟人的女儿，她没有想到孙清的感情发展至此，暗暗吃了一惊。同时，知道孙清是因为这件事才如此执拗，有些安心，也有些失望。阿樱这才想到，有段时间起，孙清给自己的来信是有点儿不对劲。她曾担心有人把孙清年幼时的事情告诉了他，并且是作为对丈夫不利的信息告诉他的。在报纸上看到传承江户时代技艺的焰火师们被招到新京举办纳凉焰火大会的消息时，阿樱还想，很有可能是跟孙清的生母岩边苑子有点关系的什么人，为慰问日军而去了满洲呢。

孙清从五岁时起就一直是自己带大的，从他上小学、上旧制中学、上高中的情形看，关于生母的事情似乎他还不如外界在意。对不是亲生母亲的阿樱来说，尽管平时想得很明白，但这却是她没有自信的事情之一。

在这点上，倒是恭次，清楚地了解自己的身世，知道自己是父亲弟弟的孩子，而且到自己这儿来的时间也早，所以阿樱也不大介意。只是，阿樱并不是完全相信丈夫的解释，认为次郎的弟弟裕三郎和弟媳阿莲因恶性流感相继去世，而自己则不得不收养恭次。但是，双亲病故总是事实，而且阿樱也无法开动有关生前未曾谋面的这个叫阿莲的女人的想象力，加之进步女记者的身份和经历使得阿樱几乎没有机会去认识滋贺县同乡会的商人们。这点和基督教牧师的女儿永井贵久代是一样的，她也和金泽人很少交流。

阿樱偶尔会感到心里没谱，仿佛自己住在一个箱子里，这个箱子又被放在一个叫做潮湿村落共同体的沼泽地里。老态已经明明白白地在不知不觉间爬上了镜中的面庞，而她的寂寥在于，身边的人一个个都出了箱子，去了沼泽地，丈夫也是。周围都被战争热煽动起来，她不想认为，为了生活下去就必须要同时代潮流合拍。永井柳太郎的举动也越来越让人想不明白了，贵久代想必也和自己一样寂寥。

看孙清的样子，次郎觉察到，军队生活并没有带来太好的教育效果。孙清学到的，似乎就是人生即窍门这一点。次郎不知道儿子从战友那里听说了关于生母的错误信息，那个战友曾是庶民区木匠之子，因原籍为滋贺县，就和孙清进了一个连队，来到牡丹江。

在诺门汉战斗打响后，处于满洲国军队指导地位的关东军，把关心的焦点集中到了外蒙边境，牡丹江的守备队保持留守状态，掌握了部队生活窍门的孙清他们终日闲得发慌。于是，有一天，那个战友说："楠上等兵，你父亲好像够可以的啊。"接着，孙清听到的就是，岩边苑子被次郎抛弃后，生活穷困潦倒，颠沛流离，最后和这个战友的父亲的熟人结了婚才终得安宁。那个战友并不知道孙清其实就是岩边苑子的孩子，他只是要发泄一下对有钱人家大少爷的揶揄。大概苑子为了结婚，也没有把生过孙清的事情告诉给任何人。孙清得知战友说的那个被次郎抛弃的女人就是自己的母亲，就打听那个女人的姓名和地址，可那战友只是把听来的再说一遍而已，具体的情报却一无所知。

那天晚上，孙清出了营房，走上土岗。在紧迫的形势下，夜里独自步行是被禁止的，可那会儿，那里却是安全地带。虽然还是夏天，可牡丹江的夜晚却很凉，可以看到地平线的夜空上缀满了星星。定定地望去，西北方向竟不断有流星划过。看着看着，孙清的心绪恢复了平静。白天的时候，还一直觉着自己被父亲疏远，并咬牙切齿地想，回到日本以后，一定要质问父亲，为生母雪恨。可是，看着星星，孙清改变了想法：自己是因为被疏远才被送到满洲的，如果他要是爱我，我就会和同学一样留在本土。来到这穷乡僻壤，跟被抛弃是一样的。既然这样，那就这样好了。反正，就算追究下去，结果也是被岔开。不如这会儿什么都不说，碰到机会蔽打他一下，让他明白我知道点什么，得点实利也许更好。只是，这得是在成功回到本土以后的事了。

孙清擅长从理论上对事情进行分析，然后朝着结论的方向，安排行动顺序。于是，他决定写信，表达他想回到本土的心情。

次郎不了解这些事情，但他直觉敏锐，感觉到孙清在内心深处对自己怀有不满，便想早点给他找个好媳妇。参军前，孙清听说已婚者被派往国外的顺序要晚一些，就带了一个中意的女朋友见过次郎。次郎想起祖父说过"媳妇要从厨房找"，可那个姑娘的出身太好，看上去又太城市化，似乎承受今后非常时期的能力要弱一些，关键时刻恐怕又会赘脚，总之是次郎没有相中。

次郎没等孙清征求他的意见，就单方面宣布："不行！像个狐狸似的，没有安定感。"

看孙清的样子，次郎想，当时自己是有点言过了。虽然他想尽快给孙清找个好姑娘的计划没有实现，但他想起了财阀、矿山公司常务董事的女儿，常务董事在次郎考虑收购鲷生金山时，帮过次郎。虽然那个姑娘也和祖父的训诫有些出入，但估计孙清不会不喜欢，而且，工作上今后也总会方便一些。

我推测，迎接孙清归来的养母阿樱和父亲的心理活动是这样的。让我做出这种推测的因素有几个，其中之一就是父亲的记忆——在父亲看来，孙清的母亲背叛了自己，逃跑了。父亲虽然从未提及，但薄薄的嘴唇、直挺但在中途有点儿弯曲的鼻梁、和父亲相比并不突出的颧骨、给人一种学者感觉的完全水平的眼睛……每当父亲看到这些面部和五官的特征，都理应回想起自己刚来东京时第一个喜欢上的岩边苑子。深情的父亲是不会让苑子的背叛顺水流去的。我想，他看孙清的目光中之所以有时会混杂着和爱正相反的刀具般的光，大概原因正在于此。

父亲情深的一个表现，就是他心软，爱流泪。

刚刚掌控了埼京电铁支配权后，曾发生过一次事故，一辆公共汽车因故障在道口抛锚，一个养路工为保证汽车安全，不停地发出手旗信号，结果殉职。养路工虽然被压在了车体下，但电车终于在公共汽车前面停下了，他以自己的牺牲避免了一场重大事故的发生。在这个养路工下葬那天，父亲抬着灵柩，泪流满面。

"表演得真好，人家是政治家，演戏还不拿手？反正对方都是老百姓，选举和做生意用一样的演技就行了。"孙清如是评论道。我当时才上旧制中学二年级，虽然也有点觉着是那么回事，但心里却有一种不想和孙清步调一致的情绪。我认为，体现在表面的父亲的矛盾性格不是什么演技，而是两个都是真的，或者两个都是假的。从父亲对待孙清的心情中，我也看到了完全矛盾的因素。我屡屡感到，在父亲的心里，有一些难以解读的类似于拘束和顾虑的东西。

我和父亲、孙清在一起的时候并不很多，但每一次都没有那种自由畅快、心心相通的气氛。常常是说不了两三句话，父亲的预期就变得严肃起来，但父亲对孙清并不深究，只是闭上嘴巴，抱起胳膊，看着别处。

我曾见过好几次父亲动手打公司的职员，对我来说，这种反应倒是很意外。因为当时的时代气氛之下，在"对孩子要挥舞爱之鞭"的意义上，就算打孙清比打职员更狠，也不足为怪。整理一下记忆，我发现父亲对我的态度也是一样。我曾经不涉及自己地对孙清本人说起父亲对他的奇怪态度，他脸上竟浮出得意的微笑，说："那是赏识我的能力呢，想让我将来在实业上有所作为。"

对这种看法，连我这个小孩子都无法认同，可资料显示，孙清小时候的确是非常讨大人们喜欢的。从养母阿樱的日记等资料来看，孙清算是很会撒娇的孩子。

从部队回来时，孙清变成了一个自我保护意识强得出人意料的人。在他的心里，摇曳着变成一大团红色的落日沉入平原的风景挥之不去。

从地图看，牡丹江位于从边境绵延开去的丘陵渐渐向河流方向变缓的地方。据孙清写给阿樱的信中说，军营就在鸟瞰城镇、并可以远远地看到边境的山丘上。孙清几乎每天都要看落到平坦的苏维埃领土的夕阳。看着落日，他总是感到，一个人的努力在大自然面前简直太渺小了。那么，在人类世界生存，就只有使用窍门，使自己不受压、不受损。这种人生观正是孙清在满洲时形成的。

孙清对我很好，也许，他觉着我也在这个老爷子统治下生活得水深火热。如果当时我再长大一点，我想，我会对这个同父异母的哥哥结婚会组成一个什么样的家庭之类的事情，持有掺杂着惧怕的强烈的关心。然而，当时的我参加了孙清的婚礼，第一次混迹于那么多的大人中间，早被紧张、比平时更加威武的孙清的身姿以及身披婚纱的新娘善子的美丽所压倒，只感到有些孤寂。

昭和十六年春，楠孙清和诸桥善子的婚礼在刚刚装修还不到一年的麻布六庄馆举行。

对会场设在哪里、请多少人、请什么人、选区的人请到什么范围、要不要在老家再办一次等问题，次郎绞尽了脑汁。他暗自决定，要把这次婚礼当做一个机会，表达自己对辅弼体制的态度。自己的观点虽然要堂堂正正地加以主张，但一旦决定，他就想表现出自己是欣然为国效力的。

他把贵宾迎至铺着大理石的西式建筑，而实业家、众院议员等客人则被引到同为三层楼的日式建筑里，但因婚礼的基本形式是游园会，所以主会场设在了庭院。这所宅子在原主的公司倒闭后荒置了十多年，次郎亲自动手收拾，除去茂密的杂草后，居然出现了一个大水池，令次郎高兴得手舞足蹈。超出想象的大面积，使他又想起了祖父的低语："就想住在带水池的房子里啊，不种稻子还算什么农民啊。"

次郎迅速请来了园林工人，将水池的形状改成琵琶湖模样，在中央架了一座石桥，花工夫做成原来就有的样子，桥畔这边装了中国式灯笼，过了桥的那边装了石头灯笼，还种了三棵大约有三米高的枝繁叶茂的日本白松。水池后面还有山毛榉、樟树等大树，宛若镇守的森林。次郎高兴地想：这个家，我不会放手，要把它当做终生的栖息之地。虽然岩田助八和小林金兵卫的捣乱，使得工程中途一度停工，但从结果上看，反倒留下了古代庭院的情趣，正应了次郎爱用的那句话："转祸为福。"

次郎运气之好，也体现在当天的天气上。那是个4月里罕见的清爽的晴天。次郎亲自书写的请柬上写着："鉴于时局，并基于从简的想法，请允许我们采取最符合新体制的游园会的形式。"

介绍人是永井柳太郎夫妇，主宾讲话是大藏大臣河田烈、厚生大臣金光庸夫，以及曾任民政党总裁的町田忠治。让因解散政党问题而心生芥蒂的永井和町田站在身旁，就算是为促进政界的再团结，对永井给次郎的信里写的"恳请日后念及私交，不计前嫌，时常垂顾"的一种回应吧。

在西式建筑二楼举办的披露仪式大约花了一个小时左右，日式建筑里的宴会是在铺了绒毯的榻榻米上进行的，而庭院内设了多处餐台，客人们可以随意餐饮。

这种方式对恭次来说是再好不过了。如果是那种如席就座的宴会，大概就得夹在大人们中间，度过那段无聊的时间了。可这种方式的话，介绍人对新郎新娘的介绍和三名主宾的祝辞结束后，就可以随便去什么地方了。

采取游园会方式的另一个理由大概就是考虑到了阿樱的劳累吧。现在，她回到了日式建筑一楼带厨房的、向南面突出出来的主妇室，恭次陪她进了房间后，就一个人来到了院子里。

对恭次来说，能见到那些照片经常上报纸的大人物，住进城市中央的豪宅，都是有生以来的第一次。恭次虽然回味着这个人就是父亲经常提起的永井柳太郎、町田忠治啊，河田烈可比想的要矮小等等，心里却早就想在宽敞的大院里探险了，想得直发痒。

第一个目标就是水池，因为次郎曾无数次地说起在那个陡坡下方发现水池时的惊喜。那是个老池，里面一定会有鲫鱼、小龙虾和主人一样的乌龟，也许还有小蝌蚪呢。

穿上摆在门前放鞋的石板上的矮勒鞋，恭次沿着小径，快步朝水池方向走去，很快就过了西式建筑、日式建筑，来到一处悬崖般凹陷下去的地方。水池就展现在眼前，有七十米左右长，宽嘛，中央架着桥的最细的地方有十四五米。正如次郎所说，水池的形状很像地图上的琵琶湖，水色不是蓝的，但也不绿，是恭次没有见过的颜色。水面比较开阔的部分的中央，有一块岛子模样的岩石，周围长满了叶子笔挺的灯心草和睡莲新长出的叶子。

下到桥旁，游园会的喧闹正从头上的远处传来。眺望池面，但见一串气泡正由池底向上慢慢冒出来，映在水面上的蓝天里的白云因此而摇曳着消失了。小鱼儿们浮上水面，又尾巴一甩钻进水里，没了踪影。

21

滋贺县的并川知事回去后，次郎把自己关在议员会馆自己的房间里想了很久。知事是来请他务必接受辅弼政治休制协议会的推荐的，这个协议会由东条英机首相授意成立，并意欲以该会为母体，决定推荐候补，参加选举。当时，内务省警保局等为事务局，如发现某人有违背国策的思想，便会将其排除在外，不予推荐，并使其落选。楠次郎便是不为国策所容的百名议员中的一个。由于不被推荐的候选人意味着他是不受国家器重的人，所以，显而易见，这也就意味着，选举时，警察可以随意进行任何干扰妨碍。

得知自己不在推荐之列，次郎反而燃起了斗志——既然如此，那就强化楠次郎后援会的青年团组织，排除障碍，当选个给你看看喽！想当初，第一次参加选举的时候，还不就是几经斗争才胜出的！然而，没想到知事竟然上京来，说他无论如何要把自己推举为推荐候补，恳求自己一定要接受下来，还说，如若不然，他这个知事就没有立足之地了。

"小林银兵卫先生也干劲十足的，说这正是咱们最拿手的。"知事说。

小林银兵卫刚刚交了好运，被滋贺县作为纳税大户议员推荐为贵族院议员，好像已经位居滋贺县辅弼政治推进会会长职务了。他的父亲金兵卫在综合房地产公司股份问题上失去了次郎的信任，而他正在努力进行挽回。次郎没有马上答应，就和知事告别了，这在次郎并不多见。他觉得，这也是一个岔路口。就算不在推荐之列，自己照样能够当选，他有这个自信。然而，并川知事假托请求提及的近江铁路的再建构想，却令次郎心里产生了动摇。

"您也知道，在这次电力部门统合中，宇治川电气公司和关西配电公司合并了，所以近江铁路就成了和县里没有直接关系的公司了。一般来讲，电力公司经营铁路，县里可就说了不算了。您重组了埼京电铁，我希望您看到，您如果接受推荐，那些事也好操作一些。现在这个世道虽然可恶，但就是这么回事儿啊。"时值严冬，可说这话的时候，知事却擦了好几次汗。

次郎放眼窗外，天阴得越发沉了。他不觉想起了铁路全线开通那天的情景。那天，身为六个庄小学高等科学生的次郎，特地跑到彦根去看第一班电车进站。这条铁路从彦根出发，经由八日市、日野、贵生川等滋贺县最为内陆的地区，继而开拓了由北陆通往伊势的道路，充分显示了近江商人的想象力。正因如此，那天，当地的人们极为亢奋，倾巢出动，挤在沿途看第一班电车经过，令人不敢相信六个庄爱知川町周围竟然会有这么多人。次郎这一天平生第一次看到装饰着彩灯鲜花的电车，车速很慢，有人从车窗里面向外撒年糕以示庆贺，次郎还拾到了两个，一个给了弟弟裕三郎，另一个打算给妹妹阿房拿回去。

傍晚，祖父清太郎回来得很迟，次郎向他报告彩车的华丽，他深有感触地说："你可真是看见好东西了啊。世道变了，农民怎么活才好，今后可是得动心思了。次郎，你长大了，可要见大世面啊，那时候，我早就入土喽。"

可是，祖父的话，反倒让次郎打消了上彦根中学的念头。那时，次郎总有一种不安，怕自己在中学住校的时候祖父会死去，就顺着祖父的话茬，死心塌地不念中学了。祖父说："把你送到彦根上中学，我还不放心呢。"

知事的话，让很久以前祖父说过的话在眼下的回忆中苏醒了过来。次郎想，应该争取经营近江铁路，这是对祖父、乃至对家乡的回报。不接受东条英机设立的辅弼政治体制协议会的推荐，听到知事说出不好办之类的话时，次郎心底虽然觉得他这么多嘴多舌讨人厌，但一想到短粗脖子的知事那张边说边揩汗的脸，次郎又觉得他说的大概都是真心话了。

另外，也不能忽视通过不辜负小林银兵卫的期待来重结信任纽带的因素。只是，明摆着，不论找出什么理由，成为辅弼议员，也都是和以前的政治立场唱反调的。永井柳太郎已经彻底转变为新体制推进派了，在最近组成的阿部信行内阁中也颇受重视，兼任着邮政电信大臣和铁道大臣。次郎看在眼里，感到很苦楚，想到自己这回也要加入到这个内心痛苦的队伍中去了，不免犹豫起来。

尽管如此，对自己和永井柳太郎的不同之处，次郎有时候还是感到有些不解。永井并不是被军部所迫，也不是利欲熏心，而是自愿投身到新体制的建设中的。他决不是出于卑鄙的动机，而似乎是他相信新体制会成就他的梦想。他过去曾经说过，在伦敦留学时，有一次，在电车上，一个醉汉骂道："喂，这儿不是你们这些黄毛猴子坐的地方！"电车停下时，他把那个醉汉拽下车，用拐杖猛然一击，把那家伙打得晕了过去。从这段趣闻中似乎可以看出，永井受过无数侮辱的经历，使他形成了这样一种思想——亚洲的解放，只有一种方法可行，那就是日本成为盟主，来和英美抗衡。

次郎没有在欧美旅行和居住过，他无法理解永井的这种想法。他只是看到高村光太郎等久居欧洲的人在激烈地批判欧美，便觉得万万不能被它道貌岸然的文化和艺术摄去了魂魄。次郎平时是绝不读诗歌小说之类的东西的，可高村光太郎写的《十二月八日》这首诗他却读了。他感到，这样的诗还读得懂，比岸田国士的《纸气球》等戏剧还好懂。

次郎也相信仗会打赢。滋贺县的地方报社打电话来问及他的意见时，他就回答说："日本一定会胜利的，这和做生意是一样的。我们不了解什么民主主义，但是，一个一有事就通过合议制做出决定的国家，一个从人种上看也是乌合之众的国家，是无法把战争打下去的。"

次郎的回答和其他人的不同，其中没有"天皇陛下之威"、"神国"、"大东亚共荣圈"之类的词汇。因为，不知不觉间，在次郎的头脑中，如果没有上层的独裁，一个组织就无法良性运转这种想法已经根深蒂固了。

即便如此，他还是为这次的辅弼协议会的推荐问题烦恼不已。他想找人商量一下，眼前便浮现出尾崎行雄、松村谦三这两个政治家的形象。他们两个再加上斋藤隆夫，这三个人操守坚定，经常被恃才好胜的记者当做思想守旧、头脑僵化的靶子来嘲笑。可是次郎又想，如果打算维护历来的立场，那压根儿就没什么可商量的了。

次郎又一次把视线投向了窗外。天上，形似农田的云铺展很远很远，还飘着三四个风筝。这副光景让次郎想起了收割之后、下雪之前那段时间里最为荒寂的田园景象。他这才意识到，不知什么时候起，自己的季节感已经变得很淡薄了。这是为什么呢？是因为大战开始的缘故？似乎又不是。要不就是因为自己游走在动荡的政治和尽管受其刺激却仍显示出别样动态的实业之间的缘故？

于是，祖父的训诫重又在耳边复苏了："次郎，你要记住，眼花停勿看。"记得第一次对阿樱说到这句话时，次郎迎着她惊讶的视线，解释道："这是滋贺县方言，是让你停下来，坐下来好好想想的意思。"那还是听到阿樱的父亲在老家小名浜病倒的消息时的事情。次郎这才想起，因为斋藤隆夫的除名问题和阿樱发生冲突后，已经过去快两年了。和美国、英国开战后，两个人都是一副若无其事的样子，阿樱带着恭次回到下落合，国立的房子则由阿樱的外甥、综合房地产公司社长中岛聪居住。除去减少房产数量、住在易于集结的距离之内，以便非常时期迅速取得联络的名目之外，次郎是有自己的考虑的，那就是，想让恭次从现在起就看着拼命工作的父亲的姿态。虽然从未说出口，但在次郎的心底，对孙清很是失望。

除此之外，楠家的这个战时新体制中，还包括腾出六庄馆一角，让石山治荣及其三个孩子居住的计划，这当然是不能对阿樱细说的。

石山治荣的三个孩子中，老大清明已经上小学五年级了，老二清康也上三年级了，和他差五岁的峰子还没上学。次郎想到以前对孩子们的教育方法，就算偏着心看，也不能说是成功的，所以，治荣的孩子们，他便让他们的生母来带，即使其笨如牛，他也想让他们有个完美的性格。这样，剩下的，就是教育了。

次郎悄悄改变楠家的统治方针，是因为他觉察到，自己和阿樱似乎都不太适合教育孩子。对于恭次，一想到他母亲，次郎就会不安。这个判断很对不起阿樱，所以他也没有说出来。毕竟，她一个又一个地养育着别人生下的孩子。

另外，恭次说想上军校，也是让次郎决心实行楠家新体制的另一个契机。

冷静地想想，当时的社会风气之下，恭次的想法也是正常的。但是，事情到了自己家上面，就无法因为那种一般论而满不在乎了。阿樱好像也很犯愁的样子。自己对战争本身的目的和方法等都怀有疑问，可家里却出了个志愿参军的人，这让阿樱很受打击，觉得自己仿佛被宣告失去了作为教育者的资格。

阿樱自信，在孩子尚小、需要母爱时，自己付出了很大的努力，心情也自然向恭次倾斜，可在恭次上了中学，到了需要父亲的年纪时，次郎公务繁忙，少有时间和恭次在一起，阿樱想，这种环境对恭次大概也有些影响。然而，阿樱还是无法打消对次郎的歉意。追根溯源，阿樱是有一种不安，觉得自己作为女人是有缺陷的。虽然她自己不想承认，但又无法否认自己身体虚弱、不能生育的事实，而且，作为女人的教养和育儿知识也似乎并不管用。阿樱注意到脑子里接二连三地浮现出否定自己的因素，便对自己说："你有点儿不对劲啊。"

她很想跟可谓人生前辈的昔日友人聊聊，在心里寻了一遍，山川菊荣、平冢雷鸟、平林泰子等等都是"要注意的人"，处于当局监视之下。想到时局紧张到了如此程度，阿樱反倒觉得应该鼓励自己振作起来。由于身处永井柳太郎、楠次郎这些男人身旁，还有一些自由，就应该努力为被压迫的人们做些什么。

就在她这般苦恼、不安的时候，永井贯久代打来了电话。她很久没来电话了，听到她的声音，阿樱的语调甚至都有些撒娇了："我正犯愁，想着是不是要跟你商量商量呢，你电话来得正好。"

"怎么了，阿樱，还是次郎的事儿？"

"不是，不是，他那副德行我已经习惯了，不是他，是孩子的事儿。"说着，阿樱像决了堤一般，一口气说了恭次大约两年前就表明想转学读军校，但那时说了也就完了，可这次，他好像又想进海军学校的事情。"我心里挺难受的，我是不是养不好孩子啊？"阿樱说道。

即便是在电话里也听得出来，贵久代的声音是那么爽朗："说什么呢！我理解你的心情，你别担心，整个日本现在都处于一种高烧状态，不像恭次那么想的年轻人也许才有问题呢。教育就是忍耐，只要你不慌，他也慢慢就安稳了。"

贵久代这么一说，阿樱这些天来心中淤积的闷气也仿佛烟消云散了，语调也恢复正常了："是吗，让你这一说，我好像又来精神了。"

贵久代提议："好久了，不如我们见见？"

于是，两个人约好，在涩谷站前水果店的二楼见面。自从丈夫们的政治立场发生分歧之后，除了那次孙清的婚礼上请他们夫妇做介绍人以外，只有她们两个人的会面是时隔一年半的事情了。

见面后，倒是贵久代，现出一副疲惫的样子，说："什么呀，阿樱，你这不挺好的吗?!"

阿樱也关切地问道："有什么心事吗？"

原来，永井柳太郎虽然在东条英机当上总理后辞去了阁僚的职务，但身为大政翼赞会东亚局长，他每天比当大臣的时候还忙。

"永井最近郁闷的事情特别多，他好像感觉到自己实行的改革已经走向完全相反的方向了，虽然他对政治上的事情可以说是绝口不提。"贵久代说。

阿樱立刻反观自己，觉得自己对次郎并没有像贵久代对丈夫那样花心思。

"我呀，斋藤隆夫先生被除名时，我就和他起冲突了。"阿樱心里明知这并不是他们二人关系冷淡的真正原因，却还是这样对贵久代说。

"永井啊，他大概每天都得被迫做出判断，这到底对国家有益还是无益。他知道战争不能打，但还是感到站在了头里，这对身体也不好啊。"

说着说着，两个人又回到了做杂志女记者和三岛教会牧师的女儿时的心情，贵久代鼓励阿樱："我真挺佩服你的，孙清不是已经成了一个很出色的青年?！恭次也错不了。"

"我看过次郎让孙清写的誓约书。"说完，阿樱把手抄的记录拿给贵久代看，并对她大致概括了一下内容。次郎是将誓约书带到下落合的家中给阿樱看的，也算是次郎就楠家的新体制对阿樱进行的通告。

誓约书的开头写道："对继承曾祖父楠清太郎对楠家的牺牲精神、发奋努力的父亲大人的苦心，作为楠家后代，我不胜感激。"接着，誓约书表明了基本思想："我发誓，终生去除个人本位的观念，绝对为家奉献。"并进入具体论题："我将诚心诚意从事父亲大人授命的事业，并在所得报酬的范围内过朴素坚实的生活，对父亲大人苦心经营的事业和资产，丝毫不强调继承的权利。"这种具体论显示出孙清缜密的思考能力，展开为："如遵从父亲大人的意愿，接受若干分赠，我也会将其视为楠家委托自己保护资产，并让子子孙孙继承下去。"

然而，就在这里，笔锋一转，强调了自己对婚事非但没有异议、还感到高兴的心情，写道："毋庸赘言，我将终生不怀外心，不饮酒吸烟，建立健全的家庭，注重健康，以图子嗣昌盛。"

阿樱一直确信这份誓约书是次郎写的，或者是次郎让孙清写的，可读到这个部分时，阿樱的想法发生了动摇。因为，这可以理解为是对楠次郎的讽刺。而且，这份文件仿佛看透了读者心里的动摇，在"为效忠天皇陛下，我将尽一个预备役军人的本分。我面向祖先的神灵发以上之誓"之后，附上了日期，并在楠孙清的署名下方，按上了血手印。

"什么呀这是，原文是次郎自己拿来给你看的?"贵久代脸上浮起一丝不快的神情。

阿樱面无表情地点点头，说："如果是次郎打好了草稿，让孙清誊了一遍的话，倒还有救，因为这是家族制度下掌权者的命令嘛。可是，说到放弃权利之后的'如遵从父亲大人的意愿，接受若干分赠'这个部分，是不是说，要是有什么将来要给我的东西，现在就给我拿来好了，反正我也不会胡乱糟蹋的? 至少，次郎是没有这种想法的。"

"就是啊，下面的'终生不怀外心'啊'建立健全的家庭'啊什么的，怎么读也是对次郎的讽刺啊。对不起啊。"贵久代意识到眼下批判的是挚友的丈夫，便向阿樱赔不是。

"是吧？可是，儿子给父亲写这种东西，谁想得出？他们一个是过去扩大民权运动的斗士，一个是我养大的孩子。"

贵久代默默地摇摇头，仿佛在说，难以置信，难以置信。她一直以为，挚友阿樱遇到的困难，不外是丈夫被时局牵引、陷入进退两难境地所带来的不安，以及不知如何处理丈夫因此而来的不快所产生的困惑之类的东西，然而，听了阿樱的诉说，看到孙清写下的文件的抄本，她开始觉得，自己的苦恼至少还是可以拿到桌面上讨论一番的，相比之下，阿樱的难处可就是很值得悲哀的了，它是那种能烧焦皮肤的苦楚。她觉得应该给阿樱打打气，就说："是不是在部队的生活改变了孙清的性格？听永井说，军队可是把天皇制变成帝国主义的装置哟！"接着，她又强调说："男人们都说，去了部队就能成人了，可那还不是作为延续可恶的日本现状的人才成人的。"

"的确，从满洲回来时，感觉是变了。"阿樱眼前浮现出孙清到国立的家中来问候那天的情景。"是，就是的，"阿樱好像受到贵久代的启发，"所以恭次这次才说要去当海军的呀！我脑子里乱极了。"阿樱说着，这一天里头一次眼里闪出过去常见的略带淘气的神情，双手插进穿着劳动裤的腿间，上体前倾，又马上直起。稍稍上扬的眼神，无异于在向贵久代报告：见到旧友，终于心情初霁。

贵久代这才放下心来，她感到，鼓励友人，也有激励自己的效果，便说："这份东西，也许可以理解为父子合作完成的。你是个局外人，况且，眼下又是战时体制。"

表情严肃的阿樱直直地盯着贵久代，意识结构又回到了女记者时代，嘟囔道："是吗，就是说，这份文件，是辅弼体制的楠家版喽。"可话一出口，她就意识到，贵久代的丈夫正在极力推进这种体制，便很后悔。

"就是了。"贵久代低声道。她的声音里传达出一种丈夫的理想主义被近卫和东条利用的恐惧。

一阵叩门声让次郎回过神来，回头一看，是见过面的政治记者外村甫站在那里。此人滋贺县出身，是为数不多的受次郎信任的记者之一。他刚一坐到次郎前面的圆椅子上，就汇报说："新加坡大概最晚明天早上之前就要攻陷了，据说，敌司令官帕西瓦尔来投降了。"

去年年末开战以来，日本连战连胜。次郎抱着胳膊，嘀咕着，报纸又要渲染得举国沸腾了吧。

"这意义就非常大了。大东亚战争的大局已定了啊。"外村接着说。

次郎问道："那外交会怎么动作呢？日本要打到哪里去？"

"国民们可是想不到这些，可能政府都想不到，只会说打啊打啊。"

"和日俄战争那会儿一样啊。满洲的利权和桦太只得到一半，就缔结讲和条约时，右翼就煽动人们火烧日比谷来着。"

次郎想，现在的日本可没有大隈重信这样的领导人了。他放下胳膊，看着外村。

"只有先培养出优秀的施政官，促进各国的独立才行啊。马来、婆罗洲①、老挝、越南、印度尼西亚、菲律宾……"外村举出一串国名，意指大东亚共荣圈。然后他看着次郎，问道："不说这些了，并川知事说什么了？我想，他大概是来请您接受推荐候选的，您答应了吗？"

次郎不禁笑了："你这不是都知道了吗。你是怎么猜到的？"

外村也笑了，说："先生，进行采访的可是我哟！"接着，又告诉次郎，斋藤是当然回绝了，尾崎和松村好像也不接受推荐。

"就是啊。可我还没决定。"次郎诚实地答道。

外村默默地点点头，没有说应该接受，也没有说还是回绝的好。正是因为他说话从不强加于人，次郎才那么中意他。

"你是滋贺县什么地方的？"次郎问道。

"日野，纯粹的乡下。"

"哪里，那可是近江商人的发祥地啊。我记得近江铁路是经过那里的，现在还在运营吗？"

---

① Borneo，世界第三大岛，1945年成为印度尼西亚的一部分，改名为加里曼丹。

“啊，怎么想起这个来了。您是要我照顾近江铁路，还是怎么着？”

次郎想装糊涂，便故意做出惊讶的表情，看着外村。他想，这个小同乡脑子还真好用，公司里再多几个这样的人才好。

“重光君什么时候从南京回来？”次郎转换了话题。

外村列举东南亚那串地名时，次郎就冒出了一个想法：要和重光葵进行一下商谈。重光作为兼任外务大臣的东条的代理，去南京见汪兆铭①了。外村说马上就去查，还提到了次郎对四五十个熟人发起的“作一些庆祝胜利的和歌，送给前方战士，以昂扬斗志”的活动：“过年时您发起的短歌计划蛮有意思的啊。”

“那啊，是我那上中学的儿子的主意，”次郎不禁面泛微笑，对外村解释道，“好像是2号的报纸上，头版头条消息说‘马尼拉命运已定’，我儿子看到了。”说着，次郎站起身，在桌子上找起来。他是无论如何也记不住短歌、俳句的，所以特地写下来带到这个房间里来的。写的时候，还得掰着指头数“五、七、五”，煞是麻烦。次郎翻了半天，好不容易找了出来，便念道：“天定马尼拉，命根早已断，麦克阿瑟大将军，当空投下大米来。”

“您夫人写短歌吗？”外村问道。

次郎一下子现出一副怪异的表情，说明了事情的经过：“不，不写吧。不过，她写的评论倒还是说得过去。她说这首短歌还不错。”

外村接过纸片，看着恭次的作品，以杂谈的口吻说：“收到什么有意思的短歌了吗？”

收到的短歌中，调侃风格的居多，但没什么太优秀的作品，其中还有不少东西非常幼稚，甚至还混有一些写男欢女爱的俗谣。外村看着因炫耀儿子而喜笑颜开的次郎，钦佩地想：都说他事业上精明强干，可为人还是蛮善良的嘛。这个秘密也许会对选举有利，但在政界这个利害纠葛的地方，将其作为一种策略是否合适呢？外村不禁替自己的这位政治家同乡担心起来。他想，如果次郎是出于直率的性格而在翼赞协议会的推荐问题上犹豫不决的话，那自己作为一个晚辈同乡（而不是作为一个记者），就应该怂恿他接受推荐才是。

---

① 即汪精卫。

外村查了一下，得知负责协助日本成立的汪兆铭政权的重光，将于月中回东京一趟。外村对近卫文麿紧跟时局、将日中战争①无止境拖延下去的做法是持批判态度的，在这一点上，和重光葵有相通之处，也曾和永井柳太郎走得很近。他还认为，德、意、日三国同盟对日本毫无益处，在朋友们面前，他也丝毫不隐讳对松冈外交的忧虑和担心。

次郎是在六庄馆的二楼与重光见面的。一年半前，孙清的婚礼就是在这里举办的。一就座，次郎就开门见山地说："战争的胜利，也就意味着外交该上场了，是吧。"接着，又试探道："大东亚共荣圈这种想法有可能组织化吗？我总觉得，和中国的关系，让近卫给搞得一塌糊涂。"

重光深深地点了点头，说："汪兆铭这个人很了不起，很聪明。我们觉得和他能建立良好的关系，可问题是老百姓，特别是农民。日军的纪律太差了。"

重光说着，把立在椅子两侧的拐杖朝不是假肢的左腿旁挪了挪。这是重光热衷于某个话题时常见的习惯。

"考虑大东亚共荣圈的组织问题时，中国要特殊对待，对马来、缅甸、越南、印度尼西亚这些国家，会帮助他们独立吗？"

重光听了，指出："如果只从独立的角度出发，印度最为重要。"

次郎提议，如果重光认为有必要，作为协助展开外交的方法之一，随时可以使用六庄馆："外交上，想必有很多用硬性规定解决不了的事情。如果有作为政府的官方客人无法接待、却又慢待不得的要人来了，这里您随时都可以用。"

重光自然很高兴，却又说："不过，这不会给您添麻烦吗？"

次郎于是表明了自己的想法："这儿这么大，我一个人哪用得上。这儿我本来就是当国家的设施建的。"和重光谈着谈着，次郎真的有了这种想法。

"像汪兆铭这样的政府的贵宾，可以住在公馆，可那些还没有独立的国家的要人就不行了，而且住在饭店里警备上也有问题。"重光重复道。不知不觉间，二人已经开始探讨六庄馆的使用了。重光说，这个建议太难得了，回去后就和东条首相商量这件事。

---

① 即中国之所谓"抗日战争"。

谈话告一段落时，次郎闲聊似的，讲了有人请他接受翼赞体制协议会的推荐、自己正为难的事情。重光的表情一下子严肃起来，不停气地说："楠先生，你必须要接受。我知道，照你以前的想法，可能会觉得很别扭，但是，很久以前的国会上，你曾经举出'天下一统、世界一家'的英语翻译问题，提出会招致世界的误解，这非常难得。我们需要你这样的人成为推荐议员，以使日本的政治不至于太缺乏常识。"

我整理当时的资料时想，如果那时重光说得不那么恳切，父亲会作出怎样的决定呢？提议将六庄馆用作大东亚迎宾馆，这的确和拒绝成为推荐议员是矛盾的。可我还是冷淡地认为，既然他的犹豫不过是想给过去的自己找一个说法，那他早晚会接受推荐的。

即便如此，我还是无法打消这样的设想：如果次郎相商的对象不是重光葵（他与其说是政治家，不如说是作为国家官僚的外交官更为合适），而是尾崎行雄等自由主义者，那结果又会如何呢？尽管我知道这样的设想虽然好玩儿却全然没有实现的可能，但我还是乐于把对父亲过于冷淡的自己放逐到这种想象中去。

22

每当爆炸声在很近的地方、而后又在稍远的地方响起时，防空洞的天棚上都会往下掉沙子。防空洞有厚厚的水泥加固，就算炮弹直接打上，也不会坍塌，但总会有存积的灰尘落下来。次郎在防空洞最深处铺好被褥，躺下身子。

两年前的初春，次郎突然小便困难，从此便不得不面对这样一种恐惧了——如果不从尿道通一个细细的胶皮管，进行医生所说的"导尿"，就有可能得上尿毒症。当知道自己不论怎么用劲、不论躺倒还是突然起身都无法小便时，次郎有生以来头一次想到，自己大概要死了。他曾经想，父亲死于伤寒，祖父清太郎死于脑溢血，自己也许也会死在脑溢血上。因此，很长时间他才注意到自己的疏忽，才下决心非看医生不可。开始找医生时已经是深夜了。当时正值可恶的休假前，他认识的两个大医院的医生都不在。恭次跳起来说："我去找。"可是，很快，他就耷拉着脑袋回来了，说三家医院都不肯接收。这时，次郎想起早稻田大学柔道部的一个后辈在涩谷开业行医，就在同窗会名簿上找到电话一打，还真是医生本人接的。次郎捂着小腹坐上车，好不容易到了地方，第一次请医生给导了尿。导出的尿量很大，以至于那个后辈说："你可真是能憋啊。"

第二周，为慎重起见，次郎经时任大臣的永井柳太郎介绍，住进位于饭田桥的东京邮电医院看病治疗，诊断结果为，前列腺肥大引起的尿道炎，而且还有膀胱结石。医生建议他动手术，他想了想，问医生，这样下去会怎样。

"炎症消了，虽然还会出尿不畅，但能自主排尿。可是，前列腺要是不除，就怕有并发症。你得有个经常导尿的准备。"

听医生如此一说，次郎想，得让石山治荣学学导尿。随后又问道："要是请护士常驻，大概还能活多久？"

"嗯，最长十年吧。不过，如果为安全起见，我有些啰嗦啊，建议你还是尽早做摘除手术。"医生回答。

次郎讨厌且害怕手术。他见不得血。从以往的经验来看，他一直认为，选择医生和如何看待所选医生的诊断，是保护生命的两大秘诀。可他还是咬牙切齿地想，自己是什么时候得上这么个难缠的病的呀！

去年12月，开展一周年纪念日那天，他把家里人都叫了来，披露了可以视为遗嘱的《楠家遗训》，让孙清及善子夫妇俩、恭次，还有石山治荣签了名。署名的前文，四个人是一样的："谨向箱根神社之神灵及楠家列祖列宗之灵起誓遵守此遗训。"次郎坚信，自己六年前因伤寒病危时就是箱根神社救了自己一命，所以，在他的信仰中，箱根神社和故乡的多贺神社、近江神社几乎占了一样的比重。

第一次发病时，次郎梦见打退了魔鬼，从被称为"满洲伤寒"的病中捡回了一条命；年后再度发病时，即便是梦中，也已经没有了凭借自己的力量战胜病魔的气力。如果不是石山治荣请住在箱根町的大田金兵卫带她去箱根神社祈求痊愈，就只能证实伤寒病一旦复发便不可救药的说法了。据治荣讲，她和大田金兵卫一起站在伊豆箱根地区的职员前面参拜时，看见闪着金光的凤凰在神社上空无声地飞舞。这幅情景好像是只有她一人看到，可那天晚上，次郎却是看到了一个什么人在开满红色石蒜的原野上跑向远方的背影。于是，第二天早上，高烧突然就退了。

遗训是以次郎经常挂在嘴边的"余此世之生永托祖父清太郎之福"开头的。接下来便是："祖父自余五岁时家父亡故之日起，全心致力于余之成长。"不管文化的差异及主义主张，对自己生命的恩人表达感激之情，俨然已成为次郎的生活信条。

长长的遗训中，还出现了这样的文字："忆幼时，祖父为楠家慈爱之菩萨，祖母之仁慈亦非同寻常，余唯有感激涕零，并继承祖父之精神，呕心沥血至今，始能为国家贡献，为楠家事业奠基。余作古以后，子孙皆应以楠家永远之繁荣为念，舍己为家。"

在六庄馆的一个房间里花了几个晚上的时间偷偷起草这份遗训时，次郎已经得到消息，在中途岛①海战中，联合舰队的机动部队受到几近全军覆没的毁灭性打击，这样，日军在以瓜达尔卡纳尔岛②为中心的新基尼亚③战线上的败北几成定局。

"从新基尼亚到印度洋的辽阔而隔断的地区，要对远征军队进行海上补给，现在就算把我国所有的船只都动员起来，恐怕也不够。"重光葵说着，还加上了自己的判断："所以，如果失去制海权，很多岛屿上的远征军就彻底孤立了。"接着，又压低声音，对次郎说："要是现在的话，通过外交谈判寻求和平还是可能的，这也就是在斯大林格勒进行的德苏之战的趋势尚不明了的现在！因为美英也不想打持久战，苏联也想利用日苏中立条约，扮演和平角色呢！"

"这就是国力的不同喽？"次郎问道。

重光点点头，说："另一个和日俄战争时不同的就是，军事技术的差异是决定性因素。"说完，还告诉次郎，米德韦海战的失败，就是因为联合舰队用望远镜寻找敌人时，对方靠雷达已经完全掌握了他们的行动。

---

① Midway，位于中太平洋、夏威夷岛西北部的珊瑚岛。美国海军基地。
② Guadalcanal，位于南太平洋、所罗门群岛东南部的火山岛。
③ New Guinea，位于澳大利亚北部的世界第二大岛。

"这好像和在诺门罕的失败很相似啊。"次郎想起来，问道："怎么会这样呢？"

"说来，在你这样的财界人士面前不大好讲啊，我觉得，是军队和财界只顾追求眼前的效益，而忽视基础研究和技术开发造成的。"重光阐述道。

次郎接着问："如果是这样，开始外交谈判的可能性是指……"

重光只是无言地摇了摇头。次郎想，重光葵私下里可能是很绝望的吧。

次郎想起了日俄双方随着在朴茨茅斯①的讲和而休战时在日比谷发生的纵火事件。当时他十七岁，还在六个庄当农民，也不满地认为，都打赢了，干吗还让步、讲和？不久，他进入早稻田大学，接触到大隈重信、永井柳太郎，自己也加强了学习，才知道当时的日本财政濒临崩溃，如果不是美国出面调停，整个国家都面临着危机。他写出《日俄财政比较论》这篇看似跟他风马牛不相及的文章来，也正是为了修正自己在这个问题上的无知。

然而，眼下的状况比日俄战争时更糟糕。以天皇为名进行的宣传渗透到了角角落落，发表只言片语的批判言论都要受到警察的逮捕，大众也沉醉于连战连胜的喜讯之中，人们相信神国日本战无不胜，所以，地下的和平活动一旦暴露就会以间谍论处，立即招致刺客的到访。看着这些，次郎对自己只能袖手旁观感到十分沮丧。

重光回去后，次郎从大理石结构的二楼环视着院子，盯着前面的水池。觉察到自己的心情也和重光一样向绝望倾斜，次郎起身向日式建筑耳房他自己的房间走去。

由于整个六庄馆成了总理大臣官邸的别馆，次郎才在日式建筑边上盖了耳房做办公室，并在池畔移建了一栋卖剩下的分售住宅，让石山治荣和三个孩子——清明、清康和小女儿峰子住。耳房里设了神龛和佛龛，每天早上治荣和孩子们都要从池畔走上台阶来拜神拜佛。次郎不知该如何理解从重光那里听来的信息，就准备先向佛龛合掌求助，整理一下自己的思绪。

11月末的庭院是静谧的，似乎只有鲤鱼在水池里的翻跃声。次郎合了掌，耳

_____

① Portsmouth，位于美国东北部新罕布什尔州。

边突然响起了清太郎的声音："次郎，别以为一个人就能撼动天下，个人的力量是渺小的。要是心里动摇了或者犹豫了，就先看看脚底下！"

拜过佛，击过掌，次郎命令秘书道："以后我每天晚上要写点东西，要备好笔墨纸砚。"他计划在开战纪念日、也就是12月8日那天，向家族成员展示自己思考的成果——"遗训"。

可是，楠家的继承问题该如何是好呢？他最希望的当然是自己能永远活着，可这是不可能的。自婚礼以来，次郎对孙清虽然很是失望，但如果破坏了长子继承制，是要引起纷争的，他留意过很多家族的历史，很清楚这一点。可如果要沿用长子继承制，那么就应该在愚蠢的长子出生时就考虑好如何才能斩断将来的祸根。次郎抱着胳膊，陷入了沉思。他把利害得失列成条条，做了笔记，准备把问题好好想想。这在他是少有的举动。于是，他注意到，为使问题清晰起来，先要把财产的种类和性质搞明确。

这时，他脑海里浮现出这样的句子："余作古以后，子孙皆应以楠家永远之繁荣为念，舍己为家。"于是，一个思路渐渐清晰起来：自己积攒下的财产不是私有财产，而是楠家的财产，这样，继承人的职责便只是进行认真的管理了。既然孙清不行，就只有恭次了。想着，次郎不做声地在纸上写道：恭次十六岁，清明十二岁，清康十岁，峰子五岁。

十六岁，已经过了旧时的元服之年①，年龄是足够了。次郎对自己说，在重大的命运转折点面前，与其巧而细，不如拙而速，只好这样了。然而，如果不决定接下来该怎么办，那么作为制度就是不完整的了。这么一想，脑子里又冒出"皇室典范"这个词来。第二天，他想了一天，晚上便写出了这样的文字：

"没有可以给予恭次之私有财产。对无悖于楠家事业管理人这一概念之子嗣，将按照各自情况及能力，给予他们可以安排各自子孙生活的财产。尽管多认为第五代以后之继承，应将恭次纳入长子继承制度，但鉴于皇室为国民楷模，故效仿皇室典范，在没有可以使之继承之继承人时，顺序应遵循皇室典范。"

写到这里，次郎依稀感到，遗训的骨架基本形成了。

---

① 古时男子成年开始戴冠的仪式。

223

开战一周年纪念日那天，次郎按计划把治荣、孙清夫妇和恭次召集到耳房，开始诵读《楠家遗训》，并命令他们挨个写下亲笔宣誓书，签字画押。次郎曾为这份文件是叫"家训"还是叫"遗训"苦恼到最后，考虑到时值战中，为增加厚重感，才决定还是叫"遗训"。

第二年春天，因尿闭后遗症住院时，次郎还想，前一年年末写下遗训的直接契机虽然是听了重光的话，但也不乏大病前的预感在起作用啊。当时之所以没有把阿樱也叫到发布遗训的现场，是因为他认为，阿樱事实上已经离开了楠家。但让每个人在遗训上签完字画完押时，次郎心里又有些犯嘀咕了，可是，他可以料到，如果阿樱在场，就算不明确反对，也一定会拒绝签字画押的。虽然战争刚开始时次郎曾正式做过介绍，阿樱不会介意和石山治荣同席，但次郎可是不想让其他家族成员看到被拒绝的场面。尽管如此，次郎也没打算要和阿樱离婚。她是次郎连接自己和过去的唯一线索。相隔两地，相安无事，是最好不过的了。

近处又响起了爆炸声。混在其中的炒豆子一样的声音大概是燃烧弹。次郎无望地想，这下，六庄馆也完了吧。秘书们也许正拎着水桶、拿着灭火器奋战，却力所不及。就在他想下令让他们在负伤之前撤回防空洞时，有了尿意。

"治荣，导尿！"次郎叫道。胶皮导尿管和尿瓶、手电是防空洞的常备物品。

"我出去看看。"说时迟那时快，恭次说话间已经跑了出去。次郎对自己的疾病恨得咬牙切齿，想，怎么这么会赶时候！可以依靠的只有十九岁的恭次了，可他还不是一样不顶事？次郎于是忽地一下想起了恭次的母亲。

那是一个曾经威胁过自己的女人。"我要去死！永别了！"自己并没有强迫她，反倒是她仰慕自己，送上门来的。次郎从不认为，即使有那样的心思，肉体却是另外一回事。莫如说是肉体关系在先，其次才会产生跟从自己的女人和保护这个女人的男人的关系，接着才会发生爱情。可是她却不同。不知道她是何方人氏，次郎告诉她自己已有家室，却形同火上浇油。

平松摄绪现在怎么样了？有一段时间，次郎曾把责任都推到了平松摄绪身上——她们两个人的形象是重叠在一起的，所以才会省去和她发生肉体关系的诸多手续。摄绪如今已经彻底削发为尼了，可这样的时局之下，她没准儿正为吃喝犯愁呢。次郎曾打算带些吃的去探探情况，却总是因为事业上诸如必须尽早重建近江铁路之类的事情而耽搁下来。

八岁的女儿峰子一觉醒来，说肚子饿了。治荣忙着导尿，腾不开手，就对上了中学的清康交代道："清康，给峰子拿点儿压缩饼干。"她想，还好，峰子也上了小学，已经不是受了惊吓就会哭鼻子的年龄了。另外，由于峰子是在男孩子中间长大的，性格很坚强。治荣知道次郎是极其讨厌孩子哭闹的。对孩子的哭声，次郎确有一些深恶痛绝的记忆。最早，是妹妹阿房思念回了娘家的母亲时的哭声。其次，是苑子失踪后，次郎狼狈地从房东手中抱过孙清时，孙清恐惧的哭叫声。老大清明性格直率，小时候虽然常哭，可现在长大成人了，对会成为自己负担的事情会佯装不知，所以，治荣多是不用年长的清明，而打发弟弟清康去办些杂事。也许是最小的缘故，峰子任性、要强，次郎见了，说过"楠家的女孩子怎么这么差劲呢"之类的话，治荣听了，还替峰子辩护说："哪儿的事儿呀，阿峰有阿峰的可爱之处嘛，长大了准是个好姑娘。"

想到应该把家人疏散开的时候，次郎就决定把恭次接到六庄馆来，交给治荣；考虑到阿樱的身体情况和本人的意愿，让她住进了沓挂的别墅。次郎不太喜欢、却和阿樱是好友的阿部知二、野上弥生子等作家、学者都住在附近，他们中有很多人是厌烦了思想警察的干涉，才隐居山庄的。

过了没有两年，战局以吊桶落井的速度急转直下。前一年夏天，七夕那天得知在塞班岛的守备队全军覆没时，次郎就有在本土决战的准备了。日本政府和军队错过了依靠外交和平解决的良机。政府固然愚蠢，但人们的狂热也牵制着政府的行动。

一旦情况紧急，就得采取比疏散更进一步的行动，把家人都藏到深山里去了。信州方面有妙意山，滋贺县内有和三重县交界处的千米山峦——鹿铃山脉，从伊香郡、东浅井郡等湖北方面攀登的话就是和岐阜县的交界了。

正想着，恭次跑了回来，上气不接下气地报告道："日式建筑已经不行了，火都烧遍了，西式建筑好像也挨了炮弹了。"

"好！我也去！"导完尿，次郎提上放在身旁的钢盔，站起身来。爆炸声渐远。分批袭来的敌机编队继3月份在庶民区进行空袭后，这次对山手一带和郊区也进行了空袭，这样，东京的大部分地区都成了焦土，现在，敌人大概是心满意足，渐渐撤退了。

一共三层的日式建筑火光冲天，发出混在一起的木质建材的燃烧声和房梁屋柱的坍塌声。裂成两半的米槠的树皮在大火的炙烤下变得发白，宛若被剥了衣服的女人在痛苦地哭泣。

起风了。火和风仿佛把水池当做了漏斗的底部，在地面上轰轰作响。顶上，覆盖着一团黑乎乎的东西，不知是烟是云，裹挟着粉灰的黑色气体喷涌而出，蹿上高空。

上了台阶，站在西式建筑和日式建筑并列而立、尽显六庄馆气势的庭院放眼望去，次郎看到，那栋三层的木质结构的日式建筑，已经塌了一大半，成了一堆偌大的炭灰，透过摇曳的火焰，可以一直看到前方的大门口。那扇门，可是印度尼西亚的苏加诺①、汪兆铭的继任、南京政府的陈公博、周佛海、印度的苏巴斯·钱德拉·鲍斯②等领导人以及东条英机、重光葵、财阀代表兼任大臣的藤原银次郎等要人走过的门啊。陆军和海军首脑也当然从那扇门下走过。

街上乱作一团。起身望去，依稀可见映着火光的云变成了红灰色，快速地向西移动着。次郎抬头看着，想，这下，大东亚共荣圈可到头了。他知道，东条英机的后任小矶国昭轻视南京政府，认为中国应该每个地区都成立自己的小政府，因此，重光夹在南京政府和小矶中间，日子很不好过。次郎不禁感慨起来，日本就是这样，因为愚蠢而导致毁灭的啊。于是，一种以前从未有过的情念倏地袭上心头：永井柳太郎死得真是时候啊。

永井柳太郎是去年，也就是昭和十九年12月4日因胃癌在现已改名为大东亚病院的原圣路加病院去世的。永井临终时次郎也在场，那种悲痛也加速了次郎遗训的完成。从阿樱的电话中得知永井病危时，次郎曾很犹豫，但听到贵久代夫人说"他也希望告诉你"，便决定前去探望。次郎在遗训中很清晰地表现出，楠家的家风与基督徒永井柳太郎的家风是大不相同的。

①　Sukarno，1901~1970年，印度尼西亚政治家，二战后曾任共和国第一任总统。
②　Subhas Chandra Bose，1897~1945年，印度反英独立运动领导人。

在孙清委托我保管的父亲的资料中发现写有"遗书——楠家遗训"字样的信封时，我自以为是地以为这就是我记忆中的遗训了，看也没看，就把它放到了"保存材料"里。这次为写传记重新拿出来一看，便有了一些意外的感受。

　　一个是写作的日期很早。昭和十七年，父亲五十四岁。纸上的字，无疑是出自父亲之手。可在我记忆中，晚年的家训是由父亲口述、由年长些的秘书笔录的，而且，那很明显是一份家训，而与遗书的性质有些不同。

　　我很清楚，过去的人，由于死得早，精神也随之老成得早。有道是"人生在世五十年"嘛。可尽管如此，我还是有一种直接的印象——父亲五十四岁写遗书，也未免太早点儿了吧。虽说是战中，可在我的印象中，父亲是那种觉得周围的人都死了自己也不会死的人。要么就是父亲听到了什么特别重大的情况？如果是这样，以父亲当时远离政权的立场来看，这种重大消息就一定是来自频繁出入被指定为总理大臣官邸别馆的六庄馆的重光葵了。然而，父亲能对战争如此冷静吗？

　　我勉强记得的，就是长女良子的丈夫、接受军需工厂指定任务的东京橡胶社长高岛正一郎来到家里，说他想把工厂发展到满洲去时的事情。父亲听后只咬牙吐出一句话："不行！"然后，大概是觉着这样没有说透，或者太过冷淡，就接着说："只有傻瓜蛋才拿报纸啊广播里说的话当真呢。我去过满洲，我知道，想统治那里可不那么简单。而且，要是没有渡船了，你怎么办？"

　　读了遗训，我觉得好像父亲那时候就已经知道，日本早晚要失去满洲的。我记得，高岛社长好像已经开始按计划动作了，所以，听到父亲意外的答复，又被父亲说了些狠话，脸上是带着困惑的表情回去的。

　　写下这份遗训的四个月之后，父亲虽然有了尿闭塞的症状，但他以为这不过是老年病提前一些来了，所以，说父亲写遗训是出于大病的预感，就有些夸张了。不过，父亲确实是有对疾病极度惧怕和恐慌的毛病，而且，也可以想象为，因为是尿道疾病，所以父亲也许会感到是自己以前的不检点受到了惩罚。然而，似乎情形又不是这样。据我所知，战败后父亲也活了很久，特别是做了前列腺摘除手术后，他让尿水飞溅，还自豪地让治荣他们来看，仿佛是在对此前的忍耐进行报复。

第二个意外是关于我自己的意外——我居然已经彻底忘了这份遗训。

如此重要的事情，而且，虽说是次郎授意、但毕竟是自己写过宣誓书的文件，我竟全然忘记了它的存在，也只能说是太不可思议了。十六岁这个年龄，也许还认识不到事情的重要性，但是，在围绕遗产继承问题常常发生流血事件的人间社会，既然那些娱乐杂志因此而得以经营，那么我的记忆出现断裂也就是杜撰出来的了，甚至可以说带有一些违反道德的意味了。

可以这样认为，被指定为继承人的人并没有想到自己当真会被指定，或者，他觉得，就算被指定了，可如果战败了，也毫无意义。然而，这种解释总是给人一种为了解释而进行解释的印象。

左思右想，我的结论是，我还没有彻底理解父亲的想法。就是说，我没有理解他说了什么、又授意了什么。回顾过去，我不得不承认，我有一个缺点，那便是记忆无法理解的事情的能力非常低。一个例子就是，战争结束前，我到底也没能记住"军人敕谕"。那里面我无法理解意思的地方太多，即便是强迫记忆也是白费，最后，我只好嘴硬地说："我认为，与其死记硬背，还是领会理解其精神更重要。"结果被军事教官狠剋了一顿。

同样，我也没有很好地理解父亲关于家庭的思想。同时，当时我还有比遗训更为感兴趣的事情，在写有财产继承问题的文件上签字画押，可以说也都是满不在乎、心不在焉的。

当时，我正热衷于如何去死的问题。

上中学三年级的时候，我想上军校却没有去成，就转而开始寻找死去的方法。十八岁时，我被编入帝都防卫队，以缓解消防队员的人手不足。一无所知的旧制成城高中的学生们在有组织的美国空军的攻击面前到底起了多少作用，是很值得怀疑的。这其实无异于"美军来了，竹枪迎之"的情形。然而，我们却是认真的，一切都被淹没在"为了圣战"的口号声中。

我飞快地拿起灭火用具，跳出防空洞后，却只能望着总理大臣官邸别馆，通称大东亚迎宾馆燃起的大火发呆。

突然，我听到了尖厉的叫声，便向父亲使用的耳房方向望去。耳房那时也已经着起火来。几只烧着了翅膀的孔雀跑进院子里，那是为请来自亚洲各国的贵宾们观赏才饲养的。

身后是通红的火焰，那几只已经陷身火海的孔雀停下了脚步。我踏出一步，准备去救它们时，一只从后面跑过来的雌孔雀倒在了雄孔雀身旁。一定是它发出的啼叫声。看着脚边那只雌孔雀，雄孔雀竟开了屏。无所顾忌，仪态堂堂。金色、翡翠绿和天蓝色交相辉映，华丽得仿佛在命令我不得靠前一步。就在我呆然伫立的当儿，孔雀被火焰包围了。在熊熊大火中，雄孔雀看上去是那么的欢喜。

很快，那一对孔雀就在火焰中消失了，空气中飘来焦肉的气味。那时，伴着一声轰响，日式建筑二楼的房梁塌了。数不清的火星使黑暗变得五彩缤纷，仿佛在装扮着孔雀的死。如果真有什么让我忘了遗产继承、签字画押的事情，那大概就是孔雀的死吧。

我回过神来，跑进防空洞，告诉父亲，日式建筑已经不行了。大理石的西式建筑虽然还保持着原来的外形，但房顶已经烧没了，火焰和浓烟从破碎的窗户和阳台滚滚而出，仿佛一个巨大的炉子。

我再次回到地面上，目睹了大东亚迎宾馆一点点消失的过程。不知从哪儿传来玻璃炸裂的声音，也传来悲鸣。那时，和空袭声迥然相异的、街上人们的呻吟和叫喊、怒骂声仿若涟漪传入我的耳鼓。一个秘书从正门那边跑过来，跪坐在草坪上，刚说了句"对不起"便泣不成声。不知什么时候，父亲站在了离我稍远一点的地方，正俯视着秘书。

"别哭！没人受伤吧？"

父亲这一说，秘书哭得更伤心了。这时，两个男人从可以望得见底的远处的大门走了进来，半路上他们开始小跑，到了近前才看清，他们是综合房地产公司的社长中岛聪和总务部长神户谷。据说他曾在拓务省驻满洲的下属机构从事特务工作。

"头儿，您没受伤吧？太好了，真是太好了。我们早点儿来就好了，可是表参道①那儿乱得很，动弹不得啊。"本来就少言寡语的中岛聪说着，脸都变形了，

---

① 东京地名。

气儿也喘不匀了。

"公司怎么样？"父亲问道。

中岛渐渐调整好呼吸，回答说："还好，一发都没中，真是奇迹。"

"而且，也没有延烧的危险，我们才到这儿来。"神户谷补充道。

"下落合那边怎么样？"父亲问。

"还什么联络都没有……"中岛的话句尾有些含混不清。他的叔母阿樱曾在下落合住过，所以他以为次郎是在打听他叔母阿樱的安全。近来，干部职员都把阿樱叫做下落合的夫人，把石山治荣称作麻布的夫人。

而另一方面，父亲问过之后才想起来，大约两年前，就已经让阿樱疏散到轻井泽去了。随着大东亚迎宾馆的燃烧、坍塌，自己的前半生也仿佛化为烟雾了。正在这种心情中，父亲才想到了阿樱的安危。

"哦，对了，是轻井泽啊。"父亲说。

这时，十几个人的身影纷纷挤进门，来到院子里。

"什么人？是职员们？"父亲问道。

秘书站起来，摆摆手说："不是，好像是附近来避难的人们。"

父亲一下子变了模样，他叉腿站着，大声下令："赶出去！绝对不能让他们进来！拿棒子把他们给我轰出去！一旦放进来，他们就该坐着不走了。"然后，又看着惊诧不已的我，断言道："怎么样，恭次，你要记着，这种时候，慈悲心是没有用的。不信你现在给难民们点儿好脸色看看，他们会登鼻子上脸的。他们会先搭起帐篷，最后就是全盘占领。所谓保护财产就是这样的。"

下了一通指示之后，父亲回头看看治荣，说了句"好了，我们再睡一觉去吧"，就回防空洞去了。

周围的火势终于渐弱了，5月的天空变得明亮了些。

23

次郎一边给留在六个庄种田的佃农们写信，想起了四年前死去的母亲。

她在晚年还唠叨次郎不要随地小便。她说："哪儿都有老佛爷，你那样是要受惩罚的。"一而再再而三的，次郎便觉得母亲好像是在批评自己的不检点，就用"啊，我知道了知道了"搪塞，然后匆匆离去。即便听到她心脏病再度发作、恐怕这回有些不妙的消息后，在小林银兵卫带领下回老家看望她时，也是如此。

常年将念珠挂在脖子上的美奈，在病榻上支起上半身，衰弱无力地眨着陷进皱纹深处的眼睛，对次郎说："你来得正好，我也正想见你一面呢。我只是想让你记住，打你小时候起，我就一时一刻也没有忘记过你。小林的儿子对我很好，我很幸福。只是，随地小便这事儿你一定得改掉，我求你了。"

"这不是比我想的好多了吗，照这样就没事的，您放宽心，好好养着啊。"

次郎说了些似乎又要惹老太太不满的话，出了小林家，可没想到这竟是和母亲的最后一面。美奈的丈夫金兵卫几年前就去世了，家里的事情就都由儿子银兵卫来掌管。参加完母亲的葬礼后没多久，次郎就得了尿闭塞，可他并不想承认，母亲的担心应验了。

"小生所有殿下耕地东畑郡六个庄字柳端三——五番当代代相传，决不他卖。万一如需变卖，应先与殿下商量并征得同意。"

次郎一边反复念着打字机打出的原稿，一边咀嚼着律师的话，然后将这份书状给佃农出台什么样的农田改革方案，都能够保住地主的权益。被称作"GHQ"的联合国部队总司令部似乎是成心想把日本毁掉，承认共产党为合法政党，并从狱中释放了共产党的领导人，继财阀解体备忘录之后，还推出了解放农田政策。次郎是战败后的第二年1月，接到被开除公职的指令的。

这对他来说是颇为意外的。自己是直到最后都在维护政党政治、和军队对抗的政治家。为了同勾结军部的近卫文麿斗争，甚至没有被翼赞政治体制协议会列入推荐名单。虽然在滋贺县知事并川的百般请求之下接受了推荐，可本质上并不是辅弼议员。尽管如此，只是"一刀切"地开除公职，这也有悖于民主主义。自己虽然经营着公司，但并没有搞身份歧视，干部职员都在一个地方吃饭，一直是一团和气。对那些女子，本来出嫁就是天经地义，所以自己也在大肆奖励职员们结婚。正因如此，才没有发生过一次罢工。

如此想来，能像自己这样，无论作为政治家还是作为经营者都在实践民主主义的人，大概是没有了。想着想着，次郎越来越坚信，是否把自己开除公职这个问题，就是测验占领政策是否妥当的标准。于是，他向原首相若槻礼次郎、裁军派军人宇垣一成、挚友大麻唯男、原并川知事、原警保局长今松治郎等人收集到"楠次郎最初曾被翼赞协议会推荐名单排除在外"的证言，执著地向总理大臣吉田茂和GHQ要员提出请愿，并不断地激励秘书和战败后在埼京电铁内部设立的、专司与占领军交涉的涉外部的工作人员说，自己是在主张铁一样的事实，所以没有必要担心会被认为是喋喋不休，或是被误解为自私、任性，那种畏缩不前的做法是"知识分子弱者"的表现。只要一想到于己有利的事情，他就立即写成文章，并找人翻译成英语。其中，就有一件事，他在请愿书里改头换面用了好几次。

那是昭和十七年3月5日晚上的事，永井柳太郎来电话说："你好像不在翼赞协议会的推荐名单里。这是近卫君告诉我的，估计不会有错。我想，大概是因为你在议会上批评军部和近卫公批评过头了。"

起初，他频频认为，在远东军事审判结束前，怕是不会撤销开除令的，但是，直到东条英机等近十个领导人的绞刑引起轩然大波，也丝毫不见撤销开除令的任何迹象。其间，年轻人辈出，新政治与时俱进，日渐巩固。在继续活动的过程中，次郎开始觉得，只要可以自由地进行实业活动，开除令就算撤销得慢些也无妨，只是，辅弼政治家的污名是无论如何要请他们给洗清的。另外，自己之所以与民主主义无缘，是因为官僚出身的人总是依仗权势，万事都以形式主义进行判断的缘故。于是，自小就有的对官僚的厌恶更是有增无减了。世道变化的不尽如人意，和最终不插入导尿管就排不出尿的状态重叠在一起，让次郎的精神变得颓废起来。同时，脑子里还有一种假想开始抬头——无论从哪个角度看都有条有理的请愿书根本没有送达GHQ，莫不是因为自己身边出现了散布反对情报的叛徒？

在这种心理状态中，有一天晚上，有人告诉次郎，孙清的妻子善子，在给导尿管和滴消炎药用的玻璃吸管消毒时偷工减料。

耳语着告诉次郎这个情况的，是西村惠。此人曾是女子敢死队队员，她们工厂被烧后，凭老家的关系住进了麻布的六庄馆。据她讲，是石山治荣提醒善子时，她恰巧偶然听到的。次郎马上去问治荣，可治荣却偏袒似的否认，说："没有啊，哪有的事啊。"

得了尿闭塞以后，性欲虽然依旧，但次郎却不行了。是恐惧导致的不勃起。做爱是不指望了，在为如何处理性欲苦恼了一阵子后，找到了一个通过恶作剧让心情亢奋、然后射精的方法，西村惠便是次郎这种欲望的发泄对象。阿惠的密告，反倒使次郎振奋起来。他把三个女佣、两个秘书挨个叫来，让他们调查孙清和善子的举动。

首先，他让阿惠向他汇报善子和孙清的言行。于是，他获得了这样的证词：

"我听说导尿管消毒需要五分钟，可她水一开就把火关掉了。"

"前天晚上您尿闭塞的时候，善子好像挺高兴的样子，手舞足蹈的，还左右扭腰呢。"

"老爷感冒了，大伙儿都很担心，可她说'不行了'，医生还没看完病呢，她先打上盹儿了。"

"她还对经常挨说的峰子说，再忍忍吧，再过一过他老人家就没劲儿生气了。"

次郎和治荣去箱根不在家那天，老二清康吃饭时咬了舌头，差点儿哭出来，善子却用憎恶的目光看着他说："看你那张脸，像到了世界末日了似的。"

听着西村惠的描述，次郎觉出心里的憎恶火舌般燃向孙清的妻子善子。

以阿惠的证词为依据，次郎又依次叫来了清明、清康、峰子、两个女佣和秘书。在他们的证词中，他又收集到如下情报：

"她说：'给家里人吃好吃的，老爷子会生气的。'所以吃生鱼片的时候，她让我们用配菜的萝卜丝盖住一半，端上餐桌。"

次郎和治荣不在的时候，孙清和善子把滋贺人叫做江州人，并忠告他们："江州人心狠、多疑，还是提防些好。"

"她对我说：'老爷实在可怕，绝不可以太接近他。我就碰上一次，老爷正要使坏，幸好夫人进来发现了，我才从只开了一扇的挡雨窗逃出来，跑到水池的地方。'"

"她煞有介事地对我说：'从那以后，有一点小事老爷就骂我'。"

对孙清和善子不利的，还有孙清在性格上有不弄清细节决不罢休的耿直和让人感到拘束的一面，善子则自负地认为身为财阀干部之女，可不是该受这种封建家庭熏染的身份，于是显得很不合群。

那时，孙清和善子住在水池对岸、正房对过的二楼，秘书们住一楼，恭次住在经过部分装修的小屋。在这里还是造船暴发户成濑宅邸的时候，网球场前面盖了这个小屋，以放置收拾院子的工具。

秘书们甚至还说："孙清和善子每天晚上的枕边话都说到很晚，我们住在他们楼下，都能听见善子一会儿哭一会儿笑的怪声。没习惯的时候，我们怎么也睡不着，难受死了。"

以前，秘书和女佣们中间也有传言，说孙清头脑虽然聪明，可那方面却让头儿都占了，是个不行的。

在众多证词中，这一段好像是在炫耀他们二人的年轻，更加刺激了次郎，但他终归要站在家长的立场上，让事情有个完整的结局。他把这些证词列成条，并在此基础上得出了结论。

"正如以上所列，离间父子是为了将其他弟妹扫地出门，策动女佣及秘书叛离主人，是为了在找到让自己自由的心腹之前物色人选。一旦得逞，她必定使楠家任由她摆布。盼望父母早死之类的言行当然不可饶恕，那些有欠教养的众多行为也证明，善子不适合做楠家媳妇，而且，莫如说，善子的存在，必将成为楠家毁灭之祸根。"

次郎写完以后，让孙清看了看，逼着他要么和善子离婚，要么两个人一起离开楠家。孙清预计到了这种事态的发生，立即送来一份"道歉信"。题目虽为"道歉"，内容却是反驳。他将次郎指出的善子的"罪状"归纳成六条，替她辩护，并就此阐述自己的见解。比如，那两次消毒时间短，是因为中途停电；有人将战败前电力状况极为恶劣时发生的事情说成是故意而为；善子是有无德之处，但自己必须说明，误会毕竟是误会，等等，说得理直气壮。

对于听到尿闭塞的消息后善子心花怒放一事，孙清辩解道："每天晚上就寝之前，善子都会对治荣女士说，如果半夜尿停了就请按紧急警铃，她马上就过来。可是治荣女士总是说，善子白天那么忙，一定很累，所以才没有叫她。我是一直睡着的。这在冬天也是一样。大冷的早晨，听说前一天晚上尿停了，是治荣女士起来导的尿，善子说她心里特别过意不去，特别不好意思。善子性格直爽、外向，即使是这样的时候，也会表现出喜悦。说她听说父亲大人尿停了反倒欢天喜地的，可以理解为她是有意无意地觉着终于可以和治荣女士换换手了。"

这也是孙清对次郎提出的"离婚"要求在表示拒绝。有迹象表明，按照GHQ的指示，民法将得到修改，以前家长拥有绝对权限的家族制度已经被废除。

看到次郎的样子，生性万事顺其自然的治荣也开始担心起来。战败后，她曾想同接班成为医师会推荐的参院议员的父亲商量一下的，可家里的气氛又不允许——这样的电话是要避开女佣们和西村惠的。她拼命地想，才在装作出门买东西时，来到以前生孩子时住过的医院，在公用电话亭给父亲打了个电话。即便如此，她也没有对父亲说出西村惠的事情，只是诉苦说，次郎前列腺肥大严重了，每天得导一次尿，可性的欲望却并没有减退，所以他心情焦虑，家里的气氛也越来越沉闷，自己很不好过。治荣的父亲原来担任某医疗方面的财团的理事长时，曾因部下盗用公款、监督不力而受到过追究，还是次郎帮他解了围。父亲只好安慰女儿："真是够你受的，不容易啊。"

在医院的公用电话中听到父亲久违的声音，治荣不禁泪水涟涟，她也这才意识到自己的心实在是太累了。

两天以后，为次郎进行半年一次例行体检的东京邮电医院泌尿科主任打来电话，说最近开发出了一种荷尔蒙疗法，想跟次郎谈谈，还说："这不是手术，没有任何危险。"

"我不愿意手术，可如果是药物，哪怕是新药，我也不在乎。"次郎现出明朗的表情，当天就让治荣陪着，去了医院。他曾听说，战争中联合国开发出了盘尼西林这种抗生素，丘吉尔①的肺炎就是这种药给治好的。

"您的前列腺肥大比预想的发展得要快，早晚都得做手术，但我还是向您推荐这种荷尔蒙疗法，作为减轻病情进一步发展的尝试。"医生说完，还建议说，五十岁过后的前列腺肥大，多是因为缺乏女性荷尔蒙造成的，所以可以尝试一下每天注射一点女性荷尔蒙。次郎觉得医生这是在说战争开始后性行为减少了，便

---

① Sir Winston Churchill，1874~1965年，英国政治家，曾任英国首相，获得过诺贝尔文学奖。

有一种自己的"清白"得到了证明的感觉。

"对夫妻生活有影响吗?"次郎问。

医生闭上眼睛,说:"什么事情都不能过度。正常的性行为和前列腺肥大没有直接的关系。"

这是治荣最希望听到的回答。她想到,父亲把自己在电话里并不确切也并不具体的诉求准确无误地传达给了医生,便不由得嘘了一口气,声音大得连次郎都听得见,好在次郎集中了精神听医生说话,并没有在意。

"太好了啊,一定会有效果的。"治荣像是在鼓励次郎。她对自己什么事情都慢一拍的性格感到很后悔,想,怎么就没有早一点跟父亲商量呢!

孙清写"道歉信"的前一个星期,就提出了分家出去、另立门户的申请。"道歉信"是次郎要他写的,以防备将来事情搞僵、闹官司时用。孙清虽然也不想从自己这边生事,但他还是决定从形式上答应父亲的要求,他的想法是:生活受到威胁时,这也可以当做资料。

令他们两个人都很意外的是,已经上了大学的恭次,一进入5月,就突然向次郎提交了一份书面申请,表示要放弃继承权。

我中途才注意到,一旦涉及到这以后家中的变化,父亲传记的写作就会从另一方面映现出自己年轻时的身影。

想来这也是自然的。然而,重新查阅资料、比照时代的推移变迁、推测浮现其中的父亲形象和当时一定很苦恼也很困惑的父亲的心理时,我发现,它和我私下里自认的缺点是十分有共鸣的,我的内心便无法平静了。

虽然日期不很准确,但放弃继承权的申请书,我写了两份,且都亲手交给了父亲。幸好它们都装在贴有"恭次亲展"字条的大旅行箱里,被保存了下来。只是,不知何故,字条上面的笔迹竟是阿樱的。我盯着养母的毛笔字看了好久,也没有想明白这些东西由她保管的经过。最初那封写给"父亲大人"的信,日期是5月4日。

我并不记得写这封信的时候自己曾很苦恼。我大概是很生气。我应该是在责怪父亲,既然平时对孩子们常耍家长威风,那么,对滋贺县生人的西村惠的专横跋扈也应该用同样的权限加以制止。那会儿正是为把嫂子善子赶出家门而开始进行调查的时候。因为这些话触到了父亲的痛处，所以父亲怒火中烧，言辞激烈。我至今还记得，石山治荣在中间说些"啊呀恭次"、"别这么说啊"之类意思不明的话，一副惶惑不安的样子。

如今回想起来，我越说越火的脑子里面，似乎是有算盘的：托西村惠的福，我想离开家的事情才得以进展顺利。

一上了大学，我就加入了青年共产同盟，后来又加入了共产党。我一方面在教室、街头主张打倒前近代、半封建的统治权力，一方面又住在堪称被打倒对象的父亲家里，让他为自己交学费，这对有正常感性的人来说，应该是匪夷所思的。那时我每天都在自问：你这家伙，撒谎要撒到什么时候！可如果没有家里这些阴湿的欺侮和调查发生，我真不知道该在什么时候、以什么理由提出离家的要求。

"随你便吧！不过你给我记住了，一个没有感激之心和奉献精神的家伙，什么他都干不成！"在一次争论中，父亲扔下这句话就出去了，我随后就写下了放弃继承权声明。

第二天，父亲见到它，就说："你如果真是这么想的，那我也没办法，你会后悔的。"

父亲站起身的时候，我想："我赢了。"那时，我压根儿没有想到，父亲也许感到很寂寥。

我开篇就写道："我不想继承楠家财产。我对楠家的事业、财产没有任何野心和欲望。"一提笔，我心中就弥漫起对父亲与其说憎恨、不如说厌恶的情感。

我的心一直是向阿樱倾斜的，毕竟，她像亲生母亲一样把我养大。然而，令我无法接受的是，年轻时原本很自立的她，竟然对父亲傲慢任性的行为保持沉默。

高考发榜的第二天，我去下落合看望养母。考试结果我是看了榜以后，从本乡的书店直接打电话告诉她的。

"祝贺你啊！我一直就觉着恭次能考上的。今儿啊，我知道你要来，做了好吃的呢。坐那儿等会儿，这儿是你家啊。"说着，就去厨房了。

我望着阿樱的书斋，顿生怀恋之情。马尔萨斯①的《人口论》、欧文的《妇女问题》、施宾格勒②的《西方的没落》、还有《世界文学全集》、《大隈重信全集》……其中有几本我就是在这里读的。

等我们相对而坐时，她在小酒杯里斟上了琥珀色的甜红葡萄酒，举起杯，说："这其实是饭后的酒……不过，祝贺你！麻布那边，大家也一定都很高兴吧。"一副推测的语气。

前一天，我给阿樱打过电话，就去位于世田谷大吉寺的成田有恒方丈家，参加文学同仁杂志的集会了，吃过饭回家时，父亲正在为导尿方便而铺的被褥上坐着。我跟他报告说考上了，他立刻面带微笑地说："那太好了。进去了，出来当几年公务员也是个办法啊。"

我对阿樱如实讲了这些，她好像想起了什么一样，说："啊，公务员啊，在和公务员的交往上，他可是费了很多心思啊。"

我喝了一杯甜红葡萄酒，有些饶舌，就问："那个人，他生活得随心所欲，您为什么什么都不说呢?!"

阿樱用略带惊讶的表情看看我，很快，就又换成了开朗的笑脸，仿佛在想，这孩子也长成大人了。"看你说的，"她用当时年轻女性之间常用的语调、以劝慰的口吻说，"看上去好像是那么回事儿，可他有时候心眼儿很小，所以就得处处小心留意的啊。"

在后面的谈话中，我还得知，战败大局已定后不久，父亲还到这里来看过阿樱。

"他来好像是要把你托付给我的样子，万一他有个三长两短的话。当时，有传言说，凡是辅弼议员都要给抓起来的。"阿樱解释道。

我亲眼见到为撤销开除公职令，父亲是那么积极地上下活动，所以这个消息让我很意外。那也许是由于不知道旧日联军领导人的责任要被追究到什么程度而每天心神不定之中的一个镜头吧，可即便这么想，也还是感到无法理解。不过，

---

① Thomas Robert Malthus，1766～1884年，英国经济学家。

② Oswald Spengler，1880～1936年，德国哲学家。

好不容易有个机会只有我和养母两个人一起吃饭，我不想太和她争辩。

"对了恭次，你打算学什么？经济学部也有思想史啦原理和会计学等好多呢。"阿樱改变了话题。

我如实答道："我其实很想上文学部来着，不过要是经济的话，我倒是对马克思主义很感兴趣。现在我正读马克思和恩格斯的《家族、私有财产和国家起源》呢。"

"现如今这个年代，是读什么都行了啊。"听阿樱的口气，好像她又想起了自己的年轻时代。

个人的烦恼暂且不提，我不用自己赚学费就能上大学，应该说还是幸运的。有很多人是从战场复学的，他们中有的人回国时家里人在空袭中全部遇难了，有的人要一边谋生一边上学，有的人因为农田解放而没有了收入，还有的人在美军军营里做翻译、只想那一张大学毕业的文凭。即便如此，开学典礼那天，银杏树下、拱廊内，还是有社会科学研究会、青年共产同盟等，混在各种艺术、兴趣同好会及体育俱乐部的接待处中间，摆出桌子，招募会员，校园里洋溢着一种解放感。

我以加入体育俱乐部一样的心情，说要加入青年共产同盟，写下了出身学校和名字。

"名字可以不写的。"一个稍微年长一些、身穿军装的学生说。他大概是看我一副少爷派头，又看了我的出身高中才这么说的。我想了想，署了个"横濑郁夫"的名字。我想起去年年末在霞关附近的"送米来"示威活动中边喊口号边游行的情景，就按照"送来"的发音，取了"横濑"这个姓①。

我们这个组织的目标有两个，一个是在参加时刻可能发生的斗争的同时扩充队伍，一个是在秋天之前建立学生自治会的全国组织。我们的斗争包括支持东宝电影公司的罢工、对因台风引发大水的庶民区实施救助等等，对地方大学成立自治会组织的敦促工作主要由高年级学生分担，像我这样的新生，被分配的任务多

---

① 日语中"送来"的发音为yokose，与"横濑"的发音相同。

是在站前和住宅区为共产党沿街募捐、贩卖《红旗》报和党发行的小册子，以达到在同盟会员期间理解党的活动的目的。这虽然都是些需要耐性的工作，但我自有坚持下去的支撑——我相信，这些努力的积累会给民主主义以实体，能保障日本的独立。

只要和同志们在一起，我就感到快乐。大家都是同时代的年轻人，集体中有一种自由豁达的气氛，和家中因楠次郎的错乱而愈加深重的阴湿空气迥然相异的光明世界。

我住在原来的网球场边上一个独立的小屋里，所以，孙清、善子，还有秘书们都好像商量好了似的来"歇口气"。令父亲发狂的罪魁祸首西村惠来我的小屋，是在我与父亲争执起来、并交出了放弃继承权声明书的那天傍晚。

"虽然我有点儿怕挨恭次的骂，但我想必须把真实情况跟你讲清楚，所以就背着他们来到你这儿。"她做出一副天真的表情，仰视着叉腿站在门口地板框上的我。我直觉地感到，是父亲让她来的。

"现在这个样子，他太可怜了。"说完，她告诉我，父亲握着那份声明哭了。

我吼道："胡说八道，我才不信哪！"

"别这样嘛，他真是挺可怜的。如果我不安慰他，他在家里多孤独啊。我的父亲也是得了一样的病，所以我非常理解。人老了，又没有个拿他当回事儿的女人……"阿惠继续说。

我虽然感到有些肮脏，但不管说肮脏也好，说下作也罢，她能让人说出肉体上的事实。我被她不论何时都可以赤裸裸的姿态所压倒，渐渐地无言以对了。于是她说："恭次君真棒，又纯情又直率，真可爱！"说着，她突然转过身去，背对着呆若木鸡的我，向外走去，然后又回过头来，歪着头朝我笑笑，消失在黑暗之中。对我来说，她是个意外的敌人。

"如果不是我安慰他，你知道这个家会怎么样？也许会出杀人案呢。"西村惠就差点儿没说出口来，她做性伙伴，是为了楠家。

也许是由于有了这样的经历，比起第一封声明书来，9月19日写给父亲的字据就相当沉着，完全是我自己的风格了。

"从即日起，我脱离楠家户籍，想走彻底自由的、目信正确的道路。我无法理解楠家，也无法理解楠家的传统。我想栖息于独立不羁的自由天地。因此，我在宣布独立的同时，表明了放弃继承权的意愿：我无意继承楠家精神，对楠家的事业、财产不怀任何欲望，也放弃父亲百年之后作为遗族分配遗产的权利。最后，我想请求你们对我今后的活动不做任何干涉，并允许我对你们的养育之恩表示衷心的感谢。"

虽然有一些句尾郑重体的连用和修辞上略显稚嫩的地方，但文章中体现了一种变化，这不禁让我很想回顾一下5月那封信之后的四个月时间里，我究竟经历了什么，遇到了什么事情。

的确，此间，楠家的崩溃加快了。没有人能敌得过西村惠的头脑和她利用父亲行使的统治权。偶尔，她甚至会用命令的口吻对石山治荣说话。所幸的是，这种场面我很少在场。

发表"独立宣言"之后，我只是为了晚上睡个觉，才回到麻布的小屋里，而且通常是在为第二天在校内进行斗争而开的碰头会结束之后。

有了自由的意识后，我曾一度认为，世上的所有变化都会给我以机会，便会沉醉于可能性的泛滥。

此时，在中国大陆，人民解放军显示出连战连胜的势头。虽然山东省要冲、孔子庙附近的兖州沦陷了，可在中原地区，早已成立了五大解放区，打向华北的解放军7月攻陷了太原，打通了满洲国和华北地区的通道。

这些动向使我感到，中国大陆上成立革命政府只是时间问题，可我们没有想到，这反而会刺激美国强化反攻政策。

看着在旅行箱中发现的自己写的信件，我十分怀念一心想从楠家独立出来时的自己。

现在回头想想，我总觉得从所谓的共产主义之中看到了一种精神主义，因此我会与父亲发生激烈的冲突，甚至争执。我拿着宣告脱离楠家的"字据"去找父亲时，父亲已经不生气了，他出人意料地用无力的声音说了句："你要真是这么想，就随你去吧。"

只此一句。不知为什么，他表情呆滞，目光散乱，让我感到很扫兴。

昭和二十三年，父亲赶走了长子孙清，我又声明放弃继承权，长女良子也早已结婚，所以，剩下的，就是他和石山治荣生的清明和稚气未消的两个孩子。

女性荷尔蒙疗法连续做了十个月之后，渐渐显出了疗效，父亲的焦躁得到了一些控制。由于获得了独立，我反倒对父亲可以采取平静的态度了。一天，我看到石山治荣和西村惠惊慌失措地说，父亲的胸部有些水肿。两个女人扒开了父亲的衣襟，父亲就看着自己的胸口，好像在看什么怪物。也许是他期待着前列腺肥大会因此而治愈，脸上竟依稀浮起松弛的笑意……

24

尽管楠次郎费心尽力地活动，开除公职决定的撤销也还是花了五年的时间。他受前列腺肥大的折磨，因受联军命令废除民法上的家族制度而失去了家长统治力，又因为出现了西村惠这样的女人而家中大乱，两个儿子也相继脱离了楠家户籍。

他像是为了超越这种困境，开始玩命地工作。他把收购来的轻井泽富豪别墅改建成大酒店，将周边的矢崎山别墅地全部出售；他还收购了数家运送公司，将其统合为埼京运送公司，并在铁路终点站池袋建了一座百货商店；箱根芦乃汤前面的汤花泽地区，也因采取开酒店和分售别墅相结合的方式而进入了正式开发阶段。

外界也对这一时期楠次郎克服困难、不懈奋斗颇多赞赏，这在楠系公司的回忆记录、社史和干部们的回忆录中作为铅字留存了下来，作者有酒店经理、电铁的科长部长以及更高层的人物，他们都称楠次郎为"头儿"，说他是一个严肃有加、不苟言笑的领导人，却又侠骨柔肠、仁慈宽厚。

百货商店的一位女性科长K女士写道："男性干部都惧怕头儿，有些莫名其妙。对我们来说，头儿是个非常和善且充满魅力的人。秋季运动会时，头儿加入到我们的舞蹈队伍中来，我和头儿拉着手跳起圈舞。他的手掌十分温软，骨骼结实而又肌肉丰满，让人感觉得到头儿的和蔼可亲。"

东京橡胶总务部的一位女性部长则写道："一天，头儿和身材魁梧的永井专务来到工厂。因为他们说要在职员食堂吃午饭，所以我们就在大食堂南面的一角竖起了隔扇，准备了几个干部席位，可是稍微提前一些到达的头儿见了，却说：'隔开干吗，地方越宽敞吃饭越香。'还让我们把隔扇撤掉。见我为难的样子，头儿来到我面前，说'那，你拿那头儿'，说着，就拿起了隔扇的一端。一想到他是那么了不起的人，我不知所措，只好照他说的做，抬起了隔扇的另一端，走向角落，职工们都惊讶地看着我们。我从心眼儿里感到，我真是找了一家好公司工作。"

藤田谦之助是这些手记的执笔者之一。次郎创办楠房地产公司时，神田镭藏和铃木商店顾问藤田谦一都伸出过援助之手，藤田谦之助是藤田谦一的后裔，也因此而进入次郎的公司，担任新建酒店的开发部负责人。

"我父亲早死，母亲含辛茹苦管理父亲留下的财产，供我上了学习院大学。我是昭和二十六年毕业的，但当时工作非常难找，而且我认识的人们在世道变化中也都自顾不暇。那年9月，综合不动产公司的楠事务所来了信，说'我们通知您被采用了，请尽快来事务所（地图已一并寄去）'。可能是我母亲请头儿帮我找工作的。指定的时间是早上七点，我原以为我到得很早，可等我小心翼翼地来到位于麻布原六庄馆的事务所时，发现已经有好几个人在那里了。秘书很谦恭地说了句'马上就去给您叫他，请稍候'，我虽有些紧张，但感觉到了一种温暖，心里热乎乎的。很快就有人来叫我了，我磨磨蹭蹭地进了房间，看见头儿把身子支在讲台桌一样的东西上站在那里。我后来才知道，那是因为他得了小便不畅的毛病，得尽量站着接待客人。头儿默默地打量着走上前去的我，我心里担心得要命，可最终他还是说：'好吧，决定让你进公司了，你明天就可以来，早上六点到事务所就行，工作从打扫厕所开始。'我尽管有些吃惊，却仍旧低下头，答道：'请多关照。'

"头儿一拍手，刚才那个秘书进来了，他默默颔首，又一次把我带到了位于耳房一样的地方的事务所。一个叫甲斐田的人，和头儿一样剃着光头，郑重地告诉我说：'你是头一次，早上一定要六点钟来。打扫厕所，得有些心理准备呢。'"藤田谦之助的手记上这样写道。

第一天，因为家离得远，他四点就起床准备工作服，六点就到了事务所。可这天他到的时候，也有几个人已经来了。他按照甲斐田的指示去次郎的会客室打招呼时，次郎问他："你早饭吃了没有？""我吃过了。"听了他的回答，次郎说："那可不行，这么早，家里人为了你可是够受的。以后早来的时候，到这儿以后再吃饭吧。"

文章里还写着，次郎是一边大口吃着看上去很咸的鲑鱼，一边跟他说这些话的。

"我们公司的三原则是：

"第一，做有益于人的事；

"第二，做别人不做的事；

"第三，做赚钱的事。"

据藤田谦之助回忆，次郎就是这样开始了对藤田谦之助的教育，并鼓励他："咱们公司没有上，也没有下，你就怀着这个信念，好好干吧！"

藤田谦之助的回忆中，还详细记述了他陪同次郎一起去轻井泽、箱根等地出差时次郎的样子。

藤田谦之助是一代实业家、铃木商店顾问藤田谦一的弟弟的孩子，母亲是原子爵的女儿，所以从幼儿园起就一直上学习院，最后上了东京大学。尽管藤田谦一和次郎有点缘分，但是这种身世的青年进入综合房地产公司却并不多见。从他的记叙中可以看出，次郎是想把他培养成今后开展酒店业务的重要干部的。

陪同次郎从东京站出发去箱根出差时，头儿坐的是三等车厢，他毫不掩饰地表达了自己的惊讶。前几天，甲斐田对他交代："头儿身上没有钱包，钱由你保管，也由你支付。"看到月台上很多乘客排队候车，他找到一列最短的队伍，飞奔过去。藤田谦之助写道："头儿似乎对我的这一反应很满意，微笑着紧跟了过来。"

这些都体现出藤田的爽直、能干以及家教的良好。很快，他就在次郎的策划下被分配到酒店，并通过学生时代的熟人，拿到了承办纪念聚会和官厅会议的订单，干出了一番业绩。而次郎这一全身心开展收购昔日皇族、华族宅地、将分售高级住宅地所剩较小庭院和宅邸用于酒店的时期公司上下的气氛，可以通过这些手记和回忆录窥见一斑。

出现在其中的次郎的形象看上去魅力十足，且浑身洋溢着仁爱之情。这种楠次郎形象，和被外界称为"强盗楠"、"手枪楠"的强硬精干的印象以及在家中为排尿障碍和无处发泄性欲而苦恼的次郎形象，可谓天上地下。

藤田谦之助和其他干部、职员的手记都写有"头儿什么事情都很公开，即便在我们面前，也会把心里话说出来"之类的内容，这似乎就不是"会演戏"能解释得了的了。

将综合房地产公司的干部、职员们接触到的次郎形象编辑而成的印刷品，与其他私人信件等不同，被捆成捆儿，收藏在一个看上去很结实的箱子里。箱子里还有一些和后来逢事便对立、打官司的运输省以及原铁道省、邮电省有关的文件。

事情的开头可以追溯到刚刚战败那会儿。次郎要把应战时之需成立的粮食增产公司和埼京电铁进行合并，遭到一直以监督私铁为己任的原铁道省高官的反对。这便是事情的发端。政府方面开出了一些条件，比如：如果合并，分配给粮食增产公司的股份五年不分红，五年以后也应按分红率为百分之三的后分红股，与粮食增产相关的公司今后的经营和处理均应遵循新成立的运输省的指示，等等。

运输省认为，把原本应归农林省管辖的实业公司和负责人员运送的私铁合并，这种经营活动会扰乱行政秩序，因而不予批准。而在次郎这方面看来，他觉得，考虑到居住在东京的人们的需要，在没有乘客乘坐的深夜，将粪便运到埼玉县，这既能帮助城市处理粪便，又能向沿线农家提供肥料，可谓一箭双雕、一石二鸟，这个具有牺牲精神的经营计划，按说都该受到国家的表彰，可那些官僚却保守狭隘、鼠目寸光地提出了那么多只能说是存心刁难的条件，这叫什么事儿啊！

次郎给粮食增产公司的股东们发了一份书面材料，说这主要是因为运输省有关人士强烈反对合并的缘故，自己的经营方针完全是"出于贯彻有机肥、贡献粮食增产、响应国家号召的诚意"，只是受到了官僚们的阻挠。可是，即便如此，"结果还是股价下跌，为此感到愧对各位股东"。道歉之后，他还表示，公司情况一如既往，毫无变化，并希望他们继续放心持有公司股票。他还表示，如果还有股东想卖掉股票，他将依旧按照减少分红以前的行情进行收购。

这份书面材料体现出的昂扬斗志虽然和年轻时不相上下，但运输省方面也正是因此认为，这是难以原谅的"犯上"。刚刚战败，国家体制都因此而发生了变化，加之联军司令部这个不明政体的绝对权力的存在，起事定会凶多吉少，便决定采取隐忍一时、但今后楠次郎那面无论提出什么申请都不予受理、即便受理也不下结论、置之不理的态度。这当然不是会议上的决定，但彼此却是心照不宣的。因此，次郎才一一诉诸法律，竭尽全力寻求解决。每当要奋起战斗的时候，他都会为自己被开除公职的身份而感到懊丧，尽管前列腺肥大的疾病反而激发了他的斗志。

这一时期，次郎还通过旧友松村谦三接受了尼崎一家制造过磷酸肥料的公司的经营权。松村因一直站在保守政治家立场上坚持反战态度而没有被开除。曾在币原内阁任农林大臣的松村还请求次郎救济那些战争中以在国内供应镍为目的成立的国策公司。次郎也答应了下来，并向全体职员声明："考虑到对国家的责任和众多失业员工们的生活，我会坚持努力，不屈不挠。"

当时支撑着他的，是这样一种顾影自怜的判断：自己是由于紧跟GHQ的知识分子和官僚们的偏见而被开除的，但自己原本就不是什么官，而是一直信奉"以民为本"的信条，自己的时代终于到来了。

同一时期，准确地说，是一份标有昭和二十六年6月9日这个日期的目录所记载的事情，显示出了与上述次郎形象既互相矛盾又彼此联系的奇妙姿态。上面写着：

> 红白绢　一匹
>
> 干制鲣鱼　三条
>
> 味素　一大罐
>
> 砂糖　二斤
>
> 红包一个　银杯一个
>
> 谨此作为西村惠结婚贺礼

我还记得交换字条那天的事情。那天，我因党的活动工作要出去一个月左右不能在京，向石山治莘辞行回来时，被父亲叫住。他正在给西村惠看堆在带底座方木盘上的赠品。

"啊，你来得正好，阿惠要结婚了，我正给她礼物呢，你也来看看。"父亲说。

我咂咂嘴，心想，怎么赶这么个时候来。

"让您这么费心，真是……"阿惠嘴上说着感谢的话，脸上却是一副闷闷不乐的表情。然后又转身看着我，说："你父亲真是一个可亲近的人哪，恭次。"说着，身体朝父亲贴得更近了。

"啊，对了，那个你也拿去吧。"父亲说着，站起身，打开圆窗模样的隔扇下方的小拉门，取出一个小桐木盒子。他解开打着十字的宽带子，从黄色布包中拿出一个银杯。

"这是当过总理的桂太郎得一等勋章时的纪念品，据说他只做了五个，这是其中一个。我没毕业就自己创业那会儿，他帮了我很多忙啊。虽然政治立场后来有些不同了，可他不愧是个人物啊。我想把它当传家宝呢，就送给你吧。"

"啊呀，您把这么贵重的东西送给我这样的人，真是投珠于豕了。这也对不起夫人啊，您还是收起来吧。我知道自己的身份。"阿惠说。

父亲突然用一种似乎很怪异、又很难为情的目光看了我一眼。我觉得这是个时机，就接着被父亲叫住之前对石山治荣说的话茬说："理由我已经讲过了，是要去农村搞实地调查，得离开家一个月。就这样吧。"说完，我行了个礼，出了房间。我得防备他们把我当做下落不明者，向警署提出寻人搜索申请。

我刚回到自己的房间，孙清就来了，他好像是在等我回来。

另立门户后，他离开了麻布的家，和善子一起过起无人烦扰的生活，还制订了一个今年买个烤面包器、明年再置个洗衣机、吸尘器等让家庭生活一点点富足起来的计划，并以孙清独有的缜密正将计划付诸实现。虽然秘书们带着有些揶揄的情感批评他们两个说，性格开朗、爱凑热闹的善子真还挺能忍，可对她来说，似乎有几个学生时代就结交下的朋友，且能和他们交往下去，就足以过得开心了。离开麻布六庄馆，反倒激活了昔日的交游，这在善子来说也应该是好事。

"西村惠要结婚了，你知道吗？"孙清还没等坐下，就开了口。

"刚才我去正房，正赶上贺礼赠送仪式，我还在那儿待了一会儿呢。"我答道。

孙清满意地点点头，好像说这就好办了，便说道："让那个女人横行霸道，楠家就没个好。所以，我想了个办法。"接着，他告诉我，他觉察到次郎对她感到有些棘手后，就和综合房地产公司的总务部长神户谷商量，找了一个想娶西村惠的人。

"虽然离开了楠家，可同姓家里闹出点儿事件什么的，对我也不好不是？"对直到现在还挂念着楠家的理由，孙清如是说。"神户谷可是培养特务人员的中野学校毕业的，他做这样的事情，是再合适不过了。而且，老爷子的弱处、阿惠的过去，他都掌握。所以，只要慎重行事，肯定会成功的，我有这个自信。"孙清说得很高兴，还从衣袋里摸出一包烟来。

在我的记忆中，孙清以前是不吸烟的，岂止不吸，还在誓约书或是道歉信里写过，要远离烟酒、尊重妻子，所以我不禁问道："哎，你抽上烟了？"

"啊，你是第一次看我吸烟吧？倒是的，"说着，又独自点点头，说，"我都已经离开楠家了嘛。我算计了很久，结论是，比起酒和这个（他竖起小指）①，烟的成本最低，而且只要不过度，就不会伤身体。那些烟鬼都是缺乏自制力的人，这种人无论在什么情况下，无论让他们干什么，都看不清周围，必定失败。"

那天的孙清好像对自己的头脑和行动力非常满意。

"那个阿惠真是个不得了的女人。"孙清的话题又回到他的报告上，"开始谈婚事了，她又说：'我不结婚，我已经不是可以结婚的身子了。'老爷子正是好不容易撤销了开除公职令，准备开始大干一场的时候不是？这种时候，家里出乱子可是不妙。现在是民主主义时代了嘛。我是看准了这个时机才鼓动神户谷的，可阿惠也是知道这些才故意抱怨的，她是嫌贺礼中的红包太少了。头儿也太抠门儿。听神户谷说，好像'连头儿都慌神了'。"

如果是这样，我就应该是在这出结婚剧的最后一场才出场的。可是，孙清的话，我也实在是懒得再听下去了，就像宣布到此为止似的说："所以才有今天的仪式啊。"

"就是，因为是仪式，所以就需要有人在场啊。"孙清说完就不做声了。很显然，他不高兴了。回头看看自己的行为，也许他认为自己为楠家作出了不可磨灭的贡献呢。我推测，在他心底，或许有一种希望楠家陷入无法收拾的残局中的心

---

① 在日本人的肢体语言习惯中，小指意指情人。

情吧。

"我下个礼拜要去农村实地调查，得离开东京一个月，我是想跟石山治荣打个招呼。"我对自己偶然参加仪式的缘由做了说明。

"实地调查？经济学部还要做这样的调查？"孙清的神态表明，他不相信我的话。我想，他没准儿还用中野学校毕业生神户谷这样的人调查我的行动了呢。

"是啊，现在和大哥那时候不一样了，时兴实地调查呢。主题是农田解放给生产结构带来了什么变化。不过这个题目我没对头儿说。"我把准备回答父亲的说明稍加改动，对孙清说。

孙清回去后，我反复回想仪式的情景，想，自己竟是身处这样的现实中间。尽管我对自己已经逃脱出来确信不疑。

那时，我以为自己的胸膛里吸满了自由的空气，它和时代的气息融为一体。张贴传单、在街上竖起红旗进行演讲，就足够让我开心了。对我来说，能和同学争论问题的会议，是最令我感到快乐的聚会了，虽然被称为"共产党情报局"①的共产主义势力国际组织公然批评日本共产党的和平路线后，党内开始分裂，大学里的争论也渐渐变得激烈起来。

我打算写一篇关于这一时期革命势力情况的文章，在报纸上澄清一下以被命名为"所感派"的德田球一总书记为核心的一部分人巴结"共产党情报局"和北京组织，使得以被称为"国际派"的中央委员宫本显治为精神支撑的我们这些人反而受到国际组织的孤立的过程，这样，文章就不免变得琐碎和认死理儿。

这种倾向，即便是要写父亲传记的现在，也依旧存在。这或许是因为我这一生中热衷并为之奋斗的东西空前绝后、只有这一个运动的缘故。尽管直到后来，我接受楠家的一个公司，想把生意发展到全国去的时候，也是相当认真的。

在党内对立愈演愈烈的过程中，一年以前，东京大学的共产党组织就已经在德田球一总书记的命令下，从直属的东京都委员会解散了。对拒不听从命令、欲与党中央战斗到底的大学党组织，党的机关报《红旗》在5月中旬连续三天刊登

---

① Communist Information Bureau，负责苏联等九个欧洲国家间的联络和情报交换。1947年成立，1956年解散。

了《关于毒害学生党员的派系阴谋家》的评论。最后一天的评论中，居然举出了
我的名字："其中，有个横濑郁夫，此人曾经受右翼团体黑龙会头目、臭名昭著
的反动政治家楠次郎之命，意欲破坏埼京电铁的党组织。"意在说明，希望大家
明白这是个什么性质的组织。

　　然而，我认为，东京都委员会过于性急了。点出全国学联干部的名字进行批
判，反而会让学生更加团结，而我连干部都不是，我的问题就更是次要问题了。
因此，我受到的伤害虽然很深，却仍能照样在校内继续党的活动。我觉得，我必
须以更为献身的活动，来证明我的清白。

　　那年9月的反对清洗赤色分子的斗争中，校方为不让来东京大学参加集会的
外校学生进门，关闭了正门，我们就用做标语牌时的铁锤砸开了锁；12月8日的
反战集会上，我还代替忙于党内斗争的干部，组织了这次集会，并去宫本府上请
来宫本百合子作演讲，她的出席使集会气氛空前高涨。

　　可是，由于我作的垫场演讲与取缔违反波茨坦政令活动的三百二十五号令有
抵触之嫌，随时有被下令逮捕的危险，所以，"国际派"的高层机构下达了指令：
"在以后接到联络之前，不要在家中或公开集会上露面，去城北地区继续活动。"

　　城北地区有很多文化人，我老早以前就开始负责大学和这一带。我在一个姓
朴的在日朝鲜人经营的烤肉店三楼借了一间房，决定在危险消除之前，以此处为
据点，继续活动。

　　晚上，我用带来的誊写板撰写面向自由劳动者、定点经营的中小企业的工人
和文化人组织的宣传反战的檄文和宣传国际形势的传单时，楼下刚好飘来烤肉的
香味。我还听得见繁华街路的喧嚣，时而在高远空旷的夜里像远去的涛声一样，
渐渐低落下去，也听得见醉鬼们扯着破锣嗓子唱起军歌或革命歌曲，和夹杂在其
中的小提琴的哀怨。

　　不久，这些声音都静了下去，不想，我的视野中却又浮现出了还在熊熊燃烧
的六庄馆的模样，宛若一座城堡。这座此前没有嫌恶之情不得见的城堡，如今已
经彻底成为过去。那是一座绿树成荫的岛，一座睥睨繁华的城，里面还有石山治
蕃、西村惠、孙清、善子们在蠢动，楠次郎盘腿坐在这些人中间，就像一个发黑
的肉瘤。

我很喜欢烤肉店这个姓朴的店主。他出生在平壤，是和他那不容分说被宪兵带到日本来的父亲一起来的，三十出头，人高马大。一说到朝鲜战争，他就情绪激昂，言必称北朝鲜必胜。

"就算帝国主义那群家伙暂时占了优势，可人家打惯了游击战啊。"说完，他还低声哼起了革命歌曲。就是这个姓朴的店主，和自由劳动者、我所属的党组织的核心郡山弘史，给了我很大帮助。郡山是个诗人，三年前听信了德田球一突然提出的"九月革命说"，变卖了仙台的宅地，夫妇一起来到了东京。

和这样的人在一起，我感到了一种自由，这完全不同于在大学里。在楠家时，大学对我来说就是解放区的感觉，可身处喧闹中的烤肉店，我却觉着，大学就像是一个知识竞技场。我在城北地区见到的人都比我年长，但谁都没想着要领导日本、要鹤立鸡群，他们的基准只是自己的生活是否能说得过去，他们的行动都在自然生活的延长线上。

到了3月，被下令逮捕的危险一消除，我就成了《新日本文学》杂志的编辑人员。以前也是以东京大学文化活动负责人的身份去帮忙的，但对已经大学毕业、没有了学生身份的我来说，尽管没有工资，但能成为正式成员，我也觉得心有所属。

不久，我学生时代就加入了的组织因党的统一而解散了，每个人都得作自我批评才能回到党内，可我没有服从这个决定。一方面，我有一种自认败北的心情，另一方面，我也被这样一种情绪炙烤着：如果把我当做间谍的组织不洗清我是黑龙会头目的儿子之类的伪装经历，我就不回去。

回想起来，我那会儿真是比现在较真儿多了。我的独立，是否定父亲生活方式的独立，是为了入党，但在我的意识中，利害得失的原理是无法在现实中运用的。即便在形式上我似乎是失败了，可我拒绝通过在公开场合自我批评的方式和党融为一体、认为只要逐渐将路线纳入正轨就行这种现实的、"政治的"判断。

现在，我想，当时我也许只是不想成为一个大人罢了，我唯一可以说清楚的就是，我没有比那会儿活得更认真的时候了。

我开始到事务所上班了。事务所就建在空袭的废墟上，离新宿站步行大约七八分钟。木制二层楼的一楼是新日本文学事务所，二楼是因出版《倾听海神之声》①而获得资金的通称"海神会"的组织用作推进学生和平运动本部的事务所。

城北地区还有和我一样拒绝回到党内的人。自由劳动者郡山、新日本文学会会员、文艺评论家、雕刻家、画家秋田雨雀领导的剧团的研修生、住在被称作池袋蒙帕纳斯②一带的几位艺术家就是这样的人。姓朴的店主不是党员，所以不在之列。

我一周必须和他们见一次面，就其后的共产党的动向和他们交换信息，商量今后的行动。

然而，我的这种生活只持续了一个月左右。十六名东京大学学生，和我一样触犯了波茨坦政令，遭到了逮捕，甚至还被送上了军事法庭。此前，刚刚发生声援在东京都知事选举中成为候补的哲学系革新派无党派人士出隆教授的活动，我却无法为了他们的救援活动在新日本文学会以及城北地区露面了。

斗争持续了七十天，结果，有十三名学生免予起诉，被送上军事法庭的三个学生也获得缓刑，被释放了。然而，为将此次斗争的记录以单行本的形式出版，我决定举办一次以国文系出身、已成为知名评论家的学长们为核心的集训。

书名我都定好了，就把救援活动小册子的标题原封拿来，叫《告吾友》。写完后，时隔四个月回到城北地区时，老朴从店里出来，说："横濑君，你可瘦了啊，哪儿不舒服吗?"

"没有，不可能啊，我意气可是高涨着呢!"我来回摸着下巴答道，心里却对他的话难以释怀。

从开春时起，一到晚上，我就会咳嗽，就像感冒久治不愈一样。再有，参加《告吾友》的执笔，使我痛感到自己文笔太差。写着写着，文思就从四面八方喷涌而出，搞得不知道谁什么时候在哪儿做了什么了，起承转接也都乱了。丧失了自信，再加上健康上的不安，使我心情不振。

时隔四个月，城北地区的组织事实上已经垮掉了。而且，大学的细胞在形式

① 收有二战时期七十五名死于战场的学生兵的日记、手记、书简的遗稿集，1949年出版。

② Montparnasse，巴黎市南部的一个地区，一战后，艺术家们从北部的门马尔特尔移居于此，使此地成为美术、文艺中心。

上所属的文京地区委员会以及大学原来的同志们，分别来到各自的同伴中间，采取各个击破的方法，每周都会传话来，要我们尽早解散组织、尽快回到党内。

我下定决心，召集来郡山弘史等数名活动家，提议遵照上面的指示，解散组织。大家都沉默了一阵子，却没有人主张和党内那些有失公正的领导人斗争到底。

良久，郡山问道："那，横濑君怎么办？"

"我回不了党内。我倒是想过，可是，我不能写自我批评书吧。"说着，一股懊悔的心情涌上心头。幸好，一阵剧烈的咳嗽，掩盖了快要流出的眼泪。

我无处可去，就又回到了麻布我那网球场边上的小屋里。从明天起，我可去的地方，也就只有新宿的新日本文学会的事务所了。我呆呆地想，我已经毕业了，为将来的生活计，还是应该参加教师资格考试才。

也许是因为点了煤气炉，温度有了变化，我又剧烈地咳嗽起来。喉咙深处顶上来一股热乎乎的东西，我急忙到厕所去吐，便池顿时给染得通红，血里包着细小的气泡，扑扑地跳着。我看着，想，这是什么啊，这时喉咙深处又一股东西顶上来，红色的气泡就又落了一便池。于是，惊讶就一点点变成了一个念头：坏了。

25

疗养院建在八岳东侧山麓缓缓延伸的斜坡上。病房共有四栋，此外还另有手术室、诊察室、事务管理栋，再加上食堂、谈话室、图书馆，从附近的川上村和海口牧场望去，俨然是一座偌大的城堡。

父亲的主治医生是东京邮电医院的主任，所以我才得以以原邮电省干部相关者的身份，住到这所八岳疗养院里来。

为阻止咯血不止、急剧衰弱的病情继续恶化，我最终依靠了父亲的"关系"。这虽然可以说是一种紧急措施，但我还是感到了败北的苦涩。

邮电医院呼吸器科的医生提议，使用链霉素治疗，这种药当时还只是在占领军中间使用。"目前还没有临床病例，据说也有副作用，好像会引起听觉障碍。如果是以临床试验的名义，也许还能搞到手。怎么样？"医生征求我的意见道。

我则回答说："拜托您了！不管怎么说，咯血不止住，就什么都谈不上。"

看医生深深点头的样子，我知道，他似乎也正想用用看呢。

这种新药的疗效是戏剧性的。注射的第三天，咯血就止住了，吐出的痰不再是红颜色的了。距离第一次恶化已经三个月过去了，病情基本上稳定下来的时候，医生说："好像疗效还不错啊，真是感谢神灵保佑啊。不过，眼下还不能过正常人的生活，你心里要有个数儿。"说完，他建议我找个空气好一些的疗养院，进行长期疗养。

当时还没有修公路，所以，我们一大早从麻布出发，花了一整天的时间，才抵达长野县八岳疗养院。当然，这也是为了照顾身体的状况。看到在山麓快速蔓延的黄昏景色时，我感到，那种失败感正一点一点徐缓地渗进落叶的树林。

那是一片落叶松林，四周只剩下一望无际的枝干。在勉强能跑一辆车的路上，我们的车左弯右拐的，继续前行。这里好像两三天前下了场大雪，道路以外的地方白茫茫一片，薄暮渐渐降临树间，只有远处八岳的群峰，在斜阳的照射下，闪着炫目的银白。不久，在林子尽头，就出现了一座红瓦白墙的建筑，宛若一座城堡。疗养院入口处的大房间上方，是镶着时钟的塔楼。

大门在平淡无奇的门廊深处。车子停下来的时候，迎接我的是一个熟悉的声音："一路辛苦了啊。"

是综合房地产公司总务部长神户谷。

"头儿很担心，让我先行一步，做好准备，所以我昨晚就来了。"他用大得出奇的声音说着，见我有些晕晕乎乎的，下车下得很慢，就伸出手来，想搀扶我。

我嘴上说着"谢谢谢谢，不要紧的"，可心里却不很痛快。

以前，山中疗养院这个词对我来说是极具魅力的。那里应该是远离一旦意见分歧就立刻视对方为阶级敌人、被痛骂为宗派主义者、托洛茨基分子的党内斗争的地方，也是远离土崩瓦解的楠家男女争执漩涡的地方。因此，意外出现的神户谷，便有些世俗对我的追捕者的味道了。

我掩饰着不快的表情，说："让您特意跑来，心里真是过意不去，那您……"下半句我没有说出来——以后怎么打算？

"啊，我把恭次君介绍给院长和护士以后，就借这辆车回去。我也正忙着呢。"神户回答。

我心里一块石头落地。这时，他站到我面前，说："单间老是空不出来。恭次君是十七号病房。"

听他这么一说，我缓缓地迈出脚步。我听得见房间里传出的混杂着气喘的剧烈咳嗽。过了一段时间，我才知道，单间空出来，就意味着住在那里的重症患者死了。

神户谷带我见了院长，一个红脸膛、大高个的男人。他说出我父亲的名字，把负责为我治疗的医生叫到了他的房间里。门外响起拖鞋的声音时，脖子上挂着听诊器的外川医生就出现了，他瘦高瘦高的，看上去三十四五岁的样子。他一边看着我的病例，一边问道："楠先生打了一个疗程的链霉素，没什么副作用吗？"听我说没有，他又不知是对我还是对院长说："那，是不是还要打一个疗程，我和东京那边商量好了再决定吧。"

神户谷立刻插嘴道："那就拜托您了。这是头儿最疼爱的公子了。"

院长接过话去，说："放心吧。又劳您费心了，请代我问候先生。"

外川医生一副对神户谷和院长的对话毫不介意的样子，告诉我说："看看结果，如果病情完全控制住了，咱们再探讨，病灶摘除、肺叶切除、成形手术、人工气胸……有很多办法可以选择呢。"看得出，这话也是对院长和神户谷说的。

"要在这儿住多久？"我壮着胆子在神户谷面前问了一句。我也是想告诉他们，我巴不得在这八岳山麓隐居下去呢。

"这可说不好，要看病情了，不过，就按年为单位打算吧。"外川医生说。

院长不知道我的心思，还安慰我说："像您这样，能自己走路，谈论一下住院时间的，已经算是很幸运的患者了。"

神户谷回去、我在自己的病房安顿下来时，外面已经黑天了。没有食欲。远处山脚的方向像是有一些嘈嘈杂杂的声音，那也许是我以前度过的时光吧。依旧是呻吟、咳嗽的声音，时不时还有带轮子的重物碾过走廊的声音。

我站起身，从窗户向外眺望，看到门口大厅的方向灯火通明。那里紧挨着轻症患者在必须老老实实睡觉的安静时间外聊天说话、下围棋象棋的地方。我也被告知，如果检查结果说痰和唾液里没有结核菌，我也可以去食堂吃饭，去谈话室消遣。

　　换一个新地方，不习惯，大脑兴奋，睡不着觉。我陷入一种没来由的惭愧之中。我想，有什么可不好意思的？不管怎么说，这么活着本身就是可耻的。这么一想，我却更想活下去了。

　　我一直以为，以前是与楠家人拉开了一段距离来看待他们的。我自幼失去父母，是下落合的阿樱把我养大的，战争中家人都为躲避空袭疏散到地方的时候，我和父亲留在麻布的家里，即使战争结束后，我也只在下落合住了一年，就离开了回到沓挂的阿樱，一直住在生了三个孩子、占据了事实妻子宝座的石山治荣家旁边的小屋里。

　　睡觉的时候我想，觉得也许正是这样的境遇，给了我沉思度日的生活态度。上了大学以后，我脱离了原来的生活方式，这其中有家道的中落，有战败导致的国家体制的骤变，有连天皇都宣布自己是"人"了、可社会世道的本质却没有改变的矛盾及由此衍生的混乱，还有对那些一夜之间就摇身一变成为"民主主义者"的大人们的肤浅、卑劣和没有操守的厌恶，这些因素掺杂在一起，我才在政治活动的诱惑下一发不可收拾。

　　然而，与这种想法接踵而来的，是浮上我心头的耻辱感——这种想法本身，就是我把自己当做领袖的证据。

　　在我这种想法的深处，则有一种出身不明的不安时隐时现，宛若幽暗的光影。这种不安的感觉——我其实是楠次郎的儿子，而不是因恶性感冒于昭和四年相继去世的次郎的弟弟广田裕三郎和青山莲的孩子——在到这里来以后变得越来越强烈了，可是，想想看，它又似乎从一开始就存在于心里的什么地方了。户籍和出身的家系同世上其他的约定一样，不过是暂时的，所以，只有我就是我的事实才是靠得住的现实。我越这样想，越觉得自己是不确定的存在。

　　想着想着，我不知什么时候好像又睡着了。醒过神来，发觉自己已经在御茶水站前，面向学生们和从医院、公司下班的人们进行着演讲。他们当中的很多人都是过了圣桥来到这里，我们举着红旗，从摆着小册子的折叠台子前经过，走向检票口，也有人直挤下了骏河台的坡，向古旧书店颇为集中的神田商店街走去。

　　我握着话筒喊道："各位，帝国主义者又要挑起战争。我国深受广岛、长崎原子弹之害，我们有资格呼吁，绝不可以再发动战争了。请各位在倡导禁止使用原子弹的斯德哥尔摩宣言上签字！"

我给自己鼓劲：自己说得没错。可是，说着没有错误的话，就有资格呼吁人们参加行动了吗？反倒是委身于自虐的漩涡来得更容易些。我心里开始动摇起来。

"各位，为了日本的独立与和平，为了富裕而光明的生活！"我眼前又浮现出在另外一个地方叫喊着的自己。

我脑子里响起一个声音，好像是在批评别人：不能用看似充实的语气表达空洞的语言。

"各位，信神和不信神的人们，让我们一起站起来，共同反对法西斯！"

这更不行了，首先，你体验过有信仰的苦恼和没有信仰的苦恼吗？你别在那儿胡说八道了！于是，我觉出羞红的脸火辣辣的。就这样，我醒了过来。

这些话都是以法国反德抵抗运动中阿拉贡的诗句为基础的。演讲时我喊口号一样说出的"我们绝不当杜鲁门①的雇佣军"这句话，因有与取缔反对占领军的言行的三二五号政令相抵触的嫌疑，而成了潜入地下的契机，也成了难忘的集会记忆。我曾以为，当时的我，已经进入到了权力因我使用的语言而受到撼动、政治行动也因此而受到组织的过程之中了。如今回首，过去的一切行动，仿佛都是无奈而轻薄的。

在耻辱感中回想起自己的活动时，也许是潜意识中想弥补自己行动的轻浮，我想起了池袋西口烤肉店店主朴先生叉腿站着说北朝鲜必胜时的高大身姿，也想起了相信德田球一关于九月革命可能性的断言、将家传酒馆的资产都捐给党、投奔到东京来的郡山弘史，他当时是城北地区领导人，是个被人称作"日工"的自由劳动者。他老婆也和他一起干活，说："他是个老实人，把自己弄得一无所有、身无分文，就到东京来了。"

虽然郡山的确是"老实人"，也很超然，但却并不让人觉得轻薄。如果没有他在，我真不知道作为组织人员该如何是好。他们的言论就是上级组织的传声筒，这一点有时候比我还严重，结果呢，就是被历史的浪涛打倒在地。尽管如

----

① Harry S truman，1884～1972年，美国第三十三任总统。

此，却并不轻薄。我翻来覆去地想，我到底是什么地方和他们不一样呢？现在我觉得，他们把我定为间谍，就是钻了我的轻薄这个空子。

走廊上响起两三个人匆忙的脚步声，跑过去以后又消失了。相反的方向又传来难过的"啊啊，啊，啊……"的声音。

由于痰里不带结核菌，我可以去食堂吃早饭。第一次去，就见到了大学时读法国文学专业的角泽，他曾是我们的同志，只是中途就没了踪影。

"这不是横濑君吗?! 你怎么啦？"他脸上满是念旧的表情，问道。我大吃一惊，如实作答，他对我说："我来这里也快一年半了。回头再聊啊，我挺想知道党内后来的事情的。"

他后半句的声音很小，说完，就又回到他刚才一直谈话的患者圈子里去了。我知道角泽在这儿很难了解外界的消息，但又摸不清他现在的思想究竟是什么立场，所以便没有跟他去。再说，我也没有资格向他报告党内的情况。

但是，饭后，我们还是在谈话室的长椅上并排坐下，仔细端详着对方，样子像极了在路上偶遇的两条狗，为了解对方的脾气互相嗅着气味。

"我退党了。这儿还有组织呢。"角泽说。

"我也是。我想也没必要再回去了。"我答道，觉得彼此间有了一种宽松的气氛。

"最后，什么都是枉然哪。"角泽的语气突然变得很疲弱，像是在跟什么无形的东西诀别，又像是无力的咳嗽。也许他是在说党内的混乱和全面讲和的主张都不如意吧。

"只要还有美国基地，就不会有独立。"我说。

角泽沉默良久，仿佛是要换个心情，告诉我说："就是啊。尾林夫人也住进来了，就是青踏派、搞法国文学那个尾林的母亲。"

尾林嫁给了著名的法国文学家，丈夫死后，她几乎每个月都要把相当于弟子的年轻学者和喜爱的学生招到家里开派对，她位于目黑的家一时间成了沙龙。我本科念的虽然是经济，但也在角泽的带领下去露过两次面。按角泽的说法，尾林夫人是因为与我们同样的病于两年前来到这家疗养院的，由于是老牛性结核，在这里干燥的空气和轻松的环境中，病情渐渐稳定下来，于是又开始发挥她的社交特长，很快就组织成了新的沙龙，其中有英国文学和德国文学的助教、副教授，有超现实主义画家，有上海流亡财阀，有外交官，还有钢琴调音大师，可谓人才济济。

"每周五晚饭后他们就聚在一起，当然，前提是病情允许、医生批准，如果可能，你能参加就好了。解闷儿呗。我跟尾林说说。"角泽说。我于是记起来，他在大学研究室里当了助教以后，因很照顾后辈学生而颇有人望。"还有短歌会呢，听说马上就要出蜡版油印的杂志了。短歌这东西，躺着不动也能作，所以重症患者也可以参加，只是，领头的高田美佐夫是日本浪漫派^①的，常和我争执。"角泽一副疗养院前辈的样子，告诉我很多事情，还教给我偷偷跑出疗养院的方法，以及在山脚下的城镇书店购买所需图书的方法。

我的病情很快好转，以至于医生都很吃惊。也许是链霉素的疗效太神奇了吧。我频繁地接受检查。起初，我还以为是神户谷作为父亲的代理委托医生进行的，很厌烦，但很快我就明白了，医生们如此关注，是因为他们要收集新药临床病例的数据。每一次都是从询问我"有没有耳朵听什么东西困难的感觉"开始，并会问到有无悸动、目眩、湿疹、便秘等症状。

一拍片子，发现以患处为中心向四周渗出的阴影已经不见了。

"可是，这几处病灶还明显存在，关键是怎么让它钙化掉。现在的状态只是不再发展了，而不是结核治愈了，"医生有一天给我泼冷水说，"反正也是得选择做什么样的手术不是？在这之前，如果病情有所好转，手术也会相应地调整为小手术。"

而当助手的年轻医生则率直地说了实话："楠先生是第一个使用链霉素的患者，我们想尽快得到临床病例。"

我深深地点点头，觉得自己起到了一种试验用小动物的作用。

第一次参加尾林夫人的聚会时，在聚集而来的人们面前，我提出了这个问题——"既然科学的发达对人类是好事情，那么人是否应该主动成为实验对象？"

---

① 文学流派之一，否定西方理性，倡导回归民族传统。

我觉得只是这样说也许会让人感到莫名其妙，应该举一个身边发生的例子，就告诉大家，自己在这家疗养院被当成了链霉素的第一号患者。我的提问，搞得聚来的八个人陷入一片沉默。我这个学生气十足的设问，对于正和疾病进行斗争的人们来说，是不是太没轻没重了？我心里慌乱起来。

我第一次参加就有如此大胆的发言，也是因为我想超越一直以来光热衷于运动、缺乏学习的自卑感。然而，我能鼓起勇气的最大原因，还是因为尾林夫人一边叫着"啊呀，你来得太好了"，一边张开双臂欢迎我。大家都笑了。对一个都认为得了死病进来的人说"你来得太好了"，这种说法本身听上去就是一个近乎黑色幽默的幽默。而且，说这话的是尾林一枝，就更加可以原谅了。在每天掐着指头算计死前的日子的人们中间，她的存在，即便是幻影，也仿佛就是明亮的太阳了。

另外，在这里，不论说出什么样的意见，都不会被扣上"小资式的观望"、"左翼幼稚病"之类的帽子，也许正是这种奇妙的解放感，才让我这样口无遮拦吧。这个沙龙里，既没有党组织，也没有楠次郎及其代理人神户谷。

"这种事由于情况各种各样，所以不应该像楠君的问题那样将其一般化。美国在广岛和长崎扔原子弹，试验了原子弹的威力，这是不可饶恕的，可你要说结果不是避免了本土决战吗，那可就是事后的诡辩了。"教英国文学的野中教授说。

"问题必须解决。楠君的提问是要提起这样一个问题，就是，进步主义有多少妥善性？"小个头、圆圆脸的搞德国文学的星村说着，把寻求同意的目光投给我。

角泽告诉过我，下川是个宗教学科的学生，眼下正钻研印度哲学。他说："大家都是一概而论了，可是，对我们这些有着难以治愈的疾病的人来说，新药的发明难道不是好消息吗？如果有希望恢复健康，我倒是想讴歌这个进步呢，这不是当然的吗？"

角泽于是插科打诨地说："你这是朴素实感论嘛。"

可下川却摆摆手，一副不予理睬的态度。

讨论的话题不断地变换着，谈到中国共产主义的胜利原因时，身穿只有中国男性才穿的长衫、留一撮小胡子的周先生提出了要求："进步主义也好，共产主义也罢，都是大海波涛一样的东西，下面那几十倍的水层根本没有动，要两百年才能变呢，所以，请各位仔细观察中国的动向，以免出错。"周先生是上海财阀的后代，为逃避中国革命才到日本来的。众人又一次陷入沉默。两百年这个数字太难计算了。周先生已经六十岁了。

歌人高田是个上了点年纪的男子，一头白发，有点刻板。"有道是歌唱生命，不论健康状况如何，只要心灵充实，所谓科学技术的进步，也同自然现象一样，应该坦然接受。"他一边用手捋着白发，一边说。话音一落，沙龙的空气便为之一变。

"你就是以这种态度把战争也看做是自然现象，吟咏你那优美的和歌的吧。结果呢，那么多学生走上战场，死了。你考虑过保田与重郎的责任有多大吗？！"角泽用食指指着高田质问道。这对我来说真是久违了的情景。况且这就是我直到不久以前还在坚持的理论。

"我并不认为那场战争有什么不好。"面对角泽的指责，高田昂首挺胸地说道。

于是，头上毛发稀疏的野中和圆脸的星村等两三个人，你一言我一语，或批评或讥讽地说："可到底还不是战败了？""战争可是日本发起的哟！""对高田君来说，天皇所做的事情都是正确的是不是？短歌就是皇室的玩意儿嘛。"

高田这下现出难过的表情，说："也有一种战争，明知道会打败也得打啊。"

"幻灭的美学可不是那样的哦，你这可是偷换美学和感伤主义的概念啊。"野中插进角泽和高田的争论中，说道。

就在这时，突然，尾林一枝语惊四座："高田先生，我是个共产主义者。"此前，她一直笑眯眯地听他们讨论来着。她继续说道："那场战争是错误的。在帝国主义战争中，战败方就是不好。如果日本女性有参政权，就不会发生战争的。我一直为妇女解放而斗争，治安警察法第五条中，把女子和未成年者相提并论，别说加入政党，就连听演讲都在被禁之列，这种社会现实决不能说是自然的形态。"说到这儿，尾林夫人环视了一下四周，脸上浮起孩子般无邪的微笑。

"我是完成了任务，才来到这里的。妇女已经有参政权了嘛。不过，大家以后要做的事情还有很多呢。我不知道这个时代会不会变好，可我希望你们趁着在这儿疗养，为心灵补充足够的营养，高田要多写些好和歌，野中是搞莎士比亚的吧，角泽研究拉伯雷……"说到这儿，她就把目光转向了我。

我比角泽小两岁，在这个圈子里算是最年轻的了，对今后要做什么心里还没有谱，于是就说："我还没有任何计划呢。"说完，我感到，这是我进入疗养院以来，第一次和一无所有、赤裸裸的自己正面交锋。即便是对职业的选择，也是茫茫然没有一点想法。在六庄馆的父亲曾经在我上大学时说过让我当几年公务员也好之类的话，可是，有了一段共产党员的活动经历，又饱受挫折之后，对我来说，这种选择几乎就是不可能的了。

"我已经脱离了家庭，是自由的。"说完这句话，我的心情才好了一些，便接着用一句"我想在这儿尽量多读些书，请多加关照"代替了寒暄，总算蒙混过关了。

第二天上午，我和角泽一起去附近的树林里散了散步。风很凉，但天儿还算暖和。也许是心情的关系，落叶松的芽苞好像都有点儿拱出来了。这一带比轻井泽海拔要高一些，据说，怎么也得再等两个月才能见到新绿呢。

"的确，医学的进步能给人以希望啊。你昨天提出的问题真是太好了，我觉得，大家都对你很有好感。"角泽鼓励我说。

"尾林夫人说她是共产主义者……"我试探着问道。我是想了解一下她昨天发言的真意。虽然是在疗养院里，可她却总是穿着深蓝色的捻线绸和服，把不带花纹图案的带子束得高高的，看上去似乎是受到了疗养院的特别待遇，让人觉得即便她说的是真的，也是一个贵族式的共产主义者。

"嗯，我知道得也不太确切，不过，对她来说，如果她觉得自己是共产主义者，那就不需要什么党啊组织啊什么的。她死去的丈夫的哥哥好像原来是内务省出身的政友会领导人，听说，这所疗养院就是在他的斡旋下建成的，所以她就成了终身入住患者了。"角泽不愧是爱管闲事的人，对尾林夫人的来路知道得如此详细。接着，他又补充道："她深信自己是一个共产主义者。这用上海财阀周先生的话来说，是大海表面的波涛一样的共产主义者，可她自己没有这种自觉。不过，基督教不是有无教会派吗？虽然有些不同，但她可以被认为是无党派共产主义者吧。她要是参加政治活动，也许就立马会成为宗派主义者吧。"角泽的语气有点揶揄的味道，或许，他意识到，自己曾经认真参与的党内斗争也是如此的缘故吧。然而，不管怎么说，我还是认为，以尾林夫人为核心的这个沙龙的存在，足以证明这所海拔超过千米的八岳疗养院是远离尘嚣的世外桃源。

走着走着，鸟儿们一齐尖厉地叫着，从落叶松下扑棱棱飞走了。角泽也喘着粗气，停住了脚步。

"你的病怎么样了？"我担心地问。

"你昨天说的动物试验的事，也适合我呀。"他用一只胳膊撑在落叶松林里随处生长的白桦树树干上，喘口气，告诉我说，他接受了一种手术，植入用动物质材料制成的乒乓球模样的东西，来控制结核菌的活动，可是，出现了身体排斥异物的症状，结果这种疗法以失败告终。

"后来我了解到，接受手术的时候，我是第三十三个，进行得顺利的，算上我也不过七八个人。"角泽的语调活像播报大米收成的播音员。"病人这种东西啊，很奇怪的，只有自己得救的时候，才会有那种成功了、胜利了的想法。可以把它认为是战胜疾病的意思，可又不完全是。至少，我这个凡夫俗子是这样，有一种我战胜了活到昨天的病友的心情掺杂在其中。相反，对那些因为接受了自己没有接受的新技术、新药而恢复了健康的人，总是心怀嫉妒。当然了，你还没出结果呢，还没人会嫉妒你。"角泽直率地说。

"从这个角度说，我还是个'新生'啊。"我答道。我的身体还没有挨过手术刀。也许，作为一个病人，身上挨得手术刀越多，资格就越高吧。照此推下去，离死亡越近的患者，也就越了不起了。

"哎，对了，你昨天说你要开始学习了，真是难得啊。"角泽改变了话题。他大概也是不想让话题太过具体、太过深刻吧。即便在昨天的沙龙上，因为大家认真谈论的都是不治之症啊死亡啊什么的，所以，人们也都巧妙地回避着这样不得不正面接触的话题。

被他问到将来的计划，我很感为难。我很清楚，自己定不下方向，是因为对理论性东西的虚无感越来越强的缘故。虽然我对文学的兴趣有所增强，但在新日本文学会时接触到那些了不起的作家、评论家，阅读、校对过他们的原稿，这足以让我对文学丧失自信，望而却步了。

　　"啊，文学呗。我上高中以前净作短歌了，对社会主义现实主义不太了解。"
我回答。

　　听我这么说，角泽探起身子，向我推荐道："要是这样的话，你不如加入高
田他们的圈子呢，他在短歌界现在也相当不得了呢。"

　　"可是，他的政治见解太过分了，我会和他发生冲突的。"我很抵触地说。

　　其实，我是害怕，也不知道为什么。我经角泽介绍在沙龙上露面寒暄时，我
分明看见满头白发的高田的脸上写满了惊诧。这些我无法对角泽说起，便极力解
释说，高田虽然是短歌权威，但和自己政治立场不同，自己退了党，却并不想
反共。

　　"这我知道，我也是一样。不过，你不是要用日语创作吗？那也没有必要从
内心里否定短歌之类的东西啊。"角泽说。

　　"等等吧。"我难得说话如此强硬，"有道是稻草人救火——自身难保不是？
传统魔力之强大，我在新日本文学当编辑时就感觉到了。虽然我在那里待得并不
是太久，但我知道，能把传统吃透、再化作自己的血肉，可不是谁都做得来的，
得有中野重治、大冈升平那样的力量才行呢。"

　　"那倒是啊，可是，不入虎穴，焉得虎子啊，你要老是敬而远之，怎么把传
统化作自己的血肉啊？"角泽用古老的比喻反驳我，又叮嘱道："先把马克思忘了
吧，不过也没有必要成为反共主义。"

　　那天的谈话就这么结束了，我却没有必要开始行动，因为，高田美佐夫拿着
一本短歌集，来看我了。

　　"我听说楠君小时候吟咏过短歌是吧？"他说。接着，他邀请道："你什么时
候来参加一下我们的聚会吧。现在没作也没关系，短歌这东西，也不是想作就作
得出来的。"

　　见我有些支吾，他又问："哦，对了，你母亲不是歌人吗？"

　　我只好回答说："唔，我不太了解……"

　　高田现出诧异的表情，我们之间便有一种奇怪的沉默弥漫开来。

26

我不得不做了一番解释——虽说不了解自己的母亲听起来有些可笑，但我的生父母在我三四岁的时候就相继去世了。我只知道我的父亲是现在户籍上的父亲的弟弟，但母亲的情况就不得而知了。

我一边对第一次面对面谈话的高田美佐夫讲着母亲和我的关系，一边还要提防着不能太坦白，然而，我却觉得，越是想让对方理解，我好像越是不了解母亲了。我字斟句酌地说着，甚至想到应该弄一份户口誊本，以确认事实并加以改正。异母兄弟孙清就曾经暗示过我，我的生身父亲不是楠次郎的弟弟、收我做养子的广田裕三郎，而是把我当孤儿收养并为我办了户口的楠次郎。以前，我一直认为，我已经离开楠家，对我来说，谁是生父都无所谓，我就是我，做人的价值也是由自己的责任决定的。

我对高田美佐夫的说明中，在把父亲的弟弟广田裕三郎说成是自己的生父这个地方，就已经把重要的部分省略掉了，但我并没有说谎，只是世上流通的真实和对我而言的真实之间有些出入而已。

我慢慢感到有些麻烦了。因为高田问我"你母亲不是歌人吗"，这无意中触及到了战败前我随意咏过短歌的过去，这是我人生阴暗的部分。

我想起了阿樱得知我无师自通创作短歌时直勾勾盯住我看的表情，又想起阿樱对滋贺县的那个尼姑用近乎汇报的口吻说"托您的福，这孩子现在十分健康。……也不知道他跟谁学的，最近开始作起短歌来了呢"时，对方惊愕得瞪大了眼睛。这两幅画面已经深藏在我记忆里了，是高田美佐夫的问话让我重又把它们从记忆中取了出来。

但是，既然我作短歌是如此令人吃惊的事情，那么，我写出那首把美军总司令麦克阿瑟将军的名字也用上了的滑稽和歌时，楠次郎干吗还那么高兴，甚至由此受到启发，向国会议员和经济界同仁征集激扬斗志的短歌、俳句呢？楠次郎一直反对近卫文麿和军部沆瀣一气的辅弼政治，甚至为此和长年的盟友永井柳太郎都反了目，他是为了在人们都认定日本必胜的时候挽回政府的信用而利用了儿子的游戏之作？就算因为他是个政治家，这种事情不足为奇，但这也太缺神经了不是？

楠次郎把六庄馆作为迎接来自大东亚共荣圈的宾客的设施提供给近卫的后任东条英机，应该就已经挽回了政府的信任。只是，楠次郎有得意忘形的毛病，随着和以前讨厌的军人们的交往大大增多，关于短歌的事情大概早就甩到脑后去了。

在八岳山麓疗养院这样的地方重新回想一下，就感到，楠次郎虽然在事业的利害得失上是个细心且大胆果断的行动者，但在精神的贵贱感觉上，则颇多动摇和暧昧。因此，短歌对于他来说，也许从一开始就是意识圈外的东西，于是，即使听说我在吟咏短歌，也没有感到什么意外。而这对我来说，反倒是保障了我的自由。大正初期，女记者在日本可谓凤毛麟角，阿樱就曾是那个时期活跃的女记者之一。被这样的人养大，对我来说，在养成独立思考问题的习惯这个方面可以说是得天独厚的。尽管在得知我无师自通创作短歌时她似乎很吃惊，但她很快就开始鼓励我了。

高田问我："短歌是谁教你的？"

我只好回答说："啊，我倒是听了语文老师的意见。"

他不认可我的回答，我想避开他的追问，就反过来问他："高田先生为什么认为我的母亲是写短歌的呢？"

他用手指捋着他的白发——这也许是他在话题进入关键部分时的习惯——说："昨天，在尾林夫人的沙龙上见到你时我就吃了一惊。太像了，你跟我认识的一个女歌人长得太像了。她人长得漂亮，更难得的是她的短歌非常有才气，也很犀利。"

"哦，哦哦。"我应道。这么说也许很奇怪，但这声音里却包含着要奋然而起、接受挑战的意味。我想，它是源自这样的心理：我是阿樱一手养大的，在上中学之前一直以为她就是我的生母，而空袭之后，我又是在和石山治荣一家人共同起居的环境中生活的，所以，不论出现一个什么样的生母，我都不会感到惊讶或感激。

"啊，也有时候是毫无关系的人偶然相似，那就没什么了。"不知为什么，高田现出一副很后悔说到女歌人、要鸣金收兵的样子。

"现在她也是先生的弟子，或是参加歌会什么的吗？"情形变得很微妙，我开始追讨了。

"噢，不是不是，出第一本短歌集时，我经人介绍见过一面，后来，偶尔参加过我们的歌会。"高田有些含糊其辞。我于是私下里猜测，他和那女歌人之间发生过很多事情，也有心理上的过往。

"那人叫什么名字？"我瞥了一眼他放在床铺旁小桌上的短歌集，问道。

他说出"平松佐智子"这个名字后，就把小桌上的书推给我，说："我这不是把平松的短歌集给你拿来了吗，你读读吧。"

这是一本B6开本的书，装潢很朴素。我看到封面上印着"静夜 平松佐智子"。

"这个名字是她的真名，还是笔名？"

对我的这个问题，高田又是捋着他长长的白发淡淡地回答我的："啊呀，这可就不好说了，我只是管她叫平松来着。"

我想，也许就是这么简单。也许只是因为她年轻，又有着引人注意的美貌，出现在歌会上时，颇受注目而已。这个姓平松的女人是否成了他的弟子，不久就会搞清楚的。于是，我从容地看着高田，说："谢谢，那我就拜读一下吧。不管怎么说，这本歌集的作者没准儿是我母亲呢。"

"如果方便，不妨到我的歌会上露个面啊。倒不是水平有多高，不过有一两个人还挺不错的。"说完，他就站起了身。

我问了他歌会的时间和地点，送走了他。

他一走，我就翻开了那本《静夜》。

是高田写的序："我不知道平松佐智子是在什么样的环境下开始作短歌的，但她最初变成铅字的作品，似乎是昭和初期受吉井勇的影响给《昴》杂志的投稿。然而，此后，她却既不发表作品，也不参加结社，只是将短歌作为人生的心灵支撑来创作的。因此，短歌世界的变化之类的事情并不在她的关心之列。战争在她心灵的镜面上只投下了极为稀疏的影子，这足以证明，她活得很孤独。正是这一点，使她的这本歌集显示出了少有的纯粹。我认为，她作品的犀利和虚幻也正在于此。"

序文在这样的解说中起笔，写了很长。在中间部分，可以看到这样的文字："读了她的作品，我认为，她的作品首先是她对自己决不撒谎的洁癖人生的佐证，同时也是为承认这种生活方式而投向自己的利剑。这可以说是她的美学，虽苛刻，却又在根底里埋藏着渴望。"尽管他一再辩解，但在我看来，这明摆着是心灵相通的师生关系才写得出的。

然而，高田美佐夫和平松佐智子之间，应该是没有谈到过她生过孩子的话题。我想，我和她长得像只是单纯的偶然，二人之间没有血缘关系的可能性比较大。

序文在接近结尾的地方谈及她对世事的不关心："这令我想起了一心埋头于《破戒》的创作、而不知日俄战争发生的岛崎藤村。"

读到这儿，我的想象中浮现出了一个生活在深山幽谷的寺院里的女人的身影。

接着，我又看了看目录。我看到，在白菊、镜中、雁来红、夜之苑四部的第一部白菊中，第四段的标题为"吾子"。翻开一看，第一首短歌便是：

宛若张口言请听吾子诉衷怀　木兰绽向天

接着还有：

秋日朗空下　恍若吾子自天降　秋千轻摇荡

我想知道这首短歌是什么时候作的，便慌忙翻开高田的序文，看到序文的日期是昭和二十八年5月5日，并通过再次确认序文里说到的"这本歌集选自平松这二十五年间写下的数千首作品"这句话，推测出白菊的部分大约为昭和三年以后的数年间所作。这相当于我两岁到七八岁前后。

"吾子"前面的第三段"白宝石"中，还有这样的作品：

无法再相信　　白宝石的一颗心　　决不再天真
　　爱尽全身心　　而今欺骗亦受尽　　爱深伤愈甚

　　可以认为，这表现的是被什么人——大概是心仪的男人——不可饶恕地背信弃义的情感。自己以身心相许地爱着，可是爱之深切却成了被欺骗之深切，这几乎是悲鸣一般的作品了。

　　我边读边想，也一定有写我的作品，便找起来。在第二部"镜中"快结束的"悲愿"一段中，我终于找到了：

　　伤心梦断肠　　本应与你同嬉戏　　为母怎能忘
　　该憎或该恼　　悲愈深兮情愈切　　吾儿应知晓

　　很明显，她有孩子。平松佐智子的短歌就是从歌集的这一段开始变得独立了，这一点连我都读出来了。我认为，这得归功于她能够把自己生离死别的儿子当做他者来吟咏这一点。她已经沐浴在和歌这种艺术的冷漠之中了。

　　我觉得，我还是应该向高田美佐夫打听一下平松佐智子的具体情况。命运在对面叩响了门扉，我总不能老是锁门不开啊。

　　正巧，在第二个月尾林夫人的沙龙上，搞英国文学的野中提出了"文学中的真实"的问题，搞德国文学的星村、钻研印度哲学的下川和高田之间展开了激烈的争论。

　　事情的起因，是自称和平主义者的野中说了一些话，引起了与会人员的不同反应。他说："在美苏对立的现实当中，一般认为，跟定一方就是现实主义，而保持中立则是理想主义，但是，现在是核时代，保持中立才是现实主义。"

　　在沙龙里，除去六十多岁的周先生和尾林夫人，已经成为教授的野中和歌人高田美佐夫年纪稍长，下川和星村三十多岁，我和角泽二十多岁，年纪尚轻。野中似乎只是想表达一下极为常识性的意见，但战争中一直信奉纳粹的星村却反驳道："所谓中立主义实际上就是跟着苏联跑。"

"那么按星村君的想法，马克思主义是理想主义，还是现实主义？"野中穷追不舍。

"那当然是理想主义啦，所以年轻人才感到它有魅力。"星村回答。

于是众人便你一句"纳粹也是理想主义喽"他一句"现在的年轻人可是很现实的哟"地说开了。这天，又是身穿黑色长衫的周先生，动着胡子说："毛泽东是现实主义者，甚至现实得令人生厌，不那样他就打不了胜仗。但另一方面，蒋介石却接近孙文的理想主义。"

角泽则用学生大会上的语调高喊："我反对！我有异议！"

"理想主义也好，现实主义也罢，"尾林夫人开口了，"没有从正面接触时代的决心是不行的。有这样一句诗，说'即使过于残酷，人也必须在命运中生存'，你们知道吗？"

让她这么一问，大家都静了下来。她说着，还咯咯咯地发出了少女般的笑声。

我注意到文学作品是有基于想象的真实的，可就在我要说出这个见解的时候，我碰到了高田美佐夫注视我的目光。平松佐智子的歌集中，就有想象、吟咏骨肉别离的作品。这些天，我每天晚上读一点《静夜》，再一次感受到，短歌这样的诗句，读者可以有各种各样的读解。虽然我对这一点早已有了充分的了解，但她的歌集中出现的孩子形象，却和我现在的苟且偷生正相反，一点点地成长为理想的青年了。

"轮回的思想也是依靠想象力才具有真实性的。"下川说。

我似乎是耽于自己的思考，而漏听了前面一两个人的发言。

争论又围绕着印度和佛教的轮回思想向四方扩散开去，很快，就又回到了到底是应该肯定还是应该否定科学的进步等老生常谈的话题，以及什么叫思想的人道主义等问题。

我身处这些争论之中，感到自己和学生时代已判若两人。我已经对下川和星村的挑衅性的见解无法立即做出反应，也无法像角泽那样高喊"我有异议"了，想要表达自己的意见时，心里又像是踩了刹车。什么"国际感觉"啊、"人道主义"啊、"和平主义"之类的词儿，我已经不会用了，就连发言的速度都慢了下来，只能一个词一个词选来选去之后再堆砌上去，弄得听的人直着急。

我自我安慰、自我激励地想，我原本就有这种倾向。然而，事实上，信仰共产主义之后的一段时间里，我是将世界一分为二、将意见只分对错两种的。

参加高田美佐夫的歌会时，自己变了的感觉便从相反的方向得到了证实——对吟咏和歌的人们的不合逻辑的谈话，我没有任何反感的情绪。也是由于我对短歌和国文学的历史不甚了解的缘故，我在这里多是沉默的。谈到国外的话题，我也无法以轻松的口吻说出"现在在社会主义波兰"啊"北欧的年轻人聚集在斯德哥尔摩"之类的话来。由于是在这种状态下读的平松佐智子的《静夜》，所以，我的迷惘困惑便仿佛掉进了另一个深渊。

与其说流淌在她歌集中的是浪漫的写实性，不如说是一种冲动。

> 畅己所欲言　豁出身家与性命　何惧累卵险
> 愚兮亦蠢兮　今日又遇几女子　泣泣一人寂

从这些作品中传达出这样的信息：她身处可以听到各种女性悲叹、诉说的位置，在倾听她们的哭诉和烦恼的过程中，她们的泪水就和她自己心里的泪水混杂在一起了。于是，可以想象，她可能是个尼姑，不仅如此，她还训诫那些女人们："要斗争！如果要忍气吞声，当初就不要讲出来！"尽管这种训诫主要是针对她自己的。

在歌会上露了露面，便发现了一些让我吃惊的事情。参加歌会的人中，有不同于尾林夫人沙龙的劳动工会相关人员，有以此证明残留的生命的重症年轻患者，还有在这家疗养院工作、在病人眼里令人目眩的医生和护士等，每次都有十四五个人，而他们中间的高田美佐夫，则始终面带微笑，显得十分温文和善。即使那个曾经是工会干部、因病来到这里（这点倒是和我很像）的参加者提出"短歌不是侍奉皇家的奴隶的韵律吗"之类的问题，高田也并没有生气。他郑重地回答道："小野十三郎这个诗人确实这样说过，但如果仔细读读他的东西就会发现，他也承认短歌或者说五七五的韵律作为日语旋律是十分强有力的。"

吟咏短歌的人们相对都比较沉闷，所以，在尾林夫人的沙龙上经常被湮没的高田的声音可以听得很清楚。虽然是关西方言，但中间混有独特的口音，大概就是他生长于斯的奈良话的特征吧。据说高田家祖辈都是当地的地主，还经营着特定邮政局，所以才有资格住进这家疗养院。

会员里有一个小伙子，短歌写得格外好。他的作品有些"紫杉派"韵味，和高田美佐夫的歌风相去甚远。他自称叫上原，歌会结束后便凑过来，说在池袋西口饮食街见过我。他曾经是全国邮电工会的活动家，当时曾多次拜访住在池袋要町的精通短歌的评论家。

"不过，由于党的分裂，他加入了新日本文学会，我也就不好去了。"他说。然后，他婉转地告诉我，他曾经属于共产党德田派。

"我原来在被迫解散的大学最基层来着，后来就离党了。"我解释道。还不到两年，先前的党员经历却像是很久很久以前的事情了。我怀着这种奇怪的感觉回顾过去，用一句老话进行了概括："啊，这就是所谓恩怨的彼岸吧。"

"楠君怎么不写和歌呢？"上原问。

我于是回答道："战败前我写过。现在虽然不像中野重治的《歌之别》里写的那样，但总觉得没心情。"这个回答，仿佛让我再一次认识到，自己已经与和歌无缘。

告别了上原后，我回到自己的病房，觉得读了平松佐智子的《静夜》，自己与和歌的无缘更是铁定无疑的了。她刚烈的歌风，似乎是在拒绝以轻佻之心接近短歌。

就这样，我在疗养院里一点点地扩大着和这里的人们的联系，渐渐适应着这里的生活。

随着时间一天天流逝，我越来越想从高田美佐夫那里更多更详细地了解平松佐智子的事情了。只是，我心里还有些犹豫，于是一个月就这样过去了。我参加的第二次歌会结束时，高田说下次的时间另行通知，并对表示惊讶的会员解释说，因为他要接受第二次胸廓整形手术。由于取出几根肋骨、通过压迫肺部抑制结核菌活动的野蛮疗法，高田美佐夫的第一次手术用了一年多的时间。

听了他的说明，人们一片叹息，一种不安也正扩散开来。患者们已俨然成了结核病治疗的专家，知道所谓补正手术意味着病情到了不可大意的地步。也许是感觉到了大家的伤感，高田安慰大家说："用和歌忘却疾病也是和歌的功德之一，虽然这么说显得有些嘴硬，但病床诗、病榻歌也的确很有魅力哟。面对死亡，也就是面对诗歌啊。"说完，慢慢起身，离席而去。

我想到高田也许就要死去，便感到一种恐惧正向自己袭来。如果他死了，连接我和平松佐智子的线索就断了。

就我而言，我并没有认为平松佐智子就是我的生身母亲而想见她，也并没有认为高田的手术不成功会令我很为难。即便是亲生母亲，也有可能我不想见她，而对方也未必就想见我。

自从作为学生党员在政治活动中失败以后，我体内就生出一种回避激昂的情绪。对此，我断定自己体内原本就缺乏感应激昂的要素。对真理啊、正义啊这类词语的疑问，也将这种回避激昂的情绪加以正当化了。然而，读了《静夜》，我接触到了一种与思想、意识形态无关的激昂。所以，我不是想见母亲，而是想会一会她歌集中表现出来的激昂。

我慢慢回到房间，又打开了歌集。这现在已经成了我每天必做的功课。

第四部"夜之苑"中有几首题为"忧闷"的作品。我的目光停在了下面这两首上。

人生路泥泞　不去只为神未请　晨来一觉醒
美丽与纯情　终将飘零散于风　心寂冷若冰

突然，一种直感让我如坐针毡——平松佐智子也许得上了致命的疾病。我急忙翻到看了很多遍的版权页。这本歌集出版近一年了，这样便可推断，这首短歌至少是一年半以前写的。

我于是急忙起身，快步向高田的病房走去。在颇为危险的补正手术之前，我想再跟他打听一下平松佐智子的事情，起码，我想知道她的生死。我倒也不是想要干什么，只是，我想搞清楚自己生存的形态、轮廓，这很有必要。

看他的样子好像是刚把运动鞋蹬到脚上，身子还弯着，只抬起脸来看着我，说:"啊啊,楠君,你来得正好,我想在明后天的手术之前好好看看这里的风景,一块去好不好?一个人太孤单了。"

这于我也是求之不得。他和护士打了个招呼,说出去散一个小时步,我们便朝已是初秋的户外走去。护士在身后大声嘱咐着:"一个小时哦,时间太长可不行!"

"您借给我的歌集我读了很多遍,"我搭话道,"我没有资格评价作品的好坏,但我觉得里面有一种很激昂的东西,把读者引到一种不得不做出回应的情绪当中去。"接着,我告诉他,读过以后,我对他说的我和作者长得非常像这一点一直难以释怀,并跟他解释说,当初,我用"不太了解"来搪塞他的问题,并不是要拒绝回答。然后,我一边留意着在讲述自己家人的事情时听起来不要过于客观,一边讲了自己身世不清、养父楠次郎可能就是生父、自己也知道人们关于他"品行不端"的传言等等事情。最后,我总结道:"正如您所怀疑的,这本歌集的作者可能就是我母亲,所以,不了解她的具体情况,就无法否定这种可能性。"

身材比我还要矮小的高田停下脚步,好像要重新审视我一样,仔细地端详着我。然后,他眺望着远处的山脉,仿佛是在重新整理关于平松佐智子的信息。不一会儿,他像是说"对了对了"似的点点头,把右手攥成拳头,轻轻地打在左掌上,然后回过身,缓缓迈开步子继续散步,同时开口说道:"其实我了解得也不是很详细。"

据他讲,战败五年后的秋天,他的一个弟子,领着滋贺县一家知名尼姑庵的一个老尼姑和她的侄女,来到他奈良的家里。

"那是我第一次见到她。她的姑姑、那个老尼姑带她来找我,说是看她有可能成为一个歌人,想让我指点指点她。"高田唤起记忆,对我讲道。

看了她的作品,他立刻认可了她的资质。打那以后,她两个月参加一次奈良的歌会。高田告诉我,和她激昂的作品不同,平素的她是一个开朗、细心的女性。从滋贺县女子学校毕业后,她在东京的大学当过旁听生,而开始创作和歌,则似乎是在回到故乡、和姑姑一起生活之后。

"歌集的后一半好像有很多作品似乎看到了死亡的影子……"我问道。我想尽快知道她的生死。

"她是在那本歌集出版前一年，得知她得了肺结核的。"他告诉我。接着，又说了些莫名其妙的话："不过，结核病慢慢地也不是什么致命的疾病了。她现在也活得好好的，可不知道这是幸还是不幸啊。"

听到她还活着，我心里也没有涌起想见见她的想法。这并不是因为还不知道她是不是我的母亲。我想，即便知道她就是我的生母，我的心情也是一样。

高田沉默了。也许他是在考虑，如果我提出想见她，他该怎么回答我吧。见我也沉默了，他于是抬起脸，问我说："楠君，你知道'斋王'①吧?"

"不知道。"我说。

"有'斋王'的地方叫做'斋宫'，'斋王'也叫'侍神公主'，是代替天皇侍奉天照大神②的至高无上的神女。为了进伊势斋宫，平安时代成为候补的公主第一年要在宫中、第二年要在宫外的野宫、也就是嵯峨野独自生活，以去除佛事和身体的不净。当时，对神道来说，佛教是外来宗教，是异端，《源氏物语》中光源氏造访野宫，是对神的莫大的亵渎。文学就那么回事儿。老尼姑平松摄绪领到我面前的佐智子就是侍神公主，也许这个比喻不太恰当，她现在应该是过着斋王一样的生活，谁都不能见到她。"说着，高田不禁悲从中来。

不论是他在大学上课般的语调，还是他把平松佐智子比喻成清纯的神女这一创意，都让我揣测到，在歌人高田美佐夫心中，对平松佐智子近乎憧憬的强烈情感至今都未曾泯灭。

我无法想象，这样一个平松佐智子和楠次郎曾经会是恋人关系。这用我的说法来表达，就是理论上不可能。然而，如果发生了不可能的事情，我就是他们二人所生，我也就一定是理论上不可能存在的人了。我不能不承认，我内心里既有确信她就是我生母的部分，也有不希望她是我生母的愿望。

---

① 天皇即位之初，侍奉于伊势神宫、贺茂神社的未婚公主。
② 传说中日本皇室的祖神。

27

送高田美佐夫回到病房后，我无法思考任何事情。这不是因为身体疲劳。自己有可能是根据不可能存在的理论出生的，这个发现给了我一种奇妙的解放感和不舒服的感觉。这种感觉，同混迹于石山治荣和她的孩子们中间、被看做成绩优异的哥哥时那种不踏实的感觉有相通的地方。

至于我的病情，由于链霉素的作用，病灶被从肺的健康部分隔离开来，开始一点点钙化。大约两个月前，负责我的外川医生就对我说过："每次检查，你的病情都在好转，好得令人吃惊。现在这样，已经可以回家疗养了，只是当心一些，做些气胸疗法比较好。另外，我还准备用对氨基水杨酸等化学疗法加以配合，所以还是再观察一下吧。不管怎么说，现在还没有发现链霉素的副作用，实在是太幸运了。虽然有个体的差异，但是对这个结果我有充分的自信。"

他三十四五岁，是一个年富力强的医生，他的话明白地显示出他的想法：如果新药能作为医疗保险范围内的药物使用，就会有更多的患者得救，所以想尽快试用。

奇怪的是，听了他的话，我心里陡然生出一种还想在疗养院住上一段时间的心情。和尾林夫人沙龙的学者及研究人员、高田歌会的上原以及几个同龄人，还有护士们的交往使得这所疗养院令人心情舒畅。也许，对他们来说，能从面对死神的日常生活中逃脱出来的患者，也是一个宝贵的存在吧。况且，让我犹豫着不想离开疗养院的最重要的原因在于，就算出去了，我也是无处可去。

在我住疗养院期间，我所属的党组织，由于在有晚年斯大林和中国共产党的干部出席的会议上被定为宗派主义，已经呈现出崩溃的状态。势头强劲的"所感派"按照中国的指示采用了军事方针。在地方，称为山村工作队的武装集团袭击、打劫地主宅邸的事件时有发生，都似乎是这种军事方针的影响；而在东京、大阪等大城市，镇压集会的警察和集会参加者之间也发生了冲突，甚至还扔了燃烧瓶。

来这里之前，关于我的去处，我只告诉了一个同志。虽然我想谁都不要见了，但又想留一条联系的通道。其间，举行了选举，撤销了开除令的父亲第八次当选，而共产党由于错误方针作祟，竟无一人当选。

从摆放在疗养院谈话室的报纸上，我得到这样一些印象：革新势力分裂，陷入既下令搞武装斗争又主张和平主义的自相矛盾之中，即使还能到处上演一点小冲突，但整体上已经趋于低潮，濒临崩溃。而我，现在却居于远离世俗的高地。在这里，尾林夫人的沙龙和高田美佐夫的歌会卷着各自的漩涡，而这两个漩涡，正被生和死这两束炫目的光照得通明。

高田接受第二次补正手术那天，我一直把他送到手术室门前。我握着他的手，只能说些无聊的话语来鼓励他："你要使足力气挺住啊。"而浮现在脑子里的后半句——"为了破灭，我需要你"——却没有说出口。

"要是我死了，那本《静夜》就作为我的遗物送给你了。重要的是把她当做精神的母亲，而不是生身的母亲。"高田美佐夫扔给我这句有些莫名其妙的话之后，无言地笑了。过了很久，我才想到，高田真正想要说的，也许是"重要的是精神的爱恋，而不是作为恋爱对象的女人"吧。

护士把他像绑架一样从我面前搬到了移动病床上。回病房时，我看到原来曾经负责同下面联系的同志宫本，正站在走廊上等我。他是著名汉学家的儿子，名字叫"熙明"。名字中用了一个日常很少用到的"熙"字，就冲这一点，他的出身便可窥见一斑。一看到我，他就绽开一脸的怀念，开口道："这不挺精神的吗?！好多了？"

宫本跟着我进了病房，卸下肩上的背包。我对他说："托你的福啊，好像就算活下来了吧。我想我眼下可能还得在这儿待着。"

"我这就要到山村工作队的基地去。"他好像有些犹豫，但他还是告诉了我，并表明，这是他自己要去的。

"你这是要干什么呀！虽说是党的指示，可错的就是错的！"我的语气顿时变得严厉起来。

宫本惊呆地看了我一会儿，脸上肌肉的紧张才渐渐舒缓开，低下头说："我也有疑问，但我觉得，也不能老是观望啊。"说完，又补了一句："这好像也是恢复党籍的一个考验呢。”

我想起“二·二六”事件中起义失败的青年军官们被迫开赴和日中战争①最为艰难的战场的事情。“二·二六”事件和革命运动，在我不久以前的思想中决不是一回事，可是，正如宫本的话所引起的联想那样，现在是一回事了。然而，这个联想，我却没能对宫本说出来。我只是说：“不过，你别太勉强自己。说句大白话，得了结核，我才明白，自己的身体得自己保重才行。”说完我又想起来，便对他说：“搞法国文学的角泽也在这个疗养院里呢。病情一度恶化得很厉害，但现在好了。你见见他吧。”

可他却摇着头，小声解释道：“其实，我上山来的事儿谁也不能告诉。我倒是挺想见见他的。”

“和你同在宗教学科的下川也在这儿呢。他和党可没有关系了。”我不理会他，继续说着。

宫本像个挨了骂的孩子，一直默不作声。后来，他说必须趁着天还没黑赶回去，所以，待了三十分钟左右就回去了。这所疗养院附近好像就有一个基地。我在正门上下车的地方，目送他背着沉重的行李，迈着显示健康的坚实步伐渐渐远去，可他却一次也没有回头看我。

我今天目送了两个友人，我也许再也见不到他们了。

尽管如此，也许是在楠次郎和平松佐智子这对不可能共同生活的男女间出生的我，目送可能是进入死境的人——一个是有奈良显赫名门血统的歌人，一个是著名汉学家的儿子——这总让我依稀觉得有些可笑。

过了不到十天，一个晴日的上午，神户谷突然出现在我面前。像上次一样，一见到我，就用强加于人的口吻说：“恭喜啊，下个月末出院。我刚刚得到院长的许可，具体的他说他直接跟你说。其实，你也知道，头儿当了议长，这也是在野党共同推荐的，所以有必要在身边集结一些工作人员。头儿正等着你回去呢。”他一口气说完，也许是意识到自己也是众院议长的工作人员（尽管这个词儿他还没有用惯），他的语调与平时有些不同，显得很高亢。

---

① 即中国所说的“抗日战争”。

我脱口叫道："那可不行！随便作出决定，这本身就是荒谬的！我拒绝！我是请求他让我自由了的！"

神户谷突然收起了要说服我的态度，像看外星人似的看着我，说："啊，这是头儿给你的信。"说着，从衣服内兜里掏出一个信封，说了句"那对不起告辞了"便一阵风一样消失了身影。

我像是看什么危险品一样，盯着放在桌上的信封看了一会儿，于是，最初想看也不看就随手撕了扔掉的愤怒情绪一下子就打蔫了。

山里的冬天就要到了。到这里来的时候，那年的最后一场春雪刚刚下过不久。已经过去一年半的时间了。

离疗养院走路十分钟左右的地方有一座土坡，上面铺天盖地的满天星的原生群落，叶子红得烧着了一般，在它的红的映衬之下，落叶松林则是浑黄一片。这是八岳这一带最美的季节了。于是，在我的印象中，神户谷的出现，就像是锦绣的大自然中飘过的一股尘烟。

多么令人讨厌的家伙！楠次郎竟然会用这种人，真让人受不了！我这么想着，出了病房，看到微风吹过，落叶松林那尽染山峦的黄，正把微弱的山音传往谷底；不知名字的小鸟们短促地啼叫着在树枝间飞来飞去时，满天星的红也随着微微摇动。看着这些，我的心绪渐渐平静下来，开始集中思考起一直在这里待下去的办法来。

出病房时我打开了父亲的信，上面只有简单的几句话："听说你大有好转，很高兴。希望你好好治病，尽快回来。"

我想起这封短信，又确认自己不想下山，于是迷惘之中，我想到，可以跟尾林夫人商量商量。

我掉转方向，向她的特别病房走去。她仿佛早就听说了我要出院的消息，我刚敲了门进去，她就对我寒暄道："楠君，祝贺你，听说你要出院了？"

我一下子就没有了商量的勇气，只得含混地支吾道："还有很多问题呢。"

"啊，你快请坐啊。周先生好像也要回东京，那沙龙就要空落落的了。不过，要是没有恢复健康、重整旗鼓又出发的人啊，也够让人郁闷的不是？我挺高兴

279

的。"她一如既往，对自己的判断不抱任何怀疑地说。

"其实我已经离开了楠家，没有义务遵从父亲的希望了，我是自由的，可他当了议长，好像工作人员又不够用，所以让我回去。"我终于挑明了难以启齿的话题。

"是吗，连工作都定下了，就更没的说了。你从这儿毕业的前一天晚上，大家伙儿一块庆祝一下吧。周先生说，他要去东京，靠上海财阀的关系筹资开一家日本最好的中华料理店，回头咱们好好让他请一顿客！"

我再也没有力气和她认真商量了，便说："到时候还请多关照，可能是下个月末吧。"正说着，正好疗养院院长派人来叫我了。

院长的话的结论和神户谷一样，只是在楠议长的请求这点上语感稍有些出入。

按照神户谷的说法，议长非常强烈地希望我回东京，可在院长那里，则不过是最初步的询问——如果我有给父亲帮忙的意愿，目前的健康状况是否可能。

外川医生从医生的立场出发，说："我倒是希望再做半年的预后观察，所以，如果能作为链霉素的使用病例，出院后定期向我们报告一下健康状况，就太好了。您也知道，这里夏天气候宜人，您可以来避暑，每天按门诊接待您。结核菌已经有一年没查出来了，病灶的钙化也基本巩固住了，正常的工作应该没有问题。"

外川医生的话有理有据，干脆利落。院长也接过话茬，解释说："我已经和东京邮电医院联系好了，尽量坚持一周一次做气胸，最长也不要超过十天，因为，如果空气跑掉了，过早地和肋膜粘连的话，就麻烦了。外川君希望的报告，你通过东京邮电医院就行。"

听了这些话，我更加无法将自己想留在疗养院的希望说出口了。外川医生虽然表达了一点挽留的意思，但仔细听来，也不过是出于一个医生想继续观察的立场而已。而且，如果冷静地分析一下，我的希望也许只是源自惧怕回归社会的心理。由于战败后生活状态的恶化，结核病患者增多，恢复了健康，就应该尽快给希望住院治疗的人腾出床位，这也是一种义务吧。

我如此反省着自己，想，问题是我回归社会后该怎么活下去。我想听听角泽的意见。尽管他精神很充沛，但长时间的散步还不行，所以我决定在他病房里和他谈。我试探地询问他，一个曾经是共产党员的人，是不是可以成为改进党出身的议长的工作人员或者秘书。虽说是在野党共同推荐的，但改进党毕竟是一个保守政党。

"那就要看你的了。"角泽的声音听起来不太高兴，"如果你秘书工作做得好，想日后继承父业成为保守政治家，那这也是一种生活方式嘛，只不过我是绝不和你再交往了。"然后，他好像突然来了气，声色俱厉地说："我年轻那会儿也热衷于共产主义，万分英勇来着。谁想啊哈哈地抱着肚子大笑就笑好了，我可不想看这种人的嘴脸！"说完，便不做声了。

显然，我的询问伤害了他。在他的非难还在继续的当儿，我不断地问自己：你还犹豫什么?!

"对不起，我太感情用事了。"沉默的角泽动了动身子，用低沉而颤抖的声音告诉我，"我对包括最近的共产党在内的革新特别生气。"接着，他问我知不知道，由于共产党军事方针失败的缘故，时下，在除共产党以外的革新政党中，有一种推举改进党的重光总裁为首相候补的动向。我说不知道，他便又恢复了常态，说："真有的。只能说他们完全忘记了原则。共产党情报局等组织上了德田、野坂这些人的当，出台一些不负责任的方针，所以，真不知道日本的改革该怎么办才好啊。"然后又笑着说："也真够你受的，你出生的环境太恶劣了。"

我稍微放了点心，问道："要是在比较安静的气氛中和尾林夫人商量一下的话，她会怎么说呢？"

"那太清楚了，"角泽立刻模仿着尾林夫人的语调，说："啊，楠君，你做就是了。即使是共产主义者，不学习保守政治也不行啊。如果你能推进妇女解放，我就支持你！现在的状况，离男女平等还远着呢。"角泽说着，又哧哧地笑起来，还好像要弥补刚才对我的非难一样，说："不妨这样说，在形势不利的时候，躲进改良主义中，等待挽回劣势的机会。我是共产主义者，说得准没错儿！哎，不要烦恼了，天真的理想主义中是没有荣耀的。"说完，诙谐地仰头看天去了。

改进党总裁重光葵前来说服时，楠次郎是很高兴的。重光说："在下次国会上，我想推荐你当议长。当然，这也是稳操胜券才行。从你批判辅弼政治的经历来看，左右的社会党也会同意的。为了改变向美国一边倒的吉田自由党的政治，只有这样了。"

这是继大隈重信之后，自己作为政治家第一次受到承认，楠次郎顿时觉得年轻了许多。正值撤销长达五年之久的开除公职令后不久，楠次郎感到了莫大的喜悦。他想，改进党出来个议长，也算得上颇具大隈末裔的风范了。尽管如此，他还是首先采取了审慎的接受方法。他说："我是个率性而为的人，又不拘小节，这能行吗？"

楠次郎对自己思考的问题会燃起热情、制订缜密的计划，但是如果被强加上规则、手续之类的东西，就会觉得无聊，脑子也不转弯儿了。以前任拓务省政务次官时，也净是麻烦事，这下如果当了国会议长，自己怕还受不了那么繁杂的事务呢。况且眼下正是事业上最重要的时期，事业规模也正蒸蒸日上。

楠次郎经营的实业的大部分，是以铁路、运输、房地产为基础的，这些都是趁着那些既成势力因战败而不知所措、财阀解体等时机，和官府争夺而得的。尽管自己想当这个议长，这也是件脸上有光的事情，可还是得先想好了才行。于是他颔首对重光说道："您刚才说的对我来说是一件非常荣幸的事情，可是，我有一些实业，不知道能不能保持住我在第一线时的态势。请让我考虑一天，不，还是两天吧。"

"我也是考虑了很久的，为了国家社稷，也只能如此了。我是下了决心的，拜托了啊。"重光总裁像外交官那样将左手放在胸前，低下了头。

次郎小声地问："主张重光当首相的说法会怎么样呢？"

在之前的选举中，自由党从二百四十席骤减到一百九十九席，改进党也减少了九个席位，而社会党虽然分裂成了左右两派，但合计增加了二十七席，由于讨厌吉田茂独裁而使自由党分崩离析的分裂自由党获得了三十五个席位。报纸分析认为，虽然依旧是保守势力居强，但吉田茂自由党正开始受到广泛的反对。

重光首相论就是在这种气氛中浮出水面的，众院议长选举就算是打了个前站。

"现在的形势可以说还无法预料，破坏是政界的常事。"

"那就是说，如果我被选为议长、而你没有当上总理的话，就等于是我上了二楼而被人抽走了梯子。"

"不，楠君，不是这样的。国会和内阁不是一回事。民主主义的原则是三权分立，立法机构和行政机构是对等的。一旦当上议长，就意味着要脱离党派，贯彻立法机构的立场。即使是对改进党不利的事情，从议长的角度出发，也可以、并且应该作出决定。我这是班门弄斧了啊，不好意思。"

听着关键时刻重光葵纯理论的说服，次郎回想起战争中有一次也和他产生过激烈的争论。那还是老百姓们坚信日本已经打了胜仗的那年夏天，次郎说无论如何也无法与近卫的辅弼政治体制保持一致，重光说："不一致也没什么啊，有道是和而不同嘛。"次郎抓住话把儿，反问道："接受你讨厌的东条英机的请求、发挥对中国外交负责人的作用，也是这么回事儿吗?"这一问惹着了重光，他强烈主张道："政党政治家如果只是赞成或者反对地叫嚣也就罢了，技术官员要是也那样就不行了。如果你认为对国家有益，即便整个过程你不喜欢，也有协助和出力的义务。"他这么一说，次郎也觉得不能就这么退缩下去，于是说了真心话："重光先生，你合作东条和小矶的外交政策就会改变吗？我在拓务省的时候，和很多军人有过交往，除了石原莞尔，就没见过一个像样的。"重光不做声了，脸上现出复杂而不快的表情。

那天，二人的意见没能达成一致，但重光对楠次郎却有了很深的印象——楠次郎至今仍然保持着大隈重信的思想，他有着野生男人的优点。而次郎也在内心理解了重光——他有着永井柳太郎所没有的厚重，也许，模范外交官就应该是这个样子的。

在楠次郎来说，政治上的决定，多半会很大程度上受到对人的好恶的影响。这与他搞实业大不相同。他自己也不知道为什么政治上的判断方法和搞实业会截然不同，不知道为什么自己居然对此丝毫不感到矛盾。他并不是因为觉得政治是虚的、实业是实的，而有意识地区别对待。次郎没那么精明。

如果非要找什么理由的话，那便是，政治是当街上演的戏剧，实业则发生在土墙内。在楠次郎的意识中，这几乎是出于本能的分类。所以，在他看来，不论时代如何变化，应该在土墙内进行的事业中有工会之类的组织存在，这本身就只能是令人不快且违反原则的。对他来说，所谓民主主义，无非是尊重雇工、体恤下人，所以他特别讨厌劳资合作这个说法。自古以来，哪有说亲子合作这种蠢话的家伙？

"真羡慕你们公司啊，劳资合作，没有罢工的。"如果有人用这种话褒扬次郎的经营手腕，次郎多会在心里骂娘——什么玩意儿，吐出"合作"这么酸掉牙的词儿——然后翻着眼睛看他。次郎认为，对应该当街上演的政治，重光那种即使内心反对，作为外交家也要合作的态度，只能让这出戏更加难懂。

另一个因素，就是演戏的演员得好。在次郎看来，以前，永井柳太郎是个好演员，战败后，重光葵承担了这个任务，所以，他说"我想推荐你当议长"，着实让次郎很犹豫。

作为一个冷静的实业家的判断告诉他，眼下的公司可不是投身政治的状态。六年前，骏函铁路就申请了箱根的小涌谷和小田原之间的公交线路的许可。箱根登山铁路、小田急电铁、东急电铁集团认为这是楠次郎称霸伊豆箱根政策的第一弹，转而反击，处处冲突，还打起了官司。其中，被称为东急集团的企业集团向小涌谷、早云山、湖尻间的汽车专用公路方面提出开通公交线路的申请，惹恼了楠次郎。次郎自恃这条公路是自己苦心经营的结晶，所以他认为，动用衙门的权力横插一脚的做法简直就是入室抢劫的强盗。后来当了运输大臣的老朋友宫泽胤勇想居中调停，无奈楠次郎和对方总帅五岛庆太都不屑一顾，无心回应。

这种事情随便拣出一个，都让人无法专心政治。然而，次郎却又无法打消内心的声音——面对求之不得的地位和荣誉，也没有必要故意拒绝啊，举政治家之重，对发展实业和官司大战也应该是有利的。

次郎虽然知道这个问题不是能和别人商量的事情，但他认识到，有必要准确了解政治的动向，便找到了通讯社的外村甫。

外村由于战败后高层遭到肃清而成了负责政治的常务董事。好久不见，也许是年龄的关系，外村胖了一圈儿，也有了一点架子，但他一落座就说："我想是权威人士推荐的事吧，事情进展得怎么样了？"

外村的问题让次郎吃了一惊，但他还是佯装不知地讲了叫外村来的目的："啊，我是想了解一下4月19号以后的整个动态。"

外村便不再追究议长的事，说道："政治，我想，可以说是开始动荡了，其背景有两个，一个是由于讲和条约生效而成了独立国家的国民意识反映出来的，一个是吉田领导力的低下。可以说，现在进入了绪方、鸠山、重光这三个人进行领导力竞争的时代了。"接着，他还分析说，社会党只要不摆脱现在这种光说不练的状态，就会逐渐失去影响力，而只停留在批判势力的范围里。

"费了那么大劲儿才讲了和，结果却失去了领导力，这就是所谓的政治吧。"次郎又想起了第二届大隈内阁时代大隈先生的恶战苦斗，不禁感慨起来。

"机会后脑勺上可没长头发，它来了，你就应该紧紧抓住刘海儿。一来，我认为，改变国家政治的时候到了；二来，我是您晚辈同乡，所以才这么说。"外村一次也没有提出"重光是不是来谈议长的事了"之类的问题，在最后谈了谈自己的希望，就回去了。

次郎对小老乡的成长感到很高兴。想想看，自己都已经六十五岁了，那么外村应该早就过了五十。次郎想，一旦候选议长的决心已定，要首先向外村报告。接着，次郎又想起了外村在九段会馆举办婚礼时自己祝词的情景。

那还是在和美英开战之前，日军在中国大陆的艰难也没有受到报道，日本仿佛还留有安定和从容。想着想着，那天出席婚礼的小林银兵卫和平松摄绪的面庞浮现在了眼前。我还想呢，小林是纳税大户议员，他来参加婚礼还情有可原，可平松摄绪为什么会来呢？次郎想，也许是新娘那边请的，又突然注意到，已经很久没有看到住进疗养院的恭次了。

听说热衷于共产主义的恭次吐了血，次郎想，这下完了，但还是求邮电通信省的熟人让恭次住进了疗养院，可不知不觉地就把这事儿给忘了。后来一直没有音信，看样子大概是没什么事。尽管如此，如果还是气息奄奄的状态，就不能不打个招呼了。

想到这儿，次郎突然放心不下，便给东京邮电医院的医生打了电话，请他过问一下恭次的病情。这个医生曾经给次郎做过前列腺切除手术。

不到一个小时，那边就有了回音，说新药试用成功，就算恢复了健康。院长保证，不论什么时候出院都没关系。

次郎想，要是这样的话，不妨用一次看看，就派神户谷调查恭次的近况。思想倾向自不待言，次郎还想确认一下，恭次是还想上街，还是想进入土墙，过低调的生活，成了一个不好高骛远的大人。

虽然只有短短两年，沉湎于和自己年龄相差悬殊的恭次母亲的记忆，就像梦幻中的光景一样，在次郎心中闪过。尽管如今已经激不起任何感慨了。

让神户谷调查恭次期间，为决定到底要不要接受重光的推荐，次郎打算回麻布的家一趟，给祖父的牌位上上香，合掌祈祷一番。

次郎此前也有过几次在决定事关人生的大事时拜佛拜祖的事情。在他看来，能忘我地对自己倾注满腔爱心的，只有祖父清太郎一个人。次郎忽然想到，恭次这家伙也是和母亲骨肉分离的。这个发现，同时勾起了这种身世的家伙得当心和他回来后给他找个好媳妇这两种心情。

正要从议员会馆的房间出去时，正碰见两个记者，一个瘦高，一个短粗。

"您参加议长选举吗？"短粗男人问道。

"啊呀，你说什么呢？"次郎装糊涂。

"不是重光总裁请您出山了吗？"瘦高记者盯住次郎，想探寻次郎表情的变化。

"这事儿我可不知道。"

离次郎稍远一点的地方，一个摄影记者模样的男人正在拍照。次郎的两个秘书从隔壁房间里飞奔出来，急火火地说："对不起，有点急事，请让开路。"说着，横在记者前面，引次郎上了电梯。

28

从楠次郎那里出来，外村径直就拜访了改进党总裁重光葵。他要告诉重光，自由党已经把宝押在了资历老、树敌少的益谷秀次一个人身上。

"这阵子，党内取得一致，说是选出一个分党派的三十五个人也有可能同意的人。"外村说明道。接着，他又表明了自己的意见："副议长还是从左派社会党中选比较好吧，因为已经成了第三党了。"

"从道理上讲应该是这样的，不过，我不想让右派社会党中出掉队的。"重光说。

外村从他的话里感觉到，他已经动了真格的，开展了"重光首相"的活动，便献策道："成立重光内阁的时候，许诺他们大臣的位子就行了。西尾末广这个人会为了这个统一党内认识的。"

重光重重地点了点头。他是从外交官转而从事党政工作的，所以和党内有权势且当过总理的芦田均他们不同，不太擅长和其他党的交涉以及操纵党内的权谋术数。对他的这一点，外村虽然时常感到焦急，但他又想，也正因如此，才需要自己这样的顾问啊。于是，他讲了自己的见解："芦田还有野心想当议长候补呢，估计没人买账吧。"

芦田在曾为副总理的西尾末广的受贿事件中是被迫辞职的，所以，对总理的位子心怀留恋也是可以理解的。正因如此，如果重光总裁请求就任议长，就会被捧上这个位置，那么重光和芦田的关系就有失和的危险。

"松村怎么样？他的话，左右社会党也许都会认可的。"外村的问题有点刁难了。

"政治家、特别是议长这样的位置，是需要灵活性的。认真和灵活性怎么统一很重要。至于别人的事，我说不好。"重光对交心的记者直率地答道。其中也隐含着自己也在为同样的事情而烦恼着的意味。战争中，六庄馆成为大东亚迎宾馆的事就是外村抢先报道的，而告诉他这个消息的，正是重光。重光抬起头，问道："外村君，你老家是哪里？"

"滋贺县。滋贺县的中间儿那一带。"外村回答说。

重光陷入了沉默，不做声地看着外村。他记得外村曾经说过，政治需要楠次郎这样不像政治家的政治家，于是，他明白过来今天外村为什么到他这里来了。只是，重光还什么都不好说。因为楠次郎本人还没有回话，到底接受不接受推荐。左派社会党已经答复说出一个副议长，但右派由于想当大臣的人太多，需要时间进行调整。如果议长推荐人的名字不保密到最后时限，整个重光首相的构想就有全盘崩溃的危险。

5月13日中午过后，右派社会党回复说，以三名阁僚的位置做交换条件，支持改进党的议长候补。三点钟，重光对楠次郎说明了此前的经过，并取得了次郎接受推荐的同意。

次郎接着提出了忠告，说："如果决定这样了，就在当天把首相提名选举也一道进行了吧，夜长梦多啊。过了夜，情形也许就会发生变化呢。"他有过痛苦的经历。反对藩阀政治、主张政党内阁的明治后期的政友会和民政党，在关键时刻遭到以山县有朋为首的重臣派的离间、瓦解，最后又回到了元老统治之下。他听大隈亲口说过，明治三十一年的第一届大隈内阁只维持了四个月，就是因为此。而大正三年成立的第二届大隈内阁维持了两年半，是因为元老那边断定，民众的大火，非早稻田的水泵不能灭掉，于是以大隈重信为招牌，以此压服对实现政党政治热血奔涌的民众。当时，次郎二十六岁，是大隈门下最年轻的活动家，在他的记忆中，有这样一种认识，即政党这种组织对威压和收买毫无抵抗之力。

然而，官僚出身、以踏实见长的重光，却没能充分理解次郎忠告的意味。

正如所料，议长选举是在自由党的益谷秀次和楠次郎之间决一雌雄的。次郎以超出对方四十六票的优势当选议长，左派社会党的原彪被选为副议长。但是，当晚没能进行首相提名选举。自由党分党派对左派社会党的入阁提出了异议。第二天也花了很长时间讨论，结果，吉田茂以微弱的优势，战胜了在野党联合推荐的重光，于三天后的5月21日，组成了第五届吉田内阁。

很快，到了11月末，自由党分党派的三十五名成员中，有二十三名回到了原来的党，有骨头有气节的三木武吉、河野一郎等残留人员组成了日本自由党。以从经济团体回归自由党为条件、将资金都交给了分党派投机分子等传言，以及美国机构指使分党派领导人同容忍共产主义的左派社会党断交等谣传铺天盖地，这一点和过去藩阀政治幕后活动横行的时代可以说太相像了。

报纸和杂志报道说，在野党方面能做胜利梦的，只是楠次郎和左派社会党的原彪当选正、副议长的那一个晚上。仿佛是要给这个梦以表现的机会，次郎在议长就职演说中加了众院事务局准备好的稿子里没有的一段，赢得了在野党议员的热烈掌声。他说："国会是立法机构，而不是从属于政府的机构，但也不是在行政上有意敌对的机构，它是基于三权分立思想的对等的机构。"

就职演说一结束，事务总长角仃就告诉他，按照惯例，就职议长后的第二天要去问候天皇陛下，接着还要尽早参拜伊势神宫。虽然次郎脑子里对这些礼节上的事情没有太足够的准备，但也许是因为情绪正高，所以对这些平时提不起兴趣的繁文缛节也并没有觉得熬煎。

次郎夜里很晚才回到在六庄馆原址新建的家，一进门，就对石山治荣下指示："明天要去皇宫参见天皇，你心里有个数。你还是穿和服吧。"

石山治荣正在叠次郎脱下来随手一扔的衣服，这时她停下手，现出惊异的表情："我，我也要去吗？"

"是啊。有什么不懂的地方，就问问众院的副手或者他手下的科长好了，甲斐田就知道。"说着，他拍了拍手，叫来了从国会一起回来的甲斐田。甲斐田周到地报告说："议长穿晨礼服，夫人穿带家徽的和服礼服才好。"

那天晚上，次郎兴奋得都没睡好觉。第二天一早，他指示，平时自己坐的车也要跟着众院的车去。名义上是石山治荣和秘书甲斐田乘坐，但实际上，他是要让素来辛苦的司机也分享自己的荣誉。众院事务总长和他同乘一车，在宫内厅和侍从会合。

一行人被带到垂着一座大吊灯的休息室。侍从问道："议长是第一次拜见天皇陛下吗？"

"我没有做过大臣，所以是头一次。"次郎答道。

"那拜谒结束后，我带您转转，正好今天也没有外国客人来。"

次郎想，这是人家考虑到治荣同来的缘故，心里便很感激。过了一会儿，他们从休息室出来，上了十几阶木质台阶，来到中庭和外庭之间的拜谒室。天皇陛下进来后，侍从向天皇介绍了楠次郎，然后退下，拜谒室里便只剩下楠次郎和天皇陛下两个人。次郎自我介绍说："我是楠次郎，这次意外地当上了众院议长。"

不知是因为紧张，还是因为陛下语调中特有的那种抑扬顿挫，次郎没有听得很真切，只觉得陛下的话听起来像是说："哦，是吗，辛苦啦。"所以就只回了句："啊，是的。"

次郎记得自己的回答中有一句"我曾师从大隈重信先生，从早已作古的永井柳太郎身上也学到了不少东西"，所以，天皇陛下肯定是问了他几个问题的。另外，从自己是滋贺县人、青年时代的前一半一直当农民种田这些说明来看，其中也应该有关于身世的问题。自己和天皇陛下共处一室，无人介入，自己是代表一亿国民独自站在天皇陛下面前的，这种感觉令次郎感到非常震动。

最后，陛下说了句大意为"虽多有所劳，望你坚持三权分立"的话，话音刚落，侍从就回来了。

次郎鞠躬致谢，退身出门，和等着他的治荣等人会合。

"怎么样？有什么需要我再问问的事情吗？"侍从问道。

"太感谢了。我是想尽全力回答陛下提问的，如果还有什么问题，请您告诉我。"

次郎一行经过举行盛大宴会的大厅、小食堂和举行仪式的正殿，从和早晨不同的出入口来到外面。

次郎恍惚地只觉得像是在车上摇晃着，等他意识到车已经走到了马场前门时，才觉出人世竟是这般热闹和喧嚣。于是他想，当初接受推荐时多亏在电话里叮嘱了重光总裁一句："我觉得议长必须公正无私，所以，如果当选，我想离党。离党后，以议长身份做事，也许会违背改进党的利益。如果这样可以，我就接受推荐。"他分明听到天皇陛下的意思是要他重视三权分立。

次郎回到建在六庄馆原址上的家，晨礼服都没有脱，就坐到供奉着祖父牌位的佛龛前，上了香。本打算合掌报告一下见到天皇陛下、听到许多鼓励的话语之类的事情，可一坐下，脑子里又一片空白了。牌位虽然无言，次郎却觉得楠清太郎在训斥他。接着，次郎又没头没脑地想，吉田茂不也和自己一样，在和天皇共处一室、无人介入的心情中度过每一天吗？

次郎脑子里空空的什么都没有想，却在佛龛前坐了很久。站起身时，他注意到，自己心里原来对吉田茂的厌恶已经变得很淡了。次郎曾一直认为吉田茂是个令人无法忍受的官僚主义者。吉田茂明治十一年生人，自己明治二十二年生人，小吉田茂十一岁，但都是明治前一半出生的——次郎想，自己会想到这些似乎很迂阔的事情，感情又有了突然的变化，也许都是祖父清太郎冥冥之中的指点吧。小时候，祖父就常常教育自己：不要到大街上去，去了也要加小心，心里时刻要做好随时回到土墙内的准备，万不可执迷不悟唱独角戏。

次郎就任后的第 次国会，就是为讨论审议预算和巩固讲和条约以后的体制的法案而召开的第十六次特别国会，但到了会期末的7月31日，预算案也定不下来。次郎和自由党以及虽为在野党却倾向保守的改进党商量，把议长辞呈押在事务总长那里，强行通过了延长会期一周的决定。就是这时，次郎从一个在野党推荐的议长，转变成了保守势力的议长。当然，有人提出了议长不信任案，但被否决了。

国会结束的第二天，次郎去皇宫汇报。已经是第二次了，次郎从容了许多。"为了通过预算和重要法案以及避免解散国会的需要，我们延长了会期。我认为这是国家的要求，所以，尽管在议事的进展方法上有些勉强，但这也是不得已，如果应该为此负责的话，我愿意承担全部责任。我是做好了这个心理准备才来拜见您的，给您添乱了，万分抱歉。"

陛下听他说了这么多，也只有一句"你辛苦啦"。可次郎这就很满足了。一站到陛下面前，他仿佛就感到有一种未知的、或许只能叫做文化的东西，以压倒一切的力量倾泻下来，以至于自己事先准备好的东西好不容易才汇报完毕。

通过这次国会，左右社会党对次郎的不信任和反感空前高涨。而另一方面，次郎也强烈地认识到，随着讲和后的占领终结，健全体制迫在眉睫，但左右社会党只考虑党的利益和策略，令人感到非常棘手。战败后，在被开除公职之前的选举中，次郎对终于获得投票权的恭次说："你还年轻，投浅沼稻次郎一票怎么样？"现在，想起自己推荐过社会党领导人，便在苦楚的回忆中慨叹，自己对政治实在是太过外行了。

从这样的反省之中，次郎产生了一个想法：目前，需要超党派和保守的大同团结。次郎的公正无私似乎只限于保守势力的范围内了。

站在议长的立场上，让次郎感到不便的是，能够不以官家人的判断行事的助手太少。公司的部下不懂得政治家的所思所想，理解不了次郎的指示，但由于长久以来沾染了遵从次郎的指示办事的习性，结果只会添乱。他曾带几个人试过，最后只有埼京电铁子公司之一的埼京公交公司的常务董事和六庄馆时代起就给自己当秘书的甲斐田还算合适。和选区的联络，则交给了石川县出身、曾为众院议员的吴坪昌之处理。此人在滋贺县农业专科学校教了很多年书，听了楠次郎的演说甚为感动，从老家石川县被推为候选。幸好一直支持永井柳太郎的人们在次郎的鼓动下给了吴坪以极大的支持，加之开始实行中选举区制度，所以吴坪顺利当选。然而，性格耿直的吴坪对寡头政治深感失望，第二次选举便不再出头，隐居乡里了。虽然吴坪的到来帮了次郎很大的忙，但需要对各党的动向做出适当的判断、并以议长身份采取措施时，就只有求助于众院事务局了。这种人才的缺乏，也影响到了对聚集在议长办公室、被叫做院外团体①的人们的态度上。

院外团体的人们大多年轻时的目标都是政治家，但却一直梦想未果而日月经年。每天，他们对家人扔下一句"去国会了"便出门，但都是在认识的众院议员的议员会馆房间里或是派阀领导人的接待室里扎成一堆，消磨时光。他们对议长办公室舒服与否有着强烈的关心。不舒服，他们就会说："这个议长不懂政治"、"到底也是个土老帽儿"。然而，他们的评价的影响却是不容忽视的。

离开山上的疗养院后，我摇身一变，成了议长秘书。我首先要打交道的，就是这样一些稍微上了点年纪的人们。在议长办公室的几位常客中，有个叫做熊井慎之助的，五十上下，留着一撮小胡子。我好像在哪儿见过，却又想不起究竟在哪儿见过，但他却好像全然不记得了。

办公室正面左边是事务局派出的秘书的座位，右边是议长自己带的秘书的座位。石川县出身的原众院议员吴坪就坐在那里。从门口看去，左右相对，左边是事务局的三个女秘书，右边，是背靠议长室墙壁的埼京公交公司常务董事甲斐田、还有我的座位。

第一天，我对那几位常客介绍说自己是被动员来帮忙的新秘书，然后走进议长室。议长正和鱼住事务总长进行当天的碰头，看见我，说了句"噢，来啦"，我便对事务总长做了和刚才一样的介绍。我是出于偶然的缘分，才决定以众院事务局准职员的身份出现的。吩咐给我的事情我会老实去做，但我全然没有考虑父子关系，所以，我打算贯彻这样的姿态——无论议长站在什么样的政治立场上，都与我无关。

我回到自己的座位上，看见议长这天的安排。十一点，要会见来日本出席WHO西太平洋地区委员会的各国代表；下午一点，要接见泰国农林大臣。日本

① 指由没有议席的政党党员组成的外围团体。

和泰国签订了通商协定，外务省的局长将陪同议长前去问候。因为关于需要国会承认的事项，习惯上是先通报给议长。

议长这个职位，在不召开国会的时期还比较闲。当然，如果要在政治上有所动作，就另当别论了。不过，次郎一有时间，就要去综合不动产和伊豆箱根地区的工地视察，所以没有时间懒散。而且由于历来都是甲斐田或者是六庄馆那边事务所的秘书随行，所以我就自由了。

我会用这样的时间和出版社联系，为第一本诗集做准备——我住进山上的疗养院之前存在在新日本文学会结识的诗人朋友那里的诗稿得以合而结集。我在第一次变成校对稿的自己的作品上用红墨水修修改改时，强烈地感觉到，自己在写诗的时候竟然有些率真得过头。

人
像人一样地活着的日子
何时才能到来

忍耐
就是对自己不绝望

这样的诗句随处可见。我心里羞愧得有好几次想要中止出版。作者的名字也是令人挠头的事情之一。我既不想用真名，也不喜欢进行党的活动时用的横濑郁夫这个名字。于是我这才明白，自己没有应该归属的地方，连笔名都难以决定。

同一个时期，作为议长，次郎对吉田首相领导能力的日渐衰微抱有一种危机感。原因之一就是，因与占领军勾结在一起的吉田茂而被开除的政治家们陆续被撤销了开除令，开始考虑如何把吉田茂赶下台。另外，对吉田茂及其身边的官僚派，也和对被称为党人派的鸠山一郎、三木武夫、河野一郎等人的性质和感觉完全不同。

次郎认为保守势力必须大同团结、共度旧金山讲和条约后的危机，是在去皇宫拜见天皇之后。年轻时起，次郎就有政治是追求理想的舞台、实业是为了获得政治所需资金的现场这种想法，而当了被称为国家权力最高机构的众院的议长，这种思想变得更加突出了。

在次郎看来，重光、芦田、绪方等领导人似乎都是可以敞开心扉倾情相谈的人，特别是芦田，他曾经因卷入昭和电工事件而遭到逮捕（对此事件，有受人陷害的阴谋说和占领军内部的势力抗争说），最终被无罪释放，经历过如此屈辱的岁月，在法院下达无罪释放的判决时，他只回答了一句话："任何事都是神的意志，别无他物。"次郎认为，芦田的这种态度十分值得钦佩。他也正是在这样的背景下，送给芦田那幅桥本关雪的日本画轴，庆祝他被无罪释放的。斋藤隆夫因反军演说而被除名时，芦田就是持反对意见的七个议员之一。次郎犹豫了很久，最后还是对除名的决定投了赞成票，受到了妻子阿樱的批评。就在这一点上，次郎也觉得自愧弗如。

入秋以后，次郎去伊势神宫参拜回来时，绕道滋贺县，在祖父清太郎的墓前报告了就任议长的消息，并召开了感谢长年的支持者的集会。故里的支持者们极为狂热，草野和鲶江在休息室甚至感激涕零，认为"安政大狱"以来总是无奈地忍受不公正待遇的滋贺县，自此可以傲视全日本了。置身于这种亢奋的气氛中，次郎第一次感到，自己当上议长，是对家乡的报恩。这种想法，驱走了国会召开期间，每天出了议长室、去会场的途中见到的人们时经常想起的一个情景。

那是一个男人的身影，多贺神社祭祀庙会那天晚上，他在商人旅馆大房间占了一角，重复进行着舞蹈一样的姿势。年幼的次郎问祖父他是什么人，祖父清太郎告诉次郎，他是出家人，还解释说，就是不用拼命干活挣钱，玩儿着向那边儿去的人。

次郎跟议长办公室的常客们打着招呼，不知道自己为什么会从他们的身影联想到多贺神社祭祀庙会那天晚上的情景，但只有那时，他才觉得有一股凉气倏然掠过。

回老家开凯旋报告会时，看到为自己就任议长而狂喜的群众，他觉得自己是代表着他们去见天皇陛下的。于是他下了决心，事已至此，要行动起来，不再计较作为政治家的得失。回来后，他便向到东京来上访的县议员和市町村长热心讲解保守联合的必要性，同时，还观察他们的反应，全力打磨联合的理论发展。

然而，检察机关搜查了山下汽船公司和日本海运公司的消息，给次郎昂扬的情绪泼了一盆冷水。次郎有过这样一个构想：在伊豆箱根地区观光开发的延长线上，用汽船连接东京、大岛和八丈岛等伊豆七岛。虽然同运输省陆运局在和五岛庆太的斗争中十分敌对，但同海运局系统的工作人员却商量过多次了。次郎很早以前就通过海运局干部的介绍结识了造船公司的经营者，其中，和山下汽船的创业者的关系最为亲密。正因如此，次郎闻听朋友的后任、山下汽船的社长被逮捕的消息，大吃了一惊。

为激活因战败而毁灭的海上运输能力，政府给了造船公司以多方优惠政策和法律，其中就有造船利息补给法。次郎经调查得知，检察机关怀疑，围绕这个法案的成立，造船业界的政治捐款主要都流向了自由党。

随着时间的推移，造船方面被逮捕的人不断增多，自由党的干事长、政调会长、改进党的高层领导都陆续开始接受情况调查。据次郎观察，吉田首相似乎没有正确理解这个事件的重大。亲信当政，都是报喜不报忧的。也许正因如此，吉田还在发表外出计划。

次郎忍不住约见了自由党副总裁绪方竹虎，并将结果用书信的形式转达给了芦田："刚才绪方来访。一俟预算案通过，检察机关便出手，亦为必然。为挽回局势，除保守联合、人心一致外，别无他途。如此一来，检察机关方面在国民面前有了交代，便理应收手。这与政府对检察机关高层的意思的摸底，以及小生对直接办案人员的意向的试探结果完全是一致的。我确信，救国之路，唯此一条。据说总理亦下定决心，小生亦将在仁兄首倡之下，随时准备说服重光总裁及干部，还望赐教。祈望仁兄勇往直前，大获成功。"

读了这封信，芦田感到心里热乎乎的。接到信后的第一印象就是，现在竟还有如此纯情之人！虽然逻辑上跳跃很大，但芦田十分清楚，在政界行事靠的并不是逻辑，所以这也算不得大碍。这封信传达给他的，是楠次郎的热情。他信赖自己。这对被称为智谋之将而处处受到防备的芦田来说，是很让他受用的。

他想象着绪方竹虎和楠次郎谈话时的表情。绪方曾是《朝日新闻》的主笔兼董事长，战争末期进入政界，完全抛弃了新闻记者的立场，被指名为A级战犯，开除令撤销后加入了自由党，就任副总裁。"批判是进步的，政治是保守的"是他常挂在嘴边的一句话，但芦田一直认为，他本质上还是一个新闻记者，而作为政治家，他还是一个门外汉。想到这儿，芦田又忽然想起来，楠次郎也是个外行，他的根是商人，又要在政治上寻求理想；重光葵怎么说都是一个外交官，作为政治家，他也是只能让人干着急。对此，虽然可以做出各种各样的分析，但令人意外的是，推动政治的，也许正是这些外行。这样，自己的任务，也许就是作为专业政治家，把认真的门外汉拧成一股绳。

芦田自秋末开始实行保守联合后，感到自己对专业政治家沉湎于自己的立场和小手段、丝毫不顾大义的狭隘做法的厌恶情绪消散了一些。他告诫自己，自己的弱点也许正是专业政治家。他想照次郎说的那样去做做看，便探访了重光。芦田劝重光说，不把保守的党的干部层层扒光、建立强有力的新党，就无法跨越讲和条约后的危机。听了他的话，重光说："既然大义已如此明朗，我愿做一兵卒，赴汤蹈火。"

这个答复超出了芦田的预想，芦田心情振奋，给楠次郎打电话，而楠次郎也像是在等他的电话一样，马上告诉他说："为试探绪方的想法，我去了一趟大矶，刚回来。吉田的想法好像没有错。"二人决定分头为保守联合做好先头工作。芦田想，还是绪方的外行风格让吉田首相也变乖了。

然而，造船贪污案的进展太快了。人们风传自由党干事长佐藤荣作将被逮捕，这令次郎对检察机关似乎操纵着舆论的情形感到十分遗憾。与之对抗的手段，只有援用法律了：如果国会召开时许诺请求在国会上通不过，就不能逮捕。这里面没有大义名分，定会使人们对整个保守势力的舆论再度恶化。就在芦田、楠、重光、绪方进退维谷之时，法务大臣犬养对最高检察院检察长佐藤藤佐行使了指挥权，下令"暂时推延佐藤荣作的逮捕请求，继续任意搜查"。如果有人对这种做法提出批判，说这是政府在恶意使用避免三权分立的摩擦而设立的制度，他们是不可辩白的。报纸和刚刚开始启动的电视报道都一齐发出了谴责，但三天后提出的吉田内阁不信任案，还是因为自由党分裂奏效、改进党无法统一而被否决了。

身处漩涡中的次郎有这样一个印象：即使经历了战败这个变革，政治的水平却与从前毫无二致。尽管军阀抬头的原因之一可以说是政党政治的腐败，但对历史也是缺乏反省的。次郎有些沮丧。

以见习的形式跻身议长办公室的我，突然被置身于这样的政治动荡之中，陷入了必须尽最大努力维护自己的境地。学生时代一直苦思冥想的何谓进步何谓反动的基准、善恶的尺度等等，没有一样能派上用场。我不想做只是条件反射地感觉这是好的、那是坏的这样的人，为了想办法从理论上整理周围的状况，继续保持客观的认识，我不得不付出艰难的努力。我所接触的政治世界，不论你在哪里寻找，都找不到可以认为是革新势力的要素。

我们过去的运动按说应该是直接联系到世界的，但对国内的政治似乎是不能通用的。这个发现让我变得很自虐。

一天早上，我被议长办公室的常客熊井慎之助叫了出去："楠君，有点儿……在这儿有点儿不太方便，咱们到议员食堂去吧……"

在那一天之前，我就记起来，他是学生党员时代在站前进行宣传活动时曾激烈交锋的对手。对我所呼吁的斯德哥尔摩和平宣言，他怒吼道："赤色狗腿子！别胡说八道了！"我予以反击，他竟然与我扭成了一团。幸好，我现在的身材和面孔都发圆了，和当时很不一样，他好像并没有认出我来。

在空荡荡的食堂一角，我们相对而坐。一坐下，熊井就小声地问道："那个，议长去皇宫是一个人去的，还是带夫人一块儿去的？"

这是我还在疗养院时的事，所以我含混地答道："这个，那时候我还不是秘书呢。"

熊井显示出超乎寻常的热情，说："那你快点儿打听打听。有人说议长带着不是正房的女人去皇宫了呢。不快点儿采取措施，要出大事的。"

29

接到秘书甲斐田的报告时，次郎一时没有明白是怎么一回事。尽管他心中不快，却还是吩咐道："叫八角来！"

八角是埼京公交公司的常务董事，现为议长室秘书部长。听恭次说起时，八角觉得事情和阿樱有关，便决定自己向报社记者打听一下。八角年轻时曾在报社工作过，作为次郎公司的干部，难得和公司外部的人有些交往。

"我刚刚听说。怎么回事儿啊？让带老婆一块去，可是宫内厅的指示啊。"次郎说着，又把目光转向了甲斐田，说："听说，现在有人说三道四的。"说完，视线又回到八角身上。

"啊，问题就在这儿。"八角爱出汗，说这话时早已汗如雨下了，他一边擦汗，一边说："就是，听说有人提出来，说不是正房……"八角面露难色，终于将"正房"这个词挤出了口。

"什么?！"次郎略微欠了欠身子，突然想起来什么一样，又坐下了。他想起来，户籍上，阿樱才是他的妻子。次郎惊讶之余，不由得想叫出来。

"可是，事实上的妻子是治荣啊。"

"我们知道。"甲斐田和八角不约而同地叫起来。

"这又有什么问题呢？"次郎嘴上这么说着，那种惊讶却在心中扩散开来，并变成愤怒，也变成同样分量的尴尬。

"得想办法趁现在压下去才行。听说，是《妇女新闻》想曝光这件事。"

次郎几乎没有听见八角的汇报。次郎感到一股恐惧，仿佛突然发现在走惯了的路上裂开一个大窟窿。

八角还想继续讲下去，见议长好像在想事情，就闭了嘴。八角也有些不知道该如何是好了。他最近已经习惯了按照楠次郎的指示行事，而次郎是不会对降临到自己身上的丑闻发表什么意见的，所以他便有些慌神了。看到次郎坐在椅子上纹丝不动，不一会儿，还闭上了眼睛，八角也只好一站到底。

次郎直觉地想到：自己被阿樱出卖了。这个家伙，我养着她，她却这样忘恩负义！然而，想是这样想，如果换了平时，发现了敌人，就要奋起而攻之的，可现在，次郎却毫无奋起之心。

"嘘——"次郎长出了一口气。他注意到，就算是阿樱背叛了自己，可她也是什么好处也捞不到，只能让天下的人都知道，她被自己的丈夫瞧不起。

如果石山治荣不是法律上的妻子这件事变成了铅字，自己一准儿是要辞去众院议长职务的。不仅如此，作为一个政治家的前程也会就此断送。这么一想，次郎就产生了怀疑：这也许是因会期延长问题而痛骂自己是"叛徒议长"、"变节议长"的哪个在野党使坏。自己还担负着国家的使命，所以，一定要把这件事压下去。这是一家以前未曾听说的报社，所以它一定需要资金，无论什么样的改革者也都是人嘛。

想到这儿，次郎渐渐平静了下来，确认道："你是说《妇女新闻》？"见八角点头，次郎想起了自己当《新日本》杂志社长时的事情。两个人那会儿都还年轻，阿樱是鼎力相助的合作者。"臭狗屎！"次郎呻吟了一声。一定是有人出卖了自己。

"这是家什么样的报纸？和政党有什么关系吗？"

"这还不太清楚，我已经让事务总长去查了，给您叫来吗？"八角问。他很想叫援兵来，无论是谁。

事务总长鱼住立刻就一路小跑着来了。他知道这种事的对应得争分夺秒，所以他正等着来叫他呢。对次郎的问题，他回答道："和政党的联系还不清楚。不过很多女作家、歌人、评论家都在给它写东西。"

听到"歌人"这个词，次郎心里又涌起一个令人生厌的疑虑。他想把它切换成一般化的概念，便咬牙切齿地说："无聊！实在是无聊！文人都是些自我中心、心里没有国家也没有道德的家伙！"过了一会儿，他才说："好了，你们先好好给我压着吧。真是，想起来就让人堵得慌。"然后，又很突兀且莫名其妙地说："也可以用用恭次嘛。"接着便改变了话题："对了，今天的全体大会怎么着了？"

自去年次郎强行通过决议以来，在野党将其看做是楠次郎背信弃义的行为，而摆出事事与议长作对的架势。

"前天，议长不信任案被否决了，所以我想，今天应该是按计划进行的。"事务总长回答。"那我这就和八角商量对策去。"说完，就走出了房间。

执政党和在野党的永久对立，使得预算案一直悬而未决。次郎虽然为此很感烦恼，但他想，难关总算能够突破了，可相反，现在自己却又陷入了困境。如果自己的事情成了花边新闻，那就不仅是名誉损毁的问题，而是一心妨碍国家运营的不逞之徒的行为了，那就必须动用法律手段了。次郎想到，应该同埼京电铁的法律顾问商量商量，便按响了呼叫铃。

进来的是恭次，他说八角去事务总长的房间了。

"给埼京电铁打个电话，就说让奈间岛律师到这儿来一趟。然后你去总长室，跟他们一起商量去吧。三个臭皮匠，顶个诸葛亮嘛。"次郎命令道。次郎已经决定，在考虑这个事件的对策时，把恭次也算上。能想到恭次，是因为次郎感到，现在有必要改善和阿樱的关系。

恭次按吩咐进入总长室时，二人正头凑在一起小声商量呢。他们见有人进来，吓了一跳，回身一看是恭次，就说："啊，恭次，你来得正好。哎呀，有点儿麻烦事儿……"八角说着，让恭次坐在旁边的椅子上。很快，恭次就知道了，昨天八角去了《妇女新闻》报社，提议购买印好的报纸或者出相当的广告费，但被严正拒绝了。八角把这家报社与采访埼京电铁的业界报纸同等对待，结果这个想先斩后奏的办法吃了闭门羹。

"这个结果可太糟糕了。"恭次直言不讳。

"可是，哪有别的办法呀，恭次君，你有什么好招儿吗？"八角心里郁闷，语气有些挑衅的味道。

"只有诚心诚意地去谈判啦。"恭次说。

"可是对手很坏啊，他们可不是用寻常办法就能解决的家伙，他们比社会党还难对付呢。"事务总长抱着胳膊说。

鉴于当时的情况，恭次不得不说："如果能够交给我的话，我可以先去见见对方。既然有很多文人，我就多少有点儿门路了。"

总长和八角没吱声。八角想，既然已经陷入了僵局，虽然这是个没有办法的办法，但恭次前去交涉，也算是个想法。儿子出马如果再失败了，就谁也怨不上了。这总比自己被委以重任、处理难题要好。

"不过，议长能同意吗？"事务总长声音里带着不安。

如果成了铅字，在野党是不会沉默的。最终，议长不得不辞职，原本应该保持中立的自己，也因为前一阵的会期延长问题而染上了亲执政党的色彩，所以，被当成同伙的危险性极大。如果要选举出新的议长，执政党的益谷秀次也许会胜出。这个人很好合作，但自己能活到那个时候的可能性不大。不管怎么说，楠次郎也太迂腐了。总长恨恨地想。作为实业家，楠次郎也许很有能力，但再怎么着，也是上不了殿的人了。总长又感到很惋惜。不知从什么时候起，他开始用能否上殿来判断人的价值了。

在只有威风没有能力的粗野议员居多的情况下，为谨慎推进国会运营的各项事务，用这样的尺度悄悄审视对方，还是有必要的。恭次以前是个什么样的学生，总长心里一清二楚。他脑海里浮现出一个比喻：蛇有蛇路，鼠有鼠路。既然恭次本人提出来了，虽然还有点年轻，但委托他去办也不失为一个方案。问题就是议长会不会同意。八角的脑子转得飞快。

"八角，你去跟议长说一声吧。这个问题是议长的隐私，本不应该我出头的。"总长说。

被总长这么一说，八角的表情变得活像个被命令去试验胆量的小学生。

我一手拿着八角给我的地图，走进位于骏河台下事务所一条街上的一家事务所。楼梯被我踩得吱嘎作响，像要坏掉一样。我所担心的是，阿樱同这件事有什么瓜葛。阿樱一手把我养大，从我对她的印象来讲，我认为她应该不会参与告发自己的丈夫，但我一直对大人的世界抱有不信任感，所以我也没有太多自信。人为了保全自身的利益而中伤同伴，这样的事情太稀松平常了，甚至有很多时候，会嫉妒得发狂而忘记了得失。即使我认为阿樱不是那种人，但好事的人们照样会扑到这个事件上，写出各种"逼近真实"的报道来的。打击一下一个丢弃实业家应有的钱财、在政治领域混成众院议长的男人，是很令人开心的事情。可如果问题复杂化了，对阿樱似乎也没有什么好结果。我想，不尽快解决这个问题，对阿樱就太不公平了，毕竟，她因为对楠次郎此前的背信弃义和变节采取忍耐、无视的态度而保持了自己的高洁。时至今日，我心里仍然蜷居着新闻媒体所代表的愤世嫉俗的情感，尽管他们把高举理想大旗奋勇战斗的共产党国际派的斗争替换为与德田派的单调的权力斗争。

在这样的世道中，也包括了听了德田球一派的辩解便上当受骗、认他们为正统的共产主义国际机构。以议长秘书的身份每天出入于众院事务局之后，我看到，政界这块地方，更浓密地沉淀着被叫做世道的庸俗。可以说，我的绝望又加深了一层。

对于这样的我来说，挽救阿樱的名誉，不是为了帮助众院议长，也不是为了祖护要从保守的立场维护讲和后的日本的政治主张，我这完全是为了保护阿樱这个女性的行动——她曾作为日本最早一批女记者活跃在新闻界，与当时看似志同道合的大隈重信最年轻的弟子结为连理，受到与日本政治社会一同变质的丈夫的"家"的思想的禁锢并忍耐至今。至少，我当时是那么理解的。

为她孤独的斗争加油鼓劲的，是战败前一年年末去世的永井柳太郎的遗孀贵久代。而问题在于，阿樱和贵久代周围的人们和这次指责议长带着不是正房妻子的女人拜见天皇的人们，也许是重合的。如果是共产党员，是不会出于不敬的感觉而拿这个问题说事儿的，所以，我觉得，《妇女新闻》也许是提倡妇女解放的人们的报纸。

我以独闯敌阵的心情敲了敲门，从虚掩的门缝里自报家门："我是众院议长秘书楠恭次。"

房间里聚着一个男性和六个女性，好像是在等着我的到来。

我刚一在他们让的椅子上坐下，对面的一个女性就开口道："哈，你这个秘书还蛮年轻的嘛，我以为还是上次那样的人来呢。"

"是众院议长派你来的吧？"坐最里面的桌子的那个男人问道。我看他像是律师，便起身再次自我介绍说："我是议长秘书楠恭次。我虽然是他儿子，但我今天是以议长代理的身份到这儿来的。"

"你对这次的事儿怎么看呢？你还年轻，可能还有点儿正义感。"右边第三个人，一个清清瘦瘦、脸色难看的女人问道。

我豁出去了，说道："这次的事儿的确是议长错了。可以认为，他把一个长年和他生活在一起的女人错当成妻子，带到皇宫里去了。"

"你说这些……"左侧的一个女人正要开口批驳，被对面的一个大块头摆手制止住了。我继续说："所以，我决不是要你们不写事实，或是请求你们这样那样写。我理解，言论和表达思想的自由，是人权的重要部分。"话一出口，我知道我又回到了学生时代，也感觉到一种自戒的心情在蠢动：这太讨厌了。"我今天来打扰，和上次来这儿的那个秘书不同，我并不是来做交易的。《妇女新闻》的方针是在座的各位制定的。我想说的是，有一个女性，会因为你们正确的报道而受到伤害。这个人就是我的母亲楠樱。"

"你为什么认为阿樱会受到伤害呢？她不是已经受到伤害了吗？"刚才最先发言的女性反驳道。她坐在最左边，下颌尖尖的，翘翘的。

"是的，这道伤上还重合着另一道伤。各位要做的事情是正确的，可是，另一个女人会因此受到更大的伤害。我们对此该怎么看呢？我是来向各位请教的。"这样一说，那种独闯敌阵的意识便消失了。我感到，出现了一个和真正的自己判若两人的人。

"你想让我们怎么做呢？"坐在对面的一个肤色发黑、身材发福的女人问道。她也许就是普通身材，可我觉得她看上去很是魁梧。

我沉默了。我只想着直抒胸臆，却并没有准备不同提案。我只有一个心思，就是和他们在同一高度平等地进行商谈。而《妇女新闻》那边，我刚进来时戒备和敌对的感情也似乎减弱了一些。

"我们办报的目的，是要保护女性权益，消灭性别歧视，所以，对这件事我们不能稀里糊涂地了事。这就是我们的基本立场。"那个像是律师的人说道。我无言地点点头。

"先跟你说下啊，我们报纸的举动，与阿樱无关。如果知道了，她会很为难的。阿樱和我是老朋友了，她是前辈，我很尊敬她。"对面的女人说。我感觉她的话还有"想想办法呀"之类的言外之意。我必须得说点什么了。

"能给我一个月，哦，三周也行啊，能给我点时间吗？"

"我们是报社，可等不了一个月，传言会扩散到满世界去。"

"这期间你打算怎么办？要是没有合情合理的解释……"

两三个女人一起开口，使我不得不低低地举起双手加以制止，说："我知道了。不管怎么说，是我父亲不好，这很清楚。所以，要让他采取作为一个人应该采取的行动。"

"你到底是指什么？"有人插嘴问道。

我于是接着答道："和我养母正式离婚。当然，还要让他对以前的无礼行为

303

做出赔偿。"

"你能对议长这么要求吗?"我对面的女人柔声地问道,然后用寻求同意的目光看着最远的、坐在和律师相反方向角落里那个上了点年纪的女人。

"现在这种情形,是可以的。"我语气坚定地回答。

"那就这么办怎么样,平林?所谓保护阿樱也许就是这样的。"坐在最远的座位上的年长的女人对我对面的女人说。我于是知道了,我对面的女人就是作家平林泰子。她眼里发出锐利的光,盯住我,说:"那,既然您这么说了,我们就等等吧。三周,可是一天也不能再延长了哦。"她宣告般地说完,又征求意见似的看了看左右的同伴。大家都点头了,我站起身,深深地低下了头。

下楼时,楼梯和上来时一样,在薄暮中发出了吱吱嘎嘎的声响,但我的心情却轻快了许多。

我跟他们说好要让父母离婚,心情本应很沉重才对,可我却轻松愉快。连我自己都在想,这有点儿奇怪。是我这个人的基本思考方式很奇怪吗?然而,从另外一个角度想,大学时代以来,我第一次按照自己的意愿行动、发表意见、得出结论并将其付诸实施。而且,我从很早以前就希望父亲和阿樱分手。那虽然是出于一种对什么东西的复仇的心情,可到底该对什么进行复仇,我却不很清楚。

来到外面,盛夏般的阳光照射下来,晃得我睁不开眼睛。现在,埼京电铁的法律顾问也许正在议长室里和父亲商量名誉损毁、申请暂时制止报纸发行的是非等问题呢。想到这儿,我加快了脚步。在这种情况下,我和《妇女新闻》的干部交涉出这样的结果,会受到什么样的对待呢?

"你怎么给我答应了这么个条件!""别多管闲事!""马上给我取消了!"……我想象着自己被骂得狗血喷头、进退维谷的样子,立刻筋疲力尽。我顿时觉得人生无聊,便走进主干道后身胡同里的一家咖啡店。在我回去之前,议长室和总长室的人们,大概都惦记着我交涉的结果而坐卧不安呢吧,那就让他们担心一会儿吧。我品着苦苦的咖啡,突然想到,阿樱是否同意离婚也是个问题呢。父亲一定会舍不得赡养费的,于是她就有以《妇女新闻》为首的后援团了,而我自然深陷其中。我怎么会遗漏了如此重大的因素呢!是山上的疗养院生活把我与世俗隔离开了的缘故?

我早就知道，这种想法的深处，有着对父亲的反感。认真刻板的公司职员听了，会觉得我今天的言行越了秘书之轨，简直岂有此理。即便侥幸获得成功，我也会因此被同事们视为危险人物。想到这儿，我又感到无聊起来。

我还想，我是不是应该把今天和平林泰子他们见面的情形告诉阿樱。我住疗养院的时候，她也给我写信，给我寄当时还是贵重物品的奶酪，说那是朋友送给她的。我还记得，在表示感谢的回信里，我差一点儿就写上，我的生母好像是住在关西地区的一个叫平松佐智子的歌人，也差一点儿就告诉她在疗养院里主持歌会的高田美佐夫跟我说的话和他借给我的《静夜》里面的作品，但我没有那样做，只是告诉她说，疗养院里住着一个原来是青踏派的女性，人们都叫她尾林夫人，办了个沙龙等等。我抓着开往国会方向的都营电车的把手，随车晃荡着，想，为什么呢？我想，最大的理由大概就是对阿樱的顾忌吧。但是另外还有一点，就是我并不是很想见我的生母。

我难道是个薄情寡义的人？我在记忆里搜寻迄今为止和各种人的相识和分别。也许是混杂着对自己的偏袒，我觉得自己并不是那样的人。对把我养大的阿樱，我一直都很敬重。然而，如果有人指责我说，那为什么一年到头见不上几面的话，我无话可说，只好低下头去。尽管我可以为自己辩解说，上大学以后，我曾为了革命运动日夜奔忙，又住进了疗养院。

那么，恢复健康后当了父亲的秘书难道是为了行孝道吗？对这样的问题，我还是无法予以肯定地回答。抛开思想的隔阂不说，最显而易见的原因就是，我找不到别的就职途径。

能断定是否薄情的，该是和学生时代的友人的关系吧。虽然中学、高中的朋友中维持着互相寄送贺年卡水平的有五六个人，但能称之为"还在交往"的却几乎没有。上了大学，作为一个有判断能力的人，朋友关系理应加深，但由于掺杂了党的问题，我失去了很多朋友。当时，有个比我低两届的女生，我对她还算喜欢，但我被除名以后，就断了联系。现在，我常能见到的，也就是三个人：把我的诗拿到出版社的原来的同志、从中学到大学一直在同一学校读书的电影导演，和进疗养院时我让他帮我联络的那个汉学家的儿子宫本熙明。

和我比起来，父亲确实可以说是情深之人了。只要你说是滋贺县人，他就会以一种特别的态度去对待。那些据推测跟他有很深关系的女人，也几乎都是故里出身。例外只有两个，阿樱和石山治荣。她们一个是户籍上的妻子，一个是事实上的妻子，这说来也颇具讽刺意味。楠次郎常说："滋贺县的女子可要当心才是，血浓情也深啊。"可不知道他自己为什么总是和那些应该"当心"的人发展得那么深。战败前夕结婚搬出六庄馆的西村惠也是滋贺人。

想到这儿，我还想起了那个电影导演朋友曾对我说过："你们家的气氛有点不对劲儿啊。我也说不出来哪儿不对劲儿、怎么不对劲儿，不过要是拍电影的话，我会在布景里布置一个土地房间，在一角放上一口大锅，再立一根顶梁柱。不管是多么有名的美国建筑家设计的，没有这些，就不是六庄馆。"

当时我只是单纯地想，我家看上去有那么封建啊，可现在想来，那不是封建还是现代的问题，他指出来的正是楠次郎所表现出来的性格上的东西。

正是这种楠次郎式的东西，让我们看到了一幕幕战斗的场面，也获得了无上的荣光。这次带着不是正房夫人的女人拜谒天皇的事件，便是一直上演着的"楠家物语"的一个幕间滑稽戏而已。

就这样，我的思绪，从情的浓淡问题扩展到了对人来说何谓故乡的方向。

的确，六庄馆有楠次郎的喜悦和愤怒，也有楠次郎的悲伤，但是，对于除了他以外的家庭成员来说，就只被要求有作为楠家一员的感情，唱反调的异端，要么像孙清夫妇那样被扫地出门，要么像我这样，从一开始就站到边缘去明哲保身。这样的生活不知不觉地造就了我的性格，我的薄情，大概就是这样形成的。

我回到国会议事堂议长办公室时，房间里只有议长一个人，八角和石川县出身的原众院议员、秘书吴坪都出去了。我向秘书甲斐田打听了我不在这段时间里的动向。据他讲，我出去三十分钟后，埼京电铁的法律顾问就来了，八角和奈间岛律师同议长谈了两个多小时后，他俩刚刚一起去内阁法制局听取意见去了。我猜测，他们一定是在狠命地搜寻制止新闻报道的法律依据。正如所料，议长的亲信正朝危险的方向活动。一想到这会导致最恶劣的结果，我感到自己体内竟奔涌着与平素的自己完全异质的亢奋。停止革命活动后，很久没有这样了。

"那我去汇报一下。"我说。

"怎么样？挺难办的吧？"甲斐田关切地小声问。

"也不是没有可能。回头我再跟你说。"扔下这句话，我就去敲议长室的门了。

父亲正一个人发呆，见我进来，脸上竟露出笑容（我这是第一次见他笑），说："噢，怎么样？见到他们啦？"

"嗯，主笔和六个干部我都见到了。我先说结论啊，我们说好了，休战三个星期。"我一口气汇报道。我决定这时不提及阿樱的名字，也决定不说多余的话。"我们争论得很激烈，在这个过程中，出现了一个他们不做报道的方法。"

父亲用将信将疑的目光盯着我。我深深地吸了一口气，像扔出一块大石头似的说："那就是从法律上离婚，早日办理好把带入宫中的治荣扶正的手续。"我稍微停顿了一下，继续说："法律上的事儿我不太懂，如果这样的话，他们就默许不报道此事了。我想，不会有错的。"

父亲默默地看着我。

那不是怀疑的目光，而是遇到自己理解不了的事情时有些不满的表情。都一起过了十五年多了，我带着这个事实上的妻子去，有什么不可以？——这是他不满的根本所在。似乎正是这种不满，让父亲缄口不语。另外，和阿樱办理离婚手续，有一种和自己的青春分手的感觉，这对用情颇深的父亲来说，有些不好接受。而且，那个不可理喻的集团大摇大摆地走来走去，自己身为议长竟毫无办法——这种惊奇，遮盖了那股惜别之情。对这个集团，八角没有说得通，却让一个学生娃恭次摆平了。

然而，议长给我的印象是，他并不是很高兴。这颇令我感到意外。

我感觉到了他那种"眼下这会儿暂且先听听你的汇报吧"的态度，顿觉没劲。他根本就对事件的本质、危险的严重性缺乏足够的认识。我隐藏起内心的焦急，缄口不语。

有敲门声。是八角和奈间岛律师二人一起回来了。他们俩的出现，把我从和议长无言相对的难堪中解救了出来。

"怎么样？"议长的反应和我回来时一样。

"这回的问题采取法律手段好像相当困难。"奈间岛律师斜侧着上身答道。

八角以迎合议长的语气补充道："内阁法制局都是些原则、理论，他们不介入具体问题的处理。"

父亲于是指示道："恭次，你把你交涉的结果跟他们俩说说。"

"我刚才已经跟议长汇报过了，现在我再说一遍。"我这样开了个头，便把《妇女新闻》答应停战三周、探讨后对方有改变的兆头、如果可行有不报道的可能等等又说了一遍，最后当然要加上一句：当然，这是我的判断。

我极力按捺着自己想叮嘱他们的念头——现在这样的时候，采取攻击对方的法律手段不太合适，有使事态恶化的危险。是选择我所开辟的和平道路，还是把对手打垮，要取决于议长自己的决定。我告诫自己：你不过是一介秘书。这让我最终采取了冷静而内敛的态度。尽管这种冷静之中隐藏着一种充满恶意的报复之心。

"是吗，那太好了。这种情况下，还是恭次的办法比较稳妥。"奈间岛说。

父亲打量着我和律师，最后对律师说："不过，咱们不知道阿樱会不会一下就同意离婚啊。这件事就麻烦你给我办一下，好吗？"

我心想，到底还是这样。

"正如八角所说的那样，《妇女新闻》都是些很强硬的人，希望你能小心跟着。"我对八角说。

我的话里有些我的任务到此结束之类的意思。尽管我知道议长正看着我，却还是郑重地低下头，退出了房间。

我回到座位上，想，要使这次的事情没有发生，父亲大概会将妻子的位子一直留给阿樱。这让我觉得有必要重新研究一下楠次郎这个人。

门开了，我又被叫到了议长室。

"我决定就按你汇报的那样，开始办理离婚手续。你要好好压住《妇女新闻》，别让他们误会了。"父亲说。我平生头一次知道，父亲居然还会接纳我的提议。同时，我还毫无根据地想，父亲的心里，一定扎下了憎恨、提防我的根须。

30

听恭次汇报和《妇女新闻》的交涉经过时，次郎想，如果和阿樱离婚能化解拜谒天皇时的问题，出点"血"就忍了吧。想着想着，他觉得这个方法是解决问题的唯一途径了。尽管如此，这么私密的问题，非要外界强制解决，总还是令人心中不快。

和阿樱的结合自不待言，就是当初和山东友梨、经京都海军预备学校报考东京的早稻田大学，都是自己思考、自己拿主意的。

只要不是议长，就不会受到如此追究，和阿樱的关系也会保持稳定。想到这儿，次郎对提起这个问题的人便不由得怒火中烧，且愈燃愈烈。

在次郎迄今为止经历过的憎恨中，有几个人是他终生无法原谅的，东京的滋贺同乡会干部、经营证券公司的岩田助八便是其一。他骗取了为人和善的小林金兵卫的信任，欲将综合不动产公司据为己有。由于他的阴谋，次郎险些将自己的生母划为敌人。幸好金兵卫的儿子银兵卫的同父异母妹妹的丈夫川田四之助机灵果断，在事发之前识破了阴谋，使得事情有惊无险。但由于这个阴谋发生在次郎因经济不景气而万分艰苦的时期，所以他通过这段经历得出了切身的教训：最大的敌人往往潜伏在身边。正因如此，岩田助八死的时候，他发去了一个贺电，上书："恭祝恶人之死。楠次郎。"

另一个就是扔下孙清一走了之的岩边苑子。一想起她，次郎便感到心中有一种怀疑在抬头——这次的参拜天皇问题与恭次的生母有关。次郎从年轻时起，就经常这样受猜忌心的折磨。这并非是因为理性或是推理的作用，而是基于直觉的感情活动，所以自己无法控制。这难道是在从土墙上凿出的窥视孔里眺望来路不明的霸主骑着马挺着胸走过大街的过程中渐渐变浓的血液在奔涌的缘故？

静下来想想看，她隐居在桃源乡深处，不可能在这种事件上出头，但次郎的猜疑心早就把这个判断吹散了。在次郎看来，她性格很是古怪。从大正末期到昭和初期，常有债主拥到家里威胁着催债，阿樱都没法待在下落合的家里，要搬到上大崎那边正在分售的一处独门独院的住宅去才行。为此，曾让一直住在那里的恭次的母亲像球一样搬到了偏远的国立站附近。这处房子位于以东京商科大学为核心建造的日本第一座大学城的住宅区，次郎曾豁出公司的命运加紧建设，甚至在被命名为富士见大街的路旁盖了一座面向大学教职员工子弟的小学。次郎隔了一周再去那处房子时，便不见了她的身影，桌子上放了一个雪白的信封。情形和孙清的母亲失踪时有些相似，但信中所写内容却全然不同，都是些让次郎费解的话。

"我无法与你共享时间。"信的开头写道。

"我感到，我心中的楠次郎，是我造出来的幻影，和现实的楠次郎毫无共同之处。是我抱着幻影不放，所以我并不恨你。但我又恨你入骨。"看到这儿，次郎想，她是疯了，同时，心里也十分不快——我照顾了你那么多，你凭什么还要"恨"！真是不要脸！

可是，后面还有更费解的话："今天国立的天空格外清澄，仿佛可以让人预感到神的旨意。我觉得我应该侍奉的是这个神，而不是楠次郎。这大概就是神的启示吧。而让我尽早感知这些的，正是你的愚行。在这个意义上讲，我必须要感谢你才是。以后我也许还会伤害几个人，但那也是楠次郎让我发现的这种叫做愤怒的俗情使然。为了不成为加害者，我必须消失。我的赎罪只奉献给神灵。"

这什么乱七八糟的！次郎气得瞪起了眼睛。他又一次想，她是疯了，这一次，他又觉出了一丝恐怖。

她好像是看透了次郎的心，继续写道："但是你没有必要害怕。复仇在我，复仇也在神。"

开什么玩笑！次郎再次成了愤怒的俘虏。

"如果你心生寂寞，那便是因为我侍奉神的存在。我忘却了应该是人类无法企及的花朵的前世，是失败的。请自重。"信写到这里就结束了。

次郎很无措地想，奇怪，真是奇怪了。心中随即隐约生出一些不安，好像自己伤害了那个异常骄傲的女人。

为学习国文学，她曾经作为无论在资料及图书收藏方面还是教授阵容方面都早有定评的东京的大学的旁听生，主要学习和歌、短歌。她在不知不觉间开始心仪次郎，第一次遭遇恋爱。对她来说，楠次郎就是光源氏①。

她自己也能吟咏短歌时，便以和集中精神创作短歌时同样紧张的感性，描绘着楠次郎的形象了。他有两次婚史，还有两个孩子，现任妻子正照顾着两个不是

———————————

① 日本古典文学名著《源氏物语》主人公。

自己亲生的孩子……这些事她想都没有想过，也许，更确切地讲，是她根本没有意识到想这些事的必要。

这些都是普通女人所介意的事情，对她来说，现在，自己心中描绘的光源氏就在眼前，这就足够了。再说，楠次郎是士族还是平民，对她也不是问题，她是个平等主义者。然而，最初在上大崎独门独院的宅子里、后来又在国立郊外的房子里一同生活了一段时间之后，她的幻想破灭了。次郎从未想过在已经到手的女人面前掩饰自己，所以，理想中的男人形象一旦崩溃，便一泻千里，不可收拾。

虽然次郎以前曾多次陷入穷途末路，但每一次，都有新的女人出现，给他以杀出重围的力量。祖父死时，是山东友梨。按次郎的说法，女人成为自己的囊中之物，便是恢复自信的契机，所以，说他在公司濒临破产时越发不检点这种责难是极大的误会。次郎心想：这种看似有识之士的评说之类的意见交给见习修身教员好了，一次领导都没当过的人，怎么能领会政治家、经营家的精神起伏?!

次郎对孙清母亲的气愤很单纯。当时他气得咬牙切齿，直想掘地三尺，把她找出来痛骂一顿，但这一次，对方却有着太多令人匪夷所思的东西。他甚至无法判断她究竟是正常的，还是发了疯，还是佯装发疯实则正常。他觉得她"奇怪"这个想法中，也混杂着轻易收拾不得的打憷的感觉。

次郎一直在想，究竟什么事让她生了这么大的气。首先记起来的，是那次在箱根芦湖驾驶水上飞机做游览旅行时，她说她想一起坐，次郎没同意。次郎早就对飞机感兴趣。为将箱根和轻井泽变成大众性场所，他想到了这个用飞机做宣传、兼做运输的办法，以消除人们觉着这里离东京很远的印象。但他到底不想和比自己小二十岁、美貌逼人的她一起降落在等满了知事、国会议员、町长们的湖面上，犹豫再三，他还是决定自己独自乘坐。接着，次郎又想到为保护阿樱免遭债主袭击而让她搬到国立的事情。她一到晚上就咳嗽得厉害，而国立那边空气好，又是田园风光，次郎觉得让她搬去那里合情合理。然而，不管次郎怎么挖掘这样或者那样的原因，都无法认定这就是能让她写下"决裂书"的直接原因。

她毫不隐讳自己的去向，在信尾以"又及"的形式写道："你可以通过我姑母和我取得联系。作为一个尼姑，她已经习惯了和人们说话，所以也会告诉你我为什么会离开国立。"

看到这段时，次郎脑子里第一次浮现出这样的想法：这下不好办了。次郎又一次想起了当初平松摄绪对他说"把侄女交给你了"、自己决定照顾她的情景。现在，事实是，自己染指了一个人家信得过你才托付给你照顾的大姑娘。况且，平松摄绪还是曾经教给自己性的欢愉的女人。

想着想着，次郎又觉着有些奇怪。在高田马场车站后身的"松平"面馆认识平松摄绪后，有过一段空白时期，之后再见到她时，她便是尼姑了。但这似乎不是她深刻反省以前的生活方式并悔过自新的结果，次郎反倒觉得她当尼姑是她以前生活方式的当然的延长。也许是这个缘故，次郎和她的性的关系虽然中断了很长一段时间，但还是在偷偷继续着。平松摄绪介绍她侄女来的时候，次郎隐约感到其中隐含的意思是：今后让这姑娘代替我吧。在她关键时刻吃惊地拒绝、他几乎就是强奸了她的时候，他甚至没有产生一点罪恶感。权且不说这是他的性格使然，在次郎看来，这是有双方的默许做基础的，更何况她又是很依恋他的。

次郎想，平松摄绪和她的侄女之间有相同之处吗？摄绪比次郎年长很多，没有机会把自己的激情以战斗的形式表现出来，但从她把离了婚的丈夫的姓氏颠倒过来，当做比野摊好不了多少的店家的店名这点来看，还是能看得出摄绪风格的激情的。

时隔不久，平松摄绪就来信了。次郎紧张得不行，可拆开一看，信上的语气竟平静得有些让人失望。

摄绪在信中说次郎不应该和她的侄女同居，因为有无法生活在一起的星相，所以也不应该派人去要求恢复夫妻关系，至于她侄女，由于她打算自己退出，所以请次郎尽管放心，等等，虽然字面上很客气，但该说的话也都说得很清楚。接着，信上还写道："尽管我觉得您不适合于和女人和睦共处，但由于您很有女人缘，因此我希望您克服弱点，修身养性，以坐怀不乱。"这让次郎感到很不舒服，但他确实又无法挺直腰杆否认对方的指摘，所以，看到对方威胁地写道："因性情刚烈，今后也无法保证不再劳烦"，也只有"哼"一声，然后把信扔进迟早要处理掉的私人信件箱里。

出人意料的是，紧跟着又来了一封快件，说她侄女已经怀孕了，由于她也不适合教育孩子，所以希望次郎尽早接回去，托付给可靠的人，并要次郎做好将其当做自己孩子养育的准备。次郎看着这封快件，想起弟弟裕三郎跟自己提过要结婚的事，但还没有给他回话。

他很了解裕三郎的对象青山莲，她性格温柔，容貌姣好，以至于擦肩而过的人总要回过头来再看一眼，只是，幼时因关东大地震失去了父母，她自己也被砸在坍塌的木材垛下，头部受过重伤，所以智力上略略逊于常人。她父母也都是滋贺县人，她就靠帮滋贺县同乡会做些事务性工作过活。

次郎深知，提出和她结婚，是看似游手好闲的裕三郎的善良使然。这本身虽有令人温暖的因素，但作为一家之长考虑到将来，次郎还是犹豫了，不知道是不是应该轻易答应他们的婚事，于是他以需要慎重考虑为由，没有立刻做出回答。这时次郎想到的是，看看能否把即将出生的婴儿作为广田夫妇的孩子，并以此为条件答应他们的婚事。

奇怪的是，他忙着想办法从户籍上办得天衣无缝，心里非但没有感到任何为难，反而很高兴地认为那个矫情姑娘也算是为楠家赎罪了。次郎希望是个男孩。孙清会长成什么样，次郎心里没谱，一想到他的生母，次郎便感到不安。这次虽然也有些不安，但男孩越多，楠家的未来就越有保证。

有了这样的经过，次郎不由得想，恭次能为自己和阿樱的离婚露一手，也算是一种宿命吧。在这件事上，恭次虽然忠实地显示出了能力，但他已经成了一个能冷静处理此类问题的人，这个事实又让次郎感到了些许不安。激情有时候会变成过度冷静的形式出现。对恭次来说，阿樱是养育了他的母亲，而且他又提出来要离开楠家，从这些情形来看，恭次比自己更接近阿樱。也正因如此，次郎对恭次能以二人离婚为条件收拾事态还是感到有些不解，还多少感到有些后怕。

次郎的不解姑且不提，出于情感，恭次倒是赞成他们的离婚。只要次郎在议长的位子上，就一定会继续采取反对在野党的态度。恭次观察认为，这就和最终成为辅弼政治体制俘虏的永井柳太郎一样，等待他的只有有相对自由思想的保守主义者的命运。对这种人物，阿樱还是远离为好。

然而，恭次并没有对《妇女新闻》提出离婚这个条件，只是灵机一动，在和平林泰子的交涉中才想到离婚的。而想到这个方案，也不过是因为他平时也总觉得阿樱不适合做楠次郎的妻子。

经历了这些之后，静下来想想，恭次自己都觉得为忠于社会主义思想而离家出走有些荒唐。表面上虽是如此，但实际上，莫如说离开家才会有自己的人生这种想法是主要的。裕三郎夫妇死后自己就被交给了阿樱，又在楠次郎的管下，连自己的身世都是一团迷雾。自己本来不就是为独自生活而生的嘛！所以就应该选择洁身自好的生活。这种想法自然就和阿樱的离婚联系了起来。

次郎已经在为赔偿赡养费挠头了。他私下里曾向法律顾问奈间岛打探："能不能控制在五百万以内？我的钱可都是我一个人挣的，不像别的政治家是人家送的，价值不一样的。"他的记忆里还留有不久前听来的逸事：一个他认识的资本家，花了五百万，终于离了婚。

"啊，情况各有不同，我会尽力而为的。"奈间岛的回答并不是很理想。

《妇女新闻》是有期限的，国会的定期常会又临近尾声，无论从哪个角度来说，这桩离婚交涉都很不利。

这次国会的最大问题还是随着占领结束而产生的关于相互安全保障协定的一些法案的设立，还有警察法的修改议案。次郎认为，不能不通过这些法案就结束国会，而会期末就会同去年一样有发生纠纷的危险，甚至危险性会超过去年，所以个人的这些乱事一定得在此前处理干净。

因此，次郎已经暗自做好了如果对方态度强硬就做些让步的思想准备。但问题是不知道究竟谁是真正的对手。尽管他知道阿樱并不想成为这个问题的当事人，但也许她无法拒绝后援团起事。何况她的存在足以为妇女解放运动鼓劲，可谓是独立女性的先驱，她不能背叛那些为数甚众的后援团。次郎并不认为《妇女新闻》旗下的人和自己年轻时的思想有什么联系，非但如此，自己现在的想法也和年轻时没有一点变化。

这种自信给了楠次郎以巨大的力量。只是，不只是他一个人这样，这是世上领导人共有的特性。我时常认为，自己是为了解社会背后的真相、了解学生时代把我打倒在地的力量究竟是什么东西才当这个秘书的，那里面有一些东西是用科学理论无法分析和把握的，虽然它给人一种晦暗、怪异的感觉，但是，既然它握有实权、正统治着日本，那么只把它看做是反动的、是旧体制、是前民主主义而将其从外部斩断，这个世界是不会有任何变化的。

由于将来当个学者也是我的选项之一，所以我把当秘书时每天留意到的事情都尽量记在本子上。在这个意义上，国会这个地方的观察资料可谓丰富至极。而最初向我通报《妇女新闻》动向的议长办公室的常客熊井慎之助等便是重要的领航员。

虽然我并不知道父亲把熊井慎之助看做是出家人，但八角告诉我议长对熊井的看法时，我却能够理解，想来这都是当然的。对父亲来说，不想飞黄腾达并为之付出努力的人都是愚民，其中勉强可以不受轻视的，便是那些出家人。然而在我看来，那些为出人头地而争权夺利、尔虞我诈的人无一不是粗野的凡夫俗子，而受八角和甲斐田秘书冷遇的院外团体的熊井慎之助则是个令我感兴趣的人。按照我的分类，他很像我在城北地区当组织干部时认识的自由劳动者郡山弘史，此人曾把祖辈传下来的仙台的酒类批发商店的资产捐给了党，自己则成了一文不名的穷光蛋。

在为了年轻时执著的梦想而断送了一生这一点上，我和他们是同类。对此，我暗自早有认识，只是不好意思说出口而已。

熊井也曾为了爱情而让出了身为地方政界权威人士的父亲的地盘。

"我第一个老婆啊，是县议会议长的孙女，人长得漂亮，我就给迷上了。议长捻着山羊胡子说：'把你父亲的地盘让我儿子用用吧，然后我找机会把你推举到国会去。支持孙女婿，也是当然的喽。'那时候我们正谈婚论嫁呢，于是我就退出了县议会的选举。我之所以听了他的话，还不是因为我想和他那孙女在一起！"熊井说着，还不停地点着头，好像是在再一次说服自己。

这些话是熊井陪同众院议长参拜伊势神宫那天晚上在住处主动对我讲的。听了以后，我重新打量了一下熊井，意识到他年轻时可能是个仪表堂堂的男人。

然而，他只在辅弼选举中入选过一届国会议员，战败后还因此被解除了公职，此间执县议会牛耳的前面提到的儿子参加了选举并一举当选，从此熊井便不再有出场的机会。此后的十年，他就一直是议长办公室里的常客。他为人善良，据说现在每个月从议员儿子那里领一点补贴。

"那，那个夫人后来怎么样了？"在伊势的住处，我一边给他斟酒，一边问。

"死了呗。"熊井答道。停了一拍，他突然抬起脸，说："恭次啊，人这东西啊，总要死的，而且要变老。"说完，又把目光从我身上移开，补充道："她这一死，我觉得自己好像上了个大当似的。不过，随着时间的推移，我开始觉得，她死得挺是时候的，在还没到人老色衰的时候死了挺好的。"

熊井总是穿一条又肥又大的裤子，说话的时候比议员还有政治家派头，对他这些掏心的话，我不禁听得入神。我觉得，他比我活得有人情味多了。

我也在想，自己对人和人的关系大概是过于漠不关心了，不论是父子关系还是朋友关系，都有些不负责任。我是有意用漠不关心的外衣包裹着肉身的生活方式，不让血液流动。这种性格，在疗养院时代的态度上就有所体现了——即使一个疑为生母的女性身患不治之症，也只是向歌人高田打听一下情况而已，而没有任何其他举动。也许还是学生党员那会儿，体味了太多的组织的冷淡，才使得我的这种性格更冥顽不灵的吧。

这种性格，也许是对楠次郎人际关系过剩的一种反动吧。学生时代曾热衷于运动，也是因为想从内部突破冷漠的外壳。破壳的力量，于雏鸟是生存的本能，于人又何尝不是如此？！这也无可厚非，因为在土墙上掏洞观望过往霸主的队伍也是出于生存的意志，其中还包含着嫉妒、野心、憎恨和迷惘。我其实完全可以更轻松地听任感情的起伏。党以有利于党内斗争为由将我定为间谍进行谩骂时，我不也曾义愤填膺，甚至想到要当一个反共产主义者，喜怒哀乐无法不在胸中翻涌吗？！

和熊井慎之助谈话后的第二天，我列席傍晚开始的祭神仪式，心中就涌起了如此荒谬的想法。回顾过去，虽也有过犹豫，但还是相对顺畅地当了父亲的秘书，这背后的原因，大概就是对人际关系冷淡的负面性格把我推向了前方。

埼京电铁的法律顾问奈间岛多次往返于楠次郎和阿樱之间，为早日签订离婚协议奔走斡旋，但还是很难得到《妇女新闻》的人的认可。

八角提出的以广告费的名目为报社提供资金以及收购出版物的方案遭到失败，这表明，对手并非业界报社之流。尽管如此，如果归纳一下双方的意见分歧，就会发现，这是一场墨守封建思想成规、无视女性人权的惯犯和维护妇女立场的正义一方的对立冲突。为使事态不至于激化，奈间岛极力解释楠次郎是个有人格魅力、充满同情心的人，但对方却只是默默地听着，只在奈间岛说完后，才回以怀疑的目光，仿佛在问："那你到底打算怎么办？"

有好几次，奈间岛都禁不住要从心里慨叹妇女拥有参政权的民主主义现状。所以，他一问"那出什么条件你们才肯呢"，就被反驳道："这是当事人决定的，我们只需看看结果，判断一下议长是否是一个好人。这有什么好难的呢？"

阿樱说，她有离婚的意向，莫如说她这方面正想着要提出来呢。这可是个救命稻草。奈间岛虽然知道这种问题最好慢慢来，但无奈国会会期末这个制约条件等不得。《妇女新闻》方面也似乎了解了次郎这面的情况，故意让人摸不着头脑地试探道："议长先生在会期末之前至少也要拿出个基本方向吧，否则，会不会闹出什么不好的事情来？"

经验丰富的奈间岛律师自然不会放过"基本方向"这个词，便提议："怎么样？离婚要在法律上成立是需要时间的，而且日后能使双方放心，所以拟一个'双方均同意离婚'的意向书如何？"

《妇女新闻》方面，平林泰子和那个年纪稍长、会长模样的人几乎不太说话，倒是经常坐在平林泰子右边的瘦女人和那个唯一的男性、年轻律师显得有些喋喋不休。

"好啊，只要阿樱也有这个想法。"右边的那个女人回应道。

奈间岛律师虽然觉得自己的提案没有受到应有的重视，但心想，总算向前进了一步。他年轻时当律师之前，曾以外交官身份在上海领事馆工作过，并在那里练就了一套斡旋的本领。从一个外交官的角度来看，陆军及其上级近卫文麿对中国的策略简直就是幼稚的，有时甚至是愚蠢而拙劣的。在这一点上，奈间岛觉得自己和与永井柳太郎、重光葵一脉相承的楠次郎有很多地方是有共鸣的，所以才在当律师的同时，接受了埼京电铁法律顾问的工作。

6月3日，国会最后一天，到底还是乱了个一塌糊涂。与一年前不同，断定正式会议会场必将乱成一锅粥的在野党的战略奏效，次郎甚至没能到议长席就座。次郎准备进入正式会议会场时，两次遭到了在野党议员和秘书团组成的人墙的拦截，只好决定动用警察排除障碍。半夜十二点之前如果不延长会期，伴随占领终结而生效的各项法案就会流产，于是，次郎决定，无论如何，也要延长会期。

辞去议长职务后，每当回想起当时的心情，次郎都觉得，那时支撑着自己的，是这样一种信念——自从可以偶尔见见天皇陛下以后，自己和吉田茂一样，都是代表国民的。即使违背了祖父"别想着要用自己的力量撼动天下"的训诫，也必须要担负起天下大任。

在次郎指示下一度回到自己房间的事务总长鱼住，三十分钟后出现在议长室，问道："都准备好了，请警视厅出马吧。可以吗？"他有心理准备：既然是支持叫警察来国会这种戏剧性请求的，议长自不待言，作为事务总长，也是要负责任的。

"好！快点！"次郎语气强硬地叮嘱道。

我奔出议长室，朝八角和秘书甲斐田使了个眼色。

"好嘞！冲锋嘞！"熊井嘀咕了一声，前来侦察的社会党众院议员秘书也立刻消失了身影。就在第三轮混乱即将开始时，警察在守卫队的带领下出现在了走廊上。见此情状，在野党方面打了胜仗一般，发出一阵阵高叫。

"看哪！权力居然让警察进了国会！"

"这是践踏民主主义！"

他们声讨着执政党和变节的楠次郎议长。看在野党方面的反应，越是年轻人就越是情绪激昂，他们挥舞着拳头，发出近乎狂喜的喊声。

保守派的议员们则以次郎为中心，冲进了会议会场。恭次（我）①也在其中。警察是以疏导楼道交通为由进入国会的，所以无法进入正式会议会场。熊井站在保护议长的最前头，嘴里叫着"我打死你"、"混账！让开"吓唬人。甲斐田在我耳边低语道："恭次君，不要举手，会被拍照的。用脚踹！踹！"

混战持续了将近三十分钟，议长才得以在正式会议会场入口处宣布，会期延长。

---

① 此处原文叙述有些混乱。括号前为原文，括号内应为正确表述。以下亦同。

大约过了三周左右，恭次（我）在电影院看到了一个电影正式开演前放映的新闻纪录短片，其中一个大特写镜头，就是楠次郎议长代表议员协议会面向前方，低头谢罪："会期末之际，国会发生了混乱，辜负了诸位国民的期待，对此深表歉意。"

观众们看了这条消息，都纷纷啧啧着叹道："真不像话！"、"拿人开涮哪！"恭次（我）坐在后面，心里虽然嘀咕着："不知道你们中间就坐着一个有关人士吗?！混蛋！"但是，羞愧的心情却挥之不去。他（我）已经是被群众看不起的那个集团的一员了。

31

混乱中决定延长会期的国会结束后不久的7月6日，楠次郎离婚的消息被曝光。那是一则类似政界逸闻的花边新闻，"赠前妻八百万日元"的大标题下，还附以提示语："因上月国会混战而名声大噪的楠议长，日前与其长年分居的发妻阿樱正式离婚。"消息还介绍说，阿樱是大隈重信的爱徒，是女性政治记者的先驱，多年来一直体弱多病等等。这篇报道笔调柔和，对楠次郎也很客气，是楠次郎的同乡、在通讯社留有编制的外村常务自己写的。

这篇报道刊出的那天，我接到了事务总长鱼住打来的电话。他说："国会召开期间，恭次君想必也受了不少累，现在，议长个人的事情也似乎平安解决了，所以，今晚我想犒劳犒劳你和奈间岛律师，还有八角君，你时间怎么样？"

他的话让我很感意外，就试探着说："哪里，倒是我们应该慰问一下总长的辛劳呢！"

他不肯，结果还是决定，他主持举办一个犒赏会。

按照约好的时间，我六点钟准时来到了小石川的冈野屋，据说，空袭过后，这里只剩下了这一点。我到的时候，鱼住事务总长和八角已经来了。

那天，奈间岛律师因为要替综合房地产公司和埼京电铁方面就小田急公司箱根——热海机动车专用公路侵犯私权案件进行陈述，要稍稍晚来一会儿，所以，等我一到，宴会就开始了。

"听到你明知对自己不利，却还要力劝议长夫人离婚，我非常感动。"鱼住说。

八角立刻附和道："啊呀，恭次君明断啊。这就叫舍私利成大义啊！"

我虽心中有愧，但事后知道还有这种看法，便只好支吾道："啊，我只是觉得在当时的气氛之下，也只能那样了。"

在他们看来，我是个不顾因斡旋自己母亲阿樱离婚而失去应得的继承权的利益、救议长于危机的儿子。我忍住自己，没有说出"我很早以前就放弃了所有继承权，而且这个母亲也不过是养母罢了"之类的话来。从以往的几次经验来看，讲出事实和真心话，是绝不会受到理解的。我早就知道，他们一直认为我是个隐藏自己的怪人，所以，再次，也就只好含混地应付着了。

没过多久，奈间岛律师急急火火地赶来了，这个话题便重又被提起。接着，鱼住事务总长问道："恭次君，我想，你有朝一日可能会参加选举的，不过，要是结婚的话，还是选择滋贺县人吗？"

这个问题让我再次吃了一惊。

行助议长之大义，是为了瞄准政治家，我此次的善举是以继承楠次郎地盘为前提的——这种认识，似乎是鱼住、八角和奈间岛所共有的。我必须得谨言慎行了，违反常识的发言是会弄得三个人都不愉快、并埋下不信任的种子的。

"啊，怎么说呢，"我说，我觉着光这么说还不够充分，便借口身患疾病，搪塞道，"不管怎么说，得等身体完全恢复了，我想，至少要过两三年吧。"

如果是主义和理想尚很清晰的年代，我会作出清晰的反应——或以此为线索瞎说一气，或从正面否定对方的意见。

楠次郎一定没有考虑过把地盘让给谁的问题。让，是以自己的引退为前提的，而以此为前提的讨论定是想造反的人的所为。在他的逻辑中，不论他是孩子还是兄弟，谋反是绝对不可以原谅的。

也许是觉察到了我的判断，八角一边转着身子给鱼住斟酒，一边打断了危险的话题："议长身体还好，大概还没有考虑引退的事吧。不讨，国会的乱战也很消耗体力呀。"

我眼前立刻浮现出父亲当时的模样：宣布延长会期后便逃也似的回到议长室，躺在沙发上，额头上敷着湿毛巾，医务室的医生给他号着脉。就在这时，绪方竹虎代表执政党前来致谢，父亲气喘吁吁地说："只能是保守联合了。请代我问候吉田先生。"

绪方竹虎握着议长的手，答道："谢谢谢谢，我明白议长的意思了。"

在他们近旁，我觉得他们二人都陷入了那种救国志士的昂扬情绪中。

"恭次君，怎么样？还能再喝点儿吧？"奈间岛律师把酒壶推给我，说。接着，又用半是试探的语气说："不过，倒是听不到有恭次君的艳闻啊！"

我慌忙说："啊呀，我可不能喝……"我的回答语无伦次，只是想再次蒙混过去。

我亲眼见过长兄孙清夫妇的辛劳，所以并没有打算在父亲还算健康的时候结婚。当了秘书之后，我离开住了很久的网球场小屋，搬进了建在车库旁边的二层小楼的一楼，仿佛是从家乡上京的支持者。原来孙清夫妇居住的二楼，如今可以住七八个人，有一个宽敞的盥洗室和两个厕所，但有时候还是不够用，我隔壁房间还要住上三四个人。也有女性到过我的房间来，可我并没有想着要和谁结婚。她们多是音乐学校的学生和演员"坯子"，对她们，我还明显地流露过自己的态度："结婚这么麻烦的事情，烦都烦死了。"

我从一开始就表现出这样一种姿态，加之"手枪楠"、"国会乱战主角"等印象，我想是会让年轻女性望而却步的。即便如此，也还是会有例外。我就曾受到过强烈的非难："谁知道那些默契！那都是自私男人随便编造的口实！"

听到这样愤怒的言辞，我心里觉得怪怪的——自己曾经谴责过父亲自私，但现在居然也会被女人指责为自私。

对方感觉到自己的愤怒并没有刺到我的内心，便懒得再理我。这时，我虽然事后会生出一种失落感，但这里面也不乏那种迷失了从前那个认真老实的自己的要素。

然而，被问到"要是结婚的话，还是选择滋贺县人吗"时，我的心情却是逃向了另一个方向——现在的伪装，我要继续到何年何月？而且，令人为难的是，我并不清楚这种意识究竟是针对什么东西的什么样的伪装。也许，我不只是出于对父亲和世道的伪装，也是出于潜藏在我心底的、激情迸发的性格，我才不得不掩饰自己的吧。

如果像孙清那样，处于自己的妻子成为楠次郎攻击目标的位置上，我也许会犯下类似用匕首刺杀父亲的过失。我没有孙清那么有耐性，也没有孙清那么理智，这我知道。这样，我就必须像哄孩子一样，处理好这些事情。

从我在车库旁的住处，有一条小路，通到翻修的六庄馆，我的女性朋友们就曾穿过这条小径到我的房间来。和低洼的地面的交界处，是茂密的青栲矮墙，内侧种有常绿桐和八角金盘，去往水池的斜坡上，还种有绣球花和杜鹃。小径两旁长着粗壮的樟树和榉树，即便在空袭之后也显示出了顽强的生命力，转年又发出了嫩芽。我的房间便因此而鲜有阳光照射进来，颇有"木下幽径一隅"之趣。钻过木质后门，便是从前门绕到宅地外面的路，可以一直通往广尾的商店街，而这条路正好在后门这里开始变成下坡。

商店街后身有一座寺庙，从寺内的钟撞堂，抬头就可以望见六庄馆。我时常去钟撞堂，眺望自己所在的城堡般建筑的一角最边上的那个小路和城堡相交接的地方。

有一段时间，我和一个想当演员的女性朋友见面很频繁，她终于得到了一个不错的角色，要到地方城市巡演五个月左右，走前她对我说："你这个人，有很多地方无法理解。"

这种说法听起来十分客观。我回头看着她，一脸茫然。她便接着说："怎么说呢，也可以说是温柔地狱吧，好像是在为我着想，可又只是好像而已。这和少年老成也还不大一样，我想，也许说不起波澜、或者不让自己起波澜更合适些吧。"

听了她的话，我才知道，她虽然对我还有些留恋，但她是想借这次出门的机会离我而去。我想，这也许就是个时机，就说："是吗，如果是那样的话，大概也是因为我在和老爷子的斗争上耗尽了能量吧。这可是没法子的事情啊。"

我说话的语调连我自己都觉着令人生厌。她一听就泪水横流，说："我回去了，再见！"说完就站起了身。

当时自己关于为和父亲的斗争耗尽了能量的解释却因此而开始束缚并威胁起

我来。我听见一个不知从哪儿传来的声音："那你太不得了。"我想试着替自己辩解说，那是因为现在我还没有找到自己的目标，可心情却还是无法晴朗起来。

次郎决定回老家一趟，为解释国会发生的混战、为吹嘘自己如何为了国家挺身而出英勇奋战而进行游说。按照惯例，如果内阁有变，议长也要换人，所以，次郎感到有必要在此之前进行宣传，让人知道自己今后还想有更大的发展。在这一点上，他有一种可以预见群众动向的能力。

此外，还有和阿樱离婚的事。关于这个问题，他想让乡里乡亲的人们有一种积极的认识：作为一个保守政治家，他大展宏图的地盘更加稳固了。

另一个私密的动机就是，探望一下这些年一直体弱多病的平松摄绪。她曾经给次郎来过一封信，说，如果可能，想在自己意识还清楚的时候见次郎一面。

这次游说，次郎打算带甲斐田和恭次一同去。八角因为和东急公司有关于箱根山的企业之争，无法离开东京半步。在次郎为会期末的国会对策、情急之下不得不引来警察造成的混乱以及残局的收拾、和阿樱离婚问题上的谈判等等事情劳心劳神时，同五岛庆太领导的东急集团的箱根山利权之争的形势就更加不妙了。

楠次郎一统天下的企业集团认为，从热海经早云山通往箱根的机动车专用公路，是三十年前投入时价换算七十亿日元巨资建成的私有公路，东急方面开通定期巴士显然是侵犯了私有财产权。这是一切理论的根基。而另一方面，五岛庆太他们则毫不让步，认为公路本来就有公共性，我们也没有说不付通行费用，所以不构成私权侵害。双方打起了官司，东急方面和箱根町合伙成立了新的游船公司，插手芦湖的观光业。埼京电铁方面，瞅准了元箱根村议会议员、村改町时成为町长的大田金兵卫领导下的游船公司只往元箱根町送客人的空子，创建了新公司。热海和伊豆大岛间的航路也是两个公司都在申请、竞争，而东急集团正秘密计划开发伊东——下田间新铁路的消息尤其让次郎紧张。很久以前调查时，次郎了解到，按照大正十一年制定的改正铁路铺设法规定，伊东以南的地方将作为国有铁路进行建设，所以，次郎这边就有些大意了。

如果铁路得到许可，东急方面也许就会声称和国铁相互过轨，开通东京到下田的直通电车，埼京电铁方面会由于楠次郎强烈的猜疑心而不同意机动车专用公路上跑别的公司的汽车，所以，东急方面的战略似乎是：我们和国铁联合，瞄准整个伊豆半岛的观光事业。对执著于箱根山公路私有权的埼京电铁方面来说，这可是最大的威胁。于是次郎命八角对这次战略转换进行调查。

再次参拜伊势神宫那天晚上，次郎联系到长年的心腹草野、鲶江、浦部，就第一场在大津进行的讲演做了彻底的动员。人们对大津演讲的评论是会传到滋贺县的。尽管如此，为了获得选票，也还必须走村串庄。选票和评论是一种不即不离的关系——看到这一点，这便可以说是次郎的背水一战了。

这次汇报演讲的重点，一是强调自己一直站在讲和后建立新的国家体制运动的前头，一是突出为此提倡保守大联合而继续战斗的姿态。次郎这样做还有一个目的，就是要给大家一个印象：六十六岁的楠次郎作为一个政治家还很年轻。

在大津的料理亭就所有准备工作进行碰头的第二天，傍晚就要讲演了，中午的时候，次郎带着甲斐田一个人，去石山寺附近的尼姑庵看望了平松摄绪。她整整齐齐地穿好了尼姑袍，斜靠着起身迎接次郎。房间很暗，只有立在她两旁的大蜡烛发出光亮。空气有些发凉，可能是为了驱散病人的气息，燃烧的白檀香正香气缭绕。

"我不能出门了，有劳您特意来这么不方便的地方，太感谢了。我想我也没有多少时间了……"摄绪的声音却是很出人意料地有力。

次郎想起小时候祖父带他去过的莲照寺，又想起了立有十一尊观音像的金刚轮寺。很久没来了，次郎已经记不清那座有着看上去象征母性的半睁半闭的细眼、微肿的眼睑、圆圆的脸庞、肉感的嘴唇的佛像是十一尊观音中的一尊，还是莲照寺正殿深处的佛像了，只记得自己以前寻求的正是这样的面容。次郎眼前又浮现出祖父拉着自己的手、边走边讲着因果报应和"比良八荒"的传说的情景。现在回想起国会会期末的乱战，次郎觉得那就仿佛是自己一个人在狂风大作的琵琶湖上划小船，和阿樱的离婚也仿佛就是"比良八荒"中的苦难之一。如今，自己正在苦难的汪洋中拼命地摇着桨。次郎对摄绪说："你可能也知道了，我和阿樱离婚了。"

次郎已经注意到，摄绪的语调和以前有了很大的变化，近乎那种积了厚德的僧言僧语，不禁心中怡然。

"啊，和阿樱离婚了。那你一定很孤独吧。"

次郎稍稍挪了挪身子，不再做声，他怀疑摄绪是不是听错了，而摄绪也似乎觉得次郎的变化是理所当然。

"当了议长，干扰杂音就多了，就像琵琶湖的浪涛声。"次郎不禁感慨道。

"是啊，不过，杂音也够受啊。"摄绪说。

次郎没太理解"够受"这个词的意思。他听不出里面是带有虽然吵人却又不可忽视的怜恤，还是包含着需要侧耳倾听的忠告，便以近乎撒娇的情绪坦白道："我对民主主义有意见。"

"呵呵呵，呵呵呵。"摄绪出人意料地笑了，且声音兴奋。"甭管它。你也不是靠真实活着的不是？那个姑娘倒只是靠真实活着的，所以才会难过啊什么的。"

这回，摄绪一说完，次郎就明白过来，她说的是恭次的母亲。

"她还好吗？"次郎问。这并不是因为是在摄绪面前才这么问的，他也确实认为自己真是为她倾注了爱情，所以才有来路不明的愤怒涌上心头——她愚弄了我！

"最近没有音信了，我想这就说明，她已经安静下来了吧。"

摄绪是想说如果是她死了或者走投无路了，是应该有音讯的？还是想说，她和你不是已经没关系了吗？次郎又糊涂了。

"恭次怎么样？出息了吧？"

摄绪这么一问，次郎一下子想起了从摄绪手里接过刚刚出生的恭次时，自己因楠家又添一男丁而生的欢喜，想起了把恭次当做广田裕三郎和青山莲的孩子报户口前后的经过，和为他们二人脚前脚后的病逝而手忙脚乱的情景，也想起了摄绪希望自己把恭次养育成人的嘱托。

"有段时间，他肺出了点儿毛病，但是后来彻底治好了，现在给我当秘书呢。"

摄绪在黑暗中放松了身姿，微微点了点头。次郎暗想，这个女人，从那个时候起就对我指手画脚了。

"名头不小啊。我听阿樱说过，他还会写短歌，到底是他母亲的血脉啊。"

摄绪的这句话，让次郎心中陡然生出一股疑心：阿樱和恭次的母亲又是通气的。

"这是什么时候的事？"次郎不由得带出了一些责问的语气。

摄绪慢慢答道："孙清结婚那天啊。那天我见到恭次了，阿樱还很骄傲地告诉我说，恭次上了一所好中学呢。"

听了这话，次郎的猜疑消失了。这都多久以前的事了，这个女人还真是好记性。次郎暗自点点头，想，对摄绪来说，恭次也算是她的亲戚了。

"这孩子，你还是让他离远点的好。"摄绪叹了一口气，小声说道："次郎，你虽然超过了你祖父，可孩子们那样就不行了吧。别太勉强了，一切都是有定数的。"

她的话就像在预言什么。摄绪的意思大概是说，随着清明的一点点长大，也开始要让次郎操心了。想到这也许是和摄绪的最后一面了，次郎想，这个时候，能听的就听听吧。

加上清明和清康，家里的男孩已经是四个了。次郎当时还想到这下可以放心了，并打算犒赏一下石山治荣，可他们渐渐长大了，就得开始考虑让他们承担什么任务了。归根到底，他们每个人都得和自己直接联系，绝不能按照他们母亲的系统让他们形成派系。女人，不过是借她们的肚子生生孩子。既然是男孩，将来干什么，就得由我按规矩决定，不容许他们自由放浪，这是一家之长的责任。如此一想，次郎对清明的年纪尚幼不禁担忧起来。

"其实，恭次早就说想离开家了。不过，那是生病前的事了。"次郎说。他很快提及这个时期，是因为不想被人误解为自己对没用的孩子弃之不顾。然而，这都是多余的担心，摄绪十分了解他对自己人深情厚谊的性格。

"噢，那可真是了不起。"摄绪赞同地说，次郎却被击中了痛处。

你来我往的争执中，次郎虽然甩出一句"随你便"，承认了恭次的离去，但恭次的这次反叛却像一剂慢性毒药，时时威胁着次郎的自信。恭次病愈后说可以帮忙做议长秘书时，次郎心里虽然很高兴，却无法打消戒心：这小子，说不定什么时候又反了呢。尽管如此，摄绪却说"真了不起"。是不是她生病生得有些呆了？

也许是读懂了次郎的表情，摄绪说："那孩子是要独来独往的，和他母亲像极了。你把他放在身边，可是要坏事。"

一时间，两个人都沉默了。偶尔有风从正殿吹进摄绪的房间，蜡烛摇曳着，墙上，摄绪斜靠在扶手上的影子也晃动着，显得又黑又大。

听着摄绪的话，次郎考虑着作为一家之长应该采取的态度。他曾有心把恭次留在身边，可恭次上旧制高中时却想去地方上高中。开始说想去松本、鹿儿岛什么的，可看到日本战局急转直下，他好像也看出了次郎不会推翻坚持要他选择一旦有事可以立即回家的地方的主张，他说想上孙清毕业的静冈高中。其实次郎心里清楚，他就是想去父亲的目光无法到达的地方。

从自己在祖父清太郎晚年时执意要上京都海军预备学校时的心情，次郎可以很容易地推测出恭次的想法。可是，恭次的情形真就这么简单吗？次郎心中总是无法抹去这种不安。也许，身上带有母亲的血脉，他也不会丧失孝顺的美德吧。而另一方面，自己和治荣生下清明却和恭次正相反，老是缠着自己不放。虽然作为一个孩子，打这种算计得失的算盘有点早了些，人也还小等等让次郎有些不安，但这些问题，以后教给他一些领导科学就行了。

近来，对恭次的期待和不放心与清明的可爱交织在一起，弄得次郎心里有些乱，而摄绪仿佛看出了次郎的心思，才说出把恭次放在身边要坏事之类的话。可是，有谚语说，"切勿放虎归山"不是？摄绪的忠告是意在告诫自己不能走得太近、又不能放回山里？次郎越想越糊涂了。

摄绪呢，早已知道自己将不久于人世，她之所以一直沉默着，是在考虑，自己的事情该对次郎讲到什么程度。过了一会儿，她挪了挪身子，慢慢开口道："我知道自己活不了多久了，今天怕也是见你最后一面了。咱们的缘分真的很长了啊。"

蜡烛的火苗又摇曳了起来。次郎想说"快别说这么伤感的话，没有你，我会很难过的"，却只是摇了摇头，以示意不希望她这样说。眼下的气氛不适宜说那种恭维或劝慰的话。摄绪不理会，自顾自地继续说："我是个罪孽深重的人哪。幸好生在桃源乡，罪孽也隐藏了下来。可是，我看上了平松这个男人，就从桃源乡跑出来，之后就没得过好。大概是现出本性了吧。"

她的声音很低，不用心听的话，很难捕捉她在说什么。次郎不由得往前蹭了蹭，膝盖抵住了摄绪的被子边儿。

　　"我们村啊，有一半人都姓平松，那个人也说他姓平松，可那不是原姓。原来他姓井泽，后来，不是宫廷里的就是大臣，反正是了不得的人物到彦根来的时候，他朝人家扔石头，受到追杀，才逃到我们桃源乡来。他在村里有亲戚，把他藏起来，找机会收他做了养子。我正值妙龄，又一心想出去，所以他说的话在我听来简直就像唱歌一样，也可以说像吟诗一样。他常挂在嘴边上的一句话就是：'日本不变革是不行的。乡里要变革，就必须得改变藩阀体制。'"

　　也许是因为模仿那个男人的语气，摄绪的声音变得有气无力，听起来活像在念咒语。

　　"啊啊。"次郎不意发出毫无目的的声音来。这个男人的主张不正是次郎过去握着拳头当街叫喊过的吗?!

　　"从村里跑出来以后，我才知道，他是湖北一个大盐商家的少爷。早年间，若狭这个地方出的盐很能赚钱的。我们倒是从村里出来了，可身上的钱花光了，日子就不好过了。他父亲死后，他就被叫了回去。有时候，他很铺张，都让人觉得有些傻乎乎的，可他就是那样。到底是小时候好几道菜好几道菜地被人伺候惯了的啊。可是，后来又不行了。少爷倒是要回来了，可跟来的这个女的是谁呀？这就成问题了。"

　　听着听着，次郎想到了一些很无聊的事情。难怪呢，高田马场车站后身的那家店叫"井泽"或是"泽井"不也挺好？

　　摄绪似乎完全深入到了自己的内心世界里去了，继续讲道："有钱人家的少爷啊，再怎么沦落也是少爷啊。回去以后就如鱼得水了，我就全不在眼里了。在亲戚朋友们看来，什么扔石头啊、藏在村里啊，都是这个女人在胡诌八扯。也许是这么说有利，少爷也这么说。太可恶了！我大喊大叫地又跑了出去。可是，我无处可去呀！我跑进寺里，打发去的人也没拿回钱来。好可悲啊，人家那么对待我，我还是放不下他，就给他写了封信，这才让他知道我的行踪。

　　"这以后可就是我一个人的舞台了。我假装一心修行，虔诚向佛，却骗了和尚骗施主，觉得人生在世不骗人就亏得慌，后来在寺里待不下去了，就跑到了东京，可那时候我发现自己肚子里已经有了孩子了。"

　　"那孩子呢，怎么着了？"次郎不禁问道。他想，这才是摄绪想说的，她是想把这个孩子托付给自己。

"那个孩子就是佐智子啊。"摄绪清晰、平静地说。

次郎想，啊呀，糟糕，自己居然用跟母亲摄绪学来的性技巧和她的女儿做爱！在次郎的记忆中，他听到过一个"啊呀太可怕了"的叫声。

那是上旧制高小时，举行天长节①庆祝仪式那天，同级一个叫"阿松"的最漂亮的女孩，在天皇陛下的挂像前放了一个屁，不禁脱口而出："啊呀太可怕了！"那个女孩也自此被叫做"啊呀太可怕的阿松"了。是这个记忆。次郎自己都觉得很遗憾——这么重要的时候，怎么会想起如此无聊的事情！

"是吗。"次郎说，他把"我一点都不知道"这句话咽了回去。

"我说她是我侄女，真对不起。"摄绪略带歉意地说。

这次由她提出来的见面，似乎是她考虑到自己日渐衰弱的身体状况，为讲出事实真相而安排的。次郎呆呆地想，自己可是和母女二人都发生过关系啊。

"要听这样的事儿，还得让你活得更长久些啊。"次郎说着，突然想到，摄绪说出这些事实真相，会不会因为佐智子已经死了？内心的波澜不溢于言表，这个技术是次郎作为政治家、作为实业家业已掌握了的。

"是啊，可不是嘛。"摄绪干笑着说。次郎听了，马后炮地意识到，恭次还是摄绪的孙子呢。于是也明白了，为什么摄绪只见过恭次一面，就指示自己别把他放在身边。

"佐智子回来的时候，我吃了一惊呢。她给你写了一封言辞很激烈的信吧。不过想想看，我觉着你是不知道她就是我女儿，这就是命啊，还是早点儿了断的好啊。"摄绪讲述这些内容时，语调也还是那么缓慢。

次郎不由得低下头去，仿佛理解了一切。这时的楠次郎，已经不是作为一家之长、或者综合房地产公司和埼京电铁的大帅的楠次郎了。二人又陷入了沉默之中。

"最近我老想，人都有各自的星座，定数是不可逆转的。但我并不是宿命论者。命运和幸与不幸无关。幸与不幸是依用心和努力而定的，而幸与不幸的形式却是宿命的。你干得不错，当了议长。你的路都是沿着你的命走过来的，这就行了。"

见次郎又一次低下了头，摄绪重复道："我的罪孽也都是天生的，是命吧。感谢你长久以来的厚谊。"说着，朝正殿小声拍了几下手，会面便告结束。

32

以吉田茂为保守政治领袖的时代宣告结束的昭和二十九年12月，次郎辞去了议长的职务，加入了主张保守联合的新党同志会。这是一个人数很少的小会派，内外一致认为，在自由党和民主党合并前它只是起一个桥梁作用，所以次郎花在政治上的时间一下子少了很多，他把大部分精力投入到了综合房地产公司的掌控和箱根山纷争的阵容重组上。

讲和条约缔结后，即便有为重构日本体制而奉献这个大义名分，次郎也还是有一种罪恶感——做了近两年的议长，自己疏忽了第一线的指导。对他来说，所谓经营，就是亲临第一线、直接指导。他坚信，建立组织、一切托于别人、自己只看看数字的做法，是官僚或者银行家干的，而绝不是真正的经营者应该干的。几个刚刚着手的制造业工厂都毫无进展、无功而终，究其原因，就是因为这些行业都没有适应次郎的做法。次郎想，就是种田，不每天下地施肥、除草、浇水，也没法儿指望好收成不是？

以埼京电铁社长为首的经营领导层，也觉着次郎当议长公务繁忙，自己就更要守住生意，不要出乱子，所以并没有人想到要利用次郎不在的时间，把公司发展成更合理、更现代化的企业，那是歪门邪道，是有悖于家臣之道的。次郎重返第一线、直接掌控的首要目的，也就是要掐掉这种不守规矩的想法的萌芽。次郎想，没有时间用于保守联合的幕后活动而无法掌握主导权，也是没法子的事情。

综合房地产公司的社长中岛聪，是已经离婚了的阿樱的外甥，所幸的是，他是个土木建筑工程师，性格耿直而认真，即便在感觉敏锐的次郎看来，也没有任何可疑之处。埼京电铁的事务都委托给了长女良子的夫婿高岛正一郎，次郎从别处也听说了他的诚实，正如他自己所说，虽无甚才学，也无甚疑点。

然而，这个高岛，在次郎当议长第二年的秋天，上了票据诈骗的圈套。高岛觉得，次郎忙于收拾国会混战的残局，不好再烦扰他，就没有对贷款不畅的银行施加政治压力、实行强硬谈判，而是选择了发行可转让票据、迫使它贴现的办法。这就上了这样的圈套：收存有埼京电铁背书的票据的证券公司都想要贴现，便做出被黑市金融机构拿走票据的样子，使自家公司也能得到配额。结果，为避免埼京电铁开出的票据被拒付，就必须自己进行回收。被用作舞台的是埼京电铁的主要交易银行的下落合分行，高岛在分行长接待室里等了一个多小时，才意识到上当受骗了。

分行长回来后，闲聊了一会儿，问："今儿来，你有何公干哪？"高岛这才知道，分行长并不了解票据贴现的事儿。银行职员以为高岛和证券公司的两个人找分行长有事要商量，就把他们带到了接待室，而证券公司的人从高岛那里接过票据，就消失得无影无踪了。

事情越闹越大，也传到了议长室的八角和恭次这里。

八角向议长报告说："好像票据被人拿跑了。"

"什么？怎么回事？"

"三个亿啊。好像是说，能给咱们贴现，就……"八角解释道。

"这个浑蛋！"次郎低声骂道。接着，他命令八角和恭次立即和奈间岛、高岛会合，吩咐甲斐田留下负责各方联络。那天，是准备晚上召开正式会议的。

八角和恭次跑到兜町的那家小证券公司时，高岛正一郎和律师奈间岛已经开始了交涉。骗取票据的A证券公司，并没有把它拿回自己公司，而是交给了同伙、B证券公司。八角和恭次赶去的就是B公司。奈间岛律师要求他们交还票据，但B公司的社长毫不相让，坚持说，不管埼京电铁怎么强调是埼京电铁开出的、必须要还给埼京电铁，别家公司存留的票据也不能返还，因为这不是我们自家的东西，你们去叫A公司社长一起来吧。

奈间岛律师压低声音，连珠炮似的说："我们认为入了你们公司金库的票据就是你们公司的，可你却说是A证券公司存在你们这儿的，这就有矛盾了，就是说，这是有问题的票据，是事故票据。怎么样？在有结论之前，还是把它存到法院去吧。这是埼京电铁和A公司之间的纷争，你只消没事儿似的等着法院裁决就是了。就算是要作为国家最高权力机关领导人的楠议长证明，请求法院保管的行为是正确的吧。"

B证券公司的社长突然蹿了起来。他一米八几的大块头，也许是钓鱼或者打高尔夫球晒的，脖子和脸上闪着古铜色的光。他怒吼道："我不知道什么议长还是站长的，你以为你一提什么大干部的名字，我就听你的了？我没有必要跟你这么下三烂的人谈什么判。只要A公司说让我们返还，我们立刻返还，除此之外，一概没门儿！你们赶快给我走开！"

谈判陷入了僵局。这时恭次突然冒出一句："我打个电话。"说着，就当着众人的面，找到秘书甲斐田。恭次编造出最初携票据逃跑的A公司社长在院外团熊井慎之助的陪同下到访议长室、和议长会面后去了六庄馆的情节，并确认了正式会议即将结束。他用大家都听得见的声音打着"啊啊，是吗，有票据啊，嗯，嗯，啊，是吗"之类的哈哈，重要的地方却含糊其辞，不顾甲斐田的一头雾水，单方面说个不停，机灵的甲斐田也在中间帮腔。坐在电话旁边的八角也充分理解了恭次和甲斐田演的戏，在恭次打完电话、进行了简短的说明之后，起身说："那就这么办吧。A公司社长说也让社长您拿票据来呢。"

高岛正一郎却没明白过来恭次的把戏，不明就里地强调要慎重，他说："不过，头儿没点头呢，咱们就这么走了，算怎么回事儿啊！"

结果，高岛的发言起到了让B证券公司社长相信了恭次的说明的效果。社长觉得，埼京电铁方面三个人的意见分歧，就证明了恭次在电话中获得的情报不是事先安排好的。而且，骗人总不大好，再说，三亿日元的数额也太大了些。尽管曾以怒吼相威胁，B证券公司的社长从内心里还是希望尽快从这个案子里脱身出来。

"啊呀，我也是觉着早解决早好啊。既然A社长在那儿，那就走吧。"大块头社长表明了愿意作为善意的第三者解决问题的姿态。

八角主动承担警戒任务，说："那我坐社长的车带路，恭次就坐头儿的车吧。"

为尽早向次郎和甲斐田报告"剧情"，恭次要绕道国会。

"正式合议要是晚了还坏了呢，那个时候，就算坐在议长席上，也心神不定的啊。"事后，每当回想起那个晚上的事情，次郎总要这么说，然后哈哈一笑。

幸好，那天晚上的正式会议是按计划通过了议案。次郎是比B证券公司社长晚两三分钟到的六庄馆。他径直走到最里面的宽敞的接待室，寒暄道："啊呀真是的，让您特意带来，真……"说着，拍拍手，叫恭次进来，吩咐道："把A先生请到这儿来吧。"然后就"哎呀，啊呀"地伸手接过了票据。

　　一切都是瞬间完成的。不知是被次郎的风度镇住了，还是看到次郎从容的态度而彻底相信了，反正八角后来听人们风传，B证券公司社长后悔得要死。

　　次郎甚至没有把装有票据的信封打开看看，就直接交给了高岛，高岛从次郎手里接过来，站都没站一下，就一溜小跑出了接待室的门。他急忙去查，然后叫着："噢，噢，回来了！回来了！"还在楠集团六名干部每周二召开例行会议的大房间绕着椅子跳起舞来。

　　担任会计的常务提醒他："把这东西烧了得了！"高岛才说："啊啊，就是就是，烧了好，烧了好。烧成灰了，就没办法再收回了。哎，等等，让头儿看看以后再烧吧。"说着，把已经掏出来的打火机，又揣回了三件套的背心口袋里。

　　接待室里就剩下次郎和B证券公司社长两个人时，次郎把身子靠上去，开口问道："借这个机会，我想向您请教一个问题。我现在正全力推进保守联合，想建成一个强有力的保守党，巩固吉田先生以后的体制。有人用了'五五年体制'①这样的说法，您看，这种时候，证券市场怎么发展才好呢？"次郎的问题令B证券公司社长对交出票据的做法甚至无暇后悔。

　　次郎却没有忘记自己险些被很早以前就是滋贺县同乡会的有力会员、经营一家小证券公司的岩田助八陷害的经历。再就是这次的票据诈骗案。他听说，在号称"抢劫王"的五岛庆太那里出出进进的股份多不胜数。

　　然而，另一方面，还有一些证券公司在竞相提倡经济增长的资金不通过银行、而是通过证券来筹措。但是，对不管规模大小、这种另类企业成就一个行业的做法，次郎却无法认同。

　　记不得是什么时候了，次郎曾经询问对经济界了如指掌的外村，外村反驳道："先生，房地产行业不也是这样吗？从小贩到先生的公司，还不是鱼目混

---

① 1955年，随着左右社会党的统一和自由民主党的成立而出现的保守、革新两大政党制。

珠吗？"

次郎却回击道："外村君，那可不是这么回事。我觉得房地产公司只有一个公司，只有我的公司才在创造价值。"

次郎断定，眼前的这个B证券公司社长和那个岩田助八是一路货色，却又因此而更想知道他的想法。

"啊，我虽然喜欢竞争，但理论上我……"对方显示出性格上质朴的一面，搔着头说。

家人和自己人另当别论，就次郎而言，脑子里想的事情和实际的好恶时常是不一致的。比起大证券公司的要人，次郎更喜欢眼前的这个男子这样的人。可是，他又无疑是一个差点儿让埼京电铁陷入危机的元凶。只是，实践家次郎并不想对自己的这种矛盾深入追究，那是闲人干的事情。次郎得出的结论是，关键是不相信那些股票就是了。于是，对坐在面前的这个男子也顿时兴趣全无了。

"对不起，我出去一下。"次郎说着，走出了接待室。

B证券公司社长等了一个多小时，A证券公司社长也没有露面。其实，原本也不可能露面。觉察到上了当，B证券公司社长恼羞成怒，为打消自己恐怕要破产的恐惧，大声叫喊起来。他想抓住次郎，可正要出门，却有三个身材魁梧的小伙子拦住了他："您有何贵干？听到您叫，我们就来了。"

年轻时，次郎为强健体魄练过柔道，在比赛中获得过讲道馆五段的段位，如今已经升为七段，尤其喜欢扮演三船久藏十段的对手（三船久藏因擅长柔道流派的表演而被称为名人）。次郎很青睐各大学柔道部的学生，并挑选了数名当秘书，让他们住在六庄馆和恭次不同的房里，练习柔道。是秘书甲斐田叫他们在这里待命的。

B证券公司社长身不由己地被他们推搡着来到门口穿上鞋。他一度坐进了车里，却又不甘心，便下得车来，叫道："听着！我要把你这房子踏平！姓楠的！你给我好好听着！"

子夜过后的六庄馆，却只有黑漆漆的静寂。

这天，从接到汇报的那一刻起，次郎就气不打一处来。他想，我不在，你们这些当干部的就胡来，所以才会惹出事端。早就知道岛岛不行，可埼京电铁的其他干部都干吗去了！

　　昭和三十年2月，次郎在大选中第十次当选。鱼住事务总长告诉次郎，自大正十三年第一次当选、成为众院议员起，到明年，就总计二十五年了，可以作为长年在职议员受到表彰。次郎听了，却像是与己无关似的感慨道："嗬，都这么长了？"接着，又说："鱼住，今年对保守联合来说可是关键时期啊，这才是我作为政治家的勋章呢！"

　　次郎对荣誉并不很关心。他一直认为，结果和实绩才是荣誉，所以，他从不在意公司的名衔，也从不为委员长和大臣的位置进行活动。然而，表彰的预告，还是向次郎提示出一个信息：自己已经不年轻了。明治二十二年3月出生的次郎，再过两三年，就到古稀之年了。他要以一百岁为目标，开始二三十年间能够完成的终生的事业。

　　次郎在箱根山纷争中所显示出的、和官僚斗争到底的姿态，使得新闻界出现一种动向——将楠次郎这个一贯反对官僚的在野的经营者树为一方之雄。以"叛逆的人生"、"痛斥官僚统治"为题的报纸、杂志连载计划中，次郎露面的机会越来越多了。其中，某电视台还播出了一个名为《昭和英雄传》的系列节目，次郎例外地接受了记者的长时间采访。次郎盘算着，借此机会，大张旗鼓地宣传围绕着箱根、伊豆、大岛等地的纷争中官僚是如何采取不公正立场的。他言辞激烈，使多少有些为难的采访人改变了提问的方向，问起了"您有什么兴趣"之类的问题。

　　听到这个问题，次郎愣了一下，停了一拍后，说："年轻的时候，对年轻女性表演的义大夫十分着迷，和若槻君意气相投，一起去看过。有漂亮姑娘看，而且对演讲的发声练习来说也有必要。"看到对方的反应很暧昧，次郎想，大概是例子过于老旧，就补充道："噢，对了对了，还有柔道。我现在还在练。这都是以防万一，有备无患嘛。"

　　采访者觉得这个人不懂得"兴趣"这个词的意思，便不再继续问下去。对次郎来说，所谓兴趣，就是出家人消磨时间时所做的事情。然而，自己作为有义务振兴楠家的人，是没有、也不应该有那份余裕的，他把这认定为有违祖父遗训的行为。同样，他也从未考虑过要享受余生。如果工作到一百岁，就不会有做些别的什么的余生。战败国家的国民要是先考虑余生就不可救药了。如是，次郎关于余生的想法总是朝着不同的方向跑得很远。

在有这种想法的次郎看来，恭次吟歌咏诗的，就是让他放心不下的事情之一了。这是一种心里没底的感觉——只有恭次身上有不好发威的地方。在他背着自己做什么的时候，自己只是佯装不知，可他得了奖，出名了——报纸上登着一张酷似恭次的照片，仔细一看，还真是他。

"喂，你看看。"吃早餐时，次郎把报纸推给坐在旁边的治荣，治荣取出眼镜，看了看报，说："啊呀呀，恭次君真行啊！"

次郎来了气，厉声道："对孩子用不着加什么'君'的，叫恭次就行了。"

要说写东西，女人孩子会觉得很了不起。我还写过更严肃的《日俄财政比较论》呢，可惜治荣根本不懂。愚民真是没法子。次郎心想，清明和清康都到了合适的年龄，要对他们施行更严格的教育。这一天，次郎心中不快，想，治荣的孩子们中，除了最小的峰子以外，每到升学时，总是要花工夫，给学校拿大笔赞助才行，但也比那些把毛病带回家里的家伙们好多了。

昭和三十二年夏天，神奈川县大矶海岸建成了一个大游泳池，次郎带着治荣出席了开业典礼。这是第一项从企划到施工全部由清明承担的工作。

大家都出去后，留在家里的异母妹妹峰子来找我。我很吃惊，说，以为你和他们一起去大矶了呢，峰子便说："我决定今天离家出走，所以，有些话想对哥哥一个人说说。"

"哎？你说什么？"我摸不着头脑，回问她说。

"峰子，我，要离家出走。我再也受不了了。"她清晰地对我说。

她曾说过她想上大学，次郎还反对说："女人无才便是德，有学问只能变得更任性。我凭经验早就明白了这一点。有那工夫，跟母亲学学做菜吧。"后来，连我也知道了，他们父女间一直争执不断。

我和父亲发生过几次冲突，当然理解峰子的心情，可同时，又很担心——简直瞎胡闹，你怎么生活啊。然而，她为什么要只对我一个人说呢？我有些怀疑，便问："你怎么不跟清明商量呢？"

"他可不成，对他自己不利的事情，他哪会同我商量呢。"峰子的语调中带着明显的轻蔑，"只能是立刻就让父亲知道了，然后被制止。行李我都让他们给我从后门拿出去，你别做声，看着就是了。恭次哥，我走的时候，你大概还是不在这儿比较好。"说着，把手里的便笺递给我，说："峰子会在这个地方。父亲一定会拼命找我的，你要是觉着我快要给发现了，就告诉我一声好吗？"话音刚落，就转身出去了。

这是继孙清和我之后第三个从内部对次郎提出异议的人。我以批判的态度想，治荣生的三个孩子中，峰子虽然是女孩，但脾气好，又聪明，是最像次郎的，她也造起了反，这可是具有莫大的讽刺意味。我甚至觉得，莫如说，也许正是因为相似，才引起叛逆的呢。我能搞清楚的，只有一点——她的离家出走，不是出于思想上的原因。

峰子是楠家隔了很多年才降生的女孩，次郎和早就过世了的山东友梨二十一岁上生了良子之后，过了近三十年时间，才又有了这个女孩。加上治荣生下的清明、清康，次郎已经有了四个儿子，所以，峰子的降生可谓大受欢迎。

次郎前列腺肥大恶化、引起尿闭症，是昭和十八年的事情，所以，峰子一直被看做是最后一个孩子。因此，在次郎看来，为了不让峰子受到战败后恶习熏染、和不良少年交往失去贞节而做的加强保护、严加管束的努力，反倒产生了相反的效果。战败时，峰子还是小学生，她是在新体制中成长起来的。我想要通过革命运动破坏掉的旧东西，峰子通过实行自由的生活方式能破坏掉吗？如果能有这样的结果，峰子离家出走的成功，就是我的败北，同时也是我的胜利。

我看了看她攥在掌心留给我的字条，只见上面写着："目黑区中目黑清水町4-13 山村宅转"。

离开家，跳到陌生人的环境中，这对峰子来说，一定会令她心生不安。在她卷入到了意想不到的事态中时，她大概只会同我联系。如果这样，既然她相信我，我就应该帮助她。届时，我会再次成为次郎眼中的敌对者。如果是朝气四溢时的父亲，也许就会向清明、清康以及六庄馆的用人们四处收集我煽动峰子的证据。那正好。我心里还更希望他如此呢。

然而，她却连想都没有想到，我会背叛她，向父亲通报。这是峰子太幼稚了。在她看来，我和她不是同出一母的兄弟，是个连身世都搞不清楚的人。想到这儿，我发现，正因如此，她才让我充当联络人的。只有我，在土墙里面，常常扮演异端的角色。有时候我也会被认为也许是在墙外，这种不确切的存在，决定了我是个还谈不到什么背叛不背叛的问题的人。可在次郎看来，这不正好可以说，楠恭次是个危险分子吗？

父亲辞去议长职务，只留下秘书甲斐田一个人，其余人分别回到公司后，我成了综合房地产公司的子公司——销售公司东京营业所所长。这个公司原来是神户谷任社长，是个年年亏损、没有总公司帮衬就无法决算的不良公司。

这个任命令，让我当了秘书后关系很亲近了的埼京电铁和综合房地产公司的年轻干部们大吃了一惊。有人直截了当地问："恭次，是不是和头儿有什么麻烦了？"也有人鼓励我说："头儿一定是有什么考虑的，暂时忍耐一下吧。"听他们这么一说，我依稀想到，自己也许正受到父亲的冷遇。

为了让自己忍耐所受的待遇，我想好了两个办法，一个是回忆更惨痛的经历，一个是告诫自己，现在虽然不好过，过了七八年之后，可以回过头来说，那时候真艰苦啊。

说到过去的痛苦经历，还是要数被组织开除这件事。这种回想起无缘无故地被断定为叛徒、并被除名的冤案，以此忍耐逆境，并通过思考将来的办法冲淡痛苦的做法，因其界定模糊而有着广阔的应用范围。现在受到的歧视般待遇对自己来说还不是像周围人看到的那样时，我就可以自我安慰地想，总有一天，这种逆境会成为美好回忆的。

我担任营业所长的综合房地产公司子公司中，有一个奇怪的人物，他是楠次郎创建的企业集团的情报通，敢于毫不讳言地说我是楠次郎的儿子。这个人就是奈间岛律师的外甥，负责总务人事，是个年轻的董事。他叫银林敏彦，和我毕业于同一所大学。

一天，他表情严肃地说："有事要求您。请恭次君也像清明君那样和头儿低低头，搞好关系。只要您肯试试，剩下的我们负责。"

我有些不解，不知道这种时候我该采取什么样的态度。也许，我没有完全明白银林的话的真正意思。遇到这种情况，我最感到为难的是，我不知道银林、银林的叔父奈间岛律师以及自称是我一伙的人们对我的身世究竟了解到什么程度。我想，即便他们可以推测出我是楠次郎的儿子，但对于对方、也就是我的母亲究竟是什么样的女性、和次郎是怎样的关系才有了我等等问题，就算是可以推定，也拿不出确凿的证据来。我不知道银林所说的"低低头"是指什么样的行动，但如果在根本关系不确定的情况下贸然行动，说不定就打草惊蛇了呢。而且，这种行动对我来说也不是什么做不来的事情。

可是，这是个多么可悲的世道啊！获得地位、为增加财富巴结有权势者，就能改变自己的思想吗？我反省自己，之所以能够不热衷于获得成为人们共同目标的所谓地位和富足，是因为这种不热衷本身就是傲慢的证据。我也认为，自己已经在某种程度上得到好处了。即便如此，我还是没能按照银林他们的请求去行动。有看法认为，当议长秘书时期，是我和父亲的蜜月期。

不当秘书后，正当父子关系进入胶着期之际，峰子出走了。

我想，峰子的去向早晚会给找到的。看着和父亲极像的峰子，次郎也时常觉得她有很多长处，诸如包容力、不拘小节等等。不拘小节这点，在这次的出走事件上，是作为缺点体现出来的。六庄馆用人那么多，还有综合房地产公司的神户谷这样的调查专家，她留下的足迹会马上被发现的。

结果，峰子和楠家一家之长次郎交涉时，我便要成为她的代言人了。

孙清的妻子善子出于爽直的性格，常开开玩笑、直抒意见，成了次郎的眼中钉。战败后不久，六庄馆里就举行过类似取证会的情况汇报会，并最终形成了前面提到过的那份笔录："正如以上所列，离间父子是为了将其他弟妹扫地出门，策动女佣及秘书叛离主人，是为了在找到让自己自由的心腹之前物色人选。"次郎以此胁迫孙清，要么和善子离婚，要么离开楠家。后来，民法和世风都有了很大的变化，但次郎主宰的世界的文化却并没有任何改变。我觉得自己的立场和当时的孙清妻子是一样的，也一定会被断定是个"将其他弟妹扫地出门"的分裂主义者。这个罪名，党就曾经扔给过我。回顾过去，只有一点是我所觉得奇怪的，那就是，孙清夫妇事件那会儿，只有我，一次也没有被次郎审问过。

这一次，父亲一定会感觉到，我是指使峰子出走的罪魁祸首。他绝对不会想到，自己过于严格的管束和不合时代潮流，才导致了和自己性格相似的峰子的叛逆。父亲从不将自己客观化。他定要认为，我是犯人。只是，父亲基于这种判断会对我采取什么样的行动，则是个未知数。

我推测，后世的传记作家如果以孙清妻子的事件为素材，撰写楠次郎传记的一个章节的话，也许会写道，为避免战败的影响波及自己的领土，楠次郎先下手为强，加强监管，并首先清除了孙清的妻子善子。

他的举动其实并非如此理性。如果出于本能的行动被看做是理性的，那岂不是搞不清楚次郎是野性的还是理性的了？

如果按照传记作家的方式进行分析、预测，他是要重新勒紧任议长期间一度放松了的紧箍咒，于是才把矛头对准了我。这是因为，作为秘书，我立下了赫赫战功。尤其是对次郎来说，家庭和企业一样，都是他自己的疆土。

如果是这样，我就离开楠家。在户籍上，我已经离开了，所以只消将身体搬移到六庄馆以外的地方就是了。

于是，我想，父亲为什么还不追究我呢？孙清妻子的事件那会儿，父亲也避开了我。说来也是的，颇受父亲疼爱的治荣的三个孩子都挨过父亲的打，可父亲对我却没动过一手指头。小时候，倒是有几回，父亲朝我直冲过来，却又在我面前停下了，就像他有什么可惧怕的。

如今，我觉察到这些，便觉得父亲有些地方对我总还是很客气。正如银林指出的那样，态度冷淡的不是我，而是父亲，他对我疏远而见外。

我预测，如果父亲因为峰子的事情暴跳如雷、甚至动手打我，那么，我和楠次郎的关系就会一下子亲近许多。这不是我暗自期待着的吗？

33

出走的第三天，给峰子搬运行李的运输公司被找到了。这是综合房地产公司的神户谷命令部下将六庄馆附近的运输公司挨个排查的战果。

那大晚上，神户谷来到恭次房间。

"峰子的去处我们找到了，在中目黑。"神户谷说着，把写有山村家地址、门牌的字条递给了恭次。

恭次看了看，问神户谷："这个山村家，是小公寓？"

"是的。里面住的都是从地方来的准备考大学和预备学校的学生，也有在涩谷一带做小姐的。峰子的房间紧挨着正面入口，在左手边，六张榻榻米大小，带个小厨房。"难怪神户谷说他查得一清二楚了，他一边摆出事实，一边用让人感到被蔑视、被怀疑的探寻的目光，眼都不眨地盯着恭次。

恭次这才在心里画问号——神户谷来自己的房间，到底是要说什么呢？

"哎，这个峰子啊。"恭次说着，神情疑惑地看着神户谷。

"其实，接下来的事情就成问题了。头儿说，扯着拽着也得把她弄回来，可她要是不肯，我们又不是她的家人，也不能闯进人家里去啊。如果不是峰子肯见的人，是没办法把她拉回来的呀。"

"清明君不就挺合适吗，是她亲哥哥，人也机灵。"恭次说。

神户谷摸摸脖子，说："头儿说，想让恭次你去跟她谈谈，他说，这类事儿你干得漂亮。"

到底是这么回事儿。恭次暗自点点头，故弄玄虚地说："这可不太好办啊，我没什么把握。我和峰子小姐都没太说过话，她又是早有出走的准备，我不能保证'不辱使命'啊。"

神户谷压低了声音，说："恭次君，峰子有这个啦。"说着，他竖起大拇指，左右晃着拳头。

恭次只好默默地注视着他。

"头儿一听说峰子离家出走了，就马上站起来严肃地说：'哼，这家伙有男人了。'让头儿给说着了。是峰子学英语会话那家学校的老师，一个姓铃永的小混混。那个小公寓，八成也是这个人给找的。"

恭次完全没有料到会是这样的事态。自己是早就没有这份热情了，还以为峰子是要反抗楠次郎的家长式的、半封建式的压迫，便稀里糊涂地要帮助她，看来这都太抽象了。

"啊，这样啊，这就更不行了。"恭次在神户谷面前嘀咕道。恭次有一种被峰子出卖了的感觉，并又一次想到，峰子是家里最具有楠次郎基因的人。

"不过，这个铃永的事儿我没对头儿讲，不好讲啊。这点，也拜托恭次君吧。"神户谷说完，就站起了身，一副只此一件、别无他事的样子。

四天前，大家是在吃晚饭的时候得知峰子离家出走的。叫她也没人答应，忐忑不安的治荣到她房间一看，发现她留下了一张纸条，上面写着："承蒙长久关照，峰子即日起要自立了，非常感谢。我会好自为之的，请不要找我。"

那该是白天很长的季节，但此时，已经接近黄昏了。次郎气得发晕。这首先是一种朴素的愤怒——隔了这么多年才有个女孩，我那么疼她，这叫什么事儿啊！然后，他就想，是谁唆使的？她说想上大学那时候起就有些不对劲了，会不会是孙清、是那个善子鼓动的？接着，怀疑的目光就像在夜空中搜寻的探照灯一样，停在了恭次身上。

治荣只顾着惊慌失措，清明和清康除了顺口说一句"怎么又来了"、"真混"，也闭了嘴不言语。次郎想起来还饿着肚子，就说："先吃饭吧，就是担心也没辙啊。"说着，拍拍手，示意正在那儿嘀嘀咕咕的女佣们开饭。

"对不起，出了这样的事……"治荣两只手绞在一起，说。

"甭介意，混账东西你甭管她。"次郎扔出这么一句，却还是觉得放心不下，就自言自语道："楠家养不住女人呢，怎么回事儿呢……"

这都是从次郎的生母在丈夫死后回了娘家开始的。良子的母亲山东友梨不到三十岁就病死了，孙清的母亲岩边苑子出逃，恭次的母亲和自己诀别，就连和没有生育的阿樱，也迫不得已落到非离婚不可的地步。现在又是峰子离家出走。其他的倒是有不少女人出出进进的，但除去人生领路人平松摄绪，没有一个自己可以以心相许的人。最后剩下的，就是眼前这个双手绞在一起、向自己道歉的治荣。

幸好她生了两个健康的男孩。清明和清康还好。有没有才学不是问题，智慧的部分自己会悉数传授，只要他们好好照自己说的做就是了，重要的是要有对楠家的奉献之心和感恩之念。

"甭介意，清明和清康只要听我的话，就会走运的。不要担心了。"次郎和善地看着因妹妹惹祸而紧张不已、坐得规规矩矩的清明和清康，指示道："只是，要提防着老婆点儿。我会给你们挑好的，你们得听话。"

这时，次郎爱吃的鸡肉火锅上来了。考虑到次郎性子急，材料都已经放在锅里，处理得马上就能入口，需要添的材料都码在了盘子里。不用说，量足够了。

"开始我想，天儿热，不知道合不合适，可又一想，还是添精神儿的东西好。这是长浜的鸡肉店送来的。最近什么东西都是冷冻的。"治荣解释道。

"这可是够奢侈的啊！来啊，快吃快吃！"次郎故作兴奋地说。

通过神户谷接到把峰子带回来的命令后，恭次第二天就没上班，去了中目黑的山村家。打开大门，恭次按响了左边房间的门铃。峰子露出脸来，见是恭次，便用放心的声音说："啊，是恭次哥啊。"

里面有一个背朝门的男人，看上去三十岁左右。峰子一瞬之间显得有些犹豫，但马上介绍道："正好，这是这次帮了我很大忙的铃永先生，这是我哥哥。"

那个男人吓了一跳，肩头一抖，转过身来，手放在榻榻米上，行礼问候，自报家门："我叫铃永，初次见面，请多关照。"

恭次也如法炮制，回礼道："我是楠恭次，这次峰子多亏您帮忙了。"然后对峰子说："这儿已经被发现了，他们查运输公司查出来的。"

峰子倒吸了一口气，铃永就更慌了，目光在窄小的房间里扫来扫去，仿佛要找出一个可以藏身的地方。

见铃永这副样子，恭次很失望，事先准备好的、想见到峰子后说给她的那些鼓励的话也咽了回去。

恭次想，他们俩长不了。眼下，为了不至于让峰子受到伤害，出现殉情之类的后果，只要不给他俩机会就行了。于是，恭次说："很快他们就会赶来的。倒是也有办法在他们来之前离开这儿，不过，铃永先生的事儿他们好像也知道了，还是得加小心。另外一个办法，就是堂堂正正地和他们见面，既然你们俩都有这份心思，就在楠次郎面前直说吧。"

峰子听了，说："还是直说了吧，阿哲。"

铃永有个相当不错的名字：哲太郎。这会儿他却沉默着。

恭次逼他道："怎么样，铃永先生？峰子是这么说的，你选哪条路啊？"

铃永依旧低着头，不论怎么催他，也是不开口。

"如果需要时间考虑，那我这就回去了。峰子还没有选举权，六庄馆认为她是被诱拐了呢。"恭次说着，站起身来。

铃永这才开了腔："等等，没那么严重啊。"

"我也那么想的。这可是很严重的。为了这个严重的事情不至于成为现实，我才劝你们俩的。只有这样了，都没有时间让你们犹豫。和我一起走吧。"恭次对峰子说。

峰子站起来，仿佛受到她的影响，铃永也站了起来，可他立刻跑到房间一角去，打开化妆包，打起发蜡来。

等铃永拾掇好他的头发后，他们叫了一辆出租车。

坐在车里，恭次心想，好可笑啊，和票据诈骗事件的时候差不多嘛。又想，要是净干些这样的事，我可就成不了什么大器了。

到了六庄馆以后，恭次把他们二人带到接待室，自己就进了次郎办公室。次郎正和奈间岛、八角、综合房地产公司的中岛，在穿越十国岭的机动车专用公路的大地图上指指点点、密谈着什么。

恭次毫不理会地径直来到次郎身旁，小声汇报说："我把峰子领回来了，那个男的也一起来了。"

次郎"哦"了一声，说："中岛，你们在这儿先商量着啊。"说着，起身向面朝庭院的宽房檐下走去，边走还边问："那男的什么样？"

恭次有些使坏、却也诚实地报告说："不怎么样。不过，倒是挺肯学的，靠自学当上个英语会话学校的老师嘛。他要肯努力，头儿调教调教，我想也许能有一些改变。"

次郎抬起头，向接待室走去，脸上现出一副集中精神考虑该怎么办的严峻表情。

不一会儿，传来拍手的声音，甲斐田被叫出来，铃永哲太郎则跟在甲斐田后面，从接待室里出来。

第二天，铃永就被安排住进了恭次原先住过的网球场旁边的那间小屋，并以六庄馆秘书的身份开始了工作。好像有话说，只要他好好干，让次郎看得过去，就认可他们的婚事。

然而，早上四点半起床，洒扫庭除，莳花弄草，帮助次郎给相关公司的干部打电话，九点左右才能吃得上早饭的日子，庙里修行的和尚还不知道过得来过不来呢，反正对于铃永来说，无异于突然被处以体力劳动的刑罚——他可是过惯了下午才去英语会话学校上课，一个半小时按两节课拿钱，一周想休息两天就可以休息两天的生活。

次郎呢，想办法提拔了铃永，便一个劲儿地向聚在六庄馆的楠集团公司的人们吹嘘他的长处。他一会儿说："这孩子靠自己的劳动生活，还挺有想法的。他把报纸里夹的广告切得整整齐齐的，用背面做记录纸用呢。"一会儿又说："他英语相当厉害呢，虽然还到不了埼京电铁涉外部的程度，但一般的，铃永就够用了。"褒扬之声人人都听得见。

次郎并没有禁止他和峰子见面。铃永一心要找回因生活的突变和严格的突击教育而形影无踪的自信，便频繁地搂抱峰子，被六庄馆的秘书们视为异端。

"那家伙是要诳骗不谙世事的小姐，以此飞黄腾达呢。"

"头儿看不见的时候，他净是偷懒，真叫人恶心。"

诸如此类的流言很快在六庄馆扩散开来，以至于铃永有事求到谁了，大家都装作忘记了的样子，互相推诿，让他为难："啊，这事儿啊，那别找我，你跟甲斐田说去吧。"他为此眼窝深陷，眼圈发黑，面容憔悴。

铃永就这样忍了一年。恭次开始琢磨，他也该差不多了吧。于是，有一天晚上，恭次都要睡下了，铃永来敲门了。他一见恭次，就一下坐在地上，将握成拳头的手背揉着眼睛，哭着说："对不起，我不行了，我受不了了，这样的日子我过不下去了。"

恭次让他给闹得有些不知所措，连忙扶着他的肩头，斜瞪着他说："你说过不下去了，那你打算怎么办？哪还有别的什么办法！"

"我回冈山，让我回去吧。"铃永哀求着。

这给恭次出了道难题。

"你跟头儿都说了吗？峰子也一块儿走？"

听恭次这么一问，铃永又哭起来，抬起头哭诉道："我没法儿说啊，不过不是因为害怕啊，人家这么抬举我，我是恨自己缺乏忍耐力。恭次君，你给我去说说吧，求头儿答应了吧。"

听了这话，恭次忽然很佩服铃永。又会说，又聪明，峰子一定是被他这一点吸引住了。

"我知道了。你起来坐椅子上想想办法。"恭次说。他觉着自己已经沾染上了秘书习气，但也并没有感到很讨厌。而且，看见铃永这样子，也无法一推了之地说："你缠着我也没用。"他们小声商量了三四十分钟，终于决定撒个谎，由恭次对次郎说："铃永君在六庄馆一工作，才知道自己以前的生活是多么懒惰，他非常感激，说想向家乡的母亲汇报一下详情，让她高兴高兴。下个月7号是他父亲的忌日，他自己不好说，所以想通过我征求一下您的意见，希望能得到您的批准。"

恭次对铃永说："咳，不行就算了，反正试试看吧，也不知道会是什么结果。"

铃永就在刚才还哭得一把鼻涕一把泪的，可现在却是一副完成一件工作一样的神情。恭次见铃永这样，心想，这也是一种本事啊。

听了恭次的话，次郎立刻就表示理解，说："是啊，孝顺父母是大事啊，让他去吧。"只是，和内容相反，语调显得有些冷淡。

次郎甚至没有叮问峰子是不是留下。他和恭次是有共识的——峰子一直待在六庄馆，结果就只能是和铃永分手。

当时，次郎眼前一浮现出铃永那高高蓬起、抹着发蜡的大背头和瘦骨嶙峋的脸颊，就想起了早逝的弟弟裕三郎。接着，又想起了在政界相当于自己大哥的永井柳太郎的外甥、综合房地产公司子公司社长、死于交通事故的永井外吉。就剩下自己一个人了。次郎感到一股寂寞之情袭上心头。

次郎打断联想，看着眼前毕恭毕敬的恭次。恭次这次也还是扮演中介人的角色。虽然不知道他心里究竟怎么想，但用好了，是能派上用场的。和我倒是没什么问题，就是和清明、清康处不好。也可以考虑让他向实业以外的方向上发展，这样，去搞政治也是个办法。只是，要是一不留神在政界获得成功，就有成为心腹之患的危险，所以这也还得好好考虑考虑。

咳，让恭次走哪条路是以后的事了，次郎迅速收拾起散散落落的乱心思。

另一方面，恭次却在想，次郎这次也没有发火，没有挥着拳头叫骂说，唉使峰子出走、放铃永回冈山老家的就是你啊。不过，倒是也没有必要特意来打我啊。

次郎见到恭次，突然吩咐道："明年一过了年我就要去见艾森豪威尔，你先做点儿准备。"这个命令下得很突然。次郎见恭次脸上现出惊讶的表情，便解释道："多亏了美国，咱们才捡条命。对这样的恩人，最近失礼的事情太多了。日苏恢复邦交就是其一。我很气愤，主张辞去议员职务，但又被岸信介挽留了下来。这次，莱姆尼察将军的女儿要结婚，他希望我代表日本出席婚礼。"

这些话在恭次听来，似乎还包含着"你是多亏了我，才捡回条小命儿"的意味。

恭次还记得两年前的事情。众院通过日苏恢复邦交的共同宣言那天，次郎铁青着脸回到六庄馆来。共同宣言以压倒多数的票数得以通过，就表明它和次郎提倡的保守联合是具有截然不同的性格。

吉田茂时代，没有同反对派鸠山一郎建立亲密关系，也使得次郎在政界的影响力有所下降。次郎尽管不是国际派，却又不想变成国家主义分子，他的这种姿态，在政界是很难被理解的，他给起了个名字，叫乡土派。

尽管如此，在作为实业家的姿态的延长线上，他以"不事二主"的信条为原则，因此作为政治家的活动范围一年比一年小。

尽管都知道没有必要坚持辞任，但如果没有人认真地挽留，这出戏是散不了场的。恭次记得，自己曾以如此清醒的目光，看着岸信介为挽留楠次郎收回辞呈跑到六庄馆来。尽管他明明知道，这种具有讽刺意味的态度是死心眼儿所无法匹敌的。

次郎在岸信介的鼓励下决定去华盛顿。父亲要去见艾森豪威尔是他本人的自由，但恭次预测，美国是不会发给自己入境签证的。他曾听人说过，一旦记入共产党员名单的人，按照美国法律是不会发给他签证的。如果是这样，一切就都尽人皆知了。恭次这么一想，心里竟很奇怪地冒出一个念头——不妨申请一下试试看哦。如果一切大白，自己在楠集团就待不下去了，只好回到自己本来的地方去。虽然还不清楚究竟哪儿是自己本来的地方，但好在已经恢复了健康，进出版社什么的倒是未尝不可。开始这段时间，临时干干也行啊。总之，想让自己搞清楚自己究竟是个什么样的人。于是，恭次想，如果签证不批，解释一下是因为参加过学生运动就是了，接着，他又想去阿樱（她现在恢复了父姓，叫田之仓樱了）那里谈谈这件事。然而，恭次竟然一次也没有被传唤，就被批准入境了。他觉着奇怪，但想想是用自己的本名申请的，也当然就没有了被拒签的道理。

背叛选送他出来的在野党众院议长的秘书这个履历，居然能如此抹消"瑕疵"啊，恭次心里怪怪的。这时，恭次脑海里掠过一个念头：没准儿，父亲是想让自己看看美国，而让自己最终褪去共产主义的颜色？然而恭次并没有认为这是"天下父母心"，反而觉得，这也是白费。

铃永回冈山后大约过了一周，峰子不见了。这次倒是堂堂正正地给治荣留下一封信，说去冈山铃永老家了。——"妈妈您也是和自己的第一个男人迈过了重重矛盾才走到今天的，所以请您理解峰子这次的决心。

"在父亲看来，铃永可能是个毛头小子，有很多令人操心的地方，但我觉得自己是个大人了，请您原谅峰子吧，峰子让您担心了。祝父母大人身体健康。"

"我上冈山去把她给领回来。"治荣情绪激动地说。

次郎不快地制止道："甭管她！上回不也是嘛，就当没有她！"随后又叮嘱道："都是她祖母的坏基因！不是说隔代遗传吗？你甭管她！"

在恭次看来，峰子这样大胆的行动是清明和清康所不会有的，所以，似乎莫如说这最是秉承了次郎的血脉。

由于峰子不见了，六庄馆似乎比原先更安静了。就在这时，次郎的长女良子，抱着刚刚出生不久的女婴出现了。这孩子是良子的儿子高岛正太的女儿，清子这个名字还是次郎给起的。当了奶奶的良子是次郎二十一岁上和所娶发妻山东友梨生下的女儿，所以，清子的出生，使得次郎一跃而成了曾祖父。

"奶奶是我二十一岁时生的女儿，要是早点儿生小孩，我还能见到曾孙的面儿呢。清明和清康也要加把劲儿啊。"次郎喜笑颜开。

"讨厌，一叫奶奶，好像一下子就老了。"良子嘴上这么说着，表情却也是朗朗的。她的丈夫高岛正一郎和她一样，觉得再怎么着也是次郎发妻的血统，心里怀着骄傲、自豪的情绪，话里话外带着一点轻视治荣的意味，而峰子的出走更增强了这种倾向。

良子他们喧嚣着，热闹着，而房间的另一侧，却要安静得多。恭次移动视线，看到坐在治荣身旁的清明，正用因嫉妒而发黑的目光看着每当被次郎抱起就吓得发出声音的清子。恭次见状心想，这哪行，卷入到这个漩涡里去可要麻烦。他知道，清明毫无疑问地继承了次郎的嫉妒心，而且比次郎要强烈一倍。虽然这种嫉妒之心有时候会成为一种才能，但现在，它一定指向了突然出现并集次郎的宠爱于一身的清子，且变成了对借峰子出走之机抱孙女来的高岛夫妇的憎恨。

想着想着，恭次觉得有些无聊，因为他觉察到，嫉妒原本就不是那种依凭合理的判断而生而灭的情感。不过他又想，这种情感也不都起坏作用，如果适度地刺激一下竞争心，嫉妒心也不是非要摒弃不可的东西。可自己会对什么产生嫉妒之心呢？既然活着，就总会有艳羡别人的感情。

清明完成了大矶游泳池的工程，并依此成功确立了自己在综合房地产公司的董事长地位，让埼京电铁内支持恭次的年轻干部们十分遗憾。恭次有些困惑了。虽然也想流露出一点遗憾的样子，但又没能产生那种咬牙忍耐的情绪。尽管他知道这种反应似乎与傲慢有着相通之处，必须要做一些隐藏。

把两周的准备时间估计在内，恭次也得在12月25、26号离开日本了。只要过了圣诞节，新年美国只放一天假，无甚大碍。楠次郎已经请治荣的亲戚当副社长的商社在自己访美时帮忙，所以，恭次只消先行访问这家商社的纽约分社即可。同时，他也查到，一个高中同学正以研修生的身份在美国证券公司工作。飞机是泛美航空公司有四个螺旋桨的大型客机，经由夏威夷、圣弗兰西斯科、芝加哥，最后终于在上午十点多的时候在纽约着陆了。这是一条漫长的旅途，进入美利坚合众国以后，也要飞很长时间，而且，西海岸和东海岸竟有近六个小时的时差，这都让恭次吃惊不已。过了芝加哥，眺望着渐次转亮的地面，恭次用近乎朴素的愤慨之情想，御前会议上决定开战的陆军和海军首脑，大概一次也没有来过美国。

纽约冷风瑟瑟，阴云低垂，以至于看不见摩天大楼的顶端。

听说占领日本的联合国军队最高司令官麦克阿瑟使用的是上面的一层楼，次郎和麦克阿瑟的会见也早已订好，所以打前站的恭次便决定住进同一个沃德尔夫·阿斯托里阿饭店，并选择了最便宜的房间。

饭店的接待人员盯着恭次上下打量，告诉他："我们酒店是预付款制。"

就在恭次正要付住宿费时，商社纽约分社的须田停好车，进得门来，不歇气儿地说："老板要见麦克阿瑟元帅，他是来打前站的。他的老板是前众院发言人，是老板的儿子。"

接待人员说了句稍等，就进里面去了。须田说："这个国家啊，不管什么事，你不清楚地表达自己的主张，就会受到轻视，那就亏了。"

正说着，接待人员回来了，语气谦恭地说："对不起了，我们接受了您的预约，所以费用可以等您离开的时候再算。"

须田看了恭次一眼，点点头，好像在说："是吧？就这样吧。"

恭次随须田来到街上，边吃午饭，边说明了楠次郎此次的访美计划，告诉他："最大的重点是能否见到艾森豪威尔，我就是为了这个才先到这儿来的。"

在恭次与次郎会合、见麦克阿瑟、抵达华盛顿之前，须田会一直陪同他们，并兼做翻译。

"啊，这个，艾森豪威尔的事，我们能不能帮上忙……"须田有些打退堂鼓。

恭次于是解释说："不，这事儿由我们来做。在东京时我们和外务省一交涉，人家生气了，说我们无知，说是总统正忙于中期选举。所以，我们决定使用宣传广告代理商。表面上是参加莱姆尼察将军女儿的婚礼，所以也可以从将军那方面和总统联系了。"

听恭次这么一说，须田现出一副一块石头落地的样子，但又以前辈的口吻担心地说："这样能顺利就好啊，不过，外务省不会找别扭吗？日本的官厅都是一样的，决不会帮助民间，但你要不事先通个气儿，事后会很麻烦的。"

"也许会吧。"恭次眼前立刻浮现出外务省分管美国事务负责人的样子：表情冷淡地甩出一句"无知"，没有一点要和上司商量一下的意思。但也只好这样了，恭次对官员的生态没有兴趣，今后也不打算和他们有什么往来。

从第二天起，恭次便和商社的须田以及晚一天到达的埼京电铁涉外部长一起，在生疏的美国开始奔波了。他们决定，和麦克阿瑟的助手就楠麦会谈的内容进行调整，准备记者招待会的发言大纲。下午，又约见了刚刚成立的日本经济界驻纽约会长，请求他们召开一个欢迎楠次郎访美的聚会。

次日，他们请求那家叫做H&N的宣传广告代理商的远东负责人设计楠次郎·

艾森豪威尔的会谈。这家代理商有很多人都是国务省出身，它的存在，还是支持恭次的东京某外资公司的干部告诉恭次的。也许是因为风传恭次在楠次郎创建的企业群中怀才不遇，恭次在外面很多行业都有支持者。这很难能可贵，但这也刺激着次郎的猜疑心。

H&N的远东负责人就次郎访美的目的提出了深入的问题，对他在日本政界的影响力做了毫不客气的试探。恭次顺势将事实和自己的推测结合起来，说明道，楠次郎是个彻头彻尾的亲美派，正在推进保守联合，有岸信介首相的亲笔信，想就明年修订安保条约事宜与美国政府进行探讨。

恭次强烈地感觉到，自己正在拼命地和靠近美国体制中枢的人们交锋，在这种交锋中，自己正扮演着十分重要的角色。然而，这只是一种感觉而已，对他来说，没有多余的时间从思想上去挖掘自己所做工作的意义。有些事情是不能反刍的，考虑思想意义是有害无益的。恭次认识到，只有使用智慧和读懂对手心理的技巧达到目的，才是最重要的。他想，自己在纽约开拓出的、深入美国体制的方法，对谁、包括对楠次郎也决不能泄漏。恭次还想，当翻译的埼京电铁涉外部长虽然一直和自己在一起，但翻译和把握内容完全是两码事，可以不用理会。

主要的准备工作都在年内做完了，恭次在饭店迎来了新的一年。

31号晚上，纽约下起了大雪。元旦中午，恭次给在证券公司研修的同学打了电话，得知他的单身新年也正过得无聊。他邀请恭次去他家里，准备晚上找几个在这儿的人聚一聚。

他家位于到第三大街的一角，从饭店附近坐地铁上行两站即可。他说走路就是一个街区，所以恭次以为没什么大不了，不想却大错特错了。恭次在堆着雪山一般的积雪、整个街道冒着集中供暖的白色蒸汽的路上一步一滑，走得极为艰难。

进了那栋三十六层楼的他的房间，那可就是另一派天地了。几个三十岁前后的画家、作曲家、商人，正夹杂着日语聊得海阔天空。

恭次想起了八岳高原疗养院的尾林夫人，尽管性质完全不同。也许，在远离嫉妒、狭隘的手段和处世哲学正走俏吃香的日本社会，可以无拘无束地谈论将来等方面二者是相似的。只是，聚在这里的人们很年轻，考虑事情不很深入，也正

因如此，他们才充满活力。想到这些，恭次意识到，不知不觉地，自己的心已经
开始老了。

34

过了年，恭次在纽约迎来了次郎，并在同一饭店被称为塔的供长期逗留者用
的套房里见到了麦克阿瑟元帅。

次郎对元帅说："您离开日本太早，导致日本至今尚未形成一个健全的体制。"

"我的一生当中，在日本度过的六年时光是印象最深的一段时间。"元帅满意
地点点头说，还希望他们回去时到"日本厅"去看看。次郎事前从日本寄来的礼
物——一个用绯红色皮条串连的铠甲——也应该装饰在那里。

会谈大约进行了三十分钟之后，一行人去了"日本厅"。只见里面摆放的美
术品、古董琳琅满目，豪华绚烂，令人惊诧。恭次想象着政治家和财界大亨们和
过去的大名向将军家朝贡一样，在元帅面前鱼贯而入、呈上赠品目录的情形。恭
次只记得麦克阿瑟元帅在和楠次郎的会谈中说过一句"天皇是个不错的政治家，
他和吉田的配合令人佩服"，并在次郎临走之际就明年总统大选的形势问及"肯
尼迪这个人如何"时，只答了一句"太年轻"。

鉴于次郎已经年逾古稀，所以决定，第二天，通过商社的须田请来日本按摩
师，好好放松一下。年轻时，妻子阿樱带他看过几次戏，可得了尿闭症、事业也
日趋忙碌以后，这也没的看了，战败后更是连歌舞伎都没有看过。如今，妻子治
荣也懒得出门了，有时妇女杂志记者问到"最喜欢的事情"时，只好回答说"孩
子们都大了，我就喜欢织毛活儿"，令记者们倍感失望。

体力恢复后，次郎和恭次以及从羽田机场一直陪他过来的八角一起，连同商
社的须田，去往华盛顿，依照H&N公司制订的计划，访问了白宫。

在那里，次郎对笑容满面的艾森豪威尔总统充满诚意地举例说明了日本人是
多么感谢美国。"关于明年的《日本安全保障条约》的修订，想必您也听到了一
些不同意见，但我们无论如何希望还是在历来政策的延长线上进行考虑。这是岸

信介首相的亲笔信。"说着，他拿出一封信。

与麦克阿瑟不同，艾森豪威尔总统让人感觉不到他的尊大之处，是个可爱可敬的将军。从旁望去，恭次不禁钦佩地想，难怪他能成为欧洲战线上攻破纳粹军队的将军，他一定是德高望重的。总统对恭次也照顾颇周，请他入座。

然而，次郎口里刚说出明年修订条约的事情，房间里的空气立刻紧张起来，恭次的心也悬了起来。恭次想，这种场合，自己是绝对不可以提出异议的，不仅如此，自己还必须对父亲反共亲美的陈情式主张表示赞同，并在事实上做出了这样的动作。恭次告诫自己，这种场合，你在场的事实是绝对会留下的，也应该留下，而证人，就是嘴上说着从未打算放弃共产主义的你自己！

和埼京公交的八角一起跟随次郎去了一趟美国的恭次回国后不久，就有消息说，本应在铃永哲太郎冈山老家的峰子，在银座的酒吧里做工呢。

传递这个消息的，和上次离家出走时一样，还是综合房地产公司的神户谷。据他讲，埼京电铁的一个年轻职员被他的同学、一个资本家的儿子请到银座一家酒吧去喝酒，遇见了这个只能认为是楠峰子的女性。

这个年轻职员并不晓得她和铃永哲太郎的事情，只是在次郎举办一年一度的埼京电铁运动会时，见到过随治荣前来出席的峰子，还有些印象罢了，回来后就对他的上司、埼京电铁的一个科长说，还真有没有血缘关系却长得像的人。科长多少了解一点情况，想着没准儿还真是峰子，便报告给了神户谷。

"果不其然啊，我说他们俩不会长久的，可这也太快了啊。"恭次不由得吐露了心声。想起峰子最初离家出走时的情形，他又问神户谷："那，你见到本人了吗？跟头儿汇报了吗？"

"这个吧，从我这边，实在不大好说呀。"神户谷和峰子第一次出走时完全一样，用手掌在脖子后边拍了两下。

恭次则做出了神户谷预料中的回答，他马上以没有什么说服力的理由，拒绝向次郎报告："不行啊，我刚陪着头儿去了一趟美国，还没休息好呢。"又来了。恭次直觉地感到，自己去，次郎再起疑心的危险性就大了。

"啊呀，就是因为恭次君去美国，才出乱子的。"神户谷突然冒出这么一句。

　　原来，年后次郎带着八角刚去美国，先是清明说："为什么毫无关系的恭次能去美国，我却不能？"接着，埼京电铁的社长高岛正一郎也大发牢骚，并断定，恭次之所以能被选中，是因为神户谷没有向头儿汇报有关恭次的正确信息："既然要见麦克阿瑟啦、艾森豪威尔总统什么的，没有我这样的人陪同，对对方太失礼了。恭次和八角他们去了，能干什么？！"在这一点上，清明和高岛意见一致，结果，据说神户谷被狠狠整治了一顿，不论他怎么解释、强调说，决定让恭次陪同的是头儿自己、重亲情的头儿大概是想通过这次美国之行洗刷掉有关恭次的革新派因素，得到的也只是相反的效果。

　　恭次感到很意外，张着嘴半天说不出话来，最后，好不容易说了句："又不是去玩儿的，能见上总统可不是那么容易的。神户谷先生，要是也那么想可就不好办了。"

　　恭次说着，情绪有些激昂，便觉得有些不妥。想想看，站在神户谷的角度考虑，人们越对立，情报就越容易搜集，他也正是因此才受到重视的。而且，清明和高岛正一郎确实有很强的嫉妒心，但却并不像神户谷说的那样愚蠢。神户谷甚至说过"恭次，我知道你的一切"之类的话。恭次想起自己在华盛顿找H&N宣传广告公司帮忙的事没有跟任何人讲。看来什么事情都不能麻痹大意，也绝不可掉以轻心。恭次强压住心中的不快，说："费了那么多周折，却听到这样的话，真是叫人没法儿干了。峰子的事我也已经回绝了，我边儿都不沾，这可不是闹着玩儿的。"

　　神户谷没想到恭次会有这种反应，慌忙说："别呀，恭次君，不是那个意思。我只是想告诉你，我为你辩解来着。"接着，又马上妥协道："那，这么办吧，恭次君先见峰子一面，了解了解情况，我再向头儿汇报，怎么样？"

　　"见峰子，还是清明君更合适吧。如果清明君说无论如何需要我去见，到时候我再考虑吧。"恭次矜持地说。他还是没有消气。

　　然而，第二天一大早，神户谷就领着清明出现在恭次的房间了。清明希望恭次劝峰子回到六庄馆来，想到她第一次离家出走时的情形，觉得"峰子还是最听恭次的话了"。恭次想，今后，和清明、高岛正一郎说话时，一定要有证人在场。最后，他也终于接受了他们的请求。

峰子工作的希尔比酒吧，中等规模，比想象中的要有品位。

见到恭次的瞬间，峰子一下停住了，但马上就镇定下来，把恭次带到了门口旁边的一个空位子上。一个年纪稍长的女人走过来，恭次递上名片，低头行礼，说："我妹妹多亏您关照了。"

于是，这个被叫做"妈妈桑"①的女人似乎洞察了一切，说："峰子，里面空着呢。"

介绍峰子来这家希尔比酒吧的，是来英语会话学校听课的一个话剧女演员。面对面坐下，峰子便低头说道："对不起，我太不争气了。"

没几天工夫，她却好像一下子就长成了大人。她说，位于中国地区②山地山麓深处冈山的铃永哲太郎的老家，比想象中要农村得多。峰子已经习惯了拧开水龙头就出热水的生活，来到这里后却突然跌进了早上五点钟之前就要起床、生火、用前一天晚上磨好的米做饭、每天只有一菜一汤、洗衣服也得在井边拿手搓、然后挂在后院树间的晾衣绳上的日子。而且，这里男尊女卑的思想还很严重，家里最辛苦的活计也都要峰子这个年轻媳妇干才行。冬天虽然有火盆和围炉，却还是冷得吓人。

铃永的父母觉得这样的生活理所当然，在细节上，公公远比楠次郎要君主化得多。尽管峰子是东京资本家的女儿，是大人物家里的娇小姐，但作为媳妇，对丈夫的父亲发表自己的意见，简直就是天方夜谭。峰子来到冈山铃永家里，才觉得楠次郎是个文明开化的人。

峰子不由得对铃永叫苦，不想，铃永却说："和我在六庄馆的感觉一样嘛。"峰子说，要是没有铃永的这句话，她"也许还能再忍耐一段时间"。

铃永回到家里以后，变得日益势利起来，而且，常常以在东京获得成功的长子身份，和他父母一起怠慢峰子这个媳妇。

一天晚上，等家里人都睡下了，峰子离开了铃永家。她走了一个多小时的半是下坡的林间小路，在私营铁路的一站，坐上了第一班电车。

---

① 日本对酒吧老板娘的称呼。

② 日本地名。

"这两三年，我净是离家出走了，可谓'无安身之处'啊。"峰子说着，脸上浮起大人般的笑意。

恭次忽然想到，如今是战败后旧的家族制度瓦解了，所以可以像峰子这样行动了，可是，我母亲那个年代会怎么样呢？于是，一种感觉油然而生——阳光从厚厚的云层的缝隙一下子射出来，照亮了荒芜的风景。

他重又把意识集中到眼前，单刀直入地问道："埼京电铁的职员好像在这儿看见你了。你想回六庄馆吗？"

峰子慢慢地摇摇头，说："我，想写小说……"

这让恭次大吃一惊。

"所以，我想，还得更多地了解社会才行。我不能像恭次哥那样用头脑思考问题，不多体验就更不行了。我想在各种各样的地方工作工作看看。"

这些话意外地成了对恭次的批判。峰子这么一说，也就无法将她再带回六庄馆了。把这个情况向次郎报告了，他大概也就是个"别管她"吧。可是，峰子不谙世事，又喜欢男人，无法保证她在酒吧工作而不失败。恭次想，必须在峰子不回去的前提下，想出个好办法来，于是他改变了话题："前几天，我陪头儿去了趟纽约和华盛顿，见到麦克阿瑟和艾森豪威尔了。外国啊，不去是真不知道啊。而且我还想，不在那儿生活，也看不见它的真实。"接着，他像忽然想到的一样，问峰子："要是长住的话，你觉得哪儿好？"

这么问的时候，恭次心里掠过一个念头：既然她说在日本"无安身之处"，那就只好在外国寻找喽。尽管他知道这个想法有些浅薄，但他还是想起来，在八岳疗养院里参加尾林夫人的沙龙，曾注意到自己身上有一些带有精神分裂意味的地方。不知道这是父亲的遗传，还是从未谋面的母亲的遗传，但如果峰子也有这种倾向的话，那就还是源自楠次郎吧。

"我想写东西，所以，还是巴黎比较好吧。"话题的改变，令峰子松了一口气，目光也放得很远。

过了一会儿，恭次对"妈妈桑"打招呼道："我会时不时带朋友来打扰的。"说完，便走出了希尔比。在车上，恭次想，有过了一些不寻常的经历，峰子变成了一个颇具魅力的女人了，这很危险的。她嘴唇、嘴角一带明显带有次郎的特征，但下颌却没有像父亲年轻时被人叫做"木屐"那样四方，眼睛像治荣，总像睁得很圆很大的样子。在记忆峰子容貌的基础上联想楠次郎的面容，便仿佛摘掉了"有权势的男人"这副眼镜，看得见曾给众多女性以强烈存在感、满怀理想的政治青年的"今老矣"的样子了。对这种包含着自己心理活动的肖像的变化，恭次觉得很是不可思议。

回家以后，恭次就开始探讨送峰子出国的办法。思来想去，他决定找养母阿樱商量商量，这才钻进被窝。阿樱从疏散地轻井泽回来后，恭次每年要去四五趟她战败后重建的下落合的家看望她。接手综合房地产公司的销售公司后，恭次有了工资，便时常用车拉着阿樱，去饭田桥、御茶水一带的大饭店的餐厅吃饭。

比次郎大两岁的阿樱自过了六十岁以后，多年的肾病开始稳定下来，动作有时候甚至比次郎还要显得年轻。她至今保持着受到大隈重信熏陶时代的生活态度，在豪华饭店和餐厅似乎待不舒服，所以，恭次决定带她去小一点的饭店的餐厅，那里经常举办学会或中小出版社的聚会，店虽不大，东西却很好吃。

见到峰子几天之后的一个周日的中午，恭次自己开车，和阿樱来到了位于九段的菲尔蒙特饭店。

"樱花盛开的时候，这里的千鸟渊的花美极了。"恭次说道。

"我啊，我的名字不是叫阿樱吗？年轻那会儿，我还恨我父母呢，给我起了这么个讨厌的名字。樱花被当做军国主义象征了呢。"

听了这话，恭次道："我们这一代还能懂得这种感觉，可是，战后出生的人可就不明白了吧。而且，社会一缺乏对战争的悲惨、残酷的想象力，就会出现一些糟糕的政治家，开始进行煽动了。"

"恭次，这一点，你和过去一点儿变化都没有。有段时间，我还担心你行动过激太危险呢。"这是阿樱第一次就学生时代的恭次阐述自己的看法。

恭次心里有一种解放感，说："就是，现在上了点年纪，也不想像头儿那样。"

听了这话，阿樱却笑了，好像恭次的话特别可笑。这里隐含着对次郎的无言的批判。他们二人很少涉及楠次郎的话题，但涉及的时候叫他"那个人"或者"次郎先生"都不太好，结果不知从什么时候起，他们也开始称呼次郎为"头儿"了。恭次想，这也是因为谁都没有拿自己当这个家族中的一员。问题是，次郎本人对这个事实是觉得有些凄寂孤苦，还是出于绝对权限的想法觉得这是公序良俗、理所当然。

等阿樱收住笑，恭次报告道："其实，我也和以前不一样了。前几天，我陪着头儿去了趟美国，见了几个大人物呢。"

"听说了，头儿出发前一天来过电话。"

恭次很感意外，也又一次感到，对次郎来说，这次美国之行是下了很大决心的。

次郎原本讨厌海外旅行，也担心在外期间自己的部下们起来造反。于是恭次推测，次郎给阿樱的这个电话，是带着几分悲怆感的。接着，恭次还在头脑的一隅想到，如果是传记作家，该怎样描写次郎的这种心理活动呢？无非是要么写在政治家同行和公司干部们面前，楠次郎表现得威风凛凛、英勇敢为，但心里却胆小怯懦、谨小慎微；要么阐述个性鲜明的人往往有些乖僻、滑稽的地方吧。想到这儿，恭次又想起次郎的一些无聊的癖好来。

次郎平时在家里都是穿和服的，但他有个怪癖，就是在胸襟上插几根牙签。阿樱曾多次提醒他说："那不卫生，看着就不干净。"但他似乎认为牙缝里塞了东西，没个牙签不方便，就一直"恶习不改"。还有，得上闭尿症之前，次郎视察施工工地时，常随地小便，这时他就会想起已经过世的母亲对他说过的唯一一句作为母亲的提醒："遍地是佛，小心报应啊。"据小林银兵卫讲，每当这时，次郎的回答一准是："小便也是好肥料呢。"而他这一回嘴，母亲便不做声了。

这些逸闻，都让恭次想象到祖母对自己在丈夫死后扔下次郎、再嫁到资本家小林家的做法感到愧疚的光景。而牙签和随地小便，是无论如何应该划归怪癖里去的。

恭次接着又报告了同父异母妹妹峰子的出走和受到的挫折。汇报完了，恭次阐述了自己的意见："如果能找到门路去外国，我想，对峰子来说，对头儿来说，都是件好事。"

"峰子想做什么？想当什么？"阿樱问。她觉着这是最重要的。

"她说她想写小说。"恭次回答。

阿樱叹了口气，说："日本啊，男女还没有平等，所以年轻姑娘们就比较辛苦，可有时候她们辛苦的方法不对，总要像男人们一样行动。我们本应该更加努力的，可又被战争给耽误了。"阿樱透出一些当年女记者的影子，继续说："对女性的态度是那个人的软肋。"

阿樱第一次使用了"那个人"的说法，而不是"头儿"。

"幸好，峰子现在工作的那家酒吧还算有点品位，可她有吸引男人的地方，再走错一次路，就很危险了。"恭次直率地讲出了自己的担心。

阿樱一边想着，一边笨手笨脚地把牛舌鱼分开吃下，然后终于抬起眼睛，问道："恭次，你认识美术评论家副岛繁？"恭次只知道这个人是一个法国绘画收藏家。只听阿樱继续说道："这个人和永井贵久代沾点儿亲戚，和她商量一下看看好不好？"

"那就拜托了。"恭次低头请求道。

像副岛繁这样了解海外情况的文化人，楠家一个也没有。

过了一天，阿樱来了电话。

"恭次，好消息！"阿樱的声音都是亢奋的。阿樱说，她跟贵久代说完，贵久代就找到了副岛繁。说来也巧，他今年正好有去法国的计划，见见那些久未谋面的画家。副岛繁是觉得，二战结束十四年了，日本又打了败仗，再不露面，人家都不记得自己了。只是，这种看似没必要、不着急的海外旅行，在那个年代，签证还不那么容易。而且，副岛繁是个专门倒腾法国绘画的，在多数人为天皇陛下的"玉音放送"泣不成声的时候，他却在想："太好了，这下，可以吃到酱鹅肝了。"副岛繁把这些都写进了随笔，所以，他的赴法申请，似乎不会受到善意的对待。签证遥遥无期，于是，有偕同政界要人的女儿赴法进行文化研究这个名分，对副岛繁来说可谓求之不得。

"不过，我也是个男的啊，和妙龄姑娘一起去外国旅行，待上好几天，还是有点令人担心啊。"副岛繁中途又有些不放心了。

"说什么呢！人家也是有选择权的。"贵久代的一句话，峰子得以让副岛繁带出国去。其实副岛繁已经年过花甲了。

那天晚上，恭次去了趟希尔比，把一张写有赴法经过的字条递给峰子，还叮嘱她说："这张字条你在没有人注意的地方看，然后回答我行还是不行。对'妈妈桑'也要保密，我不想出现任何干扰因素。"

恭次脑里闪现的是高岛正一郎和清明。如果不是快刀斩乱麻，他们一定会心怀嫉妒地反对说，把峰子一个人送到法国去，无异于把羊放到了狼群里。恭次知道次郎近来对情感话题很脆弱，所以打算将此事秘密进行。

峰子马上去了厕所，出人意料地在里面待了半天，然后出来，小声说："行。谢谢。像做梦一样。"说着，脸上竟洋溢出了笑意。恭次第一次看见峰子有这样明媚的表情。

"既然这样，你还是要早一点学学法语，我想，过不了半年吧。"恭次说，"头儿那边，还是早点让他知道为好，我准备明天跟他说，然后我马上告诉你结果，我想应该没有问题。"说完，恭次便站起了身。

为拦到出租车，恭次向大路走去。这天晚上，他又是没来由地陷入了一种自我嫌恶的情绪之中。

夜晚的银座日渐热闹起来。即便在希尔比，也可以从邻座的谈话里听到这五六年里工资翻番的话可买些什么之类的话题。街上，职业女性们中，很多姑娘的衣着和皇太子妃的名字有关联，比如，头上戴着"美智发带"①，下身穿着叫做皇妃线条的裙子，走起路来，裙摆飘飘。走在这样杂沓而繁华的街路上，恭次又一次想到，我这是在干什么？

大学时代的同学中，有人得了新人奖，走上了作家之路，也有人留在研究室走上了前途无量的学者之路。

恭次边走边回想起八岳疗养院的生活。他想，尾林夫人的沙龙还在办吗？歌人高田身体还好吗？角泽倒是告诉过自己说，补正手术还算成功。恭次还想起了以前在党内时的两三个伙伴。现在，恭次可做的只有帮助峰子。然后，夜里闲极无聊的时候，就小声听着音乐写写诗。

第二天早上，恭次等一早就赶来的综合房地产公司的干部们回去以后，来到次郎跟前，报告了峰子的消息。

次郎似乎早已知道峰子已经和铃永分手、回到了东京，但恭次说她在酒吧工

---

① 效仿民间出身的皇太子妃美智了佩戴发带而流行一时的装束

作时，次郎还是现出了坐卧不安的焦灼表情。在次郎看来，酒吧和妓院没什么两样。

"这可不妙，头儿的女儿在酒吧工作，这事儿怎么说也不大好，所以，我想，送她去外国学文学怎么样？"

听了恭次的提议，次郎在椅子上摇晃着身子。次郎兼做办公室的会议室里，榻榻米上铺着绒毯，上面摆着椅子和一张足够展开地图的大写字台。

"有什么好办法吗？"次郎问。

恭次说："永井贵久代有个亲戚是著名美术批评家，也是个西洋画收藏家，叫副岛繁。他打算去法国，可签证总下不来，好像正左右为难。我们查了一下，头儿出面讲个情，等外务省发下许可，让他带峰子走，您看如何？"

恭次一口气说完，次郎用左手轻轻敲着膝盖，随声附和道："是吗，是有个叫副岛的……"

战败前一年，永井柳太郎过世，次郎自己也被开除了公职，不久又是和阿樱的离婚问题，弄得自己和这些人已经很疏远了。

"如果您同意，我就去查查，什么时候跟哪儿打个招呼能让他们俩的签证快点下来，然后叫副岛繁到这儿来跟您致谢。"

听了恭次的话，次郎眯起眼睛，瞧着恭次。恭次头一次看到次郎眼里闪着柔和的光，不禁一惊。

"好主意。那就麻烦你了。"次郎好像点了点头。恭次知道，峰子的叛逆行为，使次郎的心里受到了很大的伤害。虽然近来不大提及祖父清太郎了，但次郎一定会觉得自己对不起祖父。况且，这个提案若放在次郎意气风发的时候，他没准儿会大怒着叫道："别弄这些没用的事情！甭管她！"

恭次一到位于丸之内的房地产销售公司，就立刻叫来了位于原宿的总公司的神户谷，将今天早上和次郎的谈话内容告诉了他："多亏你事先给头儿透过风儿，事情进展得很顺利，总有一天，峰子要去外国学习的。我自会多加关注，请你也时时看着她点儿，别再闹出什么事儿来。详细情况回头见面再说吧。"

鉴于已经取得了次郎的同意，恭次对阿樱请求道："请向贵久代夫人致谢，我下周去永井府上拜访一下，商量商量今后的步骤。到时候你也一起去吧。"

没过多久，贵久代夫人带着副岛繁来到了六庄馆，次郎显得很高兴。

"峰子就拜托给您了，这闺女我没管教好啊。"次郎说着，低下头，又说："副岛先生，您是永井先生的亲戚，我也跟着沾光啊。"说完，看了看恭次。

副岛是贵久代在三岛做牧师的父亲的亲戚，次郎知道有这么一个人，却没有见过。次郎说起自己当政务次官、永井柳太郎当拓务大臣时的逸闻趣事，谈到永井柳太郎作为一个政治家是如何如何出色。

副岛繁和峰子的赴法签证用了两个月，终于批下来了。峰子可以用法语说一些日常会话，她准备了一本小辞典，干劲十足，说在飞机上还要学呢。

飞机是有四个叶片的螺旋桨式飞机，晚八点从羽田机场出发，经由马尼拉、新加坡、加尔各答、卡拉奇、阿巴丹、罗马以及南部城市，飞行三十多个小时，最终飞往巴黎。前来送行的有近五十人，其中多是和副岛有关的记者、画廊主人和评论家们，峰子这边有恭次和希尔比的"妈妈桑"以及峰子在英语会话学校时的朋友等。

送别正点起飞的飞机，回到六庄馆时，平时八点就寝的次郎还没有睡下，正和治荣一起在等。

"平安启程了，他们一再让我跟头儿道谢呢。"恭次说。

次郎盘腿而坐，说："是吗，给你添麻烦了。"

这是次郎为峰子的事第二次向恭次表达谢意了。不论怎么看，这都是一个到了晚年还遭到女儿叛离的老年父亲形象了。恭次视线模糊地看着次郎，仿佛看着另外一个世界。

大约四个月以后，副岛回国，峰子则留在了巴黎。又过了七个月左右的1960年6月15日深夜，恭次站在了国会便门前的步行道上。

四周还飘荡着淡蓝色的烟雾。路上散落着很多学生书包、运动鞋、笔记本、标语牌的碎片、撕扯下来的布条和传单。死了一个女学生，多数学生受了伤、被逮捕。这是个等待新日美安全保障条约自然生效的深夜。

就在刚才，恭次还在银座的希尔比酒吧见了副岛一面。

也许是心情的关系，感觉总能听得见很大的响声。恭次一直在担心包围了国会的游行队伍怎么样了，可"妈妈桑"说，现在回去太危险了，还是等国会周围安静下来以后再走，副岛则一副放松的样子。

"那个叫峰子的姑娘，真是随她父亲的血脉啊。"副岛说。

"哎？怎么回事？"恭次问。

"反正是什么都不惧啊。见到毕加索的时候，她说：'毕加索先生，请你在我的衬衫上画画吧。我就穿着让你画吧。'说着就把后背转了过去。毕加索张开双手，高兴极了，说：'我还是在前面画吧。'说完就把乳房那儿涂上红色，在下面画了一个鳄鱼开口的模样，用彩粉画的。"

副岛想起什么就说什么，中间，恭次也听到有波涛一样的响声从远处传来。

过了十二点，游行队伍撤退后的国会上空，静静地悬着一弯细月。云粘在天上一般，纹丝不动。恭次伫立在这里，想，去年，自己为这一条约的缔结还立过一功呢。

35

次郎在小女儿峰子反叛、去巴黎期间显现出的老态，让恭次比从前更加大胆起来。尽管需要开始考虑次郎不在了以后的事情了，但楠次郎集团的企业首脑层却并没有把脑子用在这方面。这不是因为害怕触及次郎的痛处才缄口不语的，而是想象次郎不在了的情景这种事情本身就十分可怕。

另一方面，恭次预测，如果次郎死了，自己会立刻被高岛正一郎和清明他们从楠集团的公司中清除出去。虽然自己已经表示不再继承财产，也不要什么名分地位，但这也是太不讲理了。恭次分析不出这是为什么，但却有一种实感——自己是异端，他们惧怕自己、讨厌自己。如果有偏袒恭次的记者问到，自己就微笑着回答说："啊，人们不都把这叫做缺德至极吗？"肯定是这样的，恭次甚至想象得出自己答问时的模样。随着年龄的增长，次郎的骨肉亲情也与日俱增，他似乎也有担心恭次孤立无援的迹象。自己最大的敌人、甚至一度是自己要打倒的目标的次郎，也是自己唯一的同伙，这说微妙也很微妙。

曾经是共产党员、长大成人后也在写诗等等，这些都是最初在肉体上就能感觉到不谐调的地方，可这又像是故意找出的借口。所以，即便告诉他们说，自己现在已经与共产党没有关系了，诗也慢慢地不再写了，可这似乎也只能刺激他们的猜疑心，没有产生任何效果。

既然如此，离开楠次郎创建的企业集团就是了。有个大学已经邀请自己去当学者了，而且户籍也早已经分开了，自己是自由的，也正因如此，不畏次郎、为他尚健康的时候应该让他做的事献策，便可以理解为以前承蒙他关照的谢礼吧。

同五岛庆太领导的企业集团的纷争中，高岛正一郎为社长的埼京电铁一方处于劣势。相关的骏函铁道方面，创业时有威望的干部也都上了年纪。这一点，和每年都招聘人才、从官厅调集要害部门干部的东急集团相比，在人才方面是有差距的。楠次郎的企业集团从不聘用非亲非故者，而且还局限于柔道部、棒球部等体育系统。至于理由，按次郎的说法很简单"秀才净想着造反"，而且，"做买卖不需要学问"也是他的信条。

尽管综合实力上楠次郎集团的劣势令人无奈，但反败为胜的唯一办法，就是政治家楠次郎的手腕和斗志，有政府做后盾，他可以不怕被指责的后患而诉诸法律，拒绝官厅对交通、观光、房地产事业的干涉。

次郎的老迈已经显而易见。峰子的反叛固然可谓发端，但宿敌五岛庆太的去世则是更大的原因。去美国对总统先生转达了日本政府关于《日美安全保障条约》修订的希望、兴致勃勃地回到日本后不久，次郎便从同乡、通讯社常务董事外村那里得到了五岛庆太病重的消息。次郎听后在外村面前闭上眼睛，足有两三分钟没说出话来。后来，过了很长时间以后，外村回忆道："当时我还担心，楠先生这是怎么了？"据说，次郎闭上眼睛的样子充满了威严。恭次想，次郎那一定是在和死去的五岛庆太对话。

此后，次郎便经常接到宿敌的病情通报，所以，那年的8月14日，讣闻传来时，次郎并没有太吃惊。

"我并不想追悼他。我听说，很久以前，有个人，在和他竞争对立的公司的人死了的时候，拍了个电报说'贺恶人之死'呢。"在接受采访时，次郎模棱两可地将自己做过的事和盘托出，令在场记者畏足不前，最后，用一句"我只知道要继续我的事业"结束了采访。

然而，楠次郎错了。东急集团得力于组织层和人才层的厚重，而埼京电铁却仰仗楠次郎的独裁和斗志，次郎的错误便在于，他没有看到这两种力量的性质上的不同。

东急集团的战斗力和五岛庆太活着的时候相比并无改变，埼京电铁依旧苦于招架。次郎训诫清明和清康道："社会上都说东急现代化、有大家风范，可没有一家企业是五岛家的，而我的事业却全都是楠家的。埼京电铁已经上市了，可那只是形式上的，绝对支配权还是由我一个人掌握。结构不一样。你们可千万不要像那些不懂经营、迷信现代化的学者和记者那样，被那些轻浮之辈迷惑了呀。清明、清康，你们只需继承楠家中兴之祖——你们的曾祖父清太郎的遗志，至于世上的评判，尽可以无视它。那种东西，越坏越好。"

每每直接或者间接地了解到次郎的这种言行，恭次都要想，这个时代啊，忽上忽下，忽左忽右，有时还会形成漩涡，总之是没有定向，且移动缓慢。

在这种情况下，次郎的思想和统治手法能保持多长时间的有效期？日本就是个没有规矩的国家，所以，在次郎的有生之年也许还行得通，但是以后，怕是该不行的时候就不行了吧，这与后继者的实力和资质无关。恭次能注意到这些，说明他是在用冷静的目光进行观察和分析了。

被观察的一方，也许早就心生厌恶了。次郎直觉敏锐，可能在心底对恭次早已有了印象——这家伙不可饶恕。

对次郎来说，准备今天提出来的、为终结箱根之争的提案会有什么反响呢？在开往热海的电车里，恭次一直在忐忑地思考着这个问题。

初冬的阳光温暖着车窗。

这两三年，次郎每周都有两三天要在热海度过。这一方面是便于波及整个伊豆地区的箱根之争的前线指挥，另一方面，也是因为上了年纪，要兼顾想在疗养胜地过周末的肉体欲求，这俨然已成为次郎的生活模式。

一般情况下，治荣会陪着他，但是几年前开始，有时候是从老家来的女佣阿年和他同行。头儿对阿年有点意思，他们的关系究竟发展到了什么地步，包括老年人的性生活在内，是集团企业干部们的一大关注点。

有时候，恭次一不留神流露出"是不是太勉强了"之类的意见，在场的高岛正一郎就会批评道："不，头儿另当别论。恭次君真是冷眼旁观啊。"令恭次大吃一惊。自己都讨厌至极的旁观癖会在无意识间表露出来，这还真得加小心了。恭次回顾自己最近的言行，想看看自己是否有过迷失自我的时候。于是，他只能想到反安保运动达到高潮的6月15日晚上。那天晚上，恭次同把峰子带去巴黎的副岛分手后，到国会便门前面去了一趟。他还记得，当时，自己被一个想法撕扯着——自己已经没有资格到这里来了。

车窗里出现了泛着深蓝色的大海，令人惊诧不已。过了小田原，很快就到热海了。

恭次想起自己当议长秘书时关系不错的荒地派诗人中桐雅夫，曾以海的蓝为素材写过一首诗。如此率真的诗作，在喜欢奥登啊、迪郎·托马斯的诗歌的中桐来说很是少见，读后令人很感意外，可恭次又想，中桐虽是个诗人，但也是个政治部记者，他也一定在为不得不填塞总理官邸而胸中郁闷吧。然而，他的诗人同伴们却没有人能够理解他的这些曲折。他们或当教师，或当专业作家，作为诗人都是认真的。

自己必须要忍耐因不认真的生活方式而不被理解的状态。恭次这样告诫自己时，电车开始减速了。

次郎在可以鸟瞰热海市区的山上建了别墅，现在，他正在别墅朝南装着大玻璃的阳光室里，让妻子治荣给他揉着肩膀。清明和清康为参加去年建的滑雪场举办的开业仪式，不在这里。恭次是考虑到了这一点才来热海的。

他先汇报说，分售地进展顺利，然后，来了个开场白："今天我来，是因为有一些关于箱根山之争的信息，我想还是得先跟您说说。"然后，他告诉次郎，静冈县好像想让他们让出从热海穿过十国岭的机动车专用公路。他慢条斯理地说："我有一个同学，回老家在县政府工作，我听他说，如果能转让，静冈县就打算把从热海沿着伊豆半岛山脊绵延的观光公路一直通到下田的计划付诸实施了。"

次郎示意治荣停止按摩，站起身，拿来一张大大的伊豆地图。眼下，次郎所有的公路控制了喉颈处，所以，即便县里投入巨资修建到下田的公路，营业情况也会令人不安。

另一方面，骏函铁道、乃至埼京电铁方面已经让东急集团开通了伊东——下田的铁路，还同意在东京和下田间和国铁相互过轨的电车经过，所以，整个伊豆半岛的观光事业的主导权似乎就旁落了。

结果，尽管有些勉强，也只好通过死守从热海经十国岭到箱根的机动车道路的办法进行对抗了，埼京电铁方面陷入了困境。

恭次继续劝说道："汽车时代已经到来，乘降电车费时费力，相形之下，如果公路畅通，那些有私家车的人们就会络绎不绝地从东京到箱根来。"

次郎抱起胳膊。如果能削弱铁路的影响，就有很大的可能扭转战局。然而，这归根结底还只是间接的效果。次郎是个时时追求看得见摸得着的实效的人，所以他还在考虑，是不是有什么可以直接给对手以打击的战略。

恭次觉得，不一定非要马上得出结论不可。如果因此而致使不利状况拖长，那也是次郎选择的结果，不是自己的责任。这么一想，恭次心里便很轻松。他眯起眼睛，看着次郎的浓眉。于是他发现，次郎那张曾被叫做"木屐"的四方脸上，眉宇中已混有很多根白色的眉毛了。从整体印象来说，虽然算不上是白发苍苍或性情温和的老人，但那张脸还是一副苦相。

去年秋天，次郎不知怎么得了肝病，住了两个星期医院。医生诊断说是一过性的，没有肝炎之类的危险，但原因却查不清楚。医生说，他太劳累了，还是应该稍微控制一下工作量。可是，后来，修订安保条约的问题、岸信介内阁垮台、曾是吉田学校优等生的池田勇人就任总理等等，事情不断，次郎在政治上反而需要出面的时候多了。

"那就试试看吧。"次郎放下胳膊，突然说道。说完，就看着恭次。次郎对这场赌博做出回应了。他接着问道："知事是斋藤吧？"

恭次以此为线索，将话题推进了一步："其实，这个斋藤知事看重的财界人士中，有一个叫水野成夫的，是静冈县出身。他不大像财界的人，被称为不是机会主义者的人。如果您同意，我们请水野做出点行动好不好？"

次郎默默地点点头，随即拍拍手，朝里面大声叫道："吃饭！开饭吧！"

次郎和恭次之间于是荡漾起宽松的气氛。恭次抓住这个机会，进一步说：

"一直关注箱根问题就会发现，对方是有计划地用官僚作战，而我们则完全依赖头儿。我想，难题还是在能解决的时候解决掉为好。"

这是个危险的话题。如果将"能解决的时候"错说成"趁着能解决的时候"，可就成了"趁着你还活着"的意思了，那就一定会招致次郎的暴怒。

"知道了，就按你想的去做做看吧。"次郎稍稍停顿了一下，答道。接着，用少有的慨叹调说："不论你给他创造什么样的机会，也有不会用的家伙。"

恭次觉得很奇怪。他的这声叹息，是因为清明和清康没听次郎的话而导致了失败？还是因为想起了峰子的事情？恭次想，就算弄清楚了也没有什么意义，便回过头去，语气轻松地说："从这儿看大海可真美啊！阳光一反射，大海就像藏到金色中去了。"

"我第一次来热海，还是大隈重信先生委托给我的《新日本》杂志结算完了以后的时候呢。"次郎打开话匣子，说，"泡在温泉里眺望大海，站在据说可以俯瞰十个国家的山岭上，我就想啊，贵族的奢侈就是这样的啊，我要把这样的奢侈变成大众的东西。"次郎难得这样对恭次讲起过去的事情。

临结束时，吃着餐后米粉糕，恭次想，今天进展的顺利超出了预想，为了巩固战果，还是让次郎高兴些的好。因为，吃饭的时候，次郎说了一句似明白又似糊涂的话："我也有举棋不定的时候，但是一旦决定了的事情，就觉着不要再变了。"

"今天能慢慢听您讲这么多事情，真是太好了。以后，清明和清康也渐渐成长起来了，高岛正一郎的儿子也要长大成人了，社会上就会有那种下三烂，把滑稽可笑的骨肉相争编成电视剧呢。我是没有什么后顾之忧和物质欲望的。这都是说好的事情了，我会帮助清明的，请您放心吧。"恭次说着，鞠了一躬，站起来。

次郎不做声地望着远处的大海。也许是心情的关系，恭次觉得次郎轻轻点了点头。

在回家的电车上，恭次想，就算有人说我是怪人，也就得认了。即使箱根之战结束了，对自己也没有任何好处。只是，为了"是我终结了这场箱根之战"的自我满足，为了维护良好形象，给父亲送个顺水人情，然后一个人偷着乐乐。一想到有朝一日经济记者和经济小说的作者没准儿会将楠次郎作为为了脸面吃亏也高兴的蠢蛋样本，恭次就觉着痛快。

恭次回去后，次郎想睡个午觉（这是最近养成的习惯），便躺下了，可想想这又想想那的，越想心里越别扭。

昨天，次郎要去热海时，高岛社长来到六庄馆，向次郎汇报说，这一年来，埼京电铁的车站小卖店的销售额锐减。清明当时也在场，反驳说这个数字不对劲，双方便争执起来。

按年龄看，高岛和清明差不多可以算是父子。次郎很生气，厉声道："这么说，你来就是要和我说，清明把车站卖店的营业额昧起来了？"

"不是的，没有，我只是不知道该怎么理解了。"高岛的小圆眼睛里流露出迂执的神情。显然，长女的女婿对清明的抬头产生了危机感，开始反击。对次郎来说，问题在于这种小人物之间的争斗竟在自己眼前展开了。这似乎是统治力减弱的证明，次郎对此是无法忍受的。还有，恭次今天也来提出了个厚颜无耻的提案。次郎之所以没有对恭次的话发火，是因为在理论上它无懈可击。

恭次应该知道，想要终结箱根之争的提案可能会触到自己的痛处。为解释这个大胆的理由，他才满不在乎地说他不要财产、不要地位。我所创造的都是有价值的东西，上下嘴唇一碰就说"不要"是很失礼的。而且，自己也是因为讨厌前几天高岛的那副小人模样，才认可说"那就试试看吧"的。

从热海到箱根的三十六公里长的公路，是自己三十岁到四十岁倾注了十年心血建成的，说是要考虑到将来的事情，可卖给县里也是牺牲太大了。你要是我恐怕就不会这样决定了。这个家伙实在是冷血。

看到高岛的凡庸，恭次的想法也就不难理解了。不过，祖父曾经说过，要提防判断过于冷静的家伙。想到这儿的时候，睡意悄悄降临了。

不知不觉的，次郎走在了温暖而辽阔的原野上，田里开着一望无际的紫云英，云雀在天上啾鸣。这是和妹妹一起去母亲那里时的事情了。次郎一边沉入更深的睡眠，一边追寻着记忆的脚步。只是，上小学一年级的次郎和妹妹的小脚，原本是走不到母亲的娘家的。

阿房在永井贵久代的关照下，找了个好女婿，生活得很幸福，但这个女婿却在就要过上好日子的时候死在了车祸上。弟弟裕三郎让我操了不少心，却得了个重感冒，说死就死了。自己一直站在这个家族的最前头，费心操劳，可豁上了一辈子的事业到今天才好不容易有了个规模。但愿再有个十年、可能的话再有个十五年吧，体制才能得以巩固。

这种想法的背后，是次郎的一种认识——没有一个可以托付事业的部下和家人。所以，末了还是只能靠我一个人统筹。次郎对自己说，没有一个人可以信赖。他确信如此后，反倒安下心来，潜入真正的睡眠中。

征得次郎的同意，恭次认为有必要尽早开始运作。看次郎最近的情形，总是有因为一点点小事而改变判断的危险，所以，如果为不使自己进退维谷、出丑丢人而小心谨慎，那就要开出一条任何时候都可以退却的路来，然后慢慢前行。但是，如果这样的话，事情就砸了。恭次不知从什么时候起，变得以身陷险境为乐了。

回到东京后，恭次径直去了有乐町事务所，拜访了水野成夫。听了恭次的话，水野大声说："哦，当真？没搞错啊？"

恭次借此推测，静冈县知事已经把希望收购公路的事情跟水野说了。他还想象到，水野听了，也许会回答说："这我知道，可那个楠次郎不会出让的。还是死了这份儿心吧。这个人，我也不大想跟他打交道。"

"不管怎么说，现在他基本上已经答应了。如果县里有这个愿望，趁老爷子还没改主意的时候就得赶紧了，我想这很重要。"恭次坦率地进行了说明。

恭次原来是非合法时代的共产党干部，现在，对被称为财界四大天王之一的水野成夫有一些好感，所以话也就容易说了。水野当着恭次的面，给斋藤知事打了电话。

"现在，楠次郎的儿子就在我这里，他说，从热海到箱根的公路可以转让给县里了。啊，不，我什么都没有做，这好像是恭次君自发行动的结果。"说到这儿，水野看了恭次一眼。恭次也点点头，示意他是这么回事。

"您下次什么时候来东京？"水野问，"什么？明后天或大后天？"说完，水野就叫来了秘书。这一切，恭次都看在了眼里，他在想，关键是不要让埼京电铁的高岛他们提出反对。

斋藤知事、楠次郎的代理人恭次和见证人水野进行三方会谈的日期定下来以后，恭次就告辞了。他发现自己对这个问题有着和先前不同的热情，便觉得很不可思议。

　　想来，这虽然是自己想出来的主意，但这里面却似乎隐含着一些破坏楠次郎集团团结的因素。名义倒是有的是。箱根之争的和平解决，大众娱乐时代所有权的解放等等，就是名义之一。然而，这些名义一弄成语言说出来，就像新闻评论一样轻如鸿毛了。而与这鸿毛交换的，却是象征着楠次郎的青春理想、先知卓见、努力辛劳的公路，即将成为县这个公共机构的所有。

　　恭次很清楚，自己对敦促企业进行出于公益目的的决策并无热情。恭次想证实的是一个事实——次郎呕心沥血建成的东西，也会随着时间而流逝。这让恭次很高兴。

　　这是一种绝对不能让别人知道的喜悦。

　　中午以前还很暖和的天气，到了傍晚时分，却刮起了强劲的北风。又冷上了。

　　恭次突然想要去峰子曾经工作过的希尔比酒吧看看。三十四岁的单身汉是自由的，在任何地方都可以轻松出现，但在希尔比，他是个把同父异母妹妹送到巴黎去的、值得信赖的人。恭次俨然成了受到内部待遇的客人，可以把这里当做错过晚饭时从隔壁的中华料理店叫份外卖、或者和职业女性们一起抓寿司吃的地方。

　　就这样一来二去的，恭次和峰子上英语会话学校时的朋友木谷优越走越近了。起初，恭次还有些借口，说是要了解一下峰子的事情，可不知不觉地，只要去希尔比，回去的时候就一准是和阿优一起了。

　　恭次有自知之明，他认为自己对女人相当神经质且任性。对于那种无视对方、用胁迫手段使其服从的男女关系，恭次从生理上就厌恶得不行。有时他想，这也许就是从未见过面的母亲的遗传，但又像是跟次郎在一起时不自觉间熏染上的。

　　然而，也正因如此，一旦女方身上有一点让自己感觉自卑的地方，恭次就会毫不留情地断绝关系。阿优就曾指出，这是因为他父亲是反面教员的缘故。阿优原本也是她母亲再嫁时带来的孩子，是为了反抗继父的胡作非为，才离开家里的。她和峰子同病相怜，变成了好朋友。

　　"不过，我可能更反感我妈，她对那个男的牢骚不断，却几乎每天晚上都发出愉悦的声音。"阿优用观察包括自己在内的动物生态的语气说着。她的这种态度让恭次感到安心，但他还是没有把关于自己生母的谜团讲给阿优听。如果说了，对方就会产生错觉，认为自己是在寻求母性之爱，然后卷入过于浓密的男女关系中。恭次有过教训的。在这一点上似乎可以不用担心阿优，但也没有什么急于坦白的必要。对恭次是这样，对阿优大概也是这样。

现在，恭次想，自己脱离共产党的间接原因，就是自己感觉到，在本应以人类平等这个乌托邦为目标的组织内，不可避免地掺杂进了家长制的东西。自己之所以反对当时占据党本部的"所感派"，最大的原因就是他们散发出了家长制的体臭。党下令解散大学的基层组织，开除了包括恭次在内的数名党员，不过是他离党的一个契机罢了。

有时候，恭次觉得，让自己和木谷优在一起时感到轻松的是，她对男人不抱幻想。这不正可以说明，她对人本身也不抱幻想吗？

既然如此，次郎如何呢？他和什么样的女人在一起才感到放心呢？想到这个问题，恭次就仿佛看得见楠次郎心里的荒漠原野了。

成为高岛正一郎妻子的良子，是次郎二十一岁时生的女儿，她的母亲山东友梨早已过世。次郎没有提到过孙清的母亲，是因为他们分手的方式对次郎来说很不光彩。是和阿樱的结合挽救了他。这段婚姻持续时间最长，但在恭次看来，他们二人从未真正相通过。而阿樱之所以没有受到威胁，人性没有遭到破坏，也是因为她很早的时候就切断了心灵的通路。后来，虽然恭次也亲眼见过次郎追逐在家里工作的女人们，但尽管使用暴力迫使她们就范，却从未成功地捕获一个人的心。再说现在的妻子治荣。恭次曾和治荣及其孩子们共同生活在一个屋檐下，但要说她的个性，却让人答不上来。一定是这一点，对次郎来说刚刚好，而且还能将他们的关系持续下去。只能这样理解。

想着想着，恭次的意识和感觉里，似乎都没有楠家这个概念了。他好像缺乏构想家庭的感性，就步入了老年。恭次将此看做荒凉的风景，是因为恭次有过那种深受现代伤害的感觉吗？恭次继续想道，但这也有些不对劲。扪心自问，自己能够和睡在身边的木谷优建立一个温暖的家庭吗？也是没谱。二人的关系正是因为不考虑家庭才得以成立的。将自己的事情搁置一旁去批判封建性，并不能增加因此建立温暖家庭的保证。这一点，恭次自己是最清楚的了。

次郎那边，第二天一回到东京，就叫来清明，打听滑雪场开业的情况，然后告诉他：“你不在的时候恭次来过热海一趟，他拿出一个终止'箱根战争'的提案。”

“这怎么可能呢？”清明的话里带着抗议的语气，让次郎觉得这样的儿子很可爱。

次郎深深地点点头，说："不过，恭次的提案，没准儿还挺什么呢。"说完，便直盯住清明，提醒道："清明，你要提防恭次，这小子满不在乎地要骗我呢，我决定接受他的方案了嘛。你给我记着，一定要小心这家伙！"

清明等着次郎接着往下说，可等了一会儿，次郎却什么都没有再说，便要出去。次郎觉察到了，睁开眼睛，又提醒了一句："清明，刚才说的事情不要对高岛讲啊。"

那天，过了没多久，池田勇人就打电话来了。岸信介7月份因"安保"骚动而引咎辞职后，池田接替他就任了总理。池田常给次郎打电话，但这天他说有事相求，要来六庄馆。次郎好不容易才阻拦住他，一问原委，才知道他是要请求次郎在11月选举结束后去一趟印度和欧洲。他郑重地请求次郎："本来，按说应该是我去，可是，巩固收入翻番计划的工作很费时间，看现在的情形，原来跟人家约好的年内访问，恐怕也实现不了了。对选举的结果，我是有自信的，楠先生也是的吧，所以，非常不好意思，想拜托前辈，以特使身份去一趟呢。"

被人这么一求，次郎身为政治家，就总要显示出好的一面来。

次郎知道，冬天的欧洲虽然很冷，但国会召开期间，现任内阁成员和党的干部都很难出得去，只好像自己这样身份的人去喽。一想到去美国的劳累还没有歇过来，次郎便有些烦，但他又想，这回日程安排得松一些，带上治荣，途中再叫上高岛。又想到可以在巴黎看看峰子，便同意了。

36

前往印度、欧洲的前一天，次郎签署了一份将从热海到箱根的公路"以适当的价格转让给静冈县"的文书，交给了恭次。这是颇为例外的做法。惯常，次郎的基本精神是，自己不在的时候不要有任何举动，而不在期间耽误的事情，也一定是回来后亲自补救。就任众院议长期间就是这样，当时虽然接到了报告，但等到能够过问事件进展的时候，箱根之争已经发展到楠集团不得不退居守势的地步了。

这个教训曾促使次郎想过要改变一下统治方法，但按照恭次的理解，次郎的不快，更多的是源于自己不在期间让别人办事的心情。

恭次去为次郎、治荣以及同行的甲斐田送了行。想来，这对登上正妻宝座的治荣来说，是第一次登上如此盛大的舞台。

由于此行的身份是池田总理的特使，所以也无需进行海关的检查，一行人在候机期间一直都在VIP室休息，要登机了，大家都站起身时，治荣小声地说了句："恭次，多亏你了。"说着，还弯下了腰。恭次不知道治荣对自己在处理议长偕情人去皇宫的问题上所起的作用了解多少，所以，一时间搞不清楚治荣说"多亏你了"，指的是这件事，还是能在巴黎见到峰子的事情，便只好说："请多保重。"

第二天，恭次便去见水野成夫。看到有楠次郎签名的三行左右的那份文书，水野说了声"好"，就马上定下了知事和恭次进行会谈的时间和地点。

会谈是在水野指定的柳桥的料理亭进行的。旁人回避以后，恭次拿出了有次郎签名的给知事的文件。知事点点头，然后，可能是水野告诉他的，把带来的给楠次郎的恳请书交给了恭次。恳请书上盖着知事的印，表明了接收公路的希望。这种做法稍嫌草率了些，但由此，双方就算达成了基本协议，剩下的就是县厅和现场管理、运营公路的骏函铁道之间决定转让金额和接管时间了。作为备忘事项，双方都认为，在细节交涉谈妥、将议案提交县议会之前，不得向外部透露消息，要注意保密，尤其不能让东急方面发觉。

通过这些交涉，恭次得知，五岛庆太惯用的、利用中央官厅给地方施加压力的扩张方法，使地方自治体感到非常不愉快。在这一点上，有和楠次郎相似的地方。二者都很强制且粗暴，并因此被认为不可忽视的企业。

幸好，年轻时起就和次郎并肩战斗的原村议会议员大田金兵卫，还作为元老留在骏函铁道。他从不把埼京电铁高岛他们说的话放在眼里，只服从次郎的指示，是个十足的"忠臣"。上周他接到次郎的电话，恭次随后就到在原箱根经营土产的大田商店来拜访了金兵卫。听说次郎决定转让公路，金兵卫流下了眼泪。

谈完了，水野叫来老板娘，命令道："给我们叫几个女人来，这儿有年轻客人。"

恭次知道，和老板娘前后脚进来的年纪稍长的女人，是水野成夫的情人。在他说来第一次作为客人的宴会就这样开始了。在无聊的谈话中，他们得知恭次还没有结婚。

"啊呀，那我做个媒吧。"坐在旁边的一个稍微上了点年纪的艺妓说。

见恭次很为难的样子，水野打趣地说："啊哈哈，你可真势利啊，啊哈哈。"

这个水野，也有过一段趣闻。他刚出狱时，一位看重他的财界大腕带他到料理亭，那是他第一次来这种地方，看到干事给年长些的艺妓小费，就生气了，说，给女性现金是很失礼的。想到这些，恭次觉得很不可思议。而另一方面，他又想，如果这个人和次郎一样，如果是一个自己不是中心就不高兴、嫉妒心异常强烈的人，那在这个人们都把关注集中给了新面孔恭次身上的场合，是掩饰不住自己的不快的吧。

次郎常常将"茶屋"①当做献殷勤和玩弄女色的不健康的场所训诫孩子们。每每这时，他一准不会忘记叮嘱他们说："说是茶屋，那可不是喝茶的地方哟，是花柳巷的料理亭。"还要拿出沉湎于酒色的乡里大户的少爷和掌柜的事例加以说明。

当秘书时，恭次参加过两三次由议长主持举办的宴会，在大料理亭的大房间，招待二十几名常驻国会进行采访的记者。但那都是事务总长鱼住的邀请，是按惯例举办的，地点都是在位于筑地的"牡丹"。可是水野成夫设的宴，却让恭次明白了议长主办的大宴会不过是一种仪式。同时，水野的宴会，与次郎多次训诫的"茶屋"之宴也大为不同，对恭次来说全然是未知的。这里没有一点铜锈味，让人觉得这是一个用金钱束缚人的地方。虽然有时候可能会像袈裟下面露出铠甲一样，能够看出一点本来面目来，但至少水野的这次宴会，只是一个可以让人安心放松的场合。

---

① 日文里虽使用汉字"茶屋"，但通常指冶游之地。

　　"想什么呢？来啊，干一杯吧！"不知什么时候坐在了左侧的一个中年艺妓搭话道。也许因为有点醉意，她把酒壶倏地举到恭次眼前，提醒默默地端坐一旁的年轻艺妓说："喂，你别愣神啊，得陪客人喝好啊。"

　　就在这时，隔扇咯啦啦开了。"啊呀，来啦！"和声音同时出现的，是岸信介内阁执政时"安保"骚动那会儿任官房长官的椎名悦三郎。恭次当秘书时，受议长差遣，也见过他几次。椎名对知事和恭次说了句"对不起"，就和水野耳语起来。只听水野说："这个啊，这样可不行啊。"说完，像是出了几个点子，然后就听椎名大声说："知道了，那就这么办。那对不起，打扰了啊！我走了！"说完，一鞠躬，就出去了。

　　"对不起啊，他看见您的车停在这儿，就知道您在这儿了。"老板娘向水野致歉道。

　　水野却说："啊，没事儿。正好呢。哦，对了，老板娘，这是今天的主宾，叫楠恭次，以后可能会常来这儿，多关照吧。"

　　这样的交谈和男女间的举动，于恭次都是第一次体验。领导人们大概都是自由出入这里的吧。相形之下，次郎及其企业就像是京都的公卿眺望散在于地方的封建领主和武士集团的情形吧。这并不是说哪一个好哪一个不好，哪一个先进哪一个落后的问题，恭次观察得出的结论是，他们只是相互间彼此看不起却又彼此利用的关系。

　　用这种批判的眼光看待这些的时候，恭次往往会感到困惑的是，自己搞不清楚自己究竟属于哪边了。

　　恭次想起两年前在纽约和次郎会合，并陪同次郎前往华盛顿的事。次郎从日本带来的赠品，没有五个小伙子都抬不动，令恭次感到非常羞辱。这和封建诸侯参拜幕府简直如出一辙。麦克阿瑟在日本待过六年，倒是好像很满意的样子，但白宫可就要吓一跳了吧。恭次对从日本跟随次郎一同来美的八角小声问："这么多贡品，会不会反而让人觉得咱们瞧不起人家？"八角却回答说："不会的，哪有人收这么多东西还不高兴的？"他的目光分明是想告诉恭次：自己以前也是这么想的，可这不过是头儿最讨厌的知识分子的感觉罢了。

　　恭次试着将此整理归纳为，创业者推崇粗野强制的作风，而第二代则因受过高等教育而对父辈创业者的行动多感到羞耻。尽管这样的归纳也于事无补，但自己或许勉强也可以算是平均的第二代吧。恭次联想到几个熟人，想，就是第二代里也有些人粗野且卑劣呢。然而，虽说如此，也并不能说他们就有创业者的魅力了，而不过是虚张声势的小丑。

恭次给新德里打了电话，把自己这天和知事、水野的会谈的结果以及交涉的细节向次郎作了汇报，并为接受进一步指示，请求次郎准许清明飞赴巴黎。

大约过了两天，峰子从巴黎来信了，上面写着："小说写得很顺利，预计5月份就能脱稿。不知恭次哥有没有比较熟的出版社能帮忙出版……"让副岛繁带着去了法国以后，也就一年左右的时间，小说就快写完了，速度快得有点令人吃惊。信里又写道："我怕出版社一页稿子都没有见到不好判断，就暂且把开头的三十页寄去，请多关照。"

第二天，稿子就寄到了。文稿字体清秀，是这样开头的：

　　一种说不上是声音的声音。外面，已经有细雨将至的迹象了。

　　冬季来临。……毫不迟疑的季节的脚步。梧桐树的叶子也已落尽，宽宽的马路每天都会被夜雨淋湿，巴黎已经进入了被人们称为"灰色的"漫漫冬季了。

恭次最初的反应就是：哎，还挺是回事儿的，也许差不多呢。恭次连忙翻了翻后面的稿子。舞台似乎是法国。虽然仅凭这三十页也许不好判断，但好像没有用到楠家的素材。问题是里面出现的人物是如何作为肉体存在被客观描写的，换言之，就是和少女期的自恋绝缘到了什么程度。恭次从批评家或编辑的角度，一口气读完了这三十页。

恭次曾经写过诗，但并不认识能为自己出版小说的编辑。不得已，他又踏上那踩上去吱嘎作响的木楼梯，找正为自己编辑第三本诗集的出版社去商量。

楼梯的吱嘎声让恭次又一次想起了议长带情人去宫中的事件来。提起问题的那家妇女报社，尽管地点不同，但也在神田同样建筑的二楼。自己在那个事件中的表现和所起的作用，不管怎么想都有些令人不快，至少，在写诗的圈子里是无法与人说的。恭次想着，走进了出版社的房间。

二楼上有三张简陋的书桌和三部电话，分别是三家小出版社的。恭次获得新人奖的诗集，就是出自其中一家专门出版诗集的出版社。

恭次曾想象，年轻时代的次郎如果知道恭次在写诗，也许会怒吼："你，什么时候成了一个玩家！都说写诗这种玩意儿的家伙都性格乖僻，正经人谁干这个！你赶快给我打住！"当时，他还不知道，父亲年轻时曾被看做是农民出身的革新派，还当过《新日本》杂志的总编。也许是因为看到次郎和年轻时相比相差太大，在恭次渐渐懂事后，阿樱也很少讲起丈夫的事情。恭次得奖后，照片和真名一起上了报纸，次郎只是说了句大意是"适可而止"之类的话。

过了一段时间，好像又有人传闲话说恭次还在写诗，次郎知道后，虽然说了一些"最近老睡不着觉，我就把你的诗集放在枕边，一看书名，我就开始犯困了"之类的挖苦话，但似乎也是半是死心的样子了。清明和高岛正一郎曾调查过恭次在文学领域都做了些什么，但他们的这些努力，反倒使次郎的反应更加迟钝了。

恭次把峰子小说的开头三十页交给专门出版诗集的那家小出版社社长兼总编，请他推荐介绍给别家。回去时，踏着吱嘎作响的楼梯，恭次又想起了池袋西口那家烤肉店的老朴。恭次曾在老朴烤肉店的三楼借了一间屋子做地下活动据点，进行城北地区的组织活动。现在，恭次的耳边又回响起老朴一多喝点酒就哼唱出来的革命歌曲来。从那时起经过了半年左右时间，恭次就因咯血住进了疗养院，而生于平壤的老朴却没了音讯，也许是回国了。这个消息还是遵循共产党的军事方针、成为山村工作队员的原来的同志宫本熙明在进入山里基地的路上告诉恭次的。说来，宫本熙明后来也没有消息了。和这些人的交往不过是十年前的事情，可现在的恭次想来却像是发生在二三十年前。

次郎得知和静冈县基本达成了协议、也收到了正式的同意书后，对恭次让清明带着文件去巴黎说明原委的请求表示同意。放下电话，次郎感到有点头晕，就在窗边的椅子上坐下。从这里可以看得见新德里的街道上，低矮的房屋比比皆是。

次郎准备将静冈县交付的资金用在横穿三浦半岛的公路上。不久前开始收购的土地，在收入翻番计划公布以后便升了值，产生了相当数额的账外浮余资产，但是，新收购的土地也同样涨了价，使得计划没有什么进展。再过十年、或者十五年，自己都多大岁数了啊，该有九十岁了吧，怎么也得想办法加快速度了。正迷迷糊糊地想着，治荣回来了。她去饭店地下商店街买了些印度布料和熏香。

次郎转过脸去，却看见西方的天空上已经升起了月亮，吃了一惊，失声叫道："喂，印度的月亮是从西边出来的！"

"瞎说，怎么会呢！"走近窗边的治荣看到挂在西方天边的月亮，调好时钟，提醒道："日本已经是黎明了。有时差，得快睡觉了。"

尽管这话有些不合情理，可次郎却信了。原来在村里当农民时，就曾发现自己从未看到过挂上中天的月亮。"早上披着星星走，晚上戴着月亮回。"那时候的星星，要么是拂晓的金星，要么是傍晚出现的第一颗或第二颗星星。

自己除了工作就是工作，结果，就个人创造资产的规模而言，我的是最大的了。从祖父那一代起传下来的遗产，早已在来东京的时候处理干净，充了学费。但是，多亏这样，才能有我的今天，所以还得感谢祖父，只是，又有几个人了解并理解我艰苦奋斗的历程呢?！

这么一想，次郎便想起有家出版社曾希望他以《苦斗五十年》为题写本书。想来这对教育后世的人们也许大有益处呢。

当然，自己是没有时间写的，有那个工夫，还得去现场巡视、指挥呢。办法只有一个，那就是插空儿做点谈话笔录什么的。恭次要是正经些，可以让他来做这件事，可他又写什么诗嘛，谁知道让他写他会写出些什么来，不行不行。

怎么会有这么乖僻的人呢！孙清也是如此，但这个恭次，就更加不容掉以轻心。这也一定是他母亲的糟糕基因。说来也是的，他母亲怎么样了呢？没听说她死了，那就一定是在什么地方吟诗作歌呢。原来还有平松摄绪传递个消息，可她又早早儿去了另外一个世界。和恭次母亲的事情是血气方刚时幼稚的过失，但和阿樱结合却不是，那是有算计的，可最后还是离心离德。还有一个可以明言不是过失的，就是现在睡在身边的治荣了。女人这东西，给自己生个好孩子就行了，至于聪明与否那都是其次，但必须得是处女，把我和以前的男人进行比较的态度，对楠家来说才是危险的思想。想着想着，次郎的头脑渐渐清醒起来。

次郎对第二天和尼赫鲁①总理的会见十分期待。四年前的10月，他来日本时，次郎曾招待他和当时的首相岸信介一起去了趟箱根。尽管日程紧张，但三人共进了午餐，尼赫鲁总理还充满热情地谈到印度的教育普及和卫生状况的改善。

他的话让次郎想起了后藤新平的学说。当过医生的后藤作为台湾民政局长可谓铁腕，作为满铁第一任总裁可谓功绩卓著。尼赫鲁在大众性这点上和大隈重信很相近，在国家经营这点上则和后藤新平有相通之处。鉴于这种认识，那天，次郎还向尼赫鲁说明了自己年轻时想将箱根一带开发成面向大众的一大疗养地的经过。尼赫鲁听得很专心，然后评价道："您是大地的诗人。"

次郎对尼赫鲁的这种评价感到很高兴。次郎虽然无法理解尼赫鲁的不结盟中立政策和亚非会议上的和平十项原则等主张，但"大地的诗人"这个词，让他对尼赫鲁充满了好感。对次郎来说，那是一个幸福的瞬间——从第三者的嘴里，他听到了作为政治家的活动和作为经营者的工作相一致的评价。得知恭次一直在写诗，他甚至改变态度，调侃后自夸地说："尼赫鲁总理说我是大地的诗人呢。"

和尼赫鲁总理重逢，向他说明池田首相的收入翻番计划，转达日本政府毫不吝惜地在经济上和印度合作的意向，这对次郎来说，是此次旅行的开心事之一。

结束了在印度的日程后，次郎飞赴西德，在波恩和阿德诺伊尔②首相会面。次郎有一种过去曾为同盟国的意识，就说自己在鸠山内阁时曾因反对日苏会谈而一度辞去议员职务。阿德诺伊尔说，我国被分割为东西两部分，领土接壤，所以和任何国家都必须有相互往来。次郎于是改变话题，说，自己准备参考德国的公路建设经验，在离东京最近的观光地修建公路，并借鉴海德堡和给琴根的经验，已经在国立建成了日本第一座大学城，讲述了日本是如此这般向西德学习的事例。阿德诺伊尔看着次郎，省略了对初次见面的外国领导人必谈的法西斯批判、德国文化的传统是以歌德为代表的等话题，只是说，日本的经济发展很了不起，请代问池田总理好。次郎也很累，所以很快就结束了会谈。

到了巴黎以后，次郎最大的问题就是如何处理峰子了。一方面，他希望看到她健康的样子，可另一方面，她多次反叛，这是自己作为一家之长绝不容许的。

① Jawaharlal Nehru，1009～1964年，印度政治家，印度独立后第一任总理。
② Konrad Adenauer，1876～1967年，1949年至1963年任西德首相。

这次的印度、欧洲之行是公干，所以，所到之处大使馆安排的日程都是以和国家首脑的会谈为中心的。向阿尔及利亚民族自决问题的公民投票结束后可以喘口气的戴高乐①总统递交了池田首相亲笔信的第三天，次郎出席了招待在法日本商人、文化人以及和日本渊源很深的法国企业的聚会。

在这次聚会上，峰子出现了，而且是在印度航空公司驻巴黎分公司经理的陪伴下。不长时间，她就变成了一个成熟女人，让次郎想起了刚认识时的治荣。二人在次郎面前的举止、言谈很明显地表露出他们之间早已有了男女的关系。次郎气得差点儿背过气去。

"您是不是有点不舒服？"一直陪在次郎身边的大使馆人员悄悄问。

就在这时，峰子爽朗大方地过来打招呼道："爸爸，我是峰子，能在巴黎相见，简直像做梦一样。"

这话在次郎听来如同宣告一般。次郎不由得发自心底、充满怀念地凝视她。这可不行。

是谁把峰子叫到这个聚会来的！看到她的名字，就该知道有点瓜葛，至于该不该招待她，也应该问问我呀！……无处发泄的愤怒在次郎胸中翻涌，"逐出家门！逐出家门！"这个词在他头脑里上蹿下跳。也许是他的愤怒已经形于色了，印度航空的分公司经理挽着峰子的胳膊从次郎面前走开了。

次郎一边应酬着接二连三来和他握手寒暄的法国银行家、NATO的将军、日本驻巴黎的商界人士，一边极力要想起一些和眼前这个峰子一样自来熟的女人的例子。平松摄绪的名字一下子冒出来，令他很感意外。从女儿联想到尼姑平松摄绪，这本身就不太像话。于是，次郎不知为什么竟然想到，回去后要回老家给祖父上上坟。

前不久选举的得票数显示出，自己的地盘决不能说稳若泰山。想到这些，次郎的思绪离开了巴黎的饭店、卢·格朗的会场，回到了日本。为认真对待和回应峰子所带来的冲击，回老家也是必需的。

有必要重新整顿选区的秩序，锻炼年轻的活动家。自第一次参加选举以来，

---

① De Gaulle，1890～1970年，法国政治家，1959年至1969年任法国总统。

一直被称为楠派三杰的鲶江彰去世了，浦部新太郎卧床不起，现在唯一能动弹的只有草野良介一个人了。有人说，都干到议长了，可以了吧。如果不控制住新活动家，这种空气就有蔓延的危险。有必要告诉他们：为给当地带来利益，没有楠次郎是不行的。

这天，回到饭店，次郎感到很疲劳。倒下前，他觉得有一点需要和妻子治荣以及刚刚会合的清明交代，便命令道："峰子完了，这家伙太让人瞧不起了，你们今后也不要跟她有任何联系！"

"怎么了？我打算明天和清明我们仨一起吃午饭呢，大使馆的人都说带我们去参观了呢。"治荣说。

"成什么话！今天的聚会上，她和一个印度人一起来的！"次郎一副鄙视的神情。

"印度人?！这个混蛋！"清明大声叫道。

可治荣却一反常态，不屈不挠地表态道："一定是什么地方搞错了，一定是入口偶然在一起了，不然就不对劲了。"

次郎心里蹿上一股火，想，登记结婚以后你还牛起来了啊。但他没有发作，闭上了眼睛。

"知道了，明天的午饭我不去吃了。"清明斩钉截铁地说。

"不是'我'，应该说'鄙人'！"次郎严正地命令清明订正自己的用词。次郎常常教诲他们，"我"是和对方平等时使用的学生用语，对长辈、上级应该用"鄙人"。

"哈依！鄙人明天不见峰子！"清明立竿见影地坦率做了订正。

治荣却一直沉默着。次郎也没有对治荣进行追究，宣言一样地说："我要睡了！"便让治荣拿出日式睡袍。次郎不穿穿惯了的日式睡袍就睡不着觉。他闭上眼睛，想，行啊，明天清明不去就好，只有母亲见女儿，就算不上是楠家家族的会面。想到这儿，才消了气。

结束了为期两周的旅行，次郎回到了日本，然而等待他的却是妹妹阿房的死讯。

守寡的阿房一直没有再婚，独自盼望着孩子的成长，次郎怜悯地认为，这大概是对儿时被母亲抛弃的痛苦记忆刻骨铭心的缘故。次郎心里一直惦记着这一点，所以，每当六庄馆招待大批宾客时，总是把阿房叫来，让她在厨房帮帮忙。可是，这种时候，阿房又总是摆出一副十足的小姑子派头，让温顺的治荣为难得掉泪。次郎发出"江州的女子啊"的感叹时，这其中就包括了和哥哥一样随着年龄的增长开始发福的阿房。最让次郎感慨的是，换个角度看，从小时候起，阿房就是那么依赖次郎，特别是在二哥裕三郎早逝以后，兄妹相依为命，这使二人一直保持着稳定的关系。

　　送走了阿房，次郎强烈地感到，这下，就剩自己一个人了。战争临近结束时柳太郎去世后，和永井家的关系也只是靠阿樱和贵久代的友情勉强维持着。和阿樱离婚后，关系渐渐疏远的时候，阿房又走了。永井柳太郎的长子死在了战场上，恭次和他的二儿子继夫似乎还有点往来。

　　继夫在美国读完了研究生，礼节性地来过六庄馆两次。他认为只看纽约、华盛顿这样的地方，是不能真正了解美国的民主主义的，必须要接触农村的实际才行。这种没规没矩的张狂，让次郎对他没什么好印象。一想到阿樱、贵久代、继夫、恭次这条线要多加小心，次郎就会对峰子重新燃起愤怒之情。次郎压着心里的火气，度过了阿房的"七七"祭祀。这天，他把视线投向了初春的六庄馆的庭院。

　　模仿琵琶湖建造的水池位于庭院的下坡处，从次郎所在的大房间里是看不见的。坡道这边，有一株粗壮的垂樱，渐渐开放的樱花已能映入眼帘。那株樱树的背后就是水池对岸的树丛，十几只兰鹊正从一棵大米槠结伴飞上老枫树。

　　次郎突然想到，明年春天，那棵樱树开满樱花的时候，全家照张相吧。他的生日是3月7号，为了不让家人和干部们意识到自己的年龄，次郎总是不让他们为自己过生日，但赏樱会应该没有问题，于是决定，将赏樱会作为例行的公事，届时召集各公司的干部，以增强凝聚力。

　　这让他想起很久以前学过的一句有名的和歌："但愿花下死"。次郎努力回想着，教给自己这句和歌的，是分手了的阿樱，还是贵久代夫人，还是摄绪？突然，他想起来，是恭次的母亲。前后经过已经记不清了，但他记得那是他们俩走

在永源寺盛开的樱花树下时的事情。她已决定去东京念书，见面后她说她想看看
永源寺的樱花。她刚从女子师范学校毕业，应该还不到二十岁，而次郎已经三十
八岁了。

这时，甲斐田来报有客人到，才打断了次郎的回忆。奇怪之时想起奇怪之
事，倒是回味无穷。

进来的是阿房的两个儿子，是来报告丧事的情况并致谢的。次郎接受了他们
的问候，说了些节哀顺便之类的安慰话，然后教诲毕恭毕敬的两个外甥说，要想
成为一个正经人，"敬神崇祖、报恩感谢"的精神才是最重要的。

因了这教诲，次郎这天颇为杂乱的心情终于平静了下来。

这年秋天，次郎以转让给静冈县的公路和一个入口联合使用为条件，将早云
山线转让给了神奈川县。这对次郎来说是很痛苦的事情，但他也想通了：这就是
时势。

在这种心境中，次郎作为建町功臣受到了国立町的表彰，这让次郎很高兴。
町里在一桥大学借下了兼松礼堂举办表彰大会，次郎也出席了，还在那里作了演
讲，说到今后随着经济的发展，会受到都市化的冲击，尽管如此，还是希望日本
唯一的这座大学城能永不变色。他告诉大家："今年年初，我在波恩见到了阿德
诺伊尔首相，我告诉他说东京附近的国立町就是效仿贵国的海德堡和给琴根建设
的，他很钦佩地说：'日本也有这样的大学城啦。'"又说："时隔几年，我走上甲
州街道，在谷保天满宫向右拐六十米处的道路尽头就是车站建筑，还保持着原始
模样，令我很感动。"接着，还讲了一些当时一天有五六台车去国立，人们都说
"楠次郎疯了"、"一旦有情况会不会用作飞机跑道啊"之类的忆苦故事，才结束
他的讲话。

为这条纵贯三浦半岛的公路而进行的用地收购，因地主们等着进一步升值、
迟迟不肯出手而毫无进展。令次郎不快的是，看到这种情形，埼京电铁的经营层
把高岛正一郎推上排头，事事唱反调，虽然无人正面反对，但总也拿不出结论
来。据清明分析，看三浦半岛公路计划的情形，高岛他们和秀吉出兵朝鲜非常
相似。

次郎听后，脑子里立刻浮现出"狮子体内的虫子"①这个词。再强大的狮子，也斗不过体内的害虫。要消灭它，就无法发挥打倒外部敌人的力量。

次郎决定凭借自己的才智筹集资金，让高岛之流无能的经营管理者心服口服，并讨伐那些持消极态度的人。

就在这时，他得到消息说，计划东京奥运会之前开始运行的东海道新干线的横滨站，要建在现在的横滨站的大北边。已成为公共事业公司的国铁，也正因土地升值而恶战苦斗。消息还说，在二子玉川附近过多摩川，经过日吉、纲岛一带，车站要建在一个叫岸根的地方。

得知这个消息，次郎想，如果先把车站预定地点周边的土地悄悄买下，转卖时就能以数倍的价钱出手。到那时，赚多少都不是不当利益，然后再把这笔钱用在人们乐于使用的公路建设上。同时，他也启动了自制之心：车站预定地点的事前收购方法、情报的收集方法需要相当慎重，否则很危险。

次郎想，这种事情得交给才智过人且忠诚实在的人去办，便叫来了神户谷。次郎在拓务省时代曾救过被关东军误认为间谍、险些丢了性命的神户谷一命，从那以后他便绝对服从自己的命令，忠贞不二。

"你不要直接行动，因为你是埼京电铁的干部。还是通过可以信得过的房地产公司。到手的土地我不打算转卖，如果对方是国家或者公共团体，我准备借给他们。赚公共机构的钱，有违于我作为政治家的信条。"

然而，次郎打错了算盘。他的错误就在于，和埼京电铁一样，综合房地产公司也正苦于资金周转，而次郎对此缺乏足够的认识。正如神户谷所说，因为使用不动产公司收购土地，资金周转更加窘迫了。而次郎原本打算新干线计划公布、土地数倍升值时，以此为担保从银行融资的。

另一个错误就是，感到为难的综合房地产公司常务董事去和埼京电铁的高岛商量去了。高岛他们原来把神户谷看做是可能调查自己的、不可大意的害群之马，现在他们觉得这是一个整治他的绝好机会，但他们很光明正大，并没有发起行动。

---

① 意指"内奸"。

不久，嗅出些味道、晚些开始收购车站预定用地的另一家房地产公司有人被逮捕了，顺着这条线索，向次郎提供情报的国有铁道公共事业公司的干部也被逮捕。

随着调查的进行，检察机关得知，埼京电铁的有关公司竟然在车站预定地点周边拥有大片土地，且就是近期的事，这可是大出人们意料的。

作为知情人，高岛正一郎受到几次审查后，眼见着面容日渐憔悴，次郎心里也非常恐慌。

在视政府干涉为当然的以前的选举中，次郎经历过几次违反选举法的事件，深知哪类人扛得住官宪的追究，什么样的人意想不到地不堪一击。战败前，对警察的调查取证，拥有多强的工作人员，可是政治家的必须条件。

次郎相信，高岛正一郎在前半段应该是很坚强的，但如果搜查过了一定界限，就不好说了，特别是情况危及妻子良子的话，就一准会崩溃掉。对这个注重家庭圆满的人来说，平和的日常生活比什么都重要。

次郎和埼京电铁的法律顾问奈间岛商量了好几次，奈间岛认为，次郎直接行动有些不妥，而且，对检察机关做工作有可能起到相反的效果。基于这种判断，他对次郎征求意见道："警察厅长官我也认识。这个人温厚老实，我去跟他说说，希望搜查慎重进行，有必要的话我们会协助的，您看怎么样？"

"是啊，这倒是一条不错的线索。"次郎边听边想。

这次的事件，次郎不想动用恭次。这小子有时候爱摆出一副专家姿态，好像没有他大家就都没辙了。次郎是这么理解恭次的，而且事实上，自公路转让问题以来，次郎心里对恭次有了一种疏远的情感。

在次郎头脑中闪过一个念头，这次的问题，让清明代替恭次处理如何？他知道，骨干公司的干部中，对自己提拔清明的做法会有抵触，这个时候，如果在救助高岛方面有所贡献，这种抵触情绪就会有所缓解。尽管次郎心里万分狼狈，却表现得非常顽强，这表明他不会轻易引退。

次郎拍拍手，让秘书甲斐田叫来了清明。清明按往常的习惯跑着来到次郎房间，次郎让奈间岛对他说明了情况，命令道："高岛很努力了，我想帮帮他，你和奈间岛一起去警察厅一趟。这种经历决不是坏事哟！"

可清明却变了脸色，神色惶惶地说："让我上警察厅去？那可不行。还有以前的事儿，我又没学过法律，不合适啊。"

半年前，清明因强奸未遂事件险些受到起诉，次郎花了钱才把事情摆平。次郎心里骂道：胆小鬼！嘴上却说："是吗，不想去的话，也别勉强。"奈间岛又说了些半是奉迎的话，次郎这句"哼，这可不是你喜欢去的地方"才没有出口。

这件渎职案最后花了一年的时间。由于实行了埼京电铁把收购的土地只算上利息再卖回给国铁的这种司法解决，在证据不足的情况下，案子总算告一段落。

第三届池田内阁成立的那年11月，举行了选举。次郎觉得这次不可大意，便精心安排了在选区巡回演讲的计划。

起初，选举时都对是否能够当选十分介意，和警察的干涉也进行过激烈的斗争，所以每一次巡回活动都会紧张一段时间。随着民主主义的普及，警察方面也将楠次郎当做政界元老对待了。这样，这次巡回活动可是有一种久别回乡的感觉。

顺利地连续十三次当选后的第二年春天，在六庄馆盛开的垂樱下，次郎全家和楠集团数名干部拍了第三张全家福照片。这个4月末，次郎同以往一样，要去热海，可就在刚刚经过东京站检票口的时候，他突然躺倒了。

我刚到位于丸之内的我的事务所，就接到原定和次郎一起去热海的甲斐田的电话，得知次郎在东京站晕倒、现正在站长室旁边的休息室躺着。我感到不妙，断定这次非同小可。

不是吹牛，在家人和集团干部中，我是最了解疾病的了。打小儿就体弱多病，一直让养母操心，上学后，我又一直陪着治疗她的肾病。大学快毕业时，我得上肺结核，住了很长时间的疗养院。我还经历过父亲因前列腺肥大而患上尿闭症的日日夜夜。一直靠柔道锻炼身体的父亲突然躺倒，我推测，那一定是脑或心脏出事了。

到东京站之前，我甚至还有闲心想，如果楠次郎得的确实是心脏病，那可是有点讽刺意味，又有几分幽默的啊。找到站长室，进了旁边的榻榻米房间，就看见父亲正盖着薄毛毯躺在那里。他见我探头看他，就对我说："脑溢血吧，叫医生……"

救护车还没有到。我听到父亲话说得很清楚，就说："说话这么清楚，肯定不是脑溢血。"正说着，消防署的人带着医生来了，扒开父亲衬衣前襟，放上了听诊器，然后说："好像是心脏，我们用担架抬他走，谁跟着一起去？"说着，环顾着四周的人们。

我对甲斐田说："我去吧，请你给东京邮电医院的土屋院长打个电话。"

救护车呼啸着开了起来。我不放心地坐在担架旁，想，真是机缘哪。据甲斐田讲，治荣送走了父亲，就马上出去买东西了；清明和清康一起，昨天就去了滑雪场。父亲好像就是在等着这个只有我在的时候，病倒了。

在医院诊断的结果也还是心脏。主治医生没有清楚地回答我的问题，让我觉得病情很严重。

我请求医生在家人都到齐的时候报告一下检查结果，然后等待着治荣和清明、清康的到来。此间，医生给父亲注射了造影剂，拍了片子，又打了强心剂。父亲把早上吃的都吐了出来，然后睡了一小会儿。前列腺摘除手术之后，他一直很信赖土屋院长，现在，看着土屋院长的脸，他似乎很安心。父亲还说了些梦话，可惜没有听懂。

下午很晚的时候，清明赶到了，一进屋，就放声大哭起来。父亲醒过来，治荣现出一副很窘的样子。我们四个人随即被土屋院长叫了过去。进了接待室，发现还有个年轻医生也在，他说："先从病名说的话，是心肌梗塞。"然后他告诉我们，进入心脏的三根血管中，有两根已经完全堵塞了，剩下的一根，血液勉强能够通过，所以，病情很难逆料。

我问："估计会怎么样？"

院长回答说："我们会尽全力，但结果真的不好说。为防备万一，我建议，还是他想见谁就让他见谁吧。"

我心想，这下完了，然而心情却反而冷静了下来。我也曾经被人说过也许没得治了。

出了院长接待室，我就说："看样子住院的时间可能会很长，还是商量一下怎么互利的问题吧。"

他们三个人都顺从地点了点头，让我很吃惊。我不得不执掌指挥大权了。

商量完了，我默默地去了邮局，给在巴黎的峰子拍了个电报："父病危，速归。"

父亲的病情眼见着一点点恶化。这样，从离心脏较远的脚脖处割一截血管补到心脏血管的手术也做不了了，因为很有可能手术做到一半，心脏就停止了跳动。就算打强心剂，都不见效了。第二天傍晚开始，好像又出现了幻觉，梦话不断。所说的大多听不懂，但听见他说过两次"房"、"房"，大概是去世不到三年的妹妹永井房吧。如果是这样，那么，父亲的意识是在幼年时代徘徊了。

开始，次郎感到很意外，也有些想不通。从年初起，就常感到头晕，他想，大概是太累了。他想起祖父就死于脑溢血，便注意不吃得太咸，并决定周末增加一天在热海的时间，经常泡泡温泉什么的。他这样注意保养，便相信心脏不会有问题了，所以，听到"心脏不好"的时候，也没有什么实感。

次郎知道治荣和恭次他们在自己睡觉的房间出出进进，很是生气——干吗呢！这些人！人家正难受着呢！

好像过了很长时间，分不清是白天还是黑夜。次郎脑海里闪过一个念头：也许，自己的病相当严重了？这么一想，他又恢复了斗志——这么点儿事儿算得了什么！同时，又想起祖父曾告诉过自己，头晕的时候要镇静。他对自己说：别慌，坐下，定定神。于是，神志就有些恍惚了。

可不能在这儿睡觉。这么想，是因为有些冷。次郎想，三浦半岛的土地收购怎么样了？不知怎么，浮现在眼前的，不是连绵的群山，而是刚刚收割过后的一望无际的萧索的农田。收购一定会很顺利。走在这个空间的，正是自己。只是，不是脚踏着大地，也不是飘在半空的。低垂的云好像就要降下雪来，一动不动。

令人不放心的是，阿房上哪儿去了？裕三郎也不在。山东友梨、小林银兵卫也不在。想出声喊喊他们，一吸气，胸部针扎一样疼，意识倏地躲得远远的，竟看见自己的身影歪歪斜斜的，仿佛在天井上方看着自己的什么人就在半空中。

和那个人比起来，真正的自己好像蹲踞在昏暗狭窄的地板一角。奇怪的是，好像还有一股什么味道。

"你在将死的时候看见什么了？"次郎听到一个耳熟的声音。尽管看不见脸孔和身影，但一定是摄绪。

"我要死了吗?"次郎不禁问道。"别瞎胡说，我可不上当啊!"心里一怕，竟要站起来。

"怎么样? 难受吗?"

接着，次郎感到有一只手伸进脑后，神志重又清晰过来。他想说:"清明在吗?"可治荣只明白他在找清明，答了声"好"! 就赶紧去叫，结果谁都不在。没办法，只好慢吞吞回到病房，说:"马上，就到。"

这会儿，恭次和清明正坐在医院地下食堂里。他们觉得得趁这个工夫吃点东西。

二人相对而坐，恭次说:"这回，也许不大好啊。"然后，眼睛看着地面，嘟囔着说:"早晚会有这么一回的啊。"

清明却在发着呆。

"不过，你放心，我是局外人，不想继承任何东西，要是有人想分一份儿，我会阻止的。现在商量这个也许有点早，但到了时候就该手忙脚乱的了，所以想事先讲好了。"

次郎病倒，这回不过是第三次，说这种话本身会不会让对方觉得别扭，恭次想都没想，就说了出来。

神志不清的次郎的视野里出现了无数石塔。起初，还以为是祭祀住在、死在蒲生野的百济①人的石塔寺里的石塔，但是看着看着，竟一个个变成了表情各异的地藏的脸孔。

"蠢蛋!"次郎咬牙切齿地说。这种时候，佛装出一副无所不知的样子出现在眼前，这事本身就是次郎无法原谅的。"人生即战斗"是次郎的信条，这可不容歪曲。最后怎样不得而知，但只要不是脑溢血，我还会得救的。我不管对方是神还是佛，我绝不容许旁若无人者的横行! 我才是统治者!

也许是被次郎的气势压倒了，地藏的脸孔都消失了。

次郎感到有一个影子一样的东西晃晃悠悠的，便睁开眼睛，看见恭次和清明，还有对面的治荣和清康正担心地看着自己。自己一直在奋战，可这些家伙却

---

① 古代朝鲜国名之一。

显露出同情来，甚至还带着可怜的神情旁观，真好意思！这种态度，次郎决不会原谅。

"走开！走开！"次郎摆摆手，发音却含混不清，听上去像是"啊！啊"！

这个手势，明摆着是在命令四个人都退下，所以大家就都以为次郎是像轰狗时说"去！去"一样。他们觉得他可能是想静静地睡一会儿，便都蹑手蹑脚地离开了房间。

第二天早上，楠次郎咽了气，身旁没有别人。由于每当有人想看看他的情形、靠上前来的时候，他都要赶人家走开，所以，死的时候，没有一个人在旁边。

楠次郎的一生活了七十六岁，准确地说，是七十五年一个月零十九天。